롤랑 바르트, 마지막 강의

롤랑 바르트, 마지막 강의

롤랑 바르트 변광배 옮김

민음사

트라스 에크리트(traces écrites)[1] 총서는 강의, 강연, 세미나의 특성을 살린 출판 공간이고자 한다. 이 총서에는 그것을 독특하고도 정당하게 만드는 이중 원칙이 있다.

독자들은 이 총서에서 원래 구두로 전달된 내용 중 글로 옮긴 것만을 읽을 수 있을 것이다. 쓰인 것이든 아니든, 기본 자료로 사용된 흔적들(노트, 녹음 테이프 등)은 원 상태에 가장 가깝게 글로 옮겨질 것이다. 따라서 이 총서는 글이 아니라 말(parole)의 울림이다. 또한 하나의 공적 공간에서 다른 공적 공간으로의 이동이지 **출판물**은 아니다.

티에리 마르셰스와 도미니크 세글라르[2]

일러두기

이 일러두기는 바르트의 강의 출간이라는 기획을 시작하면서 전반적인 참고 사항을 압축하여 제시한 것이다. 더 자세한 사항은 『어떻게 더불어 살 것인가(Comment vivre ensemble)』를 참조하면 된다.

각 권은 매회 이루어진 강의를 바탕으로 구성되었다. 그것이 이 책을 읽을 때의 진정한 리듬이다. 이 리듬은 바르트가 강의를 중단했다가 그다음 주 다시 시작할 때 표기해 둔 날짜를 따르고 있다. 단장(斷章)과 '단상(斷想)'으로 구성된 지난번 강의와 달리 이번 강의는 하나의 통일된 주제 속에서 이어진다. 하지만 본문에 충분한 여백을 준 점, 또 내용을 분명히 하기 위해 부제(副題), 휴지, 중단 부분 등으로 구분한 점은 지난번과 동일하다.

강의 '텍스트' 자체는 가능한 한 손을 대지 않는 것을 원칙으로 했다. 예컨대 논리 구성을 압축하기 위해 바르트가 사용한 기호는 가능하면 그대로 두었다. 반면 저절로 알 수 있는 약어(가령 *Mémoires d'outre-tombe*(무덤 저편의 회상)가 M.O.T로 표기된 경우)는 그것들을 보완했고, 때때로 지나치게 혼란스러운 구두점은 바로잡았다.

작성한 원고 내용이 너무 애매한 경우에도 주석(註釋)을 덧붙여 독자들이 불필요한 혼란에 빠지지 않도록 했다. 또한 '트라스 에크리트' 총서의 넓은 여백을 충분히 활용하여 바르트의 메모와, 그가 인용을 위해 참고한 문헌들을 써 넣었다.(한국어 판본에서는 메모는 밑줄로, 참고 문헌은 필요한 경우 문단 마지막에 넣음.) 이 메모와 참고 문헌은 바르트가 원고 자체의 해당 쪽수의 같은 위치에 써 넣은 것들이다. 드물지만, 바르트가 원고에서 삭제한 부분도 그대로 보존했다. 이 경우엔 이 부분의 범위를 표시하는 주석을 붙여 확인할 수 있게 했다.

주석은 고전 문헌학적인 것으로, 암시적인 글에서는 반드시 필요하다. 인용, 고유명사, 외국어 표현(특히 우리가 라틴어 문자로 옮겨 적기로 한 고대 그리스어), 지명, 역사적 사건 등은 가능한 한 주석을 통해 분명히 했다. 하지만 지나치게 반복되는 주석은 참고 문헌과 색인으로 대체했다. 바르트의 저서나 텍스트를 참고하는 경우에는 2002년에 5권으로 간행된 『전집(Œuvres complètes)』을 이용했으며, 각 권은 OC 1, OC 2…… 형식으로 표기했다. 또한 이와 같은 이름들과 작품들의 색인에 분류되지 않은 개념들의 색인, 다시 말해 알파벳순 색인(한국어 판본에서는 가나다순 찾아보기)을 덧붙였다. 아울러 바르트가 오래되거나 찾을 수 없는 판본을 참고한 경우에는 주석을 달아 좀 더 쉽게 접근할 수 있는 참고 문헌을 제시했다.

간략한 서문을 통해 이 강의의 배경과 가장 두드러진 특징을 밝혔다.

에릭 마르티[3]

차례

미로의 은유 — 상호 학제적 연구
1978~1979년 세미나

소설의 준비―의지로서의 작품
콜레주 드 프랑스 강의 노트, 1979~1980년

서문

나는 그 사물들을 첫사랑의 매력 아래 있던 내 열정 속에서
그때 있었던 그대로, 즉 새롭고, 활기차고, 뜨거운
(그리고 나에게 매력적인) 상태로 전달했다.

— 쥘 미슐레

우리는 이제 탐구의 최종 단계로 들어섰다.

갑작스러운 바르트의 죽음으로, 이 강의록은 그가 남긴 마지막 글쓰기
가 되어 또 하나의 운명을 주조하고 있다. 그 당시 바르트는 새로운 계획을
세우고 있었고, 앞으로 하게 될 여러 강의의 주제를 구상하고 있었으며, 한
콜로키움에서 발표하게 될 스탕달에 대한 원고를 마지막으로 손보고 있었
다. 요컨대 바르트는 계속 연구 중이었으며, 미래를 염두에 두고 그만의 세계
를 구축하고 있었다. 죽음이 불시에 들이닥칠 경우, 마지막 말에는 엄숙한 제
사(題詞)나 이런저런 비밀이 담기는 법이다. 하지만 여기 이 강의는 분명 그
자체에 완성의 비밀이 담겨 있는 것으로 보인다. 그 반대가 아니다. 『글쓰기
의 영도(Le Degré zéro de l'écriture)』로부터 잉태되었고, 1953년부터 문학 유
토피아라는 단 하나의 문제를 둘러싸고 (이 책이 증언해 주는 수많은 전술과 책
략에 따라) 중단 없이 진행되었던 성찰의 완성이 정확히 바르트가 그린, 완성
된 강의 설계도 속에서 구체화되었던 것이다. 바르트의 강의 "소설의 준비"
는 하나의 대답 그 이상이다. 이것은 완전한 가르침이다. 그도 그럴 것이 이
것은 탐구의 대항해를 보여 줄 뿐만 아니라 청중들 앞에서 탐구의 법칙을 극

적으로 보여 주기 때문이다. 탐구 대상에 대해서는 아무것도 알 수 없고, 오로지 탐구자 자신에 대해서만 알게 된다는 그 법칙을 말이다. 1851년, 콜레주 드 프랑스에서 파면된 것을 알게 된 미슐레는 몇몇 청중들의 다음 말에 큰 위로를 받았다. "우리는 당신의 강의에서 아무것도 배우지 않았습니다. 단지 사라졌던 영혼이 우리 안으로 다시 돌아왔을 뿐입니다."[4] 여기에서 우리는 1977년 1월 7일에 있었던 바르트의 콜레주 드 프랑스 교수 취임 강의에서 예고되었고, 매회 강의를 통해 본보기를 보여 준 다음과 같은 교육 계획을 은연중에 파악할 수 있다. 아무것도 배우지 않는다는 것이 그것이다. 바르트는 심지어 배운 것을 잊는 것(désapprendre)이라고까지 말했다. 그리고 각자에게서 너무 오랫동안 사라졌던 영혼을 다시 발견하기 위한 긴 작업과 그 영혼의 귀환을 개시하는 것이 그것이다. "일반성에 맞서, 과학에 맞서 나의 내부에서 말하고자 하는 것, 그 소리를 듣게 하고자 하는 것, 그것은 바로 내밀함(l'intime)입니다."[5]

"소설의 준비"라는 제목으로 콜레주 드 프랑스에서 행해졌던 바르트의 마지막 강의는 2부로 구성되어 있다.(각 부는 다른 부 없이도 읽을 수 있지만, 각 부는 다른 부에 반드시 필요하다.) 1부는 "소설의 준비 : 삶에서 작품으로"이다. 1978년 12월 2일부터 1979년 3월 10일까지 한 시간씩 13회에 걸쳐 진행되었다. 그다음 해에 연이어 완성한 "소설의 준비 : 의지로서의 작품"은 1979년 12월 1일부터 1980년 2월 23일까지 두 시간씩 11회에 걸쳐 행해졌다. 강의는 매주 토요일 아침 마르슬랭 베르텔로 광장에 위치한 대강당에서 진행되었다. 이 두 강의는 각각 세미나와 연계되었다. 1978년에서 1979년까지 바르트는 "미로의 은유"라는 주제로 몇몇 초청자들과 함께하는 자리를 마련하기로 결정했다. 세미나는 강의에 이어 열렸으며, 토요일마다 11시 30분부터 12

시 30분까지 진행되었다. 이와는 달리 1979년과 1980년의 세미나는 일단 전체 강의가 완전히 끝난 2월에 매주 토요일 10시 30분부터 12시 30분까지 열릴 예정이었다. 세미나 주제는 프루스트의 세계를 포착한 사진작가 폴 나다르의 몇몇 이미지에 대한 해설이었다. 알려졌듯이 이 세미나는 열리지 못했다. 1980년 2월 25일 월요일, "소설의 준비" 강의를 마치고 이틀 후에 바르트가 콜레주 드 프랑스 앞 에콜 가(街)에서 불의의 교통사고를 당했기 때문이다. 바르트는 한 달 동안 살페트리에르 병원에 입원해 있다가 1980년 3월 26일에 세상을 떠났다.

"중립(Le Neutre)"에 대한 강의는 1978년 6월 3일에 끝났다. 그때 바르트는 새로운 계획에 몇 해 동안 강의를 할애하기로 마음먹고 있었다. '뿌리 깊다고는 말할 수 없어도(하지만 누가 그것을 말할 수 있겠는가?) 적어도 광범위한(야심적인)' 것으로 예견된 계획이었다. 게다가 바르트는 이 사실을 1978년 12월 2일에 있었던 "소설의 준비" 첫 강의에서 언급했다. 광범위한 것으로 예견된 이 계획에 대해서는, 그것으로부터 두 강의가 분리되는 글쓰기의 파노라마를 빠르게 살펴보는 것이 중요하다. 특히 이 두 강의의 전주곡이나 변주곡을 이루는 여러 텍스트들을 지적하면서 말이다. 그도 그럴 것이 "소설의 준비"에는 의심의 여지없이 바르트의 저작 전체가 반향되기 때문이다. 이런 이유로 우리는 여러분에게 쇠이유 출판사에서 에릭 마르티의 노력으로 출간된, 다섯 권의 바르트 『전집』을 읽어 볼 것을 권한다. 하지만 여기에서는 2부로 구성된 이 강의가 있기 직전의 연대기를 소개하는 것으로 그치려 한다. 이 연대기는 1978년 10월 19일 콜레주 드 프랑스에서 "오랫동안 나는 일찍 잠자리에 들었다"라는 제목으로 했던 이른바 일반 청중을 위한 강연과 더불어 시작된다. 이 강연 텍스트는 장차 행해질 강의의 여러 쟁점을 몇몇 주제 안에 놀라울 정도로 요약하고 있다. 11월 말에 바르트는 뉴욕 대학에서 이 내용을 약간 변형시켜 강연하기도 했다. 1978년 12월 2일에 바르트가 첫 번째 강의를 한 뒤 바로 다음 주 《르 누벨 옵세르바퇴르(Le Nouvel Observateur)》에 그의 첫 '시평(Chroniques)'이 실렸다. 1978년 12월 18일부터 1979년 3월 26일까지, 이 짧은 글들은 "소설의 준비 : 삶에서 작품으로"가 진행되는 내내 연재되었다. 실제로 몇몇 청중들은 매주 토요일에 간행된 이 잡지를 겨드랑이에 끼고 많은 사람들이 콜레주 드 프랑스로 갔던 일을 아직까지 기억하고 있다. 이 글들은 독자의 입장에서 아주 오래 기다린 새로운 형태의 신화였던 것만은 아니다. 그것들은 우선 바르트에게서 '글쓰기의 경험', '형식의 탐구', '소설을 위한 실험의 토막'이기도 했다. 1979년 3월 26일 자(이날 대중지를 위한 실험이 끝나긴 했지만) 시평에서 바르트 자신이 직접 이런 사실을 강조했던 것처럼 말이다. 1979년 1월에 바르트는 《마가진 리테레르(Magazine littéraire)》에 "이거 되어 가네(Ça prend)"라는 제목의 글을 썼다. 이 글에는 이 강의에서 볼 수 있는 주된 내용 몇 가지가 그대로 실렸으며, 또 예견되고 있는 프루스트의 글쓰기에 대해서도 다루어졌다. 그해 봄, 그러니까 1979년 4월 15일부터 6월 3일까지 바르트는 『밝은 방(La Chambre claire)』을 집필했다. 이 책의 내용은 "소설의 준비 : 삶에서 작품으로"의 1979년 2월 17일 강의에서 했던 분석에서부터 출발하고 있었다. 『밝은 방』에서는 시간, 형태의 증발, 오랜만에 다시 만나는 것들의 섬광 등에 대한 생각을 연장시키고 있다. 『밝은 방』에서 볼 수 있는 이런 생각들은 1부와 2부의 강의를 이어 주는 필수 불가결한 고리로 여겨진다. 1979년 8월 21일에 『밝은 방』의 타자본을 출판사에 넘긴 후에, 그리고 아마도 두 번째 강의안 작성에 착수하던 동안에, 바르트는 『새로운 삶(Vita Nova)』이라는 제목의 소설을 처음으로 구상한다. 바르트는 이 구상을 1979년 여름 내내, 그리고 같은 해 12월까지 계속해서 다듬는다. 1979

년 12월은 이 새로운 작품의 마지막 손질이 이루어진 때이기도 하다. 바르트는 이 작품의 뼈대만 남겨 놓았는데, 이 강의안은 이 뼈대에 의거하고 있다. 그와 동시에 바르트는 1979년 8월 24일부터 9월 17일까지 사후 "파리에서의 저녁들(Soirées de Paris)"이라는 제목이 붙게 될 일기를 쓴다.(이 일기는 1987년에 《앵시당(Incidents)》에 실렸다.) 바르트는 하나의 작품이 될 내면 일기의 힘에 대해 '숙고했다.'(1977년과 1979년 봄에 썼던 일기의 단편들을 모은 "심의(Délibération)"라는 제목의 글은 1979년 겨울 《텔켈(Tel quel)》에 실렸다.) 1980년 1월 말에 『밝은 방』이 출간되었다. 2월 말에는 "소설의 준비"의 마지막 강의가 있었다. 바르트가 죽었을 때 그의 타자기 위에는 스탕달에 대해 진행하던 연구의 원고 한 장이 끼어 있었고, 그 제목은 "인간은 항상 자기가 사랑하는 것에 대해 말하는 데 실패한다……."였다.

콜레주 드 프랑스에서 했던 이전 강의들과 마찬가지로 — 또한 세미나, 연설, 강연과 마찬가지로 — 바르트는 "소설의 준비" 역시 정성 들여 원고를 작성했다. 첫 번째 강의안에는 작성 날짜가 전혀 기재되지 않았지만 바르트가 아두르 강가에 있는 위르트[6]의 별장에서 이 강의안을 작성하면서 1978년 여름을 보냈을 것이라고 짐작할 수 있다. 두 번째 강의안은 1979년 11월 2일에 완성되었다. 마지막 쪽의 하단에 기록된 날짜는 첫 번째 강의가 시작되기 한 달 전이었다. 푸른색 혹은 검정색 잉크로 작성된 총 198쪽(1부 71쪽, 2부 127쪽)[7]에 해당하는 분량으로, 글씨는 촘촘하게 정서되어 있었으며, 삭제된 부분과 수정된 부분이 거의 없었다. 논의를 보완하기 위해 수성 펜으로 별표 모양을 덧붙인 부분과 여백으로 고정된 부분이 있었으며, 지워진 반 장 정도가 다시 시작되는 부분에 스카치테이프와 호치키스로 고정되어 있기도 했다. 후회와 망설임, 수정을 가한 부분 등이 보였지만 원고 전체는 글쓰기 면에서 놀랄 만한 일관성과 규칙성을 유지하고 있었다. 바르트의 원고에서 흔히 보이는 것처럼, 대단히 많은 참고 문헌이 원고 여백에 연필로 간단하게 적혀 있었다. 분명 강의 바로 전에 완성된 원고를 마지막으로 읽으면서 이미 작성된 텍스트를 보완하는 몇몇 사소한 사항을 볼펜으로 써 넣었을 것이다. 바르트는 또한 같은 색 볼펜으로 여백에다 끝난 강의의 날짜와 다음 강의에서 시작해야 할 부분을 정확하게 표시해 놓았다.(바르트는 볼펜 사용을 그다지 좋아하지 않았으나, 주석을 다는 데 유용하다고 판단하여 항상 한 자루를 몸에 지니고 다녔다.)

바르트의 강의를 들었던 사람들은 그 유창한 강의, 육중하고 매력적인 어조, 권위 있으면서도 무한정 환대를 베푸는 따뜻한 문장(음성 자료[8]를 들어 보면 그가 강사로서 얼마나 자질이 있었는지 확인할 수 있다.) 등을 회상한다. 강의, 청중, 문이 열리기가 무섭게 꽉 찬 강의실 등에 대해 얘기하면서 많은 청중들은 바르트의 즉석 고안 능력, 강의 중 매우 규칙적이고 정확하게 이루어지는 멋진 임기응변 능력을 강조하기도 한다. 그들 중 바르트가 원고를 읽어 나갔다고 기억하는 사람은 거의 없다. 그럼에도 작성된 원고와 몇몇 청중들의 녹음을 비교해 보면 둘 사이에 거의 차이가 없음을 알 수 있다. 강의 중 이탈이 거의 일어나지 않는다는 점, 강의 바로 전에 약간의 조정이 이루어진다는 점, 특히 작성된 텍스트에서의 약간의 발췌(강의 기술상 제약이 있을 경우 거기에 맞추기 위한 목적이었다.)가 있다는 점 등은 바르트가 원고를 읽었다는 것을, 그것도 아주 세심하게 읽었다는 것을 보여 준다. 이 책에 옮겨져 있고, 따라서 강의의 쟁점들이 빠짐없이 포함된 원고를 말이다. 몇몇 청중들은 바르트가 꽉 들어찬 콜레주 드 프랑스의 대형 강의실에서 느꼈을지도 모를 불편함을 지적했다. 그들은 강의실을 가득 채운 익명의 청중 앞에서 교수가 느꼈을 당혹스러움을 언급했다. 바르트였으니까 그렇다. 실제로 바르트는 고등실 천연구원에서 했던 여러 강의를 통해 몇 명 안 되는 학생들을 한 테이블 주위에 모아 놓고 '섬세하면서도 이동하는 욕망들의 순환 공간'을 창출해 내는 데 성공했다. 그러니까 축소된 공간, 심지어는 어쩌면 '신체 관계의 섬세한 위상학' 위에 세워진 '사랑의 공동체'[9] 안에서 말이다. 하지만 바르트가 '새로운 삶'에 대한 욕망을 밝힌 것은 분명 1977년 1월 콜레주 드 프랑스 취임 강의부터였다. 그리고 이 기관이 부과하는 제약과 그 기관이 구현하는 야심을 접하면서부터였다. "소설의 준비"의 원칙 자체에 들어 있는 이 욕망은 콜레주 드 프랑스 강의를 시작할 때[10] 처음 표출되어, 그 이후 바르트와 강하게 연결된 것처럼 보였다. 마치 이러한 욕망이 바르트의 내부에 전부터 존재했던 것처럼 말이다. 따라서 이 욕망은 우선 바르트 자신과 그 장소와의 밀회라 할수 있다. 바르트 자신이 자주 떠올리는 사유의 거물들(미슐레는 이미 인용되었고, 앞으로 폴 발레리, 장 바뤼지도 인용될 것이다.)의 혼이 서려 있고, 다시 시작된 삶의 윤곽을 그리게 해 주는 그 장소 말이다. 취임 강의는 분명 미슐레에게서 얻은 교훈을 바탕으로 이루어졌다. 하지만 "소설의 준비"라는 강의는 단테의 지휘 아래 이루어졌다. 잘 알려진 대로 단테는 자신의 첫 걸작인 『신생(新生)』과 더불어 시, 이야기, 주석이 상호 협력하는 새로운 형식을 창안해냈다. 이 새로운 형식만이 베아트리체가 죽었을 때 사랑의 힘과 애도의 슬픔을 표현하는 데 적당했던 것이다. 『신생』 제18장에서는 이 새로운 형식을 구상해야 하는 이유를 말하고 있다. 너무나 새로워서 우려되기도 하는, 거의 어안이 벙벙할 정도의 새로운 형식을 말이다. "이제 나는 아주 착했던 사람에 대한 찬사를 내 말의 재료로 삼기로 결심했다. 그런데 이 계획에 대해 많이 생각하면서 너무 힘에 부치는 일을 계획한 것이 아닌가 생각됐다. 그 때문에 나는 감히 시작할 엄두를 내지 못했다. 그리고 나는 말하고자 하는 욕망과 시작의 두려움에 사로잡혀 며칠 동안 그렇게 있었다.”[11] 1977년 10월, 콜레주 드 프랑스에서 취임 강의를 시작한 지 몇 달 후 갑작스레 어머니의 죽음을 맞으면서 진행 중이던 연구가 삐걱거리게 되자, 바르트는 새로운 글쓰기의 삶에 대한 욕망을 고통스럽게 확인하게 되었다. 소설, 이 ‘불확실한 형식,’ 욕망된 것만큼 많이 언급된 화언 행위의 재료가 바르트에 의해 ‘정동(affect)의 진리’라고 명명되는 것을 표현하기에 유일하게 적당한 것으로 여겨졌다. 그 안에서 의미가 완성되고 또 해체되는 그 ‘정동의 진리’를 말이다. “진실의 순간 = 다룰 수 없는 순간, 해석할 수도, 초월할 수도, 역행할 수도 없는 순간. 사랑과 죽음이 거기에 있습니다. 이것이 말할 수 있는 것의 전부입니다.”[12] 이것은 자신이 추구하는 탐구의 의미를 포착하게 해 주었던 찬란한 순간에 대해 말하면서 바르트가 강의 시작 부분에 위치시킨 다룰 수 없는 순간의 또 다른 모습의 메아리이다. 그도 그럴 것이 바르트가 이 강의를 결정한 원천은 이와 같은 순간을 낚아챈 의식, 곧 그 자신 사토리(satori)[13]라고 명명한 것 속에서 포착해야 했기 때문이다. 사토리란 바르트가 강의 시작 때 소개한, 1978년 4월 15일에 겪었던 일종의 황홀 체험이다. 1978년 4월 15일은 참다운 의미에서 소설의 날이다. 바르트 자신이 계획한 『새로운 삶』이라는 작품의 뼈대 안에서 이 날짜가 중요한 역할을 하기 때문만이 아니라, 이날을 계기로 어쩔 수 없이 대규모 정신의 토목 공사, 중요한 휴지의 순간, 주체의 요동의 순간(그에 대한 이야기들은 우리의 지성사와 정신사에 뚜렷한 흔적을 남기고 있다.) 등을 생각하게 되었기 때문이다. 이와 같은 발견(euréka), 이와 같은 열광과 환희의 짧은 순간을 통해 낯선 도시의 한복판에서 열기와 권태에 짓눌려 있던 어느 평범한 오후가 찬란한 빛을 발한 것이다. 그리고 이 순간의 격렬함과 순간성에 강의마다 문학의 힘에 대해 질문하는 바르트 강의의 갈망이 담겨 있는 것이다. 열정적인 현현의 순간을 포착하고, 거기에 절대적 가치를 부여하며, 자기 자신의 분발과 자기 자신의 창조를 화해시키는 바로 그 문학의 힘에 대해서 말이다. 이와 같은 탐구의 종착역에서 소설, 한 권의 소설을 쓰는 것이 그처럼 중요한 일이었을까? 게다가 이미 몇 년 전에 모든 문형들(figures)이 '소설에게 말 건네기'로 읽힐 수 있는 『사랑의 단상』에서 바르트는 이렇게 쓴 바 있다. "나의 기회가 실질적으로 완수된다는 것은 그다지 중요하지 않다.(나는 그 기회가 거의 없었으면 하고 바란다.) 하지만 채워짐의 의지만은 유일하게 빛나고 파괴되지 않기를 바란다."[14]

우리는 이 강의 원고와, 이 강의와 같이 이루어졌던 두 개의 세미나 텍스트를 함께 싣는다.[15] 바르트가 지적하는 것처럼 콜레주 드 프랑스의 세미나는 우선 의견 교환과 대화의 공간이다. 교수에게는 몇몇 초청자들의 발표로 세미나를 개최할 권한이 있다. "미로의 은유"라는 주제에 대해 발언할 것을 권유받은 사람들의 명단은 바르트가 직접 작성하여 『콜레주 드 프랑스 연감(Annuaire du Collège de France)』(564~566쪽을 볼 것)에 실려 있는 연간 연구를 소개하는 텍스트에 포함되어 있다. 바르트가 개최한 세미나의 개회사와 폐회사는 그 자신이 직접 작성했다. 비록 직접 읽은 것은 아니지만 사진에 대한 세미나 텍스트는 1980년 처음 몇 주 동안에 작성되었다. 바르트는 이 세미나 몇 회를 폴 나다르의 사진 이미지에 할애하고자 했다. 프루스트의 세계에 대한 몇몇 참고 문헌에서 가져온 전기적 주석을 토대로 아주 자유롭게 그것을 설명하면서 말이다. 이어서 바르트는 62쪽의 자료를 완성하여 그것을 알파벳순으로 분류했다. 아주 암시적인 특징으로 인해 이 자료는 빈틈과 결함이 많은 텍스트가 되었다. 하지만 이 텍스트를 보완하고자 하는 것은 이 텍스트를 다른 텍스트로 대치하는 결과를 낳을 것이다. 따라서 우리는 이 텍스트를 그대로 싣는다. 바르트가 개회사에서 조심스럽게 개진하는 '경고(마르셀주의자가 아닌 자는 시작하지 말 것!)'를 제사(題詞)로 제시하면서 말이다. 그 텍스트에서 부족한 정보들은 이십 년도 더 전부터 일반인들에게 알려진 마르셀 프루스트의 전기적 연구와 도판들을 보며 보충할 수 있을 것이다. 바르트가 선정한 사진들(그리고 세미나 원고와 더불어 문서 보관소에 보관되어 있는 사진들)은 후에 종종 출간되었다. 하지만 함축적인 하나의 텍스트로 된 몇몇 원고들도, 또한 벌써 알려진 일련의 사진들도 바르트에 의해 신중하게 설명된 몇몇 사진들이 이 강의의 현란한 보충 요소임을 잊게 하지는 않을 것이다. 미로의 중심은 항상 가장(假裝)된 도착 지점이고, 소설에 대한 탐구는 우울하게도 밝은 현상 세계에서만 완성된다.

나탈리 레제

소중한 장서를 보게 해 준 다음 분들께 감사드린다. 마리안느 알팡, 베르나르 브룅, 안소피 샤조, 미셸 콩타, 올리비에 코르페, 클로드 코스트, 알베르 디쉬, 피에르 프란츠, 안 에르쉬베르그 피에로, 마르크 드 로네, 티에리 르게, 비르지네 린하르트, 카를로 오솔라, 클게르 폴랑, 장 파바나, 장루 리비에르, 샹탈 토마가 그들이다.

없어서는 안 됐을 "소설의 준비" 음성 녹음 자료를 이용하게 해 준 베르나르 코망, 이자벨 그를레, 크리스틴 르메르에게 감사드린다.

쇠이유 출판사 장 클로드 베리월의 소중한 협력에도 감사드린다.

콜레주 드 프랑스 강의 노트, 1978~1979년 ──────

소설의 준비

삶에서 작품으로

서론

삶의 '중간'

매년 새로운 강의를 시작하면서 다음과 같은 강의의 원칙을 상기시키는 것은 적절하다고 생각됩니다. 물론 나는 취임 강의를 하면서 전체 프로그램의 측면에서 이 원칙을 이미 지적한 바 있습니다. "생각컨대 이번과 같은 강의의 출발점에는 항상 하나의 환상(fantasme), 그것도 매년 달라질 수 있는 환상이 있다는 사실을 인정할 필요가 있습니다."라는 원칙입니다. 금년의 환상에 대해서는 곧 자세히 말씀드리겠습니다.(그리고 앞으로도 그렇게 할 수 있길 바랍니다. 왜냐하면 이 강의 계획은 뿌리 깊다고는 말할 수 없어도(누가 그것을 말할 수 있을까요?) 적어도 광범위한(야심적인) 것으로 여겨졌기 때문입니다.) 이 원칙은 일반적인 원칙입니다. 견딜 수 없는 것, 그것은 바로 주체를 억압하는 것입니다. 주관성이 지니는 위험이 어떤 것이라도 상관없습니다. 나는 주체의 제거 때문에 아주 많은 고통을 겪은 세대에 속합니다. 실증적 노선(문학사에서 요구되는 객관성, 문헌학의 승리)에 의해서든, 마르크스주의적 노선(겉으로 보이는 것과는 달리 이 노선은 내 삶에 아주 중요한 영향을 미쳤습니다.)에 의해서든 말입니

27

다. → 객관성의 속임수보다는 주관성의 속임수가 더 낫습니다. 주체의 상상계가 주체의 제거보다 더 낫습니다.

단테는 이렇게 썼습니다. '우리 삶의 노정 중간에서.(*Nel mezzo del cammin di nostra vita.*)'[2] 이 구절을 썼을 때 단테의 나이는 35세였습니다. 지금의 나는 그보다 나이가 많고, 따라서 산술적으로 계산해 보아 삶의 노정에서 중간보다 멀리 와 있습니다.[3] (나는 단테가 아닙니다! 위대한 작가는 우리가 비교할 수 있는 사람이 아니라, 우리가 부분적으로 동일시할 수 있고 또 그러길 바라는 사람이라는 점에 주의하세요.) 어쨌든 아주 멋지게도 직접적인 이 구절은 주체에 대한 선언을 담고 있는 세계에서 가장 훌륭한 것 중 하나입니다.(작가 = "나는 현재의 나인 주체를 억압하지 않는다.") 이 선언은 다음과 같은 의미를 담고 있습니다. 첫째, 나이는 글을 쓰는 주체의 구성 요소라는 것입니다. 둘째, 중간은 분명 산술적인 것이 아니라는 것입니다. 누가 그것을 미리 알 수 있을까요? 중간이라는 것은 하나의 사건, 한순간, 유의미하고 공식적인 것으로 체험된 변화를 참고해서 판단되어야 합니다. 이것은 일종의 총체적인 자각입니다. 정확히 말해 어두운 숲(selva oscura)[4]으로의 여행, 이동, 입문(거기에는 안내자가 있습니다. 바로 베르길리우스입니다. 우리에게도 안내자가 있을 겁니다.)을 결정할 수 있고 또 축성(祝聖)할 수 있는 자각이지요. 산술적으로 보면 나는 삶의 중간을 훌쩍 넘겼지만, 오늘 나는 노정의 중간을 살고 있다는 느낌이자 확신을 가지고 있으며, 물이 양쪽으로 갈라지는 자리, 일종의 분기점(프루스트 : "개별자의 정점."[5])에 서 있는 것을 느낍니다. 이와 같은 일은 두 자각(분명함)과 한 사건의 효과 아래에서 이루어졌습니다. 먼저, 다음과 같은 사실에 대한 자각입니다. 일정한 나이에 이르면 인간은 세월을 헤아린다는 것입니다. 끝을 알 수 없는 카운트다운을 하는 셈이지요. 하지만 비가역적인 특징은 젊었을 때보다 훨씬 강하게 인식됩니다. 필멸(必滅)을 받아들이는 것은 자연스러운 감정이 아닙니다.(그 때문에 자신을 불멸의 존재라 확신하면서 나무를 세차게 들이받는 사람도 있는 겁니다.) 나이는 내가 필멸의 존재라는 사실을 분명히 말해 줍니다. 나이에 대한 이런 지적은 종종 잘못 받아들여지고, 또 잘못 이해되고 있습니다. 거기에서 엄살을 보기도 하고, "결코 그렇지 않아!"라는 부정이나 강박관념을 보기도 합니다. 해야 할 일을 좁고도 한정된 칸, 즉 마지막 칸에 위치시켜야 하는 절대적인 이유입니다. 어쩌면 이 칸은 이미 그려져 있고, 그 외에는 다른 칸이 없기 때문일 수도 있습니다. 그 칸에 위치시켜야 하는 일은 죽기 전에 시간 사용을 정면으로 바라보는 것같이 일종의 장엄한 일입니다. 참조. 프루스트, 병으로 위협받는 프루스트.(『생트뵈브에 반하여』) "아직 빛이 있는 동안 일하라."[6](「요한복음」 12장 35절, "아직 얼마 동안은 빛이 너희 가운데 있을 것이다. 빛이 있는 동안에 다녀라. 어둠이 너희를 이기지 못하게 하여라."의 세속적인 표현이 틀림없습니다.)

다음으로, 우리가 한 일, 우리가 쓴 것(연구, 과거의 행동)이 반복된 재료, 반복될 수밖에 없고, 반복이라는 지루함에 도달할 수밖에 없는 재료로 나타나는 순간에 대한 자각입니다. "뭐라고요? 죽을 때까지, 내가 죽을 때까지 단지 바뀔 뿐인(아주 조금!) 주제들에 대해 늘 논문을 쓰고, 강의를 하고, 강연을 하게 ― 기껏해야 책을 쓰게 ― 될 거라고요?" 이것은 새로운 것의 완전한 배제(= '도형(徒刑)'에 대한 정의)가 아닐까요? 모험의 배제(앞으로의 위험(adventure), 곧 나에게 올 일) → 모험 = 주체의 열광)가 아닐까요? 반복해야만 한다는 선고를 받은 것이 아닐까요? 죽을 때까지 자신의 미래를 <u>일상의 연속으</u>로 본다고요? 뭐라고요? 내가 이 텍스트 집필과 이 강의를 마쳤을 때, 나에게 남는 일이 또 다른 글을 쓰고 강의를 하는 것뿐이라고요? 그렇지 않습니다. 시시포스는 행복하지 않습니다. 그는 자기 일에 대한 허영심의 노예가 아니라 반복의 노예입니다.

마지막으로, 운명적으로 하나의 사건이 발생할 수도 있습니다. 계속되는 중첩을 고통스럽게, 또 극적으로라도 지적하고, 뒤흔들고, 도려내고, 분절하기 위해서, 또한 너무 익숙한 풍경의 전복, 내가 '삶의 중간'이라고 불렀던 것을 결정짓기 위해서 말입니다. 아뿔사, 이것은 정확히 고통의 작동입니다. 예를 들어 보겠습니다. 댄디 기사, 비판적이고 사교적이었던 인물 랑세는 여행에서 돌아와 자신의 정부(貞婦)가 사고로 목이 잘린 것을 알게 됩니다. 랑세는 그 길로 은퇴해서 트라피스트 수도원을 세웁니다.[7] 프루스트는 어머니의 죽음(1905년)을 경험하죠. 이 사건은 그에게 상흔을 남깁니다만, 그래도 능동적인 변화를 야기합니다. 물론 이 변화는 나중에 발생합니다.(1909년. 특히 이 책 187쪽 이하 참조.) 최근에는 가수 브렐[8]이 있습니다. 자신의 삶, 자신의 '삶의 중간'을 죽기 몇 해 전에 바꾼 브렐[9] 말입니다. 잔인하고 다시 없을 것 같은 죽음은 개별자의 정점을 구성할 수 있습니다. 결정적 주름을 만드는 것이죠. 애도는 내 삶에서 가장 중요한 순간입니다. 나의 삶은 애도 이전과 이후로 나뉠 겁니다. 그도 그럴 것이 어떤 사고에 의해서든 삶의 중간은 죽음을 현실적인 것으로 발견하는 순간과 다르지 않기 때문입니다.(단테로의 회귀. 『신곡』은 이와 같은 현실의 파노라마 그 자체입니다.)

　　따라서 갑작스럽게 다음과 같은 사실이 명백하게 드러납니다. 내게는 다양한 삶을 시도할 시간이 더 이상 남아 있지 않다는 사실 말입니다. 나는 이제 나의 마지막 삶, 나의 새로운 삶을 선택해야 합니다. 『신생』(단테)[10] 또는 새로운 삶.[11](미슐레)[12] 다른 한편으로 지겹도록 반복되는 일과 애도에 빠지게 된 어두운 상태에서 벗어나야 합니다. 이와 같은 일의 축적, 이와 같은 유사(流沙)의 부동(=움직이지 않는) 상태, 즉석에서 이루어지는 느린 죽음, 죽음 속에 산 채로 들어갈 수 없게 만들지 모를 이 숙명, 이것에 대해서는 다음과 같은 진단이 내려질 것입니다. 정신 작용 중단의 일반화와 의기소침. 새로이 다시 열중할 수 없는 무기력이라는 진단입니다. 중세 때 아세디(acédie)[13]라는 단어가 있었습니다. 이 단어에 대해서는 곧장 다음과 같은 점을 지적할 수 있습니다.(우리가 다시 다루게 될 주제이기도 합니다.) 우리가 어떤 식으로 말하고 생각하든, 그리고 낙담이라는 단어가 낡았다 해도 아세디는 대치 불가능하다는 것입니다. 낙담. (누군가를, 다른 사람들을, 세계를) 사랑할 수 없는 무기력. 결국 불행하다는 것은 종종 타인들에게 뭔가를 주는 것이 불가능한 상태로 이해되기도 합니다.

변화

따라서 변화가 중요합니다. 다시 말해 삶의 중간에서 발생한 동요에 어떤 내용을 부여하는 것, 즉 어떤 관점에서 삶(새로운 삶의(de Vita Nova)) 프로그램을 부여하는 것이 중요합니다. 그런데 글을 쓰는 사람, 글쓰기를 선택한 사람, 다시 말해 글쓰기의 쾌락, 글쓰기의 행복을 경험한 사람에게는 (거의 첫 번째 쾌락처럼) 새로운 글쓰기의 발견 말고는 다른 새로운 삶이 (내가 보기에는) 없을 것입니다. 분명 내용, 강령, 이론, 철학, 방법, 신앙 등을 바꾸려고 할 수도 있습니다.(그렇게 하는 사람들도 있습니다. 그들은 중요한 사건이나 상흔을 경험한 후에 자신의 이론을 크게 변화시킵니다.) 하지만 생각을 바꾸는 것은 평범한 일입니다. 숨을 쉬는 것처럼 말이죠. 열중하고, 흥분을 진정시키고, 다시 열중하는 것, 그것은 지성의 충동 그 자체입니다. 지성이 욕망한다는 점에서 그러합니다. 지성(프루스트가 부여한 의미로서)에는 자성(磁性)을 띠거나 잃으면서 자신의 욕망을 드러내는 다른 수단이 없습니다. 왜냐하면 그 대상은 물신화될 수 있는 어떤 형태가 아니기 때문입니다. 심지어 그것을 추구하는 영원한 투사(鬪士)들도 (점점 더) 보기 어렵습니다. 항상 그런 사람들의 예를 들기는 합니다만 이것과 믿음은 같지 않습니다. 그것은 신앙과 다릅니다. 신앙으로 귀의하는 사람들, 신앙을 버리는 사람들도 있습니다만, 보통의 경우 그건 힘든 일입니다. 왜냐하면 그것은 죽음과 연관되어 있기 때문입니다. 그러니 글을 썼던 사람에게는 새로운 삶의 장(場) 역시 글쓰기일 수밖에 없습니다. 새로운 글쓰기를 실천하는 것이죠. 새로 기대할 수 있는 것은 다음과 같은 것뿐입니다. 글쓰기를 실천함으로써 과거의 지적 실천과 결별하는 것, 글쓰기가 과거 행동의 관리에서 분리되는 것입니다. 글을 쓰는 주체는 이 글쓰기를 스스로 관리하도록(이 글쓰기를 축소하도록) 또 그것을 반복하면서 자기 작품을 잘 관리하도록 사회적 압력을 받습니다. 단절해야 하는 것, 그것은 정확히 이와 같은 단조로움입니다.

블랑쇼(여전히 그입니다.)는 평화적인 동시에 절망적인 방식으로, 그러니까 그만의 방식으로 이 글쓰기의 전환점에 대해 말했습니다. "한 인간의 삶에서 — 그러므로 모든 인간의 삶에서 — 모든 것이 완성되는 순간이 있다. 책이 쓰이고, 우주가 조용해지고, 존재들이 휴식을 취하는 그런 순간 말이다. 남은 일이라고는 그 순간을 알리는 일뿐이다. 이것은 쉬운 일이다. 하지만 보충되는 말 탓에 균형이 깨질까 봐 — 그런데 어디에서 이 말을 하기 위한 힘을 발견할 수 있는가? 또한 이 말을 위한 자리를 어디에서 찾을 수 있는가? — 사람들은 이 말을 입 밖에 내지 않는다. 그러면 그들의 임무는 미완성으로 남는다. 그들은 내가 방금 쓴 것을 반복할 따름이다. 궁극적으로 그들은 그것조차도 쓰지 않는다."[14] 블랑쇼가 묘사하는 유혹 또는 결정의 이미지를 나는 이미 가졌었고, 아직도 그것을 계속해서 가지고 있으며, 분명 앞으로도 갖게 될 겁니다. 실제로 지난해 강의에는 유혹의 흔적이 포함되어 있습니다. 그 흔적은 중립[15]에 대한 사랑, 은둔에 대한 사랑입니다. 왜냐하면 관리의 단조로움에 맞서는 다음과 같은 두 노선이 열리기 때문입니다. 우선 침묵,

휴식, 은둔이 그 하나입니다.("평화롭게, 아무 말도 없이 앉아 있네. 봄은 왔고, 풀은 저절로 자라네.")[16] 이어서 다른 방향으로 걸어가는 것, 다시 말해 잘 알려진 패러독스와 싸우고, 열중하고, 나무를 심는 것이 다른 하나입니다. "뭔가를 짓는다는 것은 그래도 괜찮다. 하지만 그 나이에 뭔가를 심다니!"[17] 왜 그럴까요? 이 차원에서 결정에 대한 모든 설명은 불확실합니다. 왜냐하면 무의식 부분을 알지 못하기 때문입니다. 또는 관여한 욕망의 진짜 본성을 알지 못하기 때문입니다. 아주 명석한 의식으로 나는 이렇게 말하고자 합니다. 현대 프랑스 사회는 위험한 느낌이 든다고 말입니다. 이데올로기적으로는 <u>프티부르주아</u> 계급이 강력하게 상승하여 권력을 장악하고, 미디어를 지배하고 있습니다. 따라서 라디오, 텔레비전, 대규모로 발행되는 일간지 등에 대한 미학적 분석이 필요합니다. 거기에 어떤 내재적 가치가 권장되고 있는지, 어떤 가치들이 배제되고 있는지(일반적으로 귀족적 가치) 등을 분석해 보아야 합니다. 내가 보기에 이런 위험은 얼마 전부터 더욱 두드러지고 있습니다. 반지성주의(항상 인종차별주의, 파시즘과 인접한)의 상승에 걸맞은 기호들, 매스미디어화한 속어(언어활동)에 대한 공격, 작가주의 영화에 대한 공격 등입니다. 방어해야 한다는 감정, 그것은 존속의 문제라는 감정입니다. 솔레르스. 작가이자 지식인인 그가 살아남고자 한다면, 그는 약간의 편집증을 스스로에게 주입해야 할 것입니다. "공짜는 없다!" → 예술가의 필연적인 옹호.(니체)

따라서 내가 선택한 노선은 바로 글쓰기 노선입니다. 이 노선의 윤곽이 어떤 것인지를 말하기 전에 그것이 어떻게 나에게, 그리고 여러분에게 — 왜냐하면 지금 시작되는 강의(원칙적으로 여러 해 계속될 것입니다.)가 이 글쓰기 노선에서 한시적인 내 여행의 동반자가 될 것이기 때문에 — 나타나는지를 말하기 전에, 우선 다음과 같은 사실을 짚고 넘어가겠습니다. 이 모험의 첫 번째 행동(이 행동은 몇몇 분, 즉 지난번 강의를 들으셨던 분들과 관련이 있습니다.)

으로 나는 **중립**에 대한 강의를 책으로 출간하지 않겠다고 결정(적어도 현재로서는)했습니다. 망설인 것은 분명하지만 다음 두 가지 이유로 결국 포기했습니다.

첫째, 한편으로 인생의 여러 활동 중 일부는 항상 일회적인 것을 위해 남겨 두어야 한다고 생각하기 때문입니다. 한 번 발생하고 사라지는 것, 이것은 거부된 기념물의 필수적인 부분입니다. 그리고 바로 거기에 이 강의의 소명이 있습니다.(물론 소쉬르 같은 예외도 있습니다. 그에게 있어 강의는 의미 없는 쓰레기였습니다!) 내 생각에 강의는 독특한 산물입니다. 강의는 완전한 글쓰기도 아니고, 완전한 화언 행위도 아닙니다. 강의는 잠재적인 대화(침묵의 공모)가 특징짓는 특수한 산물입니다. 강의는 처음부터(ab ovo) 죽어야만 하는 것 — 화언 행위보다 더 지속되는 기억을 남기지 말 것 — 또 죽기를 원하는 것, 존재하지만 어쨌든 곧 죽을 것입니다. 이것이 바로 일본어 마(間, ま, Ma)[18]의 뉘앙스이고, 우츠로이(Utsuroi),[19] 즉 시들어 버릴 꽃(내가 감히 나에게 이 꽃을 건넨다면!)입니다.

둘째, 다른 한편으로 강의를 책으로 출간한다는 것은 과거를 관리하는 것이 될 수도 있기 때문입니다. 하지만 앞으로 나아가야 합니다. 시간이 없습니다.(강의를 글로 쓰는 것은 많은 시간을 요하는 작업입니다.) 날이 밝은 한 걸어야 합니다. 프루스트가 사용한 이 단어는 복음서(「마태복음」 8장 21~22절)의 다른 단어와 결합됩니다.(여기에서도 아주 세속적으로 방식으로 인용됩니다.) 죽은 자들의 주검은 그들이 묻게 놓아 두고, 강의는 저절로 땅에 묻히게 해야 합니다. **중립의 출판을 중단합니다.**

그리고 지금, 잠시 동안 개인적인 일화를 들려드리려고 합니다. 이 '변화'의 결정이 언제 이루어졌을까요? 1978년 4월 15일입니다.[20] 카사[21]에서였죠. 답답한 오후였습니다. 하늘은 구름으로 덮여 있었고, 약간 선선했습니다.

우리는 버스 두 대에 나누어 타고 카스카드에 갔습니다.(라바로 가는 길에 있는 아주 멋진 작은 골짜기입니다.) 슬픔, 약간의 권태, 계속 이어지는 같은 상황(최근의 장례식[22]이후로)이 있었습니다. 그리고 이것은 내가 현재 하고 있는 모든 것, 현재 생각하고 있는 모든 것과도 연결되어 있었습니다.(집중의 결여) 귀환. 텅 빈 아파트. 정말 힘든 때는 어느 날 오후였습니다.(다시 말하게 될 겁니다.) 혼자였고, 슬펐습니다. 마리나드(Marinade)[23]였습니다.[24] 나는 아주 깊은 생각에 잠겼습니다. 아이디어 하나가 떠올랐습니다. '문학적' 개종이라 할 수 있는 그 무언가였습니다. 아주 낡은 단어 두 개가 뇌리를 스쳤습니다. 문학에 입문하자, 글쓰기에 입문하자였습니다. 마치 지금까지 내가 전혀 글을 쓰지 않은 것처럼 말이지요. 그것만 하자. 그래서 우선 글쓰기의 삶을 단일화하기 위해 콜레주 드 프랑스를 떠나기로 갑작스럽게 생각했습니다.(왜냐하면 강의는 종종 글쓰기와 길항하기 때문입니다.) 그리고 나서 강의와 일을 하나의 (문학적) 기획에 투사하자는 생각, 단일한 기획, 거대한 기획을 위해 주체를 분열시키는 짓을 그만두자는 생각을 하게 되었습니다. 한 가지 일에 집중할 수 있다면 기쁘겠다는 생각이 들었습니다. 해야 할 일(강의, 요청, 명령, 제약)을 따라가다가 내가 더 이상 헐떡거리지 않아도 되고, 또한 삶의 모든 순간이 거대한 기획으로 통합되는 그런 단일한 일에 말입니다. 이것이 바로 4월 15일에 일어난 일입니다. 요컨대 일종의 사토리입니다. 찬란함입니다. 프루스트의 화자가 「되찾은 시간」 끝에서 경험했던 계시와 유사한(순진한 비교라고 해도 그다지 중요하지 않습니다.) 것입니다.(하지만 그의 작품은 그때 벌써 집필되었습니다!)

글쓰기의 환상

어쨌든 이 4월 15일을 심각하게 생각하지 마십시오! 그리고 이를 위해 이와 같은 결정의 몇몇 요소를 다시 한 번 살펴보려고 합니다. 어느 정도 거리를 두고, 이론적으로 비판적인 태도로 말입니다.

글쓰기-의지는 태도, 충동, 욕망, 기타 등등과 같이 잘못 연구되고, 잘못 정의되고, 잘못 위치 지어졌습니다. 이는 프랑스어에서 이와 같은 욕구를 표현할 만한 단어가 없다는 사실에 이미 암시되어 있습니다. 아니, 보다 정확히 말하자면, 아주 멋지고 예외적인 단어가 하나 있긴 합니다. 퇴폐적이고 통속적인 라틴어입니다. 바로 스크립투리레(*scripturire*)입니다. 시두안 아폴리네르[25]도 이 단어를 한 번 사용한 적이 있습니다. 그는 위지코트족에 맞서 클레르몽을 수호한 (상당히 많은 시집을 남긴) 클레르몽페랑의 주교(5세기)였습니다. 한 언어에만 이 단어가 존재합니다. 비록 단 한 번 사용되었지만 말입니다. 그렇기 때문에 다른 언어에는 이 단어가 없다는 점을 말씀드리고자 합니다.(⋯⋯'파시즘.'[26])

왜일까요? 분명 이런 의지를 가진 사람들이 극히 소수이기 때문일 겁니다. 아니, 어쩌면 그들도 어느 정도는 이런 의지를 암암리에 가지고 있을지 모릅니다. 왜냐하면 여기에서는 충동과 행동이 자기 지시적(自己指示的)[27] 관계 속에 있기 때문입니다. 즉 글쓰기-의지는 글을 쓴 사람의 담론에만 속하거나 글을 쓰는 것에 성공한 사람의 담론으로만 받아들여집니다. 글을 쓰고 싶다고 말하는 것, 실제로 이것은 벌써 글쓰기의 재료 자체입니다. 따라서 문학 작품들만이 이 글쓰기-의지에 대해 증언해 줍니다. 과학적 담론은 그렇지 않습니다. 아마 이것이 과학에 대립되는 (문학) 글쓰기의 위상학적 정의일 것입니다. 생산물이 생산 과정과 구별되지 않고, 실천이 충동과 구별되지 않는(이런 점에서 에로틱한 행위에 속합니다.) 지식의 영역입니다.

또 다른 한편으로 글을 쓴다는 것은 메타언어에 대한 포기가 있을 때라야 비로소 완전해집니다. 따라서 우리는 글쓰기의 언어로서만 이 글쓰기-의지를 말할 수 있습니다. 이것이 바로 내가 조금 전에 말씀드린 자기 지시입니다. 어느 날 글쓰기-의지(스크립투리레)가 뚜렷한 작품들을 한데 모아 보면 좋을 듯합니다. 나는 여러 작품 중에서도 특히 릴케의 『한 젊은 시인에게 보내는 편지들(Lettres à un jeune poète)』을 생각합니다. 나는 또한 프루스트에 대해 생각합니다. — 하지만 생각한다가 맞는 말일까요? — 왜냐하면 스크립투리레의 집대성이자 기념비는 『잃어버린 시간을 찾아서』이기 때문입니다. 프루스트는 무훈시(武勳詩)[28]를 글로 썼습니다. 글쓰기-의지의 움직임을 말입니다. 아마 나는 이 무훈시의 구조를 다시 다루게 될 겁니다. 왜냐하면 진짜 이야기, 『잃어버린 시간을 찾아서』가 처음부터 끝까지 이어지는 단 하나의 거대 이야기가 문제 되기 때문입니다. 또는 하나의 신화가 문제 되기 때문입니다. 탐사, 실패들, 시험들(세계, 사랑) 그리고 최후의 승리가 갖춰진 이야기입니다.

하지만 다음과 같은 사실을 잊지 말아야겠습니다. 『잃어버린 시간을 찾아서』가 글쓰기-의지의 이야기라는 증거는 다음과 같은 역설 속에 들어 있다는 사실을요. 바로 이 작품은, 이미 쓰였을 때, 끝에서 시작되는 것으로 여겨진다는 역설입니다. 글쓰기-의지와 글쓰기를 정의하는 자기 지시성을 눈부시게 증명하는 거죠. 더 멀리 나아갈 수도 있습니다. 모든 신화적 이야기는 죽음이 뭔가에 소용된다고 이야기합니다.(그런 이야기의 형태를 취합니다.) 프루스트에게서 글쓰기는, 구원하고 죽음을 극복하는 데 이용됩니다. 그 자신의 죽음이 아니라, 사랑하는 사람들의 죽음을 말입니다. 그들을 위해 증언하면서, 그들을 영원하게 만들면서, 그들을 비(非)기억 밖으로 끌어내면서 말입니다. 정확히 이런 이유로 『잃어버린 시간을 찾아서』에는 수많은 인물들이 등장합니다.(이야기의 질서.) 하지만 이 작품에는 단 하나의 인물상(Figure)(등장인물이 아닌)이 있습니다. 어머니이자 할머니였습니다. 글쓰기를 정당화해 주는 사람입니다. 왜냐하면 글쓰기가 이 사람의 존재를 정당화해 주기 때문입니다.

프루스트가 문학에서 차지하는 위치는 아주 특이합니다. 그는 일종의 영웅적이지 않은 영웅입니다. 글을 쓰고자 하는 사람이 그에게서 자기의 모습을 보는 그런 영웅 말입니다.

강의는 퍼포먼스가 아닙니다. 따라서 되도록 매혹시키거나 실망시키는 공연, 또는 심지어 ── 왜냐하면 삐뚤어진 사람들이 있기 때문입니다! ── 실망시키기 때문에 매혹시키는 공연을 보러 오듯 해서는 안 될 것입니다.

여기에 내가 여러 주 ── 어쩌면 여러 해 ── 에 걸쳐 간직하고 또 채우고자 하는 구상이 있습니다. 두 차례 강의(지난 주 토요일과 오늘)에서 나는 이 강의의 개인적인 ── 심지어는 환상적인 ── 기원을 알려 드렸습니다.

지난 강의에서 나는 다음과 같은 사실을 설명해 드렸습니다. 삶의 일정 시점 ── 내가 신화적으로 삶의 중간이라고 불렀던 시점 ── 에서 몇몇 상황과 몇몇 힘든 사건들의 영향으로 글쓰기-의지(스크립투리레)가 새로운 삶을 향해 새 출발을 가능하게 해 주었던 환상적인 힘을 가진 방책, 실천으로 다가왔다는 사실입니다.

강의를 계속하겠습니다.

나는 오랫동안 글쓰기-의지 그 자체가 있다고 생각했습니다. 쓰다는 자동사니까요.[29] 지금은 이 점에 대해 옛날만큼 확신하지 못합니다. 분명 글쓰기-의지 = 뭔가를 쓰고자 원하는 것 → 글쓰기-의지 + 대상입니다. 다양한 글쓰기의 환상들이 있을 수 있습니다. 자신의 욕망하는 힘 속에서 표현하는 것, 그러니까 이것을 성적 환상과 같은 것으로 이해해 보시기 바랍니다. 성적 환상은 한 명의 주체(나)와 전형적인 대상(신체의 일부, 행동, 상황)이 함께하는 하나의 시나리오, 쾌락을 낳는 결합입니다. 결국 글쓰기의 환상은 하나의 문학적 대상을 생산해 내는 나, 즉 그 대상을 쓰는 사람(여기에서는 항상 그렇듯 환상은 어려움과 실패를 지워 버립니다.) 또는 그보다는 오히려 그 대상을 끝마치려는 지점에 와 있는 사람입니다. 그렇다면 그 대상은 어떤 대상일까요? 분명 그것은 주체와 관련이 있고, 수많은 개인적 소여(所與)와 관련이 있습니다. 투박한 유형학에 따르면, 그것은 시, 극작품, 소설(물론 여기에서 시의 환상, 소설의 환상을 말합니다.)입니다. 더구나 환상 그 자체는 아주 투박한 유형학('문학 장르')에 복종하고, 또 투박한 상태로 있을 것입니다. 마치 성적 환상 자체가 코드화되어 있는 것처럼 말입니다. 사실 이건 큰 문제입니다. 이것은 사회와 관련이 있습니다. 미국에서 동성연애자의 선전 문구는 엄격하게 코드화되어 있습니다. '미남(Handsome), 근육질(Muscular), 부드러움(Affectionate), 다재다능(Versatile), 통통함(Chubby) 등 ≠ 유행이 아님(No Fads), 마약(Drugs), 사도-마조(S/M), 여성화(Fems).'[30] → 이와 같이 방향 지어진(시, 소설) 글쓰기의 환상에 대해 나는 다음과 같은 점을 지적하고자 합니다.

코드와 환상. 이것은 중요한 문제입니다. 한 사회는 이 사회의 환상적 코드의 경직성에 의해 정의될 수 있습니다. 예컨대 미국과 그 나라의 성(性)의 세계가 그렇습니다. 이미지들로 이루어진 목록(이미지들 = 소비의 대상)은 한 사회에 적합하지 않은 것으로 알려진 욕망과 관련된 만큼 그 코드가 아주 뚜렷합니다. 일례로 동성애 같은 것이 있죠. 그것은 한 사회의 내적 코드에 의해 계속 수정됩니다. 어떤 관점에서 보면 코드는 법보다 우월하며, 법에 대해 외연적이기까지 합니다. 전형을 통한 제약이 금지보다 우세합니다.(우리는 거기에서 재창조된 금지의 음흉한, 제2의 형태를 읽게 됩니다.) 미묘하고, 독창적인 환상들, 이런 환상들은 존재할 수 있지만, 거의 기술(記述)할 수 없는 주변부에나 존재합니다. 이 환상들은 문학적 영역으로 이행되는 경우를 제외하고는 자기 목소리를 낼 수 없습니다. 사드처럼 말이죠. 그는 이 문제를 아주 잘 의식했고, 그것도 집요하게 의식하고 있었습니다. 코드화되지 않은 환상들의 목록을 세심하게 작성하거나(『120일(Cent vingt journées)』) 잘 코드화된 목록 안에서 환상의 변이체들의 목록(시간(屍姦), 배설물 먹기, 사디즘 등)을 작성했습니다. 어쩌면 글쓰기의 환상에도 동일한 언어/화언 행위의 변증법이 존재할 겁니다. 환상(시, 소설의 환상)이 기능하기 위해서는 하나의 투박하고 코드화된 이미지에 그대로 머물러야 합니다. 그(le) 시(Poème), 그(le) 소설(Roman)이라는 이미지에 말입니다. 환상이 환상으로서의 기능을 상실하고 미묘함, 전례 없는 것에 도달하는 것은 현실(시로서의 실천, 소설로서의 실천)과 싸우면서일 뿐입니다. 프루스트는 에세이, 소설을 환상화했습니다.(이 점에 대해서는 뒤에서 다시 다룰 것입니다.) 하지만 그는 제3의 형태[31]를 창작해 냈습니다. 그는 환상의 경직성을 포기하면서만 자기 작품을 쓰기 시작할 수 있었습니다. 에너지, 작동시키는 모터로서의 환상이지만, 그것이 그 후에, 실제로 생산해 내는 것은 더 이상 코드에 속하지 않습니다.

따라서 글쓰기의 환상은 글쓰기의 안내자 역할을 합니다. 입문 안내자로서의 환상이지요.(베르길리우스와 단테 참조.)

소설

이제 우리는 글쓰기-의지가 소설을 쓰고자 하는 의지라는 사실, 소설이 환상화된 형식이라는 사실을 이해했거나 알게 되었습니다. 왜냐하면 내가 직접 이 사실을 말했고 또 그렇게 썼기 때문입니다.(스리지에서입니다.[32]) 심지어 내가 한 권의 소설을 쓰고 있다고 말하기도 합니다.(소문의 일상적인 코드.) 하지만 잘못 알려진 얘기였습니다. 만일 그랬다면 나는 "소설의 준비"에 대한 강의를 제안할 수 없었을 것입니다. 글쓰기는 은밀함을 필요로 합니다. 아닙니다. 나는 소설을 쓰는 것이 아닙니다. 나는 지금 소설의 환상에 머물고 있습니다. 하지만 나는 이 환상을 가능하면 멀리, 그것도 다음과 같은 분기점까지 밀고 나가기로 마음먹었습니다. 욕망이 없어지든지, 아니면 이 욕망이 실제 글쓰기로 나타나든지 할 때까지 말입니다. 그런 다음 쓰일 것은 환상화된 소설이 아닐 것입니다. 따라서 우리는 지금 당장은 환상의 차원에 머물러 있습니다. 이로 인해 우리가 소설이라는 단어를 사용할 수 있는 방식(방법)이 완전히 수정됩니다.

따라서 내가 소설이라고 부르는 것은 — 지금으로서는 — 메타언어(과학적, 역사적, 사회학적)에 의해 고려의 대상이 되기를 원치 않는 하나의 환상적 대상입니다. 따라서 일반적인 소설의 설명에 대한 시원적, 맹목적 판단 중지가 있습니다. 메타 소설이 아닙니다. 따라서 이렇습니다.

첫째, 나는 소설의 역사 사회학, 문명의 운명으로서의 소설에 대해서는 말하지도, 고려하지도 않을 것입니다.(루카치, 골드만, 지라르.[33]) → 소설이 시장을 위한 생산에서 태어난 개인주의 사회에서의 일상생활의 문학적 차원에서의 변형이라는 견해 때문에 주눅들지 않을 것입니다. → 소설에 가치의 세계(사랑, 정의, 자유)와 경제 법칙에 의해 결정되는 사회 체계를 대립시키는 임무가 있(었)고, 소설의 주인공은 "실제 역사와 진정한 윤리 사이의 길항에서 파생된 분명하고도 맹목적인 희생자다."라는 생각에 대해서도 전혀 반박하지 않을 것입니다. 하지만 그 때문에 환상이 마비되지는 않을 것입니다. 환상은 모든 메타 소설적 환원

작용에 의해 결코 환원될 수 없는 것으로 남아 있습니다.

둘째, 나는 또한 — 적어도 지금은(="소설의 준비") — 다음과 같은 문제로 주눅들지 않을 것입니다. 바로 오늘날(다시 말해 역사적으로, 문학적으로) 한 권의 소설을 쓰는 것이 가능한가를 아는 문제입니다. 분명 소설이 쓰인다고 해도, 한편으로는 파는 데 어려움이 있을 것입니다.(증언이나 연구에 대치되어.) 다른 한편으로는 프루스트 이래로[34] 전체적으로 보아 그 어떤 소설도 위대한 소설, 기념비적 소설의 범주에 파고들지도, 이르지도 못하는 것으로 보입니다. 같은 방식으로 우리는 또한 이렇게 말할 수 있습니다. 라신 이후 많은 비극이 있다, 하지만 라신 이래 비극다운 비극은 없었다고 말입니다. 따라서 역사적으로 다음과 같은 문제, 즉 과연 소설이 오늘날에도 가능할까의 문제를 제기하는 것은 정당합니다. 하지만 순진하게 나는 이 문제(환상의 순진성)를 나 자신에게 제기하지 않을 것입니다. 지금 당장은 전략적으로 소설 — '나의' 소설 — 을 생각하지 않을 것입니다.

결국 나는 다음 두 가지에 대한 구별을 (일시적, 입문적으로) 받아들일 것입니다. 첫째, 지식의 본질에 따라 그것 자체가 어떻게 이루어졌는가를 알고자 하는 것(=과학)과 둘째, 그것을 다시 하기 위해, 같은 영역에 속하는 무엇인가를 하기 위해 그것이 어떻게 이루어졌는가를 알고자 하는 것(=테크닉)의 구별입니다. 기이하게도 여기에서 그것은 '테크닉'에 관계된 문제가 될 것이고, 과학으로부터 테크네 문제로 한 발 물러설 것입니다.

'뭔가를 다시 만들기 위해 그것이 어떻게 이루어졌는가'로 '그것 자체가 무엇인지를 알기 위해 그것이 어떻게 이루어졌는가'를 대치하는 것 — 준비로 본질을 대치하는 것 — 은 완전히 비과학적 시각과 연결되어 있습니다. 실제로 환상의 출발은 소설(일반적으로, 장르로서의 소설)이 아니라, 소설 수천 편 중에서 한두 편입니다. 나는 그중에서도 『잃어버린 시간을 찾아서』와 『전쟁과 평화』를 예로 들고자 합니다. 하지만 내가 그들의 다른 작품들(『장 상퇴유(Jean Santeuil)』, 『안나 카레니나(Anna Karénine)』)을 읽으려 하면 그 순간 그것들은 손에서 빠져나갑니다. 요약하자면 이렇습니다.

첫째로, 환상은 '다른 소설들과 같지 않은 소설'을 붙잡습니다. 그러니까 위대한 소설이나 쓰레기 소설을 붙잡는 것입니다. 마치 소설의 '비과학적' 본질이(나는 다음 사실을 고백합니다. '비과학적' 본질은 기이한 개념이라는 사실을 말입니다! 이것은 어쩌면 실존적 본질이 아닐까요? 이것은 다음과 같은 외침에 상응합니다. "바로 그거야!"[35]) '소설'이라는 장르에 대한 거부에서 탐구된 것처럼 말입니다. 『잃어버린 시간을 찾아서』와 심지어는 『전쟁과 평화』, 즉 '서사시'가 정확히 그런 경우입니다. 물론 이 연구는 '과학적'이지 않습니다. 왜냐하면 그것이 소설들의 평균과 관련되지 않기 때문입니다.(하지만 어쩌면 그것이 새로운 과학(Scienza Nuova),[36] 장르들, 평균적인 작품들, 대다수의 작품들에 대한 새로운 과학이 아니라, 차이가 나는 작품들에 대한 새로운 과학이 아닐까요?)

둘째로, 환상의 차원에서는 이처럼 물리적으로 평범한 작품, 즉 '평균적인 작품'에 포함되는 작품을 구상하는(욕망하는) 것은 불가능합니다. 내가 사전 배포용으로 받는 소설들이 있습니다. 좋습니다. 하지만 왜 그 많은 다른 여러 이야기 중에서 바로 그 이야기일까요? 내가 작품 한 편을 인정하는 기준(즉 아주 단순하게 실제로 내가 그것을 읽는 기준)은 다음과 같습니다. 문제의 작품이 필연성의 감정을 끌어내는가, 그 작품이 우리를 회의주의에서 해방하는가, '왜 그렇지?, 왜 그렇지 않지?'입니다.('필연성'? — 어쩌면 이것은 의미를 확대해 주는 것입니다. 예컨대 독서 전과 후가 다른 경우입니다.) 신기하게도 '책 표지글'[37]에서 거창하게 이야기가 소개되어, 어쩌다 이야기에 들어 있을 수도 있는 '필연성'이 종종 지워지는 경우도 있습니다. 이 경우에 약간의 역겨움을 느끼며 나는 그 작품들을 읽고 싶은 생각이 들지 않습니다. 그로부터 다음과 같은 하나의 규칙이 나옵니다. 절대로 줄거리를 이야기하지 말 것, 이야기를 쓰기만 할 것.

소설의 환상은 '몇몇' 소설들로부터 출발합니다. 이와 같은 환상은 첫 번째 쾌락(독서의)과 같은 그 무엇에 의존합니다.(출발점) 성적 쾌락을 참작해 보면, 우리는 평생 지속되는 첫 번째 쾌락의 힘이 뭔지를 알게 됩니다.

하지만 환상(그리고 그 욕망의 뜨거움)은 확장되고, 초월되고, 승화될 것을 요구받습니다. 이것은 욕망과 사랑의 변증, 에로스와 아가페의 변증법(신화에서 잘 알려진 변증법, 아레오바고의 디오누시오[38])과 같습니다. 욕망의 상처는 '소설 한 편을 쓴다'는 생각에 의해, 그리고 하나의 커다란 임무, 즉 세계 전체를 대상으로 하는 일반적인 욕망에 의해 실패를 극복할 수 있다는 생각을 통해 수용되고 극복될 수 있습니다. 따라서 소설은 일종의 중요한 구제입니다. 이런 감정은 어디에서도 잘 느낄 수 없습니다. 따라서 글쓰기는 나의 유일한 조국일까요? 소설(만들어져야 할 것, 아젠둠[39]으로서의 소설)은 최고선(성 어거스틴, 단테, 최고선(Il Sommo Bene), 성 토마스, 이어서 정신분석)으로 나타납니다.

따라서 어떤 관점에서 보면 소설은 사랑의 행위(감상벽과 평범함을 드러내는 형편없는 표현이기는 하지만, 이 표현 말고 달리 좋은 표현이 없습니다. 그래도 결국 언어의 한계를 인정할 필요가 있습니다.)처럼 환상화됩니다. (더 이상) 이기적인 사랑이 중요한 것이 아니라 아가페-사랑이 중요합니다.(에로스의 계속적인 잔류 효과에도 불구하고 말이지요.) 이기적인 사랑은 자기애적 사랑을 말합니다. 따라서 서정적입니다. 반면 아가페-사랑은 사랑하는 타인들에 대해 말합니다(소설). 실제로, '사랑하는 사람들에 대해 말하기.'[40] 사랑하는 사람들에 대해 글을 쓰는 것은 우리가 알았고, 사랑했던 사람들을 정당하게 평가해 주는 것, 다시 말해 그들을 위해 증언해 주는 것!(종교적인 의미에서)이자 그들을 불멸화하는 것입니다. "사랑하는 사람들을 그려라." 사드는 『사랑의 죄악(Crimes de l'amour)』(『전집(Œuvres complètes)』, Cercle du livre précieux, t. IX-X, p. 6의 "소설에 대한 생각들")에서 이렇게 말했습니다. "인간은 그의 실존에 결부되어 있고, 그의 실존을 특징짓는 두 가지 약점에 종속되어 있다. 모든 곳에서 그는 기도를 해야 한다. 모든 곳에서 그는 사랑을 해야 한다. 그리고 이것이 모든 소설의 바탕이다. 그는 자신이 간청한 존재들을 그리기 위해 소설을 썼고, 자신이 사랑한 사람들을 축성하기 위해 소설을 썼다." 프루스트에게 있어 어머니와 할머니가 그랬고(『잃어버린 시간을 찾아서』에서의 유일한 사랑의 대상들) 톨스토이에게 있어 어머니(마리)와 할아버지가 그랬습니다.(물론 그들을 작품 중심에 위치시키라는 의미가 아닙니다. 자성(磁性)을 띠는 것은 사랑의 장소들입니다. 소설은 매개의 구조를 가지고 있습니다.)

또한 소설은 세계를 사랑합니다. 왜냐하면 소설은 세계를 혼합하고 또 포용하기 때문입니다. 소설에는 너그러움(언어활동에서 골드만의 사회학에 의해 부정되지 않는)이 있고, 쏟아 붓기가 있습니다. 이 쏟아 붓기는 감정적인 것이 아닙니다. 왜냐하면 그것은 매개되었기 때문입니다.(『전쟁과 평화』를 생각해 보시기 바랍니다.) 나는 신비한 사랑에 도입된 구별을 생각합니다.(가르데)[4] 첫째, 자기보다는 다른 사람을 위한 사랑이 있습니다. 사람들은 이 사랑의 결합을 갈망합니다.(일신교적 신비주의, 서정시, 사랑의 담론) 둘째, 타고난, 어두운, 불가피한 사랑이 있습니다. '존재론적 사랑'입니다.(인도 신화, 소설) 소설은 메마른 감정, 아세디에 맞서 싸우기 위한 실천입니다.

이와 같은 구별은 추상적으로 보일 수 있습니다. 이것이 (소설 텍스트의) 담론 차원에서는 무엇이 될 수 있을까요?

첫째, 벌써 다음과 같은 사실이 지적되었습니다. 소설은 구조 또는 매개 작용입니다. 감정성('사랑의 행위'라는 견딜 수 없는 표현에서는 억제되지 않는)이 매개되어 있습니다. 그것은 추론되고, 선언되지 않고, 말해진 것입니다. 죽음의 충동은 리비도에 의해 채색된 것이 아니라면 결코 볼 수 없다고 지적하는 프로이트를 참조하세요.(출처는 모르겠습니다만.[42]) 이와 마찬가지로 사랑의 충동 역시 소설을 채색합니다. 이것이 전부입니다.

둘째로, 소설(항상 내가 소설이라고 부르는 것, '나의' 소설)을 발화의 논리적 대범주들과 비교해 위치시킬 필요가 있습니다. 선불교의 일화 하나가 생각나는군요. 슈찬(首山, 10세기)은 제자들 앞에서 막대기를 흔들며 이렇게 말했습니다. "이것을 죽비(竹篦)라고 부르지 말라. 왜냐하면 그렇게 하면 너희들은 긍정하는 것이기 때문이다. 또한 이것이 죽비라는 것을 부정하지 말라. 왜냐하면 그렇게 하면 너희들은 부정하는 것이기 때문이다. 긍정도 부정도 아닌 말로 이것을 말해 보라. 말해 보라니까!"[43] 또 다른 일화로 알시다마스('궤변론자들')[44]가 있습니다. 담론에는 네 가지 형태가 있습니다. 프라시스(phrasis : 긍정), 아포파시(apophasi : 부정), 에로테시스(érôtèsis : 의문), 그리고 프로사고레우시스(prosagoreusis : 선언, 호출(appellatio, 인사))입니다. 실제로 소설은 긍정도, 부정도, 의문도 아닐 것입니다. 소설은 말하고 또 말합니다. 또한 소설은 말을 겁니다. 소설은 호출합니다.(『잃어버린 시간을 찾아서』와 『전쟁과 평화』가 나에게 해 주는 것이 이것입니다.) 중립이라는 개념과의 관계에서 나는 이렇게 말할 것입니다. 소설은 오만함이 없는 담론이라고, 소설은 나를 주눅들게 하지 않는다고 말입니다. 소설은 나에게 압력을 가하지 않는 담론입니다. 따라서 나 자신은 타인에게 압력을 가하지 않는 담론의 실천을 원합니다. 중립에 대한 강의의 관심사가 이것입니다. 소설은 중립의 글쓰기일까요?

하지만 환상 속에서 조금 더 나아가기 위해서는(다시 말해 현실을 향해 환상에서 빠져나오는 기회를 엿보기 위해서는) 소설 창작에서 내가 가지고 있는 방책('수단')이 무엇인지를 냉철하게 보려고 노력해야 합니다. 하지만 (지금 당장은) 나의 유일한 힘은 욕망, 고집스러운 욕망뿐입니다.(비록 내가 종종 소설적인 것과 '사귀려고' 했어도, 소설적인 것은 소설이 아닙니다. 정확히 나는 지금 이 문턱을 넘어서려 하고 있습니다.) 적어도 나는 곧바로 내 안에 나의 체질적인 약점, 소설을 창작하는 데 별 도움이 안 되는 무기력함이 있다는 것을 알 수 있습니다.(몸의 생김새가 스포츠를 하기에 적당하지 못한 사람, 또는 피아노를 치기에 손이 너무 작은 사람…… 등을 참조.) 신체적 약점이지요. 나는 지금 내 약점에 대해 말하려고 합니다. 그것은 바로 기억력입니다. 기억하는 능력 말입니다. 옳건 그르건 간에(내가 말하고자 하는 것은 시험해 보고 이변이 없는 한이라는 조건에서입니다.) 내가 좋아하는 소설은 기억의 소설이며, 글을 쓰는 주체의 어린 시절, 삶에서 회상된 재료들('추억들')과 더불어 구성되는 사실들을 바탕으로 한 소설입니다. 프루스트는 기억으로 자기의 소설 이론을 정립했습니다.(이 점에 대해서는 곧 더 자세히 살펴볼 것입니다. 시간은 많습니다.) 『잃어버린 시간을 찾아서』는 기억의 소설입니다.(콩브레에서 절정을 이룹니다.) 덜 알려졌고, 덜 날카롭지만 톨스토이의 『전쟁과 평화』 역시 추억의 직조물입니다.(그리고 그는 회고적 전기를 실천했습니다. 『추억(Souvenirs)』, 『어린 시절(Enfance)』과 『청소년 시절(Adolescence)』에 많습니다.[45])

　　어쨌든 내가 기억력이 부족하다는 확신, 그리고 이 때문에 내가 회고적인 소설을 쓰기가 어렵다는 확신이 있습니다. 기억 '장애'는 다양하다는 점을 지적하고 싶습니다. 순수하고, 단순하고, 문자 그대로의 기억은 없습니다. 모든 기억은 이미 의미입니다. 실제로 (소설의) 창조적 요소는 기억력이 아닙니다. 그것은 기억의 변형입니다.(바슐라르의 "상상력은 이미지들을 해체하는 것"이라는 주장을 참조.[46]) 그런데 다소 생산적으로 변형된 기억의 형태가 있습니다. 프루스트의 기억입니다. 생생하게 폭발하고, 불연속이고, 시간에 의해 연결되지 않는 기억이지요.(연대기의 전복.) 전복되는 것은 추억의 강도가 아니라 순서입니다. 하지만 추억이 떠오르면, 그것은 강하고 맹렬합니다. 이것이 바로 기억의 이상 증진입니다. 그런데 내 기억의 진정한 약점은 무기력입니다. '기억 위의 안개'[47]입니다. 예컨대 나는 내 삶과 연관 있는 날짜들을 잘 기억하지 못합니다. 내가 나의 전기(傳記)를 쓰는 것, 날짜가 적힌 이력서를 쓰는 것은 불가능합니다. 분명 갑작스러운 추억들, 순간적인 기억들이 있기는 합니다. 하지만 이것들은 퍼져 나가지 못합니다. 그것들은 연상적이지 못합니다.('맹렬하지 못합니다.') ≠ 프루스트. 그것들은 단순한 형태로 다 소멸됩니다. 이것으로부터 '소설적인' 인상을 느낄 수 있습니다. 하지만 이 또한 정확히 소설과는 구별됩니다.

따라서 현재 상태에서 나는 이렇게 느낍니다. 나와 관련하여 말하자면, 환상화된 소설은 회고적인 형태가 될 수 없다고요. 소설적 '충동'(재료에 대한 사랑)은 나의 과거 쪽으로 향하지 않습니다. 내가 나의 과거를 좋아하지 않아서가 아닙니다. 오히려 내가 과거 일반('le' passé)(아마도 이 과거가 고통스럽게 하기 때문에)을 좋아하지 않기 때문입니다. 그리고 앞에서 지적한 바와 같이 과거에 대한 나의 저항은 안개의 형태를 취합니다. 그것은 더 이상 돌아오지 않을 것(꿈, 여자 유혹하기, 지나간 삶)을 이야기하고, 재잘거리는 것에 대한 일종의 전반적 저항입니다. 감정적, 합리적, 지성적 차원에서 감정적 관계는 현재, 다시 말해 나의 현재와 더불어 이루어집니다. 결국 내가 바라는 재료는 현재입니다.("사랑하는 사람들을 그려라." 이 책 45쪽 참고)

바로 여기에서 올해의 강의 방향을 결정할 '문제' 하나가 제기됩니다. 현재를 가지고 이야기(소설)할 수 있는가라는 문제입니다. 글쓰기의 발화 행위에 포함된 거리와 근접성, 모험과 같이 체험된 현재의 격정을 어떻게 화해시킬 수 — 변증법화할 수 — 있는가의 문제입니다.(현재란, 마치 우리가 거울에 코를 대고 있는 것처럼, 우리와 딱 붙어 있습니다.) 현재는 페이지에 코를 붙이고 있는 것입니다. 한 눈은 페이지 위에, 다른 한 눈은 '나에게 발생하는 것'에 고정한 상태에서 어떻게 길고 유창하게(흐르는 방식, 쏟아지는 방식, 실을 잣는 방식으로) 글쓰기를 할 수 있을까요?

실제로 나는 다음과 같은 단순하면서도, 따지고 보면 달리 어찌할 수 없는 생각으로 되돌아옵니다. '문학'이란(왜냐하면 결국 내 계획은 '문학적'이니까요.) 항상 삶과 같이 이루어진다는 생각으로 말이지요. 나의 문제는 결국 내가 내 과거의 삶에 접근할 수 없다고 생각한다는 점입니다. 나의 과거 삶은 안개 속에 있다는 것, 즉 강도가 약하다는 것입니다.(이조차 없다면 글쓰기도 없습니다.) 강도가 높은 것은 바로 현재의 삶입니다. 글쓰기 욕망과 구조적으로 혼합된 현재의 삶 말입니다.(거기에 바로 나의 소여(所與)가 있습니다.) 따라서 소설의 '준비'는 현재의 삶과 평행인 텍스트, '동시대적'인 삶, 공존하는 삶에 대한 텍스트의 포착과 관련이 있습니다.

물론 현재의 삶을 제재 삼아 소설을 쓰는 것이 처음에는 어렵게 보였습니다만, 현재를 제재 삼아서는 글쓰기를 할 수 없다고 말하는 것은 잘못일 것입니다. 현재를 메모하면 소설을 쓸 수 있습니다. 이 현재가 당신 위에, 당신 아래에(당신의 시선과 당신의 청각 아래에) 떨어짐에 따라서 말입니다. 이렇게 해서 마침내(나는 지금 서론의 마지막 단계에 와 있습니다.) 이중 문제가 드러납니다. 하나는 소설(나의 소설) 준비의 성패를 지배하는 문제입니다. 다른 하나는 금년 강의의 첫 번째 대상을 구성하는 문제입니다.

한편으로는 메모하기(notation), '메모'의 실천, 노타시오(notatio)의 문제입니다.[48] 이 실천은 과연 어느 차원에 속하는 것일까요? '현실'의 차원(무엇을 선택하는가)일까요, '말하기'의 차원(노타시오에 대해 어떤 형태, 어떤 생산물을 부여하는가)일까요? 이 실천은 의미, 시간, 순간, 말하기에 대해 무엇을 포함하고 있을까요? 노타시오는 당장 언어활동이라는 강(江), 중단되지 않는 언어활동이라는 강의 문제적 교차점에서 나타납니다. 그러니까 노타시오는 삶 — 연속되고, 달리고, 이어지는 텍스트이자, 겹친 텍스트인 동시에 재단된 텍스트들의 조직학, 팔렘프세스트(palimpseste) — 표시하기(고립시키기 : 희생, 희생양 등)라는 신성한 제스처의 교차점에서 나타납니다. 메모하기 역시 문제적 교차점일까요? 그렇습니다. 메모하기에 의해 제시된 것은 사실주의의 문제입니다. 메모하기의 실천을 가능한 것(가소로운 것이 아닙니다.)으로 여기는 것, 이것은 이미 문학적 리얼리즘의 회귀(나선형)를 가능한 것으로 받아들이는 것입니다. 단, 이 단어를 프랑스적 함의나 정치적 함의에서(졸라, 사회주의적 리얼리즘) 고려하지 말고, 일반적인 의미로 받아들여야 한다는 점을 주의하세요. 환영-현실의 심급 아래 기꺼이 위치하는 글쓰기의 실천이라는 일반적 의미입니다. 그렇다면 그것으로부터 출발해 어떻게 노타시오를 조직하고 유지할 수 있을까요?

다른 한편으로는 메모에서 어떻게 소설로 넘어가느냐의 문제입니다. 어떻게 불연속에서 흐름(너비)으로 넘어갈 수 있을까요? 내가 보기에 이 문제는 심리 구조적 문제입니다. 왜냐하면 이것은 단장(fragment)에서 비(非)단장으로 넘어가는 것, 다시 말해 글쓰기와 나의 관계, 곧 발화 행위와 나의 관계를 변화시키는 것, 그러니까 여전히 현재 존재하는 나라는 주체를 변화시키는 것을 의미하기 때문입니다. 과연 나는 파편화된 주체(거세와 모종의 관계가 있습니다.)일까요, 아니면 분출하게 하는 주체(다른 관계)일까요? 다시 한 번 말하자면 간단한 형식과 긴 형식 사이 투쟁의 문제이기도 합니다.

또한 (나는 여러 문제들에 대해 '몽상'을 하긴 합니다만.) 정신이 대안을 마련할 때마다 — 함정에 대한 두려움과 단순화의 기쁨과 더불어서입니다. 어쨌든 선택하는 것은 구상하는 것보다는 용이합니다. — 세 번째 형식을 배제해서는 안 될 것입니다. 바로 문채(Figure)로, 이것은 처음에는 불가능해 보이던 것을 결국 가능하게 만들 수도 있습니다. 여기에서는 단장들로 이루어진, 단장-소설을 구상하는 것이 가능합니다. 이런 형식의 소설은 틀림없이 존재합니다. 또는 거기에 가까운 소설이 존재합니다. 모든 것은 불연속적인 것의 휴지 부분이 표시되어 있는 줄, 장소, 흐름, 페이지에 달려 있습니다. 여기에서는 소설의 시각적 배치를 살펴보아야 하고, 또 그럴 필요가 있습니다. 패러그래프, 줄바꿈한 두 행 사이의 하얀 부분 = 페리그라피.(A. 콩파뇽의 저서[49]가 쇠이유 출판사에서 곧 출간될 예정이니 참조하세요.) 나는 플로베르(공백[50])의 단편적-잠재적 측면과 『아지야데(Aziyadé)』[51]에 대해 생각합니다. 분명 다른 예들도 많을 것입니다. 좀 더 심층적인, 하지만 덜 명료한 차원의 예들 말입니다. 당연히 프루스트식 불연속성과 랍소디[52](이 강의의 두 번째 문제)도 거기에 해당됩니다.

나는 이 문제들을 간접적인 방식으로 다루게 될 것입니다. 이 문제들을 두 외부 경험, 두 후견-텍스트(textes-tuteurs)에 '연결할' 예정이거든요.

첫 번째는 메모하기입니다. 내가 소설가의 수첩이나 자전적 일기(현재에 대한 메모하기)를 선택할 수도 있었겠지요. 그러나 취향에 의해, 또 이와 마찬가지로 짧은 형식의 문제를 가장 가까이에서 포착하기 때문에, 여러 형식 중 내가 특히 좋아하는 것은 하이쿠입니다. 아주 간단한 형식이자 메모하기의 정수와 같다고 할 수 있죠. 따라서 앞으로는 하이쿠에 대한 일련의 강의가 이어질 것입니다.(다시 말해 현재에 대한 메모하기의 한 전형에 대한 강의가 말입니다.) 두 번째는 단장에서 소설로의 이행입니다.(긴 텍스트로의 이행이죠.) 여기에서 나는 프루스트를 이용할 것입니다.(적어도 그럴 계획입니다.) 더 정확하게 말하자면, 나는 프루스트가 마침내(동요, 망설임, 미결정 후에) 『잃어버린 시간을 찾아서』의 대장정을 시작하게 된 전기적 일화를 탐사할 것입니다. 아울러 나는 다음과 같은 사실을 지적하고자 합니다. 프루스트의 삶이 내게 점점 더 '흥미로운 것'으로 보인다는 사실, 다시 말해 글쓰기의 관점에서 탐사되어야 하는 것으로 보인다는 사실을 말입니다. 그의 삶에 대해서는 점차 일종의 '학문(science)'(이렇게 말할 수 있다면)을 확립해야 할 것입니다.(A. T.[53]와 함께한 영화의 줄거리.)

크게 보아(나는 그렇게 생각합니다. 왜냐하면 여전히 부분적 항목들을 가늠할 수 없기 때문입니다.) 올해 강의는 이렇게 연결될 것입니다. 두 개의 축: 외관상으로는 잘 어울리지 않는 축들→ 원심적인 연동. 써야 할 소설, 환상화된 소설 주위의 선회. 하이쿠와 프루스트.(나는 프루스트라고 했지 『잃어버린 시간을 찾아서』라고 하지 않았습니다.) 이런 대조의 의미에 대해서는 강한 확신이 있습니다. 하지만 어쨌든 여러분 입장에서 보면 약간은 거칠고, 약간은 함축적이고, 또 약간은 경망스러워 보일 수도 있다는 점을 우려했습니다. 다행스럽게도 '억지처럼'(수수께끼 같은 표현입니다. 오히려 때 맞춰 따져야 할 부분에서 말입니다.) 한 친구가 제공한 프루스트의 인용문이 있습니다.('시평(Chroniques)') "사건들을 이야기한다는 것, 그것은 각본만으로 오페라를 알게 하는 것이다. 하지만 만일 내가 소설 한 권을 쓴다면, 나는 매일 계속되는 음악들을 서로 다른 것으로 만들도록 노력할 것이다."[54] 매일 계속되는 음악은 하이쿠 자체이기도 합니다. 결국 그로부터 이런 사실이 나옵니다. 어쩌면 환상화된 것은 오페라 같은 소설일지도 모른다는 사실입니다.

두 개의 보충 설명

(하이쿠에 대해) 설명을 시작하기 전에 두 개의 보충 설명 — 혹은 두 개의 고백 — 을 하고자 합니다. 이는 조심성 때문입니다.

마치 ⋯⋯인 것처럼

나는 실제로 소설 한 편을 만들게 될까요? 이 문제에 대해 나는 이렇게 만 답하려 합니다. 마치 내가 소설을 한 편 만들 것처럼 할 것이라고 말입니다. 나는 이 마치 ⋯⋯인 것처럼 안에 자리 잡겠습니다. 이 강의에 "마치 ⋯⋯인 것처럼"이라는 제목을 붙일 수도 있었습니다.

주의할 점은 다음과 같습니다. 첫째, 사람들은 나에게 이렇게 말했고 또 말할 것입니다. 책에 대해 미리 예고하는 것은 큰 위험이 따르는 일이라고, '마술적인' 위험이 있다고 말입니다. 미리 말하는 것, 그것은 파괴하는 것이라고 말입니다. 너무 일찍 명명하는 것, 그것은 나쁜 운을 불러들인다고 말입니다.(김칫국부터 마신다고 말입니다.) 나는 보통 위험을 아주 진지하게 여기는 편입니다. 나는 쓰게 될 책에 대해서는 항상 말을 삼가는 편입니다. 그런데 왜 이번에는 이와 같은 위험을 감수하는 걸까요? 그리고 말하자면 왜 천기를 누설하는 걸까요? 그 이유는 이것이 내가 앞에서 말했던 (삶의 중간) 변화의 일부이기 때문입니다. 실제로 이런 변화에는 더 이상 아무것도 잃을 게 없다는 생각이 포함되어 있습니다. '자포자기'를 뜻하는 게 아닙니다. 오히려 (프랑스인들의 행동에 달라붙어 있는) 아주 프랑스적인 표현('체면을 잃다')에 대한 반성적 반대의 탐구입니다. 프랑스인의 문화는 실수의 문화보다는 오히려 부끄러움의 문화에 더 가깝기 때문입니다. 소설 한 편을 만드는 것 또는 만들지 못하는 것, 실패하는 것 또는 성공하는 것, 그것은 하나의 '실적'이 아니라 '길'입니다. 사랑에 빠지는 것, 그것은 체면을 잃는 것과 그것을 용인하는 것입니다. 따라서 잃을 체면이 하나도 없는 것입니다. 둘째, 마치 ⋯⋯인 것처럼은 방법에 속하는 단어입니다.(수학에서의 한 연구 방법처럼요.) 방법이란 하나의 가설에 대한 체계적 탐구입니다. 여기에서 가설은 잘 이해되었습니다. 즉 이것은 설명(해석, 메타소설)이 아니라 생산에 대한 가설이라는 사실을 말입니다.

셋째, 방법은 길입니다.(그르니에는 도(道)는 길[55]이라고 말했습니다. 도는 길인 동시에 여정의 끝, 방법인 동시에 완성입니다. 일단 길 위에 올라서면, 우리는 벌써 그 길을 따라 간 것입니다.) 중요한 것은 길, 도정이지, 그 끝에서 발견하는 것이 아닙니다. 환상에 대해 탐사하는 것은 이미 그 자체로 하나의 훌륭한 이야기입니다. "시도하기 위해 희망할 필요도 없고, 지속하기 위해 성공할 필요도 없다."[56](이것은 또한 사르트르적인 말이기도 합니다.)

마지막으로, 따라서 소설은 그 준비 단계에 ― 이 단계에 의해 고갈되거나 완성되어 ― 머물 수도 있습니다. 이 강의(어쩔 수 없는 경우가 아니면 분명 여러 해 진행될 수 있는)의 또 다른 제목은 "불가능한 소설"일 수도 있습니다. 이 경우에 시작되는 작업은 향수 어린 큰 주제를 탐사하는 것입니다. 우리의 역사 속에서 뭔가가 배회하고 있습니다. 문학의 죽음입니다. 이것이 우리 주위를 서성이고 있습니다. 이 환영을 정면에서 바라보아야 합니다. 실천에서 출발해서 말입니다. 따라서 긴장된 작업이 중요합니다. 걱정스러운 동시에 능동적인 작업(최악의 것은 분명 아닙니다.)이 문제인 것입니다.

윤리/ 기술

하나의 실천을 탐구하는 것이 문제이기 때문에, 이 강의에서는 준(準)기술적인 것(그리고 특히 문학에 고유한 기술)을 고려할 것입니다. 그것은 실망을 안겨 줄 수도 있고, 어떤 사람에게는 무료한 요소가 될 수도 있습니다. 이런 위험을 지적하고 떠맡으면서 실망을 미리 막고자 합니다. 얼핏 보면 지난해와는 완전히 다른 특별한 분야입니다. 중립은 윤리적 분야입니다. 도가 아닌 다른 곳에서 중립에 대한 기술은 존재하지 않습니다.

하지만 모든 것 ― 모든 행동, 모든 작용, 모든 개입, 모든 제스처, 모든 일 — 에는 세 가지 양상이 있습니다. 바로 기술적인 양상, 이데올로기적인 양상, 윤리적인 양상입니다. 이 작업의 이데올로기적인 부분은 내 소관이 아닙니다. 다른 사람들이 그 사실을 말해 줄 것입니다. 이데올로기적인 것, 그것은 늘 타인들입니다.

하지만 내가 바라는 것처럼 이 작업은 기술과 윤리의 결정 불가능한 결합에 공히 연결될 것입니다. 그리고 글쓰기 영역에서 기술이 미학의 임무를 떠맡게 된다고 생각하면, 이 강의는 미학과 윤리의 교차 지점, 얽힌 지점에 위치할 것입니다.

이것은 키르케고르적 문제입니다.(『이것이냐, 저것이냐(Ou bien, ou bien)』) 카프카와 함께(야누흐와의 대화) 다음 글을 읽어 보겠습니다.(그리고 고쳐 보도록 하지요.) "키르케고르는 다음과 같은 문제에 봉착했습니다. 미학적 표현 방식으로 존재를 향유할 것인가, 또는 윤리적 표현 방식으로 존재를 실현할 것인가. 하지만 내가 보기에 거기에는 문제를 제기하는 방식에 따른 실수가 있는 것 같습니다. 이것이냐, 저것이냐의 문제는 쇠렌 키르케고르의 머릿속에만 있었던 문제입니다. 실제로 사람들은 윤리적이고 겸손한 경험을 통해서만 존재의 미학적 주이상스(향유, jouissance)에 도달할 수 있기 때문입니다."[57]

기술은 결국 글쓰기에 대한 도덕적이고 겸손한 경험입니다. 그것은 중립으로부터 그다지 멀리 있지 않습니다. 여러분이 거기에 흥미를 느낄까요? 심지어는 글을 쓰지 않는 사람들이나 또는 글을 쓰면서도 나와 같은 문제에 사로잡히지 않는 사람들까지도 그럴까요? 나의 희망은 개인적인 경험에 바탕을 둡니다. 즉 사람들이 자신들의 직업에 대해, 그 문제점에 대해 말할 때, 그것이 어떤 직업이든 간에 나는 결코 지겨워하지 않습니다. 불행하게도 대부분의 경우 그들은 일반적인 대화 정도에 그쳐야 한다고 생각합니다. 다른 사람들이 일반화해 버리는 대화에서, 한 전문가가 자기 직업에 대해 말하는 대신, 문화적이고 철학적인 평범한 것을 나에게 이야기하기 때문에(나는 그의 전문 분야 대해 듣기를 원합니다.) 얼마나 짜증이 나고 불만족스러운지 모릅니다! 특히 지식인들은 마치 직업이 없는 사람처럼 자신들의 직업에 대해 전혀 이야기를 하지 않습니다. 그들에게 '사상', '입장' 등은 있으나 직업은 없습니다! 랑뷔르의 조사는 발표와 함께 웃음 섞인 아이러니의 대상이 되었습니다.(게다가 그 자신에 의해서도 그랬습니다.)[58] 뭐라고요! 작가들이 자기들의 만년필, 자기들이 사용하는 종이나 책상 등에 관심이 있다고요! 별난 사람들이네요.

나에게 있어 미학(기술)과 윤리가 결합된 특권적 영역은 세세한 일상성, 가사(家事)입니다. 어쩌면 소설 한 편(소설 일반? 나의 소설?)을 쓰고자 하는 것, 그것은 일상적인 글쓰기를 실천하는 것, 그것을 직접 경험하는 것일 수도 있습니다. 참고로 프루스트는 재단사가 자르고, 모으고, 가봉하는, 한마디로 준비되는(이와 같은 의미로 "소설의 준비"를 이해해야 합니다.) 치마와 만들어져 가는 소설을 비교합니다. 프루스트의 어린 시절과 나의 어린 시절. 이 집 저 집 돌아다니면서 소식을 모으고 전하던 방문 재단사(쉬두르 양[59])처럼 소설가의 일상적인 꿈은 방문 재단사가 되는 것입니다.

하이쿠

'나의' 하이쿠[60]

나의 문제는 (현재에 대한) 메모하기에서 소설로 넘어가기이며 짧고 단편적인 형식('메모')에서 길고 연속적인 형식으로 넘어가기입니다. 따라서 다음 단계에서 소설에 대해 관심을 갖기 위해 먼저 하이쿠에 대해 관심을 갖기로 결정한 것은 보기보다 그리 역설적이지 않습니다. 하이쿠는 현재 접할 수 있는 것 중 가장 전형적인 메모하기의 형식입니다. 그것은 최소한의 발화 행위, 고도로 짧은 형식, '실제적' 삶, 현재적 삶, 동시 발생적인 삶과 잘 구별하기 어려운 요소를 메모하는(표시하고, 윤곽을 부여하고, 찬양하는, 파마(fama)[61]를 부여하는) 문장의 원자입니다.

내가 여기에서 하이쿠를 참고하는 것은 어떤 역사적 이유도 없습니다. '나의' 하이쿠에서 '나의(Mon)'라는 단어는 최종적으로 자기중심주의(에고티슴: égotisme), 나르시시즘(이 강의에 대해 때때로 이런 비난이 있는 것 같습니다.)을 가리키는 것이 아니라, 하나의 방법을 가리킵니다. 제시의 방법, 화언 행위의 방법입니다. 주체를 말하는 것도 아니고, 또 이 주체를 억압하는 것도 아닙니다.(물론 이 둘은 전적으로 다릅니다.) 그보다는 지식인의 수사학적 여건을 바꾸는 것입니다. 이는 다음과 같은 것을 의미합니다. 정화하는 주제, 변주되는 주제, 사유의 기하학적 장소, 문제들과 취향들 = '시뮬라크르', '알리바이' = 명명하는 행위. "내가 말하는 모든 것에 나는 하이쿠라는 이름을 부여합니다. 하지만 어느 정도 그럴듯함과 더불어서입니다." 참고. "나는 너를 잉어라고 명명한다."[62] = "나는 너를 하이쿠라고 명명한다." → 고전주의자들이 고대와 맺었던 불분명하고, 집요하고, 아마도 변형시키는 관계와 같은 성질의 관계입니다. 라신이 그리스와 맺었던 관계가 장피에르 베르낭이나 마르셀 데티엔이 맺었던 관계와 같다고 생각하십니까? 사실 그들과 나 사이에는 차이가 있습니다.(분명 가치 차이를 말하는 것이 아닙니다.) 그들은 그리스어와 라틴어에 능통했던 반면, 나는 일본어를 전혀 모릅니다. 게다가 번역들이 오늘날 전체적으로 재검토되고 있다는 점을 지적해야 할 것입니다. 실제로 번역은 이십오 년마다 다시 이루어집니다. 이것은 문헌학의 '확실성'이 무엇인지 잘 말해 줍니다. 따라서 여기에서 문제가 되는 것은 설명이 아니라 담론이고, 해석이 아니라 반향입니다.

물질성으로 본 하이쿠

나는 하이쿠의 역사를 말하는 것도, 그 구조(기법)를 말하는 것도 아닙니다. 그보다는 한 프랑스인에게 보이는 대로의 하이쿠에 대해 말합니다. 하이쿠는 삼행시입니다. 프랑스어에는 (독립적이고(독립적이거나) 연속적인) 삼행시가 아예 없거나, 거의 없습니다. 프랑스 시는 4음절로 시작됩니다. ≠ 단테.[63] 폴 발레리는 "단테는 프랑스인에게 아무것도 주지 않았다."라고 했지요.(추상적 시 작법(詩作法)으로 쓰인 「천국편」을 제외하고. 『해변의 묘지』[64] 참조.)

일본어는 아주 강한 음절 언어로서 음절이 뚜렷하고 아주 명확합니다.(음절 구분은 먹는 행위와 관련 지을 수 있습니다. 아래턱의 움직임. 프랑스인들은 프랑스어 단어를 씹으면서 불분명하게 발음합니다. 씹는 행위.) 일본어에는 알파벳이 두 종류 있습니다. 음절어 가나가 간지(특히 고유명사와 연결어)[65]에 더해지지요. 상대적으로 단어를 발음하기 쉬운 언어이자, 쉽게 이해되는 언어입니다. 뉴욕에서보다 도쿄에서 택시 타기가 더 쉽습니다.

삼행시 : 5-7-5 음절   에티엥블 (5-7-5)

Furu ike ya   Une vieille mare (오래된 늪)

Kawazu tobikomu   Une raine en vol plogeant (개구리가 날아 뛰어드네)

Mizu no oto   Et le bruit de l'eau (그리고 물소리)

古池 / 蛙飛び込む / 水音

아주 안 좋은 번역입니다! 뒷부분을 참고하세요.[66]

이 5-7-5 형식에도 예외, 개작, 파격, 어느 정도 자유시로 흐르는 경향 등이 있습니다. 이것은 중요합니다. 경향적으로 보아 운문화되지 않고, 음율화되지 않은 순수한 메모하기(단 하나의 제약 조건은 계절을 나타내는 단어가 있어야 한다는 점입니다. 77쪽 참조. 이것조차도 나중에는 부정됨.)만이 남아 있습니다. 항상 그렇듯 균형 회귀가 있기는 합니다. 즉 어떤 이들은 5-7-5의 엄격한 운율로의 회귀를 주장합니다.(하이쿠에 박격포[67]와 거의 같은 이름을 부여하는 것을 받아들입시다.) 그런데 우리가 여기에서 소비하는 것은 운율이 없더라도 우리의 마음에 드는 자유시 형태의 하이쿠입니다. 여기에서 번역 문제는 다음 두 가지 양상으로 제기됩니다.

번역

첫째, 수수께끼를 강조합니다. 최소한의 기초 지식도 없는 아주 먼 외국어(아주 낯선)로부터 오는 것임에도 ─ 더구나 '시학적' 담론으로부터 오는 것임에도 ─ 나를 감동시키고, 나와 연결되고, 나를 매혹한다는 점입니다.(또한 번역이 잘되었는지를 전혀 확인해 볼 수도 없습니다.) 나는 번역가에게 모든 것을 맡기고 있습니다. 하지만 그로 인해 내가 하이쿠에 접근하는 것이 방해받지는 않습니다. 완전히 역설적으로 친근한 상황에서, 절대적으로 불투명한 하나의 외국어가 보여 주는 배제를 생각합니다. "외국에서 모르는 언어 속에서 길을 헤맨다. 모든 사람들이 자기들끼리는 서로 잘 이해하고 또 인간적이다. 하지만 너는 그렇지 못하다. 너는 그렇지 못하다……."[68]라고 한 프라하에서의 발레리처럼. 내가 보기에 하이쿠는 전적으로 인간적입니다. 이것이 어떻게 가능할까요?(나는 번역된 다른 시를 읽으면서는 결코 이와 같은 친근한 느낌을 느끼지 못합니다.)

나는 이 현상을 이렇게 설명합니다. 그것은 하이쿠가 (개념적인) '진리'가 아니라 순간의 진리와 형식의 결합이기 때문이라고 말입니다. 나는 발레리의 다른 말에 대해 생각합니다. "……순수한 생각과 진리 그 자체의 발견은 한 형식의 발견이나 구축만을 갈망한다는 점을 알게 해 준다."[69] 그렇습니다. 나 역시 그렇게 생각합니다. 형식('어떤 형식이든')이 진리(단지 '추론'만이 아니라)를 증명해 주고 표현해 줍니다. 우리 프랑스인에게 하이쿠는 하나의 형식이 아닙니다. 하지만 그렇지 않습니다. 그것은 형식입니다. 그리고 이 점에 대한 유일한 설명은 발화체의 간결함 ─ 그 틀 ─ 은 이미 그 자체로 하나의 형식이라는 것입니다. 짧은 형식은 진리의 유도체입니다. 언어상, 그리고 시적 구조상의 거리에도 불구하고, 한 편의 하이쿠를 읽으면서 우리는 정확히 그렇게 느낍니다. '시와 진실.'[70] 정확한 말입니다. 시의 유일한 정당화는 진실입니다. 시에서는 형식만이 유일하게 진실을 만질 수 있습니다. 형식의 촉각적인 힘인 단어, 시, 삼행시를 만집니다.

둘째, 하이쿠의 '시학적' 번역입니다. 몇몇 번역가들은 5-7-5음절을 프랑스 시로 (운 없이) 번역하고자 했습니다.(에티엥블 참조.) 하지만 그것은 의미 없는 번역입니다. 우리는 다음과 같은 경우에만 운, 운율, 리듬을 지각할 수 있습니다. 운율적 형식이 우리의 고유한 시 문화에 의해 고취되는 경우, 그리고 흔적처럼, 또한 우리의 뇌 속에 각인되고 자리 잡은 소통 수단처럼 코드가 시의 실천을 통해 인정되고, 이용되는 경우에만 말입니다. 즉자적 리듬은 있을 수 없습니다. 모든 리듬은 문명화되어 있습니다. 그렇지 않다면 표현은 **명료하지** 않습니다.(그것은 표현이 아닙니다.) 이 경우 표현은 작동하지도 않고, 유혹하지도 않으며, 잠재우지도 않습니다. 내가 말하고자 하는 것은, 모든 리듬에는 신체를 흥분시키거나 진정시키는 기능이 있다는 점입니다. 신체의 어떤 수준에서든 마찬가지입니다. 멀리 떨어진 곳이건, 깊은 곳이건, 시원적이건 관계없습니다. 표현을 통해 신체를 흥분시키거나 진정시키는 것, 이것은 신체를 자연에 통합하는 것, 신체를 조정하는 것, 신체와의 이별을 그만두는 것, 즉 다시-젖물리기입니다. 이렇게들 말할 수 있었습니다.(모리에[71]) 운율은 (그 단조로움으로) 행복과 목가 상태로 이끌고, 또 평화적이라고 말입니다.(≠ 무정부주의적 리듬, 비장함, 외침, 놀라움, 감동, 등.) 그런데 내 생각으로는 (확인을 해 보진 않았지만) 프랑스어에서는 7음절은 거의 없고, 5음절은 없습니다.(늘 확인해 보아야 합니다. 왜냐하면 모든 것이 존재하기[72] 때문입니다. 물론 기억될 정도는 아니지만 말입니다.)

활자의 배치, 통풍(通風)

하지만 하이쿠 삼행시는 우리에게도 큰 매력을 발산합니다. 운율에 의해서가 아니라 — 우리에게는 불가능합니다. — 그 크기, 그 섬세함에 의해서 말입니다. 다시 말해 환유적으로 보아 하이쿠가 담론 공간에 주는 통풍에 의해서 말입니다. 하이쿠는 아주 훌륭한 짧은 형식입니다. 이것은 독서를 통해 곧바로 드러납니다. 짧은 형식은 종이 위로 시선을 끕니다.(시구의 현상학 참조. 특히 자유시의 현상학. 하이쿠는 마치 연결된 것처럼 읽히지 않습니다. 시구 마지막 부분의 잘린 하얀 부분이 독자의 시선을 끌고, 쉬게 하고, 긴장을 풀어줍니다.) 우리는 지루하지 않은 그 무엇인가에 다가가듯이 마지막 부분으로 갑니다. 일례로 『풍자시집』(마르시알[73])이 있습니다. 우리는 가장 짧은 행들로 갑니다. 두 행에서 짧은 행을 보자마자 우리는 우선 그것을 채집합니다. 하이쿠 채집에 필수적인 종이 면의 통풍.(예: 뮈니에 출판사. 한 페이지당 세 편, 이것이 전부입니다.[74]) 따라서 하이쿠를 음미하기 위해서는 — 특히 하이쿠의 구성 요소인 운율이 증발해 버린 프랑스어 번역본으로 음미하기 위해서는 — 행간의 단절이 있는 하이쿠를 보아야 합니다. 통풍이 잘되는 좁은 포석(pavé), 아담한 문장 덩어리, 표의문자로 이루어진 듯한 사각형 같은 것입니다. 결국 더 심오하고, 일반적인 담론의 피상적인 절단에서 벗어난 심리적 차원에서 이렇게 말할 수 있을 것입니다. 즉 하이쿠는 — 한 편의 하이쿠는 단독으로, 그 전체에서, 그 유한성에서, 종이 위에서의 고독 속에서 — 단 하나의 표의문자를 형성한다고 말입니다. 다시 말해 하나의 단어(문장들로 연결되는 하나의 담론이 아니라)를 형성한다고 말입니다. 발레리는 말라르메의 다음과 같은 제안을 전했습니다. "나는 구두점을 제거하기에 이르렀다.(솔레르스도 그렇습니다!) 시는 하나의 전체, 하나의 새로운 단어다. 나는 이런 말을 들은 적이 있다. 구두점을 찍는 사람에게는 목발이 필요하다. 그가 쓴 문장은 홀로 걷지 못한다."[75] 그러나 하이쿠는 홀로 걷습니다. 하이쿠는 하나의 단어입니다. 실제로 자료집에서 구두점을 없애고 수정할 필요가 있을지도 모릅니다. 세련됨에도 불구하고, 또는 그 세련됨을 통해 하이쿠는 '일어문(一語文)'[76](크리스테바, 라캉) — 분해 불가능한 언어적 제스처, 욕망의 비정립적 표현입니다. — 과 친근성을 띠지 않을 수 없고, 또 그것과 근본적으로 '공감'하지 않을 수 없을 것입니다.

따라서 활자의 배치는 독서의 결정적 요소입니다. 활자의 배치는 하이쿠를 구성합니다. 운율 구성이 없어졌다고 해도 마찬가지입니다. 하나의 증거(이렇게 말할 수 있다면)로 코요가 제기한 문제를 들 수 있습니다.[77] 프랑스의 어떤 시가 하이쿠에 근접할 수 있을까요? 없습니다. 분명 여기저기에 나타날 이유들로 그렇습니다. 하지만 이것은 확실합니다. 만일 어떤 형식이 우리에게 종종 하이쿠를 연상케 한다면, 그것은 아무리 짧아도 시가 아닐 것입니다. 그것은 때때로 단행시(單行詩, 게다가 하이쿠처럼 발음될 수 있는 것)일 수 있습니다. 유치하게 보일지라도 이것을 세 부분으로 나눌 필요가 있습니다. 시각적으로 하이쿠를 모방하는 것입니다. 운율 면에서 실질적인 효과가 전혀 없다 해도 말입니다. 다시 한 번 말하지만, 서법의 통풍은 하이쿠의 존재 일부입니다. 참조하실 것은, 첫째, 말라르메와 자유시입니다. '칸막이 없는 자유시를 짓는 어려움.'[78] 여기에서 칸막이란 공기로 이루어진, 공백(空白)된 마개입니다. 둘째로, 동양인에게 있어 그림과 글자의 관계입니다. 이 관계가 소위 '여백'이라고 일컬어지는 공간 구성에 일조한다는 조건으로 말입니다.

예컨대 다음과 같은 밀로즈의 시(셰아데)[79]는 거의 하이쿠에 가깝습니다. 우리는 어떤 점에서 이 시가 완전히 하이쿠는 아닌지 나중에 보게 될 것입니다. 바로 그 부족한 부분(그것은 너(Toi)라는 사랑의 감탄사입니다.)인 지나침을 말입니다.

Toi, triste, triste bruit de la pluie sur la pluie

(슬픈 너, 비 위로 내리는 비의 슬픈 소리)

이 시를 이렇게 쓴다면 하이쿠의 모습('하이쿠성')을 얻을 것입니다.

Toi, triste	슬픈 너,
Triste bruit de la pluie	비의 슬픈 소리
Sur la pluie	비 위로 내리는

반복하지만 종이 위에 이루어지는 화언 행위의 배치 현상을 과소평가하지 마세요. 모든 동양 예술(중국)은 공간을, 다시 말해 (더 정확히 말하자면) 공간 두기를 존중합니다. 우리는 다음 사실을 잘 알고 있습니다. 일본인은 공간과 시간에 대한 칸트의 범주들은 전혀 알지 못하지만, 공간 두기, 사이의 범주 ── 공간과 시간을 관통하는 ──를 알고 있다는 사실을 말입니다. 이것이 바로 마(Ma: 間, ま)입니다.

(동양적) '공(空)'에 대해 말할 때, 그것은 불교적 의미가 아니라 더 감각적으로 호흡, 통풍과 같은 의미여야 합니다. 그리고 이렇게 말할 수 있다면, 하나의 물질이어야 합니다. 한 물리학자의 말대로 "물질 사이에 공간이 없다면, 모든 인간은 골무[80] 안에서 지내는 것입니다." 따라서 하이쿠는 '반(反)골무'입니다. 반(反)전체화하는 응축입니다. 그리고 이것이 하이쿠 삼행시에 담긴 의미입니다.(나는 이와 같은 통풍의 항의(보통 남성성의 항의라고 하는 것처럼)라는 주제의 해석에 대해서는 여러분에게 맡기도록 하겠습니다. 숨을 쉬고자 하는 충동, 숨 막힘의 불안에서 벗어나기, 산소에 대한 환상, 행복한 호흡과 즐거운 호흡에 대한 환상.)

일본적인 마는 공간과 시간(공간 두기와 사이)입니다. 하이쿠에는 간격을 둔 시간의 실천 역시 포함되어 있습니다.(이 책 98쪽의 '순간' 참조.)

별책

사람들은 이렇게 말할 것입니다. 당신은 글로 쓰인 하이쿠에 대한 철학을 하고 있다고.(반면, 하이쿠는 분명 애초에는 말해진 것입니다.) 하지만 나는 하이쿠의 기원, 그 역사적 '진실' 등에는 관심이 없습니다. 나는 나를 위해 하이쿠에 관심을 갖습니다. 번역된 하이쿠 문집을 읽는 프랑스인, 곧 주체인 나를 위해서 말입니다.(이 강의는 항상 주체, 발화하고 읽는 주체에서 출발합니다.) 나 스스로는 하이쿠를 읽을 줄 모른다고 생각합니다.(진리의 효과를 발생시키면서 읽는 법을 모른다는 의미입니다.) 더구나 어떤 문맥에서, 어떤 다른 담론의 층위에서, 어떤 마에 따라(어디에서 하이쿠를 읽는가) 읽어야 하는지도 모른다고 생각합니다. 나에게 소리는 불가능해 보입니다. 하이쿠에 대해 내가 말하고자 하는 바를 유기적으로 구성하기 위해, 나는 결국 작은 하이쿠 모음집을 준비했습니다. 필요할 때마다 이 모음집의 이런저런 하이쿠를 참고할 것입니다. 이것은 선집이 아니라 자료집입니다.[81]

하이쿠의 번역은 다음 저서들에서 가져왔습니다.

BLYTH, Horace Reginald, *A History of Haiku*, Tokyo, Hokuseido Press, 1963, 4 vol.

COYAUD, Maurice, *Fourmis sans ombre. Le livre du haïku*, *Anthologie promenade*, Paris, Phébus, 1978.

_____, *Fêtes au Japon. Haïku*, PAF(Pour l'analyse du folklore), 36 rue de Wagram, Paris VIIIe.

MUNIER, Roger, *Haïku*, préface d'Yves Bonnefoy, Paris, Fayard, 1978.

YAMATA, Kikou, "Sur des lèvres japonaises", avec une lettre-préface de Paul Valéry, *Le Divan*, 1924.

하이쿠에 관련된 프랑스 시들에 대해서는 다음 책을 덧붙입니다.

SCEHADE, Georges, *Anthologie du vers unique*, Paris, Ramsay, 1977.

하이쿠에 대한 욕망

하이쿠의 매혹

나는 하이쿠에 매혹을 느낍니다. 분명 이십 년 이상 전부터 나는 정기적으로 하이쿠를 읽어 오고 있습니다. 집요한 욕망. 확실한 매력. 하이쿠와 더불어 나는 글쓰기의 최고선 안에 있습니다. 또한 세계의 최고선 안에 있습니다. 왜냐하면 글쓰기의 수수께끼, 즉 글쓰기의 집요한 생명, 가능한 글쓰기 의지를 세계와 분리할 수 없기 때문입니다. "약간의 글쓰기는 세계로부터 분리되지만, 많은 글쓰기는 우리를 세계로 이끈다." 하지만 우리는 하이쿠의 최고선이 일시적이라는 사실을 보게 될 것입니다. 하지만 그것만으로는 불충분합니다.(따라서 그것은 최고선이 아닙니다.) 이런 이유로 이 강의에는 그 논거인 소설을 향한 호소가 있는 것입니다.

여러 편의 하이쿠 중 나를 매혹하는 두 편이 여기에 있습니다.

1.[82] 소를 싣고

조그마한 배가 강을 건너네

저녁 비를 맞으며

(쉬키)

2. 안개 낀 날

커다란 방이

휑하고 고요하네

(잇샤, 뭐니에)

왜 이 두 편일까요? 이 두 편이 나 말고 다른 사람까지 매혹할지에 대해서는 확신하지 못하겠습니다.(하이쿠에 대한 '미의 과학'(다시 말해 미학)은 불확실합니다.) '마음에 드는 것'은 분명하지만 그 이유를 말하기는 어렵습니다. 매혹적인 것은 공백의 주석, 주석의 공백, 주석의 영도(零度)입니다.(≠ '주석이 없음', '문자') 이것은 말로 표현할 수 없는 것입니다. '아무것도 말할 게 없다'와 반대로 '아무것도 말할 수 없다'입니다. 거기에 마음에 드는 지대가 하나 있을 뿐입니다. 바로 가벼운 스침의 에로틱한 지대입니다. 다음 두 가지 사이의 스침입니다. 금욕 작업, 생략 작업, 그리고 군더더기의 부재(발레리는 '사물들의 본질적인 날씬함'이라고 표현했습니다.)를 동반하는 하나의 형식, 하나의 문장과 하나의 지시체(방, 조그마한 배) 사이의 스침입니다. 이 스침을 '환기'로, '비전(vision)'으로, 다시 말해 기호로 즉각적으로 다듬어진 지시체로 이해합시다. → 스침, 관능적인 애무. 감각적인 평화와 같은 것으로 말입니다. 하이쿠의 도착성(倒錯性)일까요?(도착성 : 신경증, 강박관념을 제어하는 것. 도착성은 여기에서는 지시체의 현전, 부재가 가독적이라는 사실에서 유래할 것입니다.)

따라서 하이쿠의 매력에 대한 분석은 하지 않을 것입니다. 그 대신 두

세 가지 접근, 또는 보다 정확하게 말하자면, 여러 종류의 증명을 하려고 합니다.

하이쿠에 대한 욕망

하이쿠는 욕망됩니다. 다시 말해 사람들은 자기 스스로 하이쿠를 지으려고 욕망합니다. = (사랑의) 결정적 증거. 즉 스스로 하려고 욕망하기 때문입니다. 우리는 생산물의 즐거움에서 생산의 욕망을 추론합니다. 이것은 어쩌면 문화적 생산물들의 유형학을 정하는 하나의 기준이 될 듯합니다. 특히 매스미디어, 이른바 대중문화가 존재한 이후로 그러합니다. 대중문화는 곧 생산의 욕망이 사라진, 상실된(순전히 프로들에게 남겨진) 순수 '생산물들'의 문화이지요. 현재 프랑스에서 볼 수 있는 소규모의 이데올로기적인(마찬가지로 어떤 의미에서는 환경적인) 비극입니다. 생산의 욕망이 완전히 주변적이 된 것으로 보입니다.(애호가들의 시와 노래는 있습니다.) 나는 이렇게 말하고자 합니다.(왜냐하면 개인적 열의의 문제가 아니기 때문입니다.) 생산 욕망을 받아들일 정도로 충분히 대중적인 (시적) 형식이 현재 프랑스에는 없다고 말입니다. 이런 면에서 일본인들은 우리보다 행복합니다.

하이쿠에 대한 열렬한 욕망, 하이쿠의 거역할 수 없는 '충동'을 가지고 있으니까요.(분명 시에 대한 욕망이나 시를 만들려고 하는 광적인 욕망을 품은 프랑스 젊은이들을 만날 수 있을 것입니다.) 쉬키(子規, 1866~1902)는 이렇게 이야기합니다.

하이쿠에 대한 욕망

1891년 말경에 나는 코마코메에서 집 한 채를 빌렸다······. 나는 그곳에서 혼자 지내며 교과서 대신 하이쿠와 소설을 읽으며 시간을 보냈다. 시험 이틀 전에 책상을 정리했다. 교과서로 하이쿠와 소설을 대체했다. 얼마 전까지만 해도 너저분했으나 지금은 깨끗하게 정리된 책상 앞에서 어찌나 격렬한 기쁨을 느꼈던지……. 하이쿠가 내 안에서 솟구치기 시작했다. 내 의식의 표면에서 부글부글 끓는 기포처럼 말이다. 나는 교과서를 폈다. 하지만 한 줄도 눈에 들어오지 않았다. 한 편의 하이쿠가 내 안에서 완성되고 있었던 것이다. 나는 시험 준비에 완전히 몰두하기 위해 빈 종이를 멀리 치워 놓은 상태였다. 해서 전등갓에다 하이쿠를 적었다. 하지만 벌써 또 다른 하이쿠가 형성되고 있었다. 그리고 또 다른 하이쿠가. 얼마 되지 않아 전등갓이 하이쿠들로 가득 찼다.[83]

(대중적 제작으로서의) 하이쿠는 모든 부류에서 행해지는 '국민 스포츠'(시페르[84])이며, 오늘날에도 여전히 일본의 일상 생활에서 중요한 위치를 차지하고 있습니다. 종종 아주 독자가 많은 잡지 60종, 신문의 한 코너, 그리고 매주 일요일마다 《아사히신문》에 유명한 세 시인이 선정한 애호가들의 하이쿠를 소개하는 지면이 있습니다.

하이쿠는 이렇듯 강한 기쁨, 강한 욕망을 통해 지어지며 어쩌면 그것은 일본(이것에 대해서는 글자 그대로 여기에서는 생각할 수 없는 문자), 장르의 (운율적) 제약과 연결되어 있을지도 모릅니다. 50개 자음군에서 선정된 17개 음절에 일본어 음성 체계가 허용하는 모음이 더해져 산술적으로 계산 가능한 50개 요소의 조합이 이루어집니다. 하지만 이 조합들이 의미를 가지려면 가능한 조합의 수가 줄어듭니다. 하이쿠 모음집이 수천 편이나 나온 것도 그 때문입니다. 시인이 자기가 짓는 하이쿠를 아직 다른 누구도 짓지 않았다는 것을 확인할 수 있도록 말이지요. 결국 이것은 일본 사회 전체의 놀이입니다. 하지만 실천 자체가 목적인 놀이(크로스 워드 게임, 스크래블)가 아니라, 세계의

'떨림'이 목적인 놀이(시학의 놀이라고 할 수 있습니다.)입니다. 전승되는 규칙에 현대적인 소재가 더해지기도 합니다. 예를 들어 보겠습니다.

3. 도시인들
   손에 단풍나무 가지를 들고
   귀환 열차
   (메이세츠, 코요)

이것은 일본에서는 현대적이고 생생한 하이쿠를 짓는 게 가능하다는 사실을 보여 줍니다. 왜 우리는 그러지 못할까요?

우선, 운율 형식이 없기 때문입니다. 위대한 프랑스적 운율들은 학생들과 부르주아 계급에 의해 사용되어 닳고 저평가되었습니다. 구조상 무겁고, 서술적인 '알렉상드랭'[185]의 '우스꽝스러움'(비록 이런 표현이 적절하지 않다고 해도)이 있습니다. 프랑스 시는 운율과 규칙의 포기를 통해 가벼워져야 하고, 생생하게 유지되어야 합니다.

또한, 설사 우리에게 여전히 살아 있는 운율이 있다 해도, 하이쿠의 운율 같은 수준에 도달하기까지는 상당한 어려움이 있을 것입니다. 우리의 지시 대상어들은 아주 낡았습니다. 그것들은 '문학적'이 되어 버렸고, 옛것이 되어 버렸습니다. 그것들은 '시학적'이지 않습니다. 반면 일본에서는 이삭, 참새, 꽃, 잎사귀 등과의 관계가 여전히 생생합니다. 다음과 같은 미끄러짐 (glissement)을 상상해 볼까요.

$$\text{넘치는} \begin{Bmatrix} \text{사케} \\ \text{페르노} \end{Bmatrix} \text{에}$$

그는 은밀히 담갔다

장미 한 송이를

(사드, 장미꽃과 진흙탕[86] 참조.)

역사는 우리가 관심을 가지고 있는 대상들을 폐기했습니다.(게다가 다음과 같은 작업을 해야 합니다. 오늘날 프랑스인들이 정열을 투사하는 '신화적' 대상들은 무엇일까요? 포도주? 포도주는 이제 더 이상 '시적으로,' 목가적으로, 쾌락주의적으로 느껴지지 않습니다. 하지만 힘이 있고 '골족'의 냄새를 풍깁니다.)

그렇지만 하이쿠를 좋아하는 우리 중 특히 몇몇에게는 하이쿠에 대한 욕구, 하이쿠에 대한 언어적 환상이 존속합니다. 심지어는 운율이 없이도, 짧게 메모하는 것만으로도 우리는 하이쿠를 흉내 냅니다. 하지만 당연히 도취되지는 않습니다. 운율이 없고, 규칙이 없으니까요.(비록 '파격(破格)'에 의해 이 규칙을 포기한다고 해도 그렇습니다.) 시인은 새로운 시를 다시 지어야 하고, 학교는 학교대로 아직 위축되지 말아야 합니다. "프랑스인들에겐 시인이 필요합니다."

비분류

하이쿠가 주는 행복에 대한 두 번째 증명입니다. 내적 차원에서 운율이라는 제약이 있기는 하지만, 하이쿠는 확장과 다양함 속에서 절대적으로 자유롭습니다.(우리는 뒤에서 하이쿠의 제약은 단 하나, 계절어를 필요로 한다는 사실을 지적하게 될 것입니다.) 하이쿠는 주제의 유형에 따라 적확하게 정의된 하나의 장르가 아닙니다.(≠ 모든 그리스-라틴 시) 미세함, '경쾌함'에 의해 하이쿠는 모든 분류에서 벗어납니다. 단 하나의 전통적인 분류법만이 있을 뿐입니다. 바로 계절별 분류입니다.(예 : 블리트[87]) 코요는 이 분류법을 거부하는데,

이는 잘못입니다. 그 어떤 기준도 이 분류를 대치할 수 없기 때문입니다. 하이쿠는 분명히 분류가 불가능합니다. 다시 말해 의미의 파편이 단 하나도 분실되지 않은 채 모든 방향에서 우연히 펼칠 수 있는 책입니다. 통사(統辭)가 부인되는 세계. 그 어떤 연결도 불가능 → 절대적 현재의 융기인 하이쿠 = (매개가 없는) 즉각적 욕망. 따라서 분류의 합법적 기능(항상 하나의 법칙)이 교란됩니다. 이와 같은 교란이 어느 정도로 현대적인가, 또 현재의 관심사에 상응하는가를 상기할 필요는 거의 없을 것입니다. 단장(斷章) 형식, 물론입니다. 또한 완전한 우연성의 예술입니다.(위험 : 우연성이 하이쿠의 고유한 기호가 되지 않아야 할 것입니다). 존 케이지. 그가 버섯에 관심을 갖게 된 것은 사전에서 음악(music)과 버섯(mushroom)이 서로 가까이에 있었기 때문이라고 합니다.[88] 이 두 단어는 서로서로에게 현전하고 있습니다. 하지만 이 두 단어는 묶여 있지 않습니다. 이것이 바로 생각하기에 아주 어려운 공현전(共現前, co-présence)의 방식입니다. 환유적인 것도 아니고, 대조적인 것도 아니고, 인과적인 것도 아닌 공현전에 대해 생각해 봅시다. 논리성이 없는 연속, 하지만 논리의 파괴를 의미하지 않는 연속. 즉 중립적인 연속. 이것이 바로 하이쿠 모음집의 바탕일 듯합니다.

비소유

하이쿠에 대한 욕망의 자유를 가리키는 세 번째 증명입니다. 예를 들어 볼까요. "아주 세심한 친구가 나에게 자기가 쓰고 모은 하이쿠 원고 노트를 선물로 준 적이 있습니다. 그중 어떤 것들은 내가 아는 것들이었고, 벌써 출간된 다른 모음집에서 읽은 것들도 있었습니다. 하지만 다른 것들은? 내가 모르는 사람들의 것이었을까요?(왜냐하면 하이쿠를 짓는 사람들은 많기 때문입니다.) 그가 쓴 것은 어디 있을까요?" 이것은 하이쿠에서는 소유권이 흔들린다는 것을 보여 줍니다. 하이쿠는 주체 그 자체이고, 주관성의 정수입니다. 하지만 이 주체는 '저자'가 아닙니다. 하이쿠는 모든 사람에게 속합니다. 모든 사람이 하이쿠를 짓는 사람의 모습일 수 있다는 점에서 그러합니다. 또한 모든 사람이 하이쿠를 짓는 것이 가능하다는 점에서 그러합니다. 이처럼 하이쿠는 순환된다는 점에서, 욕망에 속한다는 사실이 증명됩니다. 그러니까 소유권 —— 저작권(auctoritas) —— 이 넘어가고, 순환되고, 돈다는 점에서(마치 도둑잡기 놀이에서처럼) 말입니다.

[89] 그러므로 나를 위한 하이쿠가 여기에 있습니다. 나에게 의미를 주는(그 물질성 속에서 그리고 나의 욕망 안에서) 대로의 하이쿠 말입니다. 이런 하이쿠를 앞에 두고 내가 <u>해야 할 일</u>은 다음 두 가지일 것입니다.

첫째, 왜 내가 하이쿠를 좋아하는지 직접 설명하려 애쓰지 않는 것입니다. 왜냐하면 욕망을 설명한다는 것은 덧없는 일이기 때문입니다. 설명을 통해서는 주체에게서 항상 후퇴하는 것만 포착할 수 있기 때문입니다. 욕망(쾌락)에 대한 설명에서 최종 단계는 없습니다. 주체는 무한한 박편층(薄片層)입니다. 나의 역할은 그보다는 오히려 **명백하게 하기**(expliciter)입니다 주의 : **명백하게 하기**(1870년)[90]는 설명하기(expliquer)를('하나의 이유를 주기, 하나의 이유를 발견하기'로 굳어 버린) 그 어원적 가치로 되돌아갈 수 있게 해 줍니다. 즉 하이쿠에 대한 취향이 가정하게 해 주고, 복원하게 해 주는(어쩌면 이것이 예술, 형식입니다. 우리 욕망을 감내할 용기를 주는 것이 바로 이것입니다. 사유한다는 사실. 모험이 갖는 활기입니다.) 가치 체계(이데올로기적, 미학적, 윤리적 등)를 설명하는 것(**명백한**(explicite) : 스콜라철학적 단어로 5세기 말의 것)입니다.[91]

둘째로, 강의 계획에 따라 삶에서부터(그리고 하이쿠는 여지없이 삶 자체로 만들어집니다.) 후일 기억으로, 감동으로, 지성으로, 자선으로 이 삶을 구성하는(최고선이라는 주제) 하나의 형식에 이르는 —— 이를 수도 있는, 왜냐하면 여기에서는 계획이 문제이기 때문에 — 길을 정확히 보여 주는 것입니다.

우리는 당연히 아주 불분명한(그 어떤 예시적(例示的) 행위도 없습니다.) 주제들의 영역을 답사하면서 이 두 임무를 한데 섞게 될 것입니다.[92]

현재 날씨

계절

가장 오래된 하이쿠에는 항상 계절에 대한 암시가 있습니다. 키고(kigo, 季語) 또는 계절어. 이것은 여름의 열기, 가을의 바람 등과 같이 지시어 자체일 수도 있고, 무화과나무의 꽃 ≡ 봄, 과 같은 분명하고 코드화된 하나의 환유일 수도 있습니다. 키고. 기본음으로, 하이쿠의 주음 같은 것입니다. 하이쿠에는 항상 독자인 당신이 한 해의, 하늘의, 추위의, 빛의 어디쯤에 있는가를 보여 주는 무언가가 있습니다. 17음절, 하지만 당신은 그 즉각적인 형식에서도 결코 우주와 분리되지 않습니다. 오이코스(oikos : 집, 주거). 대기, 태양 주위를 도는 지구의 위치. 당신은 항상 계절을 느끼게 됩니다. 하나의 향기인 동시에 하나의 징조로서 말입니다.

예컨대 다음 두 하이쿠를 보시죠.

4. 누워서
   나는 구름이 지나가는 것을 본다
   여름의 방
   (야하)

내가 보기에 이 하이쿠에서 계절의 함축성은 이렇게 전개됩니다.

첫째, 지시어(끝 부분의 여름)는 그 자체로 아주 강합니다. 여름이라고 말하는 것, 그것은 이미 여름을 보는 것, 여름 안에 있는 것을 의미합니다.(다음과 같은 미묘한 언어학적 문제가 있습니다. 단어에 따라 지시체에 대한 함축성에 차이가 있을까요? 가령 소설에서 목이 마를 경우 샴페인이 언급되는 것처럼요. 『골드 핑거(Goldfinger)』[93]에서 게와 분홍빛 샴페인.)

둘째, 방 안에 포박된 여름은 더욱 강렬합니다. 이 여름은 부재로서, 외부에서 포박된 것입니다. 방 안, 여름이 밀려난 그곳, 바로 거기에서 여름은 가장 강합니다. 여름은 외부에서 승리를 거두고 압력을 가합니다. 여름의 강도. 간접적인 것의 강도. 마치 간접적인 것이 본질의 전달 통로나 표출의 통로인 것처럼 말입니다.

셋째, 새로운 간접적인 요소. 한가한 행동의 간접적인 요소. 구름이 흘러가는 것을 보는 행위. 우리는 '위선적으로' 계절의 감각이 솟아오르도록 하기 위해 이 행위에 초점을 맞춥니다. 이와 마찬가지로 구름은 여름을 강화해 줍니다. 그도 그럴 것이 '지나가는 것'의 가벼운 형태로 유도되기 때문입니다. 여름에 대한 묘사는 어디에도 없습니다. 있는 것은 하나의 순수한 출현(surrectum)뿐입니다. 야기된 것, 일어나는 것이 발생됩니다.(수게레(sugere)) 심지어는 능동적으로 말입니다. 일어나는 것은 수렉토르(surector)입니다. 하이쿠의 미묘함은 사람을 현혹해서는 안 됩니다. 엄격한 울타리 치기(enclosure)의 형태 내에서 여름을 펼칠 수 있게 하는 것은 무한한 화언 행위의 출발입니다. 그것은 구조적으로 문장처럼 끝나야 할 아무런 이유도 가지고 있지 않은 간접적인 요소들을 통해 이루어지는 출발입니다. 계속적으로 여름에 대한 간접적인 요소들을 알 수 있는 소설(또는 영화. 왜냐하면 영화가 소설의 뒤를 이었기 때문입니다.)을 구상할 수도 있을 것입니다. 벌써 우리들이 살펴본 하이쿠는 17음절로, 프루스트가 발베크의 호텔 방에서 시작해서 아주 빼곡하게 한 쪽 내지 두 쪽으로 여름에 대해 묘사했던 것과 같은 것을 말해 줍니다. 기억해 주시기 바랍니다. 하이쿠는 간단하지만 끝나지 않고 또 닫히지도 않는다는 사실을 말입니다.

5. 겨울 바람이 불어 대자
   고양이들의 눈이
   깜박댄다
   (바쇼)[94]

이 하이쿠는 믿을 수 없을 정도로, 그리고 놀라울 정도로 겨울을 느끼게 합니다. 극단적으로 이렇게도 말할 수 있을 것 같습니다. 많은 말로 할 수 없는 것을 이 적은 말로 시도하고 있다고 말입니다. 물자체를 불러내는 것이라고도 할 수 있습니다. 하이쿠는 힘과 효율성의 극한으로서의 언어이자, 정말로 언어를 보상하고, 언어에 사례를 하는 것으로서의 담론입니다.[95]

따라서(코요가 하이쿠를 계절에 따라 분류하는 것을 거부했음에도) 계절이 근본적입니다. 계절은 좀 더 막연하거나 좀 더 정확하게 다음과 같은 것으로 나타납니다.(내가 여기에서 말하고자 하는 바는 좀 더 광범위하거나 좀 더 섬세하게입니다.) 바로 현재 날씨(과거 날씨)의 형태입니다. 나는 날씨에 아주 민감합니다. 프루스트와 기상학(심지어 이 주제에 대한 아주 멋진 글 — 뒤푸르[96] — 도 있습니다.) 참조. (아버지의 관심사, 아버지를 닮음. 『잃어버린 시간을 찾아서』의 약 80곳에서 기상학에 대한 취미와 기상학 자체가 언급됩니다.) 날씨는 삶과 기억의 본질과도 같습니다. 계절에 대한 개인적 열정의 표시(예컨대 미학적 표시)는 계절과 날씨에 대한 전원적 문명의 흥미를 더 크게 해 주었습니다. 사람들은 우선 계절을(왜냐하면 그들의 삶이 계절에 달려 있었기 때문에) 중요시하지, 날씨의 지속을 중요시하지 않았습니다. 그들은 차이와 회귀를 느낍니다. 일본의 마, 즉 간격 참조. 다음 사실에 주의하기 바랍니다. 오늘날 계절에 대한 신화적인 마모(磨耗)가 있다는 점을 말입니다.('더 이상 계절이 없다.'는 주제는 오늘날 그 자체로 하나의 신화입니다.) 계절의 폐기(휴가/ 비휴가라는 패러다임으로 대체)는 '독신(瀆神)'의 한 형태입니다. 따라서 과거의 문학은 우리가 더 이상 알지 못하는 계절에 대한 증언이자 기념비입니다. 예를 들면 아미엘의 『일기(Journal)』가 그렇습니다.[97] 그런데 계절이 우리에게 말을 합니다. 하지만 이것은 향수를 자아냅니다. 나는 바이욘에서 계절을 체험했습니다.(그리고 심지어는 파리에서도 체험했습니다. 몽테뉴 고등학교에 다닐 때 생쉴피스 광장의 매서운 바람이 그랬습니다. 그런데 지금은 생쉴피스 광장에서 더 이상 춥지 않습니다.) 그런데 이제는 바이욘에 있어도 더 이상 계절을 발견하지 못하거나, 한다고 해도 조금만 발견할 뿐입니다. 따라서 이것은 신화적 주제입니다. 과거에는 계절이 뚜렷했고 차이가 지배적이었습니다. 그때와 달리 오늘의 모호한 세계에서는(베를렌, 「모호한 저녁」 참조.[98]) 하이쿠가 뚜렷한 계절을 만들어 냅니다.(우리는 최근에 겨울이 추워서 깜짝 놀랐습니다. 재미있는 일입니다.)

현재 날씨

이미 알려져 있듯이, 야만적인(왜냐하면 다른 점에서는 문명화되었기 때문에) 우리 프랑스어는 모든 부류를 남성과 여성으로 축소하고, 인간과 대기(大氣) 사이에 있는 개별화의 힘, 차이와 뉘앙스의 힘, 실존성의 무아르(moire)[99]의 힘을 규제합니다. 나는 이 관계가 시간/날씨(temps)라는 단어에 적용된다고 말해 왔습니다. 영어에서는 시간(time)/일기(weather)가 구별되고, 라틴어에서도 시간(*tempus*)/날씨(*coleum*)가 구별됩니다. 그리스어는 보다 우월합니다. 시간(*chronos*)/아에르(*aèr*) = 하늘의 상태/에우디아(*eudia*) = 좋은 날씨/옴브리오스(*ombrios*) = 비가 오는/케이몬(*cheimôn*) = 소나기가 내리는/갈레네(*galènè*) = 바다가 잔잔한, 등의 구별이 있습니다. 프랑스어에서는 현재 날씨에 사역동사를 도입합니다.[100] 이것은 이 개념의 주안점이 주체와 현재 사이의 능동적 관계라는 것을 잘 보여 줍니다.

나는 항상 현재 날씨는 저평가된 하나의 주제(하나의 문제(*quaestio*))라고 생각했습니다. 하지만 과거에는(엄밀하게 구조주의적 의미에서 기호학적 문제에 매료되었던 시기에는) 현재 날씨를 친교 기능[101]의 모범적인 예로 생각했습니다.(=순수한 친교. 왜냐하면 언어활동의 위치가 개입되지 않기 때문입니다. 플라올의 저서[102] 참조.) 따라서 나는 발화체의 공백 상태(무의미)를 통해 이루어지는 의사소통을 강조해 왔습니다. 결국 현재 날씨는 소통하게 해 주고, 접촉하게 해 주는 가짜 지시 대상입니다. 반면, 이 표현은 보통 다음과 같은 주체들과 관계됩니다. 1) 서로 알지 못하는 주체들, 2) 같은 계급이나 같은 문화에 속하지 않는다고 느끼는 주체들, 3) 침묵을 견디지 못하는 주체들, 4) 충돌 없이, 서로 불쾌감을 주고 또 갈등 관계로 접어드는 위험을 무릅쓰지 않으려는 주체들, 또는 5) 반대되는 극단의 경우, 너무 사랑하기 때문에 의미 없이 그저 섬세함 때문에 이 표현을 주고받는 주체들입니다. 예컨대 서로를 사랑하고 (아침에) 서로를 다시 보는 가정에서 건네는 말에 사용됩니다. 프루스트의 「꽃핀 소녀들의 그늘에서」에서 (세비녜와 그녀의 딸[103]에 대해) 샤를뤼스가 자유롭게 인용하는 라 브뤼예르의 「마음에 대하여」를 참조하세요. "우리가 사랑하는 사람들 곁에 있는 것, 그들에게 말을 하는 것, 그들에게 전혀 말을 하지 않는 것, 이 모든 것은 같은 것이다."[104] 모두 함께 현재 날씨를 관찰하기 = 사랑에 대해 말하고 말하지 않는 것이 '모두 같은 것이다.'라는 의미입니다. 이처럼 절대적 애정 ─ 죽음에 의한 변질을 통해 가장 아픈 이별이 완성됩니다. ─ 은 말의 부드러운 무의미 속에서 감동하거나, 살아가거나, 숨을 쉬거나 할 수 있었습니다. 이때 현재 날씨는 사랑 그 자체의 쟁점인 언어활동(담론)의 하위 부분(en deça)을 표현합니다. 사랑했던 사람과 함께 날씨에 대해 더 이상 말할 수 없는 데서 오는 고통입니다. 첫눈을 보면서도 사랑하는 사람에게 말하지 못하고 그것을 자기만을 위해 간직하는 것입니다.

짧은 여담. 심지어 의사소통에 대한 의미론적 관점에서도 현재 날씨는 순진한 주제가 아닙니다. 종종 잘 진행되지 않는 일(가령 물가의 상승)을 정당화하기 위한 정부의 알리바이이며 현대 국가, 테크노크라시 국가에 대한 조롱입니다. 매년 또는 거의 매년 날씨에서 뭔가 제대로 안 되는 것을 찾습니다. 예컨대 가뭄이나 비. 비와 좋은 날씨에 따라 달라지는 식품 경제. 늘 '재해'가 발생하지만, 우리는 결코 대비하지 않습니다. 날씨는 매번 재해 발생 후에만 존재합니다. 무책임의 담론으로 말입니다.[105]

다시 하이쿠로 돌아오겠습니다. 현재 날씨(내가 지금 생각하고 있는 것입니다.)는 친교의 기능만 수행하는 게 아니라 실존적 부담을 지기도 합니다. 주체의 느낌 존재(le sentir-être)에 영향을 주고, 삶의 순수하고 신비스러운 느낌에 영향을 주기도 합니다. 우리는 이것을 기호학적 설명의 차원에 머무르면서 말할 수 있습니다. "현재 날씨는 언어다."라고 말입니다.(그리고 언어는 의사소통 도구일 뿐만 아니라 또한 주체 정립 — 창조 — 의 도구이기도 합니다.) 하나의 코드(하나의 법칙)로서 계절에 이 코드를 완성하는 하나의 행위(하나의 화언 행위, 하나의 담론)입니다. 현재 날씨란 순간, 날(日), 시(時), 실존의 개별화를 통해 말해진 코드입니다. 다시 말해 완수하거나 좌절시키는 코드(언어에 대해 항상 담론이 갖는 답례적, 보상적, 교정적 기능)인 거죠. 때때로(종종?) 복잡하고 미묘하고 가변적인 프랑스에서 한 계절이 날씨에 의해 부정되는 것을 봅니다.(여름철의 겨울 등.) 하지만 또한 우리는 날씨가 계절의 생산물(과일, 꽃)에 의해 완성되고 또 확인되는 것도 봅니다. 우리는 여기에서 뚜렷하게 드러난 코드와 행위의 변증법 — 코드와 주체의 간격 — 을 읽을 수 있습니다. 간격과의 관계: 나는 6월에 춥습니다.(행위 : 내 눈으로 보는 피부, 빛 등.) 그런데 모란꽃이 있습니다.(코드) → 하이쿠는 종종 순간적인 메모하기에서 코드(계절)와 현재 날씨(주체에 의해 수용되고 말해진)의 은밀히 놀라게 하는 끝지점에 자리 잡고자 노력합니다. 계절의 때 이른 시작, 사라져 가는 계절의 쇠약, 즉 왜곡된 인상을 만들어 내면서 말입니다. 담론이란 언어에 대한 왜곡된 인상과 같은 것이 아닐까요? 그리고 동시에 랑그(langue)란 담론을 왜곡하는 것 아닐까요?(모든 법칙은 주체를 왜곡합니다.) 바로 우리가 그 안에서 발버둥치도록 선고를 받은 비극적인 모순입니다.

현재 날씨에 대한 본질적 표현인 예술이 있습니다.(이미 역사가 된 예술입니다. 왜냐하면 이 예술은 더 이상 행해지지 않기 때문입니다.) 낭만주의 회화입니다. 나는 코로를, 특히 그의 「세브르의 길」을 생각합니다.(대단한 교양이 아닙니다! 이건 『르 프티 라루스(Le Petit Larousse)』 사전의 '사실주의' 항목에도 있습니다.) 하늘의 개별화, 그림자들의 개별화, 인물들의 개별화, 마치 그림이 당신에게 이렇게 말하는 듯합니다. "이것은 강렬했다. 하지만 그것은 영원히 없어진 것이다." 그것은 반복할 수 없습니다. 하지만 인지할 수는 있습니다.(항상 언어 ― 코드 ― 와 담론의 변증법.) 결국 역설적으로 현재 날씨의 전달 가능한 본질은 과거 날씨입니다. 현재 날씨는 추억의 차원에 속합니다. 예를 들어 보죠.

6. 여름 강
　헌 나막신을 한 손에 들고
　얕은 곳으로 건너니, 웬 행복인가
　(부손, 코요)

기묘합니다. 나는 이 장면을 직접 체험했다는 확신이 듭니다. 어린 시절이나 모로코에서였습니다. 여름날 아니면 소풍날이었을 것입니다. 하이쿠는 비의지적인 개인적 기억(노력하거나 체계적인 기억 되살리기가 아닙니다.)의 번뜩임에 의해서도 가능할 듯합니다. 하이쿠는 기대하지 않았던, 총체적인, 빛나는, 행복한 추억을 묘사합니다. 독자에게는 당연히 이 하이쿠를 짓게 했던 것과 같은 추억을 불러일으킵니다. 물론 이것이 프루스트의 비의지적 기억과 아무런 관계가 없는 것은 아닙니다.(마들렌에 의해 알레고리화된 주제.) 하지만 차이가 있습니다. 하이쿠는 작은 사토리에 가깝습니다. 깨우침은 의도를 만들어 냅니다.(그로부터 하이쿠 형식의 극단적인 단순함이 나옵니다.) 그러나 프루스트의 경우에는 깨우침(마들렌)이 확장을 가져옵니다. 『잃어버린 시간을 찾아서』 전체는 마들렌에서 나왔습니다. 마치 물에 닿으면 활짝 퍼지는 일본 종이꽃처럼 말입니다. 전개, 연장, 무한한 펼침입니다. 하이쿠에서는 꽃이 펼쳐지지 않습니다. 물이 없는 일본 종이꽃입니다. 꽃봉오리로 남아 있습니다. 단어(하이쿠의 홀로그램), 물속의 돌과 같은 것입니다. 하지만 이 단어는 그 무엇을 위한 것이 아닙니다. 줄곧 물결을 보고 있는 것이 아니라, 그 소리(퐁당 소리)를 듣습니다. 그뿐입니다.

시간의 개별화

따라서 우리는 하이쿠가 일반성과는 아무런 타협 없이 강렬한 개별화를 향해 나아간다는 사실을 이해할 수 있습니다. 계절의 코드에도 불구하고, 그리고 그것을 이용하면서 말입니다. 다시 말해 체험된, 추억된 순간의 법칙을 속이면서 그렇습니다. 그리고 코드 속에 포착된 순간(계절, 현재의 날씨) ― 누가 코드에서 벗어날 수 있을까요? ― 이 말하는 주체에 의해 교대됩니다. 시간(Temps)-시간(Time)의 구분이 시간(Temps)-날씨(Weather)로 구별됩니다. 자연의 많은 단위들이 주체의 효과, 언어의 효과가 됩니다.

첫째, 계절의 효과로서의 계절입니다. 나는 계절의 효과에 대한 간접적인 예를 하나 들려고 합니다. 하이쿠에서 가져온 예가 아니라(예는 수없이 많은 듯합니다. 예를 드는 데 공들이지 않겠습니다.) 우리 서양 문학에서 가져온 것입니다.

겨울의 효과란 '인상파'적 효과(눈, 다이아몬드, 고티에,[106] 상징파주의자들)가 아니라 심오하고, 뿌리 깊고, 내면적이고, '체감적인' 주체와 관련된 효과입니다. 퀸시. "4시에 밝혀진 불빛. 집 안의 아주 따뜻한 양탄자. 차를 따라 주는 아주 예쁜 손. 닫힌 덧창. 굵게 말려 바닥에 끌리는 커튼. 그때 밖에서는 비와 바람이 소리를 내고 휩쓸고 있다."[107](분명 이 모든 것은 아편을 피우기 위해 쾌락의 연출을 연출한 것입니다.) 이와 같은 행복을 구성하는 각각의 요소는 하이쿠 한 편이 될 수 있을 것입니다.

하이쿠의 중심 주제는 아니지만 여담으로 다음과 같은 점을 지적하고자 합니다.(하이쿠는 가까이 있는 계절에 의해 정의되기도 합니다만, 결코 계절을 직접적으로 보여 주지 않습니다.) 바로 하이쿠의 비극적인 효과, 계절과 멀어지는 효과입니다. 보들레르가 이해한 퀸시(보들레르) → 퀸시(그가 가장 소중하게 생각했던 두 번째 누이동생 엘리자베스의 죽음, 보들레르는 그만의 방식으로 퀸시에 대해 말합니다.) 여름의 죽음. 보들레르의 작품 『낙원(Paradis)』 139쪽과 140쪽을 참조하세요.[108]

나는 다음과 같은 사실 말고는 아무것도 덧붙이지 않을 것입니다. 소중한 사람을 잃은 사람은 누구나 그 계절을 아프게 기억합니다. 빛, 꽃, 냄새, 장례식과 계절이 조화나 대조를 이룹니다. 태양 아래서 사람들은 얼마나 많이 고통스러워합니까? 관광 안내 책자 앞에서 이 사실을 절대로 잊어서는 안 될 것입니다.

두 번째로, 주중(週中)의 어떤 날엔 또한 그 나름의 '색'(날의 색깔, 즉 하이쿠의 제재)이 있습니다. 나는 시골에서(1977년 7월 17일 일요일) 이렇게 적은 기억이 있습니다. "일요일 아침은 화창한 날씨를 더욱 화창하게 하는 것 같다."[109] 내가 말하고자 하는 것은 하나의 강력한 힘은 다른 강력한 힘을 더 강화한다는 것입니다. (현재 날씨의) 강도(强度)에 따른 무늬, 차이가 존재합니다. 프루스트는 이와 같이 차이가 나는 강도를 그 나름의 방식으로 잘 묘사합니다. 일요일이 언급되지는 않지만(타당한 이유가 있습니다.) 여하튼 하이쿠에서는 이와 같은 미묘한 강도를 잘 감지할 수 있습니다.

셋째로, 그로부터 (하루의) '시간'에 대한 감수성이 유래합니다. 시간은 수학적 단위가 아니라 '감수성'의 의미론적 분할, 갑문(閘門), 단계입니다.(나이를 생각해 보세요. 나이라는 숫자는 그저 연령층을 가리킬 뿐입니다. 사람은 단계적으로 늙습니다). 예를 들어 보겠습니다.

새벽 7. 날이 밝을 때
보리잎 끝에는
봄의 서리가
(잇샤)

정오 8. 정오에 활짝 핀 메꽃
조약돌 사이의
화염이어라
(잇샤, 쿄요)

저녁 9. 들판에는 안개가 자욱하고
물은 고요하다
저녁이네
(부손, 뷔니에)

(거의 존재하지 않는 풍경이 아니라 효과를 읽는다는 점에 주의하기 바랍니다.

극미한 지시 대상, 효과의 강력한 확산.)

이것은 분명 아주 코드화된 순간들입니다. 하이쿠는 코드 안에 있습니다. 이와 달리 서구적 '주관성' — 시학적 차원에서 — 은 덜 코드화되어 있습니다. 그리고 이 서구적 주관성은 시간의 세분 사항으로 하강합니다. 우리들 각자가 느끼고, 창조하고, 소유하는 시간에 대한 기분이 있습니다. 각자에게 '좋은 시간(bonne heure)'과 '나쁜 시간(mauvaise heure)'이 있습니다.(여기에는 말의 유희가 없습니다. 왜냐하면 행복(bonheur)은 시간(hora)이 아니라 점(占, augurum)에서 나온 단어이기 때문입니다.)

클로델은 거의 하이쿠에 가깝습니다.

비가
내린다
6시의 숲 위로
(셰아데, 29항[110])

특히 나에게도 나쁜 시간, 좋은 시간이 있습니다. 어떤 시간이 나쁜 시간인 것은, 그 시간이 내가 무엇을 해야 할지 모르는 시간, 긴장이 풀리지도 않고 나른하고 한가한 시간, 그러면서도 마음대로 이용할 수 없는 시간이기 때문입니다. 그러니까 단조로운 시간('녹초가 된'), 역동적이지 못한 시간, 오후 3시 반입니다.(어머니가 세상을 떠난 시간.[111] 나는 항상 마치 그 시각에 그 일이 발생할 것이라는 점을 예감해 온 듯합니다. 예수가 죽은 시간.) 미슐레.(다시 한 번 그입니다.) 수도원의 소녀들.(『마녀(Sorcière)』) "그녀들을 살해한 것은 육체적 고행이 아니라 권태와 절망이었다. 첫 영광의 순간 후에 수도원에 번진 끔찍한 병(카시앵[112]에 의해 5세기부터 묘사되어 온), 내리 누르는 권태, 오후의 우울한 권태, 뭐라 정의할 수 없는 번민 속에서 방황하는 부드러운 권태가 그녀들을 빠르게 침식했던 것이다."[13] 미슐레는 많은 것을 알고 있었습니다. 그는 아주 중요한 것을 알고 있었습니다. 그는 수도원의 무거운 시간을 아는 것이 피렌체에서 벌어진 모직물 전쟁에 대해 아는 것과 마찬가지로 중요하다는 사실 등을 알고 있었습니다.

(하루의) 시간들. 이미 살펴보았지만, 이 시간들의 효과를 표현하기 위한 단어가 없습니다. 그것은 헤메라(hèméra : 한계로서의 날)와 비오스(bios) 생명 감각) 사이의 파토스(pathos)입니다. (다시 한 번 말하지만) '담론'(시)이 정당화되고, 또 필요한 것(언어의 보상)은 정확히 단어가, 그것도 합당한 단어가 존재하지 않기 때문입니다.

개별화, 뉘앙스

나는 여러 차례에 걸쳐 개별화에 대해 —— 개별화로서의 계절, 현재 날씨, 시간에 대해 —— 언급했습니다. 이 개념에 대해 좀 더 살펴보도록 하겠습니다. 철학적으로 말하자면, 이 개념은 내 생각으로는 들뢰즈가 최근에 아주 큰 중요성을 부여한 개념입니다. 유감입니다만, 나는 여느 때처럼 이 개념을 아주 거칠게 하나의 방향성으로 받아들이고자 합니다. 방향성이라는 단어는 그것에 의해 배제되는 것과의 관계 속에서 그 중요성이 확인되는 단어입니다.

1. '체계'에 맞서는 개인

오래된 이야기로부터 시작할까 합니다. 실추된 개인주의.(부르주아 민주주의에 대한 사르트르의 비판을 참조하세요. 개인들을 통조림 속의 완두콩으로 여기는 태도,[114] 마르크스적 비판, 좌파적 시각에서의 비판. 개인주의에 맞서는 진정한 구축(驅逐)!) 하지만 항상 그렇듯 문제는 이동의 전략입니다. '체계'의 세계, 다시 말해 환원적 담론(정치적, 이데올로기적, 과학적 담론 등)과 '개인'의 질식 사이의 관계, 즉 나선의 다른 지점에서 문제(패러다임)를 다시 제기하기입니다. 다만 여기에서는 몇 가지 참고 사항만 지적하겠습니다.

첫째, 연금술(음성적 철학, 주변적 철학)입니다. 파라셀수스(Paracelse, 16세기). 각각의 존재에는 그 나름의 고유한 조직 윤리가 있습니다. 근원.(따라서 주체의 마지막 버팀목, 즉 환원 불가능.)

둘째, 낭만주의입니다. 미슐레(『프랑스사(Histoire de France)』 서문)는 "통속적인 여러 사물들 사이에서 각각의 영혼에는 결코 동일하지 않은 특별하고 개별적인 것이 있어, 이 영혼이 언제 지나가는지, 또 언제 미지의 세계로 나아가는지를 기록해야 할 것이다."[115]라고 했습니다. 실제로 이것이 기이하게도 하이쿠의 신조일 수 있습니다. 그것(le tel, 아주 선(禪)적인 개념),[116] 비회귀, 메모하기, 순간의, 지나가 버린 영혼의 미지 속으로의 사라짐 등입니다.

셋째, 기억을 위해, 실존의 목소리를 상기하기 위해, 헤겔에 맞서고 체계에 맞선 키르케고르가 있습니다.

넷째, 물론 프루스트도 있습니다. 개인의 강도를 지지한 적극적 이론가죠. 여러 문장 가운데 나는 생트뵈브에 대한 글을 인용합니다. "나에게 있어서 현실은 개인적이다. 내가 찾는 것은 한 여자와 누리는 즐거움이 아니다. 그것은 이러저러한 여자들이다. 그것은 하나의 아름다운 성당이 아니다. 바로 아미엥 성당이다."[117] 그리고 다음과 같은 아주 멋진 표현을 인용합니다.(다니엘 알레비에게 쓴 편지, 1919년 콜브, 246.) "보편자가 나타나는 것은 개별자의 정점에서입니다."[118] '개별자의 정점.' 이 역시 하이쿠의 문장(紋章)입니다. 모든 것이 개인적인 것(인간이라는 고전적 장치)에서 개별적인 것으로의 이행(대치)에서 이루어지는 만큼 더욱더 그러합니다.

다만 그것(le Tel), 개별적인 것, 특수한 것의 이름으로 체계에 맞서고, 이 체계를 뒤집는 이와 같은 것들은 주변적인 철학에 속한다는 사실을 주의하시기 바랍니다.

2. 개인에서 개별화로

개별화에 대해 말해 보겠습니다. 개인(시민적 주체, 심리적 주체)이 가진 환원 불가능한 것, 근본적인 뉘앙스, 그것, 특수한 것을 바로 이 개인의 그 순간으로 옮겨 가는 것, 정확히 이것이 개별화 개념입니다. 따라서 곧장 현재 날씨로, 색깔로, 현상으로, '영혼' — 지나가고 다시 돌아오지 않는 것으로서의 영혼 — 으로 옮겨 가는 것입니다.(미슐레)

어떤 의미에서는 은유에서 철자로 넘어가는 것으로 충분합니다. 보들레르는 이렇게 말했습니다. "자기 자신을 관찰할 줄 아는 사람들은 (……) 종종 그들의 사고의 실험실에서 멋진 계절, 하루의 시간, 달콤한 분(分)들을 적어야 했다……"[119] 여기에는 여전히 은유가 있습니다. 하지만 한 단계 더 지나게 되면, 당신은 한 계절, 하루, 일 분(分)일 것입니다. 당신의 주체는 이런 것들로 가득하고 또 그로 인해 진력날 것입니다. 결국 당신은 바로미터가 됩니다. 프루스트(뒤푸르의 논문)[120]는 "내가 바로미터를 보는 것에 만족하지 못할 정도로 지나치게 아버지를 닮는 것이 아니라, 나 자신이 살아 있는 바로미터가 되는 것으로 충분했다."라고 했습니다. 이것은 루소가 감지한 변화(이것이 『고독한 산책자의 몽상』의 근대성입니다.)와 체계(심리적)에 대한 저항으로 확인된 변화입니다. 산책. "물리학자가 매일매일의 대기 상태를 알기 위해 대기를 실험하는 것처럼 나는 나 자신에 대해 실험을 할 것이다. (……) 하지만 (……) 나는 그것을 체계로 환원하기보다는 실험 결과를 기록하는 것으로 만족할 것이다."[121]

우리는 여기에서 당연히 니체를 발견합니다.(들뢰즈가 선호하는 저자인 니체를 말입니다.)[122] 나는 다시 한 번 인용합니다.(MC,[123] 53, 유고집.) "자아란 거의 인격화된 힘의 복수성이다. 그 힘 가운데 때로는 이것이, 또 때로는 저것이 무대 전면에 자리 잡으며, 나의 모습을 띠게 되는 것이다. 그 장소에서 이것은 다른 힘들을 바라본다. 마치 하나의 주체가 그의 외부에 있는 대상, 또 그에게 영향을 주고, 그를 결정하는 외부 세계를 바라보는 것처럼 말이다. 주체성이 자리 잡는 점(點)은 유동적이다."[124] 바로 여기에 결정적인 단어가 있습니다. 주체성은 부정되거나, 권리를 상실하거나, 억압되어서는 안 된다는 것입니다. 주체성은 유동적으로 여겨져야 합니다. '변덕스러운' 것이 아니라 유동적인 점들(points)의 직조로, 그것들의 망으로 말입니다. 니체의 인용문에서 중요한 것은 바로 이 점(點)(주체성)의 개념입니다. 하나의 강, 심지어 변화하는 강으로서의 주체성, 그러나 여러 장소들의 불연속적인(그리고 부딪치는) 변화로서의 주체성(만화경 참조.)입니다.

이제 우리는 개별화의 양가성(또는 변증법)을 더 잘 이해하게 되었습니다. 개별화는 주체를 그의 개별성 속에서, 그의 '오불관(吾不觀)의 태도' 속에서 강화해 줍니다. 또는 적어도 이 위험, 그리고 특히 개인주의적 요구의 이미지에 비위를 맞출 위험성을 내포합니다. 하지만 동시에 개별화는 주체를 해체하고, 그를 다양화하며, 그를 분쇄하고, 어떤 의미에서는 그를 없애기도 합니다. → 극단적인 인상주의와 단위체로서의 의식의 희석화, 무화에 대한 일종의 신비로운 유혹 사이에서의 동요. 아주 고전적이면서도 아주 초현대적인 개념입니다.

3. 뉘앙스

개별화의 (일반적인 : 정신적인, 쓰인, 체험된) 실천, 이것이 바로 뉘앙스입니다.(이 어원은 우리에게 중요합니다. 왜냐하면 뉘앙스라는 말에 현재 날씨, 라틴어로 하늘(*coleum*)과의 관계가 포함되어 있기 때문입니다. 고대 프랑스어 nuer에는 미묘하게 다른 색들과 구름의 반사광을 비교한다는 의미가 있습니다.) 뉘앙스라는 단어를 강하게, 전체적으로, 이론적으로 하나의 자율적인 언어로 여길 필요가 있습니다. 그 증거는 오늘날 집단적인 문명에 의해 이 단어가 신경질적으로 검열받고 억압당하고 있다는 것입니다. 매스미디어 문명은 이 뉘앙스에 대한 (공격적인) 거부를 통해 정의된다고 말할 수 있습니다. 나는 이미 여러 차례에 걸쳐 의사소통의 근본적 실천으로서의 뉘앙스에 대해 지적했습니다. 나는 심지어 위험을 무릅쓰고 하나의 명사를 제시하기도 했습니다. 디아포랄로지(diaphoralogie)[125]입니다. 나는 발터 벤야민이 사용한 다음 용어를 덧붙이고자 합니다. "……주지하다시피 사물은 기술화되고 합리화된다. 그리고 오늘날 개별적인 것은 뉘앙스 안에서 존재할 뿐이다."[126]

여러분이 아시다시피, 문체의 위기가 있습니다. 실천적이고 이론적인 위기입니다.(문제 이론은 없으며, 몇몇 사람들만이 그것에 대해 걱정하고 있을 뿐입니다.) 그런데 문체는 뉘앙스의 기술적(記述的) 실천이라고 정의할 수 있을 것입니다.(그로 인해 오늘날 문체를 혐오하는 시선이 있습니다.)

곧바로 하나의 예를 들어 보겠습니다. 하이쿠입니다.

10. 패랭이꽃들 위로
여름 소나기가
너무나 거칠게 떨어지는구나
(삼푸, 뮈니에)

거칠게. 이것이 바로 결정적인 뉘앙스입니다. 거칠게라는 단어가 없다면 여름도 소리도 없습니다. 밋밋함, 무감동만 있을 뿐입니다. 뉘앙스가 없음(adiaphora).(디아포라 = 뉘앙스)

뉘앙스란 섬세함을 배우는 것입니다. 다른 예입니다.

11. 솟아오르는 첫 태양
구름이 있네
그림 속의 구름처럼
(슈사이, 뮈니에)

현실과 그림의 뒤바뀜. 예민함과 섬세함. 이 경우에는 아마 다음과 같은 것을 이해할 수 있을 겁니다. 시란 거친 세상에서 섬세함을 실천하는 것입니다. 그로부터 오늘날 시를 위해 투쟁해야 할 필요성이 비롯됩니다. 시는 '인권'의 일부여야 합니다. 시는 '퇴폐적'이지 않습니다. 시는 전복적입니다. 전복적이고 생명과 관계가 있습니다.

뉘앙스는 차이(디아포라)입니다. 블랑쇼가 제시하는 (핵심적인) 표현을 통해 이 뉘앙스의 개념 속으로 나아가 보도록 하겠습니다. "모든 예술가는 (우리가 탐구하는 것이 바로 이 예술의 실천입니다.) 그 자신이 특별한 내면적 관계를 맺고 있는 어떤 실수와 연계되어 있다. (……) 모든 예술은 어떤 예외적인 결점을 그 근원으로 삼는다. 모든 예술 작품은 이런 근원적 결점의 작품화인 것이다. 이 결점으로부터 우리에게 충만함의 위협을 받는 접근과 새로운 빛이 온다."[127] 실제로 통념적(endoxal)인 관점에서 보면, 뉘앙스는 실패한 것입니다.(이른바 상식의 관점, 정통성의 관점, 초보적이지만 옳은 관점에서 보면 그러합니다.) 이와 같은 관점에 신뢰를 주는 것이 다음과 같은 비유입니다. 가장 아름다운 도자기는 너무 구워졌거나 덜 구워져 비교할 수 없는 기묘한 색깔을 내는 도자기, 예상 외의 관능적인 흔적이 새겨진 도자기라는 비유입니다. 어떤 의미에서 뉘앙스는 빛을 발산하는 것, 그것을 확산하는 것, 그것을 길게 늘이는 것(하늘의 구름처럼)입니다. 그런데 이 빛의 발산과 공허 사이에는 모종의 관계가 있습니다. 뉘앙스에는 공허의 고단함 같은 것이 있습니다.(그로 인해 실증적 정신을 가진 사람들은 이 뉘앙스를 별로 마음에 들어 하지 않습니다.)

4. 공(空), 삶

공(空)의 시학은 탐구될 필요가 있습니다. 블랑쇼가 인용하는 주베르의 멋진 구절을 예로 들어 보겠습니다. "이 지구는 한 방울의 물이며, 세계는 소량의 공기다. 대리석은 압축된 공기다." "그렇다. 세계는 얇은 천이다. 그뿐인가, 성기게 짜인 얇은 천이다. 뉴턴은 다음과 같이 추정했다. 다이아몬드에는 (……) 꽉 찬 부분의 (……) 몇 배나 되는 빈 부분이 있다고 말이다. 그리고 다이아몬드는 물체 중 가장 조밀하다." "중력, 불가입성, 인력, 추진력, 또 학자들이 시끄럽게 논쟁하는 모든 맹목적인 힘을 갖추고 있는…… 이 물질의 총체는 속을 파낸 약간의 금속, 속이 비어 있는 유리, 공기로 부풀고 빛과 그림자가 아롱거리는 거품 등이 아니라면 그 무엇이겠는가? 결국 그 무엇이든 자기에게만 무겁고, 자기 이외의 것을 뚫을 수 없는 그런 그림자가 아니라면 그 무엇이겠는가?"[28]

[29]차이와 마찬가지로 뉘앙스도 그것을 에워싸고, 그것을 억압하는 것과 계속 대립하며 싸우고 있습니다. 또 결사적인 도약을 통해 구별되고자 하는 것과도 계속 대립하며 싸우고 있습니다. 하지만 뉘앙스에는 일종의 내부, 은밀함, 거주성(居住性)이 있습니다. 이것이 주베르에 의해 환기된 공 그 자체이기도 합니다. 구별을 가능케 해 주는 요인인 뉘앙스는 그 자체로 동시성의 요인이기도 합니다. 블랑쇼는 주베르와 말라르메를 해설하면서 이렇게 썼습니다. "부분에서 부분으로 넘어가는 통상의 독서를, 동시적인 화언 행위의 장면으로 대치하고자 하는 욕망이 있다. 여기에서는 모든 것이 한꺼번에 말해질 것이고, 그러면서도 아무런 혼란도 없이, '전체적이고, 조용하고, 은밀한, 결국 통일된 빛' 속에서 말해질 것이다." 그리고 "그 어떤 특수한 것도 무한을 파괴하지 못하는 공간의 창조, 모든 것이 소위 허무 속에서 현전하는 공백의 공간의 창조, 즉 장소 외에 그 무엇도 발생하지 않게 하는 장소의 창조……."[30]라고도 했습니다.(이 모든 인용문을 제시하면서 나는 매번 이 모든 인용문이 당연히 적용되는 하이쿠를 염두에 두고 있습니다.)

뉘앙스, 공. 글을 쓸 때('창작을 하는 것'이 문제 될 때) 이것들은 아주 중요한 주제입니다. 항상 말라르메의 텍스트를 상기하기 바랍니다.(1867년에 르페뷔르에게 했던 선언.) "나는 제거를 통해서만 작품을 창작했습니다. 획득된 모든 진리는 인상의 소멸에서만 태어났습니다. 이 인상은 한 번 빛나고 소비된 것이며, 그로부터 나온 울림 덕택에 나를 절대적 어둠의 느낌 속으로 더 깊이 나아가게 해 주었습니다. 파괴는 나의 베아트리체였습니다."(블랑쇼[131]) 그러니 이 모든 것이 얼마나 하이쿠에 잘 들어맞습니까! (시적으로) 창작은 울림을 위해 충격(음)을 비우는 것, 약화하는 것, 소멸시키는 것입니다.

우리는 또한 다른 방식으로도 말할 수 있습니다.(그리고 이것 역시 하이쿠에 들어맞습니다.) 아르토, 횔덜린, 말라르메에 대해 말하는 블랑쇼와 함께 말입니다. "영감이란 무엇보다도 그 결여를 통해 기획된다."[132] 그렇습니다. 어떤 의미(방금 지적한 모든 것을 통해 축적된 그 의미)에서 하이쿠는, 그리고 모든 매력적인 단순한 형식들, 모든 메모하기는 영감의 부족에서 나옵니다. 다시 한번 여기에서 현재 날씨의 시학을 더 잘 이해하게 됩니다. 일종의 영감의 부족, 글쓰기의 부족, 창조의 부족과 같은 시학을 말입니다. 소비된 채 되돌아선, 본래의 인상.

뉘앙스의 길.(현재 날씨와 거기에 이어지는 길.) 이 길의 끝에는 뭐가 있을까요? 당연히 삶입니다. 삶의 감각, 실존의 감정이 있습니다. 우리는 다음과 같은 사실을 알고 있습니다. 이 감정이 순수해지고, 강렬해지고, 영광스럽게 되고, 완벽하게 되기 위해서는 주체에게 공이 있어야 한다는 것을 말입니다. 가령 (사랑의) 환희가 가장 강할 때조차도 그래야 합니다. 왜냐하면 이때 주체에게는 언어의 공이 있기 때문입니다. 이처럼 언어활동이 침묵을 지킬 때, 더 이상 설명, 해석, 의미가 없을 때, 바로 그때 존재는 순수합니다. '꽉 찬'('넘치는') 가슴이란 공에 대한 경험(아주 신비한 주제)입니다. 담론의 결점, 단점은 다음과 같은 두 가지 극단적 상태를 가리킵니다. '왕따 당한 자'의 절대적 비참함과 '살아 있는 자'의 열렬한 환희입니다. 뉘앙스, 이것을 멈추게 하지 않는다면 이것이 바로 삶입니다. 그리고 뉘앙스를 파괴하는 자들(현재 우리의 문화, 우리들의 비대한 저널리즘)이란 죽은 자들이고, 죽어서도 복수하는 자들입니다.

요컨대 철저하게 밝혀진 현재 날씨는 우리의 내부에서 다음과 같은 유일한 말(최소한의 말)을 가능케 합니다. 산다는 것은 그럴 만한 가치가 있다는 말입니다. 1977년 7월의 어느 날 아침(16일), 나는 이렇게 적었습니다. "다시 며칠 동안 흐린 끝에 화창한 아침. 공기의 반짝임과 섬세함. 신선하고 빛나는 비단. 그 텅 빈(아무런 의미도 없는) 순간에 다음과 같은 확신이 들었다. 사는 것은 그럴만한 가치가 있다는 확신. 아침 시장(잡화상, 빵 가게)을 볼 때 마을은 거의 비어 있다. 무슨 일이 있더라도 나는 아침에 시장을 거르지 않을 것이다."[33] 만일 내가 하이쿠를 지었다면, 이 모든 것을 더 간접적이고, 더 본질적으로(더 적은 언어로) 이렇게 썼을지도 모릅니다.

12. 마치 아무 일도 없었다는 듯이
까마귀가
버드나무에
(잇샤, 뮈니에)

순간

여기에서 '시간의 섬세한 변증법'에 대한 설명 전체를 다시 모아 보겠습니다. 왜 '섬세한 변증법'일까요? 삼행시(5-7-5)에는 매번 두 범주 사이에 모순이 있기 때문입니다. 간단하고, 섬광과 같은 모순, 일종의 논리적인 섬광(이 재빠름은 고통을 느낄 시간을 주지 않습니다.)과 같은 모순 말입니다.

순간과 추억
한편으로 하이쿠가 프루스트식 글쓰기 행위가 아니라는 점은 분명합니다. 다시 말해 비의지적 기억이라는 주된 행위를 통해 (잃어버린) 시간을 그 이후, 사후적으로(코르크로 덮은 방에 갇혀) '되찾기' 위한 목적의 글쓰기가 아니라는 말입니다. 이와는 반대로 하이쿠는 곧장, 즉석에서 시간을 발견하는 것(되찾는 것이 아니라)입니다. 시간은 곧장 구해집니다. 즉 메모(글쓰기)와 감흥이 공존합니다. 감각적인 것과 글쓰기의 즉각적인 열매 따기입니다. 하이쿠 형식 덕택으로('문장 덕택으로'라고 표현할 수도 있겠습니다.) 글쓰기는 감각적인 것의 기쁨을 향유합니다. 따라서 하이쿠는 순간의 글쓰기(철학)입니다. 예컨대 순간에 대한 절대적 글쓰기라고 할 수 있죠.

13. 한 마리 개가 짖는다
행상을 향해
꽃이 핀 복숭아나무들
(부손, 코요)

내가 이 하이쿠를 인용한 것은 다음 이유 때문입니다. 이 하이쿠가 순간에 대한 특권적인 예술이 음악이라는 것을 잘 보여 주기 때문이죠. 소리란 순간의 형상(eidos, 形相. 케이지의 이론. 케이지는 순간에 모든 것을 걸었습니다.)입니다.[134] 그로부터 다음과 같은 정당화된 비유가 나옵니다.(이 비유에 대해서는 다시 다룰 것입니다.) 하이쿠, 그것은 틸트(tilt),[135] 일종의 짧고, 유일하고, 맑은 종 치는 소리입니다. 이는 내가 뭔가에 맞았다는 것을 의미합니다.

다른 한편으로(모순의 또 다른 항), 이 순수한 순간, 다시 말해 타협하지 않는 순간. 그 어떤 지속 속에서도, 그 어떤 회귀 속에서도, 그 어떤 정체 속에서도, 그 어떤 보류 속에서도, 그 어떤 응고 속에서도 스스로를 위태롭게 하지 않는 것처럼 보이는 순간.(절대적으로 신선한 순간. 싱싱한 느낌이 살아 있는 풀을 뜯어 먹는 동물처럼 마치 나무 위에서 표시된 과일을 먹는 것과 같은 순간.) 따라서 이 순간은 다음을 의미하기도 합니다. 즉 내가 다시 읽을 경우 즉각적으로 나를 추억하는 것입니다. 보물이 될 소명을 가진 순간. '내일, 추억.' 이와 같은 모순은 이렇게 표현될 수도 있습니다. 하이쿠, 즉 새롭고도 역설적인 범주. 마치 노타시오(메모하는 행위)가 즉석에서 기억되는 것을 가능케 해 주는 것처럼, '즉각적인 기억'(프루스트의 비의지적 기억과 달리 즉각적 기억은 확산되지 않습니다. 환유적이 아닙니다.)입니다. 내 생각에 이것은 어느 정도 시의 기능에 해당합니다. 물론 하이쿠는 이와 같은 기능이 있는 시의 극단적인 형식이고(모든 일본적인 것. 내가 말하고자 하는 것은 일본 본토이지, 파리의 오페라 광장에서 느낄 수 있는 일본이 아닙니다.) 섬세함과 극단, 극단적인 뉘앙스입니다. 이런 의미로 — 사건의 기억으로의 변화, 또한 이런 기억의 즉석에서의 소비라는 의미 — 에드거 포의 다음과 같은 시를 읽을 수 있습니다.(바슐라르) "지금, 운명은 다가오고, 시간이 숨을 죽이는 동안, 시간의 모래알이 금 알갱이로 변하고."[36] 하이쿠, 이것이 다른 형태였더라면(글쓰기가 없었다면) 시간의 모래알에 불과한 금 알갱이였을 겁니다.(이미 지적했듯이, 하이쿠는 보물이 될 소명이 있습니다.)

운동과 부동성

하이쿠란 제스처의 엄습입니다. 이렇게 말하고 싶습니다. 제스처란 한 행위에서 가장 빨리 달아나는 순간, 가장 덜 그럴듯한 순간, 가장 진실된 순간이라고. 다시 말해 "바로 그거야!"(=틸트)라는 효과를 만들어 내는 메모하기를 통해 재구성되는 그 무엇, 하지만 우리가 전혀 생각지도 못했을 수도 있는, 그 미묘함을 전혀 볼 생각을 못했을 수도 있는 그 무엇입니다. 하이쿠를 통한 제스처 포착의 경우가 여기에 있습니다.

14. 작은 고양이가

바람에 끌려 다니는 잎새를

한순간 바닥에 눌러 붙이네

(잇샤, 뮈니에)

이 하이쿠에 대해서는 이렇게 말할 수 있을 것입니다. 이것은 어떤 한 장면의 파편, 부스러기라고 말입니다.(여기에서 이 장면이 어떻게 동시적이고, 벌써이고, 하나의 추억인가를 포착할 수 있을 것입니다. 프루스트에게서는 이 장면이 펼쳐지는 것을 볼 수 있습니다. 이것은 프루스트의 마들렌처럼 확산적이지도, 환유적이지도 않습니다. 물 위에서 퍼지는 일본 종이꽃도 아닙니다.) 그로부터 우리는 일본 중세의 연극배우이자 이론가인 제아미(世阿弥)[137]의 연극론에서 볼 수 있는 제스처 — 적어도 일본 전통에서 — 가 무엇인가를 잘 이해할 수 있습니다. 바로 운동과 부동성의 역설적 결합입니다.(이것은 결국 글쓰기에 의한 부동화를 의미합니다.) 제스처는 잠정적 정지 상태(suspension)입니다. 물론 이 제스처가 곧바로 다시 다른 행동으로 이어질 것이라는 확신을 주어야 합니다.('잠자는 숲 속의 공주'의 신화 참조.)

제스처는 일종의 아주 작은 잠자는 정원입니다. 모든 '비주류' 연극인들이 이 제스처에 주목했지만, 오늘날의 연극에서는 더 이상 관심을 받지 못합니다. 그렇다면 영화에서는 어떨까요? 나는 또 한 명의 일본인 미조구치(溝口健二)의 영화 「희미한 달 이야기」에 나오는 여자 유령의 멋진 일화를 생각합니다. 비주류들입니다. 예컨대 자크 르코크의 마임. "제스처, 태도, 움직임에서는 그것들의 부동성을 찾아야 한다."[38](마임에 대한 이와 같은 참조는 다음과 같은 점을 생각하게 합니다. 즉 하이쿠는 역설적으로 침묵을 지키고, 말이 없다고 얘기될 수 있다고 말이지요.) 그리고 자크 달크로즈는 이렇게 말합니다. "하나의 제스처는 신체의 움직임뿐만 아니라 이 움직임의 정지이기도 하다." 즉 하이쿠적 몸짓이란 물에 떠 있는 작은 인형인 잠수 인형에 속합니다. 부동성이 궁극(窮極)의 목적인 듯한 인상을 주면서 계속 움직이는 잠수 인형 말입니다.

우연성과 상황

하이쿠의 '지시 대상'(그것이 묘사하는 것)은 항상 개별적인 것에 속합니다. 어떤 하이쿠도 일반성을 가리키지 않습니다. 결과적으로 하이쿠 장르는 환원의 모든 과정에서 완전히 벗어나 있습니다.

지금 여기에서, 다시 말해 우리에게서, 서양에서, 거시 역사적 의미에서 개별적인 것에 대한 저항과 일반적인 것을 지향하는 성향이 있을 수 있습니다. 법칙. 일반성에 대한 취향. 환원 가능한 것에 대한 취향. 여러 현상을 극단적으로 차별화하는 대신 동일화하는 데서 오는 쾌감.(미슐레의 추상, 일반화를 참조하자면, 그것은 구엘프당원의 정신과는 일치하지만 (감정적) 우연성에 가치를 부여한 기벨린 정신[139]과는 다릅니다.) 개별적인 것은 가치와 마찬가지로 주변으로 내몰립니다. 주기적으로 특출한 사상가가 태어나 개별적인 것, 카이로스(kairos),[140] 비교 불가능한 것(키르케고르, 니체), 우연성의 권리를 요구하지만 말입니다.

여기에는 두 가지 측면이 있습니다. 예컨대 프로이트가 애도에 대해 말하는 방식보다는 프루스트가 슬픔에 대해 말하는 방식을 내가 더 선호하는 것은 어쩔 수가 없습니다. 이와 같은 대조를 역설적으로 잘 표현하고 있는 사람이 경험주의자 베이컨(『오르가논』)입니다. "인간의 정신은 그 본성상 추상 쪽으로 기운다. 그리고 계속적으로 변화하는 것 속에서 정지된 것에 주목한다. 자연은 추상화하는 것보다 세분하는 것이 더 낫다.(데모크리투스가 그랬던 것처럼.[141]" 이와 같은 말이 하이쿠를 잘 정의해 줍니다. 하이쿠는 운동을 정태화하지 않습니다. 하이쿠는 자연을 세분하지, 추상화하지 않습니다.

따라서 하이쿠란 우연성의 예술(contingere : 우연히 굴러들어오다, 우연히 발생하다)입니다. 우연한 만남의 예술, 우연성이 하이쿠의 근본 — 하이쿠의 핵심적인 특징 — 이라는 사실을 잘 이해하기 위해서는 치환 시험을 해 보는 것으로 충분합니다. 프랑스 시의 어떤 부분들은 하이쿠에 가깝기는 합니다. 하지만 거기에는 우연성이 부족합니다. 일반성을 지향하고자 하는 욕망으로 인해 우연성이 훼손됩니다. 예컨대 베를렌을 봅시다.

긴 흐느낌 소리
바이올린의
가을.[142]

이 시는 하이쿠로는 너무 은유적입니다. 이 시는 은유입니다. 따라서 일반성입니다. 이것은 (발화 행위) 주체에게 그냥 한 번 발생한 그 무엇인가가 아닙니다.

마찬가지로 아폴리네르를 봅시다.

눈(雪)을 찬양하며
벌거벗은 여자를 닮은.[143]

물론 아주 멋진 시입니다. 하지만 수사학적 산물에 사로잡힌 비교입니다.

일반성에 의한 또 다른 훼손의 형태가 있습니다. '도덕,' 도덕화된 메모하기입니다. 비니.[144] "너는 심지어 불충실성으로 가득했고."[145] 이 시는 거의 하이쿠에 가깝습니다. 형태가 간단하고, 격언적이지도 않기 때문입니다. 하지만 이 시는 관능적이지 않습니다. 이 시는 도덕적 관념이고, 도덕은 일반적입니다. 여기에는 환원적인 가정이 있습니다. 충실하지 않다는 것, 그것은 타자를 버리는 것, 자기에서 타자를 덜어 내는 것이고, 충실성은 아주 멋진 가치라는 것입니다. 거기에 기초해서 하나의 역설, 부정이 성립합니다. 내겐 불충실한 듯한 태도가 있으나, 나는 '선량한(충실한)' 사람이라는 것입니다. 다음 두 하이쿠를 비교해 봅시다. 그러면 이 두 하이쿠에서 우연성의 장치가 잘 작동하고 있다는 것을 볼 수 있을 겁니다.

15. 아이가
   여름 달 아래에서
   개를 산책시킨다
   (쇼하, 뮈니에)

여기에서 우연성의 '정수'는 바로 이 아이가 존재했으리라는 사실을 의심할 수 없다는 것입니다. 하이쿠는 허구가 아닙니다. 하이쿠는 지어내지 않습니다. 하이쿠는 자기 안에서 간단한 형식 특유의 화학 작용에 의해 그것이 발생했다는 확신을 이용합니다. 실제로 우연성은 현실의 확실성을 강화해 줍니다. 거짓말을 하고자 하는 사람은 우연성을 꾸며내야 합니다. 더 우연적일수록 더 진실합니다. 하이쿠는 일종의 증언의 기능을 하며 이는 곧 역설입니다. (발화 행위의) 주체 때문에 증언의 진실성이 보장됩니다.

16. 아! 내가 계속 살아 있을 수 있을지
   여자의 목소리

매미 같은 외침

(구사타오, 코요)

이 하이쿠는 좀 교활합니다. 왜냐하면 이 하이쿠는 일반성 안에서 시작되지만 이 일반성이 즉각 우연성을 통합하기 때문입니다. 유일한 순간에 한 번 주체에게 발생한 것, 하나의 목소리, 하나의 소리.(우연성은 소멸하는 것, 필멸적인 것을 에워쌉니다.)

지금까지 우연성에 대해 말했습니다. 이것이 바쇼〔芭蕉〕의 정의에 상응합니다. 하이쿠란 "단순히 한 장소, 한순간에 발생하는 것이다."(코요)[146] 하지만 사실을 말하자면 이것으로 완전히 충분하지는 않습니다. 나는 이 정의에 뉘앙스를 도입하고자 합니다. 하이쿠란, 우연히 발생하는 것(우연성, 극소의 모험)이지만, 그것이 주체를 에워싸는 한에서 그렇습니다. 이 주체는 이런 일시적이고 유동적인 에워싸기(entour)에 의해서만 실존하고, 또 스스로 주체라고 말할 수 있습니다.(개별화 ≠ 개인) 따라서 우연성보다는 오히려 상황을 생각해야 합니다.(어원에 대해 생각해야 합니다.)[147] 또한 '순간/ 추억', '부동성/ 운동'의 모순으로부터 내가 지적하고자 하는 것은 세 번째 모순입니다. 비록 하이쿠가 하나의 지시 대상의 확실성을 부과하기는 하지만(15번 하이쿠 참조.) 이와 동시에 하이쿠는 지시 대상보다는 상황(잘못 만들어진 단어)에 대해 말하도록 요청받습니다. 어떤 의미(극단적인 의미)에서 보면 하이쿠에는 지시 대상이 없습니다. 따라서 이른바 정립적인 것[148]이 없습니다. 우리는 하이쿠에서 주위(상황)를 쌓을 뿐입니다. 하지만 대상은 증발하고, 상황 속으로 흡수되어 버립니다. 이 대상을 에워싸고 있는 것이 바로 빨리 흘러가는 시간입니다.

여러분은 (내가 제시할) 하이쿠 한 편과 『잃어버린 시간을 찾아서』에서 파리의 외침 소리에 대한 메모와 비교하면서 이와 같은 뉘앙스를 포착할 수 있을 것입니다.

사람들은(코요) 다음 구절이 거의 하이쿠에 속한다고 말했습니다. 사실입니다.

"물좋은 새우 대신
싱싱한 가오리가 있어요."

"로마 식으로
팔지 않고
데리고 다녀요!"[49]

다음 하이쿠와 비교해 보세요.

17. 낮잠에서 깨어
지나가는 소리를 듣네
칼 가는 사람이
(바쿠난, 코요)

우리는 여기에서 뉘앙스를 봅니다. 프루스트의 메모하기는 사실적입니다. 일종의 즉자적 현실을 가리킵니다. 그것은 일람표이자 카탈로그이지, 하이쿠의 메모하기와는 다릅니다. 하이쿠는 전적으로 주관적입니다. 지시 대상은 하나의 상황입니다. 자기의 주위에 의해 말해지는(se dit) 발화자의 무기력한 몸. 물론 여러분이 파리의 외침 소리를 프루스트의 발화 행위자 주위에다 다시 갖다 놓으면(예컨대 반쯤 잠이 깬 상태, 닫힌 방 등) 그 소리를 듣고 있는 몸의 절대적 주관성을 다시 발견하게 될 것입니다. 하지만 프루스트에게는 거기에서 하나의 완벽한 이야기가 필요합니다. 물론 이것은 형식 선택의 문제입니다. 또한 그 수준에서 거시 문화적 선택이 문제가 됩니다. 우리 프랑스인에게는 간단한 형식이 익숙하지 않습니다. 우리에게서 주관성은 장황할 수밖에 없습니다. 이 주관성은 탐색(exploration)입니다. 그러나 하이쿠는 일종의 내파(內破, implosion)입니다.

하이쿠의 상황적 본성(제대로 말하자면 지시적 본성은 아닙니다.)은 그 기원에서부터(또는 적어도 그 고전적 규약(17세기)부터) 지적되고 있습니다. 즉 삼행시는 정상적으로 — 특히 바쇼에게서 — 하이분(haïbun, 俳文)에 의해 도입되고 부각되었습니다. 이것은 종종 기행문에서 사용되는 시적 산문입니다. 여행하는 도중에 가끔 뭔가가 '언어 속으로 뛰어오릅니다.' 언어에 대한 작은 깨우침, 이것이 바로 하이쿠입니다.

바쇼(1643~1694년)의 여행기는 하이쿠로 점철되어 있습니다. 유명한 것이 『오지의 오솔길』(북쪽과 중앙 지방의 산들)입니다. 오늘날 그 길에는 그 지방 사람들이 새긴 바쇼의 하이쿠 비석들이 즐비하게 서 있습니다. 코요는 분명 이것을 제대로 보았습니다. 그는 자신이 번역한 하이쿠와 개인 일기를 연결합니다. 고정되지 않은 파편으로서의 하이쿠, 개인의 일상 생활의 직조의 돌출 부분으로서의 하이쿠(따라서 '이중 텍스트'로 지칭됩니다.) 개인적인 일화가 있습니다. 나는 네덜란드의 그로닝겐에 있는 집에서 돌아왔습니다. 자동차로 밤 11시에 서둘러 출발했습니다. 모든 문을 잠그고, 모든 것을 잘 정돈했습니다. 하지만 쓰레기는? 네덜란드는 너무나 깨끗해서 밤새 돌아다녔지만 쓰레기를 던져 버릴 만한 곳이 없었습니다. 운하조차도 깨끗했습니다. 그런데 현대 하이쿠에서 이와 같은 상황을 다시 발견했습니다.

18. 밝은 달

어두운 구석이라고는 없다

재떨이를 어디다 비우지

(푸교쿠, 뮈니에)

　　이것들은 하이쿠가 '팽팽한 시간의 줄' 위에서 ── 신중하게, 우아하게, 빠르게 ── 진행되는 듯하다는 사실을 보여 줍니다. 당연히 이와 같은 유희는 가능합니다. 왜냐하면 이 유희가 일본의 고유한 개념에 의해 준비되고 결정되었기 때문입니다. 우리는 이것을 개념화하지 못했음을 보여 주기도 합니다. 그도 그럴 것이 우리에게는 그것을 지칭하기 위한 단어가 없기 때문입니다. 즉 공간-시간의 간격을 지칭하는 마〔間〕가 없습니다.(최근의 전시회 참조.)[150] 마의 형상들(변이체) 중 특별히 하이쿠에 자양분을 계속해서 제공해 주는 두 형상이 있습니다.

　　먼저 야미〔yami : 闇〕입니다. 예컨대 반짝거리는 것. 미광(微光)에서 나왔다가 다시 거기로 되돌아가는 것. 이것은 노〔能〕에서 응용됩니다. 죽은 자들의 세계에서 다리를 통해 도착하고, 산 자들의 무대 위에서 연기를 하다가, 다시 같은 다리를 통해 어둠 속으로 되돌아갑니다.(이것이 미(美)에 대한 가장 멋진 정의일 수 있습니다.) 두 죽음 사이에서의 반짝거림.

　　다음은 우츠로이(utsroi)입니다. 한 사물의 두 상태를 분리하고 또 연결하는 불안정한 순간을 말합니다. 영혼이 하나의 사물에서 떠나 다른 하나의 사물로 옮겨 가기 전에 허공에 떠 있을 때(짧은 순간, 이것으로 충분합니다!) ─ 일본인에게 있어서 아름다운 것은 활짝 핀 벚꽃이 아니라, 만개한 벚꽃이 시들어 가는 순간이라고 합니다. ─ 이 모든 것은 하이쿠가 삶과 죽음 사이에 있는 하나의 (글쓰기) 행위라는 점을 극명하게 보여 줍니다.

파토스

나는 이 단어를 특별한 함의(含意) 없이, 특히 경멸적인 의미 없이 사용합니다. 그리스적 의미(종종 니체가 취한)로 정동(情動)의 차원입니다. 하이쿠와 정동(감동, 고양, 감동된 상태)이죠.

지각(知覺)

하이쿠는 지각의 글쓰기입니다. 불행하게도 우리에게 이 단어는 철학 수업, 실험심리학 수업의 냄새를 풍깁니다. 지각 현상에 '선(禪) 형식(선의 유전 형질)'을 부여하는 것이 더 나을 듯합니다. 선불교에서 '게(偈)'와 '가타(加陀)'라고 불리는 시구인데,[151] 이것은 정신의 눈이 떠지는 순간에 지각하거나 겪은 것을 의미합니다.(사토리) 예를 들면 소나무, 대나무, 시원한 바람 같은 거지요. → "뭔가가 떨어졌네! 별일 아니네!"(하이쿠적 사소한 사건[152]에 대한 전형적인 정의지요. 떨어지는 것, 주름이 진 것, 하지만 별일 아닌 것.)

오래전부터 우리 인간은 현전에 민감합니다. 서술적 텍스트나 지적 텍스트에서 그러합니다. 그 이유는 단어가 구체적인 사물, 대상을 지시체로 가지는 현전에 예민하기 때문입니다. 개략적으로 말하자면 사람들이 만질 수 있는 것입니다. 탕지빌리아(tangibilia : 촉지(觸知)할 수 있는)[153]입니다.(『백과사전』의 도판 참조.) 감각적 대상들의 변천. 고전적 텍스트에서는 드문 탕지빌리아(예컨대 『위험한 관계』)가 『랑세의 생애』에서는 아주 중요한 역할을 수행합니다.(오렌지나무, 장갑)(나 역시 그런 대상들을 넣습니다. 예컨대 아르심볼도에 대한 글에서는 목록이 깁니다.[154]) 내 생각에 각각의 하이쿠에서는 적어도 하나 이상의 촉각적 요소가 있습니다. 예를 들어 봅시다.

19. 흰 마편초 꽃들
    더불어 한밤중에는
    은하수
    (곤수이, 코요)

나는 울림에 의해서 매료됩니다. 흰 마편초. 왜냐하면 이것은 진부하지 않은 탕지빌리아이기 때문입니다. 심지어 현대적 하이쿠에서는 만질 수 있는 것에 대해 제약이 가해지기도 합니다.

20. 아침, 은행 직원들이
    야광
    갑오징어들 같구나
    (가네코 도타, 코요)

하이쿠에서 탕지빌리아의 특수성을 포착하기 위해 다시 한 번 치환 시험을 해 보겠습니다.

라마르틴은 "사색에 잠긴 밤에 돌아오는 기억"[155]이라고 썼습니다. 여기에는 일종의 하이쿠적 감정이 있습니다. 사비(さび),[156] 즉 발생하는 사건에 대한 사색입니다. 하지만 탕지빌리아가 부족합니다. 따라서 이 시는 결국 심리적입니다.

말레르브(Malherbe)[157]는 이렇게 썼습니다. "내 사랑이여, 너의 장미꽃에
는 그렇게 많은 가시가 있느뇨!"[158] 여기에는 두 개의 탕지빌리아가 있습니다.
하지만 먼저, 그것은 격언적입니다. 구체적인 것은 여기에서 표지로만 있습니
다.(하이쿠에서는 상징적이기는 하지만 표지적이지는 않습니다.) 그리고 이 두 탕지
빌리아는 낡고 진부합니다. 거기에서 구체적인 것이 증발해 버렸습니다. 하이
쿠에서는 탕지빌리아가 신선하고, 따라서 강합니다. 흰 마편초이죠.

탕지빌리아의 지나감. 지시 대상의 섬광 같은, 일종의 잠재의식적인 영
상입니다. 빨리 보게 하다(fait voir)라는 단어(이와 동시에 이 단어가 사라져 버립
니다. 항상 마, 시간의 응축, 우츠로이, 깜빡거림), 수사학으로는 활사법(活寫法)입니
다. 생생하게 보이게 하기.('꿈꿔라, 세피즈, 꿈꿔.')[159] → 하이쿠의 탕지빌리아. 여
러 종류의 미시 활사법. 따라서 하이쿠에는 싹처럼 환상의 잠재성이 들어 있
습니다. 즉 나 스스로를 욕망 상태, 투사된 쾌락 상태에 있게 하는 간단하고
틀이 짜인 시나리오입니다. 서양식의, 다시 말해 아주 발달한 활사법의 전형
이죠. '겨울 동안 피난처에' 있는 환상. 퀸시는 '아편의 쾌락'이라고 했습니다.
"분명 각자는 겨울에 화롯불 곁에서 당신을 기다리는 굉장한 쾌락을 체험한
다. 4시에 밝혀진 불빛. 집 안의 아주 따뜻한 양탄자. 차를 따라 주는 아주
예쁜 손. 닫힌 덧창. 굵게 말려 바닥에 끌리는 커튼. 그때 밖에서는 비와 바람
이 소리를 내며 휩쓸고 있다."[160] (탕지빌리아의 풍부함을 확인하시기 바랍니다.)

그런데 내가 보기에 하이쿠에는 종종 뚜렷하게 또는 은밀하게 이와 같
은 미래 예측적 환상이 포함되어 있습니다.

21. 가을 달이 뜨면
　　그때 나는 책상 위에 펼치리

옛 책들을

(부손, 구쿠 야마타)

내가 잘 알고 있는 환상. 겨울에 따듯하게 하고 고전 텍스트(현대성의 폭력 없이)를 읽는 것. 즉 다른 환상, 시골로의 은퇴라는 환상.

22. 자그마한 격자문
    화병에는 꽃
    평화로운 오두막집
    (작자 미상)

하이쿠 자체 내에 활사법의 강력함이나 결핍에서 종종 기인하는 질적 차이들이 존재합니다.(탕지빌리아들)

23. 정월 초하루
    책상과 종이들은
    지난해 그대로네
    (마츠오, 뮈니에)

우선 이 하이쿠는 완전히 평범한 것처럼 보입니다. 나도 이런 하이쿠를 지을 수 있을 것 같은 생각이 듭니다. 새해 아침에 새해의 의미를 생각하면서, 여러 번의 생일을 맞으면서 나를 신경질적으로, 몽상가로, 혼란스럽게 만드는 '약간의 상징주의'를 내 안에서 활성화하면서 말입니다. 나는 나 자신을 봅니다.(활사법) 아주 일찍(모두가 잘 때, 송년회를 마친 후에) 책상 앞으로 가고,

종이들을 보고, 그리고……라고 중얼거리는 나를 말입니다. 여하튼 이 하이쿠는 평범합니다. 반면 이 작품을 보죠.

24. 새해 아침
어제가
그렇게 멀게 느껴지는가
(이치쿠, 뮈니에)

이 하이쿠는 나를 사로잡지도, 나에게 파고들지도 못합니다. 탕지빌리아가 없고, 활사법도 없습니다.

이제 변증법에서, 또는 지각의 '돌출부'에서 조금 더 앞으로 나아갈 필요가 있습니다. 나는 하이쿠적 지각에서 약간은 복잡한 세 가지 특징을 제시하고자 합니다.(물론 이 특징들은 다른 유형의 시에서도 실천될 수 있습니다.)

1. 차단된 소리
하이쿠는 비전의 힘(정경(情景)의 힘)이라는 사실을 지적했습니다. 활사법, 종종 영화로 찍은 짧은 시퀀스들을 생각할 수도 있을 것입니다. 하지만 소리가 차단되었다고 할 수 있는 기묘한 매력이 있습니다. 기이하게 지워지고, 단절되고, 불완전한 뭔가가 비전 안에 있습니다.

25. 가을 황야의 대로
내 뒤에서
누군가가 오고 있다
(부손, 뮈니에)

이 하이쿠에는 광택이 없어진 이미지의 불가사의한 무음(無音)이 존재합니다.

26. 조그마한 수레를 끌면서
    남자와 여자가
    뭔가 얘기하네
    (일토, 코요)

분명 이 하이쿠의 정점(깨우침)을 이루는 것은 차단된 소리입니다. 그로부터 무성영화를 포기하면서 우리가 잃어버린 것이 뭔지를 상상합니다.(영화기술의 '진보'가 여간 유감스러운 게 아닙니다.) 침묵이 아닌 그 무엇, 침묵을 의미하지 않는 그 무엇.(침묵 그 자체는 항상 유의미합니다.) 하지만 미묘한 차이입니다. 차단된 소리, 멀리서 들리다 안 들리다 하는 말소리, 지워져 들을 수 없는 소리. 그렇다고 이 소리가 혼란, 잡음, 웅성거림은 아닙니다. 소음에서 오는 것이 아닌 들을 수 없는 순수한 소리, 무성(無聲), 들리지 않고 말이 없는. 모든 그림, 이처럼 이미지는 힘을 가진 무성입니다.

2. 타자를 위한 예술

고전적 도식에 의하면 감각을 통한 지각은 전형적인 감각을 유도합니다. 소리는 음악에 이릅니다. 그런데 하이쿠는 회로에서 일탈할 수 있습니다. 즉 '가짜' 가지를 칠 수가 있습니다. 소리가 촉각(뜨거움, 차가움)의 감각을 낳을 수 있습니다. 일종의 이질적인 환유, '이단적' 환유입니다.

27. 쥐 한 마리가

그릇을 긁어 대며 내는 소음

그것 참 시리구나!

(부손, 뮈니에)

또는 시각을 통한 향기도 있습니다.

28. 여름 저녁

길거리의 먼지

마른 풀의 매혹적인 불빛

(작자 미상)

기묘합니다. 이 하이쿠와 같은 범주에 속하는 유일한 프랑스 시를 한 편 발견했는데(딱히 기묘하지는 않습니다. 왜냐하면 한 감각이 다른 감각을 불러일으키는 것은 일반적인 시적 과정이기 때문입니다.) 덜 '시적'인 작가(이 작가에 대한 일반적인 평입니다.)의 것입니다. 발레리죠.

마른 벌레가

긁고 있네

가뭄을[161]

발레리가 이렇게 썼다면, 분명 그 기법이 상징주의 이론에 부합했기 때문일 것입니다. 또한 프루스트에게도 다른 예술에 영향을 받은 그만의 예술 이론이 있습니다. 『생트뵈브에 반하여』에서 볼 수 있는 발자크와 그림입니다. 이 책의 134쪽[162] 참조.

3. 공감각(共感覺)

실제로 이것은 서양 시에서 잘 알려진 환유의 한 형태와 관련 있습니다. 프랑스 상징주의는 이 공감각이 특히 확장된 공간이었고, 보들레르는 '상응(correspondances)'을 주제로 한 소네트에서 이것을 이론화했습니다.("어린이의 피부처럼 신선한 향수가 있네.") 공감각[163]이라는 이름 아래 말입니다. 하지만 역설적으로 섬세함의 예술인 하이쿠는 감각들의 상응을 세분화하지도 않고 고립시키지도 않습니다. 하이쿠의 역량은 감각적 신체가 분화되지 않은 총체적 감각을 낳는 데 있습니다. 분석적이라기보다는 행복감을 자아내는 것을 목표로 합니다.

29. 산 위의 오솔길
    삼나무 위로 비친 장밋빛 석양
    멀리서 종소리
    (바쇼)

여기에는 5-7-5로 복원된 일종의 완미한 행복감, 일반적인 관능, 어쩌면 푸리에가 제6의 감각이라고 불렀던 관능적 감각, '에로틱'한 감각(생식기적이지 않은)과 가까운 행복감의 확신이 있습니다. 또한 어쩌면 이와 같은 공감각을 가장 잘 구현하는 프랑스 작가(하지만 하이쿠 작가 같은 점은 전혀 없습니다.)는 프루스트일 것입니다.(이 강의에서 프루스트와 하이쿠가 교차되는 역설은 한 번만이 아니며, 또 한 번으로 끝나지도 않을 것입니다. 즉 가장 간단한 형태와 가장 긴 형태의 교차이죠.) 개인적인 경험을 참고하는 것이 허락된다면, 나에게는 이 행복감, 이 공감각적 행복감이 다음 두 주제와 연결됩니다.

먼저, '쾌락의 중첩'(위르트 일기, 1977년 7월 18일)입니다. "……오늘 아침,

일종의 행복감. (아주 화창하고, 아주 경쾌한) 날씨. 음악(헨델). 암페타민. 커피. 시가. 좋은 펜. 집 안에서 나는 소리."[164]

두 번째로 관능적 뉘앙스의 확대와 심화입니다. 예컨대 다음 일기(위르트 일기, 1977년 7월 20일)를 볼까요. "오후 6시경에 침대에서 조금 자면서(점심을 먹고 바이욘에서 시장을 보았다.) 흐린 날 좀 더 밝아진 상태에서 창문을 열어 놓은 채, 나는 둥둥 뜨는 듯한 행복감, 뭔가 녹는 듯한 행복감을 맛보았다. 모든 것이 액화되고 유체화되었으며, 마실 수 있었다.(나는 공기, 날씨, 정원을 마신다.) 허파에 스며드는 평화. 그리고 스즈키〔金鈴〕의 하이쿠를 읽는 중이어서 모든 것이 사비 상태와 아주 가까운 것 같았다……."[165]

[166]문제를 하나 내죠. 왜 나는 이와 같은 행복감, 이와 같은 공감각을 하이쿠로 표현하지 못하는 것일까요? 왜 이 느낌으로 하이쿠를 짓지 못하는 것일까요?(또는 이와 유사한 간단한 형식으로 표현하지 못하는 걸까요?) 나의 문화가 이런 형식을 위해 준비되어 있지 않기 때문입니다. 즉 이런 형식을 완성할 수단을 나에게 주지 못했기 때문입니다. 다시 말해 우리에게는 이런 형식의 글을 읽는 독자가 없기 때문입니다. 예컨대 이런 겉멋 부리기를 비난할 것입니다. 왜냐하면 서양은 남성성 '콤플렉스'에 빠져 있기 때문입니다.

정동, 감동

쥘 르나르는 간단한 메모하기와 은유적인 글쓰기로 유명합니다. 자연에 대해서도 그렇습니다.(다시 말해 시골에 대해서.) 예컨대 『박물학(Histoires naturelles)』에는 다음과 같은 지적이 나옵니다.(마르크 르그랑, 1896.) "쥘 르나르는 일본인이다. 그 이상이다. 그는 감동한 일본인이다."(쥘 르나르의 대답, "고맙다. 그것을 받아들인다. 정확하다. 하지만 중국인들을 화나게 할 것이다."[167]) 그런데 이 지적은 이중 '오류'를 범하고 있습니다. 르나르에게는 일본적인 것이 전혀 없기 때문입니다. 그의 간단한 형식은 경탄(frappe)에 원인이 있었습니다.(하이쿠와 정반대입니다.) 어떤 의미에서 일본인은 항상 약간 감동해 있다고 할 수 있습니다. 이것은 독특한 감동입니다. 뭐라고 할까요? 흥분(émoi)에 가깝다고 할 수 있을까요?('심리학적,' 낭만적 감동이 아닙니다.)

감동

일본인들을 살펴보시기 바랍니다.(여기 프랑스가 아니라 본토에 있는 일본인들[168] 말입니다. 그들의 행동의 질(質)을 이해하기 위해서는 먼저 양(量)을 이해해야 합니다.) 예컨대 그들이 만나고, 인사하고, 서로 이야기를 나누는 장면을 보십시오.

그들은 항상 일종의 확산된 흥분, 미세한 '가벼운 열광(infra-affolement)' 상태에 있습니다. 물론 이것이 어느 정도 예의 차원에 속하는 것은 사실입니다. 예의와 감동이 섞이는 것입니다. 먼저 목소리가 약간은 어린애처럼 가볍고 조급합니다. 동의의 표시를 아주 많이 합니다. 아주 '친교적인' 언어죠. 접촉과 동의를 많이 합니다. 그리고 얼굴 표정에서의 표현은 거의 없고, 그 대신 얼굴 전체를 채우는 눈을 통한 표현이 극대화됩니다. 이것이 일종의 약한 무아르가 됩니다. 우리는 이것을 영화에서(여성들의 얼굴에서) 잘 볼 수 있습니다.[169] 타인 앞에서 잘못을 하면 어떡하나 하는 일종의 공포는 선(善)(신(神))에 대한 것이 아니라 사회적인 것에 대한 것입니다.(실수의 문화가 아니라 수치심의 문화입니다.)

미묘함과 집중 : 감정이 정리된 집중에 대해 말해 보겠습니다. 발레리(야마타, 7)는 "극동 지방의 시인들(그는 정확히 하이쿠를 생각했습니다.)은 감동되었다는 무한한 기쁨을 그 본질로 환원하는 데 있어서 거장인 것처럼 보인다."라고 했습니다. 정동의 본질과 순수성이죠. 그런데 여기에서 하나의 역설이

나타납니다. 바로 가장 인간적인 것(가장 고통스러운 것 안에서의 인간성)이 가장 비인간적인 것(식물, 동물)과 결합하게 된다는 역설입니다.

탕지빌리아에 대해 보완한 프루스트의 메모(수첩, 53~55쪽)[170]가 있습니다. "여성의 유행에 대한 알베르틴의 취향. 그녀에게 줄 수 있는 선물이라는 주제."

추가 메모도 있습니다. "다음 사항에 주의할 것. 자본주의. 내가 심심풀이, 부, 쾌락이라고 말할 때마다, 구체적인 무엇을 제공할 것. 게르망트 공작 부인에게는 반짝거리는 신발을, 게르망트 공작에게는 스카프를, 자동차와 요트를 위한 지도를."

동물, 여담

몇몇 현대 이론에 따르면 식물은 가까스로 정동(情動)에 속합니다. 동물이야 말할 나위 없이 순수한 정동의 매혹적인 광경을 보여 주지요. 이런 이유로 나는 특히 개에게 흥미를 느낍니다. 개는 나를 매료시킵니다. 왜냐하면 개는 순수한 정동에 속하기 때문입니다. 이유 없이, 기복 없이, 무의식 없이, 가면 없이. 개에게서는 정동이 눈에 보입니다. 그 절대적 무매개성과 '운동성' 속에서 말입니다. 개의 꼬리를 관찰해 보시기 바랍니다. 꼬리를 흔드는 동작은 정동의 요구에 따라 이루어집니다. 인간의 얼굴이 아무리 자주 바뀐다고 해도 개가 꼬리를 흔드는 동작의 미세함은 따라갈 수 없습니다. 개는 아주 매력적입니다. 개에게는 인간적 요소가 침투해 있기 때문입니다. 하지만 개는 이성이 없는(그리고 광기가 없는) 인간과 같습니다. 개의 표현 능력을 가진 인간을 상상해 보시기 바랍니다.(진짜 공상과학 소설이죠.) 이 사람의 정동은 문자 그대로 비매개적(im-médiat)일 것이고, 그것도 매 순간 그럴 겁니다. 이 얼마나 놀라운 일입니까? 나는 몇 시간이고 개를 바라볼 수 있습니다.(개를 한 마리 가질 수 없는 것이 유감스러울 따름입니다.) 싸구려 감상벽을 혐오하여 개에 대한 사랑을 거부하는 사람들은(내 생각에) 잘못을 범하는 것입니다. 우리 각자는 자기 소유의 동물이 자기에게 다정하다고 생각합니다. 분명 사랑받는다고 생각하는 것은 유쾌한 ── 필요한? ── 일입니다. 하지만 조금만 생각해 보면, 여러분은 즉자적으로 여러분 자신이 사랑받지 않는다는 것을 인정해야 할 것입니다. 동물에게서 사랑을 받는 것은 여러분의 정신이 아니라 여러분의 위치입니다. 이것이 동물의 정동의 대상입니다. 하지만 동물과의 관계 속에는 아주 집요한 나르시시즘이 있습니다. 그 결과 우리는 항상 속되고 거친 주인들을 ── '이런 주인들은 자격이 없습니다.'(우리는 씁쓸하게 이렇게 생각합니다.) ── 좋아하고, 또 그에게 충실하고 애정을 보여 주는 개를 보고 놀랍니다. 아닙니다. 내가 흥미를 느끼는 것은 이런 정동이 아닙니다. 나는 정동 그 자체, 확산되고 미친 듯하고 필사적인 그런 정동에 흥미를 느낍니다. 개를 한 마리 소유하는 것은 계속되는 정동의 광경을 맛보는 것입니다. 감정적인 것과 다정한 것을 구별해야 합니다. 이 광경에서 분명 개들은 스타의 역할을 합니다. 나는 개와 고양이의 신화적 논쟁으로 뛰어들고 싶지 않습니다. 고양이의 감정적인 것은 더 감추어진 것일 수 있습니다. 어쩌면 고양이 한 마리는 개 이상으로 한 명의 고집쟁이 남자를 닮았거나(정동과 우회) 한 명의 고집쟁이 여자를 닮았을 수 있습니다.(통상적인 비교.) 그로부터 다음과 같은 결론이 도출될 것입니다. 고양이는 더 많이 선택하는 듯하다는 것입니다.(콜레트의 『새끼 고양이(La Chatte)』 참조.)

이런 여담을 한 것은 '동물'을 '짐승'으로부터 분리하기 위해서입니다. 동물은 정동입니다. 동물은 때때로 인간 이상의 영혼을 가진 듯한 인상을 주기도 합니다. 이런 여담을 한 것 또한 동물의 폭 넓은 애정이 무엇인지를 느끼도록 해 주기 위함이었습니다. 그러니까 빠른 변화에 따라 이루어지는 다양한 무늬의 애정(항상 개의 꼬리, 슈퍼 얼굴(super-visage)과 같은 개의 꼬리를 생각하세요.) (서양에서) 아주 정형화되고 드문 감정 상태입니다. 예컨대 내가 보기에 프루스트의 작품에는 동물이 한 마리도 없는 것 같습니다.[171] 하지만 하이쿠에는 많은 동물들이 등장하고, 아주 다감하게 관찰됩니다.

기레지(切れ字)[172]

따라서 하이쿠에는 미묘한 흥분이 스며 있습니다. 이와 같은 흥분에는 형태론상의 표현이 있습니다. 감탄적 운율의 빈번하고 코드화된 사용입니다.(부가적인 이점도 있고, 또 허사(虛辭)로도 사용될 수 있습니다.) 기레지는 음악에서 포르테, 크레센도 등과 같은 일종의 시적 구두법입니다. 이것을 통해 하이쿠 작가는 자신의 영혼 상태를 암시합니다. 하이쿠의 고전 시대에는 기레지가 열여덟 개 있었습니다. 예컨대 아!, 오!, 찬탄, 의심, 질문을 가리키는 야(Ya, や), 그리고 시간이 지났다, 뭔가가 끝났다, 감동이나 찬탄이 식다 등을 의미하는 게리(Keri, けり) — 이것은 시구를 무겁게 할 수도 있고, 눈(雪)의 무게를 이해하게 할 수도 있으며, 기타 등등 — , 가나(Kana, かな)가 있습니다. 가나는 하이쿠에 아주 공통적입니다. 정확한 의미가 없고, 앞에 나온 단어의 감동을 강조합니다. 기레지는 아무리 코드화되어도 소용없습니다. 여기에는 필

수적인 감정의 범위가 있습니다. 코요는 오!, 아! 등과 같은 번역에 반대합니다. 개인적으로 나는 이런 문학적 감탄사를 좋아합니다. 내가 보기에 감탄사는 통사 구조의 경직성을 덜어 줍니다. 통사 구조의 갑작스러운 감량(減量)처럼 기능합니다. 조정적(措定的)인 것의 망각. 주어/ 술어라는 법칙의 비(非)지배를 가능케 해 줍니다. 짧은 오열이나 한숨.(음악에서처럼.) 바쇼의 유명한 하이쿠를 볼까요.

30. 오래된 늪에
   개구리 한 마리가 뛰어드네
   오! 물소리
   (바쇼)

스즈키는 이렇게 지적했습니다. 어쩌면 깨우침을 알려 준다고 말입니다. 이 경우라면 기레지(오!)는 깨우침의 순간, 언어활동의 공전(空轉)입니다. 그렇다면 우리에게서는 어떨까요? 하이쿠와 가장 가까운 것으로 베를렌의 몇몇 예를 봅시다. "오! 빗소리……." 그리고 프루스트에게도 이것이 있습니다.(콜브 편 서간집) "당신은 섬세함이 중요하다고 생각합니다. 외 아닙니다. 안심하세요. 그와는 반대로 현실이 중요합니다."[73] 이 인용문에서 외 아닙니다는 아주 훌륭한 기레지입니다. 왜냐하면 논리적 추론에서 감정적인 항의를 도입하기 때문입니다. 섬세함은 고통스럽다, 따라서 현실적이다라고 온몸이 항의하고 있습니다.

하이쿠의 자기중심주의

하이쿠의 역사를 조금 살펴봅시다. 하이쿠의 기원에는 (학식 있는 자들이 즐겼던) 5-7-5 + 7-7이라는 두 소절이 31음절로 이루어진 시가 있었습니다. 연가(renga. 連歌)라 불리는 이 시는 귀족 사회의 취미 활동이 되었습니다. 연가사(連歌師)가 나눠 주는 주제에 따라 두 그룹 사이에 경쟁이 붙습니다. 상대방을 당황하게 만들기 위한 말장난, 신랄한 말. 즉흥시인이 첫 세 행을 띄우면 상대방은 그다음 두 행을 생각해 내야 하고 끝없는 놀이가 이어집니다. 누구든지 끼어들 수 있었기 때문입니다. 연쇄적으로 이어지는 시죠. 예컨대 14세기에 연가는 사원에서 꾸준하게 실천되었습니다. 그리고 나서 1650년경에 이중 변화가 생깁니다. 먼저, 귀족적 연가 옆에 자유 연가가 등장(다시 말해 여전히 시적이지만, 덜 장중하고, 신랄함이 떨어짐.)하죠. 하이카이 연가(haïkaï-renga. 俳諧連歌)입니다. 그리고 시인들은 앞 소절(5-7-5)을 떼 내서 그것만을 따로 모아 시집으로 출간합니다. 이 앞부분을 호쿠(hokku. 發句)라고 하는데 이렇게 해서 우리는 하이카이 호쿠(자유로운 호쿠, 시적 호쿠) 또는 하이쿠를 갖게 되었습니다.

잃어버린 것은 둘이서 하는 놀이, 대화입니다. 보존된 것은 개인적인 메모하기, 아주 짧은 독백입니다. 응답하고, 압도하려는 타인, 경쟁하는 타인은 이제 없습니다. 투기적인 기능이 상실되었고 조금 억지를 부려 하이쿠는 자기중심주의적인 운동에서 유래했다고 말할 수 있을 듯합니다. 나르시시즘을 방해하는 상대방들을 마침내 내팽개치고, 혼자 놀기 시작한 것입니다. 연쇄(연가)가 멈추게 된 것입니다. 내가 발화 행위로 넘어가자마자 너가 섞여들기 전에 매듭을 지어 버립니다. 주체를 격리해 충돌을 없앴습니다. 따라서 자아를 평화롭게 할 수 있게 되었습니다. 창작 행위를 하는 중에 혼자가 되고, 관능적이 됩니다.

실제로 하이쿠에서 나는 항상 현전합니다. 발화 행위의 순수시. 현전한다고? 이렇게 말하는 것으로는 부족합니다. 주체는 모든 감각을 연결하고 또 무장합니다.

그러므로 하이쿠는 나-신체입니다. 다음 하이쿠 세 편을 예로 들어 보겠습니다.

31. 시원하다
    푸른 돗자리를
    이마로 누른다
    (소노조, 코요)

32. 시원하다
    벗은 발바닥을 벽에 대고
    낮잠을 잔다
    (바쇼, 코요)

33. 첫눈을 보았다
    오늘 아침
    세수하는 것을 잊어버렸다
    (바쇼, 야마타)

내가 개별화라고 불렀던 것들과 같은 예입니다. 나는 신체 속으로 이동하고, 신체는 감각 속으로 이동하고, 감각은 순간 속으로 이동합니다.
공개적으로 발화하고, 스스로를 정경(情景) 속에 위치시키는 것은 항상 주체입니다.

34. 솥을 닦고 있었지

잔물결이 일자

한 마리 외딴 갈매기

(부손, 코요)

35. 장마. 우리는 비를 바라본다

나, 그리고 내 뒤에 서 있는

나의 처

(린카, 코요)

미묘한 발화 행위의 한 전형입니다. 사실주의 그림에서처럼 한 인물이 그 안에 있는 것이 잘 보이고, 이와 동시에 그 인물이 나인 장면입니다. 35번 하이쿠에서 나는 제1의 나이기 때문에 내 뒤에 서 있는 나의 처를 볼 수가 없는 게 분명합니다. 하지만 제2의 나는 모든 장면, 모든 장면의 전 층위를 보고 있습니다. 비, 나, 나의 처. 하이쿠는 또한 하나의 장면이 아니라, 오히려 하나의 시나리오입니다. 환상적인 의미에서 그렇습니다. 발화 주체가 나라고 말할 필요도 없이 신체가 거기에 있습니다. 왜냐하면 결국 나의 신체만이 문제가 되기 때문입니다.

36. 낮잠

부채를 흔들던

손이 멈춘다

(다이기, 코요)

미묘함. 흐릿함. 현미경적 관찰.

하이쿠는 에로틱하지 않습니다. 하지만 하이쿠가 드물게 욕망을 가리키는 경우도 있습니다. 이 경우 발화 행위의 미묘함은 아주 복잡합니다. 나의 제약, 간단한 형식의 제약, 특수함의 제약, 욕망 가능한 것의 제약.

37. 어린 소녀의 목도리
    눈 위로 너무 낮게 드리워지니
    굉장한 매력이구나
    (부손, 코요)

욕망의 존재(대상과 나의 관계)는 너무나 독특해서 종종 역설적입니다. 형식의 작업은 이 역설을 발견하고 말하는 것입니다. 이 하이쿠에서는 너무 낮게 드리워지니(trop bas)라는 표현이 나의 욕망을 미칠 듯이 자극합니다.[174](우리는 이것을 잘 볼 수 있습니다. 왜냐하면 현재, 아니 최근에는 스카프를 낮게 매는 것이 유행이기 때문입니다.) 따라서 (발화 행위의 주어인) 나의 표식은 '너무'입니다. 욕망의 개별성을 지적하기 위해 아주 적합한 하이쿠죠. 대상과 나의 아주 드문 개인적 일치를 지적하기 위해 천 편에 한 편 나올까 말까 할 정도로 잘 만들어진 하이쿠입니다. 이와는 완전히 반대로 욕망에 대한 고전적 묘사, 예컨대 사드의 묘사는 욕망에 대해 특별한 것을 말해 주지 않습니다.

마지막으로 치환 시험을 해 보겠습니다. 발화 행위가 없는 하이쿠는 없습니다. 아폴리네르의 시에서는 특히 하이쿠와 거의 같은 제재를 발견할 수 있습니다.

아네모네와 매발톱꽃이
정원에서 자랐네

우수가 잠든 정원에서.[175]

이것은 아마 발화 행위이겠죠? 하지만 '뚜렷하지' 않습니다.

[176]요컨대 하이쿠는 나라고 말하는 것을 가르쳐 줍니다. 하지만 글쓰기의 나입니다. "나는 나라고 쓴다. 그러므로 나는 존재한다."

신중함

하이쿠와 더불어 우리는 다시 중립이라는 주제, 중립의 색조, 즉 내가 신중함이라고 부르게 될 것을 조금 다룰 것입니다. 왜냐하면 우리는 글쓰기 영역에 있기 때문입니다. 신중함이란 효과, 과장, 오만함에 대한 판단 중지입니다. 이것을 다음과 같은 세 가지 점에서 파악하려 합니다.

첫째, 각각의 하이쿠는 신중한 행위입니다. 하이쿠에서 사랑이라는 주제의 부재에서 아주 잘 볼 수 있는 전략입니다. 하이쿠는 서정시(왜냐하면 나라고 말하기 때문입니다.)이지만 사랑에 대해서는 입을 다뭅니다. 코요는 부부를 문제 삼는 하이쿠 몇 편을 인용했습니다. 하지만 거리를 아주 멀리 두고 신중한 자세를 취했습니다. 아주 멀리서 본 조그마한 장면만이 문제가 됩니다. 그리고 대부분은 거기에 유머가 조금 곁듭니다.

38. 봄비
잡담을 하다가 도롱이와 우산이
날아가 버렸다
(부손, 코요)

나중에 지어진 하이쿠(1900~1941년)도 있습니다.

39. 달 아래 쪽마루에서
약간 머리가 흰 중이
한 친구의 머리를 쓰다듬네
(바쇼, 코요)

여기에서 사랑에 빠진 것은 발화자가 아닙니다. 사랑과 하이쿠의 양립 불가능성이죠. 사랑은 말하는 것, 특히 자기(自己)에 대해 많은 말을 하도록 강요합니다. 상상력의 거친(광적인) 동원이죠. 그런데 하이쿠의 구조적 원칙은 비밀을, 인격이 드러나지 않을 정도로 분할하는 것입니다. 구성적 역설입니다. 이미 지적되었듯이 개별화와 개인적인 것은 차이가 있습니다. 그런데 사랑은 개인적인 것을 조밀하게 해 주고, 개별화(순간의 승화)를 배제합니다. 사랑의 주변적 부분과 신비한 과잉 부분에서는 예외입니다.(그도 그럴 것이 바로 그곳에서 사랑의 고통을 엿보게 하기 때문입니다.) 하이쿠에는 명령법이 없습니다. 다음 시구는 아주 멋지기는 하지만 하이쿠에는 없습니다. "키스를 하면서 말을 더듬네. 입술을 반쯤 닫은 채."(롱사르[177]) 에로티시즘도 없고, 타인에 대한 호소도 없습니다. 하이쿠에서는 너에 대한 언급도 잉여일 수 있습니다. 밀로즈[178]의 다음 시는 거의 하이쿠라 할 만합니다.

슬픈 너,
비 위로 내리는 비의
슬픈 소리

여기에서 너는 하이쿠적 신중함과 어울리지 않는 인간관계에 대한 상상을 재도입합니다.

둘째, 하이쿠는 간접적인 것의 엄밀한 세계입니다. 우리가 수치심(pudeur) 이라고 부를 수 있는 것.(옛 단어가 필요하기 때문이죠.) 그런데 이 수치심이라는 단어는 성(性)에 관련된 것에 대해서만(또는 심지어 일반적으로 정동에 관계된 것) 적용되는 게 아니라, 담론의 '타협'에도 적용됩니다. 하이쿠는 아주 코드 화되었지만, 상투성을 피합니다. 그러니까 우리가 말해야만 하는 것을 피합니다. 왜냐하면 기이하게도 그것이 중요하고, 잘 이해되고, 규범에 일치하고, 제의적(祭儀的)이기 때문입니다. 예컨대 일본인에게 있어서 후지산이 그렇습니다. 그런 예는 더 있습니다! 바쇼는 그의 전 작품에서 딱 한 번 후지산에 대해 이야기합니다.

40. 안개와 비
가려진 후지산
그렇지만 나는 만족하며 떠나리라
(바쇼, 코요)

이렇게 딱 한 번 후지산을 거론하는데, 그것도 감추어진, 숨겨진 것으로 말하기 위해서입니다. 감탄이 나옵니다. 글쓰기란 바로 이런 것입니다. 어쩌면 이것이 대단한 힘, 지고의 힘, 용기 있는 힘, **기대를 저버리는**(dé-ception) 힘일 것입니다.

셋째로, 하이쿠에는 <u>이데올로기적인 것의 폐기</u>, 그렇지 않다면(왜냐하면 불가능하기 때문이죠.) 적어도 **중단, 쇠퇴**가 있습니다. 간결한 형식이라는 노선을 통해서죠. 하지만 꼭 하이쿠가 그래서만은 아닙니다. 잠언(箴言)도 간결한 형식이지만 아주 이데올로기적입니다. 나는 다음 하이쿠를 보고, 듣고, 느낍니다.

41. 휘영청 밝은 달

눈을 쉬기 위해

가끔 두세 번 구름을

(바쇼)

여기에는 일종의 이데올로기의 도취하게 하는 희박화가 있습니다. 그 결과 행복감을 느끼고 평화로워집니다. 여기에서 진술은 너무 순수해서, 오만함, 가치관, 심지어는 종교적인 것의 그 어떤 떨림도 없습니다.(종교적인 것 그 자체는 이데올로기적이지 않습니다. 하지만 우유가 변질되듯이 곧 그렇게 변질됩니다.)

하이쿠는 존재하는 것에 대한 동의입니다. 여기에서 우리는 다음을 구별해야 합니다.(어쩌면! '섬세함의 문제'가 아니라. '현실의 문제'입니다. 프루스트의 인용문을 보기 바랍니다.[179]) 동의(assentiment)와 찬동(approbation), 지지(adhésion)와 승낙(acquiescement)을 말이죠.(비나베르의 극작품 『오늘 또는 한국인들(Aujourd'hui ou les Coréens)』 참조.)[180] 다시 말해 현실의 노선(하이쿠)은 진리의 노선(담론, 이데올로기)이 아니며 하이쿠란 현실에서 그 이데올로기적 떨림을 '탈지(脫脂)하기' 위한 기술(하나의 기술)입니다. 다시 말해 잠재적이라고 해도 그 주해(註解)로부터 탈지하기 위한 기술이며 어쩌면 가장 멋진 하이쿠란 의미에 맞선 투쟁의 향취를 간직한 하이쿠일 것입니다. 예컨대 다음과 같은 작품이죠.

42. 꽃이 진다

그는 사원의 대문을 닫고

가 버린다

(바쇼)

우리는 이 하이쿠에서 우리가 효과의 주변에 머물러 있음을 느낍니다. 이것이 정확히 블랑쇼(『끝나지 않는 대화(Entretien infini)』)가 중립이라 부른 것입니다. "중립은 준(準)부재의 위치, 비(非)효과의 효과의 위치에 놓이게 될 것이라는 점을 기억하자."[81] 이 하이쿠에서 우리는 준(準)의 상태, 거의의 상태에 있습니다. 글쓰기에 의해 뭔가가 작동합니다. 하지만 그것은 효과가 아닙니다.

이와 같은 하이쿠의 붙잡을 수 없는 특징은 분명 선(禪)과 관계가 있습니다. 나는 하이쿠를 일종의 사소한 사건, 작은 주름, 아주 거대한 텅 빈 표면에서 발생하는 무의미한 균열로 여깁니다.(즉 깨우침이며, 현실에 대한 뚜렷하지 않은 확인입니다.) 나는 다음과 같은 하나의 교훈적 일화를 생각합니다. 보리달마(520년경에 중국에 선종(禪宗)을 전해 준 신화적 인물)는 속세를 떠나 동굴에서 구 년 동안 면벽을 하며 지냈다고 합니다.(중국어로는 벽관(壁觀).) 자기 생각에서 일체의 알고자 하는 의지를 제거하기 위해서였습니다. 하이쿠란 붙잡으려고 하지 않는 벽 위의 가벼운 긁힌 상처입니다. 하이쿠에서 나는 아무것도 붙잡으려고 하지 않습니다. 하지만 그럼에도 감각적인 굽이들이 있고, 현실계의 섬광에 대한 행복한 동의, 감정적 굽이들에 대한 동의가 있습니다. 이것이 바로 신중함입니다. 하이쿠 작가, 하이쿠 인간이란 철저하지 못한, 관용적인, 어쩌면 노련한 불자(佛子)입니다. 도교(道敎)와 불교의 혼합인 것이죠.

실재의 효과, 또는 '현실'의 효과(라캉)[182]

나는 여기에서 다음과 같은 문제에 대한 몇 가지 생각을 모아 정리할 생각입니다. 하이쿠의 말하기는 어떻게 실재의 효과[183]를 낼까요? 이 효과의 특수성은 무엇일까요?(나는 '실재의 효과'라는 말로 현실의 확실성을 위한 언어활동의 소멸을 말하고자 합니다. 언어활동은 그것에 의해 말해진 것을 발가벗은 상태로 남겨 둔 채 돌아서고, 숨고, 사라져 버립니다. 어떤 의미에서 실재의 효과란 가독성입니다. 그렇다면 가독성이란 무엇일까요?)

사진

다른 예술을 통해 하나의 예술로 들어가기. 프루스트의 『생트뵈브에 반하여』. 사회를 '그리는' 발자크. 하지만 그것은 단순한 복사(copie) 같은 게 아니었습니다. 왜냐하면 발자크의 내부에는 '멋진 그림에 대한 구상,' 즉 '그림의 멋진 효과에 대한 구상,' '그림에 대한 대단한 구상'이 있었기 때문입니다. "그도 그럴 것이 발자크는 종종 하나의 예술을 다른 예술 형식 속에서 구상했기 때문이다."[184] 하이쿠에 대해 생각하는 것을 가능하게 해 주는 예술 형태는 사진입니다.

사진을 에워싼 역설[185]은 다음과 같습니다.

첫째, 세계는 지식이나 사회 생활(공적, 사적)의 모든 차원에서 사진들로 가득 차 있고, 사진들로 포화 상태에 있습니다. 다양하고 이질적인 대상(소쉬르를 당황하게 만드는 언어활동[186] 참조.)입니다. 하지만 사진에 대한 이론은 없습니다. 주요 문화(영화, 회화)로 승격되지 못했죠.

둘째, 사진은 하나의 '예술'(≠ 제7의 예술)로 여겨지지 않습니다. 그래도 '예술 사진'은 존재합니다. 하지만 이것은 예술과 사진의 부인(否認)입니다.

셋째, 영화와 마찬가지로 사진에 대해서도 우리는 아직까지 사진 이미지의 특수성, 이 이미지의 (다른 예술들에 반해) 고유 효과를 정의하지 못했습니다. 우리는 그것의 '노에마'[187]를 표현할 수 없습니다. 나타남의 특수한 유형, 노이에시스, 지향성이 겨냥하는 특수한 유형. 이와 같은 현상학적 어휘는 다음과 같은 사실에 의해 정당화됩니다. 즉 현상학에서 비전(vision)은 인식 행위의 결정적 심급이라는 사실입니다. 예컨대 속성 연구 가설들을 보죠.

먼저, 사진의 노에마는 이미지의 (지각적) 구조일 수 없습니다. 사진을 발명한 것은 화가들입니다.(기술적으로가 아니라 현상학적으로.) 어둠 상자(camera obscura)는 르네상스의 원근법적 기하학을 재현합니다.

그리고 사진의 노에마는 '복제 가능성'일 수 없습니다.(그림에 대해서는 유효합니다.) 인쇄술 이후 물질적으로, 매번 이루어지는 독서에 의해 현상학적으로, 텍스트는 복제 가능합니다.

마지막으로, 사진의 노에마는 '관점'일 수 없습니다. 분명 이 점에서 카메라는 아주 풍부한 가능성입니다. 하지만 플로베르의 묘사에도 완벽한 이동 촬영 기법(travellings)이 있습니다. 파스칼 보니체르의 주관적 카메라를 참조

하세요.[188]

나의 가설(완전히 검토된 것은 아니지만 오래전부터 가지고 있던 것으로, 다음에 곧 이어질 연구에서 내가 다루고자 하는 것)은, 사진의 노에마는 '그것이 있었다(Cela a été)'[189]의 측면에서 찾아져야 한다는 것입니다. 이 노에마가 정확하다면, 그것은 사진의 노에마이지 영화의 노에마는 아닐 것입니다. 영화는 노에마 없이 존재합니다. 사람들은 "더 나쁠 것도 없네요!"라고 말할 것입니다. 하지만 누가 알겠습니까?

'그것이 있었다'라는 노에마의 관점에서 본 사진은 허구인 경우가 아주 드뭅니다. 극단적인 경험이죠. 베르나르 포콩의 연출 사진과 활인화(活人畵)[190] 사진은 항상 '그것이 있었다' 쪽인 반면 영화는 '그것이 있었던 듯하다(Ça a l'air d'avoir été)' 쪽입니다.

영화에서 '그것이 있었다'의 부분은 사진의 중개를 통해 이루어집니다. 영화는 인위적으로 사진의 노에마를 우회합니다. 실제로 영화에서 '그것이 있었다'는 가짜이고, 완전히 만들어진 것이고, 속임수이고, 일종의 화학적 '합성물'입니다. 영화 촬영의 경험에서 보면,[191] 녹화 순서와 재생 순서의 전복은 몽타주, 그리고 이미지와 소리의 분리, 후시 녹음을 통해 이루어집니다.

이런 이유로 나는 영화보다 사진에 더 중요성을 부여합니다. 물론 인류학적 모험이라는 관점에서 하는 말입니다. 어쩌면 사진에 대해서는 하나의 이론이 가능할 것입니다. 하지만 영화에 대해서는 하나의 문화가 가능할 것입니다. 역사 인류학의 관점에서 보면, 새로운 절대, 변화, 문턱은 바로 사진입니다. 《카이에 뒤 시네마(Cahiers du cinéma)》에서 피에르 르장드르는 영화 이전과 이후를 구별했습니다.[192] 나는 그렇지 않다고, 그보다는 사진 이전과 이후를 구별해야 한다고 봅니다. 어쩌면 영화는 다른 문화의 역사, 다른 형식의 예술(TV의 미래) 속으로 용해될 것입니다. 사진과는 다르죠. 사진의 노에마는 항상 의식의 놀람입니다. '그건 확실하다. 그것이 있었다.'의 놀람입니다.(사고 성(思考性; la pensivité))(현상학자들의 우어독사(urdoxa) 참조.)[193]

따라서 내가 내세우는 명제는 다음과 같습니다. 하이쿠는 사진의 노에 마, 즉 '그것이 있었다'에 아주 가까이 다가간다는 것입니다. 영화도 역시 그러합니다. 하지만 영화에서의 접근은 허위입니다. 단어라고 하는 이질적인 기표(記標)에 의해 매개된 접근, 따라서 허위적이진 않지만 다른 범주에서 신뢰할 수 있는 접근과는 아주 다른 접근이기 때문입니다. 영화는 사진의 신뢰성을 빼앗고, 그것을 위해 환영(幻影)을 우회시킵니다. 하이쿠는 이 신뢰성을 좀 더 신뢰하게 하고, '그것이 있었다'라는 효과를 낳기 위해 이질적인 재료(단어들)로 작업을 합니다. 따라서 나의 작업 명제는 다음과 같습니다. 하이 쿠는 그것에서 발화되는 것이 절대적으로 발생했다는 인상(확실성은 아닙니다. 그러니까 우어독사, 사진의 노에마가 아닙니다.)을 준다는 것입니다.

43. 봄의 미풍
뱃사공이
곰방대를 빨고 있네
(바쇼, 야마타)

이 하이쿠는 완전히 우연적입니다. 순간의 개별화에 현재형의 행위가 더해져 실제로 '그것이 발생했다'를 보장해 주는 아주 강력한 현재죠. 하지만 그와 동시에 언어활동을 통해 순수한 우연성에서 초월성이 발생합니다. 봄 전체, 다시는 되돌아오지 않을 순간에 대한 향수 전체가 부조(浮彫)처럼 발생 합니다. 하이쿠는 사태에 생명을 줌과 동시에 폐기합니다.(낡은 사진 참조. 사진의 존재는 《파리 마치》나 《사진》에 실린 번쩍거리는 사진이 아니라 낡은 사진이라고 나는 기꺼이 말하고 싶습니다.)[194]

44. 새끼 고양이가
    달팽이의
    냄새를 맡는다
    (사이마로, 코요)

우리는 이런 장면을 여러 번 보았습니다. 자기가 알지 못하는 물건 앞에서 작은 고양이가 드러내는 놀라움. 이중성을 띠는 같은 동작인 인지와 반복은 기호에 그것이 여러 번에 걸쳐 상기되는 생생하고, 반박할 수 없는 감각(단기적(單起的) 감각; semelfactif)이 더해진 것입니다.[195] 하이쿠는 기호(인지되었기 때문에)[196]이지만 놀라움이 더해진 것이죠. 어쩌면 이것이 글쓰기에 대한 정의일 것입니다. 뭔가 신비로운 것(이 '기호'), 그것의 현현(éphiphanie)이죠.

45. 다른 소리는 없네
    그날 저녁에는
    여름 소나기 소리뿐
    (잇샤, 뮈니에)

같은 효과입니다. 이 하이쿠는 종종 발생한 것과 같은 것으로 인정되며, 동시에 '그것이 한 번 발생했다'라는 '영광' 속에서 인정됩니다. 즉 그러한 것으로 인정되는 것이죠.('영광'이란 곧 존재의 현현이라는 사실을 기억하세요.) 우리는 이 소나기의 존재를 거기에서 의미의 부재로, 해석 가능성의 부재로 지각합니다. 하이쿠는 의미를 가지고 있지 않은 기호입니다. 다음 하이쿠에서도 같은 효과(자료집에는 누락되어 있습니다.)가 드러납니다.

지붕 위에서 자고 있네
길 잃은 고양이 한 마리
봄비를 맞으며
(다이기, 코요)

내가 잘 알지 못하는 사이에 이 하이쿠는 나의 무의식이 아니라(그것을 말하는 것은 내가 아닙니다.) 일종의 잠재의식, 억압된 것의 영역이 아니라 망각된 것의 영역에 연결될 수 있습니다. 프루스트적 영역이죠.

이 모든 현실 효과는 사진의 효과일 수 있습니다. 사진과 하이쿠의 차이(어쩌면 노에마의 차이)는, 사진은 모든 것을 말해야 한다는 것입니다. 43번 하이쿠에서 뱃사공의 경우, 사진은 그의 옷, 나이, 더러움을 말해야 합니다. 고양이의 경우라면 사진은 색깔을 말해야 합니다. 하지만 사진은 의미의 탈선을 말합니다. 하이쿠와는 다르죠. 추상적이지만 살아 있는 효과(여기에서 우리는 어쩌면 텍스트의 노에마에 합류하기 위해 사진의 노에마와 이별합니다.)입니다.

하지만 사진과 하이쿠는 여전히 매우 가깝습니다. 분명 사진은 피할 수 없는 상세한 것들로 가득하고, 포화 상태이기는 합니다. 하이쿠는 그렇지 않습니다. 하지만 사진과 하이쿠에서 모든 것은 즉각적으로 주어져 있습니다. 하이쿠는 더 이상 전개될 수 없습니다. 사진도 그러합니다.(말장난이 아닙니다. 우리는 사진을 현상(développer)하기 때문입니다.) 여러분은 사진에 아무것도 덧붙일 수 없습니다. 사진을 지속시킬(continuer) 수도 없습니다. 시선은 지속되고, 반복되고, 다시 시작될 수 있습니다. 하지만 시선은 작업을 할 수가 없습니다.(극단적인 경우를 제외하고는 그렇습니다. 예컨대 꾸며내고, 공상하고, 내면화하기 위해 사진에서 출발하는 경우를 말합니다. 그러나 그림에서는 시선이 이미지를 직접 그대로 작업합니다. 물론 꿈에서는 아닙니다.) 하이쿠와 사진은 순수한 권위입니다. 물론 이 권위는 '그것이 있었다'라는 것만을 허용해 주는 권위입니다. 어쩌면 이 권위는 짧은 형식에서 왔을 수도 있습니다. 사진을 하나의 짧은 형식으로 여기자면 그렇다는 말입니다.(하지만 풍부하고 수사학적 형식. 생략, 완서법(緩徐法)의 욕구를 주는 영화와는 다릅니다.)

사진과 하이쿠의 '그것이 있었다'는 다른 타당성의 측면에서도 검토될 수 있습니다. 이것들이 속하는 시제의 범주의 타당성입니다. '시제의 범주'라고 했지 '시간'의 범주라고는 하지 않았습니다. 왜냐하면 여기에서 문제가 되는 것은 형태론적 표식이 아니기 때문입니다. 현재형은 완료과거를 가리킬 수 있습니다.(역사적 현재)

벤브니스트와 더불어 다음과 같은 사실을 떠올리도록 하겠습니다.(『일반 언어학의 문제』, I, 239~240.) 일반적으로 과거 시제의 표현은 다음과 같습니다. 무한정과거(aoriste),(단순과거, 정과거(定過去)), 완료과거[197](정과거. 나는 읽었다(j'ai lu), 나는 있었다(j'ai été)입니다.), 미완료과거,[198] 대과거.[199] 무한정과거와 완료과거의 차이점은 역사적 이야기와 담론의 차이입니다. 무한정과거는 화자의 인격 밖에서 일어난 사건이며 역사의 전형적 형태입니다.(구어 담론에서는 사라졌음.) 완료과거는 과거의 사건과 이 사건에 대한 환기가 자리하고 있는 현재 사이에 생생한 관계를 세웁니다. 증인으로 참여하면서 사태를 이야기하는 사람의 시간. 전달된 사건이 우리에게까지 반향되게 하고자 하고, 또 우리의 현재와 그 사건을 연동시키려는 사람은 누구나 선택하는 시간입니다. 따라서 일인칭 완료과거는 훌륭한 자전적 시제입니다. 결국 완료과거의 참고 지표는 발화 행위의 순간이고 무한정과거의 참고 지표는 사건의 순간입니다.

그렇다면 하이쿠의 '그것이 있었다'는 어디에 자리할까요? 아주 드물게 현재형으로 쓰이지만("뱃사공이 곰방대를 빨고 있네") (번역에서) 하이쿠는 동사 없이 쓰입니다. "휘영청 밝은 달. 두세 번의 구름을." 이것이 과거를 가리키는 것은 분명합니다. 무한정과거가 아니라(ce fut), 당연히 완료과거입니다.[200] 다시 말해 환기의 시간, 발생한 것과 내가 기억하는 것 사이의 정감적 관계의 시간인 완료과거입니다.(물론 번역에서는 단순과거를 사용함으로써 문체적 효과를 배제하지 않습니다.) 33번 하이쿠를 보기 바랍니다. 하이쿠의 시제는 완료과거입니다.(다음을 상기하기 바랍니다. 나는 그를 초청했다. = habet invitatum.[201])

그렇다면 사진은 어떨까요? 잘 모르겠습니다. 나중에 분석을 해 보아야 할 것 같습니다. 대부분의 경우에는 분명 완료과거입니다. 하지만 아마 무한정과거로 된 사진도 있을 겁니다.(예컨대 『백과사전(라루스)』의 삽화처럼요.)

실재계의 분할

아래 하이쿠 두 편이 있습니다. 두 편 모두 실재에 대해 매우 정밀한 분할을 보여 줍니다.

46. 배 껍질을 벗기자
　　부드러운 즙이
　　칼날을 타고 흐르네
　　(쉬키, 뮈니에)

아주 멋진 하이쿠입니다. 칼날 위의 즙으로 '축소된' 것이 아니라 그것으로 축출된 배, 극단적인 환유죠.

47. 파리들이 먹 위에서

논다. 봄,

햇살

(메이세츠, 코요)

세계(메모 가능한 것(notable), 노탄툼(Notandum))가 무한히 분할 가능한 것은 분명합니다.(물리학자들이 이 작업을 합니다.) 적어도 단어들보다 더 분할됩니다. 또한 나는 단어들을 결합하면서(통사적 생산) 실재하는 파리보다 더 아래로 하강할 수 있습니다. 그 결과 메모를 하다가 멈추는 것에는 뭔가 자의적인 것이 있다는 결론이 도출됩니다. 언어활동이 자연에 대해 고유한 법칙을 강요하는 거지요. 하이쿠가 그 극단적인 섬세함 속에 놓이는 것은 내가 언어활동을 배치하고 또 내려놓는 어떤 시점입니다.

그러면 하강의 어떤 순간에(무한하게 섬세한 것 속에서) 나는 언어로 표현을 하기로 결심하는 걸까요?(또는 왜 저것이 아니라 이것을 메모하는 걸까요?) 어쩌면 결정(독서를 하기로 한, 작은 깨우침)은 운율이 현실의 바로 그 부분과 조우하고, 거기에서 매듭지어지고, 또 그것을 멈추게 하는 것에서 유래하지 않을까요? '실재'가 5-7-5에 의해 드러나는 순간일까요? 실재를 말할 수 있다는 것이 확실해지는 순간일까요?[202]

이것은 시에 대한 정의일 수도 있을 겁니다. 시는 결국 실재에 대한 언어 표현일 수 있습니다. 이 실재가 더 이상 분할되지 않고, 또는 더 이상 분할되는 것에 관심이 없다는 면에서 그렇습니다. 역설일까요? 시적인 것의 선행성에 대한 비코의 신화(그다음으로 낭만주의적 신화)와 시적인 것의 자연성에 대한 비코의 신화를 생각해 보세요.[203]

내가 보기에 이것은 클로델에 의해 지적된 것 같습니다. 운율적 '솟아오름,' 분할 작용을 멈추게 하면서 실재를 창조하는, 또는 이렇게 말한다면 표현을 창조해 내기 위해 발견된 한 형식의 사토리. 클로델은 이렇게 말합니다. '모태적 접촉,' '자기 주위에 있는 사물들의 가치, 윤곽, 양감의 상호 협조를 명령하는 이 빛나는 중심,' '살아 있는 존재의 모든 수태를 흔들어 놓는 정액의 반짝임.' "시인만이 유일하게 추억, 의도, 사유들이 매달린 우리 내부의 세계를 통해 느닷없이 하나의 형식의 요청이 도입되는 근본적인 **자상**(刺傷)(하이쿠에 대한 놀랄 만한 정의)이 이루어지는 성스러운 순간에 대한 비밀을 가지고 있다."[204]

공존재

통사적으로 보아 하이쿠는 두 요소의 공존재 위에서 이루어집니다.(공존재는 어떤 인과적인 관계도, 심지어는 논리적 관계도 가리키지 않는 단어입니다. 존 케이지. 버섯(mushroom)과 음악(music) 참조.)[205] 하이쿠는 **병행 전술적**(paratactique) 글쓰기입니다. 우리는 여기에서 언어활동의 18세기적 신화를 재발견한다는 사실을 지적합시다. 비코와 시적인 것의 선행성을 참고하세요. 콩디약에 의하면 시원적 언어활동은 감각적 이미지만을 통해 말합니다. 따라서 접속사(추상적 요소)가 없습니다. 접속사 생략(또는 파라탁스(parataxe)) 체제[206]인 것이죠.

실험 삼아 하이쿠 한 편을 보겠습니다.

48. 나뭇잎 그늘 속
   검은 고양이의 눈
   금빛으로 사납다

(가와바타 보샤, 코요)

이 하이쿠에서는 공존재가 잘 보장되고 있지 않습니다. 왜냐하면 첫 번째 용어(나뭇잎)가 희미하고 평범하기 때문입니다.(그리고 특히 상황 보어적입니다.) 마음의 찰칵 소리, 깨우침, '근본적 자상함,' 황홀감이 발생하지 않습니다. 이것은 다르게 말할 수도 있습니다. 미약한 요소는 바로 묘사의 부속물이라고 말이죠. 그런데 하이쿠는 묘사적이 아닙니다. 하이쿠는 그 너머, 심적 경험의 영역에 있습니다.(그림이 아니라 사진.) 앞의 하이쿠는 전통적 소설의 묘사일 수 있습니다. "X는 숲 속으로 전진했다. 그리고 나뭇잎 사이에서 황금빛을 발하는 고양이 한 마리의 사나운 눈을 보았다." 여기에 또 한 편의 하이쿠가 있습니다. 다음과 같은 점을 잘 보여 주는 하이쿠입니다.(자료집에는 누락되어 있습니다.) 하이쿠가 묘사 차원에 있고, 동요하는 공존재를 피한다면, 이 하이쿠는 하이쿠의 본질을 제대로 완수할 수 없다는 것입니다.(비록 묘사로서는 성공했다고 해도 말이죠.)

꾀꼬리 소리가
울린다
둥글고, 길게

(도코, 코요)

한층 섬세하게 말하자면, 이 하이쿠는 언어상으로 "바로 그거야!"(꾀꼬리 소리에 대해서는 성공한 묘사입니다. 사실 오늘날 우리는 꾀꼬리 소리를 많이 듣습니까?)를 이해하게 해 줍니다. 하지만 심적으로의 "바로 그거야!"(깨우침)는 아닙니다.

이와는 반대로 공존재가 폭발하는 하이쿠 두 편이 있습니다.

49. 기억 없는 존재들
　　서늘한 눈〔雪〕과
　　뛰어노는 다람쥐들
　　(구사타오, 코요)

　　기억 없음과 눈〔雪〕의 순간적(그렇지만 분리된, 논리는 없습니다.) 연결이 일어나고 있죠. 약간의 가벼움, 극미한 가벼움과 더불어(아주 미묘한 칵테일 같습니다. 알렉산드라 술이 아닙니다! 파리의 유명한 식당 무슈 뵈프(M. Bœuf)의 가짜 샴페인이겠죠!)일까요? 여담 하나 할까요? 접시꽃은 좋지 않은 함의(含意) 외에 무슨 의미가 있겠습니까! 언어에 의해 말살된 본래의 의미는 분홍 접시꽃입니다.[207] 실제로 무르고 달콤한 마시멜로에는 접시꽃이 들어 있지 않습니다.[208]

50. 새 한 마리가 노래했다
　　붉은 장과 하나가
　　바닥에 떨어졌다
　　(쉬키, 뮈니에)

　　여기에서 파라탁스(즉 공존재)는 두 행위에서 이루어집니다. 노래하다/ 떨어지다. 순수한 공존재입니다. 왜냐하면 이 두 행위 사이에는 아무런 관계도 없기 때문입니다. 프랑스어에서 단순과거 — 가짜 무한정과거 — 는 떨어짐과 노래의 시작 장면을 강화해 줍니다. 시간적인 것이 아니라 상(相, aspect)적인 가치, 기습의 느낌이죠.

마지막으로 덜 엄격한 공존재. 왜냐하면 이것이 하나의 상태, 하나의 과정을 연결하기 때문입니다.

51. 회복기
장미들을 바라보느라
내 눈은 지쳤다
(쉬키)

여기에서는 하이쿠의 한계가 보입니다. 우리는 뭔가 더 '심리적인 것'을 향해, 깨우침보다는 마음 상태에 더 가까이 갑니다. 일본적이라기보다는 페르시아적이고, 아시아적이라기보다는 인도 유럽적입니다. 좀 더 서구적이고, 좀 더 소설적입니다.

틸트

하이쿠와 '심적 울림(사토리)'의 비교를 이렇게 말할 수도 있을 것입니다. 한 편의 (훌륭한) 하이쿠는 불현듯 깨닫게 한다고 말입니다. 한 편의 (훌륭한) 하이쿠는 가능한 유일한 설명으로 "바로 그거야!"와 같은 말로 시작된다고 말입니다. 나는 하이쿠의 "바로 그거야!"(틸트)에 대해 몇 가지 설명을 하고자 합니다. 왜냐하면 이것이 서양의 태도와 대조되기 때문이고, 따라서 우리에게는 타자에 대해 생각하게 해 주기 때문입니다.

[209]틸트는 '성공한' 어떤 하이쿠를 통해서도 우리 내부에서 야기됩니다. 하지만 하이쿠 자체가 "바로 그거야!", 즉 틸트를 재현하는 경우가 있습니다. 바로 (인생의) 산책길에서 지시 대상이 갑작스럽게 출현할 때, 문장에서 단어가 갑자기 출현할 때입니다.

52. 산 오솔길을 따라 도착했네
    아! 상큼하다

제비꽃 한송이라니

(바쇼)

그리고 다음 하이쿠는 훨씬 더 순수한 **틸트**의 출현을 보여 줍니다. 왜냐하면 기레지(아!)가 대상의 출현에 관계되지, 이 출현에 의해 발생된 효과에 관계되지 않기 때문입니다.

53. 그것을 따자니 아깝구나

놔두자니 아깝구나

아! 그 제비꽃

(작자 미상)

틸트는 분명 반(反)해석적입니다. 해석을 방해합니다. "아! 그 제비꽃"이라고 말하는 것은 이 꽃에 대해 아무런 할 말이 없다는 뜻입니다. 이 꽃의 존재는 모든 형용사를 물리칩니다. 항상 어느 정도 행복을 느끼면서 해석을 하고자 하는 서양적 심성에 전혀 맞지 않는 현상이죠.

분명 52번 하이쿠는 이렇게 해석될 것입니다. "달콤하고 향내 나는 놀라움. 이 하이쿠는 은유적인 의미를 포함하고 있을까요? 어떤 이들은 그렇다고 주장합니다. 어느 날 바쇼가 산길을 가다가 미덕의 화신인 불자를 만났습니다." 고질적인 실수는 짧은 형식에서 '세부적인 것'은 은유적일 수밖에 없다는 것입니다. 모든 형식에는 항상 하나의 의미 내용이 필요합니다! 세부적인 것을 확대하고자 하는 일종의 서구적인 충동(졸라. "나는 확장합니다. 이건 확실합니다. (……) 나는 진짜 세부적인 것을 확대시키고, 또 정확한 관찰의 도약대 위에서 별들 속으로 도약합니다. 진실은 날개짓 한 번으로 상징에 이릅니다."[210])

이것은 전형적인 반(反)하이쿠적 선언입니다. 하이쿠에는 진실의 심급이 없습니다. 하이쿠는 확대하지 않습니다. 하이쿠는 정확한 크기입니다.(실물 크기 (homométrie)라고 할 수 있을 겁니다.) 하이쿠는 상징으로 도약하지 않습니다. 하이쿠는 도약대가 아닙니다. 그리고 별은 너무 멉니다!

이 주제에 대해 나는 방금 내가 지적한 내용을 완전히 부정하는 듯한 하이쿠 한 편을 인용하고자 합니다.

54. 내 인생이란 무엇인가

오두막집 이엉에서 자라는

하찮은 갈대보다 나은 게 없네

(바쇼, 야마타)

이 하이쿠는 분명 은유를 제시합니다. 갈대 = 인생. 사실을 말하자면 이 하이쿠는 수수께끼입니다. 왜냐하면 하이쿠의 반상징적 정신과 모순될 뿐만 아니라(그러면 번역의 문제일까요? 부드러운 기쿠 야마타〔山田菊〕²¹¹는 아주 엄밀하지 않았습니다.) 하이쿠 이론을 완벽하게 표현하는(이것이 극치입니다.) 바쇼의 다른 하이쿠와도 모순되기 때문입니다.

55. 섬광을 보면서

'인생은 덧없다'고 생각하지 않는 사람은

참으로 놀라운 사람이다

(바쇼)

틸트, 사물 자체에 의한 주체(작가이든 독자이든)의 순간적인 포착. 나에게 있어서 하이쿠의 성공을 보여 주는 직접적인 기준은 다음과 같습니다. 의미와 상징성의 그 어떤 가능한 추론도 없는 것. (형이상학적 또는 통념적, 상식적) 체계로 고정되지 않는 것.

"바로 그거야!"를 보여 주는 하이쿠 세 편을 예로 들겠습니다.

56. 나의 사케 잔 속에서
    벼룩이 한 마리 헤엄치네
    절대적으로
    (잇샤, 코요)

절대적으로. 과감하지만 주목할 만한 번역입니다. 왜냐하면 이 단어는 맹목적으로 지시 대상을 가리키기 때문입니다. 이 곤충은 저항 없이 힘차게 수영하고 있습니다. 또한 하이쿠 그 자체를 가리키기 때문입니다. 아무런 해석상의 상대성도 없습니다. 이것에 대해서는 아무런 할 말이 없습니다. 절대적으로라는 단어는 하이쿠의 단어일 것입니다.

57. 물 항아리 속에서 떠다니네
    그림자도 없는
    개미 한 마리
    (세이시, 코요)

위의 하이쿠와 같습니다. 그림자도 없는 = 절대적으로.(해석은 형상이나 그림에 투사된 그림자와 같은 것일 것입니다. 사건에 이어지는 그림자 말입니다. 하지만 그림자가 없는 그림도 있었다는 것을 잊지 마십시오.)

58. 저거, 저거

요시노 산의 꽃 앞에서

그게 내가 말할 수 있었던 전부지

(데이시츠, 코요)

말할 수 없는 것을 말하기. 모든 하이쿠는 다음과 같은 것, 즉 '저거'를 향합니다. 결국 언어활동의 현기증 나는 한계, 지시적(指示的) 중성('이것')을 말하는 것 이외의 것은 없다는 것이죠. 억압, 의미의 교조주의로서의 언어와는 다릅니다. 우리는 어떤 대가를 치르더라도 항상 하나의 의미를 원합니다. "개구리들은 왕으로 삼을 의미를 원합니다."[212] 이와 같은 '절대적으로'에 대한 가설을 내가 감히 문학 전체로 확장할 수 있을까요? 왜냐하면 문학이란 그 완벽한 순간에서(문학의 형상적 상태에서) "이거야, 바로 이거!"라고 말할 수 있도록 하는 것을 지향하기 때문입니다.(이 책 188쪽 '진실의 순간'을 볼 것.) 반대로, 해석은 이렇게 말하게 합니다. "반드시 그것은 아냐." 여러분이 읽는 것은 있는 것(ce qui est)이 아닙니다. 있는 것에는 그림자가 있으며, 바로 이 그림자를 내 이야기의 대상으로 삼은 것입니다.

하이쿠의 "바로 그거야!"(틸트)는 분명 선(禪)과 관련이 있습니다. 벌써 깨우침(=틸트)을 통해서 그렇고, 또한 선의 개념인 우시(wu-shi, 無事)를 통해서도 그렇습니다. '특별한 것이 없음.'[213] 사물들을 주해(註解)하지 않고 그 자연성 속에서 그대로 옮깁니다. 이것이 소노마마(そのまま)[214]의 비전입니다. '그것 그대로.'(미슐레의 인용문을 통해[215] 우리는 그대로(tel)라는 단어가 하이쿠의 정신을 가리키는 단어라는 것을 보았습니다.) 또는 '정확히 그렇게.' 정확성이라는 간판을 내걸고 의미를 광적으로 부여하는 행위와 같은 사실주의와는 반대되는 것입니다.

우시[無事]란 해석하고자 하는 욕구를 피하는 방식입니다. 다시 말해 사물의 의미를 진지하게 개진하는 것을 피하는 방식이죠. 예를 들어 봅시다. 한 승려가 어느 날 풍혈연소(風穴延沼)[216]에게 물었습니다. "말과 침묵이 모두 허용되지 않을 때 어떻게 실수를 범하지 않을 수 있습니까?" 이 질문에 선사는 이행시로 답했습니다.

나는 항상 3월의 강남을 떠올린다
자고새 소리, 향기로운 모든 꽃을![217]

이 이행시는 우시를 가리키면서 동시에 자연성을 가리킵니다. 이것은 선사가 우시를 보여 주기 위해 종종 지시적 의미("이거야!")를 가진 시(중국 고전시), 사행시 또는 절구(絶句)를 선택, 인용했고, 그런 다음 침묵을 지켰다는 것을 보여 줍니다. 그런데 이것은 하이쿠의 정의 자체이기도 합니다. 하이쿠는 지시하고(결국 하이쿠 담론의 범주란 지시적 범주입니다.) 그러고 나서 침묵을 지킵니다.

하이쿠 또는 우시의 해석의 결여 ─ '해석 가능성'의 결여(또는 해석에 대한 도전) ─ 는 단순하지 않습니다. 오히려 그것은 언어 표현에 주어진 삼구게(三句偈)[218]입니다.(사태에 대한 언어 표현.) 나는 이것을 이렇게 설명합니다. 선불교의 한 우화에서 첫 단계에서는 이렇게 말합니다. "산은 산이다." 제2단계(입문의 제2단계라고 합니다.) "산은 산이 아니다." 3단계는 "산은 다시 산이 된다." 결국, 나선형으로 되돌아옵니다. 이렇게 말할 수 있을 것입니다. 첫 번째 단계는 미망의 단계입니다.(우리들 각자에게 이 단계가 있습니다.) 교만하고 반지성주의적인 동어 반복의 단계죠. 돈은 돈이다[219] 등. 두 번째 단계는 해석의 단계입니다. 세 번째 단계는 자연성의 단계입니다. 우시의 단계, 하이쿠의 단계죠. 어떤 면에서 이 과정은 문자의 회귀일 수 있습니다. 하이쿠(잘된 문장, 시)는 이 과정의 종결, 문자를 향한 승화일 수 있습니다. 문자는 단문 낭독처럼 어렵습니다.(개인적인, 아주 개인적인 설명을 보충할 수 있도록 허락해 주시기 바랍니다. 사랑하는 사람의 죽음 이후 몇 달이 지나고 나서야 비로소 나는 단순하게, 솔직하게, 절대적으로 이렇게 말할 수 있었습니다. "나는 이 사람의 죽음으로 인해 괴롭다." 제3의 상태, 문자 II 또는 문자의 회귀는 단지 해석의 단계를 거친 후에만 가능합니다. "죽음으로 인해 괴롭다."고 말하는 것은 장례의 모든 '문화'를 통과한 후에야 가능합니다. 그리고 문화는 제일 먼저 오는 것이고, 절대적으로 자연 발생적입니다.) 첫 번째 문자 : 오만함(미망에 빠진 확실성) ≠ 두 번째 문자 : '지혜.' 우리는 또한 이렇게 말할 수 있을 것입니다. 우시 — 은유의 초월(또는 배제), 사물의 자연성의 파악 — 는 차이로의 진입이라고 말입니다. 곧 각자는 다른 것과 차이를 가진다는 점에서 모든 사물에 대한 파악입니다. 그리고 여기에서 하이쿠 작가인 바쇼를 다시 한 번 발견하게 됩니다. 하지만 나는 이것이 하이쿠인지 설명인지 알 수 없습니다. "당신이 모든 사물을 바라봐도 소용 없다. 그 어떤 것도 상현달을 닮지 않았다." '진리'는 차이 속에 있지 환원 속에 있지 않습니다. 일반적인 진리란 있을 수 없습니다. 이것이 하이쿠가 말하는 것이고, 각 하이쿠의 전언(傳言)인 것입니다.

하이쿠의 명료함

일반적으로 말해 짧은(간결한) 형식은 다소간 난해한 단축(생략)입니다. 그런데 하이쿠는 짧고, 극단적으로 명료합니다. 완벽한 독서 가능성은 말하기(le dire)와 말해진 것(le dit)의 순간적이고 둔주적(遁走的)이며 반짝이는 일치입니다. 버지니아 울프(블랑쇼)의 '작은 일상적 기적,' '어둠 속에서 갑작스럽게 켜진 성냥[220]을 참고하세요.

하이쿠의 덧없음이란 세계의 덧없음이 아니라 말하기의 덧없음입니다. 이것은 에피쿠로스 철학이 아닙니다. 지나가는 날[日]을 모으기 등입니다. 오히려 이것은 갑작스럽게 지각된 '영원성(불변성, 회귀)'입니다. 안젤루스 실레시우스의 이행시를 참고하세요. "보라, 이 세계는 움직이고[221] 있다. 아니다. 그것은 움직이지 않고 있다. 신은 이 세계로부터 어둠만을 제거했을 뿐이다."

짧은 명료함, 짧은 강조. 감동의 특징 중 하나. 감동(오히려 흥분)은 비장함의 움직이지 않는 무거움에서보다 표현의 운동성에서 더 많이 나타납니다. 케이지. "나는 다음과 같은 사실을 알게 되었다. 자신들의 감정을 아주 짧은 순간 동안만 강조할 뿐인 사람들이 실제로 감동이 무엇인지를 더 잘 안다는 것이다."(케이지와 선(禪). 여러 감정 중 평온함이 가장 중요합니다.)[222]

변증법은 정확성, 적절성, "바로 그거야."를 실현합니다. 하지만 이 변증법을 통해서 언어활동의 한계가 드러납니다. 하이쿠는 말하기의 무(rien)로 기울어집니다.(또는 기울어지는 것을 억제합니다.) 또는 기울어지는 중입니다.(우츠로이를 떠올려 보세요.) 아무것도 말할 게 없음. → "바로 그거야."의 운명은 "바로 그것뿐이야." "그것밖에 없어."입니다.

좀 더 살펴보겠습니다.

59. 겨울 강에서
뽑아 거기에 던져진
붉은 순무 하나
(부손, 뮈니에)

이것을 정말로 말할 필요가 있을까요?(그렇습니다…….)

60. 이제 저녁, 가을이구나
부모님
생각뿐
(부손)

이 하이쿠에 주석을 다는 것은 더 어렵습니다. 하지만 하나의 사건이 발생하고 있습니다. 거기, 내 목구멍에 북받치는 감정처럼 말입니다.(슬픔, 그리움, 애정) "바로 그거야!"에서 "바로 거기야!"로의 최종적 변형인 것이죠.

언어 표현의 한계를 잘 의식하는 하이쿠는 이와 같은 변형을 이렇게 표현할 수 있습니다.

61. 오늘 다른 할 일이 없네
봄 속으로 걸어가는 것 말고는
더도 말고
(부손, 뮈니에)

하이쿠의 언어 표현이 이처럼 미묘한 것은 분명 명백한 현상과 관계가 있습니다. 종종 왜 이런 하이쿠가 내 마음에 들고, 나에게 '맞고', '그것이 제대로 기능하는지', 왜 그것이 '깨우치게' 해 주는지를 말하는 것의 불가능성에 다른 사람들의 마음에는 꼭 들 리 없다는 직관이 더해집니다. 어쨌든 '훌륭한' 하이쿠에 대한 설명의 윤곽을 기술하기 위해 나는 계속 미(美) 그 자체가 아니라 아주 개인적인 성향을 참조해야만 합니다. 그것도 개별적으로 최고로 섬세한 특수성들을 말입니다. 예를 들어 보죠.

62. 모두가 잠들어 있네

달과 나 사이에는

아무것도 없네

(세이주고, 코요)

내가 생각하는 이 하이쿠의 매력과 '진실'은 과잉 의식이라는 성향으로 부터 유래합니다.(중립 참조.)[223] 날카롭고, 순수하고, 그 어떤 중개항도 없는 의식이죠.

'왜 그것이 나에게 아름다운가를 말하는 어려움.' 실제로 이것은 나의 무력함이 아니라 반대로 하이쿠의 승화를 보여 줍니다. 그러니까 하이쿠의 본질(그 목표)은 모든 메타언어에 침묵을 부과하는 것이고, 바로 거기에 하이쿠의 권위가 있습니다. 이 화언 행위와 나의 '비교 불가능한' 자아 사이의 완벽한 일치(타인의 자아가 아닙니다.)가 일어나는 것이죠. 결국 나는 자기 자신에게 말을 할 수 없는 사람입니다. 이 사람이 타인을 닮지 않았기 때문이 아니라, 그가 아무것도 닮지 않았기 때문입니다. 여기에는 그 어떤 일반성도 그 어떤 법도 없습니다. 나는 항상 잔여이고, 바로 거기에서 하이쿠를 발견하는 것입니다.

하이쿠의 한계

우리는 프랑스 시에 대해 여러 차례에 걸쳐 다음과 같은 사실을 확인했습니다. "그것은 거의 하이쿠이다. 하지만……." 우리는 계속해서 치환의 시험을 이용했습니다.[224] 따라서 한계가 있습니다. 하나의 형태가 하이쿠가 되기 위해서는 그것이 간결한 것만으로는 충분치 않습니다. 어떤 텍스트적 힘(어떤 유인력)은 하이쿠를 그 자체에서 먼 곳으로 이동시킬 수 있습니다. 나는 다음 두 영역을 제시하고자 합니다. 이 두 영역은 하이쿠와 인접하기는 합니다만, 내 생각에 하이쿠의 외부에 있습니다.

콘체토(concetto)[225]

여기 내가 겨우 좋아하는 하이쿠 한 편이 있습니다.

63. 한 고독한 수녀의 집에
    하얀 진달래가
    무관심한 그녀와 상관없이 꽃을 피운다
    (바쇼, 야마타)

아주 멋진 하이쿠입니다. 하얀 진달래는 환유적으로 은퇴 생활과 연결됩니다. 하지만 나에게는 하나의 특징이 의심스럽습니다.(비록 그것이 번역하는 과정에서 덧붙은 것이라고 해도 말입니다.) "무관심한 그녀와 상관없이"라는 부분입니다. 이것은 비꼼이고, 콘체토입니다.

내 취향에서 하이쿠는 신랄함을 포함해서는 안 됩니다. 적어도 두 개의 간결한 형식이 하이쿠에 대립됩니다.

풍자시는 공격성을 바탕으로 합니다. 형식화된 신랄함, 형식화된 관용의 부재. 이것이 바로 비꼼입니다.(공격의 도구) 마르티알리스[226]의 시를 보시죠.

> Non amo te, Sabidi, nec possum dicere quare;
>
> Hoc tantum possum dicere : non amo te.
>
> 나는 너를 사랑하지 않네, 사비우스. 하지만 왜 그런지 이유를 말할 수

없네.

내가 단지 말할 수 있는 건, 나는 너를 사랑하지 않네.[227]

비꼼. 처음과 끝 부분 사이에 문자적 반향이 있습니다. 풍자시는 반하이쿠적이며 하이쿠라면 이렇게 말했을 것입니다. "나는 너를 좋아하네. 하이쿠. 하지만 왜 그런지 이유를 말할 수 없네. 내가 말할 수 있는 모든 것, 그건 나는 너를 좋아해, 하이쿠." 하이쿠에는 두 종류의 적이 있는데, 바로 일반성과 신랄함입니다.

콘체토, 비꼼(교묘한), 기지(機智, agudezza[228]). 이것들은 너무 교묘해서 숨겨질 수 있습니다.(이것이 사물의 법칙입니다.) 숨겨진 섬세함, 은밀한 기지. 이것은 마니에리즘(maniérisme)[229]의 암호입니다. 콘체토(어원적으로는 하나의 관념, 하나의 본질을 의미하며 숨겨진 관계의 관념적 표현입니다.) → 모든 문학적 마니에리즘의 본질(17세기 초). 공고리즘(gongorisme)(스페인).[230] 마리니즘(이탈리아 시인, 지암바티스타 마리노(Giambattista Marino[231]), 유퓨이즘(euphuism[232])(릴리(Lily)의 소설 『유퓨에스(Euphuès)』(1580)). 프레시오지테(préciosité)[233](프랑스). 그림의 마니에리즘(파르므산(Parmesan)[234], 16세기 참조.) : 수직선은 길어지고, 수평선은 짧아집니다. 원근법이 강화되고, 세르펜티나타(serpentinata)[235](굽이치는 문체) → 미슐레의 수직적 문체[236] 참조.

이상의 논의는 수평적 언어인 하이쿠의 자연성에 대립됩니다.(바로 거기에 역설이 있습니다. 깨우침, 현기증 나는 감각의 기원은 심연, 심층이 아니라 한 번 주어지고 짧게 이루어지는 펼침입니다.)

여기저기에서 콘체토적인 하이쿠를 발견할 수 있습니다. 하지만 나는 이런 하이쿠를 그다지 좋아하지 않습니다. 가령, 다음과 같은 작품이죠.

64. 박쥐야
　너의 부러진 우산 아래에서
　너는 숨어서 사는구나
　(부손, 코요)

　이와 같은 예외들을 통해 하이쿠를 쥘 르나르[237]의 글에 가깝게 놓을
수 있습니다. 한 여성 청중이 다음과 같은 쥘 르나르의 글을 기억하면서 이
와 같은 작업을 아주 성공적으로 할 수 있었습니다. "바퀴벌레 : 열쇠 구멍
에 구멍처럼 검게 붙어 있는." "거미 : 머리카락 위에서 펼쳐진 털이 많은 작
은 손. 밤새도록 달의 이름으로 이 손은 봉인을 하네."『박물학』(나는 라벨
(Ravel)[238] 역시 좋아하지 않습니다.) "까마귀 : 밭고랑 위의 육중한 악센트." "종달
새 : 아직도 눈에 태양 빛을 가득 머금은 채 취해 다시 떨어지네."(이와 같은 기
지의 형식에서《르 카나르 앙셰네(Le Canard enchaîné)》[239]가 유래했습니다.) 하지만
쥘 르나르의 은유는 아무것도 복원하지 않으며, 어떤 한순간을 개별화하는
것도 아닙니다. 일종의 시니피앙의 기하학입니다. 하이쿠에서 이것은 일종의
위험입니다. 예를 들면 다음과 같죠.

　저녁달
　상반신을 드러내 놓고 있네
　달팽이 한 마리
　(잇샤)

　이 하이쿠의 유일한 떨림은 저녁달, 발견된 달팽이, 이것이 전부입니다.
결국 하이쿠는 사실적이고, 지시 대상을 신뢰합니다.

서술

하이쿠의 두 번째 한계는 서술(narration)입니다. 몇몇 하이쿠에는 이야기의 싹, '서술소(narrème)'가 있습니다. 다음 작품을 보시죠.

65. 배 한 척. 사람이 달을 바라보네
    물에 빠진 곰방대
    깊지 않은 개울
    (부손, 코요)

하나의 '이야기.' 다시 말해 벌써 많은 인과관계와 결과 들이 있습니다. 어떤 사람이 방심을 하고 있다, 곰방대가 물에 빠졌다, 그러나 물이 깊지 않아서 그는 곰방대를 꺼낼 수 있었다, 등.

분명 한 편의 민화(民話)와 연결지을 수 있는 하이쿠 한 편이 여기에 있습니다.

66. 나는 기억한다
    버려진 노파가 운다
    달을 벗 삼아서
    (바쇼, 코요)

코요는 『그림자 없는 개미』에서 이런 이야기를 해 줍니다.

　　　노인들을 내다 버리는 산

옛날옛날에 아주 효성이 지극한 한 아들이 살았습니다. 그 시대에 노인들은 거추장스러운 사람들로 여겨졌습니다. 해서 노인들을 등에 메고 산으로 가서 내버리곤 했습니다.

효심이 지극한 이 아들의 아버지가 60세가 되었습니다. 해서 내다 버려야 했습니다. 아들은 아버지를 등에 메고 큰 걸음으로 산속으로 계속해서 걷고 또 걸었습니다. 그러자 이 아버지는 아들이 걱정이 되었습니다. 돌아가면서 길을 잃지나 않을까? 아버지에게 묘책이 떠올랐습니다. 나뭇가지들을 꺾어서 가는 길에다 하나씩 뿌려 놓기로 한 것입니다.

계곡에 도달한 아들은 아버지가 비를 맞지 않도록 나뭇잎으로 지붕을 엮어 드리고 나서 이렇게 말했습니다.

"아버지, 여기에서 헤어져야 합니다."

그러자 아버지가 말했습니다.

"네가 길을 잃지 않도록 나뭇가지들을 꺾어 갈 길을 표시해 두었다."

그러자 아들은 오열했고, 아버지에 대한 연민이 갑작스럽게 솟구쳤습니다. 아들은 아버지를 다시 메고 집으로 돌아왔습니다. 아들은 나라에서 이 일을 알까 봐 두려워 아버지를 초가 뒤 조그마한 동굴에 숨기고, 음식을 가져다 드렸습니다.

그런데 어느 날 왕이 백성들에게 수수께끼를 냈습니다.

"재로 꼰 밧줄을 가져오너라."

하지만 그 나라에서 가장 똑똑하다고 하는 자들도 이 문제를 풀 수가 없었습니다. 동굴에서 아버지는 아들에게 이렇게 말해 주었습니다.

"튼튼히 밧줄을 꼬아라. 그리고 그걸 쟁반 위에 놓은 다음에 태워라."

아들은 아버지의 지시를 그대로 따랐습니다. 과연 아들은 멋진 재 밧줄을 얻게 되었고, 그걸 왕에게 가져갔습니다. 당연히 많은 칭찬을 받았습니다.

얼마 후에 왕은 젊은 아들을 불러 잘린 나무토막을 하나 보여 주었습니다. 나무토막은 검은색이었고, 완전히 둥글었습니다. 뿌리가 어느 쪽인지 도저히 분간할 수가 없었습니다. 왕은 그 아들에게 뿌리가 어느 쪽인지를 맞춰 보라고 했습니다.

아들은 다시 동굴에서 아버지에게 물었습니다

"나무토막을 물에 넣어라. 떠오르는 쪽이 아니라 물속에 그대로 남아 있는 다른 쪽이 뿌리이니라."

아들은 아버지의 충고대로 했고, 또다시 크게 칭찬을 받았습니다.

이번에 왕은 아들에게 치지 않아도 소리가 나는 북을 만들라고 명령했습니다. 다시 한 번 아들은 아버지에게 이 문제를 상의했습니다.

"얘야! 그렇게 어려운 게 아니다! 숲으로 가서 벌집을 가져오렴." 그동안 그의 부인은 무두장이에게로 가서 가죽을 사 왔습니다. 아들은 가죽을 펴서 북을 만들었고, 그 안에 벌들을 넣었습니다. 그러자 북은 저절로 울리기 시작했습니다.

아들은 왕에게 이 북을 가져갔고, 왕은 대단히 기뻐했습니다.

"너는 세 개의 수수께끼를 모두 풀었도다. 정말로 영리하구나."

그러자 아들이 이렇게 말했습니다.

"제 말을 들어주십시오. 이 수수께끼들을 푼 것은 제가 아니라, 동굴에 숨어 지내는 제 아비였습니다. 노인들은 아주 지혜롭다는 걸 알아주셨으면 합니다."

"아! 정말이냐!" 왕이 말했습니다. "노인들이 그렇게 지혜롭다니! 이제부터 노인들을 산에다 내버리지 말아야 할 것이니라! 이렇게 말을 하마. 이제 끝이다."[40]

하이쿠와 이야기(récit)의 중간 형태가 가능합니다. 바로 장면(scène), 짧은 장면입니다. 브레히트의 길거리 장면과 게스투스(gestus)[241]를 참고하세요. 하이쿠의 일회적 박동(搏動)의 일종이죠.

먼저, 확장(diastole)은 이완을 초래합니다.

눈물에 흠뻑 젖어
앉아 그는 이야기한다
그의 엄마가 그의 이야기를 듣는다[242]
(하수오, 코요)

다음으로 수축(systole)은 긴장을 초래할 준비가 되어 있다는 뜻입니다. 가령 『잃어버린 시간을 찾아서』의 도입부는 다음과 같은 형태가 될 수 있습니다.

그의 어머니가 어쨌든

그에게 저녁 인사를 하러 온다

행복

생 략

촉매 작용.[243]

여기에서 우리는 다시 이 강의의 출발점과 만나게 됩니다. 메모하기와 소설의 관계, 짧은 형식과 긴 형식의 관계입니다.

서술을 하이쿠의 (마지막) 한계로 삼으면서 나는 사소한 사건(incident)(여기에 대해서는 다시 거론할 것입니다.)의 범주를 통해 이 둘의 극단적인 인접성을 지적하고자 했습니다. 하지만 이야기(histoire) 형태로 하이쿠를 계속하려는 것에 대한 근본적인 불가능성이 있어 보인다는 것도 지적하고자 했습니다. 마치 그것들 사이에 보이지 않고 통과할 수 없는 벽이 있던 것처럼 말입니다. 또는 양쪽 물이 서로 섞이지 않았던 것처럼 말입니다.

(개인적인) 예로, 한 연회에 대해 이야기하고자 합니다. 원칙적으로 일화적 소재입니다. 새로운 사람들, 전형적인 사람들, 대화, 의식(儀式) 등. 하지만 내가 이야기를 하는 입장에 서게 되면, 이 일 전부가 말하기에 '필요한' 사태들로 복잡해지고(서술의 논리를 위해) 또한 이 사태들은 이야기를 해야 하는 나 역시 지루하게 만들어 버립니다. 실제로 그날 연회에서 나는 두 개의 특기할 만한 것을 '기억하게' 되는 것뿐입니다. 초대한 집 여자의 노란색 치마(카프탄)와 초대한 집 남자의 졸리는 듯한 눈과 눈꺼풀이었습니다. 그런데 이것은 일종의 사실주의적 하이쿠들입니다. 말하기를 소진하면서도 서술적 담화와는 통하지 않는 그런 하이쿠 말입니다.(적어도 나의 글쓰기 실천에서는 그렇습

니다.) 왜냐하면 그 하이쿠는 비기능적이기 때문입니다.

또한 거꾸로 이야기 속에서 얇은 막, 대팻밥처럼 튀어 오르는 뭔가를 발견할 수 있는 경우도 있습니다. 하이쿠의 모든 정신을 가졌으나, 실제로 이야기에 섞일 수 없는 뭔가를 말입니다. 그것은 하이쿠의 모든 특징을 가지고 있는 틸트입니다. 나는 이것에 대해 말하고자 애썼습니다.

> 바람은 약했고, 별들은 빛나고 있었다. 건초를 실은 거대한 수레가 그들 앞을 왔다 갔다 하고 있었다. 그리고 네 마리 말은 발을 끌면서 먼지를 일으키고 있었다. 그러고 나서 명령도 없이 말들은 오른쪽으로 돌았다. 그는 그녀를 다시 한 번 포옹했다. 그녀는 어둠 속으로 사라졌다.[244]
>
> —— 플로베르, 『단순한 마음』

짧은 형식에는 그 자체의 고유한 필연성과 자기 완결성이 있습니다. 그것은 그 무엇에도 맞춰지지 않습니다.

결론

이행

지금부터 처음의 과제로 조금씩 되돌아가 보겠습니다. 현재에 대한 단편적인 메모하기(우리는 하이쿠를 그 모범적 형식으로 삼았습니다.)에서 어떻게 소설을 쓰는 계획으로 넘어갈 수 있을까요? 다시 말해 하이쿠로부터 무엇이 우리의 서구적 성찰로, 서구적 글쓰기 실천으로 이행될 수 있을까요? 나는 이 이행의 몇몇 요점을 보여 드리고자 합니다.

메모하기의 일상적 실천

누구에게나 간단한 화제가 있는 법입니다. 일상적 실천의 문제죠.

먼저, '도구화'입니다. 왜 이것이 문제가 될까요? 그 까닭은 메모하기란 노타시오(행위)이기 때문입니다. 또한 노타시오는 현재의 파편을, 이것이 당신의 관찰에, 당신의 의식에 솟아오르는 대로 포착할 필요성이 있기 때문입니다. 파편? 그렇습니다. 나의 개인적이고 내적인 스쿠프(scoop : 삽, 물삽, 삽으로 퍼내는 행위, 전부 가져오고자 하는 행위, 일망타진, 새로운 것)는 나에게 감각적인 (아주 사소한) 소식들, 그리고 살면서 직접 '전부 알고자' 하는 소식들을 전해 줍니다. 돌발성 참조. 깨우침, 좋은 기회(카이로스(kairos)), 호기, 일종의 '르포르타주,' 큰 사건이 아니라 작은 사건, 노타시오 충동은 예측이 불가능합니다. 따라서 노타시오는 외적 활동입니다. 내 책상이 아니라 길거리나 카페, 친구들과 함께 있을 때 하는 행동이죠.

'수첩'은 나의 아주 오랜 실천, 노투라(notula)와 노타(nota)입니다. 나는 단지 과거에 내게 떠올랐던 '아이디어'(이것에 대해서는 지금은 더 이상 말하지 않기로 합니다.)를 단어로 메모하고(노투라) 또 그 아이디어를 그다음 날 집에서 베껴 씁니다.(노타) 특기할 만한 현상이 있습니다. 나는 어떤 아이디어에 대해 아주 생략적인 부호로라도 표시(노투라)를 하지 않으면 잊어버립니다. 이와는 반대로 노타가 되면 나는 그 아이디어는 물론이고 그 (문장의) 형태까지도 잘 기억하게 됩니다. 아주 현기증 나는 감각이죠. 하나의 '아이디어'란 그것을 기억하는 아주 짧은 순간에만 그 중요성과 그 필연성을 가지는 것일까요? 아무런 결과 없이 무(無)로 돌아갈 수 있는 것일까요? 이것이 바로 글쓰기의 호사를 잘 정의해 줍니다.(적어도 나의 글쓰기.)

나는 노타시오의 다음과 같은 미시적 기법의 하찮음을 무시하고 싶지는 않습니다. 수첩은 그다지 두껍지 않습니다.(호주머니에 들어갈까요? 양복 윗도리에는? 하지만 지금은 양복 윗도리를 잘 입지 않습니다. 반면 플로베르의 수첩은 장방형, 프루스트의 수첩은 검정색 인조 가죽 표지입니다. 여름엔 메모 분량이 더 적습니다!) 만년필보다는 볼펜이죠.(속도가 나니까요. 볼펜은 뚜껑을 열 필요가 없습니다). 그것은 진짜 글쓰기가 아닙니다.(눌러 써야 함, 근육 작용.) 하지만 그다지 문제가 되지는 않습니다. 왜냐하면 노투라는 아직 글쓰기가 아니기 때문입니다.(노타처럼 필사된 것과는 다르죠.) 이 모든 것이 의미하는 바는 다음과 같습니다. 순간적으로 수첩을 꺼내 적당한 페이지를 열어젖히는 유일하고도 유연한 행동의 이미지. 그리고 글을 쓰는 사람은 쓸 준비가 되어 있습니다.(마치 강도가 권총을 꺼내 드는 것처럼!) (펜-카메라 참조. 하지만 이것은 문장을 보게 하는 것이 중요한 것이 아니라 그것을 싹의 형태로 존재하게 만드는 것이 중요합니다. 이 책 177~181쪽 참조.)

그리고 시간의 여유가 필요합니다. 어떤 목적에서든지, 삶으로부터(책으로부터가 아니라) 또는 평생의 책(소설, 에세이)으로부터 직접 메모를 하라, 또는 메모를 하는 쾌락 외 다른 것을 원하지 마라. 또한 다음과 같은 사실을 잘 이해해야 합니다. 노타시오의 실천이 완수되기 위해서는, 그것이 충만한 감정, 주이상스의 감정, 올바른 사용의 감정을 주기 위해서는 하나의 조건이 필요하다는 것입니다. 시간적 여유를 갖는 것, 그것도 많이 갖는 것입니다.

역설적인 것이, 메모는 그다지 시간이 많이 안 걸리고, 언제, 어느 곳에서나 할 수 있다고 쉽게 생각할 수 있습니다. 메모는 다른 주요 활동과 겹치거나 그것을 보충해 준다고 생각할 수 있습니다. 예컨대 산책, 기다림, 모임 등을요. 그런데 경험에 의하면 '아이디어'를 갖기 위해서는 시간이 충분해야 합니다. 어려운 일이죠. 그도 그럴 것이 계속 수첩을 꺼내기 위해 일부러 산책을 할 수는 없는 일이기 때문입니다. 하지만 부식토와 같이 시간의 자유의 무게가 필요합니다. 산만한 주의(注意)의 전형 그 자체죠. 의식적으로 주의로 되돌아가지 말 것. 하지만 너무 강하게 주변 것에 열중해서는 안 됩니다. 궁극적으로는 카페 테라스에서 보내는 텅 빈 실존의 짧은 순간(의도적으로 비우는 순간)이며 어떤 의미에서는 연금 생활자의 행동(플로베르, 공쿠르, 지드)입니다. 예컨대 강의를 준비하는 것은 노타시오의 반대죠.

이와 같은 역설의 논리로, 노타시오에 전념하는 사람은 결국 글쓰기에 대한 다른 모든 투사를 거부하게 될 것입니다.(비록 이 사람이 노타시오를 작품 준비로 여긴다고 하더라도 그렇습니다.) 즉 마음이 산만해지도록 방심하면 안 됩니다.

Nihil nisi propositum.[245]

나는 종종 다음과 같이 말하곤 합니다. 한동안 메모를 하지 않을 때, 한동안 내 수첩을 꺼내 들지 않을 때, 욕구불만, 메마름을 느낀다고요. 노타시오로 되돌아가기, 즉 마약, 피난처, 마음의 편안함처럼 말입니다. 노타시오는 모성과도 같습니다. 나는 어머니에게 되돌아가듯 노타시오로 돌아갑니다. 어쩌면 이것은 어떤 한 문명(교육)의 양태에 종속된 심리적 구조일 수 있습니다. 안정된 장소로서의 내면성이죠. 내면성의 '프로테스탄트적' 전통과 노타시오의 실천은 자전적 일기(지드, 아미엘)를, 역사적 단절은 북유럽(중세 말기), 데보시오 모데르나(Devotio moderna)[246]의 신봉자들과 빈데스하임(Windesheim)[247]에서 공동 생활을 하는 수도사들 및 수도 참사회원들을 참고하세요. 교양 있는 속인들(사업을 하는 부르주아)은 집단적, 의례적 기도를 개인적 명상, 신과의 직접 접촉으로 대체했고 개인적 독서가 출현했고 노타시오의 매개자(사제 또는 자선단체)가 사라지면서 생각하는 주체와 문장을 만드는 주체가 직접 연결되었습니다. H. J. Martin, 『독서의 역사를 위하여』

지금까지 나는 노타시오를 생생한 상태로 이루어지는 파악, 마치 응시되고, 관찰된 것과 쓰인 것의 순간적인 일치처럼 말했습니다. 사실 아주 종종 사후적으로 이루어지는 노타시오가 있습니다. 노타(nota), 그것은 일종의 가치를 확인하는 잠복기를 거쳐 자기도 모르는 사이에 되돌아오고 남아 있는 것입니다. 기억이 보존해야 하는 것은 사물이 아니라 사물의 회귀입니다. 왜냐하면 회귀란 벌써 어떤 형식을 가진 — 어떤 문장을 가진 — 뭔가의 회귀이기 때문입니다. 노타란 어느 정도는 '일이 지난 뒤에 깨우치는 둔한 머리(後知慧)'의 현상과 가깝습니다. 시간을 놓친 민첩성, 뒤늦은 민첩성이죠.

노타시오의 지속성을 알아보기 위한 1차 시험이 있습니다. 수첩에서 카드로, 노투라에서 노타로 이동하는 순간입니다. 옮겨 쓰는 행위는 충분히 강렬하지 못한 것을 평가절하하게 됩니다. 옮겨 쓸 만한 근육의 용기가 없습니다. 왜냐하면 근육은 그걸 옮겨 쓸 필요가 있는가를 자문하기 때문입니다. 분명 글쓰기(아주 복잡하고 완전한 행위)는 필사(노타)의 순간에 태어납니다. 글쓰기와 필사의 수수께끼적 관계. 가치 부여로서의 필사. 우리는 '자기 자신을 위해'(데보시오 모데르나) 글을 쓸 수 있습니다. 우리는 벌써 누군가를 위해, 외부와의 소통을 위해, 사회적 통합을 위해 필사합니다.(그로부터 『부바르와 페퀴셰』의 역설적 충격이 유래합니다. 그들은 '자신들을 위해' 필사를 한 것입니다. 폐쇄된 원. 글쓰기에 대한 마지막 조소(嘲笑).)

메모하기의 수준

실재계의 '분할'을 참조하세요.

우리는 한 대상의 확인, 인식, 명명에서 '지각의 수준'이 갖는 중요성을 잘 알고 있습니다. '치수(taille)'의 일람표. 건축에서 규모 측정술. 『백과사전』의 도판. 현미경으로 확대된 끔찍한 동물, 벼룩. 니콜라 드 스타엘[248]의 세잔의 5cm^2[249] 등.

분할

문학의 차원은 메모하기의 수준입니다. 우리는 메모를 하기 위해 어디까지 내려갈 수 있을까요? 아주 미세한 것까지 내려가는 하이쿠에 대해서는 이미 살펴보았습니다. 하지만 나는 다음 사실에 주목하고자 합니다. 미세한 것을 파악하는 것이 의무적으로 짧은 형식과 결합되는 것은 아니라는 점을 말입니다. 종종 분할의 힘(분할 가능성)을 설명하기 위해서는 많은 언어 표현이 필요합니다.

발레리는 "프루스트는 다른 작가들이 통상 스쳐 지나가는 것을 분할

했다. 그리고 우리에게 무한정 분할할 수 있는 감각을 준다."[250]라고 했습니다. 프루스트의 과잉 지각은 그의 과잉 감각(냄새)과 과잉 기억에서 기인했습니다. 분할하기 위해서는 역설적으로 확대해야 하고 증식해야 합니다. 미세함에 대한 경험은 거대함에 대한 경험이기도 합니다. 증대화이지 왜소화가 아닙니다. 일리에의 협소함, 콩브레의 광대함, 일리에, 정원. 거기에서 비를 맞으며 산책할 수는 없습니다. '할머니가 비를 맞으며 하는 산책'에 대해 메모하기 위해서는 '내려가야' 하고, 정원을 확대해야 합니다.

무한한 메모하기가 느껴지게 되면 시간의 흐름에 변화가 생깁니다. 보들레르의 대마초를 핀 사람을 예로 들어 보죠. "실제로 시간과 존재의 비율이 완전히 교란된다. 다수의 감각과 관념들, 그리고 그것들의 강도에 의해 말이다. 한 시간 동안에 한 사람이 다양한 삶을 산다고 할 수도 있을 것이다. 이때 당신은 쓰인 대신에 생생하게 살아 있을 한 권의 환상소설과 유사하지 않을까?"[251]

메모 가능한 것(notable)

보들레르의 비유는 다음과 같은 사실을 잘 말해 줍니다. 분할의 지평선에, 다시 말해 메모하기의 농밀한 증식의 지평선에 소설이 있다는 것입니다. 하지만 우리로서는 최소한 올해에는 독립된 메모만 하기, 하이쿠에서 그 전형적인 형식을 볼 수 있는 짧은 형식에 머물고자 합니다. 메모하기의 단위는 어떤 차원에 속할까요? 달리 말해 메모 가능한 것(노탄둠(notandum))에 대해 어떤 정당화가 가능할까요?

기능적. 일반적으로 고전 소설에서 메모 가능한 것에는 의미론적 가치가 있습니다. 그것은 하나의 기호입니다. 하나의 기의(記意)를 가리킵니다. 이야기(histoire) 체계에 필요한 무엇인가를 이해하도록 하는 데 이용됩니다.

모파상의 『피에르와 장(Pierre et Jean)』에는 "피에르의 팔은 털이 많았고, 약간 가늘었지만, 신경질적으로 보였다. 장의 팔은 두툼했고, 하얗고, 약간은 장밋빛이었다. 살 밑에서 드러나는 약간의 근육 봉우리가 있었다."[52]라는 문장이 나옵니다. 이 부분은 논의를 구성하는 심리적 체계와 비교해 기능적 특징을 보여 줍니다. 강하고, 신경이 날카롭고, 어머니에게 버림을 받은 장에 비해 약간 여성적이고 귀염둥이인 피에르. 그리고 내가 잊어버리긴 했지만 이야기가 계속됩니다.(기호의 도치란 통념적으로 불가능합니다.)

발자크(『금색 눈의 소녀(La Fille aux yeux d'or)』)는 이렇게 말하죠. "그 순간 영국제 비누칠을 한 부드러운 솔로 털을 쓰다듬고 있는" 앙리 드 마르세. 댄디즘의 기호입니다.

구조적. 메모해야 할 것이 바로 노탄둠입니다. 이것은 그 내용(기능성)에 의해서가 아니라 그 출현의 리듬에 의해서 결정될 수 있습니다. 우리는 다음과 같은 사항들을 메모합니다. 첫째, 아주 자주 반복되는 것.(흥미로운 무엇인가의 지표로서의 반복. 배후에 있는 법칙.) 이때 메모하기는 해석, 해독의 차원에 속합니다. 둘째, 반복되지 않는 것, 단 한 번 발생하는 것, 즉 단일한 것. 분명 경이로운 서술의 차원입니다. 좌우명은 다음과 같습니다. "한 번 아니면 여러 번(semel vel multum)." 우리는 이렇게 질문할 수 있을 것입니다. 그렇다면 한 번(semel)과 여러 번(multim) 사이에는 무엇이 있을까요? 메모 불가능한 것의 영역? 우물쭈물한 상태. "메모가 무슨 소용 있어?"와 같은 의기소침 상태. 메모하기는 그것을 드러낼 힘이 없는 경우 항상 무의미의 위험 영역에 있습니다. 왜냐하면 '무슨 소용 있어?'는 '왜 살지?'(의기소침 상태에서)와 같은 의미입니다. 두 종류의 사소한 것이 있습니다. 첫째, 글쓰기 밖에서는 무(無)로 떨어지는 사소한 것, 즉 허무, 바니타스(la Vanitas). 둘째, 글쓰기에 의해 드러나는 사소한 것. 시오랑(『실존의 유혹(La Tentation d'exister)』)은 "왜 그것을 숨기는가? 사소함이란 이 세계에서 가장 어려운 것이다. 나는 의식적이고, 획득되고, 의지적인 사소함을 말한다."[253]라고 했습니다. 물론 이 메모 가능한 것(구조적)은 주체의 상황과 상관적입니다. 자기 동일성, 이타성 → 마라케시의 메디나(Médina de Marrakesh).[254] 석탄으로 검게 된 집의 석탄 더미 위에 지쳐서 앉아 있는 일종의 부처가 있습니다. 나는 메모를 합니다. 그러나 이 메모를 통해 나는 외국인으로서의 내 상황을 보여 줍니다. 회화적 범주죠. 이것은 나에게는 한 번(semel) 발생하는 것입니다. 하지만 (타인들에게 있어서) 평범함의 지평선 속에 속하는 것이기도 합니다. 두 담화 사이의 마찰이죠.

미적. 여기 하나의 사소한 장면이 있습니다.(하나의 노타) 1978년 7월 1일. 상원 건물 앞에서 89번 버스를 기다리는데, 두 여자와 그 뒤를 따르는 소년이 눈에 띄었습니다. 여자 중 한 명은 색이 바랜 하얀색 셔츠를 입고 지나치게 몸을 흔들면서 걸었습니다. 그런데 내 눈에 사소한 장면이 메모 가능한 것이 되기 위해서는 이 광경이 어떤 식으로든 우회를 해야 합니다. 이와 같은 행동의 지나침을 표현하기 위해서 나는 다음과 같이 말해야 할 것입니다. 만일 한 남자가 그렇게 걷는다면 그는 여자 흉내를 내는 것이라고 말입니다! 그러면 미학적으로 메모가 가능할 것입니다. 왜냐하면 거기에는 (하나의 제스처의) 진실을 말하려면 그 효과를 표현하기 위해 노력해야 한다는 원칙이 포함되어 있기 때문입니다. 결국 하나의 몸짓이 그 본질을 드러내는 것은 지나침 속에서입니다. 보들레르, '인생의 중대 상황에서 몸짓이 갖는 과장된 진실미'[55]를 참조하세요.

상징적. (하나의 기의를 가리키는) 기능적-의미론적인 것과 대조되는 결정적 요인. 메모 가능한 것. 하나의 기호로 지각될 수 있는 것.(기의는 어둠 속에 남아 있기 때문입니다.) 카프카와 관련 있는 다음과 같은 일화를 소개하고자 합니다.

메모 가능한 것(야누흐, 『카프카와의 대화』)

갑자기 카프카가 멈추었고 손으로 가리켰다.

"봐! 저기, 저기. 봤나?"

우리가 대화를 나누면서 도착한 생자크 거리에 있는 한 집에서 털실 뭉치를 닮은 조그마한 개 한 마리가 불쑥 나왔던 것이다. 그 개는 우리 앞을 가로질러 탕플 거리 모퉁이로 사라졌다.

"작고 멋진 개인데." 내가 말했다.

"개라고?" 다시 걸으면서 카프카가 못 믿겠다는 듯 말했다.

"작은 개야. 아주 작은 개. 자넨 못 봤나?"

"난 뭔가를 봤어. 하지만 그게 개였나?"

"조그마한 푸들이었어."

"푸들! 그건 한 마리 개일 수 있겠지. 하지만 하나의 징후일 수도 있어. 우리 유대인들은 종종 비극적으로 속았지."

"그건 단지 한 마리 개였어." 내가 말했다.

"모든 게 그럴 수 있어." 카프카가 말했다. "하지만 단지라는 단어는 그걸 사용하는 사람에게만 값어치가 있는 거야. 어떤 사람에게는 걸레더미나 또는 한 마리 개인 것이 다른 사람에는 하나의 징후일 수 있지."[256]

이 모든 것은 지향성의 결정 요인, 어떤 목적에 의해 결정된 메모 가능한 것을 보여 줍니다. 하지만 하이쿠의 연장선상에서 양적 문제로 다시 돌아올 필요가 있습니다. 메모 가능한 것과 짧은 형식 사이의 관계로 말입니다. 실제로 모든 것은 메모하기 안에 갇힌 통사의 양에 의해 결정됩니다.

발레리는 형식에 대한 규정을 잘 정식화했습니다. 하이쿠에 대해 — 또는 유사한 짧은 시에 대해 — 그는 번역자인 기쿠 야마타에게 이렇게 썼습니다. "당신이 우리에게 건네준 소작품집은 사고(思考)의 크기 차원에 속합니다." 폴 발레리는 사고(= 격언 ≠ 하이쿠)가 문제가 된다고 말하지 않습니다. 하지만 그의 입장은 독창적입니다. 그도 그럴 것이 사고를 통사의 양과 같은 개념으로 생각하기 때문입니다. 그 당시로는 아주 역설적인 생각이었습니다.(이것이 텍스트적 형식을 바라보는 폴 발레리의 독창성입니다. 그의 시학 강의의 의미입니다.)[257]

좀 더 '기술적으로' 말하자면, 메모하기(짧은 형식으로서의)에 대한 정의를 내릴 수 있을 것입니다. 요약할 수 없는 것. 이런 기준이 순수하게 통념적이라는 것은 당연합니다. 왜냐하면 텍스트가 (길거나 짧거나) 요약 가능하다고 생각하는 것은 이미 그것에 대해 이데올로기적 입장을 취하는 것이기 때문입니다. 다시 말해 텍스트는 내용의 본질적인 핵(核)을 가지고 있고 산뜻하지만, 비본질적인 형식으로 가득 차 있기 때문입니다. 이데올로기가 정당화된 것처럼 보입니다. 왜냐하면 텍스트의 압축이라는 완곡어법 아래에서 요약은 기술계 대학에서 이루어지는 교육의 무기(표현 기술 과목)이기 때문입니다. 어쨌든 한 편의 하이쿠(하나의 메모)는 압축될 수 없습니다. 요약에 대한 저항은 또한 현대적 텍스트(『천국(Paradis)』[258])를 특징짓는다는 사실을 지적하고자 합니다. 요약이란, (사회적) 통합을 위한 아주 훌륭한 시험입니다.

물론 메모하기를 넘어서서 짧은 형식에 대한 모든 자료(나는 종종 이 주제에 대한 강의를 생각했습니다.)가 필요합니다. 준비 차원에서 다음과 같은 두 축(軸) 위에서 자료를 구축할 필요가 있을 것입니다.

첫째, 간결한 형식들의 일람표. 문학에서는 잠언, 풍자시, 짧은 시, 단장(斷章), 내면 일기 메모. 그리고 어쩌면 특히 음악에서 변주곡, 바가텔[259](말년의 베토벤, 출판사로부터 거절당함.), 간주곡, 소악곡, 환상 소곡.(특히 슈만의 1849년 작 op. 73. 클라리넷/ 피아노, 이어서 첼로/ 피아노.) 이 모든 것은 개별화(하이쿠처럼)의 이해와 관련이 있습니다. 하지만 분명히 짧은 형식의 음악가는 베베른(Webern)입니다. 초간결 형식의 곡에 베르크(Berg)에 대한 헌사가 더해진 'Non multa, sed multum(양은 적고, 질은 많은)'이 일례입니다. 여기에는 그의 철저한 침묵의 예술, 침묵의 완충의 극단적 예술(=마, 사이)이 드러납니다. 쇤베르크는 「피아노와 바이올린을 위한 소품」을 제시합니다. '짧은 탄식 속에 진정한 소설 한 편'을 담았지요. 그리고 비평가 메츠거(Metzger)는 '베베른의 작품에서 침묵을 들을 때마다 관객을 기습하는 억누를 수 없는 재채기'[260]에 대해 말하고 있습니다.

둘째, 짧은 형식에 투사된 가치의 검증. 따라서 저항에 대한 검증. 텍스트적으로 오히려 말이 많았던 근대성에서 간결한 형식은 거의 없었습니다.(누군가가 자신이 말하는 것을 방해한다는 강박관념에 사로잡혀 있었습니다.) 서양에서는 아주 오래된 언어적 풍부함의 가치를 높이 평가했습니다. 키케로(그런 독사(doxa)의 훌륭한 대표자), 트라시마커스, 고르기우스는 담론을 너무 지나치게 잘라 리듬이 강한 요소로 나누었습니다. 투키디데스는 담론을 더 세세하게 나누었습니다. 담론에 군살이 없습니다. 이소크라테스는 문장에 좀 더 많은 군살을 부여하고, 문장들에 좀 더 유연한 리듬을 더한 최초의 인물입니다.[261]

반복해서 말씀드립니다. 문학 이론(여전히 정립되어야 할 작업)과 근대성 이론이라는 전망 속에서 담론성의 모든 양적 현상(모든 예술에 대해)에 관심을 가질 필요가 있을 것입니다. 길이(진폭), 간결함, 단축, 풍부함, 끝나지 않음, 미세함, 빈곤, 무(無)(각각 해당되는 신화와 더불어서 말입니다. '아무것도 아닌 것'을 쓰는 자에 대한 독사(doxa)의 멸시) → 길이의 규범(책, 영화) → 또한 담론성의 밀도 현상에 대해서도 관심을 가져야 할 것입니다. 희박(산재) 참조. 마 = 그림에 대해 말할 수 있게 해 주는 개념. 톰블리, 동양인들.[262]

[263]문장의 형태로 된 인생

여기에서 또한 짧은 형식에 대해서와 마찬가지로 내가 마련한 자료, 그리고 강의 주제로 삼을 수 있는 자료가 있습니다. 문장(文章)[264]입니다. 여기에서 메모하기의 이론에 한정 지으면서 내가 펼치고자 하는 주장은, 메모하기의 출현은 문장의 출현이라는 것입니다. 메모 충동과 쾌락은 하나의 문장을 만드는 충동과 쾌락입니다.

아마도 다음과 같은 것은 문장에 대한 강의의 대상이 될 수도 있을 것입니다. 대상-문장에 대한 정의. 나는 여기에서 조감도로 ― 아주 빠르게 ― 이 대상의 좌표를 한번 그려 보도록 하겠습니다.

1) 메시지에 대한 학문과 동시에 발화 행위에 대한 학문을 동원하는 언

어학적이고 동시에 미학적인(문체론적인) 추상적 실체.

2) 새로운 비판적 검증을 하기 전까지 우선 말하자면, 문장은 조정(措定) 명령(주어 + 술어)을 구성합니다. 조정 명령은 문장이 존재하기 위한 필요충분조건입니다.

따라서 문장은 논리적, 심리적(왜냐하면 거기에는 어린아이가 성인에 이르는 과정이 포함되어 있기 때문입니다.) 그리고 이데올로기적 대상을 필요로 합니다.(사회는 형식-문장의 규범성을 실천합니다. 비문(非文), 문장에 대한 저항, 문장의 이탈을 검열합니다. 인간을 인간으로 인정하는 '능력'은 문장을 제대로 만들어 내는 능력입니다. 촘스키.)[265]

3) 대상으로서의 문장은 메타 심리학적 용어로 기술될 수 있는 투사(投射)의 장소일 수 있습니다. 문장에 대한 물신 숭배가 있을 수 있습니다.

4) 이와 같은 투사는 아주 철저해서 문장에 대한 일종의 형이상학에 도달할 수도 있습니다. 절대적 문장.(최고선) 이런 시각으로 볼 때 플로베르는 중요한 작가입니다.

5) 이 모든 것에도 불구하고 문장을 인공물(artfact)로 여기는 것이 가능합니다.

메모하기로 다시 돌아오겠습니다. 라틴어 작가들에 의하면 연속적인 세 개의 조작이 있습니다. 1) 노타레(Notare)(메모하기) 2) 포르마레(Formare)(작성하기. 한 번에 작성하든 아니면 아주 상세한 계획에 의해 작성하든 간에.) 3) 딕타레(Dictare)(항상 여러 사람들 앞에서 읽혀지게끔 되어 있는 텍스트)지요. 메모하기(내가 생각하는 대로의 메모하기)에는 노타레와 포르마레가 압축되어 있습니다. 노타시오의 긍정적인 측면은 하나의 잘된 문장을 구상하는 것(상상하고, 그려 보고, 허구화하는 것)입니다.(딕타레: 교정(矯正)의 국면이 됩니다. 타자 치기로 넘어가는 형태 아래에서 객관화하기.)

수첩의 개념(예컨대 가상의 소설가의 수첩)의 의미는 이렇습니다. 중요한 것은 눈[目]이 아니라 (펜-카메라를 예로 든 적이 있습니다. 하지만 이 비유는 잘못된 것입니다.) 펜이라는 것입니다. 펜-종이(손) → 수첩 = 관찰-문장. 보고 문장화했음(Vu et phrasé)처럼 단 한 번의 손동작에서 태어나는 것이죠.

여기서 참다운 '철학적' 문제 하나가 제기됩니다. 인간 주체는 단지 '말하는'(근대적 어원) 주체로만 정의되는가의 문제입니다. 말을 할 수 있는 주체. 이것이 의미하는 바는 이렇습니다. 인간 주체는 말을 할 수밖에 없다는 것, 인간은 항상 말을 한다는 것입니다. 산다는 것은 말하는 것입니다.(외적으로, 내적으로.) 무의식의 차원에서는 삶과 언어를 대비하는 것이 가소로운 일입니다. "나는 말한다. 그러므로 나는 존재한다.(누군가가 말한다. 그러므로 나는 존재한다.)" 하지만 여러 유형의 인간이 모인 대중 속에서 어떤 이들은 교육이나 감수성(또한 사회계급)을 통해 문학의 '각인(刻印, empreinte),' 문장들의 명령을 받게 됩니다. 이런 차원에서 보면, 산다는 것은 가장 능동적이고, 가장 자발적이고, 가장 성실하고, 가장 원시적이라고 할 수 있는 의미에서 우리보다 먼저 존재했던 문장들로부터 삶의 형태들을 받는 것입니다. 우리 내부에 있는, 또 우리를 만드는 절대적 문장으로부터 말입니다. 다음을 구별해야 합니다. 한 권의 책처럼 말하는 것과 책, 텍스트의 자격으로 사는 것은 다릅니다.

따라서 문학적 또는 텍스트적 상상계라고 부를 수 있는 것을 연구할 필요가 있습니다.(그리고 이것은 광범위할 것입니다. 왜냐하면 이것이 결코 '훌륭한' 문학에 국한되지 않을 것이기 때문입니다.) 여기에서는 상상력이 문제 되는 것(어린아이들 방식으로 모험을 이야기로 꾸며내는 것, 또는 가족 소설의 주제를 꾸며내는 것)이 아니라 '문장들'의 매개를 통해 자아의 이미지들을 형성하는 것이 문제입니다. 환상과 문장의 관계. 예컨대 에로틱한(또는 포르노그래피적인) 텍스트,

에로틱한 환상(환상화된 실천의) 문장, 사드와 문장들, 종속절 등이 문제라는 거죠.

가장 위급하고, 가장 황폐한 의미에서 삶이 (문학적인) 문장에 의해 형성 되고, 제조된(원격 조정된) 등장인물의 원형은 보바리 부인입니다. 그녀의 사랑 과 혐오는 문장에서 온 것입니다.(수도원에서 그녀의 독서에 대한 부분과 그에 이어지는 부분을 보기 바랍니다.) 그리고 그녀는 문장 때문에 죽습니다.(이 장면 전체는 문장학(phraséologie)이라고 지칭될 수 있을 것입니다. 이 단어의 변증론적 의미에서가 아니라,[266] 그보다는 오히려 사전(辭典) 항목의 마지막 부분에서 볼 수 있는 멋진 문장들의 얼마 안 되는 자료집이라는 의미에서입니다.)

우리 — 모두는 아니라고 해도 — 중 많은 사람이 보바리 부인에 속합니다. 문장이 우리를 환상처럼(그리고 종종 환영처럼) 이끕니다. 예컨대 나는 다음 문장에 따라 휴가의 유형을 결정할 수도 있습니다. "두 주 동안 모로코 해안의 정적, 생선, 토마토, 과일을 먹는다." 이것은 완전히 지중해 클럽의 프로그램입니다. 요리 프로그램을 제외하면 말입니다. 정확히 문학적 (쾌락주의) 프로그램입니다. 문장은 환영처럼 나머지 모든 것을 폐기하고 부인합니다. 시간, 권태, 작은 별장의 슬픔, 저녁의 공허함, 사람들의 속됨 등을 말입니다. 그럼에도 나는 표를 구입합니다. 이렇게 말할 수 있을 것입니다. 문장의 생산자로서 작가들은 실수의 명인(名人)이라고 말입니다. 작가는 환영을 의식합니다. 그는 영감을 받기는 하지만 환각에 빠지지는 않습니다. 그는 현실과 이미지를 혼동하지 않습니다. 독자가 그런 혼동을 하는 것입니다. 프루스트는 러스킨이 베니스와 성당들에 대해 쓴 문장에 의해 환각에 빠졌을 수도 있습니다. 하지만 러스킨이 자기에게 영감을 주었을 뿐이라고 말하면서 프루스트는 이와 같은 환각 작용에 대해 언급했습니다. 그럼에도 이와 동시에 환영은 그대로 문학적 문장과 같이 뭔가를 도입합니다. 문장은 우선 욕망을 유도하고, 그다

음에는 뉘앙스를 유도하고 가르칩니다.(욕망, 그것은 학습됩니다. 책이 없다면 욕망
도 없습니다.)

내가 이처럼 문장 — 절대적 문장, 문학의 저장고 — 에 대해 계획하고
있는 이 자료는 그 미래에 대한 문제를 제기하지 않는다면 완전할 수도 없을
것이고 또 완전해지지도 않을 것입니다. 왜냐하면 문장은 어쩌면 영원하지
않기 때문입니다. 벌써 풍화의 징후들이 나타납니다. 첫째, 구어(口語) 속에서.
구문의 상실, 언어의 매몰, 중복, 종속절의 위치 변화. → 구어 프랑스어를 기
술하기 위해서는 어쩌면 새로운 공부가 필요할지도 모릅니다. 둘째, 텍스트에
서. 시적 텍스트, 아방가르드적 텍스트 등에서 조정 명령(집중된 의식)의 파괴,
언어활동 '법칙들'의 파괴. → 절대적 문장의 예술가이자 형이상학자인 플로베
르는 자신의 예술이 필멸적이라는 것을 알고 있었습니다. "나는 (……) 오늘
날의 독자를 위해서가 아니라, 언어가 살아 있는 한 언젠가 자기 모습을 드
러낼 모든 독자들을 위해 쓴다."[267] 나는 이 말을 좋아합니다. 왜냐하면 이 말
은 겸손하기 때문입니다.('자신들의 모습을 드러낼 모든 독자들.') 그리고 이 말은
비관적이 아니라 현실적입니다. 언어는 영원하지 않을 것입니다. 플로베르에
게 있어 언어는 문체가 아니라(사람들이 믿는 것과 달리 플로베르는 아름다운 문
체 이론가가 아닙니다.) 문장입니다. 플로베르의 '미래'는 그 자신이 묘사한 내
용의 역사적 성격, 시대를 초월한 성격으로 인해 위협받는 것이 아니라, 그가
그 자신의 운명(그리고 문학의 운명)과 문장을 연결지었다는 점으로 인해 위협
받는 것입니다.[268]

문장의 미래, 그것은 사회문제입니다. 게다가 아직까지 그 어떤 미래학
도 관심을 가지고 있지 않은 문제입니다.[269]

'본질(quiddité),'[270] 진실

우리는 소설(유토피아, 환상, 최고선)에 가까이 왔고, 그리고 이 강의도 거의 종점에 가까워졌습니다. 마지막 '이행'(하이쿠에서 완전히 소설로는 아니라고 해도 적어도 현대적 의미의 쓰기로의 이행)이 가장 중요합니다. 이 이행은 진실과 관계가 있는 그 무엇에 관련되어 있습니다. '이행하기' 위해서는 '이행자'가 있어야 합니다. 우리는 여기에서 두 명의 이행자를 다루려고 합니다. 조이스와 프루스트가 그들입니다.

1. 조이스 : '본질'

(파트릭 모리에스에게 빌린 노트) 엘만의 전기[271] 참조.

1) 전기 : 1900년에서 1903년까지(조이스는 약 20세였고(1882년 출생), 1922년에 『율리시스』를 출간합니다. 프루스트의 죽음.) 조이스는 이른바 '산문시'를 썼습니다. 하지만 그는 이 용어를 사용하지 않았습니다. 대신 그는 그것을 에피파니(Epiphanies)라고 부르기 원했습니다. 나는 곧바로 이 에피파니가 무엇이 되었는지를 말하고자 합니다.

2) 정의. 에피파니는 신의 현현(顯現)(파니오(phaniô : 나타나다))입니다. 조이스에게는 이것이 문제가 되지 않습니다. 조이스의 경험이 항상 중세의 신학과 종교철학과 의미론적으로 관계를 맺고 있음에도 그렇습니다. 특히 가장 위대한 철학자인 성 토마스 아퀴나스와 말입니다. 왜냐하면 그의 논증은 예리한 칼과 같기 때문입니다. 또한 둔스 스콧도 마찬가지입니다.[272] 조이스의 에피파니는 '한 사물의 본질(whatness)의 갑작스러운 계시'입니다. 하이쿠와의 친족성을 강조할 필요는 없을 것입니다. 내가 "바로 그거야."라고 불렀던 것, "바로 그거야."의 틸트(본질 : "한 존재를 개별적으로 규정하는 여러 조건의 총체입니다.") 또는 '가장 평범한 대상의 영혼이 우리에게 빛을 발하는 것으로 보

이는 순간' 또는 '갑작스러운 정신적 현현.[273](깨우침 참조.)

3) 출현의 양태. 먼저, 에피파니는 누구에게 나타날까요? 예술가에게 나타납니다. 예술가의 역할은 사람들 사이에, 어떤 순간에 바로 거기에 있는 것입니다.(작가에 대한 멋지고 기이한 규정입니다. '거기에 있는 것,' 마치 작가가 우연에 의해 선택된 것처럼 말입니다. 일종의 몇몇 '계시'의 마술적 매개자, 일종의 정신적 '리포터.') 둘째, 이와 같은 현현의 '순간'은 어떤 순간일까요? 이 순간은 아름다움, 성공(아폴론적, 괴테적인 의미에서), 과잉-의미 작용에 의해 정의되지 않습니다. 우발적인 순간, 신중한 순간, 또한 이와 마찬가지로 충만, 열정의 순간이 될 수 있습니다. 또는 비속적인 순간, 불쾌한 순간일 수도 있습니다. 하나의 몸짓, 하나의 제안의 비속성, 불쾌한 경험, 거부해야 하는 사태들, '두 개 또는 네 개의 문장 교환에서 교묘하게 포착된' 우둔함 또는 무감각의 예들. 셋째, 조이스 자신에 대한 기능은 작업의 기능입니다. 자신의 경향을 서정성에 담기, 자신의 문체를 항상 더 세심하게 하기이죠. 넷째, 조이스적 에피파니의 한 예를 보시죠.

저기 위, 창문이 어두운 한 낡은 집에서, 조그마한 방에는 불빛이 있고, 밖은 어두웠다. 한 늙은 부인이 차 준비에 분주하다……. 나는 멀리서 그녀의 말소리를 듣는다…….

"메리 엘렌?"

"아니에요. 엘리사, 짐이에요."

"오! 좋은 저녁! 짐."

"엘리사, 뭐가 필요해요?"

"난 메리 엘렌이라 생각했어, 난, 네가 메리 엘렌이라고 생각했다니까! 짐."[274]

4) 그렇다면 이 에피파니는 어떻게 되었을까요? 작품집에 들어 있습니다.(A. O. 실버만 출판사, 버팔로대학, 1956년 판.) 하지만 이 작품집이 조이스 자신에 의해 구성되었는지는 알 수 없습니다. 왜냐하면 이 에피파니에 대한 조이스의 분명한 생각을 다음과 같은 조치에서 볼 수 있기 때문입니다. 1904년에 조이스 자신은 이 단장을 그대로 이용하는 것을 포기했고, 이것을 『영웅 스티븐』이라는 소설에 포함시키기로 결정했습니다. 중요한 것은 "심리학자에 의해 유리된 경련(spasme, 이 단어는 깨닫게 해 줍니다. 하이쿠, 깨우침, 사소한 사건.)을 순간들로 조직된 연쇄로 배치하는 것입니다. 물론 이 연쇄에서 영혼이 태어나고……." 짧은 작품의 저자가 되는 대신에 그(조이스, 다빈에게 말을 하는 조이스)는 긴 호흡의 작품에서 그 순간들을 잃어버리지 않고 그대로 쏟아 내야 했던 것이다.”[275] 여기에서 이 강의 내내(그리고 이어지는 강의에서도 마찬가지입니다.) 제기되었던 문제가 정확하게 정식화되고 있습니다.

에피파니에 대한 이와 같은 조이스의 경험은 내게 아주 중요합니다. 이 경험은 내가 사소한 사건이라고 부르는 것과 유사한 형식에 대한 내 개인적 연구와 정확히 맞아떨어집니다. 『텍스트의 즐거움』, 『롤랑 바르트에 의한 롤랑 바르트』, 『사랑의 단상』, 미출간된 텍스트(『모로코에서』), 그리고 《르 누벨 옵세르바퇴르》의 시평들[276]에서 단편적으로 시도했던 형식입니다. 다시 말해 간헐적으로, 하지만 집요하게 주위를 맴돌았고, 따라서 내가 어려움과 매력을 겪었던 바로 그 형식입니다.

하이쿠와의 친근성. 비록 같은 '철학' 또는 같은 '종교'(여기에서는 이교적, 저기에서는 신학적)가 아니라고 해도 그렇습니다. 사소한 사건(나타남, ─ 위에 떨어짐)과의 관계에서만 내가 하이쿠에 대해 아주 오래 관심을 가졌다는 것이 분명합니다.

하이쿠, 에피파니, 그리고 내가 생각한 것 그대로의 사소한 사건에는 동일한 의미 문제가 있습니다. 즉각적으로 유의미한 사건(니체, 『권력의 의지』 참조. "사물 자체는 없다. 이와는 반대로 하나의 사태가 있기 전에 거기에 우선 하나의 의미가 도입되어야 한다."[277])인 동시에 일반적이고, 체계적이고, 교의적인 의미에 대한 의도가 전무하다는 것입니다. 이런 이유로 분명 담론[278]에 대한 거부, '주름(pli)'에 대한 지향(사소한 것), 불연속적인 단장. → 참조. 조이스의 전기 작가인 엘만은 에피파니와 현대 소설의 동질성을 이렇게 지적하고 있습니다. 이와 같은 기법은 "오만한 동시에 겸손하다. 그 어떤 것도 아예 주장하지 않으면서 중요한 것을 주장하는 것이다."[279] 이와 같은 기법의 엄격한 결과임과 동시에 또한 하이쿠, 에피파니, 사소한 사건의 특수성(본질!)과 어려움을 자아내는 것, 그것은 바로 비주석(non-commentaire)의 제약입니다. 조이스에 대해 말하자면, (에피파니적) 기법은 "작가의 주석이 침입(intrusion)이 될 정도로 예리한 모습"을 추구합니다. 따라서 극단적인 어려움(또는 용기)은 하나의 의미, 고정된 의미를 부여하지 않는 데 있습니다. 모든 주석에서 벗어나는 것, 사소한 사건의 세세함이 날것 그대로 드러나게 하고, 또 세세한 것을 그대로 포착하는 것, 그것은 거의 영웅적인 작업입니다.(또한 나의 시평(Chroniques)[280] — 50만 구독자를 확보하고 있는 영향력 있는 잡지라는 틀에서 볼 때 — 에서 '사소한 사건' 하나하나에 대해 교훈을 부여하지 않는다는 것은 거의 불가능하게 보였습니다. 따라서 이런 관점에서 보면 이 시평은 결국 실패였습니다. 하지만 그것은 내게 실패를 견디는 법과 그것을 이해하는 법을 가르쳐 주었습니다. "당당한 실패는 승리와 견줄 만하다."[281]) 한 번 더 말씀드립니다. 전달된 모든 사실에 해석의 알리바이를 부여하는 서구의 거대한 조작. 사제(司祭)들의 문명. 우리는 해석합니다. 우리는 성급한 언어 형식을 견디지 못합니다.(별안간 다른 것으로 화제를 옮긴다라는 의미에서, 그리고 "젊은이, 조금 성급하네."의 의미에서.) 우리 서양인에게 짧은 형식은 의미-과잉적이어야 합니다. 잠언, 서정시에서 하이쿠(또는 그것의 대체물)로의 이

행은 우리에게 불가능합니다.

어쩌면 그로부터 조이스의 실패가 나온다고 할 수 있습니다. 그리고 이 실패의 변형이 나옵니다. 즉 에피파니를 소설에 쏟아 붓는 것, 용서될 수 없는 간결하고 성급한 것을 이야기(récit) 속에 익사시키는 것이 그것입니다. 안심이 되고 또 안전한 매개, 거대한 의미(운명)의 정립이 그것입니다. 레비스트로스가 신화의 변증법적 기능에 대해 한 말, 즉 모순을 견뎌 내게 하는 기능에 대해서 한 말을 참고하세요.

2. 프루스트 : 진실

'이행자'로서의 프루스트는 우리에게 두 가지 문제를 도입하게 합니다. 이 두 문제는 조이스에게도 있습니다만, 또 다른 경험의 양식 안에서 존재합니다.

첫째, 프루스트는 결코 짧은 형식에 관심을 가진 적이 없습니다. 그의 '자발적'인 글쓰기는 이와는 완전히 반대됩니다. '빠르게' 쓰는 쪽, 고갈되지 않는 쪽입니다. 가필, 종이 두루마리 등. 촉매작용 쪽이지 생략 쪽이 아닙니다.(촉매작용의 작가, 즉 교정이 가필이 되는 작가는 아주 드뭅니다. 루소, 발자크 등이 있죠.) 하지만 프루스트는 오랫동안 짧은 텍스트는 아니라고 해도 적어도 한계가 있는 텍스트만을 썼습니다. 단편, 논설, 시평, 단장 들이죠. 내가 이 강의 2부에서 주제로 삼고자 하는 — 하지만 뒤로 미룬 — 두 번째 프루스트의 문제는 '마르셀'의 문제입니다. 왜냐하면 이 문제는 프루스트의 전기와 관계가 있기 때문입니다. 이 문제에 대해 나는 한 강연회와《마가진 리테레르》에 실린 짧은 글[282]에서 간단하게 지적한 게 전부입니다. 어떤 순간에 텍스트의 끝 부분이 서로 연합되고, 긴 글쓰기가 작동하기 시작합니다. 『잃어버린 시간을 찾아서』는 그때부터 계속 막힘없이 쓰입니다. 이것이 바로 "이거 되어 가네"의 주제입니다. 나는 프루스트에게 이 "이거 되어 가네"라는 결정적인 순간이 발생한 날짜를 지적할 수 있습니다. 1909년 8월에 《르 피가로》에 의해 거절된 『생트뵈브에 반하여』를 일시적으로 포기한 시점과 1909년 10월에 『잃어버린 시간을 찾아서』를 전격적으로 시작한 뚜렷한 시점 사이에 아주 짧은 순간이 있었습니다. 따라서 "이거 되어 가네"라는 수수께끼 같은 일이 벌어진 달(月)은 9월일 수 있습니다. 단순하면서도 진지한 견해이지만, 또한 정당화될 수 있는 견해입니다. 왜냐하면 이 강의에 의해 제기된 (개인적인) 문제이기 때문입니다. 어떻게, 언제 그렇게 끊이지 않은 거대한 흐름 속에서 그렇게 많은 메모를 하게 되었을까요? 실제로 프루스트의 원고를 연구하는 그룹의 설명은 이렇습니다.(윌름 가(街), 근대원고역사분석센터)[283] 『잃어버린 시간을 찾아서』의 집필 시작을 정확하게 정하는 것을 어렵게 하는 것은 더 먼 요인들이 있다는 것입니다. 당연합니다. 왜냐하면 집필 시작은 분명 프루스트의 전기적 사실에 의존하지 않을 것이기 때문입니다. 내 생각에 『잃어버린 시간을 찾아서』의 전기적 토대가 마련된 시점은 어머니의 죽음(1905년) 후입니다. → 가치의 전환. 하지만 장기간의 효과. 분명 1909년 9월에는 눈에 두드러진 것이 아무것도 발생하지 않았습니다. 하지만 때가 오자 전기적인 것이 아니라 '시학상'의 여러 결정 요인이 무르익은 것입니다. 나는 다음과 같은 가정을 제시합니다. 나를 말할 수 있는 정확한 방법의 발견, 고유명사 체계의 설정, 계획한 작품 길이 변경을 결정, 즉 긴, 아주 긴 작품으로 넘어갈 것을 결심(「되찾은 시간」 전체에는 이 긴 작품이 끝나기 전에 죽으면 어떡하나 하는 강박관념이 가득합니다.), 발자크의 방법에서 가져온 '구조적' 발견, 즉 인물들을 재등장시키기, 마르코타주(취목법(取木法)).[284]

이 모든 것은 검토해 보아야 합니다.(여기에서는 박학한 지식이 유용할 것입니다.) 나는 다음 사실을 주장하고 강조합니다. 프루스트는 글쓰기 모험의 영웅적이지 않은 영웅이라는 사실을 말입니다. 『율리시스』의 주요 등장인물이 실제로 언어활동인 것과 마찬가지로(심지어 컬러판 『르 프티 라루스』 사전에서 이 사실이 지적되고 있습니다.) 프루스트가 이야기하는 이야기(histoire)는 쓰기에 대한 이야기입니다.

둘째, 프루스트가 우리들에게 '전하는' 두 번째 문제는 아주 다릅니다. 에피파니에서 소설로(『영웅 스티븐』) 이행하는 조이스의 결정이 아니라, 에피파니 그 자체의 존재와 모종의 관계를 맺고 있는 문제입니다. 즉 본질(whatness)의 계시, 복원의 문제입니다. 다만 프루스트에게서 적어도 처음에는 사물들의 '본질'이 문제 되는 것이 아니라, 정동(情動)의 진실이 문제가 됩니다. 그럼에도 이들 사이에는 친근성이 있습니다. 왜냐하면 하이쿠에서와 마찬가지로 문제가 되거나 또는 연출되는 것이 정확히 "바로 그거야," 틸트이기 때문입니다. 하이쿠. 나에게는 이것이 내가 진실의 순간이라고 부르는 것(그리고 이것에 대해서는 다시 얘기하게 될 것입니다.)에 대한 일종의 예비 교육입니다.[285]

첫 번째 접근 → '진실의 순간' = 글쓰기의 사실이 아니라 독서 행위의 사실입니다. 따라서 이것은 사실주의적 기법에 속하지 않습니다. 이것은 이야기(histoire), 묘사, 발화 행위의 순간이고, 독서 행위 과정의 갑작스러운 매듭, 예외적인 성격을 갖는 매듭입니다. 솟아오르는 감동(눈물, 동요까지)과 우리가 읽는 것이 진실이라는(진실이었다는) 확실함을 우리 안에 각인하는 명확성과의 결합이 그것입니다.

진실의 순간. 독서 행위 중에 1단계 주체인 나에게 발생하는 것입니다. 따라서 나는 내 경험에 비추어서만 — 내가 할 것을 — 설명할 수 있습니다. 하지만 한 권의 책이 등장인물과 그 책 속에 격자(en abyme) 상태로 배치된 다른 책에서 받은 진실의 순간과의 만남을 스스로 보여 주는 상태에 처할 수도 있습니다. 두 개의 예가 있습니다.

단테, 「지옥편」, 제5곡, 제2원환(육욕)의 프란체스카 데 리미니와 파올로 말라테스타는 함께 랜슬롯과 귀네비어(크레티엥 드 트루아: 호수의 랜슬롯, 원탁의 기사 중 한 명이자 호수의 깊은 곳에 사는 요정 비비안에 의해 양육된 랜슬롯은 아더 왕의 부인 귀네비어와 사랑에 빠집니다. 갤러해드가 그들의 사랑을 도왔죠.)의 연애담을 읽습니다.

단테, 「지옥편」, 제5곡.[286]

진실의 순간이라는 증거는 그들이 개종, 곧 행동으로의 이행을 결정한다는 것입니다.

라마르틴, 『그라지엘라(Graziella)』: 우리는 이 작품에서 진실의 순간의 투사적(投射的) 성격 또는 **상동적**(homologique) 성격을 잘 볼 수 있습니다.

『그라지엘라』, 96쪽과 99쪽.[287]

$$\frac{\text{폴}}{\text{비르지니}} = \frac{\text{N}}{\text{그라지엘라}}$$

(상동성은 유사성이 아님을 강조하고자 합니다. 형식, 상황, 인물 배치 등의 구조적 관계가 관건입니다. 성격이나 내용이 문제되는 것이 아닙니다.)

내게 있어서 독서 행위의 두 순간이 진실의 순간처럼 주어졌다는 것은 이미 말씀드린 적이 있습니다. 『전쟁과 평화』에서 프랑스군이 시시각각 도착하려고 위협하는 순간에 볼콘스키 노공작(老公爵)의 죽음 장면. 자기 딸 마리에게 주는 마지막 부드러운 말.(분명 그는 그녀와 항상 힘든 관계에 있었습니다.) "내 딸아, 내 친구야." 전날 밤 내내 아버지는 그녀를 불렀지만, 아버지를 방해하지 않으려 하는 마리의 조심성 등.(다음 예에서와 같습니다. 사랑하는 사람의 잔혹한 죽음을 재현하지 않는 '진실의 순간.' 이것은 내게 발생한 사건의 사실적 복사는 아닙니다. 실질적인 장례에 앞선 독서 행위.) 또한 실제로 두 번째의 전형적인 진실의 순간.(내게 있어서.) 할머니의 죽음(프루스트, 「게르망트 쪽」, II, 1, 플레이아드 판, 314쪽 이하)입니다. 이 죽음은 결코 비극적이지 않습니다. 결코 그뢰즈[288] 풍이 아닙니다. 이 죽음은 '사실적'(하나의 지시 대상의 엄밀한 복사)이지도 않습니다. 분명 전기적으로 보면 이 죽음의 묘사에는 여러 원천이 있습니다. 1890년 1월 2일 나태 베이유 부인의 죽음, 아버지의 죽음(1903년), 어머니의 죽음(1905년). 나는 단지 진실의 순간을 ─ 참을 수 없을 때까지 ─ 강렬하게 만드는 두 개의 결정 요인을 끌어내고자 합니다.

죽음에 대해 쓰일 수 있는 것, 그것은 죽어 가기(Mourir)이고, 그리고 이 죽어 가기는 장기간에 걸쳐 일어날 수 있습니다. 프루스트는 죽어 가기의 일화, 단계, 이행 과정을 아주 멋지게 말합니다. 내가 말하고자 하는 것은 매 순간 그가 구체적인 것을 보완해 주었다는 것입니다. 마치 그가 구체적인 것의 뿌리로 향했다는 듯이 말입니다. 샹젤리제에서의 가벼운 발작, 얼굴의 홍조, 입에다 손을 대고 불기, 투병 중인 할머니의 머리카락을 프랑수아즈가 힘겹게 빗겨 주기 등. 왜 이것들이 진실될까요?(현실적이거나 사실적일 뿐만 아니라.) 그 까닭은 이와 같이 철저하고 구체적인 것들이 곧 죽게 될 것을 보여 주기 때문입니다. 곧 죽게 될 것이 구체적이면 구체적일수록 더욱더 생생하고, 또한 이것이 생생하면 생생할수록 더욱더 구체적입니다. 이것이 일본의 우츠로이입니다. 글쓰기에 의해 주어진 일종의 부가가치입니다.

또한 죽어 가는 주체는 할머니입니다. 담론의 흐름상 중심에 위치한 그녀의 죽음은 사실상 그 이전에 쓰인 것과 연결됩니다. 콩브레의 정원에서부터 할머니의 초상화를 그리는 데 협력하는 모든 것은 이와 같은 종류의 탁월한 구체적인 것, 격렬한 감정, 연민, 진실의 순간을 불러일으키는 '동정' 등에 가세합니다.(『잃어버린 시간을 찾아서』, I, 플레이아드 판, 10쪽 이하.) 그것으로 심리적 초상화를 그릴 수 있습니다. 할머니는 자연을 좋아하고, 교육에 대해 생각하며, 가족과 따로 떨어져 지내고, '겸허한 마음'을 가지고 있습니다. 하지만 이 모든 것은 권태롭습니다.(또는 권태로울 수도 있습니다.) 이 모든 것은 내가 그녀와 맺는 비교할 수 없는 관계를 설명해 주지 못합니다. 이 관계는 아주 섬세합니다. 하지만 내게 있어서는 비통합니다. 또 하나의 절대적 구체입니다. 사람들이 할머니의 남편에게 코냑을 마시게 할 때, "헝클어진 회색 머리를 쓸어 올리면서" "불쌍한 할머니는 집 안으로 들어와 간절히 애원하셨다." "할머니는 절망 어린 슬픈 표정으로, 그렇지만 미소는 잃지 않은 채, 다시 밖으로 나가곤 하셨다." "다 그렇지만 갈색, 주름진, 가을에 일구어 놓은 밭처럼 나이와 더불어 보랏빛이 된 뺨을 한 할머니의 예쁜 얼굴" 등. 이 모든 것은 어떤 의미에서는 처음부터(플레이아드 판, 12쪽) 다음과 같은 사실을 말해 줍니다. 즉 '그녀가 죽을 것이며' 그리고 정원에 있는 육체의 구체성이 병들어 죽어 가는 육체와 동일하다는 사실을 말입니다. 뺨, 머리카락도 마찬가지입니다.

이 두 진실의 순간은 죽음과 사랑의 순간입니다. 분명 진실의 순간을 만들기 위해서는 이것이 필요합니다. 나는 (내게 있어서, 그리고 나의 독서에서) 다른 진실의 순간들을 생각합니다. 지드, 『이제 그는 네 안에 살아 있다(Et nunc manet in te)』,[289] 마들렌의 손, 태엽을 감아야 하는 시계, 항상 기억할 수 있는 구체적인 것. 나는 이것을 다른 곳에서도 지적했습니다. 펠리니의 영화 「카사노바」의 자동인형. 그 치장, 가녀린 체구, 모자의 깃털 장식, 삐뚤어진 하얀 장갑, 너무 높이 올라간 팔의 동작.[290]

따라서 진실의 순간이란 첫째, 주체의 측면에서는 감정적인 이별, 속으로부터의 절규(히스테릭한 표현 없이)를 겪는 순간입니다. 신체가 형이상학과 결합합니다.(인간적 고통을 초월하려는 체계 전체.) 진실의 순간에 (읽는) 주체는 인간적인 '스캔들'을 적나라하게 접하게 됩니다. 사랑과 죽음이 동시에 존재하는 것.(신은 사랑과 죽음을 창조해서는 안 되었을 것이다. "신은 둘 중 하나를 창조했어야지 둘 모두를 창조해서는 안 되었을 것이다.")[291] 둘째, 글쓰기의 측면에서 진실의 순간은 정동(情動)과 글쓰기의 연대, 밀도, 견고함, 끄떡도 하지 않는 덩어리입니다. 진실의 순간은 해석 불가능한 것의 펼침이 아니라, 이와는 반대로 그것의 **출현**, 최종 단계의 의미, 그 후에 아무런 할 말이 없는 것의 출현입니다. 그로부터 진실의 순간과 하이쿠, 에피파니의 혈연관계가 만들어집니다. 이 두 측면(고통 받는 주체라는 측면과 읽는 주체의 측면)은 **동정**(pitié)이라는 개념 차원에서 하나를 이룹니다. 나는 이 단어가 적절하지 않다는 것을 알고 있습니다. 오늘날 누가 감히 동정이라는 단어를 사용할 수 있겠습니까!(예컨대 신문 같은 데서 말입니다.) 아마 겨우 동물에게나 '동정심을 갖다'라는 표현을 사용할 것입니다. 하지만 동정이라는 단어는 오래된 단어입니다. 이 단어는 카타르시스, 즉 비극을 정당화해 주는 한에서 글로 쓰인 **정동**입니다.

　진실의 순간은, 사물 자체가 정동에 의해 기습을 당하는 순간입니다. 이때 모방은 없고(사실주의), 정동적 융합이 있습니다. 우리는 여기에서 역사적으로 소크라테스 이전 상태, 다시 말해 또 다른 사고(思考) 속에 있게 됩니다. 즉 고통과 진실은 반응적인 것(원한, 죄, 항의) 속이 아니라 **능동적인 것** 속에 있습니다. 진실의 순간이란 끄떡도 하지 않는 순간입니다. 우리는 해석도, 초월도, 후퇴도 할 수 없습니다. 사랑과 죽음이 바로 거기에 있습니다. 이것이 우리가 말할 수 있는 모든 것입니다. 그리고 이것이 바로 하이쿠의 단어입니다.

　진실의 순간에 대한 설명을 마치기 위해 좀 더 방법론적인 단어 하나를 덧붙이고자 합니다. 이 단어를 통해 진실의 순간이 어떻게 '주관적, 임의적 인상'일 뿐만이 아니라 일반적 개념에도 연결될 수 있는지를 보여 줄 수 있을 것입니다. 또한 이 단어를 통해 진실의 기초를 어떻게 마련하는가를 다루는 체계 외부에서 진실에 대해 이야기하는 극단적인 무모함이 어느 정도 보상될 수 있기 때문입니다. 분석적, 지적 측면에서 이 단어는 분명 이전에 등장한 두 개의 개념과 관련이 있습니다. 첫째, 디드로, 레싱. 응축된 순간(instant prégnant). 관람자의 감정과 믿음을 압도하는 의미의 응축.[292] 둘째, 브레히트. 사회적 게스투스. 재현된 모든 행위에 포함되어 있는 사회적 도식.[293] 따라서 우리는 다음과 같은 것들을 갖게 될 것입니다. 도덕적 게스투스(디드로), 사회적 게스투스(브레히트), 정동적 게스투스(진실의 순간)를 말입니다. 진실의 순간은 응축된 형식들과 관계를 맺게 될 것입니다. 파국 이론을 주창한 수학자 르네 톰은 언어활동에 대해 이렇게 말했습니다.(《오르니카르(Ornicar)》, no 16, 75쪽.) "하나의 형식은 관찰하는 주체가 그 형식 — 내가 상징적이라고 말하는 의미에서 — 에 일치하는 능력을 가졌을 경우에만 응축적이다." 또는 "하나의 형식은 이 형식으로 인해 그 강도가 양적인 관점에서 자극의 강도와 불균형한 반응을 일으키는 경우에만 강렬하다."

이 강의를 마치기 위해 다시 글쓰기, 이 투사적(投射的)인 복합체 — 그리고 미래 전망적인 복합체 — 로 돌아가겠습니다. 내가 두 극(極) 사이에서 결합하려고 노력했던 그 글쓰기로 말입니다. 하나의 극은 강의 내내 드러난 것이고, 다른 하나 역시 계속해서 드러나긴 했지만, 간접적인 방식으로 드러난 것입니다. 메모하기(하이쿠, 에피파니, 사소한 사건, 또한 진실의 순간)와 소설의 축입니다.

무엇보다 먼저 이것을 지적하고자 합니다. 작품의 '순간'에 관심을 갖거나, 그것에서부터 출발할 수도 있을 독서 행위 — 따라서 분석, 방법, 비평 — 를 이론화하는 것은 불가능하지 않을 수도 있다는 사실입니다. 강렬한 순간, 진실의 순간, 또는 다음과 같은 용어를 두려워하지 않는다면, 비장한 순간입니다.(우리는 이것이 비극적인 것과 관계를 맺고 있다는 사실을 알고 있습니다.) → 비장한 비평. 논리적 단위들에서 출발하는 대신에(구조적 분석) 정동적 요소들에서 출발할 수 있을 것입니다. → 순간들의 힘에 따라 또는 한순간의 힘에 따라 작품의 가치들(또는 가치)을 차별화하는 데까지 나아갈 수도 있을 것입니다. 펠리니의 「카사노바」(나는 결코 이 영화를 좋아하지 않습니다.) 전체가 구원을 받는 것입니다. 왜냐하면 자동인형은 당연히 나의 내부에서 틸트를 주기 때문입니다. 반면 나는 이 영화의 그 어떤 문화적 취향도 받아들이지 않습니다. 나는 『몽테크리스토 백작』에 비장한 요소들이 들어 있다는 것을 알고 있습니다. 나는 이 요소들을 바탕으로 이 작품을 재구성할 수도 있을 것입니다.(나는 이 소설에 대한 강의를 생각하기도 했습니다.) 마치 우리가 이 작품을 다시 살아나게 하기 위해 이 작품을 저평가하는 것, 이 작품 전체를 중요하지 않게 생각하는 것, 이 작품의 여러 부분을 제거하는 것, 이 작품을 붕괴시키는 것을 받아들이는 것처럼 말입니다.

실제로 소설은(소설이 문제가 되기 때문에) 그 장대하고 긴 흐름 속에서 (순간의) 진실을 지지할 수 없습니다. 이것은 소설의 기능이 아닙니다. 나는 소설을 하나의 직물(텍스트), 환영과 신기루, 고안된 것들, 또는 '허위'로 그려진 방대하고 긴 천으로 생각합니다. 빛나고, 채색된 천, 절대적으로 정당화된 진실의 순간들이 점철되고 흩어져 있는 돛과 같습니다. 이와 같은 순간들은 드뭅니다.(Rari)(라루스(Rarus), 산재.) 드문드문 흩어져 있죠.(apparente rari)(난테스(nantes)) 내가 메모하기를 생산할 때, 그것은 모두 진실입니다. 나는 결코 거짓말을 하지 않습니다.(나는 결코 지어내지 않습니다.) 하지만 나는 정확히 소설에 이르지 못합니다. 소설은 허위에서 시작되지 않을 것입니다. 오히려 소설은 예고 없이 진실과 허위가 혼합될 때 시작될 것입니다. 소리치고, 절대가 되는 진실과 욕망과 상상계에서 온 빛나고 다채로운 허위가 혼합될 때 말입니다. → 소설은 포이킬로스(poikilos), 여러 색이 섞이고, 다채롭고, 반점이 생기고, 얼룩이 지고, 그림들과 장경들로 덮인 옷, 수를 놓은 옷, 얽히고 복잡한 옷이 될 것입니다. '여러 가지 실로 수를 놓다', '문신을 하다'라는 의미의 핑고(pingo)가 그 어원입니다. 피그맨툼(pigmentum)(염료), 인도 유럽어의 페이크(peik)를 참고하세요. '글을 쓰면서 또는 색을 칠하면서 장식하다'의 의미입니다. 따라서 소설의 포이킬로스는 진실과 허위의 혼성이자 이종 혼합입니다.

따라서 어쩌면 소설에 이르는 것(이것이 이 강의의 전망 — 소실점 — 인데)은 결국 거짓말하기, 거짓말하기에 이르는 것을 받아들이기(거짓말하는 것은 아주 어렵습니다.)입니다. 진실과 허위를 혼합하는 것으로 이루어지는 이차적 거짓, 도착적 거짓으로 거짓말하기이죠. 그렇게 되면 결국 소설에 대한 저항, 소설에 대한(그것의 실천에 대한) 무능함은 도덕적 저항일 것입니다.

미로의 은유

상호 학제적 연구

시작

기원

몇 년 전에, 그러니까 1968년 직후에 하나의 이론이 연구되었습니다. 복수 권력의 이론, 권력의 여러 망에 대한 이론입니다. 또한 집중된 구조를 문제 삼는 이론입니다. 탈중심화된 망들에 대한 생각입니다. 그런데 이와 같은 성찰(들뢰즈, 푸코, 어쩌면 데리다)의 '인상 작용적 기능'[1]은, 특히 '철학자들'에게서 이 성찰이 이루어지는 순간에조차, 유행의 장 밖에서 개최되는 상호학제적 콜로키움을 통해 피에르 로젠스티엘[2]이라는 수학자의 주도로 아주 은밀하게 '추월되고' 있었습니다.(우리들은 마지막 세미나에서 그를 볼 수 있을 것입니다.) 이 콜로키움은 '개미집'이라는 개념을 중심으로 이루어졌습니다. 이 개념은 수학, 동물행동학에서 볼 수 있는 개념입니다. 하지만 또한 이 개념은 권력의 여러 망, 탈중심을 관찰할 수 있는 모든 학문 분야를 위해 유효한 은유로 나타나는 개념이기도 합니다. 사실 여러 인문과학이 형식과학, 물리학, 정밀과학에서 차용한 개념의 도움을 받고 있습니다. 또한 여러 인문과학은 이미 하나의 은유인 것을 은유화시키고 있습니다.(수학, 물리학은 효과적인 은유를 이용하는 데 남다른 재주를 — 또 용기를 — 보여 주고 있습니다.) 맛/ 색깔/ 나무/ 격자/ 점근적(漸近的) 자유/ 파국 등의 은유. 은유(비교되는 이미지라는 평범한 의미에서)와 과학적 담론의 관계라는 이 주제에 나는 항상 민감했습니다. 여러 인문과학에서 볼 때 과학과 글쓰기(에세이)의 **규범적 분할**이 이미지의 거부/ 용인을 중심으로 이루어지고 있다는 면에서 그러했습니다. 그런데 정밀과학들은 은유에 호소하고, 게다가 다행스럽게 은유를 발명하기도 합니다. 그로부터 은유(은유적 과정)에 대해 탐사하고자 하는 욕망 — 벌써 오래된 — 이 나옵니다. 학문적으로 선택된 은유, 그 결과 아주 다양한 학문에 선험적으로 존재하는 것으로 보이는 은유입니다. 은유에 대한 탐사의 쟁점은 다음과 같습니다. 1) 각 학문 분야에서 이 단어에 대한 탐사, 2) 은유 개념에 대한 탐사, 3) '학문 분야'라는 개념에 대한 탐사. 당연히 이 세 가지 쟁점은 다음과 같은 '과정'을 거치게 됩니다. 즉 이 단어에 대한 탐사는 직접적으로 이루어지고, 은유와 학문 분야에 대한 탐사는 간접적으로 이루어지게 될 것입니다.(이것은 뒤의 두 개념이 가장 흥미롭지 않다는 것을 의미하는 것은 아닙니다.) 그로부터 이 세미나의 원칙이 나옵니다. 한 단어와 아주 다양한 학문 분야에서 어떻게 보면 이 단어를 증언해 주기 위해 오게 될 초청자들이죠. 또한 나는 미로(迷路)에 대한 이론이나 '생각'을 거의 가지고 있지 않다는 사실을 지적하고자 합니다. 심지어 나는 이러한 것들을 가지지 않으려 노력하고, 다른 사람들의 말을 듣고, 이 단어 주위에 새로운 풍경처럼 뭔가가 점차 솟아오르도록 방치할 생각입니다. 따라서 내 역할은 오늘 세미나를 시작하고, 마지막에 세미나를 끝내고, 그리고 총 11회에 걸쳐 이루어지는 발표 후에 몇 분 동안 요점 정리를 하는 것입니다.

단어, 사물
(기초 지식의 수집)[3]

하나의 단어는 '울림'의 폭을 가지고 있습니다. 이 단어는 문화적으로 '울립니다.' 단어에 대한 일종의 직접적 현상학이 존재합니다. 어떤 의미에서 이것은 (이렇게 말할 수 있다면) 일종의 문화적 현상학입니다. 그도 그럴 것이 이 단어는 주체의 문화(막연하고, 완미하고, 통합된)와 관계가 있기 때문입니다. 이와 같은 현상학에 따르면, 미로는 내게 있어서 다음과 같은 두 개의 극에서 울립니다.

첫째, 거의 대중적인 보통의 은유. 예컨대 한 여성 독자의 편지 제목.(《리베라시옹》, 1978년 11월 15일.) 미로 : 자신의 외로운 직업(전화교환수), 자신의 신경증과 정신병원 사이에서 주체(환자)가 보여 주는 여러 환멸과 여러 궤적들 → 분명한 의미소 : 빙빙 돌기, 빠져나올 수 없는 공간, 하지만 그 안에서 출구를 찾기 위해 갖은 노력을 다하는 공간.

둘째, 또 다른 극(반대편의 극) : 그리스어 단어, 라신의 운문에 의해 전해진 전설.("파이드라는 당신과 함께 미로로 내려가/ 살아 돌아오든, 그곳에서 죽든 당신과 함께할 것입니다." "내 언니, 아리아드네여. 어떤 가슴 아픈 사랑으로/ 그대는 버림받은 그 해변에서 숨을 거두었는가!")[4]

다음 주 토요일부터 마르셀 데티엔과 함께 그리스 비극에 대해 생각해 보겠지만, 여기에서 신화 이야기를 떠올려 보는 것도 무용하다고 생각하지는 않습니다. 왜냐하면 미로는 우리에게 문화적으로 다음과 같은 것이기 때문입니다. (이집트가 아니라) 그리스, 미노스, 다이달로스, 아리아드네, 파시파에 등입니다. 하얀 소로 변신한 제우스가 에우로페를 납치해 크레타 섬으로 데리고 갑니다. 그리고 거기에서 미노스를 낳습니다. 미노스는 자신의 통치를 키클라데스, 펠로폰네소스의 일부까지 확장시킵니다.(문명, 해상 국가) 미노스는 완벽한 광명의 신 헬리오스의 딸 파시파에와 결혼합니다. 미노스는 파시파에의 질투로 인해 심각한 병을 앓게 됩니다. 그가 다른 여자와 사랑을 나누면 곧바로 몸에서 끔찍한 동물들이 나오는 그런 병입니다. 뱀, 전갈, 다족류 등이 말이지요. 미노스의 자식들로는 황홀한 파이드라, 광명의 아글라이아, 순수하고 성스러운 아리아드네 등이 있습니다. 미노스는 포세이돈에게 자신의 권력을 축성한다는 징표를 하나 보내 달라고 청합니다. 포세이돈은 자기가 미노스에게 보낸 징표를 제물로 바친다는 조건으로 미노스의 요청을 수락합니다. 징표는 크노소스 앞바다에서 솟구쳐 오른 하얀 소였습니다. 하지만 미노스는 이 징표를 자신을 위해 간직합니다. 약속을 위반한 것입니다. 포세이돈의 분노와 복수. 포세이돈은 파시파에가 이 하얀 소와 사랑에 빠지도록 합니다. 하지만 어떻게 사랑을 할까요? 아테네 왕가 출신 다이달로스(daidalléin, '잘 만들다'의 의미)는 미노스 왕국의 명장(名匠)이었습니다.(송곳 바늘, 직각 자, 천착기, 기포 수준기, 돛, 자동인형 등이 그의 발명품이었습니다.) (다이달로스가) 파시파에를 돕게 되었습니다. 나무와 버들가지로 암소 모형을 만들었고, 그 안에 파시파에가 들어갔습니다. 숫소가 착각을 했고, 결국 그녀를 임신시키게 되었습니다. 그렇게 해서 괴물인 미노타우로스가 태어났습니다. 미노스는 이 괴물을 다이달로스가 지은 미로 속에 가두었습니다. 그로 인해 미노스와 아테네인들 사이에 전쟁이 발발했고, 아테네인들이 패했습니다. 조건부로 평화협정이 맺어졌습니다. 미노타우로스를 위해 매년 청년 일곱 명과 처녀 일곱 명을 조공으로 바친다는 조건입니다. 테세우스가 아테네를 조공으로부터 해방시키기 위해 미노타우로스를 물리치러 갑니다. 그렇게 해서 테세우스가 미노스의 궁정에 도착했고, 아드리아네는 곧 그를 사랑하게 되었으며, 그 유명한 실을 그에게 주게 됩니다. 테세우스는 괴물을 죽이고 밖으로 나왔고, 아드리아네를 납치해 가지만, 그녀를 (낙소스 섬에) 버립니다. 또 다른 일설에 의하면 미로가 위험한 것은 복잡했기 때문이라기보다는 어두웠기 때문이라고 합니다. 해서 아드리아네는 테세우스를 따라 미로로 들어갔고, 머리에 쓰고 있던 왕관의 황금빛으로 그를 도왔다고 합니다.

우리에게 있어 미로는 그리스입니다. 그러나 이집트인들의 도장에도 미로 그림이 있습니다. 이집트식 미로는 항상, 그 자체가 하나의 미로인 파라오의 무덤과 결합되어 있습니다.(중앙에 안치된 파라오의 시신과 더불어서 말입니다.) 다음과 같은 사실은 개연성이 있습니다. 크레타와 이집트 미로의 관계. 기원전 2000년경 미노스의 초기 건축가들은 하와라[5]와 스핑크스의 미로 건축가들과 거의 동시대인들입니다. 또한 다음과 같은 사실을 잊지 말도록 합시다. 즉 모든 문화에서 '의도적으로' 축조된 미로들이 있다는 사실을 말입니다. 크레타 섬, 이집트, 바빌로니아, 선사시대의 동굴, 스칸디나비아 반도, 아메리카 인디언, 남아프리카 원주민인 줄루인, 아시아. 현대.(우편배달부 슈발,[6] 초현실주의) 입문용 미로, 1947년 매그트 전시회.[7]

어원

불확실합니다.

라브루스(Labrus) : 양날의 도끼. 크노소스 궁전의 일관된 모티프. 성스럽고 위협적인 또는 잔인한 표시. 무기이자 권력의 상징. 야수를 죽이는 철제 무기. 좌우를 아우르는 정의(正義). 소가 가진 두 개의 뿔? 인간의 형상?

라브라(Labra), 라우라(laura) : 동굴, 회랑이 있는 갱도.(어쩌면 아나톨리아[8]어에서 온 단어들 + 인다(inda)(아리아어의 어근)) = 아이들의 놀이, '바실린다 (Basilinda)' = 왕 놀이를 하다. → 동굴 놀이, 갱도 놀이.

우리는 두 번째 어원으로 기우는 편입니다.

사물

미로가 구조화될 수 있는가를 알아보는 것은 근본적인 문제입니다. 이 것은 용어상 모순처럼 보입니다. 하지만 이것은 정의(定義) 조항으로 여겨질 수도 있습니다. 의도적이고 체계적인 구성 요인의 현전 문제. 곧 있게 될 발표 들에서 다루어질 이 문제를 유보하도록 하겠습니다. 나는 다만 이런 점만을 지적하고자 합니다.

1) 하나의 사물을 지적으로 소유하기 위해서는 제일 먼저 가능한 한 형식을 분류해야 합니다. 미로에 대해서도 이와 같은 분류 작업이 진행됐습 니다.(산타르칸젤리)[9] 예컨대 자연적 미로(포스투미아, 유고슬라비아, 트리에스타 근 처 : 석회암 덩어리에 판 회랑)/ 우연적 미로(갱도의 회랑)/ 인공적 미로. 또 다른 분류는 지극히 지루한 분류입니다. 기하학적 미로/ 직각형으로 된 불규칙한 미로/ 중심이 없는 둥근 형태의 미로/ 중심은 하나지만 단순하거나 복잡한 길이 있는 미로 등. 이 모든 것은 적어도 단순한 수준에서는 유용성이 없고, 미로 현상의 이해를 도와주지도 않습니다.

2) 실제로 미로를 만들어 내는 생산 원칙이 있습니다. 한 독일 학자는 고대 미노스의 미로를 (체계적인 표고 차 없이도) 만들 수 있다는 사실을 증명 해 냈습니다. 일련의 동심원을 하나나 두 개의 단순 연결선으로 절단함으로 써 말입니다.[10]

하지만 우리는 미로의 구조적 기능을 끌어내면서 좀 더 정밀하게 접근 할 수 있을 것입니다.(상징계로 너무 일찍 들어가는 것을 보류하면서.) 미로는 어떤 기본적 기능에 부응할까요? 분명 (크게 보아) 해석학적 기능에 부응합니다. 브리옹은 이렇게 말했습니다. "미로를 미로이게 하는 것은 (……) 바로 어떤 출구도 허용하지 않는 막다른 골목들, 그리고 이동자가 자기 앞에 주어지는 수많은 가능성 가운데 계속해서 선택을 해야 하는 분기점들의 조합이다."[11] 다시 말해, 한편으로 선택의 책임을 남기지 않는(끝에 벽이 있습니다.) 길들, 다른 한편으로는 우리들의 자유를 보장해 주는 교차점들의 조합입니다. 장애물은 우리의 선택에 의해 만들어지는 것이지 운명에 의해 만들어지는 것이 아닙니다.

미로라는 단어에 대한 논의를 마치기 위해 이 단어의 어휘론적 개요를 떠올려 보도록 하겠습니다. 『리트레』 사전을 보지요. 1) 고대의 용어 : 다수의 방과 통로로 이루어져 한 번 들어가면 출구를 찾을 수 없게 배치된 건물. 2) 정원에 설치되고, 아주 복잡하게 뒤얽혀 있는 조그마한 길들을 나누면서 그 안에서 길을 잃기 십상인 작은 숲들.(식물원의 정원) 3) 해부학 용어 : 내이(內耳). 4) 채석장의 미로 : 오래전부터 채굴된 채석장의 갱도들 사이에 이루어진 복잡한 곳. 5) 고고학 : 모자이크 모양의 타일, 그림 등.(도자기, 동전, 포석(鋪石)) 6) 전의(Figuré, 轉義)(『리트레』 사전에 따르면, 전의는 아주 늦게 나타났습니다.), 대혼란, 분규에 쌓인 복잡한 사태, 곤란함, 분명하지 않은 문제, 얽히는 사유들 등.

미로 특유의 통사적 문채(紋彩)(프로이트의 통사적 문채를 참조. 예컨대 페티시즘의 "예, 하지만", "나는 잘 안다. 하지만 어쨌든……"[12])는 "너무 ……해서 ……하다(tellement que)"로 보입니다. 너무 설계를 잘해서 더 이상 우리가 어디에 있는지 모릅니다. 달리 말하자면 너무 잘 만들어지고 완벽해서 우리는 실패에 이르게 됩니다. 강도(强度)의 문제와 그로 인한 추락의 문채.

은유의 존재 영역

두서없이 머리에 떠오르는 것(기억이나 책에서 찾지 않고) 그리고 내 지식에서 직접 떠오르는 것은 건축물(당연히), 도시(파리 : 오스만[13]에 의해 열린 중심가들과 주택가들의 미로, 미로와 게릴라), 요새, 정원(정원을 가꾸는(topiaire) 기술 : 토피아(topia), -오룸(-orum) : 장식 정원, 토피아리우스(topiarius) : 정원사)입니다. 무용도 떠오릅니다. 아드리아네의 전설에서 파생된 그리스 델로스 섬의 춤, 제라노스(Géranos)(학(鶴))의 춤은 평행하게(parallaxéis) 그리고 나선형으로(anélixéis)로 펼쳐집니다. 때로는 앞으로, 때로는 뒤로 도는 동작. 크노소스 미로의 굴곡을 모방. 학의 춤.(가까이 나는 학들처럼 소년과 소녀들이 손이나 끈을 잡고 무리지어.) 놀이도 있군요. 예컨대 유리 미로, 악몽, 잡고 싶지만 잡을 수 없는 사람, 거울 미로(시장), 파친코, 슬롯머신(슬롯(slot) : 구멍, 자동판매기), 핀볼, 주크박스. 그리고 특히 주사위 놀이의 일종인 쌍륙놀이. 1650년경에 고안된 이 놀이는 우연에 의해(per accidentia) (주사위) 말이 앞으로 나아갑니다. 42번 칸이 아주 위험합니다. 미로의 집이거든요. 그리고 당연히 모든 언어활동의 '예술' : 1) 혼(魂, Psi)의 세계(니체 : "만일 우리의 영혼의 구조에 부합하는 건축술을 소묘하기를 원한다면, 미로의 이미지에 따라 그것을 생각해야 할 것이다.")[14] 2) 작품. 작품의 끊임없는 이동, 입문을 떠맡는 한에서 그러합니다. 예컨대『신곡』: 여러 개의 원(圓) → 점점 더 강도가 강해지는 정화(淨化) 과정 → 최고선(Summum bonum)과의 결합. 3) 스타일, 문장. 자기 자신이 아드리아네의 실과같은 스타일을 가졌다고 말하는 프루스트.(『근사한 물건(Tendres stocks)』의 서문)[15] 피에르 캥, 132[16] 4) 이야기, 서술학. 실제로 이야기의 진행은 가지치기처럼 이루어집니다.(프로아이레시스(proairésis))[17] 분명 저자가 분기점을 안내하고 선택합니다. 하지만 종종 뒤로 후퇴하기도 하고, 또 다른 길을 선택하기도 합니다. 얽힘, 복잡함, 이야기 속에서 길을 잃어버린 느낌. 이야기를 미로로서 연구하는 것은 유용할 것입니다.(용인되는 이야기의 복잡함 정도.)

그리스의 전설로 다시 돌아오자면, 언어활동과 관련해서 미로의 신화는 두 번의 약속 위반, 두 차례의 약속 '파기'와 연결되어 있는 듯 보입니다. 하나는 미노스가 포세이돈에게 징표로서 소를 헌정하겠다고 한, 지켜지지 않은 약속. 다른 하나는 테세우스와 아리아드네.

따라서 얼핏 보더라도 '은유'(이 단어에 따옴표를 합니다. 왜냐하면 이 세미나의 목표 중 하나는 어쩌면 이 단어가 어떤 문제를 가지고 있는가를 살펴보는 것이기 때문입니다.)의 적용 영역과 확장 범위는 대단히 넓습니다. 나는 일련의 초청을 통해 이 범위를 살펴보고자 합니다.(왜냐하면 실제로 이 범위는 무한히 넓기 때문입니다.) 나는 매주 다음 주 초청자를 예고할 것입니다. 지금으로서는 여기에서 경청하게 될 '학문 분야'('담론,' 담론의 유형)는 다음과 같습니다.

1) 그리스 신화

2) 니체.(말기의 니체에 중요한 모습이 있다는 것을 알고 있습니다. 아드리아네.)

3) 조형 형식 이론사

4-5) 문학적 자료의 역사 : 러시아와 스페인(많은 다른 나라들도 가능할지 모릅니다.)

6) 영화

7-8) 도시 지세학(地勢學) : 건축/ 도시계획

9) 정원

10) 수학

11) 정신분석

정상적으로 진행된다면 11명이 초청될 것입니다.[18] 나는 마지막 세미나를(3월 10일) 주재하게 될 것입니다. 눈에 띄는 역설은, 미로를 처음 생각하게 해 준 학문 분야는 이 세미나에 포함되지 않았다는 것입니다. 바로 민족학입니다. 실질적인 이유는 적당한 사람을 찾지 못했기 때문입니다. 적어도 내가 아는 사람들 중에서는 그렇습니다. 또한 짐작하겠지만, 여기에서 나는 우리가 경청하게 될 담론들 간의 일종의 선행적인 합의(비록 막연하기는 하지만)를 통해 순수 지식, 순수 학문 분야의 위험을 상쇄하는 것을 중요하게 생각합니다.(게다가 다음과 같은 경우는 흥미롭습니다. 즉 어떤 것의 기원이 그 전개 과정에서 부인되는 경우가 그렇습니다. 이것은 종종 있는 일인데, 나중에 '분리되는' 로켓 운반체의 이미지로, 바로 '기원의 포기'이죠.)

상징 분석

나는 여기에서 무엇이 논의될지 모릅니다. 세미나를 소개하는 지금 나의 역할은 미로에 대한 통념적인 기본 사항을(어쩌면 이것을 떨쳐 버리기 위해) 말하는 것일 겁니다. 그런데 미로에 대한 기본적이고 통념적인 상징 분석이 있습니다.

은유적 소재: 1) 동굴, 페네트랄리아(penetralia, 깊은 곳): 프로이트.(『정신분석입문』: "미로의 전설은 항문 탄생의 표현일 수 있다. 꾸불꾸불한 길은 창자이다.")[19] 동굴: 죽음(재생을 위한 '출구'), 계시(진실된 삶)를 향한 존재의 내적 여정. 드물지만 하늘이 보이는 미로도 있습니다. 펠리니의 「사티리콘(Satyricon)」. 주체(카메라)가 정확히 타자가 싸울 때의 모습을 보기 위해 만들어진 미로: 강신술적 위치. 2) 실: 테세우스는 동료들을 입구에 두고, 거기에 실타래를 고정시켰습니다. 그리고 나서 그는 실타래를 풀고, 그다음에 괴물을 죽이고 나서 다시 털실을 감습니다. 따라서 실타래를 푸는 행위(=길을 잃는 것) ≠ 감는 것, 실타래를 되감는 것.(=장소를 되찾는 행위.) → 실에 방향을 결정하는 모

든 신화가 연결됨.(다이달로스) 특히 동물에서 그러합니다. 3) 중심 : 괴물이나 보물. 이것은 무엇인가입니다. 성스러운 무엇인가입니다. 방해받는 순례의 끝에서 발견하게 되는 감추어진 것, 성스러운 것. → 중세 : 예루살렘으로 가는 길의 어려움. 그래서 사람들은 다른 순례지를 고안해 냈습니다. 로마, 콤포스텔라. 또한 그것이 없으면 성당 바닥에 상징적으로 길고 복잡한 길을 냈습니다. '예루살렘의 길.' 따라서 보통의 상징 분석에서 미로는 다음과 같은 주제들의 모든 복합체에 대응합니다. 내부, 중심, 비밀, 괴물 ── 입문, 완전한 길(iter perfectionis) ── 방해받는 순례, 불안한 꿈, 되돌릴 수 없는 실수(irremeabilis error)(그곳으로부터 되돌아올 수 없습니다.) ── 방향 결정, 방향 상실, 생사가 걸린 일.

은유

어떤 의미에서 '미로'는 (내게 있어서) 더 중요한 문제와 간접적으로 연결됩니다. 왜냐하면 그것은 도덕과 마찬가지로 은유라는 언어 이론을 포함하고 있기 때문입니다. (특히 이십 년 전부터) 거대한 '과학적' 문헌이 축적되었습니다. 나는 이것을 종합하려 하지 않을 것입니다. 다만 이 세미나의 소개를 마치기 위해 미로에 대한 은유에서 힌트를 얻은 은유에 대한 몇 가지 생각해 볼 점을 제안하려 합니다.(특히 이 내용 소개로 인해 앞으로 세미나에서 얘기될 것, 드러날 것, 내가 모르는 것이 방해받지 않았으면 합니다.)

우선 '무한' 은유 : 기표들의 목록은 개방되어 있습니다. 미로가 은유적인 기표가 되는 대상을 항상 발견할 수 있습니다. 한 친구(E. 마르티)가 이런 말을 하더군요. 얼마 전에 등장인물들의 가계도가 미로처럼 구상된 소설을 한 권 읽었다고요.[20] 분명 영원한 것처럼 은유적인 힘을 가진 아주 간단한 몇몇 주제가 있습니다. 하지만 어쨌든 질적(質的)인 제약 — 실제로는 복잡성의 제약 — 이 있습니다. 예컨대 솟구친 것은 모두 팔루스의 은유입니다. 에펠탑에서 펜대에 이르기까지 말입니다. 그런데 이것은 그다지 흥미롭지 않습니다. '무한 은유'의 의미는 다음과 같습니다. 우선 기표의 개별성이 있다는 것입니다.(이것은 중요합니다.) 다른 한편으로는 미로의 대상은 항상 과거에서 출현할 수 있다는 것입니다. 달리 말하자면 '좋은' 은유입니다. 언어가 움직이고, 싸우고, 무기력하지 않은 그런 은유입니다. 이런 지적을 통해 '은유의 계보학'이 도입될 수도 있을 것입니다.(니체: 의미의 힘의 차이.) '꿀벌 떼', 평범한 은유, 그리고 평범화로 빠질 준비가 된 은유. '개미 떼', 더 나은 은유입니다. 결국 하나의 이미지에서 이 이미지를 다소간 상투성에 대항하게 하는 힘을 분석할 필요가 있는 것입니다.

둘째, 미로의 본래의 대상은 신화적이었습니다. '넥타르' 참조. 지시하는 대상이 없는 일군의 은유 문제에 속함.(≠ '밤의 여행자' = 노년) 어쩌면 이것은 사람의 성(姓)일 수도 있습니다. 중세: 철학자 = 아리스토텔레스. 그가 성을 가지고 있지 않다는 사실을 생각하기 바랍니다. 말하자면 '철학자'가 그의 '지시어'가 되어 버렸습니다. 이름 전체가 하나의 은유이면서도 말입니다.(그리고 그는 대(大)철학자가 될 것입니다.(르브룅(Lebrun), 샤르팡티에(Charpentier), 르페브르(Lefebvre)[21] 또는 '바르테즈' 참조.[22]) 이 모든 것은 은유의 특별한 변이체를 상징적인 문채(figure)로 여기게 될 것이라는 점을 보여 줍니다. 즉 남유(濫喩, catachrèse)(의자의 팔, 풍차 날개)[23] → 일종의 수사학적 역설: 하나의 '은유'가 주어졌기 때문에(그도 그럴 것이 미로는 처음부터 은유로 수용되었기 때문입니다.) 수세기에 걸친 발명은 역설적으로 이 은유에 해당하는 여러 지시 대상을 찾는 것이었다고 말할 수 있습니다. 그 지시 대상들은 정원, 건축, 유희입니다. 이것은 우리를 비코에게로 안내할 것입니다. 언어의 원초적 형식으로서

의 은유, 태초에 은유가 있었다는 주장으로.[24]

셋째, 이와 같은 은유의 '계보학'(작성을 해야 할 것인데)에 대한 또 다른 지적은 다음과 같은 것을 자문해 보게 할 것입니다. 즉 '은유를 생성하는 (métaphorgèmes)' '특징'이 (세계에, 세계의 수많은 대상들에) 있는가의 여부입니다.(은유적 전개의 풍부함: 이것은 이와 같은 지적에 공통된 문제입니다.) 나는 다음과 같은 사실을 기억합니다. 사람들은 북아프리카에서 종종 희고 작은 섭금류(涉禽類)를 봅니다. 나는 오랫동안 이 새를 이비스(ibis)[25]로 잘못 불렀습니다. 이 섭금류는 찌르레기(pique-bœufs)[26]이고, 소를 따라다니면서 그 위에 앉아 기생충을 잡아먹습니다.(자기 보호자와 다정하게 함께 걸으면서.) 기생 상태, 야비함, 우정, 깨끗하고 흰 새와 그 역할의 대조라는 점에서 은유 생성적인 특징의 전형적인 예죠. 게다가 은유에 대해 은유를 사용할 수도 있을 것입니다. 그리고 재차 좋은 은유의 문제가 제기됩니다. 의미화하는 형식은 충분히 복잡해야 합니다. 하지만 이 복잡함은 일화, 시간, 위상 등으로 이루어져야 합니다. 달리 말하자면 형식은 (이것은 가정인데) 일화적(anecdotique) 구조(은유와 신화와의 관계, 정확히 미로)를 포함해야 합니다.

마지막으로, (나에게 있어서) 은유가 아니라(은유는 무한합니다.) 미로-은유 이론의 마지막 변이체(avatar)가 있습니다. 중심에 무엇인가가 없는(괴물도, 보물도 없는) 미로. 그러니까 중심 부재의 미로, 다시 말해 발견해야 할 최후의 시니피에가 없는 미로를 상상해 주기 바랍니다. 그런데 실망스러울지 모르지만, 이것은 의미의 은유일 수 있습니다. 어쩌면 중심에 아무것도 없는, 죽을 때까지 지속되는 일종의 유희로서의 해석(우회, 탐구, 방향 결정)이죠. 이 경우 역시 여정(旅程)이 곧 목표일 수 있습니다. 그로부터 벗어난다는 조건으로.(로젠스티엘: "미로에 대한 유일한 수학적 문제는 거기에서 빠져나오는 것이다.") 중심에서 미노타우로스를 발견하지 못했지만 아드리아네, 사랑, 부정, '무의미한 삶'을 향해 되돌아오는 테세우스를 상상해 봅시다.

　이제 더 이상 이야기하지 않겠습니다. 11주 동안 얘기될 것에 대해 예단하지 맙시다.

　다음 주 세미나는 12월 9일에 있습니다. 초청자는 고등연구실천학교(EPHES) 제5분과 연구 지도 교수인 마르셀 데티엔입니다. 그가 다룰 주제는 "그리스 신화 : 미노타우로스"입니다.

결론

미로 : 간략한 결론

하나, '결론'은 없을 것입니다. '결론을 내리는 것'은 '종합'을 위해 일련의 발표들을 소급해서 꿰맞추는 것을 의미합니다. 그것은 '공존재'를 유기적이고 합리적인 전체의 구성 요소로 변형시키는 일이 될 것입니다. 요컨대 그것은 미로를 메타언어의 담론에 종속시키는 일이 될 것입니다. 수년 전부터 나는 메타언어학적 문제 처리에 반대하는 입장이었습니다. 이것은 '철학적' 이유 때문인데, 주체를 결코 억압해서는 안 되는 필요성에서 기인하는 이유입니다. 나는 그것을 다시 언급하지 않을 것입니다. 게다가 여기에는 메타언어학적 종합의 대상이 되는 것에 대한 미로의 특별한 저항이 있기도 합니다.

메를로 퐁티와의 만남.[27] 의복은 '가짜의 좋은 주제'입니다. 이 단어는 내 머리에 자주 떠오릅니다. 이 단어는 나를 도와주지만(우리가 연구하고자 하는 것에 대한 섬세한 판단), 또한 동시에 나를 당혹스럽게 만들기도 합니다.(이것이 진짜 좋은 주제인지를 어떻게 알 수 있을까요?, 특히 언제 그것을 알 수 있을까요?) 가짜의 좋은 주제? 그것은 그 자체로 고갈되거나 또는 처음부터 고갈되어 있었습니다. 그것은 '전개(展開)'가 주제어의 반복(미로는 미로다.) 또는 부정(미로, 그것은 존재하지 않는다.)이 되도록 강제합니다. 나는 실제로 메타언어학적 차원(종합의 차원)에서 미로는 가짜의 좋은 주제라고 생각합니다.(앞에서 계속 제시되었던 미로에 대한 진실, 그 논의의 성과가 그것으로 인해 배제되지 않습니다. 물론 거기에는 세미나, 다시 말해 발표의 진행에 단순한 공존재의 지위를 남겨 둔다는 조건이 따르긴 합니다.) 미로가 가짜의 좋은 주제라는 것은 두 가지 이유에서입니다.

첫째, 미로는 하나의 형식이 정말로 잘 짜여져 우리가 이 형식에 대해 말할 수 있는 것이 형식 그 자체보다 하위의 것(en deçà)으로 쉽게 드러납니다. 특수한 것이 일반적인 것보다 풍요롭습니다. 외시적인 것이 공시적인 것보다, 또 문자가 상징보다 더 풍요롭습니다. 마노니가 '문학성'(시)에 대해 한 말을 참조하세요.[28] 미로가 갖는 이와 같은 힘, 그것이 바로 이야기(Récit)의 힘입니다. 강하고 고조된 서술성 → 막연한 이야기 : 상징(기호 생성)의 훌륭한 영역이지만, 강렬하고, 아주 잘 연결된 이야기는 상징을 방해합니다. → '서술 강도의 미분학'을 연구하는 서술학 분야가 필요할 것입니다. → 미로(데티엔 참조.) = '뮈토스' = 단일 줄거리(histoire)(분지(分枝)가 없는) : 절대적으로 기억 가능한 것 → 기억의 과잉 : 메타언어학적 변형을 응고시키고 유혹하며 막습니다. 마노니가 '이해'라고 부른 것 → 미로 = 아무것도 이해할 것이 없습니다.(요약되지 않는 것.)

둘째, 그러면 은유로서는 어떨까요?(우리는 은유에 대한 정보를 얻는 것 또한 원할 수도 있었습니다.) 여기에서도 은유는 잘 작동되지 않습니다. 미로는 모든 곳에 있습니다. 유적들, 정원, 유희, 도시, 책략, 정신 속에도. 따라서 미로는 모든 은유적 특수성을 잃게 됩니다. 분명 하나의 단순한 은유는 복잡한 변형의 유희를 통해(예컨대 친부(親父)의 은유) 풍부하게 증식될 수 있습니다.

여기에서 은유의 힘은 모든 것에 적용될 수 있음과 동시에 또한 빈곤하기도 합니다.(왜냐하면 이야기, 신화의 강압성 때문입니다.)

게다가 은유에 대한 연구(정신분석학적 연구가 아니라 수사학적 연구)에서 우리는 기호 생성을 상반된 두 운동으로 구분하면서 시작할 수도 있을 것입니다.

먼저, 아주 많은 은유들을 불러 모으는 대상과 존재가 있습니다. 예를 들어 성기(性器)를 지칭하는 프랑스어 단어는 약 450개 정도입니다.(다소간 속어적인 은유) = 은유의 소집(appel)이지요. 다음으로 모든 것에 은유로 사용되는 형식이 있습니다. 미로처럼요. 은유의 제공이지요.(하지만 이미 보았듯이 이와 같은 제공은 어느 정도 이야기에 의해 방해를 받습니다.)

결국 미로의 진실은 유희의 측면, 다시 말해 조소(嘲笑)의 측면에 속합니다. 이것은 유희일 뿐이야! 이것뿐이야! → 줄루족 : 미로의 놀이. 경기가 끝날 때 와푸카 세겍스(Wapuka Segexe) : 미로로 너를 완전히 골탕 먹였다!

둘, 메타언어학(차단되거나 또는 혼잡한 길)에 다음과 같은 니체적 질문을 대립시켜야 합니다. 나에게 있어서 의미란 무엇인가? 나에게 있어서 미로란 무엇인가? 나는 다음과 같은 두 개의 답을 제시하고자 합니다. 하나는 정감적인 것이고, 다른 하나는 보다 지적인 것입니다.(하지만 이 두 개의 답이 조우하는 영역이 분명 있습니다. 나에게 알려지지 않은 영역이지요. 그리고 이 영역에 대해 이름을 붙이는 것은 나의 역할이 아닙니다.)

1) 미로 : 나의 내부에서 유일한 반향 : 사랑하는 존재(중심에 있는 존재)에 도달하고자 하는 것, 그리고 그렇게 할 수 없는 것. 전형적인 악몽의 형태, 어린아이 특유의 형태 : 자기 어머니를 만날 수 없는 것. 잃어버린 아이, 버려진 아이의 주제. 이것은 도입의 미로입니다. 하지만 양의성이 있습니다. 우리

는 미로의 불안을 전복시키기도 하고, 또 그것으로 안전한 과잉 보호를 만들 수도 있습니다. 우리는 고전적으로 테세우스에 동화됩니다. 미노스도 동화될 수 있습니다 하지만 이 둘은 다릅니다. 폐쇄된 것과 보호받고 있는 것.(잠자기) 우리는 결코 미로를 보호로서 말하지 않습니다.

2) 마노니의 발표로 돌아가겠습니다. 미로와의 관계를 공공연하게 선언 하지 않은 유일한 발표가 정신분석학자의 것이었다는 사실은 놀라운 일입니 다.(망각에 의해서건 아니면 자유에 의해서건 그다지 중요하지 않습니다.) 나는 다음 과 같은 사실을 지적하고자 합니다. 첫째, 정신분석학은 미로에 대해 분명(또 는 어쩌면) 말할 것을 아무것도 가지고 있지 않다는 것입니다. 게다가 그렇게 많은 대상을 다루고 있는 프로이트의 텍스트에서도 미로에 대한 논의는 없 습니다. 둘째, 정신분석학은 사람들이 말해 달라고 하는 사항을 결코 말하지 않습니다. 이것이 정신분석학의 금과옥조입니다. 그리고 마노니는 훌륭한 분 석가로서의 모습을 보여 주었습니다.

하지만 마노니의 발표는 나를 미로가 아니라 미로에 대한 새로운 질문으 로 이끌었습니다. 나는 이 질문에 대한 논의를 열어 둔 채 다음과 같은 말로 세미나를 마칠까 합니다.

마노니에 따르면 문학성(가능한 변형에 속하지 않는 것 → '난해함', 시)과 이 해(변형 가능한 것, 산문)는 다릅니다. 마노니는 가독성과 비가독성의 변증법에 대해 말했습니다. 또는 가독성의 소실(이 단어의 원근법적 의미에서)에 대해 말 했습니다. 그런데 이 뜨거운 문제는 언어활동의 배제, 소외를 가리킵니다. 하 나의 발화체가 가독적이냐, 그렇지 않으냐를 어떻게 결정할까요? 그리고 거 기에 문제가 있습니다. 가독성은 어디에서 시작될까요? 내게 있어서는 이것 이 바로 미로적인 질문을 발견케 해 주는 것입니다. 미로는 무엇입니까, 몇 개 나 있습니까, 라는 질문도 아니고, 또한 거기에서 어떻게 빠져나옵니까, 라는 질문도 아닙니다. 어디에서 미로가 시작됩니까, 라는 질문입니다. 이 문제와 더불어 우리는 단계적인 경도(硬度), 한계, 강도(强度)의 인식론과 조우하게 됩니다. 즉 형식들의 점도(粘度)와 말입니다.

소설의 준비

의지로서의 작품

머리말

여러분만 좋다면, 나는 지금 시작하는 강의를 한 편의 영화, 한 권의 책, 요컨대 하나의 이야기로 여기고자 합니다. 내가 생각하기에 우리는 두 시간씩 십이 주 동안 이 이야기의 서술에 열중할 것이고, 또 원칙적으로 나는 이 이야기의 유일한 이야기꾼이 될 것입니다. 따라서 대부분의 영화나 책에서처럼 이 강의에도 다음과 같은 요소들이 포함될 것입니다.

개요

등사지에 인쇄해서 보도진에게 배포하거나(영화) 또는 책의 뒷표지(='표지가 안쪽으로 접힌 부분')에 써 넣는 일종의 요약(abstract), 개요, 설명적 요약. 사람들은 이것을 제일 먼저 봅니다. 때로는 설득력이 떨어지고, 별 매력이 없을 수도 있습니다. 하지만 이것을 통해 상황에 따라 작품을 분류하는 것이 가능하기도 합니다. 분류할 수 없다는 것은 사회적으로 가장 안 좋은 것입니다. 분류할 수 없는 사회 — 그 수탁자인 사회적 존재(소키우스(socius)) 인 인간 — 는 광기에 빠질 수도 있습니다. 분류하기는 통합, 규격화를 위한

221

강력한 행동입니다. 따라서 영화나 책으로 여겨질 수 있는 이번 강의의 개요 또는 내용 소개는 다음과 같이 정리될 수 있습니다. 지난해부터 나는 여러분 앞에서, 여러분과 함께 편의상 소설이라고 불리는 하나의 문학작품을 준비할 때의 여러 조건에 대해 묻고 있습니다. 나는 우선 작품과, 메모하기라는 글쓰기의 최소 행위의 관계를 검토했습니다. 주로 메모하기의 모범적인 형식인 하이쿠를 통해서 말입니다. 금년에 나는 작품을 그 계획 단계에서부터 완성 단계까지 따라가 보고자 합니다. 달리 말하자면 글쓰기 의지에서 글쓰기 가능성까지, 또는 글쓰기 욕망에서 글쓰기 행위까지 말입니다.

에피그라프

에피그라프(épigraphe)인가, 제네리크(générique)인가. 오히려 에피그라프 입니다. 왜냐하면 나는 사물을 어떻게 촬영하는지 모르기 때문입니다. 이것은 영화가 모든 것을 할 수 없다는 것을 보여 줍니다. 가령 영화는 여러 가지 중에서 특히 느끼게끔 하는 것(faire sentir)을 못합니다. 그런데 텍스트는 이것을 완벽하게 할 수 있습니다.(사드는 내가 말할 수 있었던 것과는 반대의 경우였습니다.[1]) 실제로 이와 같은 에피그라프는 향수입니다. 나는 에피그라프에 '향수'를 뿌립니다.

샤토브리앙의 『무덤 저편의 회상』을 보시죠. 1791년에 샤토브리앙은 가족의 친구였던 말제브르의 격려에 힘입어 북서쪽 항로를 발견하기 위해 아메리카로 떠납니다. 그는 생말로에서 배에 오릅니다. 볼티모어에서 내릴 참이었습니다. 그가 탄 배는 생피에르에 기항하게 됩니다.

샤토브리앙, 『무덤 저편의 회상』

　　아주 호의적이고 친절한 장교였던 총독의 집에서 나는 두세 번 저녁 식사
를 했다. 그는 제방의 보루 밑에다 유럽 채소를 조금 재배하고 있었다. 저녁 식사
후에 그는 나에게 정원이라고 부르는 곳을 보여 주었다.

　　그다지 넓지는 않았지만 꽃이 가득한 화단에서 아주 향기롭고 달콤한 향
수초 향기가 피어났다. 이 향기는 조국의 미풍에 의해서가 아니라 신대륙의 황
량한 바람에 의해 우리에게까지 오는 것이었다. 외지로 온 식물과 아무런 관계
도 없고, 회상이나 관능에 공감하는 것도 아닌 바람에 의해. 아름다움을 발하
지 않는 이 향기, 그 바람 속에서 정화되지 않은 이 향기, 그 바람이 지나온 곳
어디에도 퍼져 있지 않은 이 향기, 여명, 문화와 세계를 머금은 이 향기 속에는
회환, 부재, 청춘의 모든 우수가 어려 있었다.[2]

　　(나는 조금 뒤에 텍스트가 어떤 점에서 이 강의의, 또는 최소한 그 출발점의 에
피그라프 ― 또는 제네리크 ― 로 소용될 수 있는지 말할 것입니다.)

플랜

　　영화, 책, 강의 자체에 대해 말하자면, 그 구조는 한 편의 극작품과 상
당히 유사할 것입니다. 또는 의식(儀式)(친근성, 관계) 그리고 심지어는 (가정의)
짧은 비극과도 유사할 것입니다. 다시 말해 다음과 같은 것들이 포함될 것입
니다.

　　첫째, 프롤로그입니다. 만들어야 할 작품의 출발이 되는 글쓰기 욕망이
지요.

둘째, 3장(章)(책), 3막(비극 또는 희극(?)) 또는 세 개의 시련(의식, 입문 제의)입니다. 이것은 작품을 쓰기 위해 극복해야 할 장애물과 풀어야 할 매듭입니다.

셋째는 결론이나 에필로그일까요? 아닙니다. 고유한 의미에서 아닙니다. 그보다는 오히려 중단, 나 역시도 해결책을 알지 못하는 최종 서스펜스입니다.(애석하게도 나 혼자에게만 서스펜스입니다. 왜냐하면 서술적인 관점에서 작품이 완성되는지의 여부에 대해 여러분은 별로 관심이 없으리라는 게 얼마든지 상상이 되기 때문입니다.)

파라바시스[3]

나는 프롤로그와 이른바 서술(책, 영화, 의식, 비극) 사이의 전개 방식에 대한 짧은 개입 또는 (고유한 의미에서) 짧은 탈선을 배당할 생각입니다. 이것은 강의 = 연극(또는 영화)라는 비교에 그다지 어긋나지 않을 것입니다. 그리스 희극(그리고 어쩌면 이 강의는 희비극일 수 있습니다.)에는 배우가 저자를 대신해 무대 앞으로 나와 저자의 자격으로 관객들에게 직접 말하는 삽입부가 있습니다. 이것이 바로 파라바시스입니다. 따라서 이 강의에서도 짧은 파라바시스가 있을 것입니다. 만들어야 할 작품의 가정적 저자로서가 아니라 이 강의의 저자로서 말하는 순간이 그것입니다.

참고 문헌은 문학일까요? 어쨌든 메타 문학입니다. 한 작가가 써야 할 작품에 대한 자기 자신의 구상, 기획, 고민 등을 털어놓은 글들, 이를테면 편지, 내면 일기 같은 것이죠. 따라서 내가 가장 빈번하게 인용하게 될 몇 권의 책을 참고 문헌으로 제공할 뿐입니다. 그것들을 나열해 보면 다음과 같습니다.

주요 인용 문헌 목록[4]
(작가 및 서지 정보)

Chateaubriand

— *Mémoires d'outre-tombe*, Gallimard, Pléiade, 2 tomes.

Flaubert

— *Extraits de la Correspondance, ou Préface à la vie d'écrivain*, présentation et choix de G.

Bollème, Seuil, 1963.

Kafka

— *Journal*, traduction de Marthe Robert, Grasset, 1954.

Wagenbach (Klaus), *Kafka*, Seuil.("Ecrivains de toujours".)

Mallarmé

— Scherer, Jacques, *Le "Livre" de Mallarmé*, Gallimard, 1957.

Mauron, Charles, *Mallarmé*, Seuil("Ecrivains de toujours"), 1964.

Nietzsche

— *Ecce homo ou Comment on devient ce qu'on est*, in *Œuvres philosophiques complètes*,

Gallimard, 1974.

Rimbaud

— *Lettres de la vie littéraire d'Arthur Rimbaud(1870~1875)*, NRF, 1931.

Rousseau

— *Confessions*, Charpentier, 1886.

Tolstoï

— *Journaux et carnets*, Gallimard, Pléiade, I, 1847~1889.

■ 십 년 전이라면 나는 문학비평에 대해 시사적이고 살아 있는 발표를 할 수도 있었을 것입니다. → 이 풍요롭고도 다양한 비평 : 마르크스주의 비평(루카치, 골드만), 주제 비평(바슐라르, 사르트르, 리샤르), 서술학과 문채(文彩)의 분석(종종 정신분석의 강한 영향)이라는 두 지류와 더불어 이루어진 구조주의 또는 기호학적 비평.(왜냐하면 좁은 의미에서 구조주의자는 뒤메질, 레비스트로스밖에 없기 때문입니다.) 이와 같은 비평 중에서 몇몇 비평은 오늘날 사라졌고, 또 다른 비평은 다행스럽게 여전히 생산적입니다. 하지만 보통은 개인적인 차원에서 그러합니다. 각자가 자신의 연구를 수행합니다. 하지만 작품 주석의 유의미한 종합을 제시할 수 있게 해 주는 집단적이고 체계적인 힘은 더 이상 없습니다. 오늘날 프랑스 문화생활의 다른 많은 분야에서와 마찬가지로 말입니다. 따라서 나는 비평을 다루는 것을 포기했습니다. 왜냐하면 내가 비평을 다룬다고 해도 그 결과는 밋밋하고 시대에 뒤진 일람표에 불과할 것이기 때문입니다.(그리고 나는 여러분이 비평에 대해 어느 정도나 지식을 가지고 있는지 알 수 없기 때문입니다.) 최근(≠옛날, 지금)에 대해 관심을 갖는 것보다 더 어려운 일은 없습니다. 사람들은 복고풍 유행에는 관심을 갖지만 1970년의 유행에는

관심이 없습니다. 복고는 결코 최근에 속하지 않습니다.

사실 비평 ── 책이 아니라 미디어에 속하는 유행하는 비평을 제외한다면 ── 은 문학 이론과 같습니다.(독일과 미국의 문학 이론 ≠ 프랑스에서는 문학사에 의해 휩쓸려 버린 문학 이론.) 내가 위에서 말씀드린 모든 (진지한) 비평들은 하나의 이데올로기(＝유행의 비평) 이상의 것을 포함하고 있습니다. 하나의 철학, 하나의 인식론, 인간 주체, 사회, 역사에 대한 하나의 체계적인 개념 등을 말입니다. 따라서 나는 여러분에게 이 짧은 대화 시간 동안만이라도 문학 이론이라는 작은 동네에 자리하기를 제안합니다. 그리고 나는 이 분야를 주관적으로 다루려고 합니다. 그러니까 나는 과학을 대신해서가 아니라 나의 이름으로 말하게 될 것이고, 나 자신에 대해 질문을 하게 될 것입니다. 문학을 좋아하는 나 자신에 대해서 말입니다. 사실 이 구석진 동네는 글쓰기 욕망입니다. ■

글쓰기 욕망

기원과 출발점

나는 왜 글을 쓰는 것일까요? 여러 가지 이유 중에서 특히 의무(義務)를 들 수 있습니다. 예컨대 하나의 대의명분, 하나의 사회적, 도덕적 목적에 봉사하기 위해, 또 교육하고, 교화하고, 투쟁하거나 기분을 풀기 위해서입니다. 물론 경시될 수 없는 이유들입니다. 하지만 나는 이런 이유들을 약간은 정당화로, 알리바이용으로 체험합니다. 이런 이유들이 글쓰기를 사회적 또는 (외부적) 도덕적 요청에 종속시킨다는 의미에서 말이지요.

그런데 내가 명석한 상태에 있는 한, 나는 나 자신이 욕망을 (강한 의미에서) 충족시키기 위해 글을 쓴다는 것을 알고 있습니다. 글쓰기 욕망 → 나는 욕망이 글쓰기의 기원이라고 말할 수는 없습니다. 왜냐하면 내가 내 욕망을 여기저기 꿰뚫어 알지 못하기 때문이고, 또한 이 욕망을 결정하는 요인들을 완전히 파악해 내지 못하기 때문입니다. 욕망이란 항상 다른 욕망의 대치물이 될 수 있습니다. 그리고 내 욕망을 그것의 원초적인 소여까지 설명할 수 있는 힘을 가진 것은 맹목적인 주체이자 상상계에 파묻혀 있는 내가 아닙니다. 나는 단지 다음과 같이 말할 수 있을 뿐입니다. 즉 글쓰기 욕망은 내가 파악할 수 있는 출발점을 가지고 있다고 말입니다.

환희

이 출발점은 다른 사람들이 집필한 몇몇 텍스트들을 읽으면서 얻을 수 있는 쾌락, 기쁨, 환희, 충족의 감정입니다. 나는 읽었기 때문에 씁니다.(그런데 연쇄의 첫 단계에서 누가 제일 먼저 썼을까요? 바로 거기에 내가 해결할 수 없는, 해결하고자 하지도 않는 일반적인 문제가 있습니다. 참조. 누가 처음으로 말을 했을까요? 언어의 기원? 나는 인류학적 문제가 아니라 실존적 문제를 제기합니다.) 읽는 쾌락에서 글쓰기 욕망으로 이행하기 위해서는 강도의 차이를 작동시켜야 합니다.(차이의 과학, 강도의 과학) '읽는 기쁨'이 중요한 것은 아닙니다. 이것은 서점의 간판으로 사용할 수 있는 평범한 표현입니다.(실제로 이 표현을 간판으로 내건 서점이 있습니다.)[6] 이 기쁨을 통해 그냥 독자로 남게 되는 독자들, 글을 쓰는 자들(scripteurs)로 바뀌지 않는 독자들이 생산됩니다. 이와 달리 글쓰기의 생산적 기쁨은 또 다른 기쁨입니다. 그것은 환희, 법열, 변용, 계시, 내가 종종 깨우침, 떨림, 개종이라고 불렀던 것입니다. 예컨대 샤토브리앙의 텍스트(『무덤 저편의 회상』)[7]를 들 수 있겠죠. 나는 이 텍스트를 설명하거나 주해하고 싶지 않습니다.(물론 그렇게 할 수는 있습니다.) 이 텍스트는 나의 내부에 언어활동의 찬란함과 열광적인 쾌락을 자아냅니다. 이 텍스트는 나를 애무합니다. 그리고 이 애무는 매번 내가 이 텍스트를 다시 읽을 때마다 효과를 발휘합니다.(첫 번째 쾌락의 반복.) 일종의 영원한, 신비스러운 열기입니다.(이것을 설명한다고 해도 완전히 다 드러낼 수는 없습니다.) 사랑의 욕망의 진정한 충족입니다. 왜냐하면 내 사랑의 대상, 즉 이 텍스트는 수천의 다른 가능성 중에서 내 개인의 욕망에 부응하기 위해 왔기 때문입니다. 그 어떤 것도 이렇게 주장하지 못할 것입니다. 내가 이 텍스트를 욕망하는 것처럼 그것을 욕망하는 다른 누군가가 있다고 말입니다. 따라서 사랑의 욕망은 주체에 따라 분산됩니다. 이것은 각자에게 기회를 갖도록 해 줍니다. 왜냐하면 만일 우리 모두가 같은 존재를 사랑한다면, 우리와 이 존재에게 얼마나 큰 고통이겠습니까! 이것은 여러 책들과 여러 단장들에 대해서도 마찬가지입니다. 욕망의 전파가 있습니다. 그리고 이것에 비례해서 다른 책들을 만들어 내는 호소와 기회가 있게 됩니다. 나의 글쓰기 욕망은 독서 그 자체에서 오는 것이 아니라 개별적인, 특정적인 독서에서 옵니다. 나의 욕망의 특정성 → [8]사랑의 만남에서처럼 무엇이 만남을 정의할까요? 희망입니다. 읽은 몇몇 텍스트와의 만남에서 글쓰기 희망이 태어납니다.

글쓰기 희망

[9]희망

특히 책을 많이 읽는 청소년기에 해당하는 독서의 시기와 환희의 독서의 시간에, 하지만 또한 아무것도 얻은 것 없이 계속해서 욕망만 다시 태어나는 작가의 평생 동안에, 글쓰기는 하나의 희망으로, 희망의 색깔로 드러납니다. 다음과 같은 발자크의 멋진 말을 떠올려 보세요. "희망이란 욕망하는 기억이다." 아름다운 모든 작품, 또는 심지어 인상적인 모든 작품은 욕망된 작품, 하지만 불완전하고 실패한 작품처럼 기능합니다. 왜냐하면 내가 직접 그 작품을 만들지 않았기 때문이고, 또 그것을 다시 만들면서 새로운 작품을 다시 발견해야 하기 때문입니다. 글쓰기, 그것은 다시 쓰고자 하는 욕망입니다. 나는 아름다운 것, 하지만 나에게는 부족한 것, 나에게 필요한 것에 적극적으로 나를 덧붙이고자 합니다.

'볼루피아'/ '포토스'

기억-희망, 쾌락-욕망의 변증법 : 하나는 라틴어이고, 다른 하나는 그리스어인 두 옛 단어에 의해 예증될 변증법이죠. 볼루피아(Volupia)는 완전히 충족된 욕망, 충족의 여신을 말하며, 이와 반대로 포토스(Pothos)는 부재하는 사물에 대한 애절한 욕망을 말합니다.[10]

이로써 쾌락의 세 가지 양태가 나타납니다.

1) 독서에 의해 충족된 쾌락, 하지만 이러한 쾌락을 주는 작품을 만들어야 하는 고통을 느끼지 않는 쾌락 : 볼루피아.

2) 독서의 쾌락, 하지만 글쓰기 욕망의 결여로 인해 고통을 받는 쾌락 : 포토스.

3) 글쓰기의 쾌락 : 분명 불안(어려움, 많은 장애)이 포함되어 있지만, 그것은 존재의 불안이 아니라 행위의 불안입니다. 하나의 불안이지 유일한 불안은 아닙니다. 볼루피아는 아니지만 거기에 가깝습니다.

독서 행위와 글쓰기 행위는 상부상조의 운동 상태입니다. 어쩌면 이것은 모든 창조의 힘, 심지어 모든 생식의 힘일 수도 있습니다. 내가 좋아하는 사람에게 나 자신을 더해 아기가 생기듯 읽기와 쓰기의 관계는 혼인 관계일 수 있습니다. → 창조와 생식의 비교. 수차례에 걸쳐 이루어졌지만 이것은 불가피합니다. 따라서 이 양자의 비교에 인류학적 정의를 부여할 필요가 있습니다. 생식하기와 창조하기 = 이른바 죽음에 대한 승리가 아니라 하나의 변증법, 즉 개인과 종(種)의 변증법입니다. 나는 씁니다. 나는 마칩니다.(작품을.) 그리고 나는 죽습니다. 하지만 그렇게 해서 뭔가가 계속됩니다. 종, 문학이 말이지요. 이런 이유로 문학에 가해질 수 있는 쇠퇴나 소멸의 위협은 종의 필멸, 일종의 정신적 몰살로 여겨집니다.[11]

모방

욕망의 궤적 안에서 읽기에서 글쓰기로 이행하는 것은 분명 모방의 실천이라는 매개를 통해서만 이루어질 수 있습니다. 하지만 이 모방이란 단어는 발음되자마자 곧바로 포기되어야 합니다. 왜냐하면 읽기에서 글쓰기로의 이행 과정에서 너무 특이하고, 너무 다루기 힘들고, 너무 형태를 왜곡하는 모방이 발생해서 그 결과 읽은(그리고 유혹하는) 책과 쓴 책의 관계를 지칭하기 위해 또 다른 단어가 필요할 것이기 때문입니다.

엄밀한 의미에서 책을 모방하는 것은 글쓰기의 캐리커처와 같은 두 개의 행위만을 가리킵니다. 이 두 행위는 모두 『부바르와 페퀴셰』에 잘 드러나 있습니다.

1) 책을 모방하기 = 책을 응용하기. 한 권의 책을 들고, 그 내용을 하나하나씩 삶에서 글자 그대로 '실현'하기. 이것이 바로 부바르와 페퀴셰가 일련의 책에 대해 실제로 행하는 것입니다. 우리는 이와 같은 모방이 어떤 재앙을 가져오는지 알고 있습니다. 또한 이와 같은 모방으로부터 어떤 광기의 감정, 적어도 어떤 '코미디'가 유래하는지도 알고 있습니다.(『돈키호테』 참조.) → 이와 같은 모방 = 응용 = '……에 따른 모방'의 극단적인 본보기는 예수 그리스도(또한 사드를 따라하는 자들)입니다.

2) 책을 모방하기 = 책을 베끼기. 사람들은 글쓰기의 내부에 있고, 이 글쓰기를 문자 그대로 베낍니다. 부바르와 페퀴셰가 한 것이 바로 이것입니다. 나는 — 하지만 어떤 사회학이 이 문제를 다룰 수 있을까요? — 좋아해서 책을 베끼는 사람들이 있다는 것을 확신합니다. 옛날에는 어쨌든 시를 베끼던 시 애호가들이 있었습니다.(그로부터 손으로 시를 베껴 쓴 수첩들이 유래했습니다.) 책 베끼기의 은유적 용법 = 패스티쉬 → 이 문제에 대해서는 주네트의 연구를 참고합니다.[12] 사실을 말하자면 이 주제는 나를 좀 권태롭게 합니다.

나는 프루스트의 패스티쉬만을 좋아합니다. 왜냐하면 그것들은 실제로 사랑의 행위에 속하기 때문입니다. 그리고 이런 점에서 그것들은 욕망에 대한 모방에 속합니다. 나는 비꼬는 아이러니를 통해 이루어진 패스티쉬에 대해서는 흥미를 느끼지 않습니다.(나 역시 이런 종류의 몇몇 패스티쉬를 맛본 적이 있습니다.)[13]

영감(靈感)

이와 같은 문자적 모방 — 부동의 모방으로서의 — 은 버려야 합니다. 그러니까 이 단어 자체를 포기해야 합니다. 그리고 사랑과 같은 독서 행위에서 생산적 글쓰기로의 변증법적 이행이 또 다른 이름을 가져야 한다고 주장해야 합니다. 나는 이 이행을 영감(Inspiration)이라고 부르고자 합니다. 나는 이 단어를 낭만주의적, 신화적 의미로도(뮈세의 뮤즈), 앙투안 콩파뇽이 다루었던[14] 아주 복잡한 개념인 열광이라는 그리스적 의미로도 이해하지 않습니다. 단순히 영감 = '……로부터 영감을 받다'의 의미로 이해합니다. 이 개념에 대해 나는 다음과 같은 윤곽을 제시하고자 합니다. 영감은 이렇게 설명될 수 있습니다.

1. 나르시시즘적 변형

타인의 작품이 나의 내부로 이행하기 위해서는 내가 이 작품을 나의 내부에서 나를 위해 집필된 작품으로 정의할 필요가 있고, 또 그와 동시에 내가 이 작품을 변형시키고, 그것을 사랑의 힘으로 다른 것으로 만들 필요가 있습니다.(문헌학적 진실에 대한 도전.) 하나의 비교. 나는 우연히(프랑스 음악 방송, 1979년 7월 11일) 한 클라브생 연주자에 의해 연주되는 바흐의 쿠랑트(courante)[15](파르티타 제4번)를 들을 기회가 있었습니다.(오늘날 바흐의 작품을 항상 클라브생으로 연주하는 기이한 관행이 있습니다. 왜냐하면 그것이 역사적으로 더 '진실'하기 때문입니다.) 내가 아주 좋아하는 곡입니다. 내가 이 곡을 연주할 때는 (당연히) 천천히 연주합니다. 잘 연주하지는 못하지만, 내 귀에는 이 곡이 심오하고, 유려하고, 아름답고, 관능적이고, 서정적이고, 포근하게 느껴집니다. 그런데 그 클라브생 연주자(베르네 블랑딘)는 이 곡을 서너 배 더 빠르게 연주했습니다. 내가 이 곡을 알아듣는 데 시간이 걸릴 정도였습니다.(나는 항상 작품들의 템포와 씨름합니다. 이 작품들의 해석에 내가 동의하든 그렇지 않든 간에.) 해서 이 곡이 가지고 있었던 이전의 모든 특징들이 사라져 버렸습니다. 그 특징들이 바닥에 난 구멍 속으로 빠져나간 것처럼 없어져 버렸습니다. 아주 아름다웠던 소악절도 더 이상 아름답지 않았습니다. 심지어 이 소악절은 들을 수조차 없었습니다. 노래가 침묵했고, 덩달아 욕망도 가라앉았습니다. 전문 연주자에 의해 발생한 이 사태에 나는 씁쓸함을 느꼈습니다.(하지만 이와 같은 사태는 종종 발생합니다. 이 얼마나 큰 유감이고, 이 얼마나 큰 실망입니까! 이것은 음악 애호가의 자만이 아니라 진실입니다. 왜냐하면 애호가의 욕망은 확실하기 때문입니다.) 그 쿠랑트는 그 자체로 (분명 역사적 진실에 따라) 연주되었지만, 나를 위해 연주된 것은 아니었습니다. 그것은 나를 위해서는 그 어떤 의미도 가지지 못했습니다.(니체) 그리고 그때 아무것도 발생하지 않았고, 아무것도 창조되지 않았습니다.(아무것도 변형되지 않았습니다.)

그런데 내가 욕망하는 작품에서 내가 찾는 것, 내가 원하는 것은 항상 무엇인가가 발생하는 것입니다. 하나의 모험, 곧 사랑의 결합의 변증법 말입니다. 여기에서는 각자가 타인을 사랑에 의해 변형하고, 또 그렇게 해서 제3의 항(項)을 창조해 내게 됩니다. 또는 과거 작품으로부터 영감을 받은 관계 그 자체이거나 새로운 작품을 말입니다.

2. 기호론

비록 '기호학자'이기는 하지만, 나는 기호론을 아주 변칙적인 의미에서, 그러니까 니체적인 의미에서 아주 역설적으로 이해합니다. 나는 니체의 다음과 같은 지적을 참조합니다.(『이 사람을 보라』) 니체는 자신과 쇼펜하우어, 그리고 바그너의 관계에 대해 말합니다. 그는 그들을 그 자신의 기호로 확립했습니다. "플라톤이 플라톤 자신을 위한 일종의 기호론으로서 소크라테스를 이용한 것은 정확히 이런 식이었다."[16] 니체가 바그너와 쇼펜하우어를 '모방하지 않았는지' 누가 알겠습니까! 그렇지만 그들의 관계가 거기에 나타나 있습니다. 중요한(사랑한이라고 말하지는 않겠지만) 저자가 거기에 있습니다. 글을 쓰고자 하는 나를 위한, 나 자신의 기호로서 말입니다. 그리고 하나의 기호는 유사물이 아니라 단지 **상동적** 체계에 속하는 요소라는 것을 우리는 알고 있습니다. 레비스트로스의 표현에 의하면 이 체계에서 서로 닮은 것은 체계들이고 차이의 관계들입니다.

3. 복사의 복사

이것은 분명 순수한 모방적 베끼기와 같은 것이 아닙니다.(부바르와 페퀴셰, 패스티쉬) 나는 발자크에 대한 프루스트의 아주 명민한 생각을 참고합니다.(『생트뵈브에 반하여』) 다음 구절을 읽도록 하겠습니다. 내가 다루고 있는 주제에서 약간 벗어나기는 하지만, 그래도 아주 멋진 구절입니다.(그리고 나에게는 전적으로 옳은 것이기도 합니다.)

프루스트, 『생트뵈브에 반하여』

그런데 발자크는 이 단순한 그림을 목적으로 삼지 않았다. 적어도 충실한 초상화를 그린다는 단순한 의미에서 말이다. 그의 책은 멋진 생각, 또는 이렇게 말한다면, 멋진 그림에서 나왔다.(왜냐하면 그는 종종 하나의 예술을 다른 예술의 형식으로부터 구상했기 때문이다.) 하지만 그것은 그림의 멋진 효과, 그림에 대한 위대한 생각에서 비롯된 것이다. 그는 그림의 효과에서 멋진 생각을 보았으니 만큼 그와 마찬가지로 책의 구상에서도 멋진 효과를 볼 수 있었다. 그는 하나의 그림을—거기에 강렬하고 놀랄 만한 독창성이 있는—자기 자신에게 다시 제시했다. 오늘날 한 명의 작가를 상상해 보라. 같은 주제를 다양한 조명으로 20회나 그리려는 생각을 가졌을지도 모를 작가를 말이다. 그리고 모네의 50편의 대성당 연작과 40점의 수련 연작처럼 심오한, 치밀한, 강력한, 압도적인, 독창적인, 강렬한 그 무엇을 하려는 감수성을 가지고 있을지도 모를 작가를 말이다. 열렬한 그림 애호가였던 발자크는 다음과 같은 생각을 하면서 기쁨을 누렸다. 즉 그 역시 멋진 그림의 주제를 가지고 있다고, 다른 사람들이 반할 만한 그림에 대한 생각을 가지고 있다고 말이다. 하지만 그것은 항상 하나의 생각, 지배적인 생각이었지, 생트뵈브가 생각하는 것처럼 미리 구상되지 않은 한 점의 그림은 아니었다.[17]

우리는 이전의 책과 나중의 글쓰기 사이의 관계에서 발생하는 것을 잘 이해합니다. 먼저, 매우 막연한 모방이 있습니다. 좋아하는 여러 작가들을 필요에 따라 섞는 모방입니다. 이것은 한 명의 작가만을 모방하거나 편집적으로 하는 모방이 아닙니다. 독자-작가(글쓰기를 희망하는 자)에게 **영감**을 주는 것은 이미 애정을 가지고 찬미하는 어떤 작가를 넘어서는 일종의 총체적 대상입니다. 즉 문학입니다.(프루스트가 말하는 것처럼 그림입니다.) 다음으로, 영감은 매개에 의해 이루어집니다. 미적 개념(나는 환상이라고 말하고자 합니다.)의 매개가 있습니다. '멋진 그림의 구상', '그림의 멋진 효과' 등. 마지막으로, 이와 같은 모방된 '구상'은(재현하는 것은 아닙니다.) 미리 구상됩니다. 그러니까 글쓰기 전에 그것을 먼저 생각해야 합니다. 읽기와 글쓰기 사이에서 그것을 구상해야 합니다. 단순한 모방에서 영감을 분리시키는 제3의 관계(중층적 관계)는 잇샤(一茶)의 다음 하이쿠에 잘 나타나 있습니다.

가마우지를 모방하는 어린이는
더 뛰어나다
진짜 가마우지보다[18]

가마우지가 있고, 어린아이가 있고, 시인이 있습니다. 시인은 모방하는 그 어린아이를 모방하지 않습니다. 시인은 그 어린아이를 말하고, 발화하고 또 언어로 표현합니다. 문학은 직접적인 모방에서 태어나는 것이 아니라, 거울의 이동과 같은 이 세계에 대한 증식, 발화 행위에서 태어납니다.

4. 무의식의 혈통

최근에 한 편의 짧은 시적 텍스트를 받은 적이 있습니다. 시적이라고 한 것은 그 텍스트가 서술적인 것도 지적인 것도 아니었기 때문입니다. 현기증 나는 이미지들 또는 참조 대상이나 의지할 것이 없는 유일한 이미지였죠. 나는 그 텍스트가 랭보에게서 온 것으로 생각했었습니다. 또는 더 정확히 말하자면 랭보 이전에는 불가능한, 그의 이후에만 가능한 언어, 담론의 양태로부터 온 것으로 생각했었습니다. 하지만 나는 다음과 같은 사실을 지적할 수 있다고 생각합니다. 그 짧은 텍스트의 저자는 랭보의 시를 읽지 않았다고, 어쨌든 자주 읽은 것 같지는 않다고 말입니다. 따라서 그 텍스트를 쓴 사람이 알 수 없는 매개를 통한 막연한 혈통이 있는 것입니다. 아버지를 알 수 없는 이와 같은 비(非)부자 관계의 혈통 개념을 더 다듬을 필요가 있습니다. 어떤 작가들은 글쓰기의 모태(母胎)처럼 기능합니다. 분명 랭보가 그 예입니다. '현대적' 텍스트(현대성을 반영하고 있는 텍스트), 오늘날에도 여전히 시적이라고 일컬어지는 텍스트는 이 혈통(랭보)에 속해 있습니다. → 작가 이름의 한계점인 회절(回折)된 혈통 : 상호 텍스트 양상입니다.

내가 보기에 다음 두 가지는 확실합니다. 먼저, 혈통 관계가 없는 텍스트는 없습니다. 다음으로, 모든 (글쓰기의) 혈통은 표시 불가능합니다.(예컨대 요즘의 텍스트, '텍스트적' 텍스트. 이 텍스트들은 '야생적'일 수 없고 자연 발생적일 수 없습니다. 그렇다면 이것들은 어디에서 왔을까요? 나는 그것을 말할 수 없습니다. 가장 정확한 표현은 — 왜냐하면 이것은 가장 겸손하고, 가장 덜 교만한 표현이기 때문입니다. — 다음과 같은 것일 겁니다. 그 텍스트들은 글쓰기의 이전 변이(變異)들에 의해 허용되었다는 것이 그것입니다.)

5. 시뮬레이션

이 단어는 충격을 줄 수 있습니다. 왜냐하면 내가 모방이라는 단어를 너무 엄밀하고, 너무 문자에 충실한 개념으로서 멀리 떼어 놓은 데다, 또한 시뮬레이션은 강화된 모방이기 때문입니다. 나는 '시뮬레이션'이라는 단어를 다음과 같이 이해합니다. 게다가 이 단어의 뜻 자체도 그렇습니다. 즉 '진실'이 '가짜'에, '동일자'가 '타자'에 침투한다는 것이죠. 세베로 사르뒤(Severo Sarduy)는 곧 출간될 그의 저서에서 (고전) 회화에 대해 성찰하는데,[19] 카피(copie)라는 통상적 개념을 '시뮬레이션의 충동'이라는 개념으로 대치하고 있습니다. 이 충동은 자기를 하나의 타자가 아니라, 자기 자신과 지금 다르게 되는 것의 방향으로 추동합니다. 물론 이것이든 저것이든 그건 그다지 중요하지 않습니다. 나의 내부에서 타자를 끌어내는 충동 = 동일성에 기초해서, 동일성의 내부에서 이타성을 끌어내는 힘 → 사랑스러운 읽기 행위에서 글쓰기로 이행하는 것. 이것은 자기가 좋아했던(자기를 유혹했던) 작가, 텍스트와의 상상적 동일화로부터 자기와는 다른 것이 아니라(=이것은 독창적 노력의 막다른 골목입니다.) 그의 내부에서 그 자신과 다른 것을 솟아나게 하고, 그것을 떼어 내는 것입니다. 내가 숭배했던 이방인이 나를 나의 내부에 있는 이방인, 그리고 나에게 이방인인 나를 적극적으로 긍정하도록 유도하고 또 이끕니다.

이와 같은 것들이 '창조적 영향'의 몇몇 양태입니다. 혹은 그보다는 기쁨의 독서 행위(일반적으로 '기쁨의 딸'이라고 칭한)에서 글쓰기 행위로의 몇몇 변형 노선입니다.

글쓰기 욕망

따라서 글쓰기 욕망을 떠맡고, 그 안에 자리 잡게 된 주체, 먼저 글쓰기의 희망에 스치고, 매혹된 주체가 바로 여기에 있습니다.

편집(偏執)

유일한 욕망으로서의 글쓰기 욕망: 밤의 '낙서'를 자기 자신의 욕망으로 여겼던 카프카, '내가 가지고 있는 글쓰기라는 길들일 수 없는 환상'[20]에 대해 말하고 있는 플로베르(1847년, 26세)가 있습니다. 여기에서 다음과 같은 글쓰기 욕망의 과도한 특징들 또는 이 욕망을 과잉 상태로만 존재하게 만드는 특징들, 다시 말해 작가를 가지고 라브뤼예르의 초상화처럼 만들어 버릴 수 있는 특징들을 제기할 필요가 있습니다. 문학적 절대[21]를 제시했던 낭만주의 이후의 문학에서 말입니다. 샤토브리앙은 대화 중에 (런던 소재) 대사관 서기관인 마르셀뤼스 씨에게 (자연스럽게) 자신이 보기에 '좋은' 문장인 한 문장을 얘기하게 됩니다. "샤토브리앙 씨는 나에게 런던에서 문학을 주제로 대화를 나누면서 이 문장을 말한 바 있습니다. 그때 그는 말을 중단하고 그 문장을 쓰러 가려고 했습니다."[2] 마치 다뇨증(多尿症)이 터진 것처럼 말입니다! 내게는 이런 광기가 있습니다. 친구와 함께 있으면서 수첩을 꺼내 내가 모든 예의를 무시하고 한 문장-감각 또는 한 문장-관찰을 쓸 때입니다.(하지만 나는 정확히 우정이 나를 사소한 예의에서 해방시켜 주는 때, 그리고 사교계의 예의로 보아 사소한 초자아를 해방시켜 주는 때에만 그렇게 합니다.) 따라서 글쓰기 욕망에는 일종의 편집증적 경향이 있습니다.

작가(현재 나는 이 작가를 글쓰기 욕망을 가진 사람으로 정의합니다.)는 보기에 우스운 인물입니다. "그는 궁둥이에 욕망을 달고 삽니다." 편집증적 욕망은 우스꽝스러운 구석이 있습니다.(하지만 이차적으로 말하자면, 이것은 웃는 사람들이 가지고 있지 않은 구석입니다. 우스꽝스러움이란 그 자체가 배제와 고독인 만큼 뭔가 대단한 것을 가지고 있습니다.) 프리드리히 슐레겔(『단장』)은 이렇게 말했습니다. "성스러운 소명의 지배 아래서, 그리고 입술에 미소를 머금은 채, 작가가 된다는 우스꽝스러움을 극복하기만 한다면, 더 이상 사소한 우스꽝스러움은 존재하지 않게 된다. 따라서 나는 그것을 전혀 개의치 않는다."

대체 나는 어디에서 특별히 글쓰기 욕망을 느끼게 되는 것일까요? 책 속에서는 아닙니다. 하지만 오히려 사람들이 나에게 익명으로 보내는 알려지지 않은 원고, 이 원고에 동봉된 열렬한 편지, 이 원고가 잊힐까 봐 전전긍긍하는 불안(확인용 편지) 등에서 느낍니다. 그런데 사태가 바뀌었습니다. 그 증거는 다음과 같습니다. 글쓰기 욕망이 바로 이 원고에서 순수한 상태로 제공되고, 펼쳐져 있고, 부과되어 있다는 것입니다. 그도 그럴 것이 이 원고가 출판이라는 매개를 아직 통과하지 않았기 때문입니다. 그 증거는 또한 다음과 같습니다. 즉 이 원고가, 어떤 가치를 가지고 있든 간에, 지루하고, 나를 지루하게 만든다는 것입니다. 왜냐하면 타인의 욕망과 소통한다는 것, 타인의 욕망에 흥미를 갖는다는 것은 아주 어렵기('불가능하다'의 완곡 표현) 때문입니다. 모든 원고는 지루합니다. 왜냐하면 그것은 순수 욕망의 덩어리 — 비록 이것이 단테의 것이든, 알렉상드르 뒤마의 것이든 간에 — 이기 때문입니다. 그리고 사람들이 내 앞에 놓아둔 이 욕망 덩어리, 욕망 상자를 나는 필요로 하지 않습니다 ≠ 집필되고 출간된 작품 = 작가의 욕망을 매개한 작품은 그에게서 그의 욕망을 조금 빼앗습니다. 내가 독자로서 그 욕망을 견딜 수 있도록 해 주기 위해서입니다.

글을 쓰지 않는 사람들

나는 방금 한 문장을 쓰기 위해 달려가는 샤토브리앙과 '나 자신을 동일화'시켰습니다.(나를 동일화시킨 것이지 나 자신을 그와 비교한 것이 아닙니다.) 내가 '작가'('작가'가 될 위치에 들어서고 있는 한 명의 주체)로서의 나 자신의 감정을 작가의 입장에서 정리하면서 이와 같은 '심취감'을 연장시키는 것을 허락해 주길 바랍니다. 어떤 면에서 나의 삶은 글쓰기로 많이 기울어져 있습니다. 나는 계속해서 글을 쓰는 시간과 힘을 확보하려고 많은 신경을 씁니다. 그렇게 하고 싶고, 또 그렇게 하지 못하면 마음에 부담감을 느낀다는 뜻입니다. 그런데 나는 종종 다음과 같은 괴물과도 같은 감정(정신분열증)을 갖습니다. 내 주위에 있는 여러 사람들, 종종 내 친구들이(직업에 따라 글을 쓸 수 있는 시간이 있을 것 같은) 잡다한 일, 여가에 열중하는 것을 보는 것, 요컨대 시간을 보내는 것, 그리고 종종 글을 쓰지 않은 채, 그럴 생각을 하지 않은 채, 또는 글쓰기를 그들의 삶의 관심사로 삼지 않으면서 시간을 잘 보내는 것을 목격하면서, 나는 놀라움을 넘어 이해할 수가 없습니다. 나는 그들이 어디에다 시간을 할애하는지 이해하지 못하고, 그들이 어떤 시간을 향해 있는지를 이해할 수 없습니다. 그러니까 이것이 편집증의 증거인 불투명성입니다. 내게 있어서 글쓰기의 반대항은 단순한 우연성일 수 없습니다. 나는 그것을 철학으로밖에 인정할 수가 없습니다.(이 책 267쪽 이하의 '무위' 부분 참조.) 이와 같은 이해 불가능성(또는 순진함)의 또 다른 형태. 내가 읽기와 쓰기의 변증법에 대해 말하면서 피했던 문제가 그것입니다. 즉 글쓰기가 읽기에서 기인한다면, 이 두 행위 사이에 강제가 있다면, 어떻게 쓰도록 강제당하지 않은 채 읽을 수 있을까요? 달리 말하자면, 이 질문은 괴물과도 같은 다음 질문입니다. 어떻게 작가들보다 독자들이 더 많을 수 있을까요? 우리는 어떻게 읽으면서 행복할 수 있을까요? 글쓰기 행위로 이행하지 않으면서 우리는 어떻게 위대한 독서 애호가가 될 수 있을까요? 이것은 억압일까요? 나는 이 질문에 답할 수가 없습니다. 나는 단지 이 질문이 내 안에 자리 잡고 있다는 사실만을 잘 알 뿐입니다. 결국 나는 항상 독자들이 있다는 사실에 놀랍니다. 다시 말해 글을 쓰지 않는 많은 독자들이 있다는 것에 놀랍니다. 여전히 같은 질문입니다. 소통 불능의 본질인 질문입니다.('메시지'가 전달되지 않아서가 아닙니다.) 어떻게 타인의 욕망을 이해할 수 있을까요?(어떻게 이 욕망 — 이 쾌락 — 에 동일화될까요?) 관대한 태도(이해하지 못하는 욕망을 이해하려는 척하는 태도)에 의해 묻혀 버린 전형적인 질문입니다.

고뇌에 찬 욕망

글쓰기 욕망 : 근심에 사로잡힌 욕망. 이와 같은 근심에 대해 말해 줄 두 명의 위대한 증인과 한 명의 연출가가 있습니다.

1) 플로베르 : 나는 여기에서 그의 모든 서간문을 참조합니다. 이 서간문 전체에서 글쓰기는 희열 또는 더 적절하게는 **감미로움**으로 정열적으로 제시되고 있습니다. 플로베르(1873년, 52세)는 "내가 글을 쓰지 않은 지 오래되

었다.(곧 일 년) 하지만 문장을 만든다는 것은 내게는 감미로운 일처럼 보인다."[23]고 썼습니다.(이것은 집필 활동의 영속성을 설명해 줍니다.) 그리고 끔찍한 고통으로도 제시되고 있습니다.(이것과 저것은 모두 문장을 만드는 작업 속에 피신해 있습니다.) 플로베르(1853년, 32세). "얼마나 빌어먹을 직업인가! 얼마나 어이없는 망상인가! 하지만 이 소중한 고통을 축복하자. 이것이 없다면 죽어야 할 것이다. 인생이란 그것을 결코 이해하지 못한다는 조건에서만 견디어 낼 수 있을 뿐이다."[24]

2) 카프카 : 글쓰기, 삶의 유일한 목표이자, 삶과 투쟁 상태에 있는 것.(세계, 결혼, 우리는 이것들에 대해 다시 말하게 될 것입니다.) 그가 계속 멀리 떨어져 있던 최고선. 하지만 그와 동시에 글쓰기에 대한 끔찍한 공포. 1907년 편지. "…… 하지만 나로 하여금 이 끔찍한 일 — 물론 현재로서는 이 글쓰기를 못하는 것이 나의 전적인 불행인데 — 에 봉사하게 한 것은 게으름뿐만이 아니라 또한 공포, 글쓰기에 대한 전적인 공포였습니다."[25]

3) 글쓰기 욕망의 연출가 프루스트. 나는 여러 차례에 걸쳐 프루스트를 언급했습니다.(그것은 그가 항상 나에게 자극을 주었기 때문입니다.) 『잃어버린 시간을 찾아서』에는 단 하나의 이야기가 있습니다.(고전적 의미에서 : 시련, 긴장, 최종 승리 등.) 글쓰기를 하고자 하는 한 주체의 이야기가 그것입니다. 『잃어버린 시간을 찾아서』는 스크립투리레의 소설입니다.[26] 게다가 이 글쓰기-의지의 장대한 드라마는 아마도 문학의 후퇴, 쇠퇴기에만 집필될 수 있습니다. 어쩌면 사물의 '본질'은 그것이 사라질 때 나타나는가 봅니다.

■ 글쓰기 욕망에 대한 고찰을 중단(종결짓는 것이 아니라)하기 위해 다음 사항을 지적하고자 합니다. 이 주제를 다음과 같은 두 가지 방향으로 연장시킬 수 있다는 것이 그것입니다.

첫째, 글쓰기 욕망에서 작품으로의 이행 : 일련의 모든 조작 : 일상적 시간의 편성(= 방어), 계획화, 난점, 의문점, 잘못된 부분에 대한 치유.(올해의 강의를 참고하세요.)

둘째, 글쓰기 욕망(나는 이것의 힘에 대해 말하려고 노력했습니다.)과 이 욕망이 정상적으로 통합되는 사회 문화적 장치, 즉 제도 또는 판매로서의 문학과의 종종 고통스럽고, 종종 현기증 나는 대결. 그런데 현재 문학의 주가는 하락세에 있는 것 같습니다.(이것은 또 다른 주제일 것입니다.) 글쓰기 욕망은 사회적 이별처럼 기능합니다. 문학이 과거의 대상처럼 여겨지는 만큼(유행에서 뒤지고, 이행의 종말 단계에 있는 것만큼) 이 이별을 감당하기가 더 힘듭니다. → 글쓰기 욕망 : 회고주의적, 시대에 뒤진 것. 하지만 모든 욕망이 그럴까요? 그리고 과거, 그것은 혁신을 신화로 만드는 세계(18세기 이후 : 새로운 것에 대한 편집증)에서는 항상 감당하기가 힘든 것입니다. ■

충동(tendance)[28]으로서의 글쓰기

충동

여기에서 나는 프로이트의 구별을 참조합니다. 그런데 참고했던 그 책을 다시 찾을 수가 없습니다.(메모해 둔 부분을 다시 찾기 위해 프로이트 전집을 뒤지면서 아침나절을 보내고 싶진 않습니다. 건초 더미에서 바늘을 찾는 일이었습니다. 이런 점에서 나는 경박합니다. 나의 교양을 불완전한 기억처럼 여기면서 살고 있으니 말입니다.) 대상에 의해 정의되는 성(예, 남자 ≠ 여자) ≠ 충동에 의해 정의되는 성.(그 대상의 비차별화. 예컨대 프로이트에게 있어서 고대 그리스인들의 동성애.[29]) 이와 같은 충동과 비교해 보면, 대상은 이차적 배경으로 밀리고, 하나의 범주, 하나의 도덕을 정초하지 못합니다. 예컨대 대상에서 분리되는 욕망, 따라서 생식, 종(種)에서 분리되는 욕망 ≠ 대상에 대한 고찰은 더 많은 규범, 분류, 배제를 도입합니다. 그런데 글쓰기는 우선 대상에 대한 욕망(이러저러한 것을 쓰기)에 통합되었을 것으로 보입니다. 하지만 어느 순간에 단절, 이탈이 있었을 것입니다.(이것이 지금 내가 지적하고 싶어 하는 그것입니다.) 대상은 충동에 대해 이차적인 것이 되어야 합니다. 뭔가를 쓰는 충동 말입니다. 간단히 아무거나 쓰기를 매개로 쓰기가 됩니다. 조금 후에 글쓰다라는 동사의 이와 같은 간단한 형태에 대해 다시 살펴보도록 하겠습니다. 하지만 먼저 다음과 같은 사실을 지적해야 할 것 같습니다. 충동으로서의 글쓰기는 자연적이고 생리적인 욕구의 이미지와 쉽게 일치한다는 것을요. 주체의 고려, 주체의 목표와는 상관없는 듯이 말입니다. 플로베르는 글쓰기가 갖는 이와 같은 내장적(內藏的) 상태에 대한 가장 뚜렷한 증인입니다.(음식의 중요성, 장 피에르 리샤르의 책을 볼 것.)[30] 플로베르는 1847년 26세에 이렇게 쓰고 있습니다.(『서간문』) "나는 담배를 피우고 잠을 자듯이 나 혼자만을 위해 글을 쓴다. (이와 같은 행위는 완전히 동일한 것은 아닙니다. 오늘날이라면 그는 담배에 반대하는 연맹의 항의를 받을 수도 있습니다. 내가 《르 누벨 옵세르바퇴르》[31]에서 금연 운동에 반대했을 때와 마찬가지로 말입니다.) 이것은 거의 동물적인 기능이다. 그만큼이나 '이것은 개인적이고 은밀한 일이다.'[32] 그리고 (같은 시기에) 이렇게도 썼습니다. "또한 성공을 얻는 습관도, 영광을 쟁취하는 재능도 갖지 못한 채, 나는 혼자만을 위해, 내 개인적인 심심풀이를 위해, 글을 쓰도록 처단당했다. 사람들이 담배를 피우는 것처럼 (그는 이것에 집착합니다.) 또는 말을 하는 것처럼 말이다. 내가 단 한 줄도 인쇄하지 못할 것이라는 점은 거의 확실하다……."[33](우리가 뒤에서 다루게 될 또 하나의 주제입니다.) 아리스토텔레스에 의하면 읽기와 쓰기는 인간의 본성입니다. 하지만 여기에서 글쓰기는 읽기와 떨어져 있습니다. 손의 기능에서 떨어져 있습니다. 그리고 글쓰기 기능은 일종의 역사적 '도착(倒錯)'에 의해 자율적 기능이 되었습니다. 어떤 부류의 사람들(플로베르의 유형에 속하는 사람들)에게 있어서는 유기적인 기능이 됩니다.

미(未)구별/ '포이킬로스'

대상이 충동(글쓰기) 앞에서 사라지거나 약화될 때는 당연히 글쓰기 대상들, 다시 말해 문학 '장르'를 구별하지 않는 경향이 커집니다. 장르의 구별. 이 문제는 여기에서는 성적인 문제[34]이지만, 원래는 수사학적인 문제에 속합니다. 수사학은 19세기 동안에 약화되었습니다. 현재에는 저작들의 미구별 현상의 급격한 성장이 눈에 띕니다. 하지만 이것은 출판사의 종류에 의해 제동이 걸린 상태로 있습니다.

이와 같은 미구별 상태의 특권적인 영역은 소설의 폭발, 또는 적어도 소설의 변형(위상학적 공간의 변형과 같은 의미로)에 의해 나타난 영역입니다. → 작성해야 할 자료. 다음과 같은 자료를 생각합니다.(지금 내 머리에 스쳐가는 자료일 뿐입니다.) 먼저, 나는 에세이(『생트뵈브에 반하여』)와 소설 사이에서 마지막 순간에(in extremis)(1909년 그 유명한 여름에[35]) 망설이고 있는 프루스트, 여러 장르를 동시에 원하는 작가들(네르발, 보들레르[36])에게서 이와 같은 망설임을 높이 평가하고 있는 프루스트를 생각합니다. 또한 비전형적인 작품을 생산해 내는 프루스트를 생각합니다. 마치 글쓰기(충동)가 대상의 법칙(무엇을 쓰는가? 소설을? 에세이를? 참조. 부바르와 페퀴세의 희극적인 망설임 : 무엇을 쓰지? 비극, 전기 등.)[37]에 대해 오랫동안 제동이 걸렸던 것처럼 말입니다. 다음으로, 소설의 규범적 형식에서 출발하여 팔랭프세스트 형태로 동일한 소설로부터 초월이 나타납니다. 규범으로서의 소설이 흥미를 잃어 감에 따라 매력이 점점 커지는 소설적인 것의 범주이죠. 예를 들면『테스트 씨』,『인공 낙원』,『나자』,『에두아르다 부인』 같은 것들이 있습니다. 이 모든 작품들은 전혀 발생론적이지 않은 단어, 그 장르를 알 수 없는 작품을 지칭하는 새로운 단어인 텍스트를 위해 이루어집니다.

역사적으로 텍스트에 가장 가까운 것, 또는 장르의 뒤섞임, '잡다한 혼합(bariolage)[38]'을 요구하면서 어쨌든 이론적으로 이 텍스트를 미리 예시한 것, 그것은 바로 소설에 대한 (독일) 낭만주의 이론입니다. 소설(노발리스, 쉴레겔) = 위계질서나 세분화가 전혀 없는 상태에서 이루어진 장르의 뒤섞임 = 낭만주의적 소설 또는 절대적 소설. 노발리스(『백과사전』, 제6섹션, 제2분책, 1441, 1447단장)는 이렇게 말했습니다. "소설의 기술 : 소설이란 다양하게 공동의 정신으로 이어진 연속성 속에서 모든 종류의 스타일을 껴안아야 하는 것 아닌가?"[39] "소설의 기술은 모든 연속성을 배제한다. 소설은 구성 부분들 각각의 시기에 결합된 건축물이어야 한다. 각각의 작은 단편(斷片)은 절단된 — 한정된 — 그 무엇이어야 하고, 그것 자체로 전체적인 가치를 지녀야 한다."[40] "진정으로 낭만적인 — 가장 변화가 심한 — 산문은 불가사의한 낯선 구절 — 갑작스러운 비약 — 에서 완전히 비극적인 구절이다. 심지어 아주 짧은 설명을 위한 산문의 경우에도 그렇다."[41] 이것은 소설로서의 단장(斷章)에 대한 훌륭한 정의입니다. 여기에서 벌써 어떻게 대상이 글쓰기 에너지의 색깔(moire)을 위해 구분되는지를 볼 수 있습니다. 충동으로서의 글쓰기는 이 글쓰기의 대상들이 나타나고, 광휘를 발하고, 사라진다는 것을 의미합니다.

결국 남는 것은 여러 힘들이 어울리는 장(場)입니다.

니체에게서 단편화되고 잡다하게 혼합된 글쓰기 문제를 발견하는 것은 당연합니다. 니체는 플라톤의 복수적(複數的) 문체를 진단하고 있습니다.(『비극의 탄생』) "그는 미학적 필요성 때문에 하나의 예술 형식을 만들어 낼 수밖에 없었다. 그런데 이 예술 형식은 그가 거부했던 기존의 예술 형식들과 내적으로 연결되어 있다. (……) 비극이 그 이전의 모든 예술 장르를 그 안으로 흡수했다고 한다면, 역설적으로 똑같은 말을 플라톤의 대화편에도 적용할 수 있다. 기존의 모든 양식과 형식들의 혼합으로 나오는 그의 대화편은 이야기, 서정시, 연극 사이에서 동요하고, 산문과 운문 사이의 중간 항을 구성함으로써 과거에는 통일된 언어 형식을 권하던 엄격한 법칙을 깨고 있다."[42] → 플라톤의 대화: 이 단어를 바흐친이 지적한 바 있는 대화주의, 목소리들의 혼합[43]이라는 현대적 의미로 이해해야 합니다. 잡다한 혼합에 대해 니체는 하나의 조건부적 입장을 표명하고 있습니다. 그는 힘의 강약 개념에 따라 이 잡다한 혼합을 구분하고 있습니다.(장르들의 뒤섞임, 미결정.) 소크라테스 이전의 혼합은 강한 혼합입니다. 반대로 플라톤식의 혼합은 약한 혼합입니다. 잡다한 혼합은 중요한 개념입니다. 나는 이 단어에 해당하는 그리스어를 제시하려 합니다. 바로 포이킬로스(poikilos)입니다. 잡다한, 다채로운, 반점(斑點)이 있는 등의 의미를 지녔습니다. 현대 그리스어의 피키리아스(pikilias)에서 이 단어를 재발견합니다. 다양한 오르 되브르(前菜). 또한 랍소디크(Rhapsodique)[44]라고도 할 수 있습니다. 봉합이라고도 할 수 있고요.(프루스트에 따르면 재봉사에 의해 만들어진 것으로서의 작품.) 이 랍소디크는 대상을 멀리하고 충동, 글쓰기를 찬양합니다.

이번 강의에 "소설의 준비"라는 제목을 붙이면서 내가 생각한 것이 어느 정도는 바로 이와 같은 소설 개념의 확장 — 또는 이탈 — 입니다. 소설은 점차 절대적 소설, 낭만주의적 소설, 포이킬로스적 소설, 글쓰기-충동의 소설로 이해되어야 합니다. 달리 말하자면 모든 작품으로 말입니다.

자동사

따라서 어떤 시점에서부터(이 시점은 탐구되어야 합니다. 역사적 탐구. 아마도 낭만주의와 더불어 이루어질 탐구. 하지만 이 탐구는 어쩌면 여기저기에서 낭만주의보다 더 이른 시기에도 가능할 수 있습니다. 즉 몽테뉴와 후손으로의 책. 앙투안 콩파뇽[45]을 볼 것.) 글쓰기는 이제 더 이상 '정상적인' 활동이 아니었거나, 또는 그것뿐인 것만은 아니었습니다. 목표 + 대상, 곧 단 하나의 운동에 대상을 통합하면서 대상에 맞춰진 목표라는 정상적인 활동 말입니다. 하지만 또한 여기저기에서 글쓰기는 충동이었습니다. 충동의 대상은 이제 어디를 향하는가의 풍요로움 자체, 그리고 그 작용점을 감각적으로, 비극적으로 추구하는 힘의 풍요로움 자체보다 중요하지 않은 요소였습니다.

(이와 같은 동사의 지향성에서 발생한 작은 혁명의) 발발로 인해 가능한 흔적 하나가 바로 문법적 흔적입니다. 쓰다 + 목적 보어에서 '절대적 의미'라고 말해지는 목적 보어가 없는 글쓰기로의 이행이 그것입니다. "그런데 당신은 오늘날 우리를 위해 무엇을 씁니까? 나는 그저 씁니다." 또는 "당신의 직업은 무엇입니까? 나는 씁니다." 등. 이렇게 말할 수도 있을 것입니다. 글쓰다는 자동사[46]라고 말입니다. 왜냐하면 이제 동사의 법칙에 맞는 구문은 목적 보어가 없는 구문이기 때문입니다.(이 용법은 이미 17세기에 어느 정도 나타납니다. 하지만 무엇보다도 샤토브리앙 이후부터였습니다.) 하지만 결국 하나의 목적 보어가 이 동사에 붙고 맙니다. 사람은 무엇인가를 쓰지 않는 채로 있을 수 없기 때문입니다.(나는 『팔뤼드』를 쓴다.)[47] 기이한 문법입니다. 목적 보어는 유예되어 있습니다. 미래 속에, 또는 미구별 속에, 쓰는 것을 구별하는 것의 불가능성, 지칭하는 것의 불가능성 속에서 그렇습니다. 여하튼 우리가 절대적 글쓰기에

대한 좋은 이미지를 발견하는 것은 문법 ─ 언어학 ─ 측면에서입니다. 프랑스어가 아니라 인도 유럽어에서 그렇습니다.(벤브니스트[48]) 동사의 태(態, Voix) 또는 디아테즈(diathèse)가 그것입니다. 디아테즈는 사행(事行, procès)을 통해(à travers = dia-) 주어가 동사에서 확보하는 주요 위치입니다. 프랑스어에는 능동태/수동태라는 두 개의 기본적인 태가 있다는 것을 우리는 알고 있고, 또 그것을 당연하게 생각합니다.

그런데 그리스어에는 (하지만 후기의) 그리스어 문법학자들이 제3의 태라고 부른 태가 있습니다. 중동태(中動態, Moyen)가 그것입니다.(메소테스(mésotès)라 불리는 그것은 에네르게이아(능동태)와 파토스(수동태)의 중간입니다.) 실제로 비교언어학자들은 수동태가 중동태의 한 양태에 불과하다는 사실을 알고 있습니다. 인도 유럽어에서 기본적인 태는 능동태와 중동태 두 개입니다. 이 둘의 구별에 접근하려면 다음과 같은 사실을 잘 알아야 합니다. 인도 유럽어 동사의 특징은 목적어가 아니라 주어에 관련되어 있다는 사실을요.(반대로 아메리카 인디언어 또는 코카서스어에서는 여러 지표들이 사행의 도달점을 의미합니다.) 인도 유럽어에서는 모든 것이 주어와의 관련 속에서 제시되고 또 배열됩니다. 우리 인간들이 '주체적'인 것은, 우리 인간들의 철학이 주체에서 시작되거나 또는 주체를 논하는 것은, 우리 인간들이 그렇게 자주 주체로 되돌아오는 것은, 어쩌면 인도 유럽어의 특징이 언어(우리의 언어)의 자산 속에 이미 기입되어 있기 때문입니다. 따라서 능동태/중동태는 사행에서 주체의 서로 다른 두 위치를 가리킵니다. 이것이 바로 타인을 대신해서 타인을 위해 뭔가를 하는 것입니다.(파니니[49]) 나 자신의 자리에서, 나 자신을 위해 뭔가를 하는 것과 정반대 되지요.

산스크리트어 Yajati : 사제의 자격으로 타인을 위해 희생한다.	→	Yahate : 봉납자의 자격으로 자기 자신을 위해 희생한다.
= 능동태	→	= 중동태
= 사행이 주체에서 출발하고, 주체 밖에서 완성된다.	→	사행이 주체 내에서 완성되고, 주체는 이 사행의 거점이다. (우리는 여러 해 동안 아무것도 이해하지 못한 채, luomai[50]를 배웠다. "나는 나를 위해 매듭을 푼다." 나는 나를 위해 당연히 그렇다! "나를 위해"로 번역하는 것은 부조리 — 위험 — 하다.)
주체가 실행한다.		주체가 자기 자신에게 작용하면서 실행한다.
nomous tithénai '법을 정하다.'		nomous tithésthai '자기 자신을 포함해 법을 정하다.' = '자기에게 법을 정하다.'
polémon poiéi '전쟁을 일으키다.'(가령 개전의 신호를 알리면서.)		polémon poiéitai '전쟁하거나 또는 전쟁에 끼다.'

이렇게 설명하고 나면 중동태가 목적 보어를 가질 수 있다는 점과 능동태에서 주체의 참여는 요구되지 않는다는 점을 잘 이해할 수 있을 겁니다. 이렇게 해서 아주 역설적으로 보이기는 하지만, 인도 유럽어에서 주체는 존재하다(être)에 참여하는 것, 존재하면서 자기 자신에게 작용하는 것은 요구되지 않습니다. 존재하다는 능동태입니다.(가다(aller), 흐르다(couler) 등처럼요.) 반면 중동태에서 주체는 사행의 중심이고 주인공입니다.

벤브니스트는 능동태/ 중동태보다는 외태(外態)/ 내태(內態)(diathèse externe/interne)를 제안합니다.[51]

이제 우리는 절대적 의미에서 중동태인 글쓰다라는 동사를 위한 이와 같은 분석의 장점이 무엇인지를 분명하게 내다볼 수 있습니다. 나는 내게 작용하면서 글을 쓴다. 즉 나를 행위의 중심이자 주인공으로 만들면서 말입니다. 나는 이 행위 속에서 사제(司祭)처럼 외부를 향해서가 아니라 내부에 위치합니다. 이 내부의 자리에서 주체와 행위는 하나이고 같은 덩어리일 뿐입니다.

1) '무엇인가를 쓰기.' 이것은 여러 세기 동안 계속된 것입니다. 일반적으로 이것은 발생론적이든(générique, 총칭적이든) 아니면 허구적이든 간에 누군가를 대신하는 것이었습니다. 그런데 작가는 이 누군가의 단순 대리인에 불과했습니다. 나는 하나의 대의명분을 위해 희생의 칼, 검(劍), 펜을 들었습니다. 이것은 교화하거나, 설득하거나, 개종시키거나, 웃게 하기 위함입니다. 사실주의적 소설을 만드는 것, 그것은 대중을 위한 대리인이 되거나 사제(司祭)가 되는 것입니다. 이와 달리 '글쓰기'는 사제의 손에서 칼을 빼앗는 것, 자기 자신을 위해 희생하는 것입니다. 분명 목적 보어(무엇인가)는 가능하고, 심지어는 불가피하기까지 합니다. 하지만 주체적 인격의 자격으로 글을 쓰는 주체에 의해서가 아니라 글쓰기의 작용을 받는 글을 쓰는 주체에 의해 항상 에워싸이고 또 포위되기도 합니다. 이렇게 해서 글을 쓰는 자[52]의 인격이

아니라 지식서사(écrivant)[53]의 주체성이 나타나게 됩니다. 이처럼 작용을 받는 행위의 주체성에 상응하는 실천적 계획, 그것은 현재 발화 행위라고 불립니다. 고전 작가(단순하게 하기 위해 이렇게 말합시다.)는 하나의 대의명분, 하나의 외부적 목적(예컨대 종교)에 자신의 펜을 빌려 주었습니다. 이렇게 해서 그는 능동태 속에 있게 되었습니다. 플로베르는 달랐지요. 글쓰기의 전형적 작가로서 그는 더 이상 자신의 펜 외부에 있지 않았습니다.(물론 그가 처음으로 그렇게 한 것은 아닙니다. 그 이전에 샤토브리앙도 있고, 독특한 예로 몽테뉴도 있습니다.) "나는 한 사람의 인간-펜입니다. 나는 펜에 의해, 펜 때문에, 펜과의 관련 속에서, 펜과 더불어 더 많이 느낍니다."[54] 절대적 글쓰기는 본질이 됩니다. 작가가 그것을 위해 스스로를 불사르는 그런 본질, 글쓰기의 순수성이라는 일종의 신비 속에서 작가가 스스로를 일치시키는 그런 본질, 그리고 그 어떤 목적도 부패시키지 못하는 그런 본질입니다. 플로베르(1860년, 39세)는 이렇게 말했습니다.) "그 어떤 예술 작품보다 나를 즐겁게 해주는 것은 예술이 과잉인 작품입니다. 나는 그림 속에서 그림을, 시들(des vers) 속에서 참다운 시(le Vers)를 좋아합니다."[55]

2) 중동태(내태(內態))로서의 글쓰기는 역사적 시대에 상응합니다. 대략 낭만주의에 말입니다.(나는 이 단어를 학교에서 사용하는 의미에 국한시키지는 않습니다.) 다시 말해 샤토브리앙(또는 만년의 루소)에서 프루스트까지가 포함됩니다. 중동태 자체로서의 글쓰기는 넘어설 수 있습니다. 그리고 이것을 넘어서고 또 급진화시키려고들 노력했습니다. 그것은 심지어 현대문학의 여러 시도와 실패를 기술하는 데 유용할 수도 있습니다.(하지만 이 작업은 아직 이루어지고 있지 않습니다.) 만일 내가 그럴 의도를 가졌더라면, 그렇게 할 수도 있었을 것입니다. 하지만 나는 '낭만주의적' 방식으로 글쓰기를 하겠다는 이야기를 하는 사람에 불과합니다. 따라서 내가 받는, 나에게 전달되는 텍스트(나는

'책'이라고 하지 않았습니다)를 다음과 같은 유형으로 기술하기 위해 이와 같은 유용성을 이용하려고 합니다.

첫째, 글쓰기는 아주 강한 중동태입니다. 글쓰기가 진정으로 주체에게 가하는 작용만이 중요합니다. 내태(interne) 이상(以上)의 태 = 내장적(內臟的, intestine) 태. 이때 대상은 좋은 싫든 간에 분류 불가능, 파악 불가능하게 되고, 또 명명 불가능하게 됩니다. 그것은 하나의 텍스트, 하나의 활동의 흔적, 낙서, 일반적으로 가독성의 기준 밖에 있습니다. 그것은 서술적이지도, 논증적이지도, 심지어는 시적이지도 않습니다. 그것은 (독자의 눈에는) 일종의 아무것도 아님입니다. 그로부터 '출판 가능성'의 수준에서 긴장이 발생합니다.

둘째, 다른 노선. 논리적으로 주체를 부정하는 데까지 나아갔고, 글쓰기의 보편성 속에서 변증법적으로 해소되어 버린 글쓰기(낭만적 방식)는 더 이상 최종 제어장치가 아닙니다. 이것은 주체와 마찬가지로 폐기되었습니다. 이제 더 이상 책에 멈추지 않습니다. 즉 혈연의 대치물인 후손으로서의 작품에 멈추지 않습니다. 사람들은 쓰인 것을 과도하게 사회화하는 경향이 있습니다. 현재 볼 수 있는 익명적 그리고/ 또는 집단적 글쓰기에 대한 유혹도 그런 경향 중 하나입니다. 1) 글쓰기(라이팅(writing))의 일반적 실천 속에서 ― 여기에서 글쓰기는 더 이상 중동태 동사가 아니라 수동태 동사 ― 글쓰기는 몇몇 기법에 따라 이루어집니다. 2) 익명적 또는 집단적 글쓰기 시도에서 저자의 이름은 아주 헤겔적인 방식으로 보편성(특히 관념. 왜냐하면 이 관념은 비인칭적이기 때문입니다. 문학 소유권에 대해 부르주아 법이 주장하고 있는 것처럼.)[56]이 희미한 형상들에 희생되었기 때문입니다.

이와 같은 형태들은 현재까지 그 효력을 발휘하지 못했습니다.(물론 라이팅을 제외하고는 말입니다.) 왜냐하면 독서가 거기에 완강하게 맞서고 있기 때문입니다. 내가 이야기하는 인간은 가독적인 동시에 절대적인 글쓰기 ― 곧 낭만주의적 글쓰기 — 에 대한 문제를 스스로에게 제기합니다. 따라서 우리는 우리의 이야기, 즉 **중동태 동사인 글쓰기**에 대한 이야기를 다시 하게 되는 것입니다. 그러니까 나는 글쓰기 과정에서조차 나에게 작용하면서 글을 씁니다.

끝냈다

절대로서의 글쓰기는 하나의 특수한 실존적 운동을 취하게 됩니다. 다시 시작하기 위해 (작품을) 끝낸다는 운동이 그것입니다. '끝냈다'는 환상인 거죠. 사람들은 작품을 끝마치기 위해 미친 듯이 작업을 합니다. 하지만 작품을 끝내자마자 다른 작품을 다시 시작합니다. 동일한 환상의 조건에서 말입니다.(조르주 상드는 새벽 2시에 소설 한 편을 끝맺고, 3시에 다른 소설을 시작했습니다.) 글쓰기 '충동'은 실제로 지칠 줄 모릅니다.

'끝낸다'라는 소원은 각 단계마다 나타납니다. 소재를 모으는 단계, 집필 단계, 퇴고 단계, 타이핑을 하는 단계, 출판 단계 등. 각 단계를 통과하려는 열의, 초조함 등이 나타납니다. 그리고 이 모든 것이 이루어진 다음에는 대상에 대한 일종의 실망감, 최종적인 밋밋한 느낌을 느낍니다. 뭐라고? 이것뿐이라고?(첫 번째 독서는 고통스럽습니다.) 다른 작품으로 빨리 넘어가자! 이렇게 말할 수도 있습니다.(나는 그럴 수 있습니다.) 일단 시작했으니 끝마치기 위해 계속 쓸 수밖에 없다고요. 힘들게 밀고 나가면서 나는 이렇게 말할 것입니다. 즉 책 한 권이 나에게 주는 기쁨은, 그것을 끝냈다는 것 — 잘 끝냈다는 것 — 이라고 말입니다. 그 나머지 것(수용)은 이미지에 대한 만족이지, 그것을 만들어 내는 것에 대한 만족은 아닙니다. 따라서 의심스러운 이미지입니다. 왜냐하면 이미지는 정확하지 않을 수도 있기 때문입니다.(출판된 책이 나에게 줄 수 있는 유일하게 진정한 만족감은 미지의 몇몇 독자들에 의해 내가 몰랐던 요구에 이 책이 부응했다는 것을 확신할 수 있는 것입니다.(=살아 있는 책에 대한 정의.))

최종 목표, 결정적 목표를 상상하는 것은 기투(Pro-jet)(앞으로 나아감, 한 단계 한 단계 나아감)의 논리 속에 포함되어 있습니다. 사람들은 최종 목표의 지점에서 더 이상 글을 쓰지 않을 것이고, 또 글쓰기로 인해서가 아니라 글을 쓰고자 하는 욕망의 끝없는 재개로 인해 휴식을 취하게 될 것입니다. 완전한 무위(無爲)를 상상하고 있는 루소(생피에르 섬).[57] 그로부터 최후의 유언으로서의 마지막 작품에 대한 환상적 특권이 유래합니다. 또 하나의 작품입니다! 이 작품은 내가 모든 것을 말하게 될 작품일 것입니다. 그러고 나서 나는 입을 다물게 될 것입니다. 유언에 대한 환상. 항상 다시 바뀌는 유언의 현실.

이와 같은 생각, 또는 보다 겸손하게 말해 끝냈다는 환상은 어쩌면 글쓰기의 새로운 유형학을 가능하게 할 수도 있습니다. 게다가 현재 볼 수 있는 유형학이기도 합니다. 장 파방스(Jean P.)의 경우가 그렇습니다. 그의 원고는 제1유형에 속하지 않습니다. 텍스트적인 것(비가독적인 것)도 아니고, 익명적인 것도 아닙니다. 세련된 글쓰기로 된 서술적 소설, 첫 번째 소설입니다.[58] 나는 그에게(은밀하게, 항상 그런 것처럼 내 자신으로부터 출발해서) 질문을 던졌습니다. 그는 과연 자신의 미래의 삶에 대해 작가로서의 삶이라는 시각을 가졌던가? 그는 과연 자기 삶의 전체 차원에서 작품을 쓰려고 생각했던가?(다시 말해 작품들의 무한 집적을 말입니다.) 그는 그렇지 않다라고 대답했습니다. 그는 (자기 삶의) 한순간을 한 작품 안에 가두고 싶었고, 그것이 전부라고 답했습니다. 달리 말해 그는 고정관념 없이 — 하지만 나선형의 또 다른 지점으로 — '뭔가 쓰는 작업'으로 되돌아오곤 했던 것입니다. 어쩌면 내 생각이 틀렸을지도 모르지만 나는 다음과 같이 생각합니다. 모든 젊은 것(이 젊은 소설가의 경우인데)은 현대적이라고 말입니다. 따라서 나는 '유행에 뒤진 것'처럼 느꼈습니다. 그도 그럴 것이 내가 글쓰기에 대해 절대적 감정(작품과 더불어 끝나지 않고, 작품을 다시 시작하게 하는 감정)이나 또는 종신적(終身的) 감정(내 삶에 따라)을 가졌기 때문입니다. 글쓰기는 — 적어도 나의 글쓰기는 — 미래지향적입니다. 글쓰기는 미래에서 출발해서 이루어지고, 그 미래는 내용이 없습니다. 그 미래는 결코 채워지지 않습니다. 글쓰기의 본성은 내출혈적입니다. 그도 그럴 것이 글쓰기를 통해 시간이 끊임없이 앞으로 나아가기 때문입니다.(이 글쓰기에 의해 운반되는 대상도 그렇습니다.) 나는 몽테뉴가 지적한(샤토브리앙에 의해 인용된)[59] 것을 증명합니다. "사람들은 입을 크게 벌리지 않은 채로 미래의 사태로 향해 나아간다."

끝맺다의 결론을 맺기 위해 나는 극단적인 경우를 상기하고자 합니다. 프루스트의 경우가 그렇습니다. 『잃어버린 시간을 찾아서』 = 죽음에 맞선 투쟁. 죽기 전에 끝내야 함. 따라서 이 작품은 가차 없이 유언과 같은 성격을 지니게 됩니다. 이 작품은 죽음에 의해 제한된 끝맺기이고, 강하게 미래지향적입니다.(삶 전체가 하나의 제도이고, 금욕적입니다.) 하지만 이 작품은 그래도 일단락된 작품입니다. 그래서 유예 기간의 문제가 제기됩니다. 만일 프루스트가 죽지 않았다면, 만일 작품을 가까스로 끝냈을 수 있었다면, 그는 과연 무엇을 썼을까요? 그는 과연 무엇을 쓸 수 있었을까요? 유예 기간은 쉽게 채워지지 않습니다. 이것은 잉여 시간이고, 권태의 시간입니다.(미슐레와 프랑스 대혁명의 유예 기간으로서의 19세기. 참조. 기원후 천 년 이후[60]) 어떤 의미에서 프루스트는 죽을 수밖에 없었습니다. 그렇지 않았다면 그는 아마 그 어떤 새로운 것도 쓰지 못했을 것입니다. 단지 마르코타주[61]를 통해 작품에 뭔가를 덧붙이기만 했을 것입니다. 계속되는 종이 두루마리. 무한히 부푸는 마요네즈. 베로날(véronal)[62]로 물든 종이 위에 쓴 마지막 단어 : 포르셰빌(forcheville).[63]

여담 – 쓰지 않을 것인가?

여기에서 글쓰기가 욕망, 정열과 같은 것으로 여겨지고 있기 때문에(나는 글쓰기에 대해 이렇게 말하면서 시작했습니다.) 이와 같은 욕망, 이와 같은 정열의 단절이나 정지의 원리를 제시하는 것이 필요합니다. 달리 말하자면, 반(反)글쓰기(Contre-Ecrire), 비(非)글쓰기(Non-Ecrire), 파라그라피(Para-Graphie)(욕망을 글쓰기 이외의 다른 것으로 우회시키기), 또는 아그라피(A-Graphie)(글쓰기가 현명하지 않기 때문에, 글쓰기의 정열을 억제하거나 가라앉히기, 또는 지혜로 들어가기)의 가능성을 상기시킬 필요가 있습니다. 이것은 논리적인 결구가 아닙니다. 드물지만 내가 그 앞에서 커다란 공포를 느끼는 사건이 발생합니다. 하지만 이 공포는 적응할 수 있는 그 무엇인가에 대한 공포입니다. 그러니까 비(非)글쓰기의 날개가 나에게 드리워지는 사태가 발생합니다. 이 날개는 불행의 어두운 날개입니다만, 또한 지혜의 부드러운 날개이기도 합니다. 이렇게 해서 사람들이 결코 제기하지 않은 문제, 진짜 특이한 문제가 제기됩니다.(우리는 이미 다른 특이한 문제를 보았습니다. 사람들이 어떻게 글을 쓰지 않을 수 있는가의 문제가 그것입니다.) 사람들이 어떻게 글쓰기를 멈출 수 있는가, 어떻게 작가가 실천과 작업을 그만둘 수 있는가의 문제가 그것입니다. 나는 이 문제에 대해 다음과 같은 두 가지 경우를 살펴보려고 합니다.

1) 욕망의 우회, 2) 욕망의 자격으로 욕망 그 자체를 문제 삼는 것이 그것입니다.

자발적 정지

프랑스 문학에서 글쓰기의 화려한 자발적 정지(Sabordage)를 보여 준 사람은 랭보(1854~1891년. 베를렌의 권총 발사(1873년))입니다.

전면적 단절. 한편으로 독서, 편지, 운문시, 이론(견자(見者)에 대한 이론), 다른 한편으로 갑자기, 완전히 아무것도 하지 않음, 무(無) 속으로 침잠해 버린 문학, 철저하고, 갑작스러우며, 결정적인 문학의 살해. 왜일까요? 내 생각으론 그에 대한 설명이 없었습니다. 그리고 진실을 말하자면, 심지어는 동기라는 개념 자체가 헛되고 경박하다는 점을 잘 느낍니다. "그저 그렇다. 그것이 사건의 전말이다." 이건 아주 어려운 문제입니다만, 랭보는 모든 주석자들에게 (랭보 신화가 있었기 때문입니다.) 자신의 결정이 갖는 절대적인 무광택(matité)을 제시한 것입니다. 키르케고르(아브라함 참조.[64])가 보았던 신앙의 불투명성을 닮은 불투명성을 말입니다. 랭보의 자발적 정지, 침몰은 완벽했습니다. 1879년에 로쉬로 돌아온 랭보는 자기에게 여전히 문학을 생각하고 있느냐고 묻는 에르네스트 들라예(Ernest Delahaye)에게 아무런 광택도 없고, 감정도 없는, 욕망의 중성적 상태에 대해 이렇게 말합니다. "나는 더 이상 그것에 관심이 없네."[65] 이와 같은 자발적 정지에 이어 과거와 문학을 상징하는 샤를빌 친구들과의 단교가 이어집니다. 그리고 당연히 책의 완전한 조난(遭難)이 발생합니다. 랭보는 그의 친구 피에르켕(Pierquin)에게 이렇게 씁니다. "책을 구입하는 것, 그것도 특히 그것과 유사한 책(르메르(Lemerre) 출판사에서 출간된 것)을 구입하는 것, 그것은 완전히 바보짓이네. 자넨 자네 어깨 위에 모든 책을 대신하게 될 짐을 지고 있네. 서가에 정리된 책들은 오래된 벽의 나병균을 감추는 데만 이용될 걸세."[66]

주석가들 사이에서 논의되었던 유일한 사실은 이런 자발적 정지가 이루어진 날짜였습니다.

먼저, 오랫동안 정설로 인정된 설명(카레[67])은 이렇습니다. 1870년 : 『운문시』. 1871년 : 『운문시』. 1872년 : 『레쥘리미나시옹(Les Illuminations)』. 1873년 5월 : 『지옥에서 보낸 한 철』 → 1873년 11월 : 그 어떤 문학적 관심도 없음.

다음은 부이안 드 라코스트[68]의 연구에 따른 새로운 설명입니다. 『레쥘리미나시옹』이 『지옥에서 보낸 한 철』보다 뒤에 집필됨. 1873년 : 『지옥에서 보낸 한 철』 → 1874년 『레쥘뤼미나시옹』 → 1875년 : 문학 활동의 종말.

창작의 '논리'를 재발견하기 원한다면, 『지옥에서 보낸 한 철』이 『레쥘리미나시옹』보다 먼저 나왔느냐 나중에 나왔느냐를 결정하는 것이 중요합니다. 하지만 욕망의 완벽한 조난에 대해 말하고, 또 그것을 놀라 바라보는 것으로 만족하는 우리에게는 이 자발적 정지를 1873년과 1875년 사이에, 다시 말해 정확히 랭보의 나이 20세에 위치시키는 것으로 충분합니다. 랭보에게는 더 살아가야 할 햇수가 아직도 이십 여 년 남아 있습니다. 다른 랭보입니다.

랭보는 욕망(글쓰기 욕망)을 버렸지만, 그에게서 이 욕망은 또 다른 욕망, 첫 번째 욕망과 마찬가지로 강렬하고, 극단적이고, 광적이라고 할 수 있는 욕망으로 대체된다는 점에 주의하세요. 바로 여행으로 말이지요.

이것은 완전히 미친 욕망이었습니다. 랭보는 벌써 청소년기에 믿을 수 없을 만큼 많은 도보 여행을 했습니다. 땡전 한 푼 없이 걷고 또 걸어서 말입니다.(오늘날이라면 히치하이킹을 할 수밖에 없었을까요? 어쩌면 그는 그저 혼자 걷기를 원했을까요?) 그리고 언어를 배우려는 광적인 취향. 영어, 독일어, 아랍어, 스페인어, 네덜란드어, 힌디어, 그리고 특히 1873년 이후에 그렇습니다. 영국(베를렌과의 결별 이후 제르맹 누보와 함께.), 독일(슈투트가르트), 스위스를 거쳐 이탈리아(밀라노), 샤를빌로의 귀환. 다시 유럽, 자바(숲 속에서의 탈주), 오스트리아, 사이프러스(채석장의 현장 감독), 홍해 등을 휩쓸고 다녔습니다. 이 모든 여행은 1875년에서 1881년 사이의 일입니다. 랭보의 편집광적인 성격이 드러납니다.

하지만 이와 같은 여행의 욕망도 결국 제2의 리비도에 의해 대체되었습니다. 탐험과 식민화(아비시니아[69])가 그것입니다. 정확히 나의 외조부이신 뱅제르(Binger)가 활동하던 시기이기도 한 이 시기, 즉 1887~1889년[70]은 탐험과 식민지화가 은밀히 연결되어 있었습니다. 말하자면 여전히 연결되어 있었습니다. 랭보는 자신의 탐험 시도가 갖는 중요성을 잘 알고 있었습니다. 그는 아비시니아로 진입하는 통로를 열었습니다. 이 길은 에티오피아의 첫 철도 노선이 됩니다. 랭보는 또한 재빨리 지부티의 지정학적, 경제적 중요성을 간파했습니다. 시인과 여행자의 역할(여전히 낭만적인 모습)이 식민자와 지리학자(시인과는 정반대되는 모습)의 역할로 대치됩니다. 랭보는 이제 아무런 시도 쓰지 않습니다. '부조리하고 혐오스러운 철없는 짓거리'[71]라면서요. 이 시기에 그는 단 두 편의 글을 썼습니다. 1887년에 아라르에서 했던 여행에 대한 완전히 무미건조한 산문으로 된 보고서(지리협회가 요청)와 카이로에서 발행되던 소규모 프랑스어 신문에 실린 "르 보스포르 에집시엥(Le Bosphore égyptien)"[72](1887년)이라는 제목의 편지가 그것입니다.

이미 말씀드린 바 있습니다만, 내가 보기에 랭보의 자발적 정지에는 여전히 놀랍고도 설명할 수 없는 뭔가가 있습니다. 이것은 어떤 점에서도 하나의 문화적 모델이 될 수 없습니다. 왜냐하면 모든 것이 눈에 띄게 욕망의 차원에서 이루어졌기 때문입니다. 욕망의 순환, 곡예, 선회가 있었습니다. 결코 욕망, 또는 더 잘 표현하자면, 의지(니체적 의미에서) 그 자체는 정지되지 않았습니다. 그리고 분명 타자의 욕망, 그것은 왈가왈부할 수 없는 것입니다. 즉 염치없는 짓이기도 합니다. 단지 다음과 같은 두 가지 사실만 지적하고자 합니다.

첫째, 우리에게는 랭보가 작가이기 때문에, 성공한 문학에서 출발해서 식민주의자 및 상인(커피와 소총)으로 변모한 랭보의 모습은 놀랍기 그지없습니다. 하지만 질문을 다음과 같이 뒤집어 보는 것 역시 정당합니다. 랭보가 식민주의자이자 상인이 된 사실로 미루어 보면, 그는 대체 어떻게 글을 쓸 수 있었을까요? 그것도 아주 잘 말입니다. 변화 도식('운명')을 잊어야 했습니다.

한 인간의 삶에서 이런저런 순간에 특별한 의미를 부여할 필요는 없습니다. 종말에 특별한 의미를 부여하고, 인간을 그의 죽음에 맞춰 판단하는 것은 기독교적 전통에 속합니다.('훌륭한 종말'이라는 생각이지요.) 파스칼은 몽테뉴와 대조됩니다. "그런데 그는 자신의 책 전부를 통해 비겁하고 무기력하게 죽는 것만을 생각했다."[73]

둘째, 랭보는 근대적입니다.(근대성의 창시자죠.) 하지만 그의 저작이 그를 그렇게 만든 것은 아닙니다. 어쩌면 그의 저작보다는 오히려 단절의 아찔함, 단절의 비현실성 때문입니다. 단절의 철저함, 순수함, 자유로움이 근대적인 것도 아닙니다. 이 단절이 근대적인 것은, 그것이 다음과 같은 사실을 내다보게 하기 때문입니다. 주체 — 언어활동의 주체 — 가 갈라지고 분열되었다는 사실을 말이지요. 마치 철로의 한 선이 다른 선과 평행하게 앞으로 쭉 뻗어 내달리고 있는 것처럼요. 마치 랭보가 그의 내부에 두 개의 견고한 격실(隔室)을 가지고 있는 것처럼요. 하나는 시(詩)라는 격실(고등학교에서)이고, 다른 하나는 여행이라는 격실입니다.(어머니에 대한 거절에 의해서일까요? 그건 평범한 것일까요? 누가 알겠습니까?) 랭보는 두 개의 불연속적인 언어를 사용했습니다. 시인, 여행자와 식민주의자, 마지막으로 신앙인(파테른 베리숑, 클로델[74]) 사이에 연결부는 없습니다. 그리고 바로 이와 같은 분열이 근대적 유혹으로 작동한 것입니다. 마키아벨리는 로렌츠 드 메디치(근엄하고 육감적인)에 대해 이야기하고, 그의 내부에 '생각할 수 없는 연결부로 연결되어 있는 두 개의 서로 다른 인물'[75]이 있었다고 말했습니다.

한가함

이와 같은 파라그라피 — 또 다른 욕망을 향해 우회된 글쓰기 욕망 — 앞에 순수한 아그라피의 가능성이 남아 있습니다. 아그라피는 욕망의 자발적 정지에 연결된 글쓰기의 정지입니다. 일(Négoce)(Negotium), 즉 노동, 활동, 움직임에 오티움(Otium), 즉 여가, 또는 이런 표현을 쓴다면, 한가함이 대조됩니다. 이 개념을 성숙한 어른의 힘으로 여긴다는 조건으로 말입니다. 노동의 타락하고 경망스러운 이미지가 아니라 충만한(게다가 힘든) 철학으로 여긴다는 조건으로 말입니다.

작가가 글쓰기 — 무엇을 쓰든지 간에 — 를 <u>파악하고자 하는 의지</u>(Vouloir-saisir)의 (감추어진) 격렬함으로 경도된 살고자 하는 의지(Vouloir-vivre), (아무리 순수한 의도라고 해도) 타인들의 욕망의 <u>조작</u>으로 느낄 때마다 삶의 체계로서의 (총체적인) 한가함이라는 생각이 이 작가를 스칠 수 있습니다. 이때 규정상 모든 작품을 중단하고자 하는 유혹이 오게 됩니다. 그 내용이 어떤 것이든지 간에 그 작품은 '시도', '공격', '지배'이기 때문입니다. 더 이상 말을 안 하려는 욕망, 모든 포부, 모든 사회적 리비도를 포기하려는 욕망이 오게 됩니다. 작가 자신의 근심, 투쟁, 세심함으로 인해 책을 쓴다는 것은 지겨운 직업(루소[76]) — 사람들은 이런 직업을 포기하게 된다고 예상합니다. — 처럼 나타날 수 있습니다. 그로부터 환상에 사로잡힌 해결책이 나옵니다. '글을 쓰자.(왜냐하면 이것은 주이상스이기 때문입니다.) 하지만 <u>출간은 하지 말자.</u>(왜냐하면 출간하는 것은 걱정거리이기 때문입니다. 이것은 특히 플로베르에게서 다시 발견하게 되는 주제입니다.)' 물론 출간하지 않으면 책은 실존적으로 지속될 수 없습니다. '생계'의 문제가 당연히 남습니다. 그런데 오늘날 한 작가, 특히 '공들이는' 작가가 자기가 쓴 책으로 먹고사는 경우는 비교적 드뭅니다. 그는 삶을 그만두는 일 없이 글을 쓰는 것을 그만둘 수 있습니다. 『고백록』, 플레이아드, 600쪽.

한가함은 자기가 원하는 것을 하는 자유로서의 단순한 여가로부터(글쓰기라는 힘든 노동의 법칙에 더 이상 얽매이지 않기 때문에) 선과 악, 힘과 비(非)힘의 심오한 철학으로 입문하는 길입니다. 그 몇 가지 단계를 살펴보겠습니다.

지(知)

무위의 최고(最高) 형태(우리를 가장 터무니없는 무위인 전면적인 **무상**(無償, pour rien)으로 이끌 무위의 위계질서를 훑어볼 것입니다.)는 다른 것으로 변형될 수 있는 이득이 없는 연구, 독서 '그 자체'입니다. (발자크의 소설) 『줄어드는 가죽(Peau de chagrin)』[77]에서 다음과 같은 멋진 문장으로 표현된 무위입니다. "원하는 것은 우리를 불사르고, 할 수 있는 것은 우리를 파괴한다. 하지만 안다는 것은 우리의 허약한 체질을 영원한 평정 상태에 놓아둔다……."[78] 여기에서는 '철학적 무위'가 문제 됩니다.(그것이 우리의 적합성이기 때문입니다.) 그도 그럴 것이 안다는 것은 원하는 것과 할 수 있는 것과 대조되는 한에서만 선(善)이기 때문입니다. 성 아우구스티누스가 말한 세 가지 리비도를 기억하십시오. 바로 관능욕(sentiendi), 지식욕(sciendi), 지배욕(dominandi)이지요. 지식욕은 변증법적으로 고요함의 가능성, 다시 말해 무욕(non-libido)의 가능성을 열어젖히기 때문에 관능욕과 지배욕에 대립됩니다.

공작 작업

충실한(꽉 찬, 손이 가는) 무위. 은퇴한 공작 작업자(bricoleur) 유형의 사람이 하는 소일거리들을 대체하는 무위입니다. 이와 같은 무위는 루소에게서 아주 매력 있게 기술되고 있습니다. 첫째, 거대한 계획, 새로운 삶 ── 신생(Vita nova)[79]입니다.(우리는 이와 같은 개념들을 글쓰기 작업과 글쓰기의 무위가 동일한 하나의 환상의 양면인 글쓰기 자체 내에서 다시 발견하게 될 것입니다.) ── 과 같이 환상화된 무위입니다. 1765년 52세였던 루소는(1778년에 세상을 떠났습니다.) 생피에르 섬(비엔 호수)에 정착하려는 계획을 세웁니다. "소설 같은 계획을 세웠던 여러 해는 이미 지나갔고, 덧없는 허영심은 나를 기쁘게 하기보다는 더욱 피로하게 했으며, 내게 남은 마지막 희망이라고는 무한한 여가 속에서 속박 없이 사는 것뿐이었다."⁸⁰ 루소는 그 섬을 방문했습니다. 그는 그 섬이 마음에 들었고 그곳에 체류합니다. "그래서 나는 내 세기(世紀)와 동시대인들에게 이별을 고하고, 나의 여생을 그 섬에 가둠으로써 이 세상과 고별한 셈이었다.(따라서 개종이라는 장엄한 주제입니다.) 결심이 이러했고, 또 바로 거기서 한가로운 삶의 대(大)계획, 그때까지 하늘이 나누어 준 빈약한 활동력을 헛되이 기울였던 그 대계획을 마침내 실현할 작정이었던 것이다."⁸¹ 둘째, 이와 같은 무위는 잡일들로 가득 차 있습니다.(나는 위에서 공작 작업자에 대해 말했습니다.) 『고백록』, 214쪽, 36번 주석

　루소는 이런 종류의 무위를 잘 묘사하고 있습니다. "내가 좋아하는 한가함은 완전히 아무것도 하지 않고 팔짱을 끼고서(하지만 우리는 곧 이와 같은 완전한 무위가 동양인에게는 아주 훌륭한 방식으로 환상화될 수 있다는 것을 보게 될 것입니다.) 움직이지 않는 것 이상으로 생각을 하지 않는 백수건달의 무위가 아니다. 내가 좋아하는 것은 아무 용도도 없는 움직임을 끊임없이 해대는 어린아이의 무위인 동시에, 자기 팔이 쉬고 있는 동안 지껄여 대는 객설가의 무위이다. 나는 아무것도 아닌 것들을 하는 데 몰두하는 것을 좋아하며, 수많은 일을 시작하여 아무것도 끝내지 않기를 좋아하며, 생각나는 대로 왔다 갔다 하고, 시시각각 계획을 변경하기를, 파리의 온갖 동정을 살피는 것을, 그 밑에 무엇이 있는지 보기 위해 바위를 들어 보려고 하거나, 십 년 걸릴 일을 열정적으로 계획해 십 분 후에는 아쉬움 없이 포기하기를, 요컨대 하루 종일 순서도 맥락도 없이 허송세월하는 것을, 모든 일에 있어서 오직 순간의 변덕만을 좇기를 좋아한다."⁸² 따라서 부정된 것은 '노동'(그것은 신성불가침의 가치입니다.)이 아니라 바로 속박입니다. 루소는 '자유로움' 때문에 무위를 원한 것입니다.(이것이 바로 우리가 무위에 대해 현재 가지고 있는 생각입니다. 형이상학적이 아니라 사회적 소외 극복입니다.) 『고백록』, 634쪽

'아무것도 아님'

일이나 관심사의 증발에서 한 단계 더 나아간 것, 절대적으로 아무것도 생산하지 않는 순수한 형식로서의 활동입니다. 그 어떤 이익도, 심지어는 내면적인 이익도 없습니다. 여러분은 분명 북아프리카와 그리스에서 아무것도 하지 않은 채 앉아서 알이 굵은 가짜 묵주를 지칠 줄 모르고 만지작거리는 사람을 보았을 것입니다. 그 묵주가 바로 **콤볼로이**(komboloï)[83]입니다. 손은 무의식적으로 그것을 쓰다듬습니다. 이것은 아무런 종교적 기능을 가지지 않습니다. 이것은 도구도 장난감도 아닙니다. 이것은 말하자면 아무것도 하지 않음의 적극적인 표장(標章)입니다. 왜냐하면 만일 이런 형태가 아니면 아마도 아무것도 하지 않음이 드러나지 않기 때문입니다. 존재와 무의 기묘한 변증법입니다. 아무것도 아님이 보이고, 알려지고, 느껴지기 위해서 뭔가 존재하는 지지체가 필요합니다. 그렇지 않다면 그것을 구별할 수 있는 패러다임도 의미도 없습니다. 무는 아무것도 없는 것이 아닙니다! 사유의 입장에서 보면 이건 견딜 수 없는 것입니다.

무위(無爲)

이것은 총체적인(그리고 최종적인) 한가함에 대한 경험 속에서 견뎌 내야 할 필요가 있는 그것입니다. 무(néant)에 대한 것이 아니라고 해도(이것은 지나치게 과장적이고 형이상학적입니다.), 적어도 아무것도 아닌 것(Nul)에 대한 경험을 환상화하는 것이 그것입니다. 이와 같은 경험에 대해 다음과 같은 선시 두 구절을 제사(題詞)로 인용할 수 있을 것입니다. 이 두 구절은 나에게 커다란 감명을 주었고, 따라서 평소의 버릇과 달리 달달 외울 정도입니다.

평화로이 아무것도 하지 않은 채 앉아 있네

봄이 오고, 풀은 저절로 자라나네[84]

(파격 구문이 나를 사로잡습니다. 어떤 주체도 없이, '앉아 있는 자'뿐입니다.) 나는 이런 상태를 틀림없이 체험한 적이 있습니다. 애석하게도 나 스스로가 아니라 — 바로 그것이 문제입니다. — 대리로서였습니다. 벤 슬리마니로 향하는 모로코의 좁은 지엽도로에서 혼자 천천히 운전을 하던 도중이었습니다. 그때 낡은 담 위에 앉아 있는 한 어린아이를 보았습니다. 때는 바야흐로 봄이었습니다. 그때 다음과 같은 세 가지 형태를 보았던 것입니다.

1) 분명 다음과 같은 것입니다. 동양의 무위(행동하지 않음(Non-Agir))[85]입니다. 외면적으로 움직이지 않는 삶에 대한 욕망, 싸우지 않는, 그 어떤 변화도 지향하지 않는 욕망이 그것입니다. 이것, 그러니까 이와 같은 승화를 말하기 위해서는 타락하고 우아하지 못한 이미지가 필요합니다. 응고물의 이미지가 그것입니다. 응고물처럼 있기. 왜 쇠똥처럼은 아니겠습니까? 응고물의 철학? 응고물학(Sorologie),[86] 응고물 애호(Soritophilie)(소로스(sôros) : 연쇄 추론, 축적에 의한 추론법?) 또는 토괴학(土塊學, Bolitologie)?[87] (볼리톤(boliton) : 쇠똥) 또는 유충(幼蟲)처럼 말입니다. 하지만 모든 것이 거기에 있습니다. 감각적인 유충, 다시 말해 어떤 의미에서는 사물의 반전이 그것입니다. 자기 자신의 절대, 드러내 놓고 하는 자기 자신에 대한 긍정으로 되돌려진 내면성, 그리고 거기에서 재발견하는 것, 그것이 바로 정확히 무위입니다. '일종의 겸허한 수동성'이죠. 폭력이나 경쟁의 모든 욕망에서 멀리 떨어진 수동성입니다.(물론 그렇게 되면 제일 먼저 글쓰기가 불가능합니다.) 하지만 그것은 결국 일종의 '자발적이고 고갈되지 않는 활동'입니다. 감각적인 유충. 사유하는 응고물. 응고물과 외부와의 유일한 접촉은 공기의 압력, 압력의 크기에 대한 감각성뿐입니다. [『도덕경』, 서문]

2) 또한 좀 더 서구적으로 다음과 같이 말할 수 있습니다. 철저하고, 존

재론적이고, 환상화된(글쓰기에 맞서 환상화된, 따라서 환상에 맞서는 환상) 한가함, 그것이 바로 자연(Nature)이라고 말입니다. 여기 하이데거에게서 가져온 인용문이 있습니다.(『에세』: '형이상학의 초월') "대지의 은폐된 법칙은 모든 사물이 가능성의 지정된 원환의 내부에서 태어나고 죽는 데 만족하는 절도(節度) 속에서 이 대지를 보존한다. 물론 모든 사물은 이 원환에 알맞고, 또 어떤 사물도 이 원환을 알지 못한다. 자작(주의: 나무입니다.)은 결코 자신의 가능성의 선을 넘어서지 못한다. 꿀벌족은 자신의 가능성 속에 머문다. 모든 곳에서 유일하게 의지만이 기술 속에 자리 잡으면서 대지를 흔들고, 또 이 대지를 대규모 피로, 소모, 그리고 인위적인 것의 변화로 유도한다. 의지는 대지를 그 가능성의 원환 밖으로 나오도록 강제한다. 이 원환이 대지 주위에서 펼쳐진 그대로 말이다. 그리고 의지는 이 원환을 더 이상 가능성이 아닌 것으로, 따라서 불가능성으로 밀어 넣는다."[88] 내 생각으로는 바로 여기에 글쓰기(의지, 큰 피로, 소모, 변화, 변덕, 인위적인 것, 요컨대 불가능성)와 무위(자연, 가능성의 원환 안에서 ― '감수성' ― 의 펼쳐짐.)의 투쟁이 훌륭하게 묘사되고 있습니다.

3) 무위의 제3의 예. 니체는 자기 자신에게 다음과 같이 말합니다.(『이 사람을 보라』) 원한 감정(전형적인 사제의 반동적인 힘)을 동요, 구속, 질병과 동일시하면서 말입니다. "모든 원한 감정으로부터 자유롭다는 것, (……) 병이 든다는 것은 이미 일종의 원한 감정이다. 이 감정에 맞서 병자는 단 하나의 치유책을 가지고 있을 뿐이다. 나는 그것을 러시아적 숙명주의라 이름 지었다. 이것은 자기에게 전장이 너무 힘들 때 러시아 병사가 눈 속에서 누워 버리고 마는 저항 없는 숙명주의이다. 그것은 고유하고 비유적인 의미에서 더 이상 아무것도 삼켜 넘기지 않는 것, 더 이상 전혀 반응하지 않는 것이다. (……) 일종의 동면의 의지 (……) 원한의 감정보다 더 빠르게 당신을 탕진시키는 것은 없다.

(……) 심오한 생리학자인 부다는 이것을 잘 이해했다."[69] 자연과 계속 조화를 이루는 고도의 수동성, 초월적 수동성. 불교보다는 도교에 가까운 것. 분명 이것은 톨스토이에게서 재발견하는 악(惡)에 대한 무응답(non-réponse)이라는 어려운 도덕을 포함하고 있습니다.(현재 세계는 이 같은 도덕을 준비하지 못하고 있는 것으로 보입니다. 이것이 최소한 지적할 수 있는 것입니다. 우리는 원한 감정이 널리 퍼져 있는 시대에 살고 있습니다. 사제, 교황, 아야톨라, 정치의 교화주의자들에 대하여.)

아주 강렬하고 집요한 글쓰기 욕망 속에서 글을 쓰고자 하는 사람이 어떻게 다른 욕망, 즉 아무것도 하지 않는 욕망(무위의 욕망)으로 ─ 하지만 이 욕망들은 어쩌면 동일한 성질의 것, 동일한 원료이며 ─ 이행하는지를 느끼게 하기 위해, 다시 말해 나 자신이 그것을 이해하기 위해, 내 안에서 내가 느낀 것을 정리할 필요가 있습니다.(규칙＝사적인 것이 아니라 은밀한 것을 제시하기.)

1) 생활 속에서 가장 사소한 사건들을 위해 투쟁할 필요가 있다는 사소하지만 반복되는 확인이죠.(사람들은 보통 중요한 갈등에 대해서만 말합니다.) 가장 평범한 일상을 위해 삶이 부과한 사소한 노력의 수는 엄청납니다. 차를 주차하기 위해서도 싸워야 합니다. 식당에서 자리를 잡을 때도 싸워야 합니다. 좁은 바지 뒷주머니에서 지갑을 꺼낼 때, 단추를 풀어야 할 때도 그렇습니다. 이와 같은 투쟁의 이면(또는 앞면)을 뒤집어 보십시오. 그러면 여러분은 목가적인 ─ 더 이상 영웅적인 것이 아닌 ─ 문명을 누릴 것입니다. 전적으로 귀족적이거나 전적으로 '금욕적인' 문명을 말입니다. 차 없이, 단추 없이(달랑 옷만), 지갑 없이, 주머니 없이, 뒷주머니 없이 말입니다! 모든 것이 원활하게

'돌아가는' 원활함의 문명이라고나 할까요? 이와 마찬가지로 내가 파리에서 어느 여름날 아침에 내 개인 일정표의 다음 면을 바라보고 있는 것처럼 말입니다. 편안함, 해방감, 환희, 삶의 진실의 느낌이 듭니다. 일정표가 완전히 비어 있기 때문입니다. 약속도 없고 밖에서 해야 할 일도 없습니다. 이것이 바로 기대하지 않았던 무위입니다.(무엇을 하기 위해서일까요? 정확히 아무것도 하지 않기 위해서입니다.)

  2) 이런 종류의 무위는 완전히 비사회적입니다. 다시 말해 이해시킬 수가 없습니다. 또는 더 산문적으로 말하자면, 그건 이유나 구실이 될 수 없습니다. 다리 하나를 다친 것은 초청에 대한 거부의 이유가 될 수 있습니다. 하지만 무위의 욕망은 그렇지 못합니다. 금년 여름에 내가 사는 동네에서 저녁 초대가 있었습니다. 나는 아주 곤란한 입장에 처했습니다. 이 초청을 거부할 변명거리가 없었기 때문입니다. 사람들은 내게 아무런 약속도 없다는 것을 알고 있었습니다. 나는 횡설수설했습니다. 왜냐하면 마음을 아프게 하지 않으면서 움직이지 않는 응고물과 같은 것이 되고자 하는 나의 욕망을 설명해야 했기 때문이었습니다. 그러니까 집이나 시골에 털썩 주저앉고 싶고, 사지를 쭉 펴고 싶고, 처박히고 싶은 욕망을 말입니다. 움직이지 않는 것의 정수가 되는 것, 뭔가 한다는 것(내가 이 '뭔가를 한다는 것'에 대해 가지고 있는 공포)이라는 끔찍한 것(이런 철학에 의하면)에서 면제되는 것을 말입니다.

  이와 같은 감정은 어느 날 저녁 '낭만적인'(이 감정은 '자연'과 연결되어 있었습니다.) 형태를 취한 적이 있습니다. 7월 14일 저녁, 저녁 식사 후에 시골에서 차에 올라 한 바퀴를 돌았습니다. 농장으로만 연결된 산길에서(위르트와 바르도스 사이에 있는 농장) 우리는 차를 세웠고 내렸습니다. 한쪽으로는 멀리 아두르 쪽으로 계곡이 있는 풍경이 펼쳐졌고, 다른 한쪽은 피레네 산맥 쪽으로 난 계곡의 풍경이 펼쳐졌습니다. 공기는 아주 온화했고, 심지어 미동도

하지 않는 듯했습니다. 소리 하나 나지 않았고, 멀리 바스크 지방(테러가 없습니다![99])의 흰색과 갈색의 농장들이 가끔 보였고, 베어 놓은 건초 향기가 났습니다. 나는 팔짱을 낀 채 경치를 바라보았습니다. 물론 파리를 바라보면서 "우리 둘만의 승부다!"라고 했던 라스티냐크처럼은 아니었습니다. 이와 달리 나는 욕망 제로의 상태를 맛보고 있었습니다. 나의 내부에서는 모든 것이 주위의 풍경과 마찬가지로 정지되어 있었습니다. 힘, 광휘, 글쓰기-의지와 마찬가지로 숭고한 진실이.

3) 덜 '낭만적이지만 더 개념적인' 것도 있습니다. 왜냐하면 도시적이기 때문입니다. 이것을 '파리에서 8월 15일의 환상'이라고 명명하겠습니다. 텅 빈 하루, 공허의 축제, 상속자 부재의 축일. (기후상으로가 아니라) 사회적으로 여름의 정점. 그다음 날 다시 군집 생활이 시작될 것입니다. 전쟁 때처럼 길이 텅 비어 있습니다. 침묵. 그리고 금년에는 구름이 많이 끼고, 비가 많이 오고, 보도에도 차가 거의 없습니다.(교통량의 감소 이상으로 줄어듦.) 나는 8월 15일을 두 해의 중간 시점으로 느꼈습니다. 공백의 하루, 완충 지대, 하양(blanc), 물이 갈라지는 곳, 인적이 없는 꼭대기 : 특별한 상속 부재의 날. 무위의 축제일.

4) 글쓰기의 반(反)욕망으로서의 무위의 욕망에 대한 마지막 지적. 이와 같은 환상, 또는 이와 같은 철학, 이와 같은 실천 — 만일 이것이 시도된다면 — 의 적은 권태(권태의 위협)일 것입니다. 글쓰기 욕망에 완전히 사로잡힌 플로베르(1873년 52세)가 이 점을 잘 지적했습니다. 그는 조르주 상드에게 이렇게 썼습니다. "나는 당신의 경멸을 공유하지 않습니다. 그리고 당신이 말한 것처럼, 나는 아무것도 하지 않는 즐거움을 결코 알지 못합니다. 내가 더 이상 책을 손에 쥐고 있지 않거나, 책을 쓰는 것을 꿈꾸지 않게 되면, 곧바로 나는 '목소리를 높이고자' 하는 권태에 사로잡힙니다. 삶이란, 그것을 감추는 경우에만, 나에게는 참을 수 있는 것으로 보입니다. 아니면 무질서한 쾌락에

나 자신을 내맡겨야 할지 모릅니다……. 그것도 계속!"[1] 우리는 권태의 또 다른 측면에 대해 다시 다룰 것입니다. 왜냐하면 권태는 거기에서 벗어나기 위해 글쓰기를 밀어붙이는 것(플로베르), 심지어 글쓰기 중에 나타나 글쓰기를 침식시키는 것이거나 또 그런 것일 수 있기 때문입니다. 글을 쓰지 않는 권태와 글쓰기의 권태가 있습니다.

글쓰기와 관련해서 보면 무위는 양의적입니다. 무위는 글쓰기를 포착하고자 하는 의지와 부딪쳐 죽게 됩니다. 하지만 무위는 또한 글쓰기 그 자체 내에서, 외부에서 볼 때는 부동으로 보이는, 그리고 무위로서의 세계의 혼란과 대립되는 노동에 집착하는 힘입니다. 플로베르는 응고물의 비유를 이용하지 않지만, 그것과 아주 유사한 비유를 했습니다. "나는 완전히 굴처럼 산다. 내 소설은 나를 붙잡고 있는 바위이다. 나는 세상사에 대해서는 아무것도 모른다."(카프카가 『일기』에서 인용.)

"나는 내가 쓰는 것보다 더 가치가 있다"

따라서 내가 지금 이야기하는 사람은 때때로 무위(절대적 무위)의 매력 뿐 아니라 그것의 실효성을 엿보는 사람입니다. 이 사람은 글쓰기-의지에 왜 그처럼 집착하는 걸까요?(적어도 나의 이야기, 다시 말해 예상할 수 있는 것처럼, 나 자신의 삶의 이 지점에 그토록 말입니다.) 이것을 이해하기 위해선 글쓰기와 상상계 사이의 변증법 속으로 들어가야 합니다.

자아 이상(自我理想) ≠ 이상 자아(理想自我)

이를 위해 나는 — 오래전부터 하지 않은 것인데 — 정신분석학 쪽으로 우회 — 또는 최소한 두 개의 개념으로 우회 — 하려 합니다. 프로이트가 제시했고, 라캉이 발전시킨 짝 개념이 있습니다. Ichideal은 자아 이상(Idéal du moi)이고 Idealich는 이상 자아(Moi idéal)입니다.[92]

먼저 자아 이상은 요구들의 장소입니다. 따라서 이 심급의 상태는 언어 없이는 생각될 수 없습니다. 자아 이상과 비교해 보면 초자아는 이차적인 투입(introjection)에 불과합니다. 초자아는 구속적입니다. 자아 이상과 달리 고무시키는 쪽입니다. 상징계 쪽.

다음으로 이상 자아는 주체가 자아 이상의 뜻에 따라 나타나거나 또는 나타나고자 하는 형태입니다. 상상계 쪽 → 상상계가 상징계에 대해 그러하듯, 자아 이상에 대한 이상 자아의 종속.

자아 이상과 이상 자아 사이에는 미묘하고 일관된 균형이 유지됩니다. 이 균형이 흩어지면 주체의 불균형이 발생합니다. 예를 들어, 주기적인 정서적 상태(프로이트) = 자아에 대해 아주 엄격한 통제를 가한 후에 자아 이상은 자아에 의해 흡수되거나 자아 안으로 용해됩니다. 연애 상태: 모든 상황은 다음과 같은 형식으로 요약될 수 있습니다. 즉 대상은 자아 이상의 것이었던 자리를 차지했습니다.(아마 이런 이유로 글쓰기는 사랑과 일치할 수 없습니다. = 그것은 사랑 이후에 옵니다.) 프로이트, 『시론』, 파요, 137, 161쪽

글쓰기는 분명 상징계 쪽이며, 자아 이상 쪽입니다. 하지만 거기엔 또 다른 심급이 있습니다. 다소간 잘 지배된 이상 자아가 그것입니다. 자아 이상의 요청(글쓰기)과 이상 자아의 요청(글쓰기 밖에 있는 상상계) 사이에 차이가 생겨납니다. 이 차이는 주체를 글쓰기 쪽으로 나아가게 하고, 또 그로 하여금 무한정 글을 쓰도록 강요합니다.

한마디로 — 내가 좀 더 발전시킬 것을 요약하면 — 다음과 같이 말할 수 있을 것입니다. 작가는 이렇게 추론한다(또는 '나아가고' 기능한다)고 말입니다. "나는 좋은 인간이 되고 싶다.(이상 자아) 그리고 나는 그것이 말해지는

것을, 그것이 스스로 알려지기를 바란다.(자아 이상)"

글쓰기/ 이상 자아의 차등 장치

나는 이 차등 장치를 반대 방향에서 포착해 우선 글쓰기에 대해 한 마디 하고자 합니다. 글쓰기로는 이상 자아를 완전히 만족시킬 수 없다고 말입니다.(글을 쓰는 주체의 상상계/ 글을 쓰고자 하는 주체의 상상계.)

1. 글쓰기

작가에게 있어 글쓰기는 우선(그리고 계속해서) 다음과 같은 가치와 함께 절대적 위치를 차지합니다. 하나의 본질적인 언어활동의 형태 아래서 타자를 투사하는 것입니다. 이와 같은 감정의 변화가 어떻든지 간에(그리고 그것은 단순하지 않습니다.) 작가는 최초의 나르시시즘적 신념을 소유하고 또 이 신념에 의해 형성됩니다. 나는 글을 씁니다. 그러므로 무슨 일이 발생하든 나는 절대적으로 가치가 있습니다. 고전적으로 말하자면, 이와 같은 신념은 자부심(Orgueil)이라고 부를 수 있습니다. 작가의 자부심이 있습니다. 그리고 이 자부심은 원초적인 것입니다. 예컨대 샤토브리앙을 보시죠. 그에게는 정치적 삶과 문학적 삶이 있었습니다. 정치적 삶은 그에게 아주 중요했습니다. 이 정치적 삶이 그의 『회상』을 채우고 있습니다. 거기에는 정치적 자기 만족을 보여 주는 수많은 징표가 있습니다.(그의 자유의지적 입장의 정당성, 그의 정치 활동의 성실함과 엄격함 등.) 하지만 그의 내부에서 원초적인 것, 그것은 작가의 절대적 자부심입니다. 그는 1882년에 루이 18세의 대사로 영국으로 돌아갑니다. "하지만 런던에서 또 다른 어둠이 나를 어둠 속에 빠지게 했다. 나의 정치적 지위가 나의 문학적 명성을 가렸다. 세 개의 왕국(다시 말해 영국입니다.)에서 『기독교의 정수』보다 루이 18세의 대사를 선호하지 않을 바보는 없었다." 이와 같은 '자부심'(오래된 단어이나 그렇다고 반드시 낡은 것은 아닙니다.)은 더 부드럽고 덜 교만한 표현으로 나타나기도 합니다. 카프카의 이런 문장처럼 요. "오늘 저녁, 나는 노심초사 억제된 재능으로 새로이 가득 참을 느꼈다."[93] 이와 같은 자부심은 역설적으로 겸허할 수도 있습니다. 왜냐하면 이 자부심이 하나의 우연한 작품에 반드시 관여하는 것이 아니라(이런저런 작가들에게서 작품의 질에 대한 의혹의 수많은 선언이 있습니다.) 항상, 그리고 오직 **글쓰기** 자체에만 관여하기 때문입니다. 자아 이상과 마찬가지로 지고(至高)하고 고양되는 것은 바로 '글쓰기'입니다. 글쓰기는 가치 부여하기(Faire-Valoir)입니다. 물론 이 가치 부여하기는 우연한 작품에 관계하는 의혹에 의해 침식당할 수도 있습니다. 하지만 그것은 결코 소진되지 않습니다. 의혹 자체를 가치 부여하기로 전환시키는 항구적인 술책이 있습니다. 예컨대 나는 재주의 상실, 퇴조를 비장하게 선언하면서 떠맡게 되는 작품을(내면 일기) 쓸 수 있습니다.[94] 하지만 설사 내가 가치가 덜하다고 '쓴다'고 해도, 이 행동을 통해 나는 더 가치 있다고 선언하는 것입니다. 하지만 이와 반대로 — 바로 여기에서 작가를 기능하게 하고, 그를 무한한 글쓰기로 끌어들이는 무위의 꿈보다 훨씬 더 강한, 그리고 내가 곧 기술하고자 노력할 변증법이 시작됩니다. — 글쓰기의 가치 부여하기는 은밀하게 실망감, 가치 상실감의 침투를 받습니다. 나는 씁니다. 따라서 나는 스스로 안심합니다.(자아 이상) 하지만 그와 동시에 나는 다음과 같이 단언합니다. 아니다. 내가 쓴 것은 나의 모든 것이 아니다, 라고 말입니다.

내가 아직 말하지 않은 잔여, 글쓰기에 외연적인 잔여, 나의 전체 가치를 보여 주는 잔여, 내가 어떤 대가를 치르고서라도 다음과 같이 말하고, 전달하고, '기념비화'하고, 써야만 하는 잔여가 있습니다. "나는 내가 쓰는 것보다 더 가치 있다."고 말입니다. 글쓰기가 재포착해야 하는 바로 이와 같은 잔여 또는 잉여, 버려둔 것, 내가 새로이 무한정 쓰면서 탐사해야만 하는 이와 같은 집행유예(sursis), 그것은 바로 이상 자아이고, 또 이 이상 자아가 자아 이상, 글쓰기에 부과하는 미래지향(pro-tension)입니다.

2. (작가의) 이상 자아

이렇게 해서 가치 높이기(surenchère)가 가동됩니다. (나의 운명 속에서) 장차 이루어지게 될 글쓰기의 소원이 글쓰기의 절제된 표현처럼 느껴지는 가치 높이기와 대조되게 됩니다. 그런데 이 미래의 글쓰기는 총체적인 글쓰기, 완전하게 나에게 받아들여지는 글쓰기, 나의 모든 상상계를 언어활동의 무대에 내던지는 글쓰기가 됩니다. 이와 같은 완전하게의 요구와 관련해 카프카의 다음과 같은 말을 경청해 봅시다. "나는 나의 노심초사 상태를 완전하게 (나는 강조합니다.) 기술하면서 그것을 일소하고자 하는 커다란 욕구를 이 순간 가지고 있고, 오늘 오후에 가지고 있었다. 그리고 이 상태가 내 존재의 심연으로부터 오는 만큼, 그것을 종이에 깊이 각인하거나 또는 내가 쓰게 될 것이 나의 한계 내에서 완전하게 이해될 정도로 그것을 기술할 수 있기를 바라는 욕구도 그러하다. 그것은 예술적 욕구가 아니다."[95] 예술적 욕구는 자아 이상의 편에 속할 것입니다. 그런데 우리는 여기에서 상상계의 거대한 영역, 이상 자아의 거대한 영역의 이쪽이나 또는 그 너머에 자리 잡고 있습니다. 따라서 문제가 되는 것은 외연적 요청입니다. 그리고 그런 이유로 내가 제안하는 명제는 "나는 내가 쓰는 것보다 더 낫다."가 아니라, "나는 내가 쓰는 것보다 더 가치가 있다."는 것입니다. 따라서 작품은 결코 단 하나의 유일하고 순수한 예술적 합목적성을 가지고 있지 않습니다. 예컨대 플로베르에게서와 같은 이론적인 알리바이를 제외하면 말입니다. 이와 달리 작품은 하나의 실존적 또는 위상학적(topologique) 합목적성입니다. 그러니까 중요한 것은,

하나의 공간 — 실제로 고갈시킬 수 없는 공간(우리는 곧 이 문제로 돌아올 것입니다. 왜냐하면 작가의 행보가 머무는 것은 바로 이와 같은 고갈시킬 수 있는/ 고갈시킬 수 없는 것의 영역이기 때문입니다.) — 을 고갈시키는 것입니다.

그건 그렇고, 이 완전하게는 무엇으로 이루어지는가에 대해서 무엇을 말할 수 있을까요? 나는 내가 그것을 어떻게 느끼는지 말하고자 합니다. 여기에서 내가 다시 나 자신을(카프카나 플로베르가 아니라) 위치시킨다면, 그 이유는 바로 이 강의의 출발점에 있는 감정, 그리고 지난해 초에 내가 "소설의 준비"의 의미를 설명하면서 선언했던 감정, 즉 사랑의 **작품**[96] — 그것을 통해 세계에 대한 사랑을 말하는 작품 — 의 요청에 충실하기 위해서입니다.

1) 일반적으로 내가 참조하는 이상 자아, 그리고 글쓰기의 '무미건조함'에 맞서 이 글쓰기에 의해 표현되지 않은 잉여와 같은 것인 이상 자아는 비(非)무미건조함으로부터 감동, 감성, 관대함, 예전에 사람들이 말했을 '마음'으로 향합니다. 말라르메 자신은 글쓰기에 대해 이렇게 말하고 있습니다. "아주 오래되고, 아주 애매하지만, 질투가 나게 하는 하나의 실천 행위가 있는데, 이 행위의 의미는 마음의 신비에 깃들어 있다."[97] 이것이 바로 원칙적으로 사랑하는 영혼의 무한 공간입니다. 글쓰기를 통해 나는 나 자신에게 말하고 싶지만 나는 사랑하면서 나에게 말하고 싶습니다. 글쓰기의 자아 이상 속에 꽉 끼인 이상 자아의 운동은, 바로 일반성(속이는 이데올로기)보다는 오히려 일반적 사랑, 예컨대 에로스를 아가페로 전환하기 위해 자기중심주의를 넘어서는 것입니다. 내가 보기엔 문학이 사랑과 항상 모종의 관계를 맺으면서 계속되는 확장 속에 있는 이유는 바로 글쓰기를 구속하는 자아 이상 밑에는 항상 이상 자아가 있기 때문입니다. "인간적인 다정한 감정을 가진 자들의 마음에 들어야 한다."(『팡세』 II[98])는 파스칼의 말처럼요. 그리고 결정적으로 내가 보기에 작가는 찬사를 받고, 동의를 받기(또는 비판을 받기) 위해서 글을

쓰지 않습니다. 나로서는 다른 사람들이 나에 대해 좋게든 나쁘게든 말하는 것을 좋아하지 않습니다. 나는 사랑받기 위해 글을 씁니다. 몇몇 사람들로부터, 그러나 멀리서 사랑받기 위해서 말이지요.

2) 이상 자아가 가치를 갖는 것은 항상 한 인간, 한 주체의 자아로서이지, 한 작가의 자아로서는 아닙니다. 이상 자아에게 있어서 글쓰기는 개인적 인성의 표시에 종속되어야만 하는 것처럼 보이는데, 글쓰기는 이 인성의 부속물일 뿐입니다. 다시 한 번 말하자면, "나는 내가 쓰는 것보다 더 가치가 있습니다." 지드와 같은 작가는 정확히 이와 같은 <u>인간과 작품</u> 사이의 회전문이라는 변증법을 아주 교묘하게 이용했습니다. 그는 끊임없이 작품 앞에서, 작품에 대해서 사람들이 그에게서 소중하게 여기는 것(또는 그에게서 관심을 갖는 것)을 위해서 열심이었습니다. 『일기』, 친구들의 역할, 증인 등이 그것입니다. 문제는 다음과 같습니다. 이상 자아가 글로 쓰이고, 글쓰기가 되자마자, 그 이상 자아가 물화(物化)되고, 무미건조해지고, 그 '가치'를 상실하게 된다는 것입니다.(지드의 경우는 명백합니다.) 그래서 모든 것을 무한정 다시 시작해야만 한다는 것입니다.

3) 이상 자아는 글쓰기보다 더 크다고 느끼면서("나는 내가 쓰는 것보다 더 가치가 있다.") 그 자신을 <u>입증하기</u>를 원할 수도 있습니다. 자신의 의도, 자신의 진실, 그리고 자신이 <u>훌륭</u>하다는 사실을 말입니다. 이상 자아는 누군가가 증언을 해 주고, 그를 정당하게 평가해 주고, 그 자신의 보증인, 저자(auctor), 작가가 되어 주길 원합니다. 이상 자아는 그 자신의 저자가 되고자 하고, 자신의 글쓰기가 그의 내부에서 이 글쓰기를 초월하는 모든 것을 증언하기 원합니다. 이렇게 해서 나는 나 자신을 위해서 다음과 같은 수사학적 표현을 사용하지 않습니다. "나에 대해 말하는 것을 용서해 주세요.", "나는 우쭐하고 싶어 하지 않아요." 등. 특히 다음과 같은 파스칼의 지적을 기억하면

서 말입니다. "나는 이런 칭찬에 거북해했다. '나는 당신에게 정말 고통을 안겨 주었다. 나는 당신을 지루하게 할까 봐 두렵다. 이것이 너무 길까 봐 두렵다.' 사람들은 만족하거나 아니면 화를 낸다."[99] 따라서 나에 대해 말하자면, 나는 슬프게도 다음과 같은 사실을 단언할 수 있습니다. 나의 글쓰기가 지성주의라는 비판, 본능적인 것이나 열기가 부족하다는 비판, 지나치게 은거한(feutrée) 사람을(feutre는 중성의(neutre), 비겁한(pleutre)과 각운이 맞는 단어입니다.) 겨냥한다는 비판을 이야기한다는 사실입니다. 따라서 나는 그것에 반대되게 말할 수 있는 반(反)글쓰기(Contre-Ecriture), 내가 나의 내부에서 감동, 공감, 분노 등이 한꺼번에 섞이는 것이 느껴지는 그런 반(反)글쓰기를 꿈꿀 수도 있습니다. 나의 이상 자아는 나의 글쓰기와 일치할 수 없습니다. 나는 그로인해 (때때로) 괴로워합니다. 그리고 나는 이와 같은 간극을 줄이고자 하며, 나에게 모든 것을 말해 주는 새로운 정확한 글쓰기를 생산해 냄으로써 이 충동을 없애고자 합니다.

4) 그렇게 되면 글쓰기는 다시 재개됩니다. 내가 나 자신에게 하는 입증을 타자들에게까지 확장시키지 못한다면, 나는 그것에 대해 만족할 수 없습니다. 내가 타자들을 정당하게 평가하지 못한다면, 나 자신이 무슨 가치가 있을까요? 그런데 타자를 창조하는 것, 그것을 할 줄 아는 것, 이것이 바로 소설의 역할입니다. 그로부터 소설을 기획으로 삼고자 하는 소망 ── 그리고 1978~1979년 강의 초에 선언된 결정 ── 이 유래합니다. 여기에서 내가 소설이라고 부르는 것은 역사적으로 결정된 장르와 같은 것이 아니라, 자기중심주의의 초월, 그것도 일반성의 교만함이 아니라 타자와의 공-감(sym-pathie), 일종의 모방적인 공감으로 향한 초월이 있는 모든 작품을 의미합니다. '공감(Compassion).' 루소의 철학소 → 이상 자아의 확장으로서의 '소설.'

타자에 대해 입증하기, 어떤 점에서? 어디에서? 개략적으로 말하자면,

내가 보기엔 다음과 같은 것을 입증하는 일입니다.

첫째, 타자의 비참함입니다.(나는 아주 고전적인 단어들을 사용합니다. 왜냐하면 이 단어들이 아주 포용적이기 때문인데, '비참함'이란 단어는 소외와 비탄을 동시에 포괄합니다.) 예컨대 카프카의 『일기』에는 아주 소설적인 사소한 체험담이 있습니다. 왜냐하면 그것이 언명되지 않은 채 저자의 관용을 요청하기 때문입니다. 인색하지 않고 정확한 묘사(카프카, 『일기』[100])

둘째, 타자의 힘을 입증합니다. 이 역시 카프카의 『한 전쟁에 대한 묘사』에 들어 있는 막스 브로트에게 보낸 편지에 담겨 있습니다. 이것은 일종의 진리의 현현입니다.(작년 강의를 참조하세요.[101])

카프카

잠깐 낮잠을 자고 나서 눈을 떴을 때 (……) 나는 어머니가 발코니에서 자연스러운 목소리로 이렇게 묻는 것을 들었다. "뭐 하세요?" 한 여자가 정원에서 대답했다. "풀밭을 맛보고 있어요." 그때 나는 사람들이 자신들의 삶을 확고하게 영위한다는 사실에 놀랐다.[102]

따라서 소설은 — 적어도 이 강의의 초반에는 그렇게 보았습니다. — 정해진 하나의 문학 형식으로서가 아니라 글쓰기 자체를 초월할 수 있는 글쓰기 형태, 이상 자아, 상상적 자아의 총체적인 표현에 이르기까지 — 설사 지배를 받는다 해도 — 작품을 확장시킬 수 있는 글쓰기 형태로 보였습니다. 소설은 기투(pro-jet), 즉 전진하는 작품이고, 그로부터 이 강의의 제목인 "소설의 준비"가 유래했습니다.

무한의 역학

글쓰기를 시작한 순간부터(이 점을 강조합니다.) 글쓰기와 이상 자아(상상적 자아) 사이에는 재가동의 역학, '따라잡기' 또는 '가치 올리기'의 역학이 정립됩니다. 이 역학은 항상 글을 쓰게 하고, 항상 멀리, 항상 앞으로 나아가면서 글을 쓰게 합니다. 그리고 이 역학은 — 심각한 심리적 변화를 제외하곤 — 자발적 중지에 의해서든, 무위로의 회심(回心)에 의해서든, 글쓰기 자체를 그만두는 것을 어렵게 합니다. 가치 올리기 경쟁은 다음과 같이 기술될 수 있습니다. 첫째, 나를 사랑해 주세요. 나는 보이는 것보다 더 가치가 있답니다. 내가 쓰는 것을 보아 주세요. 둘째, 나를 사랑해 주세요. 나는 내가 쓰는 것보다 더 가치가 있답니다. 내 새로운 작품, 앞으로 만들 작품을 보세요. 자아 이상과 이상 자아는 그들 사이에서 상호적 조절 작용의 역할을 합니다. 그 자신의 사랑의 운동 속에서 모든 것을 말하고, 모든 것을 표현하기 원하면서 이상 자아가 장애물에 의해 방해를 받고 있을 때(이것이 글쓰기 실어증의 주요 원인입니다.) 자아 이상이 거기에 개입하게 되고, 지속 가능한 형식, 즉 글쓰기를 부과하게 됩니다. 글쓰기 ≠ 자아 이상이 너무 멀리 나아가 글을 쓰는 주체에게 그 자신이 자기 자신에 대해 더 많이 말할 수 있고, 더 나은 것을 말할 수 있으리라는 느낌을 남길 때, 이상 자아는 재가동되고 다시 살아나게 됩니다. 글쓰기는 이렇게 진행됩니다.

1) 나는 이와 같은 역학을 정신분석학적 개념에서 출발해서 기술했습니다. 하지만 나는 이 역학을 사르트르의 용어로 더 효율적으로 말할 수 있고, 또 그렇게 할 수 있다고 생각합니다.(나는 이 역학 자체에 대해서 말하는 것이지, 문제가 되는 용어에 대해서 말하는 것이 아닙니다.) 사르트르에게 있어 인간은 일단 죽고 나면 오직 타자에 의해서만 존재하게 됩니다.(그리고 또한 존재한다는 것은 이미 가짜입니다.) 사르트르에게 있어 타자는 당신을 객체로 고정시키는

존재이고, 결코 당신의 주체성, 다시 말해 당신의 자유를 알지 못하는 존재입니다. 따라서 글쓰기는 현명하지 못합니다.(이 강의의 초반에 지적했습니다.) 글쓰기가 자기 자신을 완전히, 전적으로 타자의 시선(=독서) 아래 놓는다는 점에서 그러합니다.(글쓰기 = 자아 이상, 상징계, 언어활동.) 내가 글을 쓸 때, 내 글쓰기의 종착역에서 타자는 나의 주체성을 객체적으로 고정하고, 나의 자유를 부정합니다. 그는 나를 죽은 자의 위치에 놓습니다. 그런데 물론 글을 쓰는 자는 글쓰기에 의해 숙명적으로 발생한 이 위치를 어렵게 또는 적어도 결정적으로 받아들입니다. 그러니까 그는 한순간 기념비를 받아들이는 것입니다. 왜냐하면 이 기념비가 나르시시즘적이기 때문입니다. 하지만 또한 사체(死體)[103]를 방부 처리하는 것처럼 작가는 다시 사체를 풀어헤치는 작업을 합니다. 작품이 집필되고, 작가는 죽었지만, 그는 항상 주체성의, 자유의 잔여물을 주장하려 합니다. 그는 계속 살고 싶어 합니다. 이것이 바로 작가가 만들고자 하는 책입니다. 하지만 이렇게 만들어진 작품은 새로이 고체화되고, 계속해서 진짜 죽음까지, 육체적 죽음까지 계속됩니다. 정확히 이런 이유로 모든 현명함에 반해 사람들은 글을 쓰기로 결정하고 또 쓰기로 결심하는 것입니다. 그리고 자발적으로 글쓰기 작업을 중단할 작가들은 소수, 정말 아주 소수인 것은 바로 그런 이유 때문입니다.

2) 이와 같은 분석에서 출발해서 — 이와 같은 제안에서 출발해서 — (과거) 작가들에 대한 — 아주 느슨한 — 하나의 유형학이 만들어질 것을 예감할 수 있습니다.

첫째, 내가 위에서 설명했던 도식에 따라 자아를 정당하게 평가하기 위해 계속해서 글을 쓰는 작가들, 이상 자아의 미래지향적 작업을 포함하고 있고, 또 그것을 통합시키는 작품 의지를 가진 작가들의 전형적인 예로는 루소, 샤토브리앙(물론 일기, 고백록, 서간문을 쓰는 경향의 작가들)이 있습니다. 이 유형에는 모든 강도의 단계가 포함됩니다. 플로베르와 프루스트는 이상 자아와 단절하지 못한 작가, 이상 자아를 훼손하지 않았지만 위대한 소설적 글쓰기를 통해 그것을 변증법화시킨 작가라고 할 수 있습니다.

둘째, 각자가 되고자 하는 작가에게서 자아 이상의 죽음, 개인의 죽음, 씨(氏, Monsieur)의 죽음을 받아들인 작가들이 있습니다. 작품을 죽음으로, 기념비로 받아들인 작가들이죠. 이 유형의 원형은 말라르메일 것입니다.(그는 죽음을 말하는 것이 아니라 무(無)를 말합니다. 그의 사유에서 헤겔의 역할을 보기 바랍니다.) 자신의 기원(즉 그의 개인적 자아)에 대해 여러 질문을 던진 카미유에게 말라르메는 이렇게 말합니다. "아무것도 말하지 않을 것입니다. 왜냐하면 아무것도 그럴 만한 가치가 없기 때문입니다. 나는 단지 종이 위에서만 ─ 그것도 아주 조금 ─ 존재합니다. 하얀 종이여야겠죠. 그게 낫습니다."[04] 오늘날 이와 같은 유형의 순수한 작가는 블랑쇼일 것입니다. "예술가가 작품보다 더 선호되는 때마다, 이런 선호, 천재에 대한 이런 선양은 예술의 타락, 예술의 고유한 힘 앞에서의 후퇴, 보상 가능한 꿈의 추구를 의미한다."[05] 나는 이 주장을 높이 평가합니다. 하지만 이것은 사물을 지나치게 인칭적/ 비인칭적 대립 위에 고정시키는 것처럼 보입니다. 주체가 예술 창조처럼 주어질 수 있는 문학에 고유한(내 생각으로는 이것이 미래의 문학입니다.) 변증법이 있습니다. 예술이 개인의 형성 작업 자체에 직접 개입할 수 있습니다. 인간이 자기 자신을 작품으로 만드는 경우, 그와 작품 사이의 대립은 줄어듭니다. 『미래의 책』, 『로트레아몽』, 쇠이유, 5쪽

셋째, 상상계의 대명사인(앞에서 살펴본 대로 이상 자아에 가까운) 나와의 연관 관계에 따라 여러 종류의 글쓰기에 대한 역사적 유형학을 소묘할 수도 있습니다.

1. 내가 증오스럽다. → 고전주의적

2. 내가 자랑스럽다. → 낭만주의적

3. 내가 시대에 뒤졌다. → '현대적'

4. 나는 '현대적 고전'을 생각합니다. 따라서 나는 미확정적이고, 속임수를 당합니다.

이 강의록 또는 (강의) 연극에서 나의 프롤로그는 여기에서 멈춥니다. 나는 글쓰기의 욕망 속에서 — 내가 말하고자 하는 — 작품의 준비를 정초하려 했습니다. 내가 의지하게 될 논술 방식에 대해 지금, 여기에서 한마디 해야 할 것 같습니다. 고대 희극의 주인공처럼 나는 이렇게 연기를 마치고 곧 막이 오를 무대 앞에 서 있습니다. 그러므로 이제 나는 이른바 파라바시스를 합니다.

'파라바시스,' 방법, 이야기

[106]금년에 나는 다음과 같이 기이한 '정신적 사물(cosa mentale)'에 대한 생각을 하고자 합니다. 그러니까 수십억이라고 할 수는 없지만 그래도 수백만 명 중에 한 사람이 열광적으로 작품이라 부를 ─ 또는 불렀던 ─ 실재적 사물을 쓰게끔 만드는 생각이 그것입니다.

이 강의는 음악과 미술에 대해 이미 기술된 애호가를 위한, 애호가의 실천과 가치관에 대한 일반적 관심에서 출발했습니다.

애호가는 예술가를 시뮬레이션하는 사람입니다.(예술가도 가끔 애호가를 잘 모방할 수 있습니다.)

방법

시뮬레이션

작년 강의 초에 제시된 **시뮬레이션**이 그 방법입니다. 나는 작품을 쓰고자 하는 사람을 시뮬레이션합니다.[107] (나는) 방법론적이지 않습니다. 나는 방법론적 논술에는 시뮬레이션에 대한 완전한 한 장(章)이 있을 것이라고 추정합니다. 왜냐하면 방법으로서 시뮬레이션은 연구의 매개 형태로 여러 실험과학에 존재하기 때문입니다. 우리는 장치를 제작하고, 결과를 내기 위해 원인을 제공합니다. 그리고 원인 상호 간의 관계를 연구합니다.(예 : 폭풍우의 시뮬레이션용 작은 인공 연못) → 시뮬레이션을 위해, 그리고 그것에 의해 생산된 물건이 마케트(maquette)(mechietta, 모형), 작은 얼룩(tache), 초고입니다. 작품이라는 관념에 대해, 수정해야 할 얼룩(macula)으로서의 몇몇 작품에 대해 철학적으로 사유할 여지가 있을 것입니다. 레오나르도 다 빈치의 벽 위의 얼룩[108](≠ 임무(tâche) : taxare('주어진 시간에 실행해야 할 일'))을 참조하세요. 반면, tache는 tèche('구별해야 할 표시')에서 파생됐습니다. 어원이 아주 복잡하죠. 고딕어입니다. 하지만 나는 (그 이유를 생각해야 하지만) 라틴어 어원, 남프랑스 인도 유럽어 어원만을 좋아합니다. 다음 사실을 지적하도록 하겠습니다.

1. 예(例)와 비유

인식론적 질서 속에 모형(maquette)과 유사한 논증 형태들, 다시 말해 성찰과 분석적 조작의 모든 편리함을 제공하는 인공적 사물의 시뮬레이션과 유사한 논증 형태들이 있습니다.

첫째, 가령, 문법의 예(또는 언어학의 예. 왜냐하면 변형 언어학은 여러 예를 사용하기 때문입니다.)는 문장의 모형이며, 그로부터 우리는 하나의 '규칙'을 도출해 내거나 예증합니다.

둘째, 의미를 밝혀 주는 비유가 있습니다. 예컨대 디드로가 (『백과사전』에서) 양말 직조기를 기술할 때, 그는 그것으로 비유를 하고 있습니다. 다시 말해 추론의 모형(그 장치를 촉지할 수 있는 측면)을 만들고 있는 것입니다.

디드로

양말 직조기는 현재 우리가 가지고 있는 가장 복잡하고 가장 일관성 있는 기계 중 하나이다. 우리는 이 기계를 유일무이한 추론으로, 제품 생산이 그 결론인 추론으로 여길 수 있다. 또한 이 기계의 여러 부품들 사이에는 상당한 상호 의존관계가 지배하고 있어, 가장 덜 중요하다고 판단되는 단 하나의 부품을 제거하거나 변화시킨다면, 그것은 모든 기계 장치를 해칠 정도이다. (……) 이와 같은 기계를 발명하기 위해서가 아니라, 그것을 이해하는 데 충분한 재능을 가진 사람은 이 양말 직조기를 이루고 있는 수많은 용수철과 이 기계의 기이한 움직임을 보고 대단히 놀란다. 손으로 양말을 짤 때, 직공이 단 하나의 그물코를 다룬다 해도 그의 유연한 손놀림과 능수능란함을 찬탄하게 된다. 그래서 동시에 수백 개의 코를 한꺼번에 작동시키는 기계, 다시 말해 손으로 하면 여러 시간 걸리는 일을 한 동작으로 해치우는 기계를 보면 어떻겠는가? 얼마나 많은 작은 용수철이 실을 끌어내고, 이어서 한 코에서 다른 코로 설명 불가능한 방식으로 넘겨주고 받기 위해 그 실을 당기고 있는가? 그리고 기계를 조작하는 노동자가 아무것도 이해하지도, 알지도, 심지어는 거기에 대해서 생각만을 하고 있는 상태에서 모든 것이 이루어진다. 어떤 점에서는 신이 창조했을 가장 우수한 기계[109]와 이 기계를 비교해 볼 수도 있다.[110]

(이 얼마나 심리 현상을 멋지게 표현하고 있는 비유-모형입니까! 아주 많은 요소들, 다양하고 비상한 움직임들 : 당기고 놓아주는 것. 설명할 수 없는 방식으로 한 코를 지나가게 하는 것. 주체의 무의식.)

2. 격자와 모형

문학, 텍스트의 질서 속에서 작품으로 축성되고 공인된 생산물인 작품 그 자체가 공개적으로 그 자체의 시뮬레이션으로 주어지는 경우가 있을지도 모릅니다. 그것 자체가 제작 과정을 무대화하는 작품들에 해당됩니다. 격자 구조와 모형 작품은 구별해야 한다는 점을 기억하세요.

먼저, 격자 구조는 그림 속의 그림처럼 작품 중에 작품이 있는 구조입니다.(와토의 『회화 작품들의 갤러리』) 『팔뤼드』(1의 제목이 2 안에 들어 있음.)[111] 와 『구토』에서 로캉탱이 읽고 있는 소설[112]이 그렇습니다. 회화에 대한 참조(문장(紋章), '격자 구조[113])는 좌절 관계의 특권적인 형식인 밋밋한, 정적인 관계가 문제가 된다는 것을 잘 보여 줍니다.(『팔뤼드』는 쓰이지 않습니다. 단지 『팔뤼드』의 『팔뤼드』가 쓰입니다.)

둘째, 모형 작품은 자기 자신의 고유한 실천으로 나타납니다. 모형 작품은 생산 과정을 보여 줍니다.(무대화합니다.) 또는 어쨌든 (생산하고자 하는 의향뿐 아니라) 실제로 생산을 하기 위한 장치를 소묘합니다. 예로써 단테의 『신생』이 있는데, 이야기가 시를 이끌고(실제로 후에 쓰인 것으로 보인다 해도) 또 시는 회고적으로 자기 자신의 시작 과정(생산 과정)에 대한 수사학적 논술로 장식되어 있습니다. 다시 한 번 지드, 『위폐범들』+『위폐범들의 일기』. 또한 포의 「까마귀」와 이 작품의 생산에 대한 주해.(나중에 쓰여진, 따라서 위조된 것.) 아주 교활한 경우: 『잃어버린 시간을 찾아서』. 잠재적으로 격자 구조로 이루어진 작품은 화자가 만들고자 하는 소설, 하지만 화자가 좌절을 단언하는 소설(글쓰기-의지의 좌절)인 동시에 모형 작품입니다. 왜냐하면 궁극적으로 이 소설은 『잃어버린 시간을 찾아서』 그 자체가 되고 있기 때문입니다. 마치 모형이 이끌고 유도하는 모든 것을 위해 이 모형 자체가 녹고, 용해되는 것처럼 말입니다. 즉 하나의 세계(또는 삼중의 세계: 사랑의 세계, 사교계의 세계, 예술의 세계) 안에는 격자 구조와 모형 사이의 불안정성, 불안정한 이행 — 초점은 생산 과정(행위)이기 때문에 — 이 있습니다. 예. 포르노 영화 : 화면에 하나의 무대 : 포르노 영화를 상영하는 영화관 = '격자 구조'. 모든 것이 촬영된 영사막에서만 움직입니다. 영화관에서 촬영된 관객들이 그들 사이에서 영화 장면의 동작을 생산하기 시작합니다. '모형이지요.'(현실의 관객들이 성행위의 파트너가 된다면, 그것은 제3단계입니다.)

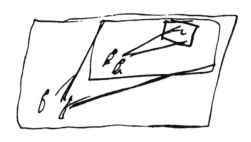

나는 여러분이 격자형 작품과 모형 작품에 대한 이 보잘것없는 자료를 보완해 주시길 부탁드립니다.

3. 상황/ 위치

비평, 문학 이론, 교육의 질서 내에서 나는 방법으로서 시뮬레이션에 의지하는 경우는 알지 못합니다. 하지만 나는 거기에 이점이 있다고 생각합니다. 지적 분석과 욕망의 힘으로서의 주체성의 새로운 결합이 그것입니다. 작품의 준비를 시뮬레이션하고자 노력하면서 내가 작품을 생산하는 상황 속에 있다고 말하는 것은 충분하지 않습니다. 오히려 내가 작품을 생산해 내는 위치에 있다고 말하는 것이 낫습니다. '상황'은 뭔가를 행하는 경험적 조건입니다.(이것이 전적으로 합당한 경우는 아닙니다. 나는 그 어떤 작품도 생산해 내지 않을 것입니다. 강의 그 지체가 아니라면 말입니다. 하지만 나는 강의의 준비에 대해 다루지 않습니다. 어쩌면 한 해는?……) 이와 달리 '위치'에 있을 경우, 나는 하나의 역할을 떠맡고, 실천하고, 하나의 상상적인 것을 제시합니다. 음료를 나르는 카페의 종업원은 그 행동을 하는 상황 속에 있습니다. 하지만 그가 자신의 역할을 생각한다면, 그가 거기에 뭘 더해 과장하고, 또 쉽게 쟁반을 미끄러뜨리고, 움직이고, 조작한다면(사르트르가 『존재와 무』의 도입부에서 하고 있는 기술을 보기 바랍니다.) 그는 '그 위치에' 있는 것입니다. 즉 그 종업원은 하나의 상상적인 것(자신의 직무의)을 제시하고, 그것을 이용하는 것입니다.(삶은 덜 슬픕니다. 인간은 노동의 소외와 더불어 될 수 있는 대로 속입니다.) 마찬가지로 나는 소설의 시뮬레이션이라는 말로 다음과 같은 것을 의미합니다. 즉 '교수'인 나, 즉 보수를 받는 직업과 연결된 나, 그런 나는 '위치 두기(mise en position)'처럼 시도하는 것입니다.(물론 어쨌든 내 사무실의 은밀함 속에서만 있을지 모르는 상황 두기(mise en situation)는 아닙니다.) 나는 나의 상상적인 것이 활동하도록 방치합니다. 나는 '나의 본성에 응합니다.' 나는 강의에 관심을 가집니다. 여러분이 관심을 갖는 유일한 희망인 이 강의에 말입니다. 좀 더 일반적인 용어로 말하자면, 시뮬레이션(방법)은 이야기를 지어내는 것입니다. 시뮬레이션 스스로 소설적인 것의 문 앞에 위치하는 것입니다. 몽테뉴는 이렇게 말했지요. "나는 결코 가르치지 않는다. 나는 이야기한다."[114] 바로 이 지점에서 이야기라는 주제가 떠오릅니다.

이야기

십 주간의 강의(왜냐하면 마지막 삼 주는 전혀 다른 주제에 할애될 것이기 때문입니다.)에서는 실제로 스토리, 이야기를 다룰 것입니다. 느슨한 서술적 분절을 가진, 유감스럽게도 스릴이 없는 지적 이야기입니다. 왜냐하면 이 이야기는 글을 쓰고 싶어 하고(하나의 작품을 쓰고 싶어 하는, 아니면 그저 쓰고 싶어 하는? 이것을 알게 될 것입니다.) 이와 같은 욕망, 의지, 소명을 실현하는 수단에 대해 숙고하는 한 인간의 내면적 이야기(histoire)일 것이기 때문입니다. 그는 이 소명에 호소합니다. 따라서 과거에 수사학에 의해 인정받은 분야인 성찰이 문제가 됩니다.(과시적, 판단적, 성찰적 : 실제로 정치적.)[115] 성찰적 여정, 이 여정의 일화들은 대략 다음과 같습니다. 우선, 글쓰기 : 나의 내부에서는 글쓰기의 힘, 글쓰기의 의지가 어디에서 출발할까요? 다음으로, 작품을 만들기 위해 내가 통과해야 하는 시련 = 입문.

이 인물 ── 도무지 영웅적이지 못한 나의 주인공 ── 은 분명 합성된 인물, 가명을 쓰는 인물일 것입니다. 왜냐하면 그는 여러 개의 고유명사를 갖게 될 것이기 때문입니다. 그는 경우에 따라 플로베르, 카프카, 루소, 말라르메, 톨스토이, 플로베르로 불릴 것입니다. 그리고 이 이름으로 대표되는 마지막 단계의 성공에 지나치게 얽매이지 않기 위해 그는 또한 나라고 불릴 것입니다. 그렇다면 내가 어떻게 감히 나를 이 이름들과 함께 사용할 수 있을까요? 뭐라고요? 당신은 당신 자신을 정말로 작가로 여긴다고요? 그렇습니다. 어떤 의미에서 나는 나를 작가로 여깁니다. 일하기 위해, 먹고살기 위해(작가의 '위치에 있는 것'의 장점), 내가 마음먹고 행동한다는 의미에서 그렇습니다. 감히 살기 위해서라면 모든 것이 좋습니다.(악, 폭력, 자만을 제외하고 말입니다.) 우쭐해하는 것은 비교하는 것과 같습니다. 하지만 나는 비교하지 않습니다. 나는 동일화합니다. 나의 상상계는 심리적이지 않습니다. 그것은 욕망하고, 사랑합니다. 정확히 나의 상상계는 상상적인 것이지 편집증적인 것은 아닙니다. 게다가 그것은 노동의 상상계입니다. 존재의 그것이 아닙니다. 나는 하나의 실천에 동일시하지 하나의 사회적 이미지에 동일시하지 않습니다. 게다가 이 사회적 이미지는 그다지 자랑스러운 것이 못 됩니다. 호메이니, 카터, 마르셰, 지스카르, 또는 아주 수다쟁이기 때문에 그녀가 생각하고 있는 것을 내가 아는 닭 장수 아주머니에게 물어보기 바랍니다. 그들이 카프카에 대해 어떻게 생각하는지!

이야기가 시작되는 이 사람은 이 모든 이름을 가질 것입니다. 그들과 나의 이름을 말입니다. 하지만 그는 과연 당신들 또는 당신들 중 한 명일까요? 이것은 하나의 수사학적 질문, 이의 제창, 약점을 미리 밝히고 용서를 구함으로써 호의를 얻는 문제가 아닙니다.[116] (이 경우 내 계획의 개별적 특수성에 대한) 역사적 폭을 가진 문제는 다음과 같습니다. 글쓰기-의지에 대한 성찰이 쓰지 않는 자의 흥미를 끌 수 있고, 또 관여할 수 있을까요? 따라서 이 강의 근저에 불안 같은 것으로 놓여 있는 것, 그것은 바로 문학적 — 문학이라는 수단을 통해 — 전이의 불확실성일 것입니다. 아마도 이 강의의 청중들 수는 조금씩 줄어들 것입니다. 호기심이나 충실도가 떨어지는 사람도 생겨날 것입니다.

글을 쓰고자 하는 사람이 — 나는 그에 대해 어느 정도 여정을 그릴 것입니다. — 희망과 욕망의 공간, 또는 글을 쓰고자 하는 의향의 시간을 따라(어떤 사람들은 이 시간을 결코 떠나지 않습니다. 일례로 아미엘이 그렇습니다.[117]) 글쓰기에서 뭔가를 쓰기로 넘어가면 즉시 어려움이 시작됩니다. 성찰, 부분적이고 어려운 결정, 의지와 욕망의 고난, 의심, 낙담, 시련, 막힘, 어두움으로부터 편력이 시작됩니다. 입문의 길처럼 극복해야 하는 수많은 것들이 나타나는 겁니다. 나는 세 개의 시련을 정의하고 기술하려 합니다.(이미 강의는 연극 작품 같은 것이라고 지적했습니다. 「투란도트」[118] 참조.) 글을 쓰고 싶어 하는 자가 가는 길에서 만나게 되는 시련들을요.

세 개의 시련

1) 추상적(정신적) 시련은 무엇을 쓸 것인가를 결정하는 것입니다. 다시 말해 선택하기이죠. 이것은 글쓰기 대상의 시련입니다. '충동'(이 책 245쪽 참조.)이 하나의 대상 위에 고정되어야 합니다. 즉 다른 대상은 제거해야 합니다. 대상을 잘 선택해야만 합니다. 왜냐하면 그다음에 이 대상과 함께 상당 기간 동안 여행을 해야 하기 때문입니다. 또한 중간에 다른 대상을 위해 그 대상을 포기하는 것은 약점이 될 수도 있고, 또 의기소침의 동기가 될 수도 있습니다.

2) 구체적, 실천적 시련은 조금씩 이루어지는 글쓰기의 전진입니다.(선택된 대상을 쓰는 것.) 그로부터 글쓰기 작업에 따라 자신의 삶을 정리할 필요성, 그리고 이와 같은 목표 달성을 위해 수많은 외적이고 정신적인 장애물들을 극복할 필요성이 나옵니다. 이것은 시간의 시련입니다. 참을성이 필요하죠.

3) 도덕적 시련은 작품에 대한 사회의 판단과 예측, 다시 말해 작품과 사회성(역사적 사회성)의 일치 문제입니다. 또는 조화의 결여(특이성, 고독)라고 여기는 것을 떠맡아야 한다면, 이 시련은 사회적 단절의 시련입니다. 따라서 세 개의 시련은 의심, 참을성, 분리입니다.

첫 번째 시련 : 선택, 의심

글을 쓰고자 하는 사람은 만들어야 할 작품에 대해 어떤 환상을 가지고 있을까요? 그는 그 작품을 어떤 종류로 볼까요? 그 작품의 무엇이 그를 갈망하게 만들까요? 이런 갈망이 실제 구체적인 (그리고 인고의) 작업으로 변형될 수 있도록 말입니다.(이것이 핵심이니까요.) 달리 말해 그는 만들어야 할 작품을 그의 일정에 '넣기' 위해 어떤 안내 이미지를 선택하게 될까요?

내용?

먼저 내용(주제 = quaestio, topic)을 투사하는 것이 일반적일 것입니다. 내용이라는 단어에 대해서는 어떤 태도도 취하지 않겠습니다. 더 이상 유행하지 않는 단어입니다. 그것을 정의하지도 않겠습니다. 나는 어떤 복합체를 신속하게 지시해 주는 단어로서 그것이 필요합니다. 내가 더욱 필요로 하게 될 다른 어떤 것에 대립된 복합체(패러다임) 말입니다. 다른 어떤 것이란 형식입니다. 그런데 환상된 것이, 다시 말해 욕망에 따라 투사된 것이 내용인지는 확실하지 않습니다.

작품의 철학

지난 시대(원칙적으로 내가 관심을 갖고 있는 글쓰기의 '낭만주의적' 시대)의 많은 저자들은 스스로를 철학으로 감쌌다고 말할 수 있습니다. 그런데 만들어진 작품(작품들의 개요)을 읽어 보면 이런 철학은 비창조적이고 작품을 가동하는(우리의 관심은 바로 이 가동입니다.) 주요 역할이 아니었다는 인상이 자주 듭니다. 철학 : 진지한 신념이지만 알리바이성 이념 수준입니다. 작품의 뒷북 같은 것입니다. 그 규정적 무상성을(작품은 충분히 탈사회적입니다.) 지우려고 찍은 공식 인장입니다.

졸라와 유전(遺傳),[119] 졸라를 읽거나 읽기를 좋아해도 그것은 그의 유전 철학 때문이 아닙니다.

샤토브리앙과 종교, 마찬가지입니다.

플로베르와 예술, 마찬가지입니다.

프루스트? 더 교묘합니다. 프루스트는 주창된 철학들에 대한 나의 유보와 무관심, 그 약한 신뢰성을 예상한 것 같습니다. 프루스트는 자신이 진리에 대한 철학(시간의 망원경)을 표명하지 않은 것이 의도적이라고 말했습니다. 1914년에 자크 리비에르에게 이렇게 쓰고 있습니다. "나는 진리를 탐구하기 위해 나섰지만 어떤 것이 내게 진리인지를 못 보게 하고 알리지 않는 것이 예술가로서 더 진중하고 세심하다고 봤습니다. 나는 이야기가 항시 저자의 의도를 실패로 끝나게 하고 마는 이념적 작품들이 너무 싫어서 아무 말도 안 하기를 선호했습니다. 책이 끝나고 일단 삶의 교훈들이 이해되었을 때, 그때에만 나의 사유는 모습을 드러낼 것입니다."[20] 프루스트는 물론 자신의 철학에 대해 인식하고 있었습니다. 하지만 책을 쓰기로 기획하는 데 있어서 그가 이런 철학을 앞에 위치시켰는지, 또 그 소설적 현금화를 계획하려 노력했는지 아는 것은 또 다른 문제입니다. 작품의 철학은 부수적일 수 있지만 반드시 동력원은 아닙니다.(게다가 진정 이것이 우리가 프루스트의 작품에서 섭취하는 그것일까요?)

작품의 주제

게다가 작품의 주제(quaestio) 혹은 내용이라고 간주하는 것을 가리키기 위한 기준들은 — 그런데 이것은 방법의 문제, 아니 문학 이론의 문제이죠. — 가변적이고 임의적입니다. 작품마다 여러 가지 '주제들'(내용들)이 있을 수 있습니다. 예를 들면(빨리 진행하겠습니다.) 다음과 같습니다.

1) 톨스토이의 단편 『주인과 하인』.[121] 이렇게 말할 수 있을 겁니다. 모든 것이 바실리의 자비라는 이야기의 도덕적 결말을 목적으로 구성되었습니다. 이 하인은 폭설 속에서 길을 잃자 몸을 덥혀 그의 주인이 동사하지 않도록 그 위에 드러눕습니다.(그래도 주인은 죽고 맙니다.) 하지만 그것만큼이나 이치에 맞게 나는 작품의 주제가 눈(雪), 검은 눈(雪)이라고 말할 수 있습니다.

2) 프루스트의 『잃어버린 시간을 찾아서』. 이 작품에 많은 주제들을 부여할 수 있습니다. 첫째, 고상한 주제 : 시간의 철학. 둘째, 비극적인 주제 : 나는 글을 쓰고 싶은데 그러지 못한다. 셋째, '소박한' 주제 : 『잃어버린 시간을 찾아서』 전체를 다음과 같은 단순한 격언의 다채롭고 정교하며 집요한 전개로 여기지 못할 이유가 없습니다. "세상 정말 좁네!"(작중 인물들은 끊임없이 '서로 다시 만납니다.') 넷째, '신화학적' 주제 : 대작업의 시발처럼 제기된 수면(睡眠), 반(半)수면 또는 반각성인데, 일상적인 지각 상태를 — 그리고 환유에 의해 세계의 정신적이고 형이상학적 상태를 — 가동시킵니다. 장벽 제거. 거기에는 작품에 대한 어떤 설명도 가능합니다. 일례로, 대단히 독창적인 수면 : 몽환 상태가 아니라 거짓 의식(사실은 진리의 유도체)을 끌어들이고 있습니다. 상궤를 벗어나고 불안정하며, 서술적 통합체와 연대기(서술자의 시제, 나이의 장벽

제거)의 논리에서 벗어난 의식입니다. 이것은 프로이트주의의 '심층' 위상학이 아니라 장소(방이라는 주제)의 확장과 치환의 심리학입니다. 여기에 (아주 서툴러서) 더해야 할 것은 수면이 어머니의 첫 입맞춤에, 다시 말해 애정적인 측면에 연결된다는 사실입니다. 입맞춤은 잠을 자도록, 자연을 '되찾도록'(밤에 잠자기) 해 줍니다. 프루스트의 삶에서 수면제의 압도적인 역할을 잊지 말아야 할 것입니다.

3) 일반적으로 작품은 그 시발점, 즉 그 가동의 형상은 저자 앞에 있었고, 그가 욕망했으며, 그것에 대한 욕망이 그로 하여금 쓰기에서 무엇인가를 쓰기로 넘어가게 해 준 이미지를 되찾게 해 주지 않습니다.

4) 이 강의에서 우리가 제기하는 질문은 실천가의 그것입니다. 쓰고자 하고 만들어야 할 작품의 실천에 실제로 들어서고자 하는 사람이죠. 그런데 '내용'(주제, quaestio)이란 분명, 아니 우선적으로 시학적(poétique)(제작적(poïétique): '만들기(Faire)'의) 범주가 아닙니다. 그것은 '메타'의 범주입니다. 비평가, 교수, 이론가 범주입니다. 니체의 대유형학에서 다시 발견하면서 문제를 확대해 볼 수 있을 것입니다. 사제/예술가입니다. 어쩔 도리가 없습니다. '내용', '주제'의 문제들은 사제 쪽에 있지만 만들기('작품 만들기'이고 어떤 사상, 어떤 신앙을 표출하지 않기.) 쪽에 있는 우리는 예술가 쪽에 있습니다. 아폴론 또는 디오니소스이지만 소크라테스는 아닙니다.[122] 다른 길을 통한 또 하나의 다른 진실입니다. 말라르메의 용어를 사용하자면, 형이상학에서 책의 물리학으로 넘어가야만 합니다.

환상화된 형식으로서의 작품

환상/ '권(卷)'

환상화된 작품에 대한 얘기를 많이 하고 있으니, '환상'의 정신분석학적 정의를 다시 상기하도록 하겠습니다.(나는 이 정의를 어느 정도 은유적인 방식으로 받아들이고 있습니다만.) '주체가 있고, 또 어떤 욕망의 완성이 표상되는 상상적 각본'(의식 = 환상/무의식 : 환각)이 있습니다. 쓰고자 하는 사람은 (나는 그의 역사를 이야기하고 있습니다.) 만들어야 할 작품을 '환상화할' 때 자신의 쾌락을 위해 스스로 어디에 위치할까요? 그의 상상적 행위의 각본은 어떤 것일까요? 내가 보기에 ─ 여기에는 나 자신의 증언만이 있을 따름입니다. ─ 내가 환상하는 것은 바로 한 대상의 제작입니다. 나는 공예가의 방식으로 제작 단계들을 짜면서 스스로를 이 대상의 제작자로서 환상합니다. 그 물질적 전체성 속에서 현시된, 어떤 궁극적 대상을 위해 작업을 하는 것입니다. 또한 친한 사람들에게는 아무것도 아니지만, 걸작품 후보작을 생각합니다. 예술가의 방식으로, 최소한 낭만주의 예술가의 방식으로 생각하는 것입니다. 이런 대상이 책일까요? 어떤 의미에서는 그렇습니다. 하지만 나는 다른 쓰기 형식에 대립시킬 단어가 필요하므로 총칭해서 권(卷, volume)이라고 말하려 합니다. 형식적으로 구조되어 있으나, 아직 내용에 의해 구조되지 않은 순수한 글쓰기의 표면이죠. 따라서 내가 애초에 환상하고 '현시하는' 것은 내용이나 제재가 아닙니다.(이미 내 머릿속에서는 내용과 제재 들이 움직이고 있음에도 불구하고 말입니다.) 그것은 오히려 하나의 표면, 조직된 하나의 **전개**(déroulement ; volumen)[123]입니다. 그리고 이런 글쓰기 공간의 조직이 나의 각본, 나의 즐거움을 이룹니다. 따라서 나에 의하면(또는 나에게 있어서), 환상화된 것은 (내용이 아니라) 형식입니다. 이 주제에 대한 명백하고 가장 위대한 증거 두 가지는, 비록 이것이 지나가 버린 시대와 관련된다 해도, 바로 다음과 같은 것들입니다.(이 문제가 우리의 세 번째와 네 번째 시련이 될 것입니다.)

1)『말라르메』: 자크 셰레르가 '책'(나중에 다시 살펴볼 것입니다.)에 대해 모은 자료집이죠. 말라르메가 기획한 '책'[124]은 쪽지들과 초안들의 자료집입니다. 하지만 이 자료집에 따르면, 말라르메는 자신이 준비하던 책에서 이야기하려고 의도한 것들이 어떤 것인지도 알기 전에, 작품의 구조와 문학 전체의 추상적 상황에 대해 심사숙고했습니다. 책이 말해야 할 것에 대한 원고의 양은 대단히 적습니다. 말라르메는 포의 「까마귀」, 그리고 쓰인 것은 나중이지만 내용이 아니라 형식으로부터 시를 고안하는 것에 대해 상술하고 있는 『구성의 원리』(보들레르가 『한 시편의 기원』에 붙인 서문)를 보고 대단히 충격을 받았습니다.[125] 『말라르메』, 셰레르, 126쪽

2) 플로베르는 약간 다릅니다. 그가 환상화한 것은 (적어도 초기인 31~32세경) 구조나 결합 체계가 아니라 글쓰기, 순수한 문체적 행위입니다. 하지만 그의 경우에도 내용은 역시 전무합니다. 1852년(31세): "내가 보기에 아름다운 것, 내가 하고픈 것, 그것은 무에 대한 책, 외적 구속이 없는 책, 문체의 내적 힘에 의해 스스로 서는 책이다. (……) 거의 주제가 없을 책, 아니면 최소한 거의 주제가 안 보일 책이다. 그럴 수만 있다면." 그리고 1853년(32세): "그저 문장들을 (이렇게 말할 수 있다면) 쓰기만 해야 할 책을 만들고 싶다. 마치 살아가기 위해 공기를 들이마시기만 하면 되듯이. 나를 귀찮게 하는 것은 계획표의 간교함, 효과 배합, 복안이 있는 모든 계산들이다……"[126]

이 두 가지 예를 통해 보는 것처럼, '형식'은 (환상의 논리에 따른다면) 권(卷)의 가능한 '제시' 범위입니다. '구조'에서부터(말라르메) 글쓰기의 '종자'까지.(플로베르) 만일 내가 감히 이 두 거인 사이에 낀다면(이미 지적했지만, 동일시하려는 의도는 전혀 없습니다. 동일시한다는 것은 비교하는 것이 아니기 때문입니

다. 또한 다른 건 제쳐 두고 나는 여기에서 그들처럼 나의 쾌락, 나의 쓰려는 욕망을 갖고 있다고 여기니까요.) 내가 환상화할 수 있는 형식은 구조도 양식도 아닙니다. 그것은 오히려 권의 분할 리듬, 다시 말해 연속/ 비연속에 근거해서 정해지는 것으로서의 형식입니다. 따라서 내가 특히 선택해야 할지 모르는 형식은 (만일 내가 권을 만들려면) 이야기, 논문(개론), 단문(격언, 기사, 니체의 문단들) 등입니다. 글쓰기에 대한 환상이 진행됨에 따라 내가 선택하게 될 형식 유형들입니다. 그도 그럴 것이 욕망은 즉각적으로 알 수 있는 것은 아니기 때문입니다. 내 환상은 주저할 수 있는 동시에 다수의 형식을 갈망할 수 있습니다. 그리고 이와 같은 선택이 바로 내가 지금 다루고 있는 첫 번째 시련입니다! 어떤 형식의 현시, 유혹, 욕구에 의해 작품의 제작이 가동된다는 점에서 그렇습니다. 여기에서 형식은 제작에 아주 가깝습니다. 약 조제법, 건축물 구조법, 술법 등. 이것이 활로를 열어 주고, 글을 쓰고픈 사람을 풀어 줍니다.

책의 유형학

책의 ─ 권의 ─ 유형학은 많을 수 있습니다. 내가 관심을 갖는 유형학은 글을 쓰고자 하는 누군가가 환상화하는 형식들의 유형학입니다. 하지만 (주로 말라르메의 도움을 얻어) 이 환상적 유형학을 그려 보기 전에 책에는 역사를 가로지르는 광활한 신화적 지평이 존재한다는 점을 상기시키고 싶습니다. 작품이 권으로서 갖는 커다란 신화적 기능이죠.

보통의 책
내가 이야기할 이 신화적 대(大)기능들은 명료하지 않은 배경 위에서 부각됩니다. 책들이라는 것은 군집 복수형이자 상품의 누적입니다. 책들을 모아

둔 인위적 공간, 즉 도서관과 서점의 서가(라 윈(La Hune) 서점,[127] PUF 서점[128])
에 쌓아 두고 펼쳐 놓은 그대로의 책들입니다. 보통의 책은 일반적인 책, 대중
적인 책, 일반 유통본입니다.

우리 현대 사회에서 반복되고 증가되고 쌓여 가다 보니 책은 이제 심
지어 물건으로서도 거의 더 이상 존재하지 않게 되었습니다.(예컨대 책 애호 습
관이 퇴조한 거죠. 책을 반투명 종이로 싸는 사람들은 거의 괴짜들입니다. 보통 장정
본은 더 이상 없습니다. 나의 청소년 시절 어머니는 그 직업으로 그럭저럭 우리를 키
울 수 있었습니다.[129]) 격식 있게 소비 사회라고 부르지만, 더 적나라하게는 광고
(넓은 의미에서는 안내문과 게시물뿐만 아니라 팔리게 하건 아니건 간에 비평도 거기
에 포함됩니다.) 사회인 현대 사회의 일반적인 특징입니다. 충격적인 것은《르
몽드》에서 몇몇 광고들은 신문 스타일로 작성되고 있어서 기사와 광고의 구
별이 허물어지고 있다는 것입니다. 그런데 광고의 효과는 그 논점 반영에 이
롭도록 대상을 증발시킵니다. 사물은 사람들이 그것에 대해 이야기하는 두세 가
지 사실에 불과합니다. 모든 것이 언어 상품이 되어 갑니다. 파는 것은 바로 언
어입니다. 세탁기는 무엇보다도 먼저, 이 세탁기를 존재하게 한 텔레비전 버
튼에 의해 조작됩니다.(언어에 의한 공해가 만들어지는 것입니다.) 언어의 성스러
운 장소인 책은 신성을 박탈당하고 납작해졌습니다. 책은 어느 정도 냉동 피
자들처럼 팔리는 것이 확실하지만 더 이상 위엄을 가지고 있지 않습니다. 내가
보기에는 이런 세속적 물화에 의해 이끌린 저자들 스스로도 더 이상 책을 믿
지 않는 것 같습니다. 그들은 도무지 책을 위대한 성물(聖物)로 여기지 않습니
다.(내가 받는 원고에서 이런 점을 느낍니다. 그 대다수가 '안이한' 것들입니다.) 예컨
대 입당송(入堂頌) 같은 개념입니다. 오늘날 어느 누가 『고백록』을 쓴 루소의
거창한 입당송을 할 용기나 광기를 가지고 있겠습니까? "나는 결코 전례가
없었고 아무도 모방하지 않을 어떤 일을 기획하고 있다. 나는 내 동포들에게

온전히 본성 그대로의 한 인간의 모습을 보여 주고 싶다. 그 사람은 바로 나일 것이다." 지금 내가 한마디 하려는 신화적 기능들은 분명히 지속되겠지만 (이 기능들은 이론상 초역사적입니다.) 더 이상 재활성화되고 있지 않습니다. 또는 그것들을 갱신하거나, 양성되도록 놔두기를 받아들이거나 하는 일에 대한 저항이 점점 더 거세질 것입니다. 책의 이런 신화적 기능, 이런 큰 형상 중 세 가지는 다음과 같습니다.

1) 원서(源書, Ur-Livre) : 하나의 종교, 그리고 한 문화에 있어서의 원형서 (Arché-Livre), 기원서(Livre-Origine)입니다. 먼저 아흘 알키탑(اهل الكتاب) '책의 민중'이라 할 수 있는 성경, 복음서, 아베스타, 코란 등이 이에 속합니다. 우리와 관계가 있는 매력을 — 또는 성경의 창조적 영향을 — 연구하는 것은 흥미로운 일일 것입니다. 바로 타 비블리아(τά βιβλία)[130]인데, 그도 그럴 것이 '책들'이라 불린 다양한 종류의 작품들을 구전들로부터 이삼 개 국어로 9세기에 걸쳐 모은 것이기 때문입니다. 성경은 몇몇 위대한 문학 작품들에 매력을 끼쳤는데, 형식과 내용의 복잡한 모델의 역할, 그리고 더 구조적으로는 기원적 지주의 역할까지 수행합니다. 참고 대상은 원형(Arché)입니다. 당연히 나는 성경에서 영감을 얻은 단테의 작품(제목 없는 작품 : 『신곡』은 그냥 부르는 제목입니다.)을 떠올립니다. 단테가 '성경적 글쓰기의 깊은 의미, 문자의 다의성'[131]에 도달하고자 애썼다는 점에서 그렇습니다. 그뿐만 아니라 마르트 로베르가 카프카, 카프카의 책과 성경의 관계에 대해 쓴 것에 대해서도 생각합니다. (종교적 인연은 없이) 성경과 열정적 관계를 가진 저자들은 분명 많습니다. 여러분이 보충할 항목입니다. 다음으로 어떤 작품을 본질적인 것으로, 예언적인 것으로, 책의 정수로 구상하고 시도하게 되는 저자는 그 작품을 서구 사회에서는 성경과 동일시할 수 있을 뿐입니다. 니체는 『이 사람을 보라』에서, 다시 말해 미치기 얼마 전에, 예수에 대한 역사주의 시절에, 자신의 『차라투스트라

는 이렇게 말했다』를 이렇게 평가했습니다. "내 저작들 중에서 『차라투스트라』는 특별한 자리를 차지한다. 그 책을 인류에게 내놓음으로써 나는 인류가 결코 받지 못했을 가장 숭고한 선물을 주었다. 수천 년을 넘어서까지 그 소리가 미칠 이 책은 존재 가능한 최고의 책, 최고봉에 오른 진정한 책인 것만은 아니다. (……) 그것은 또한 진리의 가장 비밀스러운 금고에서 결코 돌출되지 않은 가장 심오한 책, 두레박을 던지기만 하면 금(金)과 선(善)을 길어 올릴 수 있는 고갈되지 않는 하나의 우물이다."[32] 그리고 1888년의 한 편지에서는 『이 사람을 보라』에 대해 이렇게 쓰고 있습니다. "그 책에서 처음으로 세기를 통틀어 으뜸인 책, 미래의 성경, 인간적 특질의 아주 강한 분출이고 인류의 운명을 감쌀 나의 『차라투스트라』가 조명되었네. (……) 『차라투스트라』는 성경처럼 읽힐 것이네……."[33] 자기 삶의 후반기 내내 완전한 책에 대해 생각한 말라르메는 다른 참고 대상으로 미끄러져 갔습니다. 이 완전한 책은 공개 발표회에서 읽혀야 했는데, 시구들이 (그리고 위치들이) 서로 바뀌었습니다. 따라서 참고 대상은 (부동의) 책이 아니라 의식으로, 연극으로 돌변한 책이었습니다.("연극은 우수한 본질을 가졌다."[34]) 따라서 말라르메에게 원서(Ur-Livre)는 성경이 아니라 미사입니다.

2) 안내서(Livre-Guide) : 비밀스럽건 아니건 간에 한 주체의 삶을 인도하는 유일한 책입니다. 분명 그 전형은 종교서, 성경, 다시 말해 아주 흔하게는 원서(Ur-Livre), 기원서이지만 반드시 그런 것은 아닙니다. 『예수 그리스도를 본받음』(15세기, 라틴어본)과 같은 작품입니다. '비종교적'으로 안내서에 복종하는 경우들을 조사해야만(하지만 이런 일은 다 졸속한 여담일 뿐입니다.) 하지 않을까요? 예를 들어 보지요.

먼저, 단테 : 파올로와 프란체스카는 귀네비어와 랜슬롯의 사랑을 함께 읽으면서 서로를 사랑하고 욕구한다는 사실을 발견합니다. 「지옥편」, 5곡,

115행 이하.(제2지옥 : 사치가들)[135]

둘째, 우리 친구들 중에서는 『화산 아래에서』[136]라는 작품으로 인해 멕시코로 떠난 어떤 사람입니다.

셋째, 이와 같은 책 추종주의의 하찮음과 관련하여 생각나는 무분별하고 기계적인 경우가 바로 『부바르와 페퀴셰』 전체입니다. 부바르와 페퀴셰는 책을 절대시하는 사고방식을 갖고 있습니다. 그들은 다독가에다, 책을 하나씩 읽어 가는 대로 즉시, 그리고 문자 그대로 그 책들을 현실에 응용하는 가벼운 광증을 가지고 있습니다.(안내서 : 이것만이 책의 위상을 높이는 것은 아닙니다. 카프카를 읽어 봅시다. "…… 책이 없다 해도 우리는 정말 똑같이 행복할 겁니다. 그리고 피치 못할 경우 우리 스스로를 행복하게 해 주는 책들을 쓸 수도 있을 겁니다. 이와 반대로 우리에게 필요한 것은 우리를 아주 고통스럽게 하는 하나의 불행처럼, 우리 자신보다 더 사랑하는 누군가의 죽음처럼, 마치 모든 사람들로부터 멀리 떨어져 숲속에서 살라는 형을 받고 추방된 것처럼, 마치 자살처럼 작용하는 책들입니다. 책이란 우리 내부의 얼어 버린 바다를 깨는 도끼여야 합니다."[37])

3) 마지막으로 언급하자면, 열쇠책(Livre-Clef)이 있습니다. 한 민족, 한 시대, 한 저자를 이해하도록 문을 열어 주는 책입니다. 말라르메의 표현대로 '작품 중의 작품'이죠. 그가 보기에 셰익스피어에게서는 『햄릿』입니다. 이탈리아 문학 전체에서는 『신곡』(기원의 책)입니다. 우리 프랑스 문학에는 그런 작품이 없습니다. 고대 그리스인들에게는 『일리아드』와 『오디세이』입니다. 스페인에서는 『돈키호테』입니다.(세베로 사르뒤는 내게 이 사실이 약간 아쉽다고, 만일 『라 셀레스티나』가 열쇠책이었다면 더 좋았을 거라고 지적했습니다. 어느 민족이나 '책을 잘못 고를' 수 있습니다.)

이런 모든 것이 — 내가 바로 이것을 위해 이런 모든 것에 대해 언급한 것입니다. — 글을 쓰는 자에게 있어서는 '내 시선이 지향하는 책의 공간'을 가리킵니다. 대체로 아주 비밀스러운 그런 공간이 항상 하나는 있다고(모방에 대한 부분을 참조.) 확신합니다. 비평가들이 그 공간을 발견하지 못하는 까닭은, 환상적으로 하나의 모태, 하나의 정식을 부과하는 문제인데도 일반적으로 영향에 관심을 가지기 때문입니다. 나 자신은 아마 나의 공간을 하나 갖고 있거나 최소한 —— 그리고 바로 여기에서 내가 원래 제안한 사실로 돌아가게 됩니다. —— 내 머릿속에 있는 여러 개의 공간 중에서 꼭 하나를 선택해야 하고 선택할 것입니다.

책을 반대하는 책

(물론 모순 명제를 잊지 않아야겠습니다. 주(主)-서(書), 주인 같은 책에의 예속에 대한 응수로 책에 대한 반항이 있습니다. 로트레아몽, 아르토. 그런데 수단으로 책을 부인하는 것은 억지이자 곡예입니다. 내가 항상 약간 거북함을 느끼는 잘못된 믿음이고, 오직 랭보만이 이런 믿음을 피할 줄 알았습니다. 모든 책을 자신의 내부에서 완전히 침몰시키고, 또 그런 점에 대해 구실을 붙이지도 않음으로써 말입니다. 왜냐하면 만일 그렇지 않았더라면 책을 부정한다는 구실로 책을 다시 끌어가게 되었을 것이기 때문입니다.)

두 개의 환상화된 형태 : 책/ 총록

이 두 형태는 문명의 환상이라고 말할 수 있겠습니다. 책은 문명에서 하나의 집단 신화이기 때문입니다. 기원, 인도 혹은 반영(의미)이죠. 그로부터 더욱 절제되고 더욱 실용적인 형식들로 돌아와야만 합니다. 내가 시도하고 싶은 작품에 대해 나는 어떤 형식을 욕망할까요? 나와 관련해서, 이런 형식은 담론의 연속/ 비연속에 따라 위치가 다르다고 말했습니다. 나는 여기에서 말라르메가 내세운 두 작품의 대립을 다시 발견하게 됩니다. (이론과 관계되지만 하나의 경험적 분류의 문제만은 아닙니다.) 하나는, 책으로 '건축적이고 계획된' 것입니다. '책다운 책' 또는 "오직 하나뿐이라고 철저하게 확신되고, 글을 쓰는 누구나 자신도 모르게 시도한 책"이죠. 다른 하나는 **총록**으로 "경이로운 것일 수도 있지만 우연한 영감들의 모음"입니다.[138] 이 두 유형에 대해서는 차례차례 다시 얘기하겠습니다.

책

그러니까 '건축적이고 계획적'인 책입니다.

1. 말라르메, 완전한 책

말라르메(1842~1898년) : 『주사위 던지기』를 제외하고 말라르메는 '총록들'만 만들었습니다. 따라서 그의 작품에서 책의 관념은 대조성(對照性) 환상과 같은 것입니다. 완전한 책은 1866년의 관념입니다. 1867년경에 통합적 작품에 대해 생각합니다.(『에로디아드』, 서시 + 무에 대한 네 개의 산문시.[139]) 말라르메는 연금술사들의 위대한 작품들을 참조한다고 말했습니다. 하지만 그것은 완전한 책이 아닙니다. 말라르메는 1873년경에 이런 책에 대한 작업을 시작했을 겁니다. 1873년에서 1885년 사이에는 그것을 구상합니다. 그런 후 더뎌집니다. 1892~1893년에 다시 시작합니다. 1894년에 은거해서 그 작업에 오전 시간을 할애합니다. 200쪽 정도의 원고가 남게 됩니다. 책이 아니라 책에 대한 사색들입니다. 내가 지적한 바와 같이, 사람들은 그 내용에 대해 아는 바가 많지 않지만 그 의식(儀式)에 대해서만은 알고 있습니다. 서로 교환될 수 있는 시와 시구들이 유료(연극과 출간 자금 마련용임이 분명합니다.) 낭독회에서 낭독되었는데, 그 결합은 낭독회 때마다 변화하고 책의 산종을 늘렸습니다. 이런 완전한 책의 특징은 객관적이고(개인적이지 않습니다.) 정황적이지 않고(=실재하는 사물들의 전체성, 본질들을 합친 것입니다.) 하나의 구조에 따라 배치됩니다.(총록과는 다르죠.) 정확히 그로부터 말라르메 특유의 역설적인 위상이 나옵니다. 책은 형이상학적이고(모든 뛰어난 책들의 '과장(誇張)'이 그 책입니다.) 정신의 폭발을 이룹니다.("하나의 책 이외에 폭발적인 것은 없다.") 그것은 하나의 순수한 (광기의 경계까지 이른) 작품이자 파종기입니다.(낭독회와 결합적 배분에 의해서, "나는 말하자면 여기저기에 이런 두 권 분량 전체의 열 배를 뿌리고 있다.") 하지만 역설적으로 이런 형이상학은 전적으로 **책의 물리학**에 의해 구성되어 있습니다. 게다가 우리는 환상화된 형식에 대한 이런 성찰을 책의 물리학이라고 불러야 할 겁니다. 이와 같은 말라르메적 물리학은 혁명적입니다. 이 물리학은 분명히 책을 순수한 대상으로 구성하지만 이 대상은 한계가 없습니다. 그것은 하나의 무한한 장치, 갱신할 수 있는 제식입니다. "책이란 시작도 끝도 없다. 기껏해야 그런 척할 뿐이다."[40]

말라르메의 완전한 책 : 극한 경험입니다. 그도 그럴 것이 책은 '텅 빈'(우리가 알고 있는 책의 상태는 그렇습니다. 하지만 확실히 실망의 무한 운동입니다. 이십오 년간의 단일 형식, 순수한 환상입니다.) 것임에도 불구하고 그와 동시에 매우 구체적입니다. 낭독회 좌석 비용, 책의 판매가 계산 등을 생각해 보세요. '헛소리를 하고,' 아주 강한 '자아'를 지니고, 여행할 줄 알고, 사고할 줄 아는 '미치광이들.' 저지로서의 환상에 대해서는 이 책 331쪽을 참조하세요.

내가 보기에 이런 극한 경험 내에서는 완전한 책의 두 가지 형식이 욕망될 수 있을 듯합니다.(그 형식들이 끝에 도달할 수 있는 기회를 남겨 주기 위해서 지나치게 더 이상 '환상화된 것들'이라고 말하지 맙시다.)

2. 종합서

삶의 어느 순간(나는 그것이 어느 순간인지 정하지 않겠습니다. 반드시 노년기는 아닙니다.) 전부를 넣을 수 있는 한 권의 책에 대한 욕망이 일어납니다. 자신의 삶, 자신의 고통, 자신의 기쁨 전부, 따라서 응당 자신의 세계 전부, 그리고 어쩌면 세계의 전부를 말입니다. 지식의 종합 : 세계와 자기 자신의 작업에 준 어떤 의미에 의해, 다시 말해 나에 따르면 글쓰기에 의해 초월된 백과사전. 이런 의미, 그것은 마치 책의 색깔 같은 것입니다. 왜냐하면 모든 앎은 채색된 것이기 때문입니다.(모든 담론은 함의(含意)를 담고 있습니다.) 예컨대 다음과 같은 것일 수 있습니다.

1) 앎의 충동(거기에는 앎의 만족감이 — 환희가? — 있습니다.) → 플로베르 : 소설마다 "나는 내가 모르는 한 무더기의 사실들을 배워야만 합니다."[141] 예컨대 『살람보』를 위해서는 어마어마한 고고학적, 역사적 지식이 필요했습니다. 정신을 잃을 정도이자, 편집증적이며, 광기라고 할 수 있을 만한 지식입니다.(미학적 구실은 별로 중요하지 않습니다.) 다시 한 번 주장합니다. 나는 그런 충동을 따로 고립시킵니다. 그도 그럴 것이 나는 많은 순간에 그것을 매우 강하게 느끼기 때문입니다. 새로운 지식이나 불완전하게 접근한 지식 속으로 뛰어들고 싶은 욕구를 말입니다.(예를 들어 의미론이나 어원론을 깊이 연구해 보고 싶은 욕구죠.) 초기에는 이런 욕구가 글쓰기와 충돌합니다. 나중에는 이런 욕구로부터 모순을 해소하려는 욕망 그리고 앎과 글쓰기를 혼합하려는 욕망, 다시 말해 '소설'(내게 있어서 이 단어는 비전형적 의미를 지닌다는 점을 지적하겠습니다.[142])을 만들려는 욕망이 나옵니다. 그 소설을 목적으로 하기에 나는 세계의 많은 것들, 어떤 면에서는 세계를 '배울' 필요가 있습니다.(오드레 : 간염과 황달.[143]) 이런 충동의 대명사격인 주인공은 단연 플로베르입니다. 만년에 그는 이 욕망에 대해 교묘하게 대응했습니다. 실천적으로 이 욕망을 받아들이지

만(수백 권의 저작을 읽기.) 이어서 어떤 하찮은 장치에 의해 이 욕망을 멀리하게 됩니다. 그것이 바로 『부바르와 페퀴셰』입니다.

2) 다른 색깔: 완전한 자아는 자신이 경험한 모든 역사를 소유합니다. 『무덤 저편의 회상』이 그렇습니다. 샤토브리앙이 혁명의 한 쪽과 다른 쪽에서 두 개의 세계, 고대와 현대를 경험하며 두 가지 역할에 전력한 사실에 의해 유효성이 인정된 기획물입니다. 정치가(주역이자 증인)이고 저자.(말로(Marlaux) 같은 사람이지만 더 천재적인 사람, 스타일을 지녔던 사람.) → 『무덤 저편의 회상』: 이 작품은 하나의 종합이지만, 샤토브리앙의 기법에 의해 구체적인 대상들의 종합이 되었습니다. 역사적 인물들, 지역, 의상, 상징적 물건들(병사용 장총, 여행자의 막대기, 순례자의 지팡이) 등이 말입니다. 여러분에게 읽어 드릴 시간은 없지만, 훌륭한 유고 서문을 참고하시기 바랍니다.

3) 다른 색깔: 앎의 종합은 완전한 책 속에서 하나의 새로운 세계로 뻗은 출구로 제시됩니다. 좋은 예가 라블레입니다. 이것을 미래지향적 백과사전, 미래로 내뻗은 하나의 백과사전이라 부를 수 있을 듯합니다.(한참 후에 디드로가 다른 사람들과 저술한 『백과사전』이 그랬듯이 말입니다.) 진보주의적인 책입니다. 이와는 대조적으로 종합은 묵시록적일 수도 있습니다. 역사의 끝이고 인류 재창출의 신학적 예언입니다. 단테 = 수사학적, 시적, 도덕적, 정치적, 과학적, 신학적 지식. 부르주아 계급의 묵시록이고, 미래지향적이지 않은 것은 발자크입니다.

4) 그리고 오늘날에는? 그리고 오늘날에는? 지식의 종합은 ── 제어할 수 있고 기술할 수 있는 하나의 종합은 ── 불가능한 것으로 보입니다. 첫째, 지식이 확장하고 증가했기 때문입니다. 둘째, 인식론이 변질되었기 때문입니다. 여러 학문들(des sciences)이 있지만 학문(la Science)은 더 이상 없습니다. 셋째, 앎은 즉각적으로 분열되고 이념적으로 채색되기 때문입니다.(보편성의 단절)

아마 그렇기 때문에 마지막 백과사전적 기획은 하나의 소극입니다.(『부바르와 페퀴셰』) 프루스트는 어떨까요? 어떤 의미에서는 (애정적, 사교적 그리고 미학적 편향이 있는) 심리적 앎의 종합입니다. 어떤 의미에서 그것은 종합서이지만, 보다 고차원적인 의미에서는 근본적으로 하나의 입문적인 책, 어떤 입문의 이야기입니다. 이것이 다른 점인데, 여기서는 영혼의 앎이 문제가 되기 때문입니다.

3. 순수한 책

이런 종합들은 크기가 엄청납니다.(두툼하고 권수가 많습니다.) 이것들은 규정상 축적형입니다. 완전한 책의 반대쪽에는 짧고, 조밀하고, 순수하고, 본론적인 책이 있을 수 있습니다. 작은 책, 순수한 책 또는 말라르메가 말한 것처럼(1869년) 대기획 옆에, '조금쯤은 성부들의(항상 종교서의 준거가 됩니다.) 방식을 따라 대단히 신비롭고 기이한 작은 책, 대단히 정제되고 간결하고…… 그런 어떤 책'의 구상[144]입니다. 내 취향에 맞는 순수한 책의 예를 제시해 보겠습니다. 발레리의 『테스트 씨』인데, 조밀하고 어떤 의미에서는 '완전한' 책입니다. 인식 전체의 경험 자체를 개략적으로 모으기 때문입니다.

따라서 '권'의 환상적 초기 형식에 대한 몇 가지 고찰들은 — 또는 '개요들'은 — 이렇습니다. '건축적이고 계획된' 책. 책은 무한하거나(치환에 의해서 그렇습니다. 말라르메의 완전한 책.) 종합적이거나(종합서 : 단테) 끝으로 응축되고 정화됩니다.(『테스트 씨』)

총록

책에 대립되거나 혹은 범례적인 형식은 — 다시 말해 어떤 선택의 필요성을 낳는 것은 — 총록입니다. '만물의 이치에 기초한 구조[145]로서의 책과 대립됩니다.

총록 : 말라르메는 총록을 만들면서도 강하게 비난합니다. "이 비난받을 단어"[146]라고 말이죠. 두 개의 요소, 두 개의 기준이 총록을 이룹니다.

상황

1) 상황성. 총록은 상황들의 기록입니다. 2) 불연속성. 그날그날 엮어지거나(모든 형식의 일기) 선집처럼 단편들이 분산되어 있습니다.(시 모음집) 따라서 구조가 없습니다. 그 순서, 부재와 현전이 임의적인 여러 요소들을 인위적으로 합친 것입니다. 총록의 원고는 어느 것이나 우연에 의해 이동되거나 더해집니다. 이런 절차는 절대적으로 책과 반대됩니다. 종종 집필되는 논문들, 소네트들이 그렇습니다. '살아 있는 자들에게 명함 보내기'[147] 같은 것이죠.(안쓰럽게도 정말 그렇습니다. 누군가를 위해 서문을 쓰는 것은 자신의 명함을 다른 사람의 책 속에 끼워 두는 것과 같습니다.) 전형적인 총록은 말라르메의 『객설』입니다. "내가 좋아하지 않는 것들, 흐트러져 있고 골조가 없는 것들과 같은 한 권의 책"이죠. 저널리즘과 똑같은 불량성. "참으로 누구도 저널리즘을 피해 갈 수 없다."[148] → 실상 오늘날 모든 것이 우리를 거기로 끌어가고 있고 그럴 수밖에 없게 합니다.

랍소디

말라르메에게 있어서 총록은 매우 경멸스러운 것이었습니다.(책에 대한 그의 환상적 사고는 바로 그로부터 나왔습니다. 아니 오히려 책에 대한 야망이 그로 하여금 뒤늦게 총록을 불신할 수밖에 없게 만들었습니다. 아니 그것은 동일한 목적, 동일한 철학적 선택 항목이 아닙니다. 이 책의 317쪽 참조.) 물론 반대되는 감정을 지니고 총록을 책과 동등하게 높이 살 수도 있습니다. 그때에는 랍소디를 열렬히 — 흔히 혁명적으로 — 옹호할 겁니다.(꿰매기, 짜깁기, 패치워크의 관념.) 보들레르가 번역한 포의 글: "무질서하고 랩소디적인 생각들의 멋지고 다채로운 행렬." 그리고 보들레르: "랩소디(Rapsodique)(Rhapsodique)라는 단어는 외부 세계와 우연한 상황들에 의해 암시되고 조종된 길게 이어진 생각을 너무나 잘 규정하고 있다."[49] 총록에 속하는 위대한 창작가들이 있습니다. 슈만이 그에 속합니다. 총록은 열등한 사상을 함축하고 있지 않습니다. 총록이란 어쩌면 비본질적인 듯한 세계를 재현합니다.

일기/ 구조/ 방법

바로 그 이유로 '단장들'이 반드시 총록에 속하지 않습니다. '단장'은 쉽게 속아 넘어가는 개념입니다. 지난해에 한 청강자가 내게 『잃어버린 시간을 찾아서』는 실상 단장들의 직조물이라고 제대로 지적한 적이 있습니다. 하지만 거기에는 하나의 건축적 구성(음악적 의미에서)이 있는데, 그것은 계획의 차원이 아니라 회귀, 마르코타주의 부류입니다. 프루스트가 예견한 회귀('건축적이고 계획된 책')이죠. 니체의 경우에는 단장들에(그의 문장들) 의한 글쓰기임에도 불구하고(들뢰즈를 볼 것.[150]) 구성들이 복잡하게 중첩됩니다. 사실(환상을 살펴봅시다. 문제는 이것이기 때문입니다.) 감수성(거부, 매혹, 불관용)은 지속의 양태로 호소합니다. 일기 안에 직관에 따라 실현된, 구성되지 않은 상황적, 시간적 지속은 창작으로서는(이런 것은 다른 기능들을 지닐 수 있습니다.) 문제가 될 수 있습니다. 프루스트는 이런 명목으로 일기를 쓰지 않았습니다.(그가 일기를 전혀 쓰지 않았다는 것에 어지간히 놀랐을 것입니다.) 그는 친구 귀슈에게(세미나 때 그의 멋진 사진을 보게 될 겁니다.[151]) 이렇게 쓰고 있습니다. "무엇보다도, 내게 답장하려고 애쓰지 말게. 자칫하면 지속적인 서신 왕래가 시작되네. 그건 끔찍한 일로, 그건 '그날그날 일기 쓰기' 다음으로 안 좋아."[152] (프루스트는 엄청난 서신 왕래를 했지만 지속적이지 않았습니다. 스트로스 부인이 집사들을 '목이 터지게' 추궁합니다.) 케이지가 쇤베르크와 관련해서 가한 구조와 방법의 구분을 여기에서 단장과 총록의 미묘한 문제에 적용하여 쓸 수 있을 것 같습니다. 먼저, 방법 : 쇤베르크는 한 음에서 다른 음으로의 이동에 몰두했습니다. "그것은 구조의 문제가 아닙니다. 내가 방법이라 부르는 것이 문제입니다. 방법은 오른발로 그다음에는 왼발로 걷는 것입니다. 그런 식으로 열두 개의 음을 가지고 진행할 수 있지 않겠습니까? 아니면 대위법을 가지고요. 쇤베르크의 방식은 근본적으로 방법적입니다."[53] 이런 의미에서 일기는 방법에 속하는 문제입니다. 일기는 어떤 음에서 다른 음으로 가듯이 어떤 날에서 다른 날로 가는 것입니다. 다음으로, 쇤베르크에게 있어서 구조는 한 작품을 부분들로 분할하는 것입니다. "음조를 이용할 때 구조는 카덴차(cadence)에 의지한다. 왜냐하면 음악 작품의 부분들을 한정지어 주는 것은 카덴차뿐이기 때문이다."[54] 그렇습니다. 구조란 계획이 아니라 (통일성이 마지막에 부가되는 통일된 체계의 하나인) 음조입니다. 따라서 총록은 무조(無調)이고 카덴차가 없습니다. 이와 달리 책에는 카덴차가 있습니다.(인용된 책들을 생각해 보기 바랍니다. 『신곡』, 『잃어버린 시간을 찾아서』, 『테스트 씨』.)

화언 행위/ 글쓰기

총록에 —— 그리고 근본적으로 일기에 —— 대해 의혹이 들 때, 이런 의혹의(내 경우로 말하자면, 이런 거북함의) 대상은 실상 화언 행위(≠ 글쓰기)입니다. 화언 행위의 큰 문제는 가치가 깨지기 쉽고, 현재화할수록 가치가 떨어진다는 것입니다. 화언 행위의 성향은 글쓰기와 달리 디플레이션입니다. 필시 이것이 상상성의 소모적인 출혈을 멈추게 합니다.(이런 '치유'에는 내가 부단히 지적하는 애로가 많습니다. 글쓰기는 힘들고 어렵습니다.) 그런데 만일 총록이 메모하기에 기초한다면(일기의 경우), 총록은 화언 행위와 글쓰기 사이에서 쉽게 실망을 주는 하나의 중간책입니다. 메모하기란 이미 글쓰기에, 그리고 또한 화언 행위에 속합니다. 카프카는 메모하기에 대해 이렇게 쓰고 있습니다. "그 무가치함을 우리는 너무 늦게 안다."[55] (화언 행위의 전형적인 실망스러움이죠.) 그리고 말라르메는 이런 실망스러운 과정, 이런 디플레이션을 훌륭하게 이야기하고 있습니다. "사람들이 그것을 낮은 목소리로 털어놓을 때 설득력 있고, 꿈을 꾸게 할 수 있고, 진실된 것도, 그것을 표현하기만 하면(총록 쓰기, 일기 쓰기.) 다른 말장난이 되어 버린다."[56] (화언 행위 : 메모하기가 여전히 어떤 가치를 지니는 대단히 짧은 이런 내적 순간.) 당연히 모든 것이 상실된 것은 아닙니다. 변증법이 가능합니다. 다시 카프카입니다. "내가 뭔가를 말할 때 이 뭔가는 즉각적으로, 그리고 결정적으로 그 중요성을 잃는다.(말의 저주) 내가 그것을 약술할 때 역시 그것은 그 중요성을 잃어버리지만 종종 다른 중요성을 획득한다."[57] 글쓰기의 행운, 변칙성, 기적입니다. 하지만 확실하지는 않습니다.('종종' 그렇기 때문입니다.)

목적

여기까지는 모든 것이 책의 형식 위에서 전개되었습니다. 내가 만들고자 하는 작품은 정확히 이들 형식 중에서 선택해야 합니다. 그럼에도 지금까지 고려하지 않은 '내용' 위로 형식과 다른 어떤 것이 투입되거나, 이념의 부류에 속하는 어떤 것이 내용의 자리지만 다른 층위로 나선형으로 되돌아옵니다. 형식의 책임이라는 층위가 그것입니다. 책이든 총록이든 각각의 형식은 목적을 갖고 있기 때문에, 결론적으로 선택해야만 하는 것은 바로 이 목적입니다. 형식 선택의 극적 성격 전체가 정말 (첫 번째이자) 심각한 시련이 됩니다. 이 시련이 내가 믿는 것과 관계되기 때문입니다.

1) 책은 최상의 개념에서는(단테, 말라르메, 프루스트) 우주의 재현입니다. 책은 이 세계에 상응합니다. '건축적이고 계획된' 책을 원한다는 것은 구조화되고 계층화된 하나뿐인 어떤 세계를 구상하고 원하는 것입니다. 단테에게 있어서는 초월성의 빛을 통해 실재와 역사의 전체성을 재현하는 것입니다. 말라르메 : "나의 작품(남성 명사입니다=완전한 책)은[158] 나름대로 최대한 세계

를 재현하면서 아주 잘 준비되고 계층화되어 있어서 나는 단계적인 나의 인상들 중 하나를 손상시키지 않고는 거기에서 아무것도 걷어 낼 수 없었다.”[59]

2) 그와 반대로 **총록**은 계층화되지 않고 세분된, 하나가 아닌 세계를 재현하는데, 우발적인 사건들의 순수한 조직이고 초월성이 없습니다.

따라서 여러분은 첫째, 이런 세분을 거부할 수 있기 때문에, **총록**, 일기를 싫어할 수도 있습니다. 그도 그럴 것이 총록은 ‘그럭저럭’, ‘닥치는 대로’의 질서에 속하기 때문에, 절대적으로 우발적인 세계의 본성에 대한 믿음을 깊이 함축하고 있기 때문입니다. 톨스토이는 1851년에 이렇게 썼습니다. “오랫동안 나를 괴롭힌 것은 내 삶의 모든 방향을 제어할 생각, 아니 내적 감정을 하나도 가질 수 없다는 것이다. 모든 것이 ‘그럭저럭’이고 ‘닥치는 대로’이다.”[60] 그리고 말라르메의 경우, 신비주의적 전통들이 그에게 강한 영향을 미쳤습니다. 그것들은 늘 전체성의 단편화는 어떤 것이든지 배신이고 몰락이라고 가르쳤습니다.

둘째, 여러분은 이와 같은 세분(細分), 이와 같은 반사를 찬미하는 쪽에 서서 표면성에 대립되는 심오성의 신화를 거부할 수도 있습니다. 니체(당연합니다.)는 “세상을 부숴야만 하고, 전체에 대한 존중을 버려야만 한다.”고 말했죠.[61] 또한 케이지처럼 이렇게 말할 수도 있습니다. “어떻든 전체는 와해될 겁니다.”[62] 여러분은 랍소디의 부름을 세계에 대한 진실의 부름처럼 느낄 수 있습니다.

간단히 말해 여러분은 자신의 철학을 결정하지 않고서는 작품의 형식을 선택할 수 (없으므로 쓸 수) 없습니다. 책의 관념은 일원적 철학을 포함합니다.(구조, 계층, 비율, 과학, 신앙, 역사) 총록의 관념은 복수주의적, 상대주의적, 회의적, 도교적, 기타 등등의 철학을 포함합니다. “나는 대체 무엇을 믿는가?” 글을 쓰려는 의지는 급작스레 여러분에게 이와 같은 질문을 곧장 던집

니다. 그리고 이와 같은 급작스러움은 여러분이 극복해야만 하는 하나의 시
련입니다!

책과 총록의 변증법

여러분은 책/총록의 이런 대립, 이런 대체성이 약간 경직되고, 약간 억
지스럽다고 생각할지도 모릅니다. 나는 방법론적 강의 관례에 따라 내가 체험
한 대로 이야기했습니다. 그러나 이 대립을 완화하여 일반화할 수 있습니다.
다시 말해 글을 쓰는 사람의 수준이 아니라 이야기의 수준에서, 작품들의
변천 수준에서 생각할 수 있습니다. 그리고 거기에서, 만일 책과 총록 사이에
다툼이 인다면, 강한 것은 결국 총록이고, 남는 것은 총록이라는 것을 보게
됩니다.

우선, 메모들, 갈가리 찢긴 생각들이 덩어리 지어 하나의 총록을 형성
합니다. 하지만 이 덩어리는 책을 목적으로 구성될 수도 있습니다. 그래서 총
록의 미래는 책입니다. 하지만 그사이에 저자가 죽을 수도 있습니다. 남겨진
총록은 그 잠재적 지향점에 의해 이미 책입니다. 여러분은 파스칼의 『팡세』
가 무엇인지 압니다. 그것은 분명 하나의 책입니다. (기독교에 대한) 변론, 인간
의 경향적 표현, 초월성, 계층성, '건축적 구성.'(우리는 모르지만 목차와 관련된
분쟁이 있습니다.[163]) 그리고 '숙고'가 있습니다. 그런데다가 그것은 분명 하나의
총록입니다. 파스칼의 매형 플로랭 페리에는 이렇게 말합니다. "사람들이 그
의 원고에서 본 것은 (……) 그가 생각해 온 대작을 위한 분리된 생각들의 덩
어리만으로 거의 이루어져 있다. 그런데 그는 다른 할 일들이나 남은 짧은 여
가 시간이나 친구들과 가진 대화에서 그런 생각들을 해 냈던 것이다."[164] 총록
이 책을 이긴 겁니다. 죽음이 책을 이긴 것입니다. 『팡세』, I, 10쪽

다음으로, 시간이 지나면, 만들어진 책은 다시 총록이 됩니다. 책의 미

래는 바로 **총록**입니다. 마치 폐허가 기념물의 미래인 것처럼 말입니다. 발레리 : "시간의 흐름이 모든 작품을 — 따라서 모든 사람을 — 단장들로 변형시키는 것은 정말 불가사의해. 어떤 것도 온전하게 남아 있지 않아. 항상 잔해일 뿐이고, 허상들만 뚜렷한 기억 속에서와 흡사하지."[65] 사실 책은 잔해로, 불안정한 폐허로 운명 지어져 있습니다. 마치 물에 녹은 각설탕 같습니다. 어떤 부분들은 가라앉고, 다른 부분들은 선 채로, 솟아오른 결정 상태로 순수하게 광채를 내며 남게 됩니다. 이것을 (지질학에서) **카르스트**[166] 지형이라고 부릅니다. 발레리, 플레이아드, 34쪽

책에서 남는 것은 (아주 일반적인 뜻의) 인용입니다. 다른 곳으로 옮겨진 단장, 지형입니다. 『신곡』에서 그것은 "여기로 들어서는 그대여 모든 희망을 버려라." 등입니다. 실제로 폐허는 죽음에 속하지 않습니다. 그것은 폐허로서 살아 있고, 그것으로 완벽하며, 미학적으로 구성되어 생식적입니다. 우리는 폐허들을 만들어 양식으로 삼는 데 시간을 사용합니다.(우리 기억의 활동에 의해서입니다. 발레리를 보십시오.) 우리의 상상, 우리의 사색에 양식을 공급하는 데 씁니다. 책으로부터 우리 속에 존속하는 것은 **총록**입니다. **총록**은 생식세포입니다. 책은 아무리 거창하다 해도 체세포[167]일 뿐입니다.

일종의 충동에 의해 우리는 책을 조각내고, 책으로 하나의 레이스를 만듭니다. 이런 충동의 일상적이고 헛된 흔적들이 있습니다. 첫째, 1979년 7월 8일 일요일 저녁 9시경, 사람들로 꽉 찬 21번 버스 안, 내 옆에서 한 무뚝뚝한 중년 부인이 작은 자와 검은색 볼펜을 무기 삼아 어느 책의(무슨 책인지 볼 수 없었습니다.) 거의 모든 줄에 밑줄을 긋고 있습니다. 둘째, 샤토브리앙이 그린 주베르의 모습. "그는 책을 읽을 때면 마음에 들지 않는 장들을 책에서 찢어 내곤 했는데, 그런 식으로 해서 지나치게 큰 표지로 덮여 있는 속이 파인 저작물들로 된 개인 서고를 갖고 있다."

서로가 서로를 참조하는 — 그럼에도 불구하고 어려운 선택의 두 극단처럼 내 앞에 걸려 있는 — 책과 **총록**은 이렇게 해서 무대에서 나가게 됩니다.(퇴장(exeunt)합니다.)

망설임과 <u>필연성</u>

글쓰기 실천은 기본적으로 망설임들로 꾸며집니다.(따라서 책/총록의 망설임을 넓혀 보고 넘어서 봅시다.) 기적적으로 망설임이 없는 경우를 일컫는 특징적인 명사는 영감입니다. 이것에 대해 한마디 하고 싶습니다. 그 까닭은 이것이 첫 번째(사실을 말하자면 모든 글쓰기 작업에 공외연적인) 시련 안에 들어 있기 때문입니다. 기억을 위해 우리가 보통 어디에서 망설이는지 살펴봅시다.

망설임

1) 우리는 일반적 '형식' 사이에서 망설입니다. 책/총록, 또는 프루스트의 경우처럼 소설/에세이 사이에서 말이죠. 프루스트는 1908년에 노아유 백작 부인에게 이렇게 씁니다. "저는 몸이 아주 안 좋기는 해도 생트뵈브에 대한 연구 결과를 쓰고 싶습니다. 그 일은 제 머릿속에서 두 가지 다른 방식으로 구상되어서, 저는 그것들(에세이 → 『생트뵈브에 반하여』의 단장이거나, 소설. → 『잃어버린 시간을 찾아서』이거나) 사이에서 선택해야 합니다. 그런데 제겐 의지도 혜안도 없습니다."[168]

2) 기억용. '단어' 사이에서 망설입니다. '문체에 대한 고민.' 기억용이라고 말했습니다. 올해에는 적절하지 않기 때문입니다. 어쩌면 내년에 해당할지도 모릅니다.

3) 메모하기 사이에서의 망설임입니다. 대체 무엇을 메모해야 할까요?(작

년 강의가 대략 이것에 관한 것이었습니다.[169]) 왜 이것은 메모하고, 다른 것은 안할까요? 무엇이 메모할 만한 것, 메모할 수 있는 것일까요? 보통 사람들은 어떤 의미를 보기 때문에 메모합니다.(하지만 그와 동시에 그들은 의미를 주려 하지 않습니다.) 아니면 하나의 문장이라는 형식으로 오기 때문입니다.(하지만 하나의 문장은 어디에서 비롯될까요?). 하지만 종종 이것은 고유한 의미에서의 망설임입니다. 순수하고 무익하고 설명할 수 없고 수수께끼 같은 메모할 만한 것이기도 합니다. 예를 들어, 생제르맹 광장에서 48번 버스를 기다리다가 한 커플이 지나가는 것을 보았는데, 아가씨가 믿을 수 없을 정도로 높고 날카로운 하이힐을 신고 있습니다. 그래도 그녀는 조금 절뚝거리면서도 그것을 소화해냅니다. 나는 속으로 생각합니다. 어떻게 저런 식으로 걸을 수 있지? 어떤 의미에서는 흥미가 전혀 없는 일입니다. 하지만 그와 동시에 메모를 하게 됩니다. 그도 그럴 것이 그것은 세세함을 드러낸 '삶'이기 때문입니다.

4) 마지막으로, 그리고 무엇보다도, 소설(또는 영화)과 관련되어서는, 왜 이런 이야기이고 다른 것이 아닐까?입니다. 내가 대다수의 소설과 영화 앞에서 갖는 아주 강한 감정입니다. 좋기는 해도 참 맥 빠지는 감정입니다. '좋은' 이야기지만, 나는 이런 것을 이야기하거나 엄청난 제작 작업의 대상으로 선택하거나 할 필연성이 있다고 보지 않습니다. 논리적 개념으로 말하자면, 세계는 무관한 또는 부적합한 관계에 의해 연결되어 있는 '사항들'을 내게 보여줍니다. 포괄적입니다(Vel…… vel). 하지만 작품은 창작된 것이기 때문에, 배타적(Aut…… aut) 관계, 배타적 분리, 즉 현실의 분리를 내게 부과해야 합니다. 그 이야기가 내 눈에 필요한 것이 되려면 알레고리적 조밀함을 지녀야만 합니다. 팔렝프세스트가, 다른 의미가 있어야 합니다. 설사 그것이 무엇인지 모른다 해도 말입니다.

필연성이 없다?

따라서 모든 글쓰기의 실천은 가치에 대한 일반화된 망설임에 기초합니다. 망설임은 쓰고 있는 것이나 계획하는 것에 만족하지 못한다는 뜻이 아닙니다. 문자 그대로 모른다는 뜻입니다. 좋은지 나쁜지를 결정할 확실한 기준이 전혀 없다는 뜻입니다. 예를 들어 카프카는 그의 『일기』를 이렇게 다시 읽습니다. "나는 내가 지금까지 쓴 것이 특별히 소중하다고도, 그것을 거침없이 밀쳐 내는 것 역시 마땅하다고도 보지 않는다."[70] 기준이 없고, 판단 근거를 세우기가, 따라서 그것을 제기하기가 불가능하다는 것입니다. 문학은 '과학적'이지 않다는 뜻입니다. 이것을 알고 말한 사람 역시 카프카입니다. "'이 슬픈 겨울 동안 나는 이 불로 몸을 덥히고 있다.' 은유는 나로 하여금 문학에 대해 절망하게 만드는 것 중 하나다. 문학적 창조는 독립성이 부족해서, 불을 지피는 하녀, 냄비 옆에서 몸을 지지는 고양이, 몸을 녹이는 불쌍한 늙은 촌부에게조차 의존한다. 이 모두가 고유한 법칙을 지니는 자율적 기능들에 부응한다. 문학만으로는 그 자체 내에서 어떤 구원도 길어 올리지 못하고, 그 자체 내에 자리 잡지도 못하며, 유희인 동시에 절망이다."[71] 이와 같은 독립성의 결핍, 이와 같은 모든 자기 보증 가능성의 결핍은, 문학이 언어, 그것도 순수한 언어활동이라는 사실에서 기인합니다. 그런데 이 순수한 언어활동은 증거 없는 질서라는 언어활동의 위상에 전적으로 관여합니다. 부표가 없는 망망대해입니다. 파스칼은 이렇게 말합니다. "언어는 어느 쪽에서나 똑같다. 그것을 판단하려면 고정점이 있어야만 한다. 어느 배에 탄 사람들인지는 항구가 판단한다. 하지만 도덕에서는 어디에서 항구를 찾겠는가?"[72] 내게 있어 언어활동은 일반화된 도덕과 동일합니다. 이런 부표의 부재는 필연성을 만드는 결함입니다. 어떤 필연성으로 인해 저 이야기가 아니라 이 이야기를 하고, 저 단어가 아니라 이 단어를 택하고, 책이 아니라 총록을 기획하는 것일까요? 한편으로 보면 필연성은 없습니다. 그러나 다른 한편으로 보면, 쓰기가 필연성 안에서 지탱된다든지, 보호된다(라틴어로는 *auctor*)든지 하는 것에 대한 물리칠 수 없는 부름이 작가에게는, 즉 읽거나 쓰고자 하는 자에게는 있습니다.

사후성(après-coup)

그럼에도 어떤 작품의 독자로서 우리는 그 필연성을 확신합니다. 우리가 생각하기에 저자는 주저할 수 없었고, 또 그런 일은 그로서는 어쩔 수 없었습니다. 다른 이야기가 아니라 이런 이야기가 되어야 하고, 이 단어가 선택되어야 하는 것 등등이 필연적이었습니다. 필연성에 대한 이와 같은 명증성은 문학보다는 음악에서 훨씬 선명합니다. 어떤 선율, 어떤 곡조는(예컨대 「카르멘」이나 「환희의 송가」) 우리 귀에 아주 잘 들어오고, '적절한 때에 오기' 때문에 작곡가가 아니라 자연이 창조한 게 아닐까 생각될 정도입니다. 다르게 되어서는 안 될 정도입니다. 그것은 필연적이었습니다. 소비자의 — 독자의 — 경우 필연성은 사후성인 게 분명합니다. 환영, 즉 파스칼이 성인들에 대해 잘 묘사한 사후성입니다.

> 파스칼, 『팡세』, 2장

> 예전에 교회에서 일어난 일과 지금 거기서 보는 일을 비교하는 데 있어서 우리를 그릇되게 하는 점은 사람들이 일반적으로 성 아타나시우스, 성 테레사 그리고 다른 사람들은 영광의 관을 쓴 사람들로, 그리고 그들의 심판자들은 악마들처럼 흑색으로 본다는 점이다. 세월이 사실들을 밝혀 준 지금은 이런 것이 당연해 보이지만, 사람들이 그를 박해하던 시절에 이 위대한 성인은 아타나

시우스라 불리는 한 인간이었고, 성 테레사는 한 명의 처녀였다. "선지자 엘리야는 우리처럼 한 인간이었고 우리처럼 열정에 휩싸였다."고 성 베드로는 말했는데, 그것은 우리가 성인들의 예를 우리의 형편에 어울리지 않는 예처럼 거부하게 하는 잘못된 생각에서 기독교도들이 벗어나도록 하기 위해서였다. "그들은 성인이었으니까 우리와 같지 않다." 그 당시 어떤 일이 일어났는가? 성 아타나시우스는 아타나시우스라 불린 사람이었는데 거의 개[원문대로]처럼 고발되어 이런저런 재판정에서 이런저런 죄목으로 형벌을 받은 사람이었다. 모든 주교들이 그리고 마지막에는 교황도 그것에 동의한다. 그것에 저항하는 자들에게 뭐라고 들 말하는가? 그들이 평화를 해친다, 종교 분쟁을 만든다, 등.[173]

글을 쓰는 사람은 성인으로 추앙되기 전의 성인입니다. 필연성이 어디에 있는지 그는 모릅니다.

그래서 개인적 용도로 쓸 '기준들'을 모색하게 됩니다. 보통은 막연한 기준들인데, 필연성이라는 불가능한 감정을 보충해 주지만 부실해서 결국 거부될 수 있습니다. 예를 들어 보지요.

종결 가능성

작품은 언젠가 그것이 끝났다는 느낌을 줍니다. 더 이상 뭔가를 더 하기가, 계속하기가 불가능합니다.(이것은 무기력과는 다릅니다.) 건축적 구성의 책에 대해서는 이런 것이 맞아 들어갑니다. 구조화한다는 것은 언젠가 그것이 끝난다는 것을 예고하는 겁니다. 무기력이나 죽음에 의한 종말을 논리적 종말로 대체하는 것입니다.(구조화되어도 잠재적으로 끝없이 이어지는, 문장의 역설을 참조. 『잃어버린 시간을 찾아서』를 참조.) 하지만 구조화되지 않은 **총록**에 대해서는 어떨까요? 다 됐어, 더 이상 아무것도 없어야만 해라는 (막연하고 강한)

'감정'을 가질 수는 있습니다.(이런 감정은 분명 미학적 문화에서 온 것입니다. 사람들이 끝났다고 규정하는 그림 화폭의 경우에는 명백합니다. 반대로 끝내지 못하는, 끝났다고 믿지 못하는 화가들의 불안과 실패로 인해 창작자를 파괴하고 무력하게 하는 것은 "그건 끝나지 않았어."입니다.)

필요

글을 쓰는 사람은 가상의 독자의 감정에 자신을 투입하여 마치 적어도 한 명의 독자는 이 텍스트를 필요로 한다는 듯이 쓸 수 있습니다. 한 작품의 필연성이란 그 작품이 세계 어딘가에서 한 명의 독자의 필요에 응답한다(수학적 의미에서의 대응)는 것입니다. 반증은 텍스트, 책, 원고를 (지겨워서, 짜증이 나서) '거부하기'입니다. 그 책을 필요로 하지 않는다고, 그 책이 내게는 그 어떤 필요에도 해당하지 않는다고 공표하는 것입니다. "많은 사람들이 내게 원고를 보냅니다. 하지만 그 순간에 나는 그것을 필요로 하지 않습니다. 나는 그 순간에 파스칼을 필요로 합니다." 등등. 필연성은 누군가 어느 순간에 필요로 한다는 것입니다.(= 책 '마케팅'의 모든 가능성에 반대되는 사고입니다. 그도 그럴 것이 세밀하고, 변화무쌍하며, 개인성에 토대를 둔 생각이기 때문입니다. 하지만 쓸 이유가 충분한 생각일 것입니다.)

우연

따지고 보면, 작품의 필연성이라는 어려운 개념에 다가서려 애쓰면서 나는 그저 이 필연성이라는 요청을 기술하는 데 이를 뿐이지, 그 대답의 토대를 제시하는 데 이르지는 못합니다. 예컨대 진정한 문학은 우연을 없앤다(말라르메)[174]는 감정이 있습니다. 작품은 반(反)우연입니다.(바로 이것이 필연성의 의미입니다.) 몇몇 저자들이나 몇몇 사람들이 명석한 것은 분명하지만 우연일 뿐인 명석한 말들을 한다는 느낌이 들 때 나를 사로잡는 거북함입니다.

증거들

　말라르메는 책과 관련해서 필연성…… 작품의 필연성 같은 것을 강하게 느꼈습니다. 달리 말하자면 필연성의 강한 형태인 증거들을 말입니다. 작품은 증거들을 갖춰야 합니다. 이런 증거들은 의미에 의해 지탱될 수 없습니다. 텍스트의 진정한 의미란 없습니다.(말라르메, 발레리) 의미를 증명할 수는 없습니다. 증거는 현실과의 유사성에서 올 수도 없습니다. 왜냐하면 책이란 비현실주의적(비구상적)인 것, 기껏해야 상동적인 것이지 유사한 것은 아니기 때문입니다. 말라르메에게 증거는 분명 대조와 비교의 과정에 달려 있습니다. 책 속에는 서로 만나는 두 개의 '모습'이 있어야 합니다. 주관적인 것은 단일합니다. 적어도 두 개의 다른 방법에 의해 이를 수 있는 어떤 것, 그것이 바로 객관적인 것입니다. 객관성은 하나의 접합입니다.(예컨대 프루스트에게 『잃어버린 시간을 찾아서』의 증거는 ── 게다가 이것이 그로 하여금 시작하게 만들었을 개연성이 있습니다. ── 초기의 사실들을 마지막에 다시 만나게 된다는 것입니다. 이것은 분봉(分封), 마르코타주입니다.) 또한 증거는 세부 사항(극사실주의)에 있을 수 없습니다. 그것은 전체적이어야 합니다. 말라르메는 1867년 작품에 대해 다음과 같은 시각을 지녔습니다. "나는 도취하지도 전율하지도 않고 작품을 바라보았다. 그리고 눈을 감자 나는 그것이 계속 있었다는 것을 알게 되었다."[175] 결과적으로 작품의 필연성은 실존적 결론입니다. 그것이 있다는 확신과 두 개의 다른 모습의 겹침(혹은 만남)에서 온 확신입니다. 여전히 프루스트입니다. 작품은 두 측면이 서로 결합되었을 때 있었다고 말할 수 있습니다.[176](작품은 그래서 끝날 수 있었던 것입니다.) 필연성은 실존인 까닭에 층위가 없습니다. 더한 것도 덜한 것도 없습니다.(바로 그것이 필연성입니다.) 예 아니면 아니오입니다. 작품은 완전히 존재하거나 아니면 전혀 존재하지 않습니다. 뭔가가 있거나 아무것도 없다는 것을 알게 됩니다. 결국 논리적 진행이죠. 인과관계(이것은 존재할 동기가 있다, 작품은 있어야 할 필요가 있다, 이 작품이 필요하다.)로부터 확인으로 나아가는 것입니다. 작품은 존재한다(신비로운 변모)는 확인으로 말입니다.

자가 평가 : 재능

재능

만들어야 할 작품 또는 만들어지고 있는 작품의 필연성이라는 감정에 이르기 = 어느 정도의 재능을 자양분으로 삼는 불분명한 직관적인 작업입니다. 비법은 없습니다. 하지만 이런 감정에 대한 예비 지식은 생각해 볼 수 있습니다. 필연성이 (그리고 작품이 함께) 솟아나기 위해 제대로 지켜야만 할 규칙, 규정이 그것입니다. 일반적인 방법으로는 자신의 재능에 대한 자가평가입니다. 재능은 벗어나면 실패하게 되는 한계입니다. 이것을 거스를 수는 없습니다. 힘의 한계입니다.

무지

작가(나는 쓰고자 하는 사람을 이런 식으로 부릅니다.)에게는 자신에 대한 무지라는 끊임없이 위협적인 위험이 따라다닙니다. 플로베르(1852년, 32세)는 이렇게 말했습니다. "하지만 따지고 보면 나를 괴롭히는 뭔가가 있는데, 그것은 내가 나의 크기를 모른다는 것이지. 스스로 아주 차분하다고 생각하는 이자는 자신에 대한 의심으로 가득해. 그는 어느 정도까지 당길 수 있을지, 그리고 그의 근육의 정확한 힘을 알고 싶을 거야."[77] (아주 멋진 말입니다. 불행히도 문학에서는 검력계가 없습니다.) 이런 한계(이런 정점)에 이름을 붙이려고 할 수는 있습니다. 다시 플로베르입니다.(1853년, 32세, 『보바리 부인』.) "만일 내가 그 안에 줄거리를 넣고자 했다면, 나는 어떤 체계의 힘에 맞게 움직이며 모든 것을 망쳤을지 몰라. 자기 목소리로 노래해야만 해. 그런데 내 목소리는 결코 극적이지도 재미있지도 않아."[178] 분명 한 작가의 성숙함, 작품들의 완성도, 탈초보성이라 부르는 것은 힘의 증가(생리학적 이미지)가 아니라 경험으로 배운 정확한 작용점들의 정교하고 섬세한 발견입니다. 카프카는 '스스로의 재능을 잘못 다루는 데 쏟는 에너지를 찬양할' 수는 있다고 말했습니다.[179] 초고들이 주는 인상은 그런 경우가 흔합니다. 언어와 무지라는 이중의 에너지입니다. '숙련성'이란 오히려 관리된 빈곤화일 것이고, 글을 쓰면서 주는 (그리고 갖는) 경향이 있는 쾌락의 에피쿠로스적 절약일 것입니다.

진실-소설

재능(=자기가 무엇을 잘하는지 아는 것)은 또한 도덕적 심급에 속합니다. 그것은 나를 '나의 진실'에 머물게 합니다. 다시 말해 나의 글쓰기에서 표피적이고 부차적인(순간적으로, 유행에서 혹은 변덕에서, 엉뚱한 생각에서 혹은 나 자신의 환상에서 온) 자극들에 양보하기를 거부합니다. 간단히 말해, 그럴듯한 것들, 그런 척하기(나를 둘러싼 이미지들의 압박)를 거절하는 것입니다. 예컨대 (지난해 강의 끝 무렵에 그것을 제시했습니다.) 나는 소설을 지으려는 끈질긴 욕망을 가질 수 있어도(그것으로부터 나온 총칭적 제목이 "소설의 준비"입니다.) 내가 거기에 이를 수 없다고 확인할 수 있습니다. 내가 거짓말을 할 줄 모른다는(원치 않는다가 아니라 모른다는) 이유 때문입니다. 이것은 내가 진실을 말할 줄 안다는 뜻이 아닙니다. 나의 한계 밖에 있는 것은 거짓말, 화려한 거짓말, 거품을 만드는 거짓말의 구상입니다. 허구, 망상입니다. 이것은 정말 문화적 특색일까요? 종교적 특색일까요? 칼뱅주의적 특색일까요? 칼뱅주의자인 위대한 소설가들이 있었나 봅시다. 이것이 도덕성의 증명서는 아닙니다. 그도 그럴 것이 허구적 상상은 훌륭한 권능이고(다른 것을 창조하기) '거짓말하기'의 거부는 나르시시즘으로 되돌아가게 하기 때문입니다. 나는 환상적인(허구적이 아닌), 다시 말해 나르시시스적 상상밖에 없는 것으로 보입니다.

어려움/ 불가능함

(작품의) 필연성의 또 다른 목소리는 — 이 모두가 적합성의 문제입니다. —재능의 팽창 쪽에서 들릴 수 있을 것입니다. 재능이 망가지거나 그럴듯한 것, 즉 '손 인형'이 되지 않고서 재능을 극한점까지 팽창하는 것이죠. 만들어야 할 작품은 쉬워서도(예컨대 일기는 쉬운 종류입니다. 일기를 가지고 나중에 뒤틀린 작품을 만드는 경우를 제외하고 말입니다.) 안 되고 불가능해서도 안 됩니다. 따라서 어려움과 불가능 사이에 있어야 합니다. 하이데거의 인용문을 기억해 보시기 바랍니다. 자연에서는 각각의 사물이 그 가능함에 주어진 원 안에 머뭅니다. 오직 '의지'만이 가능함에서 벗어나게 합니다.[180] 나는 이렇게 말했습니다. 글쓰기는 의지처럼 하나의 불가능이라고.(그래서 나는 이것을 자연처럼 한가함에 대립시켰습니다.) 사람들은 이제 다음과 같이 말할 수 있을 것입니다. 쓰고자 하는 의지 내부에서조차, 다시 말해 그 불가능함의 내부에서조차 재능의 임무는 그 가능함에서 벗어나지 않는 것이라고. 그러니까 쓰기와 같은 비자연(Non-Nature)의 한복판에서 자연(Nature)을 똑바로 따라가는 것이라고 말입니다.

결론

저지하는 환상

우리는 첫 번째 시련의 끝에 와 있습니다. 그 해결이 아니라(시련은 그대로 남아 있습니다.) 그 설명의 끝에 말입니다. 이 시련은 본질적으로 모든 수준에서 글쓰기 행위의 선택적 직조 속에 머물러 있습니다. 매 순간 — 그리고 출발부터 크게(예컨대 책/총록) — 선택해야만 합니다. 이와 같은 선택을 부과하거나 그 방향을 지시하는 (글쓰기의) 신은 없습니다. 글쓰기는 현기증 나는 자유입니다. 이와 같은 실천적 자유는 욕망의 확언인 작품의 환상과 충돌하게 됩니다. 멀리 하나의 신기루처럼 '보이게' 하고 '빛나게' 하면서 환상은 작품을 '유발합니다.' 하지만 그것은 당연히 아직 환상에 불과하며, 따라서 환상이 보여 주는 것은 실제 작품이 아닙니다. 그것은 멀리 있는 하나의 포괄적 이미지, 하나의 색조, 아니면 작품의 단초들, 국면들, 굴곡들입니다.(여기에서는 이런 문제들을 정확하게 다루고 있는 발자크의 수필 『알려지지 않은 걸작』을 참조.) 환상은 작품을 유발하지만 또한 그것을 저지하기도 합니다. 그도 그럴 것이 환상은 그 실현을 실질적으로 계획하는 데 도달하지 못한 채 쉬지 않고 미래의 기쁨을 반복하기 때문입니다. 환상은 본질적인 형태로 나타나는, 즉 선택하고 자유를 구가하는 의무의 형태로 나타나는 실행화의 현실에 허무하게 맞섭니다. 작품의 준비는 또한 작가가 그저 약간의 섬광들을(약간의 메모들을) 경험하는 것뿐인 순수한 부동의 환상일 수 있습니다. 주베르는 이것을 다음과 같은 말로 표현했습니다. "나는 아름다운 소리를 몇 가지 내면서 아무런 곡조도 발하지 않는 바람개비 하프와 같다."[181] 샤토브리앙, 『무덤 저편의 회상』, I, 450쪽

'강의 속의 블랭크'

그렇다면 거기에서 빠져나올 방법은 무엇일까요? 나는 전혀 모릅니다. 이 강의를 준비하던 날 나는, 작품에 대한 욕구는 있지만, 그것을 어떻게 선택하고, 또 그 일정을 어떻게 짜야 하는지를 모르는 상태였습니다.(그리고 행여 만들어야 할 작품을 선택했다 해도 그것을 말하지는 않을 것입니다. 이 책 뒷부분의 은밀함[182]을 참조.) 따라서 여기, 이 순간의 강의는 백지입니다. 나는 첫 번째 시련을 해소하지 못했습니다.(사실을 말하자면 흔히 다른 것들의 기초 변수가 되는 시련입니다.) 그럼에도 불구하고 나는 마치 내가 쓸 작품을 결정했다는 듯이 말해야 하고, 나를 기다리는 다른 시련들을 이야기해야 합니다. 마치 첫 번째 시련, 원론적 시련이 해소되었다는 듯이 말입니다.

인내

따라서 우리는 지금 이야기하려는 그 사람('글을 쓰고자 하던 사람')이 자신이 착수할 작품의 형식을 선택했다고, 정했다고 전제합니다. 그러니까 원칙상 그는 지금 다음과 같은 질문에 대답할 수 있는 상태에 있습니다. "요즘 어떤 작품을 준비 중인가요?" 하지만 그는 그때 은밀함의 의무와 조우하게 됩니다. 지독한 시련입니다. 그는 환상에서 — 분명 언젠가 그래야만 합니다. — 실현으로, 다시 말해 실행(실천(praxis))으로 넘어가게 됩니다. 따라서 이제는 망설임(거의 강박관념적인 상태)과의 투쟁이 아니라 시간, 일정 기간과 투쟁을 하게 됩니다. 작품의 제작 기간이지요. 이 기간은 깁니다. 한편으로 이 기간은 어쩔 수 없이 실제 생존 기간 자체와 맞붙어 있습니다. 그리고 생활은 글쓰기만으로 이루어져 있지 않습니다. 작가의 생활도 그렇습니다. 실존 기간과 글쓰기 기간 사이에는 충돌이 도사리고 있습니다. 다른 한편으로 실천 자체는, 비록 다른 모든 시간으로부터 그것을 정화해 낸다는 사실이 이상적으로 전제된다고 해도, 내적 어려움, 수난, 변고를 안고 있습니다. 따라서 두 번째 시련은 (쓰는) 인내의 시련입니다. 이와 같은 인내에는 두 개의 '영역'이 있습니다. (세계, '사교'에 대한) 외적 인내와 (임무 자체에 대한) 내적 인내가 그것입니다. 이렇게 해서 두 번째 시련에는 다음과 같은 두 부분이 포함됩니다.

1) 글쓰기 생활의 물리적 편성으로, 규칙적 생활이라고 부를 수 있을 겁니다. 샤토브리앙은 로마에서 대사관에 있었습니다. "로마인들은 나를 시간을 재는 데 사용할 정도로 나의 규칙적인 삶에 아주 익숙해져 있다."[83]

2) 글쓰기의 실천 : 그 장애물들, 저항들, 내적 위협들, (인내의 문제인 까닭에) 완만화.

작품 ≠ 세계

쓸 시간을 갖기 위해서는 확고한 선택과 동시에 끊임없는 경계를 통해 그 시간을 위협하는 적들에 맞서 죽도록 투쟁해야만 하고, 또 이 세계에서 그 시간을 뽑아내야만 합니다. 세계와 작품은 경쟁 관계에 있습니다. 카프카는 이런 싸움, 이런 긴장을 대표하는 인물입니다. 그는 항상 고통스럽게 종종 소스라칠 정도로, 세계를 문학에 적대적인 것으로 경험했습니다. 다시 말해 그에게 세계는 아버지, 사무실, 여자의 형상입니다. 그렇다면 세계, 그것은 무엇입니까, 그것은 무엇일 수 있을까요?

사무실

카프카에게 그것은 (부분적으로) 사무실입니다. "사무실(보험 회사의 법률 고문실)에서 해방되지 않는 한, 나는 한마디로 버려진 존재라는 것, 이것이 내게는 명증 자체이다. 익사하지 않기 위해 가능한 한 머리를 충분히 높게 유지하는 것이 중요할 뿐이다."(그로부터 일기가 나온 겁니다.) 여기 그 한 대목이 있습니다.

카프카, 『일기』

(카프카는 대단히 역겨워하며 사무실을 위해 문장을 쓰거나 불러 줍니다.)

……결국 글을 불러 주지만 내게 남은 것은 심한 참담함이다. 왜냐하면 내 전체가 시적 작업에 준비되어 있고 이 작업은 내게 신적 해결책, 삶 속으로의 실질적인 입문일 것이기 때문이다. 내가 사무실에서 처량한 서류 나부랭이를 위해 그런 행복이 가능한 육신에게서 살덩이를 뜯어 내야만 하는 반면에 말이다.[184]

여기에서 사무실은 모든 형태의 일상적 소외에 적용됩니다.('매일 사무실에 가기.') 의무적인 모든 것, 살기 위해 사회에 지불해야만 하는 대가죠. 글쓰기는 나 자신의 피와 같습니다. 그것은 피의 대가입니다. 주의 : 항상 그렇듯이, 어떤 심리적 원칙도 분명하지 않고 보편적이지 않습니다. 크노(Queneau)는 사무실에서 책을 얻어 낼 수밖에 없었기 때문에 더 잘 썼다는 것이 기억납니다.

사회, 사교계
'사회' 또는 '사교계'라는 의미에서의 세계 : 저녁 모임, 초청, 약속, '전람회 개막식,' 비공개 시사회 등. 대표적 인물은 1909년 전후의[185] 프루스트입니다. 또 다니엘 다르테즈라는 이상적 인물도 있습니다. "다니엘 다르테즈의 생활은 전적으로 일에 바쳐져 있어 아주 드물게 사회를 접할 뿐이다. 그에게 사회란 한낱 꿈과 같다……."[186] 여기에서도 역시 사회와 사교계의 대립은 애매하다는(또는 '변증법적'이라는) 점에 주의하시기 바랍니다. 세계와 작품의 딜레

마는 얀센주의적 선택처럼(방≠휴식, 다시 말해 선≠악의 구도처럼) 아주 엄격하지 않습니다.

　1) 세계의 비뚤어진 공격 : 작품을 구상하기 위해서는 다양한 형태 아래서 세계를 관측하는 일, 따라서 세계에 드나드는 일이 필요합니다. 소재와 자극의 저장고 : 사교계(프루스트), 신문 구독(솔레르스?) 그리고 글쓰기에 의해 '세계에서 잘못되어 가는 것'의 반대편을 들려는 의지조차 있습니다. 어리석음, 악에 반대하는 작품입니다. 다음과 같은 경로대로 진을 빼며 왔다 갔다 할 수 있습니다. 작품을 만들기 위해 은퇴해야 할 필요성은 주변의, 사교계 내의 어리석음에 의해 공격당함. → 그럴 의무라도 있는 듯이 그에 대한 대응이 요구됨. → 세계에 참여(예컨대《르 누벨 옵세르바퇴르》에 정규 기고[187] → 다시 멜랑콜리에 사로잡혀 갇혀 지내고 물러서려는 욕구 → 새로운 공격이 가해지죠.(앙드레 테시네의 영화.[188]) → 다시 대응하려는 욕구(잡지 제작.) 등.

　2) '세계'는 일반 사회만을 가리키지 않습니다. 그것은 또한 사적 관계입니다. 약속, 전람회 개막식, 친구들의 영화. 그런데 '사적인 것,' 사적 감정의 고유함은 일반화될 수 없고 총합될 수 없습니다. 그것은 **환원될 수 없는 종류**의 경우들의 집합입니다. 그래서 여러분은 해소할 수 없는 모순에 빠지게 되는 것입니다. '관계'가 작품에 맞서 싸웁니다. 왜냐하면 관계란 반복되기 때문입니다. 여러분의 글쓰기를 방해하는 것은 수많은 약속들입니다. 하지만 만일 그 집합을 세부화하면 각각의 관계는 가치를 갖게 되고 또 유지되고자 합니다. 그리고 그것이 다시 시작됩니다. 그도 그럴 것이, 우정은 비교할 수 없는 범주이기 때문입니다. 하지만 비교할 수 없는 것들을 더함으로써 여러분은 일반적인 제약을 만들어 냅니다. 그로부터 전부 아니면 무라는 너무 대가가 크기 때문에 한편으로는 어리석은 유혹이 일어납니다.

세속적 욕망

'세계'의 다른 형태 : '한시적 피조물에 대한 애착'(파스칼) 또는 사람들이 18세기에 말하던 대로 세속적 욕망 → 현대어로는 모든 형태의 탐닉. 탐닉은 억제할 수 없는 쾌락 탐색, 추구, 쏘다니기, 욕망에 대한 경망스러운 복종을 의미합니다. 시간 낭비의 상징 자체 : 작품의 포기로 인해 가장 즉각적이고 가장 흔한 죄의식이 유발되는 곳입니다. 그 까닭은 분명 (절대적 목표로서 가설된) 작품의 성스러움의 경시에 종교로부터 물려받은 문화적 경시가 더해지기 때문입니다. 인성의 과오, 결점. 세속적 욕망(탐닉)/ 글쓰기의 충돌. 날카로운 ── 그리고 심지어 애매한 ── 어떤 것인데, 왜냐하면 (프로이트적 개념인) '가장 작은 차이'와 비슷하기 때문입니다. 우선, 극단적으로 밀어붙인 탐닉은 삶에 대한 글쓰기 같은 것입니다. 탐닉은 (글쓰기보다 더) 전적으로 퇴폐적인 기입(記入) 에너지(énergie d'inscription)에 의해 시간의 터를 '지우고', 새기고, 긋고, 차지합니다. 탐닉은 아무것도 생산하지 않기 때문입니다.('낳지 않습니다.') 다음으로 '탐닉'은 탐구, 통과 의식처럼 경험될 수 ── 동일한 우의적 구성을 지닐 수 ── 있습니다. 글쓰기가 그렇습니다. 이종동형의 두 힘이 충돌하지요. 『팡세』, II, 121쪽

사랑

사랑, 또는 무엇보다도 (세속적 욕망과는 다른 어떤 면과 관련된다는 것을 지적하자면) 사랑하는 존재입니다. 낭만적 신화입니다. 사랑하는 존재는 원칙적 피헌정자로서 영감을 주는 사람, 다시 말해 작품을 가능하게 해 주는 사람입니다. 작품과 사랑하는 존재는 뒤섞입니다. 현실과 다르죠. 현실은 더 냉혹할 수 있습니다. 사랑하는 존재와 작품 사이의 거의 수그러들지 않는 경쟁성. 작품이란 사랑하는 존재에게는 질투의 대상이고 쓰는 주체에게는 우선적 행복입니다.(따라서 '이기주의'의 죄이기도 합니다.) 카프카는 (당시) 약혼녀와 문학 사

이에서 찢겨 있었습니다. 작품과는 아무 관련이 없는 일입니다. 그것은 경쟁 관계, 항구적인 긴장감입니다. 물론 카프카는 그것을 통찰했고 또 그로 인해 고통을 느꼈습니다. 카프카는 잘 알던 수원선생 원매(袁枚)[189]의 시를 펠리스에게 인용해 줍니다.

깊은 밤

차가운 밤
잘 시간을 잊고 책을 읽었다
금수를 놓은 내 이불의 향기는
흩어져 버렸고, 난로의 불은 꺼져 있었다
나의 연인은 그때까지 힘겹게 화를 누르고 있다가
내게서 등잔을 채어 가며 묻는다
"지금 몇 시인지 아시오?"[190]

책을 질투한다? 이런 일은 생각보다 흔합니다.(많은 예를 나는 전해 들었습니다.) 카프카에게 있어서 이와 같은 대립은 순수하고 고통스러웠습니다. 그는 결혼에 마음이 끌리지만 그것을 받아들일 과단성은 없습니다. 그래서 그는 약혼에 대해 심한 의문을 갖습니다. 파혼하게 됩니다. 그도 그럴 것이 그는 결코 결혼까지 갈 수 없었던 것입니다. 거기에다 상상계의 이율배반을 더해 보시기 바랍니다. 그 예가 바로 발자크입니다. 한편으로 작가라면 작품을 만들기 위해 사랑으로부터 도망쳐 반드시 떨어져 살아야 한다고 설교하고, 다른 한편으로 작가의 목적은 문학이 아니라 사랑의 행복이라고 진정으로 믿고 있습니다.(≠ 청년 위고 : "샤토브리앙이 아니면 아무것도 되지 말자.") 발자크는 사랑을 작품 위에 놓습니다. 그에게는 한스카 부인을 포르튀네 가에 살게 하는 것이 많은 걸작을 쓰는 것보다 중요했습니다. "내가 『인간 희극』으로 위대해지지 않았어도, 이 일을 성사시켜 그렇게 될 것이다. 만일 그녀가 와 준다면 말이다."(1849년) 사랑한다면 이런 질문은 끔찍한 시련, 엄중하고 비극적인 시련일 것입니다. "나를 위해 당신의 작품을 희생할 준비가 되어 있소?" 분명 진실의 순간입니다. 하지만 작가를 협박하는 사람은 누구든지 순식간에, 그리고 심지어 그랬기 때문에 모든 가치를 잃게 되어 사랑받을 자격이 없어질 것입니다. 타인의 상실된 욕망만을 적나라하게 남겨 둘 뿐입니다.(사랑이 정말 자기 작품의 미래를 위협하는 순간부터 작가는 항상, 결국 사랑에 실패하려는 조치를 취하지 않을까요?)

진정한 삶

작품에 대한 헌신, 그것이 전제하는 희생은 낭만적으로 느껴질 수 있습니다. 저주 같은 것은 아니지만, 적어도 과도하게 외지고, 환상가적이고, 비정상적이고, 미친 삶처럼 말입니다. 예컨대 반 고흐는 '진정한 삶'이 더 낫다고 했을 것입니다. 하지만 여기에서 진정한 삶은 단적으로 진정한 (작품의 위상은 오히려 이런 것이 되겠죠.) 삶이 아니라, 역설적으로 어떤 사람들이 꾸민 삶이라고 평할 수도 있을 그런 삶입니다. '진정한 삶'은 가정, 여자, 자식, 직업, 평범한 자존심이 있는 만인의 삶, 정상적인 삶입니다. 그러니까 작품에 희생해야만 하는 것은 바로 이와 같은 행복입니다.

이기주의

이상과 같은 것들이 대략 (만들어야 할) 작품이 경쟁하는 상대인 '세계'입니다. 글을 쓰는 사람에게는 이런 '경쟁성'이 실천적 이유들뿐만 아니라 심리적 이유로 인해 고통스럽게 느껴집니다.

1) 나는 만들어야 할 작품을 일종의 방탕으로, 광기로, 나를 모든 것으로부터 잘라 내는 편집증으로, '정신 분열'로 경험할 수 있습니다. 카프카는 1913년 [7월]에 이렇게 쓰고 있습니다. "나는 문학과 관계없는 것은 다 싫고, (비록 문학과 관계된다 할지라도) 대화도 지겹고, 방문하는 것도 지겹고, 내 가족의 기쁨과 고통도 영혼 깊숙이까지 지겹다. 대화는 내가 생각하는 것 전부에서 무게, 진지함, 진실을 거둬 버린다."

2) 작품에 대한(세계에 반하는) 헌신 : 마음의 메마름, 제약, 압박처럼 고통스럽게 경험되는 헌신입니다. 발자크는 문학적 노역의 참혹한 삶을 이렇게 기술합니다 "사색으로 살아가는 인간의 이기주의는 끔찍할 정도다. 다른 사람들 밖에 있는 사람이 되기 위해서는 실제로 그들 밖에 자리하는 것으로부터 시작해야 한다. 감정의 토로에 의해서만 살고, 애정만을 들이마시며, 피신처가 될 영혼을 끊임없이 자기 주위에서 찾아 사랑하기를 좋아하는데도, 사색의 공간 안에서 사고하고, 비교하고, 고안하고, 끊임없이 찾고, 여행할 필요가 있는 사람에게 그것은 하나의 순교가 아닌가?"[191]

3) 사실 가장 고통스러운 것은 이기주의(이 단어가 아직 쓰이는지 모르겠습니다.)라는 비난이거나 아무튼 자기 비난입니다. 그도 그럴 것이 세계에 대한 자신의 '이기주의'를 두려워하지 않기 위해서 작가가 해야 할 것은 다음과 같은 것들이기 때문입니다.

첫째, 그의 작업을 이성적이지 못하다, 지혜롭지 못하다 등으로 평가하기 때문에, 누구도 그가 작업만을 위해 살아가는 것 같다는 것을 잘 이해하지 못해서 발생하는 몰이해를 대수롭지 않게 여기고, 이기주의를 '감수하고,' 다시 말해 이기주의자로 여겨지기를 받아들여야 합니다. 둘째, 작품을 — 그리고 최악의 경우 자신의 작품을 — 하나의 초가치(Sur-Valeur), 미친 가치, 즉 갈수록 사회적 찬동을 점점 더 받지 못하는 과대 가치화를 극복해야 합니다.

해결책?

그러면 어떻게 할까요? 완전하게 작가가 아닌 나, 사교적이지 않은 나 — 그럼에도 세계가 내 작업에서 가져가는 것에 대해 끊임없이 불평하며 작업과 세계를 화해시키지 못하고 잘못 화해시키는 나 — 는 해결책을 말할 수 없을 것입니다. 그 이유는 성과 없이, 하지만 또한 포기하지 않고 그것을 찾고 있기 때문입니다. 다만 아주 멋진 동시에 불행히도 아주 일반적인 카프카의 다음 구절을 인용할 수는 있을 것입니다. "너와 세계의 싸움에서 세계를 밀어줘라."[192] 이것은 무슨 뜻일까요? 내 느낌에 그건 이런 뜻입니다. 작가 — 적어도 내가 참고하는 그 사람, 즉 자신의 이름으로 쓰는(다시 말해 익명이나 공동 명의로 쓰지 않는) '낭만적' 작가 — 는 자신의 개별성을 주장하지 않을 수 없다는 것이죠. 이 경우 세계와의 투쟁은 불가피합니다.(그리고 어쩌면 모든 사람은 개별자로서 그렇습니다.) 개별성에 대한 확신은 다음과 같은 다른 확신과 마주하게 됩니다. "진실이 거처할 곳은 개인이 아니라 무리 속이다."[193] 어떤 의미에서 보면 세계는 어쨌거나 참됩니다. 그도 그럴 것이 진실은 인간 세계의 파기할 수 없는 통일 속에 있기 때문입니다. 따라서 개별성은 정답이 아닙니다. 그렇다면 세계를 밀어줘라가 의미하는 바는 무엇일까요?

1) 무리의 진실을 인정하기, 그리고 작가의 경우에는 어찌 보면 세계를 음악화하기입니다. 사랑스럽게 세계를 자신의 작품 속에 옮기기입니다.(이것은 또한 복수하는 방식이 될 수 있습니다.) 자신의 자기중심주의(세계 ≠ 자신)의 압박을 줄이거나 '변형하기'입니다. 예컨대 세계에서는 분명 작품에 대한 믿음을 방해하는 듯한 것을 작품을 만들기 위해서 사용하는 경우도 있습니다.

만일 사랑하는 존재가 작품의 장애물이라면 방정식을 뒤집어야 합니다. 사랑하는 존재를 작품의 견인적, 입문적 영혼으로 삼아야 합니다. 단테의 베아트리체가 그랬습니다. 그녀는 그에게 그 시대의 세 가지 세계를 열어 줬습니다. 죄악의 세계, 속죄의 세계, 그리고 보상의 세계.(여담입니다만, 조금도 비아냥거리는 여담이 아닙니다. 오히려 아픈 감정을 담은 여담입니다. 『신곡』이 생전에 베아트리체의 마음에 들었는지는 확실하지 않습니다. 그녀는 아무리 아름다운 이미지라 해도 자신만의 고유한 목소리를 잃은 이미지가 된다는 것에 어쩌면 충격을 받아 화를 냈을지도 모릅니다. 그도 그럴 것이 사람이란 항상 자기 자신이기를 주장하지, 자신의 이미지이기를 주장하지 않기 때문입니다. 그것이 아무리 위대하다 해도 자신의 이미지보다는, 평범하지만 실재하는 자아가 훨씬 낫습니다. 따라서 내가 무엇을 암시하는지[194] 여러분은 이해할 것입니다. 사랑하는 존재와 가까워지기 위해, 그 존재를 작품 속에 넣기 위해 사랑에 대한 책을 쓰지만, 사랑하는 존재는 분명 그 책을 좋아하지 않을 수도 있습니다. 왜냐하면 그 책은 그 존재가 이야기하도록 놓아두지 않기 때문입니다. 그것을 읽었다 해도 기분이 상해서 언짢게 읽을 수 있습니다. 사랑의 작품은 두 연인을 더욱 더 갈라놓았습니다. 작품은 승리했습니다. 작품은 갈라놓았습니다. 하지만 어쩌면 독자인 다른 사람들은 서로 더 가깝게 해 주었습니다.)

결국 세계를 밀어줘라는 작품을 세계의 현존 쪽으로 이끌어 가라, 세계가 작품에 공존하도록 하라는 뜻입니다. 세계, 다시 말해 내가 글쓰기의 일시적 장애물인 것처럼 말한 모든 것을 말입니다. 사회, 사교, 세속적 욕망, 사랑, 법 등등.

2) 하지만 동시에 작품 속에 세계를 (정적으로, 그리고 지적으로) 받아들이기 위해 모든 것을 다하는 반면, 세계에 대해 엄격해야 합니다. 세계의 습성들(그 '일상성')이 암처럼 글쓰기의 습성을 질식시키고 죽이도록 방치해서는 안 됩니다. 그리고 이를 위해서 분명 엄격함을 감수해야만 합니다. 이것은

여러 가지 중에서 특히 느슨하지 않고 거리감이 있으며 여유 없는 존재라는 이미지를 감수해야 한다는 의미입니다. → "세계를 밀어줘라."와 "작품에 헌신하라."의 역설은 다음과 같은 변주 속에 표현될 수 있습니다. 자기중심주의자가 되지 않기, 하지만 이기주의자가 되기를 받아들이기.

[195]작품 같은 삶

세계(삶)와 작품의 경쟁, 충돌 : 내가 본론에서 벗어나 지적하려는 우회로, 변증법적 해결책이 가능합니다. 작가가 자신의 삶으로 하나의 작품, 자신의 작품을 만드는 것입니다. 이와 같은 해결책의 즉각적인(매개되지 않은) 형태는 당연히 일기입니다.(왜 이것이 단편적 해결책인지 이후에 말하겠습니다.)

저자의 회귀

프랑스 문학사에서 저자의 회귀는 여러 번 있었는데, 그 유형과 가치는 달랐습니다.

1) 자아(아니 오히려 나)를 '공식적으로'(다시 말해 학교에서 사용하는 교과서들을 볼 것.) 경계하는 문단의 흐름 내에 간혹 큰 자취를 남긴 '산발적인' 회귀가 있습니다. 몽테뉴의 『수상록』, 샤토브리앙의 『무덤 저편의 회상』, 그리고 더 애매하고 정말 더 교활한 방식으로 회귀한 스탕달입니다. 스탕달은 자신의 삶을 소재로 글을 썼고, 또 이 삶을 글로 쓰는 것으로 살았다고 말할 수

있습니다.(『에고티슴 회상기』) 자신의 삶을 지우면서 글을 썼고 또 다르게 살려고 (아주 강력한 상상력으로) 글을 쓴 발자크와 대조되지요. 이와 같은 회귀는 제쳐 놓겠습니다. 그도 그럴 것이 그것들은 장구한 역사에 속하기 때문입니다.

2) 문학사가 실증주의적 정신에 따라서 정립되었을 때(19세기 말에, 그리고 대학에서) 학자들은 저자에 집중했습니다. 따라서 저자는 '회귀'했습니다. 하지만 가차 없이, 그리고 그릇되게 변질됩니다. 이러한 연구 속으로 되돌아온 저자, 그것은 외적 저자입니다. 그의 외적 전기, 그가 받은 영향들, 그가 알 수 있었던 자료 등, 창조의 관점과 타당성에서는 어떤 면에서도 고려되지 않은 회귀였습니다. 되돌아온 것은 자아도 나도 아닌 그일 뿐이었습니다. 걸작들을 쓴 거장입니다. 사건사(事件史)라는 개별 분야입니다.

3) 내가 이야기하고자 하는 저자로의 회귀, 그것은 오늘날에도 살펴봐야 할 어떤 것입니다. 살펴봐야 할 것이라고 말했습니다. 왜냐하면 나는 그것에 대해 확신할 수 없기 때문입니다. 어쩌면 내가 만들어 실재 속에 투사하는 하나의 상상일지도 모릅니다. 그것은 이렇게 이루어졌을 것입니다. (1960년대에는) 근대성에 의해 말라르메와 그의 문학의 관계가 고려의 대상이 됨에 따라 텍스트를 위해서 저자를 지우는 경향이 있었습니다. 더 이상 형이상학적 또는 심리적 주체가 아니라 쓰는 사람의 신체를 가리키는 순수한 언술 과정으로서의 텍스트(아르토류의 텍스트), 그리고 이론적인 면에서 저자를 초월하는 구조로서의 텍스트를 위해서 말입니다. 문학적 구조주의, 기호학이 대단히 활발했던 시절입니다. 그 당시 나 자신도 내가 하고 있는 말의 징표 같은, 이런 경향을 요약하는 제목의 논문을 하나 썼습니다. 「저자의 죽음」[196]이 그것입니다. 신비평은 저자를 후퇴시켰거나 적어도 저자를 '탈의식화'시켰습니다. 벨멩노엘의 작은 책 서문이 그것을 증언해 줍니다. "모든 것이(그의 책은)

저자들에 대한 무관심에서 나왔다. 나에게 그것은 당연한 사실이고, 나는 작가의 삶과 인격에 의해 충격도 자극도 받지 않았고 더욱이 동요되지도 않았다……."[197] 괜찮은 인용구입니다.(비록 현재 나는 이런 태도의 대척점에 있기는 합니다만.) 왜냐하면 정확한 단어가 구술되었기 때문입니다. 그 단어는 바로 저자에 대한 무관심입니다. 죽음, 무관심 → 호기심의 회귀, 저자의 회귀입니다.

전기로의 회귀

내게는 (이번에도 역시, 내게 일반화할 권리가 있는지는 모르겠습니다.) 그 중심의 이동이 『텍스트의 즐거움』[198] 때 이뤄졌습니다. 이론적 초자아의 흔들림, 좋아하는 텍스트의 회귀, 저자의 '풀려남' 또는 '탈억압.' 내가 보기에 내 주변에서도 여기저기서 — 개념 규정의 문제에 다가서지 않는 방식으로 — 전기적 성운(일기, 전기, 개인적 대담, 회고록 등)이라고 부를 수 있을 것에 대한 취향이 표명되곤 했던 것 같습니다. 분명 일반화, 집단화, 동조적 자세의 싸늘함에 대항하여 지적 생산에 약간의 '심리적' 정감을 다시 두려는 수단입니다. 항상 초자아(Sur-Moi)나 그것(Ça)이 아니라 자아가 좀 이야기하도록 놓아주는 것입니다. 그때 전기적 '호기심'이 내 안에서 자유롭게 전개되었습니다.

1) 역설 : 이렇게 해서 나는 종종 작품보다는 오히려 몇몇 작가의 삶을 독해하는 것을 좋아하게 되었습니다. 예컨대 나는 카프카의 작품보다 『일기』를 훨씬 잘 알고, 톨스토이의 나머지 작품보다 『수첩』을 훨씬 잘 압니다.(이런 태도는 아주 '캠프(camp)'[199]스럽습니다.)

2) 역설의 다른 형태 : 나는 종종, 언젠가 자신의 자서전을 쓸 권리를 가지기 위해서만 작품들을 썼을지도 모르는 퇴폐적인 저자를 상상하곤 했습니다.

3) 마지막으로 나는 전기를 쓰려는 욕구가 아주 강했고, 그것이 한

명의 음악가, 특히 슈만의 전기이기를 원했는데, 독일어를 몰라서 포기했습니다.

당연히 개인적인 예를 넘어 조금쯤은 어떻게 전기적인 것의 모종의 변형이 지난 오십 년간의 몇몇 중요 작품들에 끼어들고 있는지를 알아야만 합니다. 본론에서 벗어난 이야기이니 아주 빨리 말하자면, 특히 지드와 프루스트입니다.

지드

지드, 그의 『일기』는 위대한 작품입니다. 많은 사람들이 그의 다른 어떤 작품보다 이 작품을 선호합니다.(나 자신도 1942년부터 이 작품을 아주 좋아했습니다. 나의 첫 두 논문 중 하나는 이 일기에 대한 것이었습니다.[200]) 왜였을까요? 말하기 어렵습니다. 왜냐하면 아주 교묘한 텍스트이기 때문입니다. 하지만 그 현대적 근거는 정확히 발화 행위 망(網)의 복잡성입니다. 다시 말해 나의 사용과 역할입니다. 단계별 복잡성 : 1) 나는 진솔합니다. 2) 나는 인위적 진솔함 같은 것입니다. 3) 진솔함은 타당성이 없으므로 괄호 안에 넣어 둬야 할 텍스트의 성질이 됩니다. 다르게 말할 수 있습니다. 지드의 『일기』와 더불어 나타난 것, 그것은 그 저자가 증인이(공쿠르의 작품들이 그러합니다.) 아니라 글쓰기의 배역이라는 것입니다.(혼동을 일으키는 것은 이와 같은 글쓰기가 고전적, 회고주의적이고, '값지다'는 것입니다.) → 지드 총체(l'ensemble-Gide)의 의미를 주는 것은 분명 『일기』입니다. 이 작품은 정확히 삶과 작품이 합쳐져 **창조적 총체를** 이루고 있습니다. 이 작품은 가장 위대한 작품에 속하지도 않고, 지드의 삶은 전혀 영웅적이지 않습니다.(인문학을 좋아하고 '좋은' 친구들을 가진 연금 생활자의 삶을 살았죠.) 하지만 그 삶은 온통 작품의 구성 쪽으로 방향이 설정된 삶처럼 읽도록 제시되고 있습니다. 그리고 이러한 긴장, 집요함, 항구성이 바로 성공적인 것입니다.

프루스트

프루스트의 상황은 역사와 함께 바뀌기 때문에 우리는 다음과 같은 사실을 알고 있습니다. 프루스트의 등장은 문학에서 전기론자로서의 저자, 쓰는 주체의 거창하고 호기로운 등장이라는 사실입니다. 전기류(일기, 회고록)에 속하지 않는 작품이 그 자신, 그의 공간, 그의 친구, 그의 가족으로 짜여집니다. 문자 그대로 그의 소설에는 오직 그런 것뿐입니다. 모든 이론적 알리바이에도 불구하고 그렇습니다. 압축, 실재 인물의 부재 등. 그것은 당연합니다. 왜냐하면 그의 문제는 자신의 잃어버린 시간을 되찾는 것이었기 때문입니다.(일반적인 시간이 아닙니다.) 따라서 그의 작품은 하나의 철학이 아니라 구원, 개인적 자구책입니다. "어떻게 해야 나는 사랑하는 사람의 죽음을 견뎌 낼 수 있을까?"(답은 시간의 모순, 어머니의 죽음 이전과 이후를 씀으로써입니다.)『잃어버린 시간을 찾아서』는 '그의 삶의 상징적 이야기'[201]이자 상징적 전기라고 할 수 있습니다. 연대기적 이야기가 아닙니다. 그것은 전기 연대기가 아닙니다. 따라서 마르셀과 서술자를 구분(또는 혼동)할 필요가 없습니다. 삶/작품 관계의 갱신, 작품 같은 삶의 위치는 적당한 거리를 유지하자 점차 문학적 가치들, 편견들의 진정한 역사적 이동처럼 나타나게 됩니다. 오늘날 프루스트의 작품이 매혹적이고 우월한 것은 바로 강렬함과 전기적 힘 덕분입니다.(전기들, 총록들, 초상 사진들. 사진이 많이 실려 있는 플레이아드 판은 절판되어 찾을 수 없습니다.) 프루스트 신화는 전기적 주체의 극찬 쪽으로 이동합니다. 이것을 나는 마르셀주의라고(프루스트주의와 다른) 불렀습니다.

삶에 대한 글쓰기

경험은 — 프루스트 작품은 — 그의 새로운 조명 아래서 전기와는 다른 삶에 대한 글쓰기, 글로 쓰인 (강한 의미에서 '글쓰기'라는 단어의 변형자) 삶, 전기적 문자소(biographématique)[202](프루스트에게 그런 것처럼 이것은 분명 죽음에 대한 글쓰기이기도 합니다.)를 끌어들입니다. 이러한 새로운 글쓰기를 가능하게 하는 새로운 원칙은 주체의 분할, 분열, 게다가 세분화입니다. 프루스트는 이미 그것들을 알았습니다. "한 권의 책은 우리가 우리의 일상 속에서, 사회 속에서, 우리의 죄악 속에서 드러내 보이는 그것과 다른 나의 생산물이다. 이것이 생트뵈브의 기법이 가볍게 여기는 사실이다."[203] 이런 분할은 글쓰기와 삶(단순한 전기)이 아니라 우회, 글쓰기와 단편, 삶의 계획들의 합치를 되찾는 데 필요한 굴곡부입니다. 샤토브리앙은 그것을 잘 보았고, 그의 『무덤 저편의 회상』은 (삶에 대한 글쓰기의 전형입니다.) 삶과 글쓰기가 교대로 역할을 합니다.

"내 시대의(괜찮은 말입니다. '세대'라는 단어보다 덜 공허합니다.) 현대적 프랑스 저자들 중에서 나는 삶이 자신의 저서들과 닮은(괜찮은 말입니다. 삶과 닮은 것은 저서가 아닙니다. 글쓰기가 이끌어 갑니다. 샤를뤼스는 시적으로, 초월적으로 몽테스키우의 전형입니다.) 유일한 사람이기도 하다. 여행자, 병사, 시인, 선전가, 나는 숲에서 숲을 노래했고, 배에서 바다를 그렸고, 진지에서 무기에 대해 이야기했고, 유배를 당하며 유배를 배웠고, 일 속에서, 모임 속에서 군주들, 정치, 법과 역사를 연구했다."[204] 삶에 대한 글쓰기에서 글쓰기와 삶이 분열되면 될수록(함부로 일체화하려고 애쓰지 말기 바랍니다.) 각 분열체는 더욱 균일하게 됩니다. 이렇게 해서 낭만주의적 소설의 포이킬로스가 다시 지평에 모습을 드러냅니다.

삶에 대한 글쓰기가 휩쓸고 가는 역할들, 다시 말해 실상 연속적으로 다음과 같은 것을 쓰는 여러 종류의 나(je)의 유형학의 초안을 작성해 볼 수 있을 것입니다. 하지만 대강 말할 뿐입니다.

첫째, 인간(Persona). 글을 쓰지 않으면서 '사는' 일반적이고, 일상적이며 개별적인 사람입니다.

둘째, 문인(Scriptor). 사회적 이미지로서의 작가, 즉 사람들이 이야기하고, 평하고, 교과서 등에서 어떤 파로, 어떤 종류로 분류해 두는 작가입니다.

셋째, 집필자(Auctor). 자기가 쓰는 것에 대해 보증한다고 느끼는 사람으로서의 나, 자신의 책임을 감수하는 저작물의 아버지, 사회적으로 또는 비유적으로 작가라고 생각하는 나입니다.

넷째, 필자(Scribens). 글쓰기의 실천 안에 있고, 쓰고 있는 중이며, 일상적으로 글쓰기를 구현해 가는 나입니다.

이런 모든 나들이 주된 요소가 어떤 것이냐에 따라 사람들이 글쓰기를 읽는 그대로 글쓰기 속에서 직조되고 얼룩집니다. 하지만 삶의 글쓰기는 분명히 어떤 창조적 가치는 인간에 부여된다는 사실을 포함하고 있습니다. 글쓰기는 삶의 쓰이지 않은 부분에서 튀어나와 끊임없이 글쓰기 밖에 있는 것을 건드리면서, 이 쓰이지 않은 부분과 변형된 유사성의 관계 또는 알레고리의 관계를 유지합니다. 프루스트의 경우가 그러한데, 그는 키츠의 말을 완벽하게 완수합니다. "가치 있는 한 사람의 삶은 지속적인 하나의 알레고리이다."

인간과 필자는 직접 중첩될 수 있습니다. 삶은 즉각적으로(매개 없이) 작품이 됩니다. 그것이 일기, 총록입니다. 여기서 큰 위험은 자기중심주의라는 것입니다. 세계를 잘못 돕습니다. 혹은 이런 경우 일기를 다듬을 필요가 있습니다.[205] 그때 다시 작업의 법칙, 글쓰기에 의한 변형의 법칙, 책(≠총록)의 법칙을 만나게 됩니다.(몽테뉴의 『수상록』, 『무덤 저편의 회상』, 프루스트.) 그리고 바로 그렇게 해서 우리는 본론에서 벗어났다가 다시 철저한 실천, 일에 대한 광

기, 삶의 유형으로서의 쓰기 문제를 만나게 됩니다. 규칙적인 삶의 문제를 만나는 것입니다.[206]

'신생(新生)'

단절들

내 이야기(작품을 쓰려고 시도하는 사람의 이야기)의 선상에서 작품(성대하게 축하를 받은 그 작품)의 개념은 삶의 단절, 삶의 유형의 갱신, 새로운 삶의 구상이라는 개념에 연결되어 있습니다. 신생(또는 새로운 삶),(내가 아는 『신생』은 단테와 미슐레입니다.)[207] 이 신생의 개념에 대해 좀 설명하겠습니다.

내 생각에 누구나 정기적으로 단절의 환상을 겪었거나 겪습니다. 삶의 유형의 단절, 습관의 단절, 친분의 단절.(흔히 이런 일은 하나의 환상으로 남습니다.) 《리베라시옹》의 "삶을 바꾸기" 란을 읽어 보는 것으로 충분합니다.) 이 환상 속에는 두 개의 요소가 있습니다. 과거, 착 달라붙은 현재를 떨쳐 내기(= 자유, 해방적 관계 단절: 허물 벗기, 표피의 박리(剝離), 새로운 탄생이라는 신화적 이미지, 불사의 길) + 새로운 것을 창조하기. 완전하고 위대하며 당당합니다. 문학적 범주에서 살펴보죠.

1) 발자크: 『잃어버린 환상들』의 마지막 부분에서 자살 직전의 뤼시엥은 카를로스 에레라를 만나 자신의 삶이 다른 토대에서 다시 시작될 수 있다는 것을 발견합니다. 그는 카를로스와 함께 승리의 소설을 '쓰게' 됩니다.

2) 단절하다의 뜻은 과단성 있게, 물러서지 않고 완전한 결별의 대가로 다른 나를 생산하는 것입니다.(이 [대목]의 끝부분에서 이런 활동의 종교적 본성에 대해 한마디 하겠습니다.) 랭보는 분명히 예로 들 만한 ── 얼떨떨하게 만들기조차 하는 ── 혹독한 단절을 (그리고 신생을) 경험했습니다. 문학을 완전히 저버

리고 여행으로, 그다음에는 무역으로 넘어가면서 말입니다. 하지만 내가 말하고자 하는 것은 이런 단절이 아닙니다. 작품에 대한 (따라서 문학의) 의지 자체 안에 존재하는,『견자의 편지』(1871년 5월 13일 조르주 이장바르에게 쓴 편지)에서 랭보가 묘사한 단절입니다. "이제 나는 가능한 한 최대로 방탕해지고 있소. 이유요? 나는 시인이고 싶고, 견자가 되려고 작업 중이오. 당신은 전혀 이해하지 못할 거고(사람들이 지금은 이해할까요? 랭보가 얼마나 많은 '견자들'을 만들어 냈습니까!) 당신에게 거의 설명할 수 없을 거요. 이건 모든 의미의 무시를 통해 미지에 도달하는 문제요. 고통은 엄청나지만 강해야만 하고, 시인으로 태어난 사람이어야만 하는데, 나는 나를 시인이라고 자부했소. 그것은 전혀 나의 잘못이 아니오. 나는 생각한다. 이 말은 틀렸소. 이렇게 말해야 할 거요. 사람들이 나를 생각한다. (……) 나는 타인이다."[208]

　　단절의 환상은 '하위 환상들'로 교환될 수 있습니다. 환상은 하나의 시나리오라는 걸 잊지 마십시오. 따라서 거기에는 돌리고 또 돌리며 어루만지는 '장면들'이 있는데(움직이지 않는 것들 같은 항상 동일한 장면들입니다. 환상은 장면이 고정된 영화입니다.) 예컨대 (지리학적, 조경적 의미에서의) 완전한 '고립' 속으로 묻혀 버리는 겁니다. 세낭쿠르의『오베르망』[209]: 불행한 삶을 지낸 후 주인공은 이망스트롬의 이상적 거처, 은거할 전원적 피신처를 묘사합니다. 은거를 더 소중하게 하기 위해서는 그곳이 완전해야 하지만 소란스러운 장소, '사교적' 장소에서 아주 가까워야 합니다. 루소는(「일곱 번째 몽상」) 산에서 완전한 은신처를 하나 찾지만 — 맛깔나게 묘사되었습니다. — 이 장소가 공장과 아주 가깝다는 것을(산에서는 놀라운 일들일 수 있죠.)[210] 알게 됩니다. 루소는 그것이 만족스럽지 못합니다. 하지만 내 경우 대도시 한복판에 있는 완전히 외지고 숨겨진 장소에 대한 환상이 있습니다. 나는 시골도, 지방도 좋아하지 않습니다. 나의 이상은 아주 큰 도시 안에 있는 외지고 대단히 비밀스러운 공간입니다. 그래서 파리는 나에게 맞습니다. 복잡한 곳과 한가한 곳이 빠르고 정확하게 바뀌는 도시. (시골 같은) 생제르맹 데 프레와 (그 몇 미터 거리에) 내가 사는 거리 사이에 있는 생쉴피스 광장은 장조 도에서 올림 단조 파로 넘어가는 것만큼이나 어렵고 성공적인 하나의 변조입니다. 혹은 전자의 것과 대단히 흡사합니다만, '잠행'의 환상도 있습니다. 어느 대도시 속으로 '잠행하기,' 순식간에 아주 잘 아는 동네에 다시 출현하기.(도쿄는 이런 흔쾌함에 알맞습니다.) [이보다] 더 유쾌한 것은 없습니다. 파리의 아주 다른 한 동네에 있는 호텔에 가서 보름 동안 숨어 지내는 환상 같은 것입니다. 사라지기, 하지만 아주 가까이에서. 그도 그럴 것이 생쉴피스(다시 말해 생제르맹) 사람이 생소한 느낌을 경험하려면 다른 동네에 있는 카페에 가서 예컨대 영화관의 개장, 가령 공화국 광장 근처의 '탕플리에' 영화관의 개장을 기다리면서 커피를 마시는 것으로도 충분합니다. 그날 저녁, 그러니까 어느 일요일 8시경 카페에는 서민층 젊은이들이 있는데, 한 젊은이는 목에 노리개를 가득 달고 있고, 다른 젊은이는 구레나룻이 엄청납니다. 구식 아코디언 하나. 바의 끝에는 문지기풍의 수다스러운 중년 부인 두 명과 모자를 쓴 노인이 잔뜩 취해 행복해합니다.(페르노 술을 연거푸 마시고 있습니다.) 그 옆에서는 한 아버지가 아들에게 주크박스를 틀라고 합니다. 곡조는 「실종(Fugue)」인데요, 이것이 신생을 간략하게 보여 줍니다.

삶의 단절의 또 다른 하위 환상은 이별하기입니다. 프루스트는 소설에 전념하려고 은거하기에 앞서 실제로 그렇게 했습니다. 1909년 11월 27일, 그는 페도와 크루아세의 극작품 「회로」를 보려고 바리에테 극장의 박스석 세 자리를 빌려 친구들을 초대했습니다.[211] 확실한 이별 형식으로서 말입니다. 책 속으로 들어가기 위한 축제이지 책을 출간하기 위한 축제가 아니었습니다.

이런 단절의 환상, 신생의 환상은 분명 정해진 나이가 없습니다. 하지만 그 환상이 가장 흥미로울 때는 노년에 들어서는 순간입니다. (사회적인, 그리고 요즘의 노동조합적 의미에서) 모든 '은퇴'는 신생에 대한 환상의 싹을 품고 있습니다. 흔한 일입니다. 하지만 만일 한가로이 지내는 사람이라는 전형에 의거하여 그것을 사회적으로 완화하지 않는다면, 그것은 폭력적이고 전복적인 무엇인가를 갖고 있다는 사실을 지적하고 싶습니다. 한 '노인'이 감격해하며 자신은 정말 여전하고, 자신이 해 오던 것(예컨대 테니스 치기, 산책하기, 또는 위고처럼 사랑하기)을 계속하고 있다고 말하는 걸 들으면 나는 항상 불길한 느낌이 듭니다. 하지만 계속하기는 활기찬 행동이 아닙니다. 노년에 필요한 것은, 정확히 단절, 시작, 신생입니다. 다시 태어나기입니다. 미슐레는 새로운 삶(그가 쓴 단어입니다.)을 누렸습니다. 그가 51세 때 가녀린 스무 살의 처녀 아테나이스를 (그가 죽자 과부가 된 그녀는 불행히도 권리를 남용하여 그의 원고를 위조합니다.) 만났기 때문입니다. 그는 그때 작품을 바꿔 (더 이상 역사에 대해서가 아니라) 자연에 대한 책들을 썼습니다. 대체로 아름답고 기이한 『새』, 『바다』, 『산』[212]에 대해서 말입니다.

　'계속하기'(언제까지나 이전처럼 살아가기)와, 단절하기, 바꾸기, 다시 태어나기, 다른 누군가, 다른 나가 되기(신생)라는 대립으로 잠시 되돌아가겠습니다. 두 가지 유형의 불멸이 있습니다. 각자의 안에 있는 불멸의 회구는 두 가지 대립되는 형식으로 나타납니다. 1) 불멸하기(혹은 불멸하기 위해서): 움직이지 않기(계속하지 않기). 그것은 무차별의 철학입니다.('소로필'[213]) 하지만 이와 같은 철학을 나는 절대적 무위, 선시(禪詩)와 모로코 아이[214]의 아무것도 안 하기와 관련짓습니다. 따라서 그것은 힘이고 작업이며 투쟁인 새로운 작품에 대한 헌신 속에서 겨냥된 불멸이 아닙니다. 2) 불멸하기, 그것은 절대적으로 새롭게 태어나기입니다. 만들어야 할 작품은 이 불멸의 중재자입니다. 여하튼 내게 일어나고 있는 이상한 사실이 그것에 이어집니다. 사람들이 나를, 이렇게 말해도 될지 모르겠지만, 첫 번째 불멸 속에 — 항상 같은 장소라는 불멸 속에 — 가두는 것을 내가 잘 견디지 못한다는 사실입니다. 아무리 그것이 불멸이라 해도 그렇습니다! 그런데 이런 일은 늘 있어 왔습니다. 사람들, 그리고 특히 논문을 준비 중인 학생들은 몇 년 동안 떠나 있다가 나중에 불쑥 다시 나타나 당신에 대해(당신이 어떻게 되었는지를) 개의치 않은 채 그들이 봤던 순간의 당신에게 부합하는 뭔가를 요구합니다. 그런데 당신은 실제로 그러했던 당신에 대해 더 이상 아무런 신경을 쓰고 있지 않습니다.('아이콘적 구조주의' 또는 장난감이나 의상의 신화학) 그들에게는 사람들이 움직이지 않았다는 것, 자리를 바꾸지 않고 조상(彫像)처럼 자기들을 기다리며 마음대로 쓰도록 거기서 움직이지 않는 것이 맞을 것입니다. 나는 자리를 바꾸려고, 나는 다시 태어나려고 애씁니다. 나는 여러분이 나를 기다리는 그곳에 있지 않습니다. 따라서 불쾌한 불멸이고, 그것에 대해 신생은 항변합니다.

동요/ 평화

신생의 여러 가지 가능한 기질(ethos)(단절 유형들에 대해 쓰여질 수 있는 훌륭한 '논문'!) : 모험, 환경 변화, 활동 등에 의한 신생 ≠ 만들어야 할 작품에 의해 바라고, 환상화된 신생 = 울타리, 평화의 신생.(수도원에 준하는 유형.) 이런 것은 동요의 개념을 축으로 해서 돈다고 생각합니다.

동요

일상생활의 '평화' = '공격들'이 없는 것.(모든 의미에서 루소의 용어인 '사악한 사람들'의 개입. 이 책 358쪽을 참조 + 모든 범주의 '방해.') 이것에서 나는 세 가지 이유를 봅니다.

1) 작품을 만들려면 방해받지 말아야 합니다. 샤토브리앙 : "지구의 한

구석에서 일 년이나 이 년 정도 혼자 지내면 나는 나의『회상』을 충분히 완성할 수 있을 것이다. 하지만 어머니의 품에서 잠들어 살았던(탄복할 만한 표현입니다.) 아홉 달 동안만 나는 휴식을 가졌을 뿐이다. 태어나기 전의 이 휴식은 죽은 후에 우리 모두의 모태에서나 되찾을 게 틀림없다."[15] (대문자로 된 첫 글자 Œ와 더불어 작품(Œuvre)은 행복한 삶, 출생 전의 삶의 자궁과 같습니다.)

2) 사색하려면 동요되지 않아야 합니다. 카프카: "내 재능의 모든 재원을 나로부터 끌어내기에는 시간이 너무 부족하고 안정이 너무 적다."[16] 좀 더 과격한 방식으로 말하겠습니다. 삶에 대해 철학하지 않고는(딴전을 부리면 불행을 키울 것입니다.) 삶을 견디기가 (내게는) 힘들다고. 그리고 철학하기 위해서는 시간이 있어야만 한다고 말입니다. 그로부터 삶, 의미에 대해 '성찰할,' 다시 말해 '위안'을 구상할 시간이 없는 과중한 삶에 대한 걱정이 나옵니다. 작품 작업과 사색을 위한 휴식은 병행합니다.

3) 그럼에도 불구하고 모든 것이 애매하고 변증법적입니다. 따지고 보면 나는 분주히 움직이기 때문에 무력함을 고통스럽게 절감할 수 있을 것입니다.(그도 그럴 것이 분주히 움직인다는 것, 그것은 권리를 얻는 것이기도 하기 때문입니다. 실증적 가치입니다.) 안정, 나는 그것을 욕망의 상실, 아세디(Acédie)로서 경험할 수 있습니다. 그러면 나는 동요에 취약하다는 점을 감수하기로 결정하고 내 고유의 능력으로(또는 나의 무력함으로) 되돌아가기로 결정합니다. 동요는 내 힘이 닿지 않는 어떤 사물과 마찬가지로 나를 두렵게 합니다.

매끈한 시간

작품과 연결된 신생에서 요청되는 것은 얼마간의 시간, 얼마간의 일상적 시간성입니다. 작가는 자신과는 거의 상관없이 들쑥날쑥하지 않은 일정 시간에 '방해' 없이 매여 있어야 합니다. 플로베르(1853년, 32세): "내가 글을 쓰기 위해서는 방해받는다는 것이 (심지어 그렇게 되기를 바랄 때조차) 불가능해야만 한다."[17] 작가는 그를 넘어서는 하나의 법칙, 하나의 본성에 의해 시간에 매여야만 합니다. 그리고 바로 이런 이유로 작가의 신생이 목표로 하는 시간성은, 그것이 실용적이기를 아무리 바라도, 하나의 철학적 범주입니다. 그가 실제로 바라는 것 ─ 신비주의에 준하는 벅찬 욕망 ─ 은 매끈한 시간입니다. 걸림돌도 마감도 없는 시간, 예컨대 해야 할 일을 그만두게 할지도 모를 약속도, '해야 할 일'도 없는 시간이죠. 표류의 이미지가 이런 시간에 근접할 듯합니다. (비엔느 호수의) 생피에르 섬에 있는 루소는 자주 작은 배를 탔습니다. "징수관이 내게 노 하나만 가지고 저어 가는 법을 가르쳐 주었다. 나는 물 한복판으로 나아갔다. 표류하던 순간 나는 기절할 정도로 즐거웠는데, 그 이유를 말하는 것도, 잘 이해하는 것도 불가능하다. 그것은 어쩌면 사악한 사람들의 손이 미치지 않는 곳에서 이런 상황에 처하게 되었다는 은밀한 찬사가 아니었는지."(루소는 이미 나이가 많았습니다. 많은 것을 겪었죠. 무엇보다도 '사람들이 당신을 가만두기를' 원하는 나이입니다. 어린 시절에 상응하는 순수의 시간, 무해한 시간입니다. 어린이는 해롭게 하지 말아야만 하는 존재입니다). 이 매끈한 시간은 깨져서는 안 됩니다. 하지만 그것은 운율적이고 리듬을, 작업 단위들을 따라야 합니다. 규칙적인 시간입니다. 규칙의 시간입니다.(이 책 399쪽 이하 참조.) 바로 그것으로부터 반대 추론에 의해 동요 = 무(無)리듬(Sans-Rythme)이 나옵니다. 『고백록』, 플레이아드, 637쪽

관리

시간성의 관점에서 작품, 그 제작, 만들어야 할 작품의 매끈한 시간과 갈라지는 것 = 관리 임무들(≠ 창조의 임무들) : 삶 전체는, 하물며 사회적 삶은 계속되고 유지되기 위해서 노력들, 임무들을 필요로 합니다.

쓴 것들

쓴 것들의 관리 : 번역들, 재간행들, 글들(writings), 교정들. 이와 같은 관리는 힘듭니다. 왜냐하면 작가에게는 만들어진 작품이 만들어야 할 작품을 위해 비본질적인 것으로 떨어지기 때문입니다. 만들어진 작품은 비필수적인 것이 됩니다. 플로베르(1862년, 41세) : "한 작품이 끝나면 다른 작품을 만드는 것에 대해 생각해야만 합니다. 막 만들어진 작품은 나와 완전히 무관한 것이 되는데, 만일 내가 대중에게 그것을 선보인다면, 그것은 어리석음과 나는 필요 없다고 느끼는 일인 출간해야만 한다는 관용적 사고에 의해서입니다."[218] (내 생각에 이 말은 좀 과장되었습니다. '출간하지 않기'에 대한 이 책 434쪽 참조.) 모든 관리 임무들, 결론적으로 옮겨 쓰는(=다시 옮겨 쓰는) 임무들 그리고 여러 주 동안 글들, 보고서들을 다시 옮겨 쓰느라 내 시간을 사용한다든가, 내가 말한 것을 되풀이하고, 만들어진 것을 재연한다든가 하는 일들은 창조가 아닙니다.(창조는 반복이 아니잖아요). 그것들은 (복제에 선행하는) 글쓰기의 시원을 창조하는 일이 아닙니다.

편지

사회적 주변의 관리 : 반드시 '사교성'(이것은 쉽게 지워질 수 있습니다. 이런 것을 좋아하지 않는 것으로 충분합니다.)인 것만은 아닌 관계성입니다. 소속 관계와 (예컨대 학계) 정적(情的) 관계가 얽혀 있는 관계성. 보통은 풀기가 어렵습니다. 예를 들어 다른 누군가에게 편지를 대신 쓰게 하기가 어렵습니다. 편지는 사실 성가신 관리 임무, 진짜 십자가입니다. 그렇다면 나는 어떨까요? 나역시 마찬가지입니다. 비중은 다르지만 플로베르에게도 그랬습니다. 1878년 (57세), 그는 조카 카롤린에게 이렇게 썼습니다. "그리고 편지에 대해서 말하자면, 나는 그것을 쓰는 게 귀찮단다! 신문을 통해 더 이상 어떤 답장도 하지 않겠다고 알리고 싶어. 오늘은 네 통! 어제는 여섯 통! 그저께도 그만큼이었지! 한심한 갈겨쓰기가 내 시간을 잡아먹고 있어."(그가 말하지 않은 것은 그 편지들이 진짜 편지들, 결과적으로 그의 작품의 중요한 부분이었다는 사실입니다. 하지만 이런 것은 사후 시점입니다. 그는 만들어야 할 작품에서 떨어져 있다는 고통 속에서 살았을 뿐입니다.) 그리고 루소는 이렇습니다.(생피에르 섬, 1765년) "점심 후에 더 이상 편지를 전혀 쓰지 않는 행복한 순간을 열렬히 동경하면서 마지못해 몇 통의 하찮은 편지들을 서둘러 썼다." 그렇다면 편지는 왜 '십자가'일까요? 정확히 그것은 정적 구속, 다시 말해 좋은 쪽, 즉 애정 쪽에 속하는 구속이기 때문입니다. 나는 내가 필요로 하는 애정, 소중하고 생명 같은 재산인 정을 만족시킬 필요와 모든 제약을 벗으려는 욕망을 내게 일으키는 '광기' 사이에서 분열되어 있습니다. 작품은 참을성이 없습니다.(이런 점에서 '무분별합니다.') 소화불량 환자가(레오니 이모) 극한적으로는 비쉬 탄산수를 한 모금도 견디지 못하는 것과[219] 마찬가지로, 나는 활동이 과할 때는 친구에게 엽서를 쓰는 의무조차 견딜 수 없습니다. 하루 종일 편지를 쓰는 것은 더구나 못합니다.

계산

관리의 무게를 이해하려면 간단한 계산을 해 보는 것으로 충분합니다. '작가'의(이상적으로 전업 작가의) 하루는 네 영역으로 나뉩니다. 1) 욕구의 영역 : 먹고, 자고, 씻기.(이 정도면 문화적입니다!) 2) 창조 작업의 영역 : 책.(강의도 그럴까요? 그렇습니다. 하지만 참다운 글쓰기, 즉 책 쓰기보다는 훨씬 덜 창조적입니다.) 3) 관리의 영역 : 편지, 원고, 글들, 피치 못할 대담, 교정, 잡일들.(이발소!) 친구들의 전시회 개막식과 영화. 4) 사회성, 친목, 우정. 이 모든 것이 가능한 한 적고 제한되어 있어야 합니다. 스물네 시간 중에서 열 시간은 욕구에, 네 시간은 친목에(예컨대 저녁 모임), 다섯 시간은 창조적 작업에, 다섯 시간은 관리에 할당됩니다. 엄청납니다. 창조 작업에 들어가는 만큼의 시간이 관리, 단순한 유지에 들어갑니다. 치졸한 계산일까요?(특히 우정의 시간을 계산한다는 점에서요.) 그렇습니다. 하지만 나는 이렇게 말씀드린 적이 있습니다. 아주 빠르게 작품의 이기주의가 더해진다고 말입니다. 왜냐하면 어떤 의미에서 세상 사람들은 그것을 원치 않고, 작품 작업은 그들에게 (인본주의적 믿음대로) 존중할 만한 것인 동시에 바랄 게 없는 것(일상적이지 않은 것)으로 보이기 때문입니다. 상대가 방해받지 않겠다고 저항하면 그들은 기분 나쁘게 등을 돌려 버립니다. 마치 방해하고/방해받는 것이 자연스러운(=티 안내기) 일이라는 듯이 말입니다. 그리고 마치 이런 질서를 어지럽히는 것이 비정상이라는 듯이 말입니다. 이런 행동은 이해되어야만 합니다.

호사

따라서 자연의 질서에 속하는 — 또는 작품은 순수한 개별체라는 점에서 사회적 본성의 질서에 속하는 — 적대적 힘으로부터 끊임없이 작품을 떼어 낼 필요가 있습니다. 적어도 지금까지는 인류의 삶에 있어서 삶의 관리가 삶의 시간 자체를 흡수하는 것이 — 그리고 이와 같은 자연, 정상성을 바꾸기, 그것이 사회주의의 의미 자체일 것입니다. — 정상이기 때문입니다. 사람은 그저 계속 살아 있으려고 삽니다. 떼어 내야 하는 것은 나머지, 과잉분, 호사(과시라는 의미가 아닙니다.)입니다. 관리의 임무는 작가 같은 복잡한 사회적 개인에게조차 삶의 유지에 쓰일 뿐, 그가 본질로 삼은 이 과잉분에는 비생산적입니다. 작가는 사회적 삶 속에서 모든 것을 관리해야만 합니다. 만일 그가 늙는다면, 예를 들어 사람들은(=여론, 신화) 노년이란 예전에 만든 것을 관리하기 위해 있는 것이 정상이라고 봅니다. 자신의 작품을 반복하기, 재연하기,

협회의 회장(會長) 되기 등.(그와는 반대로 나는 개별적이라는 의미에서 자연스러운 노년의 전개는 신생이었다고 말한 바 있습니다.)[220] 결국 과잉분을 위해서만 일하는 사람은 여왕벌처럼 (도덕적으로 신화적으로) 실제로 애매한 상황에 처합니다. 즉 괴물처럼 한가함에도 불구하고 (적어도 아직까지는) 사회적 활동의 구조화에 속하는 상황에 처합니다. 유지되고 생산적이지만…… [판독 불가]합니다. 관리를 거부하는 존재들은 신뢰를 잃은 외톨이들입니다. (자가 관리보다 명성이 덜한) 반관리(Anti-Gestion)라 부를 수 있는 비유들이죠. 부랑자, 기생충, 기식자, 그리고 더 철학적 형식으로는 도사(道士)가 그에 속합니다.

방어

거절하기

어떻게 작가(내가 이야기하는 사람, 작품을 쓰고자 하는 사람)는 관리(아주 넓은 의미, 직업에만 관련된 관리보다 더 넓은 의미에서)의 침해, 공격, 삶의 요구에 저항하여 스스로를 방어할 수 있을까요? 흔히 이렇게 말합니다. (요청, 초청, 욕구들을) 거절하세요, 거절해. 무엇을 바라든지 해결책은 분명 이쪽, 방어에 있습니다. 미슐레는 어디에선가 아니오라고 말할 줄 몰라서 소멸한 고대의 한 민족에 대해 이야기했습니다. 환상적인 설화의 시각에 따라 상상해 봅시다. 거절하는 것이 마음 아파 아무것도 거절할 수 없던 한 사람을(영웅이나 성인을) 말입니다. 우스꽝스러운 동시에 비극적으로 전개되는 그의 삶을 상상해 봅시다.(이것은 어쩌면 볼테르의 『콩트』 취향의 좋은 추론일 듯합니다.) 거절하기는 죽느냐 사느냐의 문제입니다. 그렇다면 왜 그것이 어려울까요? 나는 문법적 문제를 말하고자 합니다. 거절하기는 타동사(직접목적 어형)로 분류됩니다. 즉 뭔가를 거절합니다. 실제로 중요한 것은 속사입니다. 즉 누군가에게 거절합니다. 상대가 없는데 거절하는 일은 없습니다. 진정한 타동성은 주체를 사물에 (거절된) 연결하는 것이 아니라 주체를 (거절당한) 다른 주체에 연결하는 것입니다. 라틴어가 그것을 잘 보여 줍니다. '누군가에게 문 열어 주기를 거절하다.' = *prohibere aliquem janua*(또는 *domo*), '누군가를 문에서 거절하기, 막기.' 물론 그때 모든 것이 시작됩니다. 상호 주체성, 이미지 놀이, 두려움, 욕망, 우정 등이 말입니다. 작품으로서는 너무나 미끄럽고, 너무나 위험한 비탈길이어서, 작가는(내가 이야기하는 사람, 미래의 필자(scripturus), 쓰고자 하고 쓸 그 사람은) 관리의 요구들에 반하여 방어책을 고안하려고(스스로를 방어하려고) 끊임없이 애써야 합니다. 방어책 = 여러 가지를 교대로 사용하는데, 아니오라는 최상의 공격을 직접 감수하지 않고서 그 요구를 단칼에 자릅니다. 내가 이야기하는 것은 성가신 일을 거절하기 위해 각자가 생활에서 쓰는 우발적인 거짓말들이 아닙니다. 병, 여행, 모든 교언들과 달리, 내가 말하는 것은 이런저런 우발적인 상황을 넘어서 사용할 수 있는 기본적인 방어책입니다. 그도 그럴 것이 한 번 거짓말하기는 쉽지만, 여러 번 거짓말하면 한 가지 의미가 드러나게 됩니다. 그 의미는 바로 나는 거짓말을 하고 있어, 입니다(프루스트의 작품 속에 이런 역학 전부가 있습니다). 그 가운데 몇 개를 예로 들어 보죠.

부동성

(막무가내로) 완고한 부동성 : 내가 한가함, 도사들에 대해 말한 것이지만, 작품에 이롭도록 뒤바뀌었습니다. 어떤 편지에도 답장하지 않기(청구서들은 아닙니다. 나중에 더 큰 방해를 받는 것을 면하기 위해서입니다.), 어떤 약속에도 가지 않기, 전화 해지 등입니다. 플로베르(1846년, 25세) : "하루에 여덟 시간에서 열 시간 정도 규칙적으로 읽고 씁니다. 그래서 만일 사람들이 나를 방해하면 나는 몹시 괴롭습니다. 테라스의 끝에 가지 않은 지 여러 날이 지났

습니다. 사정조차 여의치 못합니다."[221] (위르트에서 내가 그렇습니다.[222]) 분명 실현할 수 없지만 구상하면 유익한 방책입니다. 그 방책이 '방해들', '낌새들', 귀결이나 미수(未遂)의 관점을 구상하도록 강제한다는 점에서, 다시 말해 사소한 일, 습관, 그리고 이미지의 막연한 압박에서 벗어나게 해 준다는 점에서 말입니다. 흔히 우리는 경솔해서, 습관적으로 또는 우리의 이미지를 깨뜨릴까 걱정되어 방해받아도 그냥 있습니다.(흔히 성과 없이 방해를 거절하는 반면에 말입니다.) 사람들은 — 어느 날, 다음번에는 — 일종의 은퇴의 유형학, 아니 원하신다면 움직이지 않는 시간에 대해 성찰할 수 있을 것입니다. 얻게 된다면 다음과 같은 것입니다.

1) 수도원적 시간 : 깊은 내면성,[223] 2) 에피쿠로스적 시간 : 플랑텡('은퇴'),[224] 3) 메마르고, 더 이상 자족적이지 않고 자폐적인 시간. 불모 수준의 나르시시스적 시간이죠. 차디찬 유배의 시간, 말라르메적 (그리고 발레리적) 새에 의해 표상되고 있습니다. 백조입니다. 소네트 「오늘의 숫총각, 쾌남, 미남」을 참조하세요. 마지막 시구는 이렇습니다.

> 자신의 순수한 섬광이 이곳에 가두고 있는 유령,
>
> 공연히 떠도는 백조가 두른
>
> 경멸스러운 차가운 꿈에서 그는 움직이지 않고 있네[225]

만들어야 할 소설

만들어야 할 작품 그 자체가 공개적으로 선언된 거절의 동기일 수 있습니다. 진실로의 역설적 회귀 : "미안합니다, 나는 소설을 써야 됩니다."(우리는 소설을 준비하고 있기 때문입니다.) → "『팔뤼드』를 쓰고 있습니다." 불행히 진실은 결코 설득력이 없습니다. 어쨌든 거짓말보다는 보통 설득력이 적습니다.(이것은 수사학의 기초 원칙입니다.) 그리고 이런 구실로 거절이 받아들여지려면(다시 말해 의문시되거나 반박되지 않으려면) 작품을 중요하고 필수 불가결한 것으로 인정하는 사회나 환경이어야만 합니다. 필수 불가결한 것을 사람들이 요구할 수 있을지 모르겠습니다. 하지만 이것은 점점 드물어지고 있습니다. 역설, 어쨌든 저널리스트적인 역설은 다음과 같습니다. 작품은 단지 인터뷰, 서문 등으로 허비되기 위해서만 존재하는('가치'가 있는) 듯합니다. 마치 작품이 누군가 그것에 시간을 쓰지 않고 저절로 만들어졌다는 듯이 말입니다. 사람들은 여러분에게 (몇몇 저널리즘에는 아직도 필수적인) 작가의 모습을 채우기를 요청합니다. 그러려면 시간을 들여야 한다는 것은 전제하지 않은 채 말입니다.

독창성

어쩌면 가장 강한 방어책은(하지만 그런 재능이 있어야만 합니다.) 바로 독창성입니다. 자신이 독창적인 사람임을 사람들에게 주입하고, 또 그 덕택에 역할이 인정되고 분류되면 사람들은 더 이상 뭔가를 요구하지 않게 됩니다. 원하지 않아도 프루스트의 독창성(기발함이라고 말하지 않는다면)은 그를 방어했을 것이고, 작품의 제작을 도와주었을 것입니다. 다른 사람들에게 주목받는, 하지만 공격받지 않고 자유로워진 일종의 봉투 속에 주체를 가둠으로써 말입니다. 단순히 의복상의 독창성조차 다른 것이 되게 하여 요구받는 일에서 멀어지게 하고 또 거의 면제됩니다.(프루스트는 오스만 대로에서 비대칭 수염, 황갈색 실내복, 셔츠 깃 위의 솜을 댄 셔츠 프런트, 실장갑, 뜨개질한 덧버선을 신고 지냈고, 아믈랭 거리에서는 침대에서 목도리를 두르고, 어디를 방문할 때는 덮개들을 전신에 두르고, 흰색 혹은 검은색 면장갑, 여러 켤레의 양말과 구겨진 셔츠의 셔츠 프런트 차림으로 외출했습니다.[226]) 낮과 밤이 뒤바뀐 것에 대해서는 말하지 않더라도 말입니다.(하지만 이것에 대해서는 다시 얘기하겠습니다.) 이 모든 것에는 적어도 국가가 점차 간섭적이 되어 가는 오늘날의 상황에서는 실행하기 어려운 일종의 개인주의적 자유가 있습니다. 완전한 자기 유폐는 어렵습니다. 프루스트는 시력이 약해졌는데도 안과 의사에게 가려 하지 않았습니다. 왜냐하면 밤에만 나올 수 있었기 때문입니다. 오늘날 같으면 강제로 구급차에 태워 데려갔을 겁니다.(사회보장 등) 이와 마찬가지로 1914년 전쟁이 선포됐을 때, 야간 진료를(낮에는 나갈 수가 없던 까닭에) 받으러 가야 했던 그는 난처해합니다. 오늘날 이와 같은 순진함을 상상이나 할 수 있을까요! 종종 프루스트는 방어책으로서 지나치고 엇갈린 예의를 갖추곤 했습니다.(여전히 그의 독창성이라는 틀 안에 있습니다.) 아믈랭 거리, 작업을 방해하던(소란한 집) 소음에 극히 예민한 프루스트는 절망합니다. 아이들이 위층에서 발을 구릅니다. 그는 그 아이들에게 솜털 실내화를 선물합니다.

공동 작업실

어째서 관리는 그렇게나 묵직한 문제를 제기할까요? 그 이유는 되돌아오고, 결코 고갈시킬 수 없으며 — 시시포스입니다. — 창조적 작업의 평탄함, 연속성을 깨고야 마는 조각난 반복된 임무들이기 때문입니다. 그런데 이 연속성은 필요한 것, 필수적인 것으로 영위됩니다. 작품은 사회적으로 무목적성입니다. 작품을 믿고, 그것에 자신을 주는 일은 거기에 틀어박혀 자신의 내부에 일종의 정신분열증을, 자폐증을 창조함으로써만 가능합니다. 관리 임무들(편지, 약속, 작은 주문들): 만들어지는 중에 있는 작품의 통일성을 흔들어 놓고 분열시키고야 마는 작은 악마들은 그렇게나 많습니다. 흔히 애지중지하고 선호되는 해결책은 관리를 가둬 두기, 예컨대 주당 하루를 가둬 두기인데, 뒤이어 더 이상 그것을 생각하지 않기 위해서입니다. = 치료를 위한 종기 만들기, 주중의 다른 날 조용한 정신을 갖기 위해 하루를 희생하기. 같은 문제가 있는 한 친구와 함께 우리는 주중 한나절을 함께 보내는 것에 대해 생각해 보았습니다.(분명 재미 삼아서였습니다. 우리는 아직 그것을 실천하지 않았습니다.) 둘이서 하면 덜 지겨울지도 모를 관리 임무들을 같이 처리하기 위해서였을 것입니다. 그러니까 우리는 주간 공동 작업실(조작하기(operare), '작업하기')의 모태를 창조하려 했던 것입니다. 공동(암시적 의미로는 '호혜적')으로 작업하는 장소, 좋은 사회에서 시간이 어떤 것이 될지를 미리 형상화한 것입니다. 하루 일하고 꿈같은, 혹은 열광적인 엿새를 보내는 것입니다. 다만 해가 안 된다는 조건에서 말이죠.

병

세계에 대항하는 '방어책'이라는 항목을 끝맺기 위해서 관리의 임무들, 특히 여러분이 그것들을 완수하지 못할 때 ─ 그도 그럴 것이 각자가 자신이 세계에 현존하는 것에 대한 책임자이기 때문입니다. ─ 여러분을 갉아먹는 죄책감에 저항하는 최상이자 역설적인 방어책이 하나 있는데, 모든 잘못에서 여러분을 자유롭게 하고, 매일매일 무한한 글쓰기 앞에 자신을 혼자 그리고 자유롭게 놓아두는 하나의 방어책입니다. 바로 병입니다.

1) 카프카는 1917년 8월에 헝가리에 돌아옵니다. 기침과 토혈 때문이었죠. 9월에 결핵이 선고됩니다. 카프카는 그것에 대해 대체로 행복해합니다. "그것은 위안에 가깝다." 그는 모든 의무(내가 관리라고 부르는 것)에서 자유로워집니다. 사무실, 가족, 약혼녀(펠리스) 등에서 말입니다. "자유, 무엇보다도 자유." 그는 보헤미아의 작은 촌락인 취로로 떠납니다. 막스 브로트에게 쓴 글을 보시죠. "어쨌든 나는 지금 결핵과 더불어 아이와 어머니의 치마 같은 관계에 있네. 아이가 매달리는 치마 말일세……. 계속적으로 그 병을 설명

하려고 노력하네. 그도 그럴 것이 결국 나는 그래도 그것을 쫓아 달렸던 것은 아니기 때문이지. 때로 나도 모르는 사이에 뇌와 폐가 어떤 협정을 맺었을 것이라는 느낌이 드네……"[227] 나도 이런 감정을 겪은 적이 있습니다. 두 차례에 걸쳐 병(결핵)이 났습니다. 첫 번째는 철학반에서 5월에, 17세 때였습니다. 개인적으로 어려운 상황에서 병은 나를 자유롭게 해 줬습니다. 하지만 베두에서 치료를 받았습니다.[228] 청소년의 고독, 슬픔, 욕구불만. 강점기(1941년) 동안 병이 재발했습니다. 내가 근심에서 벗어나는 수단이었을까요? 결핵 요양소에서 나는 행복했습니다. 우정을 나누고 많은 고전을 읽었죠.(그러나 글쓰기는 하지 않았습니다.) 나는 자주 생각했습니다. 쉬운 정신분석입니다만 가족 상황, 그리고 그다음에는 고통스러운 국가적 상황에서 나를 보호하기 위해 결핵에 걸린 것이라고 말입니다. 그럼에도 병에 걸려 있던 동안 나는 쓰지 않았습니다. 쓴 것은 독후감뿐이었습니다. 내가 쓰기 시작한 것은 활동하는 세계로 돌아오면서였습니다.(1946년, 《콩바》, 『글쓰기의 영도』[229] 등.) 병이라는 방어책은 끔찍할 정도로 애매한 게 사실입니다. 그것은 위험한 경험입니다. 카프카의 시대, 그리고 나의 젊은 시절에는 사람들이 결핵으로 죽곤 했습니다. 그런 끝이 — 또는 어쨌거나 안정은 되었으나 낫지 않아 평생 산에서 살도록 귀착된 병든 삶이 — 있었습니다.

2) 프루스트의 병 또한(다시 말해 그뿐만 아니라) 하나의 방어책으로 해석되어야 합니다. 프루스트의 작품에 넘치는 불평의 담론은 세계로부터의 후퇴 담론입니다. 그의 병(수수께끼 같은 일은 아니어도 의학적으로 아주 복잡합니다. 그에 관한 책이 하나 있습니다.[230])은 그가 작업하는 것을 막는 동시에 쓰도록 허락해 주는 것이며 무서운 신호입니다. 작품이 끝날 때 그는 죽습니다. 작품/병의 짝이 그보다 더 변증법적인 — 또는 그보다 더 밀월 같은 — 적은 결코 없었습니다.

3) 샤를 루이 필립 : "병이란 가난한 자에게는 여행이다."(보케 부인은 병원에 가는 것을 전혀 지겨워하지 않았습니다. 여행 채비.[231]) 병은 작가에게 휴가 기간이 아니라 환상화된 공백기, 즉 환상적으로 작품이 자리하는 사교적 휴지기일 수 있습니다.

신생의 실천적 세부 사항에 들어가기에 전에 나는 신생의 개념 자체가 (작품을 만들기 위해서) 분명 <u>종교성</u>과 관계 있다는 것을 지적하고자(혹은 검열하지 않고자) 합니다. 작가는 작품을 '신성화하고'(이것에 대해서는 다시 얘기하겠습니다.) 그것에 봉사하기 시작하면서, 그것으로 개종하면서 삶의 유형의 눈부신 단절을 시행하고자 합니다.

주체는 사교계/ 세계와의 관계에서 사퇴(언제나 안 좋게 보이는 일)를 받아들이고 감수합니다. 나는 시인 엘리엇의 뛰어난 말을 생각합니다. 순간적 단념의 끔찍한 오만[232] → 나중에는 아무리 깊이 빠져 들어가는 작품이라 해도 작품의 쓰기는 세상 사람들에게는 건전하고, 바르고, 자연적인 힘으로 드러나는 욕구 또는 유죄화의 힘 앞에서 단념하는 양상을 내포합니다. 이런 단념은 하나의 도덕적 심급을 다른 것으로 대체하는 것, 다시 말해 개종을 감수하는 것입니다. 신비주의적 움직임과의 친화력이 있습니다. 그도 그럴 것이 신비로움은 항상 '탈가치,' 어둠을 선택하기 때문입니다. 하지만 다시 한 번 더 묻습니다, 어째서 작품일까요? 어째서 이런 집착, 이런 희생, 이런 절대일까요? 다시 한 번 더 말라르메의 대답으로 돌아갑니다. "대체 쓴다는 것이 무엇인지 아는 것일까? 아주 오래되고, 아주 애매하지만 질투가 나게 하는 하나의 실천 행위가 있는데, 이 행위의 의미는 마음의 신비에 깃들어 있다. 그것을 빠짐없이 완수한 사람은 몸을 숨긴다."[33]

이기주의의 결의론

작품이 강제하는 이기주의로 돌아가겠습니다.

스스로를 신성화하기

　방금 작가는 작품을 신성화하기를(축성하기를) 받아들여야 한다고 말했습니다. 우리가 묻는 문제는 만들어진 작품이 아닙니다. 이것은 다른 사람들을 위한 작품입니다.(이때 작품이 성스러우냐 아니냐는 별로 중요하지 않습니다. 심지어 저자의 눈에는 만들어진 작품이 더 이상 성스럽지 않습니다.) 우리에게 문제는 만들어야 할 작품, 예정 작품(opus agendum), 따라서 내가 만들어야 할 작품입니다. 그러니까 자발적이고 일시적인 기법을 통해 신성화해야만 하는 것은 자기 자신입니다. 자기 자신으로 성스러운 존재를 만들어야만 합니다. (존재한다는 자격으로가 아니라) 만든다는 자격으로 말입니다. 나라는 노동자(작업자(operator))에 대한 세계의 침해는 심각한 것이라는 결과가 되도록 말입니다.(이것은 그다지 이상하거나 지나친 일이 아닙니다. 세속적 삶에는 신성화의 흔적과 파편이 많습니다. 정치 언어를 보십시오. 예컨대 노동자에 대한 침해는 주류 — 내 말은 비이성적이라는 뜻입니다. — 공산주의적 관점에서 암암리에 '모욕'으로 천명됩니다.)

　예를 들어 '자기를 형상화해야' 합니다. 나 자신의 눈에 하나의 형상으로 투사되어야만 합니다. 나는 나 자신으로부터 미래의 어떤 역할 속으로 향합니다. 그 힘이 내가 하고자 하는 것을 하도록 나를 도와줄 역할이 그것입니다. 플로베르는 정확히 이것을 지적하고 있습니다.(1878년, 57세. 따라서 청소년기의 특징이 아닙니다.) "자기 자신을 대면할 때 강한 사람의 태도를 취해야 한다. 그것이 강한 사람이 되는 방법이다."[234] 나는 그 역할의 범위 전체에서, 그 성스러움 전체에서 작가로서의 태도를 취합니다. 작가가 되도록 나 스스로를 돕기 위해서입니다.

　이와 같은 신성화의 다른 수단 — 또는 다른 흔적 — 은 글쓰기 행위를 — 작품을 시작하고 끝내는 행위를 — 공식화하는 것입니다. 완성된 지붕의 용마루에 놓는 초석이나 깃발을 참조하세요. 다시 플로베르를, 『유혹』의 마지막 부분을 보겠습니다. "1849년 9월 12일 수요일 오후 3시 20분, 날씨는 해와 바람. 1848년 5월 24일 3시 15분에 시작."(그렇다면 공식화는 어느 정도까지 현실에 의해 가혹하게 반증되는 상징성의 범주에 드는 것일까요? 의기양양하게 예고되고 수결된 이 작품은 다른 모든 작품보다 더 많은 부침을 겪었습니다. 친구들, 막심 뒤 캉과 부이예(이 사람은 더 속된 주제를 추천했습니다. →『보바리 부인』)에 의해 검열되었고, 1856년에 재수정되었으며, 1874년에 출간되었습니다. 그러니까 공식적인 완성 후 이십오 년이 됩니다.) 다시 한 번 더 신성화하기와 관련된 사람은 작업자(Operator), 즉 만드는 사람이지 문인(Scriptor), 즉 만든 사람이 아니라는 것을 분명히 하겠습니다. 그것으로부터 재미있는 오해가 생깁니다. 어떤 사람들이 작가란 스스로를 신성화하고, 작가라고 뽐낸다고 생각해서 부당하게(다소 호전적으로) 그를 비신성화하려고 힘쓰는 오해가 그것입니다. 카부르행 기차에서 앙리와의 일화[235]를 들려드리죠. 분명 그는 내가 나 자신을 축성된 작가로 여긴다고 생각했고, 나를 비신성화하는 것을 재미있어했습니다. 그때 나는 그가 나를 신성화하면서 실상은 잘못된 위치에서부터 나를 부정한다는 것을 이해했습니다. 나는 스스로를 작가로 여기지 않지만 쓰고자 하는 누군가로 여겨야 합니다. 나는 그가 어떤 기계적 작업에 빠져 들어가는 것을 보고 있었는데, 그런 기계적 작업이 나와 관련이 없다는 것을 속으로 알고 있었습니다. 그는 잘못 겨냥했지만 나의 항변을 의뭉스러운 부정으로만 여겼을지 모릅니다. 분명 '신성화'는 있지만 다른 장소에 있다는 것을 이해시키는 것이 맞는 대답이었습니다. 해야 할 작업, 일정들, 약속들 등에 있습니다.

환상화된 형식을 상기하시기 바랍니다.

"……한 저서의 구상과 첫 형식은 그 제재가 자리 잡고 정리될 하나의 공간, 단순한 장소가 되어야지, 자리 잡고 정리할 하나의 제재가 되어서는 안 된다."(주베르)[236]

이기주의의 결의론

왜 스스로를 '신성화'할까요? 그 이유는 그것이 이기주의, 그것 없이는 작품이 만들어질 수 없는 이기주의의 힘을 주기 때문입니다. 일종의 자기 조작입니다. 자비(또는 이 단어가 거북하다면 관용)(모두에게 열려 있기)를 종교성으로, 다시 말해 그것 역시 자연, 세계와의 근본적 유대에 속하는 ── 그리고 글쓰기라고 하는 ── 다른 심급으로 대치하는 것이죠. 내가 '이기주의'라는 단어를 쓰는 이유는, 이 단어가 우리를 (글쓰기의 실제와 관련이 있는) 일련의 실천적 문제들, 자아(ego) 주위에 교착되어 있는 문제들 속으로 들어가게 해 주기 때문입니다. 사실 쓰려는 사람은 계략이나 더 일반적으로는 삶의 특색들의 체계적 총체에 따라 글을 쓰는 중인 자기를(필자를) 구성해야 합니다. 이것을 니체는 기이하게도 '이기주의의 결의론'이라고 부릅니다. 마지막 작품인 『이 사람을 보라』에서 니체는 거창하게, 열정과 재치로 거침없이 자신의 취향, 습관, 규칙들을 상세히 들춥니다. "분명 왜 내가 이런 사소하고, 통상적인 여론에 따르면 의미 없는 것들을 이야기했는지 물으리라……." 대답 : 이런 사소한 것들은 ── 음식, 장소, 기후, 오락들, 이기주의의 결의론 전체 ── 지금까지 중요하다고 여긴 모든 것들보다 무한정 더 중요합니다. "바로 이러한 것에 의해 재교육이 시작되어야 한다."[37] (결의론 = 근거 있는 고안.)

신생, 다시 말해 작품 제작에의 돌입은 사실상 교육, 자기 교육, 따라서 재교육을 포함합니다. 한 삶의 유형에서 다른 삶의 유형으로 넘어가는 것과 관련되기 때문입니다. 자신의 삶을(자신의 삶의 유형을) 섬세하게 구상하는 일입니다. 이런 섬세함을 경박하다고 비난할 초자아에 대한 두려움 없이 말입니다. 그것으로부터 결의론이라는 개념이 나옵니다. 생활 유형의 범주 안에 있는 섬세한 분별을 감행하는 힘입니다.

그러면 이런 이기주의의 결의론의 몇 가지 점들을 보도록 합시다.(물론 나는 이런 시뮬라크르(simulacre), 몇몇 작가들, 그리고 가끔 ── 이것은 초기에 정한 규정입니다. ── 나 자신으로 구성된 이러한 작가의 환상(éidôlon)에 대해서만 이야기하는 것입니다.)

생활 습관

나는 이 단어를 일반적인 의미로 받아들입니다. 생리적 욕구의 일상적 구성 방식.(니체 = 모든 것을 임시변통해야만 하는 식의 삶에 대한 공포.) 먹기, 입기 같은 것이죠.(잠자기 : 작가에게 너무나 중요하고, 머리에서 너무나 가깝습니다! 우리는 그에게 특히 이것을 권하겠습니다.)

1) 음식. 신기한 사실 : 우리는 작가와 먹거리의 관계를 잘 모릅니다.(먹거리가 작품 속에 들어가는 경우를 빼놓고 말입니다. 플로베르, 위스망, 프루스트 등에 대한 장피에르 리샤르의 아주 멋진 연구[238]를 참조.) 그들은 무엇을 먹었을까요? 어떻게 먹었을까요? 일반적으로 우리는 그것을 알지 못합니다. 알아도 단편적으로만 압니다.(예컨대 우리는 프루스트가 무엇을 먹었는지 압니다. 가정부

들의 증언이 있기 때문입니다.) 마치 그것이 전혀 쓸모없는 것이라는 듯이, 어느 정도로 무의미한지 그것에 대해 말할 가치가 결코 없다는 듯이 말입니다. 니체의 경우 자신의 먹거리에 대해 설명합니다.

니체, 『이 사람을 보라』[239]

전혀 다르게 우리의 관심을 끄는 문제가 있는데, '인류의 구원'은 신학자의 그 어떤 기이한 섬세함보다 이 문제와 훨씬 관련이 깊다. 바로 '식'습관의 문제다. 그 문제를 더 간단히 표현하면 다음과 같다. "너는 네 힘의 극점, 르네상스의 의미에서 최고의 '정력(virtù)'에, '기독교 윤리(moraline) 없이 보장된' 최고의 미덕에 달하기 위해 정확히 어떻게 먹어야 하는가?" 이 항목에 대해 나는 있을 수 있는 최악의 경험들을 했다. 이런 질문을 뒤늦게야 생각했다는 것이, 이런 경험들에 대해 너무나 뒤늦게 '보상'받았다는 것이 놀랍다. 오직 독일 문화의 ― 그 '관념주의'의 ― 완벽한 무용성만이 왜 이 항목에 대해 내가 시복을 받은 사람처럼 낙오되어 있었는지를 설명해 준다.

본보기가 되는 대목입니다. 그도 그럴 것이 그냥 보기에는 이기주의자의 순수한 토로이지만, 사실은 각각의 세부 사항이 하나의 기호이기 때문입니다. 하나의 철학, 니체적 주제의 속성 자체를 가리키는 기호입니다. 그것이 결의론입니다. 거기에서부터 '먹거리 스타일'에 대한, 어떻게 작품의 스타일과(=신생과) 관계 있는 먹거리 스타일을 환상할 수 있는지를 검토해야 할 것입니다. 우리에게 부족한 것은 음식의 사회학(이런 사회학이 있습니다.)이 아니라 그 철학 혹은 철학들입니다. (금식, 채식주의 등의) 종교적 차원이 아니라 개인적 차원에서 말입니다. 음식 체계와 환상적 체계, 더 엄격하게는 상징적 체계를 다소 유사한 관계로 만드는 것입니다. 예컨대 주베르는 단장을 좋아하고, 사유와 작품의 불구축(l'in-construction)을 좋아합니다. 그런데 우리는 그가 한편으로는 무정부주의적인, 변덕스러운 방식으로 오늘날 우리가 셀 수 없이 많은 살빼기 요법(반면에 그것은 단 한 가지밖에 없습니다. 배곯기입니다.) 중에서 '분리 요법'이라 불리는 것을 실천했다는 것을 압니다. 샤토브리앙 : "주베르 씨는 매 순간 먹는 양과 식단이 바뀌었는데, 하루는 우유로, 또 하루는 같은 고기로 살았다. (그때 벌써!)······."[40] 강조하겠습니다. 꼭 그런 음식물('타부' 문제는 약간 다릅니다.)이 아니라 체계, 먹는 스타일, 식단의(먹거리 선정의) 형태(gestalt)의 상징적 의미성을 말입니다. 따라서 거기에는 강력한 정동이 있습니다. 프루스트는 말년에, 자기 어머니가 건강을 유지하던 방법을 떠올리면서 절식을 시작합니다. 약간의 카페오레만을 마실 뿐입니다.

2) 특히 요즘 같은 시절에는 한 개인이 복용약을 통해 규정될 수도 있습니다. 각자 자신의 것이 있습니다. 병자의 실제 치료와는 동떨어진 간단한 복용약입니다. 처방전 없이 혹은 기껏해야 전과 똑같은 처방전으로 약국에서 사는 것입니다. 이것이 일상 소지품이 되어(여비), 잔병을 없애 주고, 몸을 편하게 — 또는 더 견딜 만하게 — 해 줍니다. 그것으로부터 (사회보장제라는) 현재의 논란이 있게 됩니다. 개인적 복용약에 대한 요구가 상상적인 것에 속하는 것은 분명합니다. 사회보장제가 상상적인 것에 대한 지출을 환불해 줄 수 있을까요?

사실 그것은 신체의 역사적 진화에 연결되어 있습니다. 진보는 사회보장제와 동시에 상상적인 것을 새롭게 요구합니다. 그리고 이런 요구는 하나의 필요성에 아주 빠르게 부합합니다. 만일 옵탈리동, 에노, 아튀르질, 옵타녹스 등의 약에 의지할 수 없었다면, 나의 몸은 조금 안심이 안 될 겁니다. 복용약은 진정한 보신제로서 여행 필수품입니다.

　작가와 관련해서 이야기하자면, 작가란 그가 먹는 약(내 생각으로는 지난번 강의에서 이것에 대해 말했습니다.[241])의 목록 전체입니다. 각성제든, 수면제든, 역설적이지만 일상적으로 동시에 두 가지든 그렇습니다. 프루스트는 끔찍한 불면증이 있었습니다.(전기를 끄지 않고 육십 시간이나 지내기도 했습니다.) 그 때문에 베로날을 엄청나게 복용했습니다. 하루에 3그램, 거기에 더해(진실을 말하자면 기분을 돋우기 위해서가 아니라 발작적 호흡곤란을 억제하기 위해서입니다. 하지만 누가 알겠습니까? 핑계였을까요?) 카페인을 즐겼는데, 특히 커피를 열일곱 잔이나 마셨습니다. "카페인으로 인해 비틀거리는 발걸음." 이 목록에 대해서는 자세하게 말하지 않겠습니다. 다만 작품의 요구에 직면한 작가의 신체는 문장과 신체 사이의 부합성, 정확한 방정식을 찾기에는 갖춘 것이 없고, 모자라고 무능하다고 느낍니다.(느린 손에 대해서는 425쪽을 참조.) 신체는 한꺼번에 그리고 모순적으로 잠들어 있고, 불분명하고, '나른하고', 찌뿌둥하고, 둔하고, 비창의적이라고 느끼는 ── 몸을 깨우고 흥분시켜야만 합니다. ── 동시에 무한히 계속되려는 경향이 있는 흥분, 즉 불면증을 조절해야만 합니다. 불면증으로 인해 나는 저녁에는 결코 작업을 할 수 없었습니다. 왜냐하면 저녁 작업 후에는 잠을 잘 수 없었기 때문입니다. 작업과 수면 사이에는 일종의 사회적(혹은 시골에서는 텔레비전이라는) 완충제(tampon)가 요구됩니다. 하품을 하게 만드는(느긋하게 해 주는) 뭔가가 요구되는 것입니다.(내가 아주 못됐습니다!) 그런데 아무리 마음에 들지 않아도 작업은 결코 (나를) 하품 나게 하지 않습니다.

　3) 의복 : 작가의 편의품인 (환상적일지 모르지만) 까닭에 주목할 만한 사항입니다. 의복이라기보다는 차림새가 맞겠군요. 어떤 차림새는 전설적입니다. 프루스트(이미 이야기했습니다.), 발자크(그의 실내 가운) → 실내 가운? 그 뜻은

어쩌면 2차적 단계에서는 긴 가운, 다시 말해 두르는 의복, 보호물, 그리고 또한 (플루젤[242]) 중요성, 권위(가운 : 중세와 동양에서는 결코 여성용이 아닙니다.)를 상징합니다. 모티에-트라베르에서 루소는 이렇게 씁니다. "아르메니아 옷을 입었다. 새로운 생각은 아니었다. 살아오면서 그런 생각이 여러 번 들었는데, 나를 자주 내 방에 머물게 했던 잦은 관측기 사용으로 인해 긴 의복의 모든 장점을 잘 느끼게 한 몽모랑시에서는 자주 다시 생각났다. (……) 그렇게 해서 나는 작은 아르메니아식 옷장을 하나 갖게 되었다……"[243](그것으로 인해 루소는 조롱을 받게 됩니다. 독창성이 항상 보호해 주지는 않습니다.) 『고백록』, 594쪽

여기서 '소설가의 차림새'라는 문제, 적어도 사실주의 소설가, 즉 밖에서 보는 것을 관찰하고 적는 자의(졸라는 로마에서 사흘을 지내며 자신의 책을 위해 전부 적어 둡니다.) 차림새 문제를 웃지 않고(그래도 역시 미소는 지으면서) 제기할 수 있습니다. 사진기처럼 주머니에서 아주 빠르게 꺼낼 수 있는 수첩의 필요성(상업에서 코드화된 기자용 가방이 분명히 있습니다.) → 단순히 덮는 옷이 아닌 주머니 달린 웃옷. 바지 주머니에서 수첩과 필기구를 꺼내기 위한 짜증나는 노력. 그런데 즉시 적어 놓지 않은 생각 = 잊은 생각, 다시 말해 지워진 생각, 다시 말해 아무것도 아닌 생각입니다. 문학이 매달리는 그것.(→ 계속되고 구성되어야 할 항목입니다.)(플로베르의 연필로 쓴 긴 모조 피혁 수첩을 보면 옷자락이 긴 옷이 필요합니다.)

집

바로 이것이 신생과 작품의 준비를 위한 핵심 소재입니다.(내가 그것을 깊이 다룰 것이라는 말은 아닙니다.) 자리 잡기. 나와 관련해서라면 신생의 가장 중요한 시나리오는 이것일 것입니다. 어딘가에서 자리를 잡으려고 떠나기. 환

상은 이런 자리 잡기의 채비에 관여합니다. 장소 고르기, 가져가야만 할 것들을 짜기 등. 옛날의 긴 배 여행들의 낭만적 환상은 배이자 집, 노틸러스 호의 주제입니다.

새로운 장소가 (환상적으로) 있어야만 합니다. 신생, 새로운 장소(Locus Novus) → 새로운 삶을 위한 자리 잡기의 전형 : 『부바르와 페퀴셰』 → 빠뜨릴 수 없는 전형입니다. 나는 희극적이고 허망한 그 특징들에도 불구하고, 샤비뇰에 자리 잡는 장면을 다시 읽을 때면 언제나 열광과 열망을 느낍니다.[244] 부바르와 페퀴셰는 글쓰기 작업을 성취하기 위해서 낯선 곳으로 떠나는 것이 아닙니다. 그것에 아주 근접한 계획을 위해서입니다. 즉 교육을 위해서입니다. 책, 책의 응용이 겹치는 곳입니다. 분명 책의 그늘에 있는 하나의 신생 문제입니다.

자리 잡는 장소의 다른 환상적 특징은 자급자족입니다. [이 장소는] 떨어져 있어야 하고, 나는 가능하다면 그곳에서 나 자신만으로 충분해야 합니다. 다시 말해 '영지에서 사는' 것처럼 '자리 잡은 곳에서 지내기.' 그런데 '보관소들'(창고, 지하 창고)이 있으므로 전원이 (집) 아파트보다 더 자급자족적입니다. 정원 + 창고 + 기구 = 자급자족 → 밖에 나가지 않는 날들이 계속됩니다. → 배의 그것과 같은 안정된 작은 체계의 창조 → 물질적 자급자족은 에피쿠로스식의 도덕적 가치가 있습니다. 자기 자신으로 만족하기 = 작은 것에 만족하기 → 신생. 일종의 두루뭉술한 삶, 전적으로 혼자서 같은 구성 요소들을 가지고 굴러가는 삶, 혼자 자급하면서 작품을 위해 자유로운 에너지를 남겨 두는 삶 → 플랑텡[245]의 소네트에서 묘사된 완벽한 자급자족입니다.

이 세계의 행복

편리하고, 깨끗하고 아름다운 집,
향기로운 과일 나무들이 깔려 있는 정원을 갖기,
과일, 훌륭한 포도주, 적은 하인, 적은 자식,
요란하지 않게 나만의 충실한 아내 갖기,

빚도, 사랑도, 소송도, 다툼도,
가족과 나눠 가질 것도 없이,
적은 것에 만족하기, 공경대부에게 아무것도 바라지 않기,
모든 자신의 계획을 올바른 본보기에 맞추기,

자유롭게 야망 없이 살기,
거리낌 없이 믿음을 다하기,
자신의 열정을 다스리기, 그것을 순종시키기,

자유로운 영혼, 그리고 큰 분별력을 보존하기,
어린 가지를 키우며 묵주신공을 바치기,
그것이 자기 집에서 아주 부드럽게 죽음을 기다리는 것이다.

이 소네트는 항상 나를 매혹했습니다. 바이욘의 주방 벽 액자에서 처음 읽었던 어린 시절부터요. 나는 결코 이 소네트가 재현한 삶의 범위로부터 — 두루뭉술한 삶으로부터 — 환상적으로 갈라져 있다고 느낀 적이 없습니다. 불가피한 '응용'에도 불구하고 말입니다. 그도 그럴 것이 응용하기가 쉬

였습니다. 믿음은(나는 대체로 '신앙'보다 믿음을 선호합니다.) 약간의 상징주의, 일정한 영적 활동을 가리킬 수 있습니다. 묵주 : 형식적이고 일정하며, 그 형태가 다른 것을 동반할 수 있는 활동. 향기로운 과일 나무들, 편리하고 깨끗한 집, 과일, 어린 가지가 너무 좋습니다. 그리고 항상 나에게 욕구를 일으켰던 마지막 행(유일한 문제 : 아내. 하지만 "누구나 문제는 있는 법입니다."라고 또는 "당신이 알아서 할 일입니다."라고 말할 수 있습니다.) 이 소네트 전체는 금욕주의적 비전이 아니라 ── 가진 물건들에 몸을 도사리기 : 예컨대 멋진 화병의 꽃들, 세련된 화분의 과일 등 ── 부동의 시간에 대한 에피쿠로스적 비전(즐거움을 배척하지 않고 조절하며 바르게, 규칙적이게 해 주는 것)입니다. 더 이상 **새로움**을(다시 말해 모험을) 가치로 삼지 않고, 또 그렇게 해서 이 새로움을 완전히 내면화하는 비전입니다. 그것이 바로 작품입니다.

생산적이고 창조적인 신생으로 되돌아가 보자면, 그것은 집 또는, 집이 없다면, 내가 '깊숙한 아파트'라고 부르고 싶은 곳, 바로 호젓하고 닫힌 아파트와 (환상적으로) 연결되어 있습니다. 나는 그런 아파트를 하나 압니다. 조용한 동네 + 안뜰 + 깊숙이에 있는 정원 + 유리창이 있는 아주 큰 방. 고귀함과 은퇴 생활, 방어 진지.(말라르메) 나는 궁금했습니다. 집에 대한 나의 취향, 집에서의 지적 작업(도서관에서는 정신이 없고, 뿌리 뽑혀 있고 비효과적이며, 사무실, 예컨대 여기 콜레주 드 프랑스의 사무실에서 작업할 수 없는)은 어디서 온 것일까요? 아마도 다음과 같은 사실에서 왔을 겁니다. 아이였고, 고등학생이었기 때문에(몽테뉴 고등학교 루이르그랑 고등학교) 병에 걸린 것이,[246] 다시 말해 다른 아이들이 수업에 가는 날 집에 있는 것이 기뻤던 것입니다. 그러니까 금지된 영지에 들어가기, 식사와 휴일 외에 집에서 보낸 시간, 특히 아침나절을 발견하기입니다.(지금은 이것을 좋아합니다. 침대에 머무는 것은 좋아하지 않습니다.) 어쩌면 이런 이유로 나는 교수가 되고 싶어 했습니다. 고등학생들과 똑같이 오랫동안 고등학교에 가지 않으려고, 모든 근로자들에 비해 더 오래 집에 있기 위해서 말입니다.

작업 공간에 대한 이와 같은 탐사에서 보면, 나는 증가적 근접 공간론자 범주에 속합니다.(근접 공간학(proxemics) : 물건들에 한 동작으로 닿을 수 있는 공간 : 소파, 침대, 탁자. 첫 번째 강의에서 그것에 대해 이야기했습니다.[247]) 집(또는 아파트)보다 더 근접 공간적인 것은 바로 방입니다.

'신생'의 방은(레비탄 가구[248]의 스타일처럼 하나의 스타일일 수 있습니다.) 원형주의에 따르면 집의 연장입니다. 그도 그럴 것이 웅크림은 어떤 역행을(다른 사람들은 이렇게 말할 것입니다. 자궁적인 것이라고요.) 포함하고, 또 이런 역행은 스타일을 움켜쥡니다. 내가 믿는 바로는 신생은 과거주의(passéisme)를 잘 이용합니다. 어린 시절과 '옛 시절'의 배합으로 인해 나는 방에 대한 프루스트의 아름다운 문단을 인용하고자 합니다.(『잃어버린 시간을 찾아서』 전체가 마치 그가 여러 곳에서 묵었던 방들에 대한 기억의 확장적 파동에 의한 격동처럼 주어진다는 점을 기억하시기 바랍니다.) 『생트뵈브에 반하여』에서 방이라는 제목의 장입니다.

프루스트, 『생트뵈브에 반하여』

움직일 수 있기에는 아직 너무 저린 나의 옆구리는 어느 방향으로 누울지를 예측하려 애썼다. 어린 시절부터 경험했던 누울 방향들이 옆구리의 어두운 기억 속에 연속적으로 나타나면서, 그 기억의 주변에 내가 잠잤던 장소들, 심지어 여러 해 전부터 내가 결코 다시 생각해 보지 않았고, 어쩌면 죽을 때까지 결코 다시 생각하지 않았을 장소들, 그렇지만 어쩌면 내가 잊어버리지 말아야 할 여러 장소들까지도 다시 구성했다. 내 옆구리는 방, 문, 복도, 잠들며 하던 생

각 그리고 깨어날 때 다시 떠오른 생각을 기억하고 있었다.[249]

작업실에는 신화적으로 결정적인 요소가 두 개 있습니다. 불과 전등이 그것입니다.(옛날 촛불들의 대체물) → 플로베르(1845년, 24세) : "나는 편리한 삶에 단호히 이별을 고했다. 나는 이제부터 오랫동안 그저 내 방에서 대여섯 시간 정도 평온하게 지내기를, 겨울에는 큰 불을, 저녁에는 나를 비춰 줄 두 개의 초만 바랄 뿐이다."[250] 큰 불, 그것은 하나의 스타일입니다. 확실한 작품, 완수해야 할 일정을(이것이 우리의 주제입니다.) 유도합니다. 일종의 작업 축복주의입니다. 상상력 또는, 오히려 플로베르의 경우에는 작업, 스타일의 수공업이 박식을 대신합니다. 글을 쓰기 위해서 큰 불이 있어야 하는 셀린, 아르토를 상상할 수 있을까요?

전등은(프랑스를 가로지르던 열차에서 그것들이 줄지어 가는 것을 본 지 오래되지 않았습니다.) 전구(농가의 부엌들), 펜던티브(프티부르주아 주방), 전기 스탠드라는 세 개의 문명을 가리킵니다. 역설적이지만 의미심장한 사실입니다. 프루스트의 방 : 작품이 맹렬히 제작되는 동안, 다시 말해 오스망 대로와 아믈랭 가에서 창문은 밀폐된 덧창으로 항상 닫혀 있었고, 커튼이 쳐져 있었습니다. 모든 바깥 냄새 때문입니다. (오스망 대로의 마로니에 나무들은) 호흡 곤란 발작을 일으켰습니다. 전구는 단 하나였으니 조명이 안 좋았습니다. 하지만 여기서 공간은 방이 아니라 침대입니다. 따라서 그림자가 드리우는 깊은 공간, 즉 내밀한 어두움(tenebroso)을 창조하는 문제가 아닙니다. 또한 어쩌면 작품의 격랑은 공간의 '미학적'이고 신화적인 사고와 무관할지도 모릅니다.(그 다음에 문화의 미학적 세련 ≠ 주거 환경.) 내가 말한 것 모두의 극한점은 이렇습니다. 일단 시작된 작품은 그 배경을 넘어서 버립니다. 카페의 탁자에서 그것을 쓸 수도 있습니다. 따라서 반대 논거가 됩니다. 방, 집, 신생에 대해 지나치게 생각하는 것은 어쩌면 작품의 빈자리, 황폐함＝극한적으로는 우유부단한 장치를 인위적으로 장식하는 것일지도 모릅니다.(내가 여기서 하고 있는 탐사의 환상적 본성입니다.)

　　방의 신화적 힘에 대해 다시 언급하자면, 방은 두 가지 조화 기능, 화해 기능을 가지고 있습니다. 첫째, 그곳은 주체가 모든 외양으로부터 자유로운 장소입니다. 따라서 그 장소의 미학은 부차적입니다. 장식미가 아닙니다. 오직 주체만을 위한 절대적으로 유아론적인 아름다움입니다. 따라서 모든 미학적 코드를 벗어난 실천적, 상징적, 전기적, 광적 요소들이 섞여 있습니다. 예컨대 프랑크푸르트의 집에 있던 쇼펜하우어의 방에는 열여섯 점의 개〔大〕 판화, 그리고 어머니의 초상화 옆에는 1843년에 죽은 푸들의 박제된 머리가 있었습니다.(그의 유언장에 제1상속자로 되어 있는 아트마입니다.) 프루스트의 방도 마찬가지죠. 무질서하고 아름답지 않았습니다. 둘째, 방의 기적, 그것은 논리적으로 모순되는 두 개의 가치를 동시에 나타내 줍니다.(모읍니다.) 울타리(다시 말해 피신처, 안전)와 '나에게 관계된 것'의 절대적 자유가 그것입니다. 프루스트는 다시 이렇게 씁니다.(『생트뵈브에 반하여』) "…… 내가 브뤼셀에서 묵었고, 모양이 아주 웃기고 아주 컸음에도 불구하고 둥지 안처럼 숨겨져 있고 세계처럼 자유롭다고 느낀 어느 방."[51]

　　근접 공간학을 향한 추이의 연속이자 거의 목적 같은 것은 (작업) 테이블입니다.

　　1) 그것은 진정 글쓰기의 탯줄입니다. 카프카는 막스 브로트와 함께 여행을 떠나지 않습니다. "…… 여행에 대한 나의 두려움에는 적어도 며칠간 내 작업 테이블에서 떨어져 있게 되리라는 헤아림도 들어 있네. 그리고 이 우스운 헤아림이(카프카는 그럼에도 불구하고 『성』을 종결짓는 중이었습니다.) 사실은 유일하게 올바른 헤아림이지. 작가의 현존은 진정으로 그의 작업 테이블

에 의지하니까. 사실 거기서 멀어지는 것은 그에게 결코 허락되지 않아. 미치고 싶지 않다면 무슨 일이 있어도 그것을 꽉 물고 있어야 해."[252] 역설을 잘 보여 주고 있습니다. 미치지 않기 위해 미치기.(편집증) 테이블은 중요한 중심입니다.

2) 대체 이 테이블은 무엇일까요? 그러나 무엇보다도 테이블은 무엇일 수 있을까요?(그것은 외양상 어떤 기능을 갖춘 물체이지만, 사실은 하나의 가치를 갖추고 있기 때문입니다.) 나는 본질적으로 하나의 구조, 다시 말해 이런 기능들, 그리고 이런 미세 기능들 간의 배치라고 생각합니다. 예컨대 지면, 조명, 필기구, 종이 집게, 빈 용지, 쓴 용지, 핀으로 꽂아 둔 종이들, 시계 같은 것.

우선, 이런 구조의 복잡함은 각각의 주체와 관련이 있습니다. 고행주의자적 주체들과 사치스러운 주체들, 편집증적 주체들과 무신경한 주체들, 제작형(구조주의자적) 주체들과 전통형 주체들.(사장용 사무실처럼 전통적인 사무실.) 하나의 유형학, 테이블을 주체의 작업에 대한 관계(기쁨을 주고 승화되고 시간을 늘려 주고 하는 등의 관계)를 가리키는 신호 일체로서 읽는 것이 가능합니다. 나 역시 흐트러져 있는 일상품이 없는 빈 테이블이나 실내를 앞에 두면 다른 사람이 된 것 같은 감정을 아주 강하게 받습니다.

다음으로, 구조의 질서와 무질서에 대한 관계 : 구조는 질서를 능가합니다. 어떤 테이블은 무질서한 분위기일 수 있지만, 그 무질서가 구조를 존중하고 있다면, 그것은 우연이(고칠 수 있고, '정리할 수 있는' 것이) 아닙니다. 거기에는 구조화된, 따라서 무정형하게 아주 잘 기능하는 혼잡함이 있는 것입니다. 무질서는 구조에 부합해야만 하는데, 나는 카프카가 자신의 작업 테이블의 무질서에 대해 불평할 때 말하고자 하는 것이 그것이라고 상상하고 싶습니다. "방금 내 작업 테이블을 더 가까이에서 살펴보았고, 거기서 제대로 된 것은 아무것도 할 수 없다는 것을 알았다. 너무나 많은 것들이 어질러져서

균형도 없는 무질서를 이루고 있고, 일상적으로 모든 무질서를 견딜 만한 것으로 만들어 주는 무질서한 것들의 여유로운 성질을 갖추지 못한 무질서를 이루고 있다……".[53]

테이블의 아류가 있습니다. 바로 <u>침대</u>입니다. 어느 면에서 그것은 근접 공간학의(물러섬의) 형상(eidos)입니다. 거기에서 일할 수 있고, 먹을 수 있고, 잘 수 있기 때문입니다.

플로베르에게 침대는 사색의 단계에(쓸 일이 없을 때에) 해당합니다. 1852년(31세): "쓸 수 있기 위해서 나는 존재의 완전한 부동 상태에 있어야만 해. 나는 등을 대고 누워서 눈을 감으면 훨씬 생각을 잘한단다……".[54]

전설적 침대, 프루스트가 『잃어버린 시간을 찾아서』를 썼던 그 침대. 깜짝 놀라게 하는, 아니 어쨌든 상식 밖의 작업 조건처럼 우리에게 보이게 될 것을 말하기에 앞서 침대가 프루스트에게는 활력의 창고임을 — 양면성 — 상기합시다. 1907년(다시 말해 『잃어버린 시간을 찾아서』의 대장정에 앞서), 피곤한 카부르에서의 체류 이후, 프루스트는 침대에서 창조력을 되찾습니다. 몽테스키우에게 이렇게 써 보냅니다. "당신은 예언자였습니다. (……) 내가 침대에서 하는 것이 옳았던 힘의 비축에 대해 이야기했기 때문입니다."[55] 프루스트는 극도로 불편한 상황에서 글을 썼습니다. 밖에서는 사람들이 더위 때문에 힘들어하는데, 그는 양모 이불 일곱 개, 털 이불 하나, 탕파 세 개 아래에서 화로까지 켜고 글을 썼습니다. 그가 덮고 있는 라쥐렐 제품과 피레네 산(産) 천의 두께에 대해서는 말하지 않겠습니다. 따라서 누워서 글을 썼습니다. 초등학생용 펜대와 거의 항상 비어 있던 잉크통을 가지고 말입니다.(그리고 내가 말한 것처럼 그의 시력은 점점 약해집니다.) 불편하고 뻣뻣한 자세로 한 장 한 장 써 갔습니다. 원고들이 색종이 조각처럼 침대 위에 흐트러져 있어서 다시 읽거나 고쳐 쓰기 위해, 이미 쓴 장으로 되돌아가기가 어려웠습니다.(사람들은 바로 그 때문에 복잡한 문장들이 나온 것이라고 말했습니다. 하지만 나는 전혀 믿지 않습니다.) 다시 한 번 더 나는 이 줄타기 같은 배치에서 다음과 같은 결론을 도출해 봅니다. 모든 것의 상위에 있는 쓰기의 열정, '편집증적인' 애정 집중, 강직 현상이라는 결론을 말입니다. 몇몇 신비주의자들의 신체적 무감각을 참조.

나 자신도 결핵 요양소에 있을 때 침대에서 작업을 한 적이 있습니다. 침대에 딸린 테이블, 독서용으로 짜 맞춘 장치입니다. 거기에서 나는 분명 갇힌 '근접 공간학'의 환희(나는 결핵 요양소에 가기 전에는 아무것도 쓰지 않았습니다.)와 침대 둘레의 배치에 대한 환희를 느꼈습니다.(생의 말기, 아주 안락했던 마티스를 참조.) 침대는 짧은 기록을 읽거나 적기에는 완벽하지만 쓰기에는 적합한 장소가 아닙니다. 어쩌면 침대/테이블은 글쓰기 유형으로 귀납되거나 거기에서 연역됩니다. 바쁘게 흘러가는 병발적인 글쓰기(=침대, 어떤 자세에서든지) ≠ 집중적이고, 고찰적이며 어려운 글쓰기(테이블) → '침대와 문장 구성.'

이 모든 것이 근거 없는 억지일까요? 나는 여전히 니체의 『이 사람을 보라』의 관점에 자리합니다. 일견 무의미한 선택들에 연결된 심오한 철학을 가정하는 것입니다. 신체의 선택들이 그것입니다.[256]

밤

잠시 후에 **시간표**의 문제를 볼 것입니다.(그것은 규칙의 주제에 속하기 때문입니다.) 시간표는 분할의 동적 감각성 또는 실존성 ≠ 낮/밤 : 신화적 소재. 상상적인 것에 닿는 것이지 법, 강박성에 닿지 않습니다.

작가들의 **전설**(기억할 만한 특질이 있는 전기들)을 아는 사람은 누구나 낮의(그리고 무엇보다 아침의) 작가들/밤의 작가들이 있다는 것을 압니다.

아침의 작가들 중 가장 순수한 사람은 발레리입니다. 그는 평생 매일 아침 5시면 커피, 전등과 함께 수첩을 폈습니다.

밤의 작가들은 가장 유명한 사람들입니다. 플로베르도 그중 한 명입니다.(부분적입니다만 그의 경우 밤과 낮이었습니다.) 랭보는 한때 그랬습니다. 파리에서 1872년, 에르네스트 델라아예에게 보낸 편지는 밤 작업의 '시학'을 아주 잘 묘사하고 있습니다. "지금은 내가 작업하는 밤이네. 자정부터 아침 5시까지. 지난달, 무슈르프랭스 가의 내 방은 생루이 고등학교의 정원으로 나 있었어. 아침 3시 촛불이 창백해지고 (태양보다 두 시간 느린 섬머타임의 뒤틀린 시간이 아직 없던 바른 시간) 모든 새들이 한꺼번에 나무에서 소리를 지르면 더 이상 작업하지 않아. 아침 첫 시간, 형언할 수 없는 이 시간에 사로잡힌 나무, 하늘을 바라봐야만 했어. 나는 어떤 소리도 나지 않는 고등학교 기숙사를 바라보았지. 그리고 이미 대로 위 짐마차들의 단속적이고 우렁차며 감미로운 소음이 들려왔어. (생미셸 대로, 아르파종의 농부들이 레알 시장으로 가는 통로. 나는 전차 세대였습니다.) 나는 기와 위에 침을 뱉으며 파이프를 피웠어. 내 방은 망사르드식 옥탑방이었거든. 5시에 약간의 빵을 사러 내려갔네. 그때 열거든. 곳곳에서 노동자들이 걸어 다녀. 내게는 그때가 포도주 집에서 취하게 마실 시간이고. 나는 밥을 먹으러 집으로 돌아와 아침 7시에 누웠네. 해가 기와 아래 죽치고 사는 사람들을 밖으로 나오게 할 시간에 말이야. 여름에는 이른 아침 그리고 12월의 밤, 바로 이것이 항상 여기서 나를 황홀하게 했던 것들이야."[257]

카프카, 저녁 10시부터 아침 6시까지 단숨에 『심판』을 쓴 그의 기쁨은 이렇습니다. "나는 물을 가르며 나아갔다."[258] 그리고 항상 새벽의 경이로움이 있습니다. 프루스트는 너무나 알려져 있으니 여러 말 하지 않겠습니다. 그는 낮과 밤이 완전히 뒤집혀 있었습니다. "편지 배달 후 사람들은 내게 '안녕히

주무세요.'라고 말했다."(그것이 어쩌면 프루스트의 진정한 뒤집힘입니다.) 그의 친구들은 밤에, 이 '자정의 태양'을 방문하곤 했습니다. 아침 2시에 리츠에 갈 때면 올리비에에게 '아주 진한, 두 잔에 해당하는 블랙커피'를 주문했습니다. 모든 신화적 차원은 경험적, 이성적 측면을 갖고 있습니다. 프루스트는 천식 발작이 밤에는 좀 잦아든다고 믿었습니다.

따라서 아침은 밤을 위협합니다. 카프카: "저녁 무렵, 그리고 무엇보다 아침에 나는 어떤 것이든지 할 수 있게 해 줄 상당히 자극적인 상태의 접근, 임박한 가능성을 느끼지만, 이어서 '내 안에 자리하고 내가 정리할 시간이 없는 전반적 소음의 한복판에서' 나는 휴식을 찾는 데 이르지 못한다."[59] 그리고 내게 글쓰기가 어렵다고 말한 바 있는 한 청강자(장 프랑수아 파제)는 마치 어쩌면 밤을 '행정적으로'(낮에 머물러 있기 위해 시계를 세워) 연장하는 것을 최대한 활용했다는 듯이 일어나 식사하기에 앞서 잠에서 깬 순간에만 글을 쓸 수 있습니다.

왜 밤에 작업을 할까요? 물론 실용적인 이유들이 많습니다.(조용함, 고요함, 방해 없음.) 하지만 나의 관심은 내가 가정하는 <u>신화적</u> 영상들입니다.(그도 그럴 것이 나의 경우 결코 작업할 수 없었기 때문입니다. 저녁이라 해도 말입니다. 그것에 대해서는 설명했습니다.) 그리고 따지고 보면 강의 주제가 바로 그것입니다. 글쓰기-의지의 모든 신화적 공간. 이런 이미지 중 몇 가지를 들어 보겠습니다.

1) 어쩌면 밤은 낮에 비해 선행 물질이라는 아주 오래된 사고입니다. 모태 물질, 선행 물질. 타키투스에 의하면 게르만족은 밤이 낮보다 더 오래되었다고 믿었습니다.[260] *Nox ducere diem videtur.*[261] 샤토브리앙, 『무덤 저편의 회상』, III

2) 밤은 통합의 미덕을 갖고 있습니다. 가르는 낮과 모으는 밤의 대립. 트리스탄과 옥타비안은(『장미의 기사』) 연인을 모으는 밤에 비해 헤어지게

하고 분열시키는 낮을 탓합니다. "이런 낮을 나는 원치 않아, 왜 낮이 되었지?"[262]

더 구체적인 소재는 자기 앞에 손상되지 않고 펼쳐져 있는 작업을 소망하는 일입니다. 카프카는 자기 앞에 연속성이 있을 때만, 그러니까 밤에만 가장 완전한 고립 속에서 일할 수 있었습니다.(그로부터 그의 불규칙한 생산 곡선이 나옵니다. 그도 그럴 것이 밤을 활용하지 못하던 시절들이 있었기 때문입니다.) 자기 앞에 최소한 세 시간이 없으면 작업할 수 없던 발자크를 참조하기 바랍니다.(나는 비싼 대가를 치르게 하는 이런 제약에 아주 민감합니다. 왜냐하면 자투리 시간을 — 볼 일과 약속 사이의 한 시간 — 채울 수 없고, 또 그런 시간은 잃어버린 시간이기 때문입니다.)

3) 밤: 깊은 내면성에 대한 일종의 대응 공간입니다. 내면성은 주체의 진정한 삶, 그의 진정한 경험처럼 느껴져 왔고, 밤은 진정한 삶처럼 경험되었습니다. 밤의 작가에게 진정한 삶이란 발자크의 『추방된 자들』의 외국인처럼 "거처로 돌아와 (……) 방에 틀어박혀 침묵에게 말을, 밤에게 생각을 청하면서 계시의 전등을(보다시피 전등은 중요합니다. 분명 그것을 선택해야만 합니다. 전등으로부터 작품이 나오게 될 겁니다. 알라딘의 마술 등잔의 힘처럼 말입니다.) 켜는" 순간에 시작됩니다.[263]

4) 밤 작업에는 퇴폐의 환희, 도착(倒錯)의 환희가 있을 수 있습니다. 낮을 밤으로, 그리고 그 반대로 뒤집기, 즉 반자연적이고(가축은 그렇게 하지 않습니다. 어쩌면 분명히 문학적 동물인 고양이를 빼고 그렇습니다.) 반사회적인 역행입니다. 회심(metanoia), 전향 → 실질인 종교 모습. 그 좋은 예로 라마단을 들 수 있습니다. 낮과 밤이 뒤집힙니다.(밤에 먹고 낮에 줍니다.) → 해와 달이 뒤집힙니다. 달이 낮의 행성이 되어 '뜨고' 초자연적 삶의 신호를 줍니다. 이런 뒤집힘을 대표하는 주인공이 프루스트입니다.

(그건 그렇고, 나는 경험이 아니라 상상으로 이야기하고 있습니다. 나는 밤이 아니라 아침의 '작가' — 또는 필자 — 이기 때문입니다. 하지만 이런 이유로 나는 그것에 대해 아주 꿈을 잘 꿉니다. 내게도 밤 작업의 욕구가 있습니다만 몸이 따라 주지를 않습니다.)

[264]**고독**

이제 '이기주의의 결의론'의 마지막 대목입니다. 작가의 고독의 본성과 정도. 형이상학적 또는 예술적인 것이 아니라(이것은 지금 우리의 주제가 아닙니다.) 경험적인 고독 : 여러분을 '홀로 지내도록' 놓아두느냐 그렇지 않느냐에 따른 다른 사람들과의 실질적인 관계입니다.[265]

내가 보기에 작가의 <u>친구들</u>에 대해 해야 할 작업이(작성해야 할 조사서 정도는) 있을 듯합니다. 흔히 한 작가의 후광 속에서 우리는 여러 이름들이, 하나의 이름이 다시 떠오르는 것을 봅니다. 편지 왕래자들, 절친한 친구들, 감식가들. 플로베르에게는 부이예, 막심 뒤 캉, 카프카에게는 막스 브로트 등입니다.(프루스트 : 많은 친구들과 편지 교환자들이 있지만 작품에 연결된 사람은 한 명도 없는 듯합니다.) 절친한 친구들의 실존적 상황을 분석해야 할 것입니다. 어쩌면 헌신, 신뢰성, 무질투(?), 문학적 몰이해도를 말입니다. 이 모두가 작품을 대하는 작가의 태도에 미묘한 영향을 미칩니다. 말이 나온 김에 말하자면, 친구의 말 한마디는 작품을 조명해 주거나, 빗겨가게 하거나 심지어 죽일 수도 있습니다.(부이예와 『생탕투안의 유혹』) 고독의 경험은 —— 또는 배움은 —— 세상 사람들, 적대자들이 아니라 가까운 사람들, 친구들과 관련됩니다. 종종 친구의 말에 의해 열리고, 몰이해, 거리감, 비동조라는 끔찍한 상태를 단번에 드러내는 공포, 깊이 파인 골입니다.

하지만 우리는 글쓰기 작업의 실천의 관점에 있으므로 더 간단히 친구들의 시간의 문제에 대해 말하겠습니다. 우정에 주어지거나 필요한 시간이죠. 어쩌면 대강 두 개의 시간적 미시 체계가 있습니다. 1) 작은 모임, 저녁 모임에서 친구들과 함께합니다. 넓고 '사교계'에 가까운 친목 : '낮 모임'(말라르메의 화요일 모임), '저녁 모임'(메당의 야회). 마치 규칙적 간격으로 모든 교류를 한데 모으는 듯합니다. 그것들을 흡수해서 '처리해 버리고' 난 후 엄격한 개인 생활로 되돌아가 일주일 전체를 자기 것으로 가지게끔 하는 식입니다. 2) 집단적이 아니라 일대일에 해당하는 관계를 분할하기. 친구들을 한 명씩 보는 방식입니다. "저 역시 분주하지만 한 번씩이죠. 각자의 몫은 더 짧지만 더 큽니다."[266] 그러면 긴장은 이런 우정의 분할들의 축적에서, 따라서 그것들의 포화 상태에서 옵니다. 프루스트 : "에머슨은 차츰 친구들을 바꿔야만 한다고 말했습니다."[267] 아주 빠르게 작품(작품의 시간)과 우정(그 통념적 가치와 더불어 : 충실함) 사이로 분쟁이 삐져나오는 것을 보았기 때문입니다.

물론 작품과 우정의 관계는 시간문제로 환원되지 않습니다. 사랑하는 사람들에게는 '마음의 시간'을 주어야 합니다. 그들에 대해 생각하고, 그들을 걱정하느라 마음이 쓰이고 종종 격해지기도 합니다. 작품에 대한 — 이기주의적 — 걱정과 충돌에 들어가는 정 나누기의 힘이죠. 우정은 작품의 둥근 울타리 안에 있는 일종의 큰 틈, 외출혈입니다. 샤토브리앙이 ('이기적'이고 '독창적'인) 주베르에 대해서 잘 말하고 있습니다. "그는 자신의 건강에 해롭다고 믿던 마음의 동요를 멈추기 위해 주의했지만, 그의 친구들은 항상 그가 잘 지내 보려고 취한 대비책들을 어지럽히고 말았다. 그는 그들의 슬픔이나 그들의 기쁨에 마음이 흔들리는 것을 막을 수가 없었기 때문이다. 그는 다른 사람들에 대해서만 걱정하던 이기주의자였다." 작품에 대한 완전한 희생이라는 견유적이고 괴물 같은 시점에도 이러한 깊은 골이 필요하고, 이 골은 타인의 매개에 의해 작품을 세계에 열어 주는 애정적인 은밀한 충동이 반드시 있어야 하는 작품에 필요합니다. 『무덤 저편의 회상』, I, 450쪽

그로부터 섬세한 고독의 실천이 있는 것입니다. 최적의 균형은 다음과 같은 공식에 의해 다다를 수 있을 겁니다. 다른 사람들에 둘러싸여 (정서적 뉘앙스와 더불어) 혼자 있기.(나 같은 경우엔 고독을 필요로 합니다. 하지만 이와 동시에 그것을 광신적으로 좋아하지 않습니다. 다른 사람들이 거기, 내 주위에 있는 것을 좋아합니다.) 약간 억지스럽기는 하지만 아주 인상적인 이미지는 다음과 같은 프루스트의 삶에서 가져온 이미지일 것입니다. 생의 말기, 유리 새장 같고 난방이 잘된 리츠 호텔의 청지기 숙소에서 교정지 위에 몸을 구부리고 『잃어버린 시간을 찾아서』의 교정을 보는 프루스트의 이미지 말입니다. 주위에는 호텔 사람들이 왕래하고 있습니다. 잔혹하게 (결혼 찬반 여부에 대한 끊임없는 숙고) 문제에 직면했던 카프카는 고독을 잘 묘사하고 있습니다. "혼자서 삶을 지탱하기에 부적절하다. 이것은 홀로 지내기에 부적절하다는 뜻이 아니다. 이와는 반대로 내가 누군가와 함께 잘 살 개연성은 없다. 하지만 나 자신의 삶의 엄습, 나라는 인물의 요구, 시간과 나이의 공세, 글을 쓰고자 하는 욕망의 막연한 쇄도, 불면증, 광기의 다가옴을 혼자서 견딜 능력이 없다. 나는 혼자서 이 모든 것을 견딜 능력이 없다."[268](이런 관점에서 볼 때 우정은 결혼이나 짝을 이루는 것보다 문제를 훨씬 쉽게 해결해 줍니다. 풍속이 바뀌어 단어의 부재를 느끼게 한다는 것을 특기하겠습니다. 그런데 결혼은 무엇이죠? 그 단어는 모든 결합들을 포함하지 않습니다. 연인 사이는? 동거는? 안 맞습니다. 그다음으로 동성애 '결합'은요?)

글을 쓰는 자의 고독 : 나는 그것이 어떤 기능을 하는지 모릅니다. 하지만 그것은 다른 이미지들, 즉 공존하거나 대체하는 이미지들에 따라 경험되는 듯합니다.(그것이 모순될 수 있는 이미지들의 고유성입니다.)

우선, 그것은 필요성처럼 경험됩니다. 규정적인 동시에 작품의 행위를 초월하는 조건입니다. 카프카 : "내게는 많은 고독이 있어야만 한다. 내가 완수했던 것은 단지 고독의 성공일 뿐이다."

다음으로, 그것은 개화, 부화, 세계에 의해 부가된 '긴장'의 완화처럼 경험됩니다. 카프카(1910년) : "이틀 반 동안 나는 혼자였고 — 완전히 혼자는 아니었다. — 변형되지는 않았다 해도 최소한 그렇게 되고 있는 중이다. 고독은 결코 잊지 않고 작용하는 어떤 힘을 내게 부여한다. 나의 내적 존재는 느슨해져(당장은 표면에서만 그렇다.) 더 깊은 것들이 나오도록 놓아줄 준비가 되어 있다. 하나의 질서가 나 자신의 내부에서 작게 세워지기 시작하고 있고 어떤 것도 더 이상 필요하지 않다. 그도 그럴 것이 작은 재능을 타고났을 때 무질서하다는 것은 가장 안 좋은 일이기 때문이다."[269]

마지막으로, 그것은 좋든 싫든 광기처럼 경험됩니다. 광기의 위험과 유혹처럼 말입니다. 카프카(1913년) : "의식을 잃을 때까지 모두로부터 고립되리라. 나는 모든 사람의 적들 중 하나가 될 터이고, 누구에게도 말하지 않을 것이다."[270] 또한 의식 상실의 소재가 있습니다. 카프카는 1918년에 율리에 보리체크와 세 번째 약혼을 합니다. 결핵 환자인 그는 한 촌락의 슈퇴들이라는 하숙집에서 지냈습니다. 따라서 그는 한 번 더 그의 '의식 상실까지 가는 고독의 욕망'을 포기할 것을 고려합니다. 고독은 크게는 약의 기능을 합니다. 작품은 하나의 광기, 의식의 (세속적) 소멸입니다. 그것은 개종, 회심, 고독에 의해 얻어진 현실의 뒤집기입니다.(은둔 생활(Érémitisme)을 참조.)

작가의 고독에 대한 자료 검토를 마치기 위해 나는 거기에 연결된 마지

막 소재를 알려야 합니다. 비밀 혹은 준(準)비밀, 은밀함 혹은 준(準)은밀함
이 그것입니다. 작가는 만들어지는 중인 자신의 작품을 흔히 그런 상태로 두
는 듯합니다.[271]

만들어지는 중인 작품을 기회가 되면 친구들에게 읽어 주는 작가들도
분명 있습니다.(아니 있었다고 해야 할까요? 나는 아마 과거, 사라진 어떤 문학에 대
해 이야기하고 있습니다.) 플로베르, 지드가 그랬습니다. 카프카도 그렇게 했지
만 별로 내켜하지는 않았던 것 같습니다. 친구들은 종종 그가 읽어 주는 원
고를 들었지만, 그는 결코 그들에게 판단을 청하지 않았습니다. 하지만 그것
이 적어도 플로베르, 지드, 카프카에게는 중요한 작품들과 관계되는 일이지
기념비적 의미에서의 작품과 관계되는 것은 아닌 듯합니다. 작가는 기념비
적 작품의 제작에 대해서는 입을 다뭅니다. 아무리 길더라도 그것을 은밀한
상태에 두는 듯합니다. 따지고 보면 우리는 『잃어버린 시간을 찾아서』에 대
해 아는 것이 극히 적습니다. 프루스트는 ─ 엄청난 양의 서신 교환을 했지
만 ─ 그의 커다란 기획과 궤도, 그 모험에 대해서는 아주 약간만 증언하고
있습니다.

그리고 기가 막힌 일은 내가 방금 한 지적을 프루스트가 발자크에 대
해서 똑같은 놀라움을 가지고 했다는 것입니다.(『생트뵈브에 반하여』) "자신의
작품에 대한 해석에서 유일하게 놀라운 점은 (이제까지 우리에게 너무나 우발적
인 것으로 나타나는 삶의 수많은 일들'에 하나의 문학적 가치를 주는 발자크.) 그가
그런 일들을 (발자크의 현실 변형, 그 매일매일을 발자크식 현실로 변형시키기.) 자
신의 편지에서 결코 이야기하지 않고 있다는 것이다. (……) 하지만 이 모든
것이 우리가 가진 편지들과 심지어 그가 쓴 편지들의 우연과 관계가 있을 수
있다."[272] 나는 이것을 믿지 않습니다. 나는 정서적 삶과 위대한(만들어지는 중

에 있는 것이 그 작품이라는 점에서 위대한) 작품 사이에는 간극, 절단, 동질성의 단절이 있다고 생각합니다. 그 때문에 마치 아주 단순히 만들어지고 있는 작품에 대해 이야기하기를 좋아하지 않았다는 듯이 자신의 '준비'에 대해 작가가 침묵을 지키게 되는 것입니다. 이것은 어쩌면 일종의 기준일 수도 있습니다. 만일 그가 아직 작품 계획을 잘 세우지 않았고, 또 환상적인 상태, 말만 하는 상태에 머물러 있다면, 그는 친구들에게 그것에 대해 이야기할 수 있습니다. 하지만 그것을 세웠을 때부터 또 진지해질 때부터, 그는 비밀스러워지고 아주 조심스러워집니다. 요즘 무엇을 쓰십니까? 만일 내가 여러분에게 그것을 말한다면, 내가 그것을 쓰고 있지 않을 가능성이 큽니다. 하지만 만일 작업이 잘 가동되었다면, 만일 이미 내가 나 자신의 전부를 이 작업에 투사했다면, 나는 대답을 얼버무릴 것입니다.

그렇다면 이렇게 은밀히 준비하는 경향의 동기는 무엇일까요?

1) 작품이 어떻게 되어 가는지를, 그것이 만들어지는 중이라는 것을 설명하는 게 수줍거나 어렵기 때문일 겁니다. 작품이 만들어지는 주방을 보게 놓아두는 것에 대한 필자의 반감이나 저항입니다. 그래서 아주 많은 요리사들이 주방에서 여러분을 쫓아내는 것입니다. 그도 그럴 것이 크게 보아 준비란 흔히 맛이 별로이고, 식탁에 거창하게 나오는 음식의 뛰어남과 관계가 없기 때문입니다.

실제로 '준비'는 되잡기, 뒤로 돌아가기, 불확신, 방황들로 이루어집니다. 어떤 설명으로 그런 순간을 포착하고자 하는 일이 덧없다는 것을, 그 순간은 이미 그것을 묘사하는 순간에 지나가 버렸다는 것을 작가는 너무 잘 알고 있습니다. 만들어지는 중인 작품, 그것은 이름 붙일 수 없는 범주에 속합니다. 그리고 가장 안 좋은 것은 그때 그 이름을 붙이고자 하는 것인데, 그것이 작품을 물화시키고, 손상하고, 방해한다는 인상을 받게 됩니다. 플로베르는(1874년) 조카 카롤린에게 『부바르와 페퀴셰』의 첫 문장을 써 보냅니다. 그녀가 그에게 부탁했던 문장입니다. 하지만 그는 이렇게 덧붙입니다. "너는 이제 더 이상 아무것도 알 수 없을 거야. 이제부터 오랫동안 말이다. 나는 질척 댈 거고, 지우게 될 거고, 낙심할 거다."[273]

2) 『잃어버린 시간을 찾아서』 이전에 프루스트가 친구들에게 자신이 쓴 것을 읽어 주곤 했다는 사실은 이미 말한 바 있습니다. 하지만 『잃어버린 시간을 찾아서』를 쓸 때 그는 이 작품에 대해 아주 말을 아꼈습니다. 그것은 어쩌면 이 작품이 그 순간 기념비적인 것(일생의 작품)으로 경험된 작품이 성스러움의 범주로 넘어갔기 때문일 것입니다. 작품이 작가에게 살아 있는 것이 되는 때는 작품을 만들 때입니다. 만들어진 작품은 (다른 사람들에게는 작품이 살아 있는 것이 되는 그 순간) 죽은 것이 됩니다. 작품은 사랑처럼 또는 신처럼 살아 있고 성스러우며 조심스럽게 숨겨져 있습니다. 숨은 신(Deus absconditus)[274] → 작품이 숨기(abscondita) 또는 숨은 작품(Opus absconditum)이 되면서 말입니다.

3) 어쩌면 또한 심리학적 동기로의 회귀입니다.(어쨌든 우리는 여전히 글쓰기의 상상적인 세계에 있습니다.) 작가에게는 익명에 대한 욕망이 있을 수 있습니다. 사회적 이미지에 따르지 않기 때문에 아무것도 주지 않기. 이 익명에 대한 욕구를 히스테리의 한 유형으로 생각할 수 있습니다. "내가 하는 것에 주목하지 마시오. = 나에게 신경 쓰시오!" 하지만 그것은 중요하지 않습니다. 중요한 것은 오히려 완전한 익명과의 단절에서 오는 고통입니다. 작가는 그때 (만들어지는 중인) 작품의 은밀함을 지키기 위해 다른 것을 하는 척할 수 있습니다. 얼마만큼의 사회 활동, 사교적 태도를 취하는 것을 받아들이기. 카프카는 이와 같은 유희의 장점을 예견한 바 있습니다. 그는 '온통 문학에 (문학의 상관 명제인 고독과 함께) 할애된 삶과는 아주 다른 해결책을, 주위 사람들

을 만족시키고 전반적인 관심이 자신을 향해 돌아서지 않도록 하려는 목적의 인위적 구축으로 간주한' 것입니다.[275]

4) 마지막으로 은밀함의 의지는 비극적 조건의 철학적 수락일 수 있습니다. 작가는 철저히(나는 죽을 때까지라고 말하겠습니다.) 글쓰기의 **책임자라는** 조건이 그것입니다. 그는 완전히 이 책임의 지배를 받습니다. 작품이 만들어지지 않은 한 그는 누구에게도 그것을 대리하게 할 수 없습니다. 텍스트의 책임자는 누구입니까? 첫 번째는 나입니다. 텍스트에 대한 가장 지울 수 없는 상처들, 참담함, 공황 등은 바로 나에게서 옵니다. 일단 작품이 만들어지면 그 출간에 앞서, 대중에게 넘겨지기에 앞서, 우정 어리고 세심한 시선이 잘못되고 잊은 것들을 암시해 줄 수 있습니다. 단락의 필요에 따라 문장에 부분적으로 개입할 수 있습니다. 하지만 그것은 청소의 임무와 관련되지 구상의 임무와는 관련되지 않습니다. 따라서 '충고'는(이것에 대해서는 다시 이야기할 것입니다.) 아주 끝 쪽이나 아주 앞쪽에만 위치합니다.

일과

이 모든 것, 즉 규칙적인 삶의(그 환상된 표상이 신생입니다.) 구상 전체가 목표하는 것은 그 즐거움과 괴로움, 지배와 소유의 양면성의 풍부함으로 인해 끔찍한 어떤 활동입니다. **작업하기가** 그것입니다. 쓰다처럼 자동사입니다.("당신을 만날 수 없습니다. 나는 일해야만 합니다.") 또는 엄밀하게는 부분 동사입니다. "요즘 대체 무슨 일을 하고 계십니까?" 다시 말해 작업이라는 절대적 세계에서 당신은 어떤 부분을 잘라 냅니까?

나는 먼저 모든 위대한 작가들 ― 기념비적인 작품을(유일하거나 부분적으로) 생산했던 자들 ― 은 멈추지 않는 의지가 (가장 평이하게 심리학적인 의미에서) 왕성했거나 갖춰져 있었다는 사실을 지적하고 싶습니다. 가능한 모든 조건, 가령 건강, 불편함, 감정적 비참함, 진정으로 육체적인 기력 속에서 발휘되는 작업, 교정, 옮겨 쓰기의 의지가 그것입니다. 샤토브리앙과 미슐레의 여행, 밤샘, 불면, 등. 그러므로 작가의 작업은 어찌 보면 잠기지 않는 작업입니다. 이런 작업 집념에 의해 호출되는 단순하고 강한 이미지는 '훌륭한 노동자'의 이미지입니다. 플로베르(1845년, 24세): "병들고, 자극받고, 하루에 수천 번씩 소름 끼치는 불안에 사로잡히고, 여자도, 삶도 없고, 여기 지상의 소란스러움도 전혀 없는 나는, 팔을 걷어붙이고 머리는 구슬땀에 젖어 비가 내리든지 혹은 바람이 불든지 우박이 떨어지든지 천둥이 치든지 개의치 않고 모루를 두들기는 좋은 노동자처럼 느리게 작품을 계속하고 있소."[276] → 일종의 정신적 작업의 분할. 서로 교차하지 않고 간섭하지 않는 서로 다른 두 개의 파장: 일의 파장, 열정의 파장.(또는 두 개의 평행 고랑)(나의 개인적 놀라움을 참조. 격한 애정적 위기가 있었습니다. 그 당시를 돌아보니 그 시절 매달 나는 『신화론』[277]을 쓰고 있었습니다.)

두 개의 다른 이미지가 가능한데, 그것들을 플로베르에게서 볼 수 있습니다. 나는 그것들의 관계, 그것들의 모순, 그리고 그것들의 변증법적 해소에 대해 짧게 한마디 하려고 합니다.

1) 도형수 또는 고행자: 작가의 작업은 도형 또는 미친 고행입니다. 플로베르(1852년, 31세): "나는 나의 작업을 소스라칠 듯하고 퇴폐적인 사랑으로 사랑하오. 마치 고행자가 그의 배를 긁는 거친 피륙을 사랑하듯이 말이오."[278]

2) 베네딕트회 수도사. 플로베르는 1846년(25세)에 루이즈 콜레에게 이렇게 씁니다. "매일 참을성 있게 똑같은 양의 시간 동안 작업해라. 공부하는 차분한 삶의 태도를 갖춰라. 너는 거기서 우선 큰 매력을 맛볼 것이고, 그것으로부터 힘 같은 것을 얻게 될 것이다."[279] 결국 고행자(또는 도형수)의 이미

지는 법의 지배를 포함합니다. 어떻게 보면 이런 구별은 정확한 것입니다. 작품은 욕망이자 환희를 향한 지향이지만, 법이 없으면(법도 욕망도 없는 존재들의 숫자가 늘고 있습니다.) 욕망은 어디에도 없습니다. 따라서 작품은 법의 어쩔 수 없는 그림자 같은 것이기도 합니다. 공포를 가하는 법은("항상 작업하라. 작품에게는 잃어버린 매분이 과오이다.") 변증법적으로 발전되고, 또 법이 숨쉴 만한 것이라는 점에서, 법에 복종하는 주체가 원하는 견딜 만한 법의 형태를 갖습니다. 법은 규칙이 됩니다.(베네딕트회 수도사) 그리고 이 규칙의 현신, 그것이 바로 일과(日課)입니다.

작가의(작업자-작가의) 일과 유형을 나는 몇 가지 알고 있습니다.(최소한 몇 가지는 알고 있습니다.) 내게는 일종의 매력을 지니는 것들입니다. 일과는 '규칙'이자 내가 지켜질 것이라고 믿는 규칙이라는 점에서 나로 하여금 일할 욕구를 갖게 합니다. 그것들 하나하나가 특별한 형태를 가지고 있습니다. 여러분의 눈에는 단조로워 보일 수 있지만 그중 몇 개를 살펴보겠습니다. 어쩌면 여러분 중 두서너 분은 일과에 관심이 있을 것입니다. 해서 내가 아는 것들을 정리해 보는 것도 정당화될 듯합니다.

1) 가장 잘 알려진 것은 프루스트의 일과입니다. 완전히 뒤집혀져 있기 때문에 화려합니다.('밤'을 참조.) 그것에 대해서는 다시 언급하지 않겠습니다.

2) 발자크(1833년) : "나는 암탉처럼 저녁 6시나 7시에 자리에 눕습니다. 새벽 1시에 깨우면 나는 8시까지 작업하고, 8시에 다시 한 시간 반을 잡니다. 그런 다음 영양가가 많지 않은 뭔가를, 한 잔의 커피를 마시고 4시까지 나의 삯마차에 탑니다. 손님을 만나고, 목욕을 하거나(일하기 전에 씻지 않기) 외출했다가 저녁 식사 후에 자리에 눕습니다."[280]

3) 플로베르(1858년, 37세) : "내가 무엇이 되어 가는지 물었나? 바로 이렇게. 나는 정오에 일어나서 아침 3시와 4시 사이에 자리에 누워. 그리고 5시

경에 잠들지."("나는 사건도 소음도 없는 내 마음에 꼭 드는 험하고 엉뚱한 방식으로 살아가고 있어. 그것은 객관적인, 전적인 무(無)라네.")[281]

4) 카프카(무엇보다 생산적인 시기, 한창 작업하던 시기인 1912년부터) : 사무실 8시~14시 — 낮잠 : 15시~19시 — 산책 : 한 시간 — 가족과의 저녁 식사 : 늦은 시각에 — 23시~3시 또는 더 늦게까지 : 쓰기.

5) 쇼펜하우어(습관, 말년, 프랑크푸르트, 영광스러운 삶(1788~1860년)) : 여름이나 겨울이나 8시에 일어나기. 냉수 세수.(특히 눈 : 시신경에 효력이 있음.) 푸짐한 아침을 준비하기.(아침에는 하인을 원치 않음.) 11시까지 작업. 11시에 친구들의 방문.(그의 철학에 대한 논문들과 평들.) 점심 전 : 십오 분간 플루트 연주.(모차르트와 로시니) 정확히 12시 : 면도. 점심. 연회복과 흰 넥타이 차림으로 짧게 산책. 짧은 낮잠이나 커피. 오후 : 프랑크푸르트 외곽에서 긴 산책(푸들과 함께.) 또는 마인 강에서 수영. 시가.(니코틴 때문에 반만 피움.) 18시 : 신문들을 읽으려고 카지노에 있음. 영국 호텔에서 저녁.(식은 육류와 적포도주. 콜레라 때문에 맥주는 안 마심.) 저녁 : 종종 음악회나 연극.[282]

잠시 문학에서 나가도록 하죠. 리스트는 바이마르에서 아침 5시부터 8시까지 작업했죠. 그런 다음 교회에 갔고, 다시 자리에 누웠다가 11시부터 방문객들을 맞았습니다.[283]

하나의 가능한 분석 방향은 이 개별적 일과가 어떤 점에서 시간, 국가의 전체 일과에 부합하는지를, 다시 말해 어떤 점에서 일과가 개인주의적인지를 다음과 같은 점들을 참조하면서 살펴보는 것입니다. 직업적 제약인지(카프카) 아닌지(플로베르, 발자크. 하지만 그에게는 빚입니다!) 독창성이 있는지(독창성은 방어벽이라는 것을 암시한 바 있습니다.) 그리고 심지어 예외적으로 글쓰기 유형의 차별적 제약인지(철학 ≠ 대규모 소설들 ≠ 중편들 등)를 말입니다. 하지만 그냥 일과의 실존성에 머무르자면(크게 보아 그것이 여기에서 내가 취하는 관점입니다. 그것은 실존적이지 사회학적이지 않습니다.) 나는 일과에서, 하루의 일과 규정에서 이중의 정당화를 봅니다.

1) 어떤 대가를 치르고서라도 지속적 작업 분량을 보장하고, 그것을 모든 종류의 단절에 맞서 방어하기.(단절의 결과 때문이라고 하겠습니다.) 발자크는 단호합니다. "내가 외출해야 할 때(이때 한 친구가 찾아와서 나는 멈추게 되었다.) 작업을 하는 것은 불가능하다. 그리고 나는 결코 한두 시간 동안 작업하지 않는다."

2) 그리고 이와 동시에 일과란 조절된, 즉 허락된 중단을 뜻한다는 점에서는 리듬입니다. 바슐라르: "가장 오래 지속하고 또 가장 잘 다시 시작하는 것." 바슐라르는 계속 이렇게 말합니다. "지속되기 위해서는 리듬에, 다시 말해 순간의 체계에 맡겨야만 한다."[84]

그것은 일과가 모든 것을 해소한다는 뜻이 아닙니다. 규칙으로서의 일과는 견딜 만하고 무모하지 않은 법이고, 법의 한 언저리이기는 하지만, 그래도 역시 약간의 법입니다.(=실수의 원천이자 동력이죠.)

그러므로 이렇게 말할 수 있을 것입니다. 절대적인 법은 일종의 정신병(플로베르의 경우를 보았습니다.)입니다. 규칙과는 다르죠. 그러니까 신경증에 걸린 것입니다. 강박관념이라고도 할 수 있습니다. 일과는 강제된 분할, 시간의 분류처럼 경험됩니다. 톨스토이에게서 전형적으로 나타납니다. "너의 삶의 전체 목표, 어느 시기의 목표, 어느 시절의 목표, 연간, 월간, 주간, 일간, 그리고 시와 분의 목표를 갖도록 하라. 낮은 목표를 높은 목표에 희생하면서 말이다."[85] 분명 강박관념에는 계산이 따릅니다.(기호로 눈물을 세고 잰 로욜라를 참조.[286]) "항상 너의 삶의 가장 세세한 모든 정황들, 심지어 하루에 피우는 파이프 담배의 수조차 결정되는 도표를 갖도록 하라."[87] 강박적 조망에서 일과는 본질적으로 하나의 프로그램이 됩니다. 그것을 미래형으로 보고 미래형으로 다듬게 됩니다. 1847년 톨스토이의 말입니다.('의지의 발전을 위한 규칙들') : "1) 5시에 일어나고, 9시나 10시에 자리에 눕기. 그러면 낮에 두 시간 잘 수 있다. 2) 적당히 먹기, 단 것은 안 됨.(건포도 먹기는 멈출 수가 없었습니다.) 3) 한 시간 동안 걷기. 4) 정한 것 전부를 실행하기. 5) 여자는 한 달에 한 번이나 두 번. 6) 가능한 만큼 전부 스스로 하기."[288] 이와 같은 일과에 대한 강박관념은 프로그램들의 실행에(편집증에?) 즉 자기 앞의 종이들, '행동의 규칙들'(톨스토이는 15세 때부터 그랬습니다.), '의지의 발전을 위한 규칙들', '내적 규칙들', '생활 규칙들'에 묶여 있습니다.[289]

일과의 문제, 그것은 사실 일과를 지키는 문제입니다. 그도 그럴 것이 그 규칙성조차 — 이것이 없으면 일과는 아무것도 아닙니다. — 방해(다시 말해 다른 사람들에 의해: "다른 사람들에 의해 살해되어 나 여기 잠들다."), '예외적' 정황들(특수한 사정들), 싫증, 나른함에 의해 망가지고 위협받기 때문입니다. 그리고 마지막 간교는 종종 번쩍하고 잘못된 생각이 들어 그 조치, 기획, 목표의 허무함을 예감하는 일입니다. 일과의 단절에 대해 걱정하지 않기, 이것이 악마에 의해 야기된 마지막 어려움입니다. 카프카: "오늘 나는 나의 새로운 시간표에 — 작업 테이블에 8시부터 11시까지 앉아 있기. — 유의하지 않았는데, 당장은 이런 과실을 아주 큰 불행으로 간주하지 않으면서 자리 갈 수 있기 위해 급하게 몇 줄 쓰는 데 그쳤다는 사실이 이미 얼마나 이 임무가 (사무실과의 삶: 익사하지 않기 위해 머리를 아주 높이 들고 있기) 어려울 것이며, 또 나로부터 어떤 힘을 끌어내야 할지를 보여 준다."[290] 따라서 해결책 아니면 오히려 일종의 적당한 비법입니다. 걱정하기, 하지만 전부 놓아 버리려고 과실을 구실로 삼지 않기, 다시 말해 낙심하지 않기. 하루를 내버린다고요? 한 주를 허비했다고요? 가능할 때부터 일과를 되찾아 갑니다. (글쓰기) 작업의 비밀은 작업을 '기능화하기'입니다. 사무실이 카프카를 음해했다고요? 바꾸기. 테이블을 정시에 출근하는 사무실로 만드는 겁니다. 직장 사무실의 소외를 받아들이게 할 역설, 즉 규칙성에 맞서 싸우기. 사람들은 이것을 옹호하지 않을 겁니다. 설사 그것이 우리에게 아주 소중하다고 해도 말입니다. → 글쓰기를 항상 음악 개념들로 사고해야 합니다. 톨스토이, 『전쟁과 평화』, 1865년 일기입니다. "나는 피아니스트처럼 작업해야 한다." 매일 작업하지 않고 피아노나 노래를 배울 수 있습니까? 어쩌다 한 번으로 얻을 수 있는 것은 결코 없습니다. 예컨대 (취미로 삼는 사람에게) 노래는 하루에 삼십 분씩이라도, 매일 하면 충분하다는 것을 아는 게 중요합니다. 이와 달리 피아노는 적어도 한 시간은 해야 합니다. '생각하기'는 영감의 힘으로 할 수 있지만, 쓰기는 오직 노고에 의해서만 할 수 있습니다.

큰 리듬

나는 일과를 하루의 리듬처럼 이야기했습니다. 리듬이 있는 하루. 다른 의문, 똑같이 아주 긴요한 의문이 남습니다. 길게 이어지는 나날 속에서의 규칙성에 대한 의문이 그것입니다. 큰 리듬입니다.

나는 두 가지 개념을 생각합니다. 먼저, '에피쿠로스적' 리듬입니다. 매일, 약간의 작업을 하는 거죠.(또는 적당하고 가벼운 작업, 현명하고, 현실주의적이고, 넉넉하고, 미리 상황을 고려해두는 일과를요.) 하지만 이 무자비하고도 엄격하게 지켜진 약간은 예외 없이 이어집니다. 다음으로, 최상의 것이 없어서거나 최상의 것을 기다리면서 적절하지 못한 방법으로 내가 오르페우스적이라고 부를 리듬입니다. 엄격한 고행의 기간과 방탕의 기간, 즉 디오니소스적 떨쳐버림, 완전한 축제의 기간이 이어집니다. → 절주(askesis)와 만취(télété)의 그리스적 대립(그리고 연속)[291]입니다.

선택의 긴장감을 저버릴 각오로 말하자면, 좋은 해결책은 두 가지 리듬의 적당한 조합 속에 있을 것으로 보입니다. 휴지기를 포함하는 에피쿠로스적 리듬이죠. 종종 정지, 보류, 변화가 있는 규칙적 일과입니다. 왜 이런 휴지기가 필요할까요? 그 까닭은 정기적으로 마음속에서 작업의 욕구를 되살려야만 하기 때문입니다. 플로베르(1846년, 25세) : "곧 다시 작업을 시작할 것이다. 드디어! 드디어! 하고 싶어졌다."²⁹² 내 경우, 저녁에 친구들과의 저녁 식사를 마친 11시경에 이런 욕구를 느낍니다.(다시 말해 휴지기 후에 그렇습니다.) 집으로 돌아와 작업하려는 욕구가 생깁니다.(나는 작업을 하지 않습니다. 피곤의 환상에 의해, 위험을 안고 작업을 다음 날 아침으로 미루죠.) 그러니까 작업은 가라앉히고 지시하고 굳건하게 하는 바람직한 내면성의 표상입니다. 전등과 침묵으로 상징되지요.

결론 내리기

규칙적 삶에 대한 이런 지적들을 결론짓기 위해 나는 간혹 가질 수 있는 한 가지 인상을 바로잡고 싶습니다. 이런 모든 장치가 작품의 즉각적 수익성을(심지어 내가 이 단어를 사용했습니다.) 목적으로 배치된 것이라는 인상을 말입니다. 하나의 작품을 만들기 위한 비법과 대중적으로 성공할 목적이라는 인상입니다. 더 미묘하게는 계산이나 계산 성향, 게다가 산술적 유혹이 분명 있습니다. 하지만 이 계산은 교환이 아닙니다. 고행 대 성공이 아닙니다. 작품은 하나의 가치, 윤리적 대상입니다. 따라서 작품의 작업은 성공이 아니라, (다음과 같은 단어가 니체에게 있다는 것을 고려한다면) 고귀한 삶(Vie Noble)²⁹³이라 부를 것에 닿기 위한 입문적 유형의 품행입니다.

프루스트는 교환의 이미지를 경계하면서 이것을 명쾌하게 지적합니다. "남은 시간에 사교적이고 안락한 지적 도락의 삶을 즐길 수 있을 정도로 천재성을 지닌 작가란(이에 덧붙여 작업의 고행을 실천할 자란) 천국에서 세속적 즐거움을 누릴 수 있을 정도로 최고의 도덕적 삶을 지닌 성인이라는 개념만큼이나 거짓되고 어리석은 개념이다."[294]

이것으로 규칙적 삶이라는 두 번째 시련의 제1부가 끝났습니다.

글쓰기의 실천

우리는 지금 글쓰기의 시련을 통과하고 있다는 점을 기억하십시오. 우선 첫 번째는 선택의 시련입니다. 이어서 두 번째는 인내의(기간의) 시련입니다. 이 두 번째 시련에 대해서는 두 가지 측면을 지적했습니다. 첫 번째는 글쓰기를 위한 삶의 방법적 조직화입니다. 두 번째는 이제 다룰 내용으로, 고유한 의미에서의 매일매일의 글쓰기 실천입니다. 어떻게 보면 시련은 더 명확하고, 더 국부적이 됩니다.(그도 그럴 것이 규칙적인 삶의 문제는 문학이 아닌 다른 영역에서 제기될 수도 있기 때문입니다.) 시간적, 공간적 틀과 '습관'에서 손을 통해 백지와 대면하게 되는 신체로 넘어갑니다.

전제가 되는 질문 : 읽기/ 쓰기

문제는 다음과 같습니다. 글쓰기 작업에 매진하는 동안 읽을 수 있을까요?(혹은 읽어야 하는 것일까요?) 글쓰기에 들어설 때(내가 기술한 물러섬이 이것입니다.) 계속해서 읽을까요, 그러니까 독서를 할까요? 작가의 이기주의는 다른 책들을 — 그리고 환유적으로 문화를 — 부정하는 데까지 가야만 할까요?(가야 할 필요가 있을까요?)

글쓰기의 개인적 기원에 책, 사물로서의 책에 대한 사랑, 어떤 유형의 사물에 대한 미학적(이 단어의 본래 의미에서) 취향이 있음을 나는 믿습니다.(적어도 이것이 나의 이론입니다.) 종종 사람들이 내게 보내는 텍스트나 논문의 출간 계획을 보며 나는 그들이 대부분의 시간 동안 '책'을 생각하지 않는다는 것을 항상 애석하게 생각합니다. 글쓰기란 — 적어도 나의 욕망과 경험에 따르면 — 책을 보기, 책에 대한 비전을 갖기입니다. 그러니까 지평선에 항상 책이 있습니다. 카프카는 책과 일종의 육체적 관계를 맺었습니다. 그는 책에 대한 자신의 '게걸스러움' 하나는 확실하다고 설명합니다. 책 소유하기 또는 책 읽기보다 책 보기, 즉 책의 실존을 확신하기를 원했습니다. 일종의 빗나간 식욕입니다.[295](여기에서 장식으로서의 책의 문제가 부차적으로 제기될 것입니다. 책장, 구석장, 선반. 책은 벽을 장식합니다. 장식할 영혼이 없을 때 그렇습니다.)

일반적인 방식으로는(만들어지는 중에 있는 작품의 경우를 넘어서서) 필경사(scripteur)와 독자의 대립일까요? 이것은 가치의 문제가 아니라 실현의 문제입니다. 나는 최상의 나를 실현하는 것입니다.(=나는 내 안에 있는 타인을 실현합니다.) 독자로서든, 필경사로서든 그렇습니다. 내게 한 친구가 있었습니다. 내게 많은 것을 가르쳐 준 훌륭한 독자였습니다. 나는 그에게 많은 도움을 받았는데요, 그는 어렵게 책을 한 권 썼습니다. 그런데 그 책은 바닥을 쳤습니다. 소크라테스는 필적이 없는 사람이기도 했다는 것을 항상 기억하십시오.(쓰기/ 읽기가 아니라 쓰기/ 말하기라는 다른 대립에서는 이것이 사실입니다.)

하지만 만들어지는 중에 있는 작품의 단계, '내가 글쓰기에 들어가는' 그 기간에는 어떨까요? 거기에는 읽기, 줄기차게 읽기, 또는 작업으로서의 책 읽기의 배제가 있다고 생각합니다. 글쓰기는 읽기를 쫓아냅니다. 시간, 투자의 문제이기도 하지만, 분명 일종의 경쟁이라는 까다로운 문제입니다. '자리는 하나뿐입니다.' 또한 그 기간에는 쓰고 있는 것과는 동떨어진 이질적인 책들만 읽을 수 있습니다. 글쓰기는 능동적이고자 (니체식 어휘) 한다는 점에서 반응적인 것에서 보호되어야 하고,[296] 반응하기를 피해야 합니다.(자료집의 단계를 제외하고 말입니다. 이것은 아주 다른 것으로 여기에서 목표로 하는 실천이 아닙니다.) 니체 : "신중하고 (자동 방어하는 방책들의 목록 : 기후, 식단, 휴식 유형) 자동 방어하는 다른 방책은 가능한 한 반응을 하지 않는 것, 이를테면 자신의 '자유', 자신의 자발성을 뒤로 미루고 또 단순 능동체가 되도록 강요될 상황과 정황에서 벗어나는 것이다." 그 예는 단지 책들을 읽기만 하는 학자입니다. "공부하지 않을 때 그는 생각하지 않는다." 그의 자기방어 본능은 쇠퇴합니다. 그 지평에 읽기가 있습니다. 니체에게 읽기란 능동성, 신선함의 시간을 갖지 않아야 하는 쇠퇴성 활동입니다. "아침 일찍, 날이 밝을 때, 첫 서늘함 속에서, 힘찬 여명에서 책을 읽기. 나는 그것을 정확히 악덕이라 부른다!"[297] 읽기/쓰기의 분쟁, 나는 그것을 이런 방식으로 해석합니다.(끊임없이 책을 읽는 장루이[298]를 생각합니다.) 읽기는 환유적이고 집어삼키는 활동입니다. 사람들은 읽기를 통해 문화의 표층 전체를 조금씩 자기에게로 끌어당깁니다. 사람들은 읽기를 통해 바다 한복판에서처럼 문화의 상상계 속으로 들어가게 되고, 내가 나의 목소리를 섞는 다른 사람들의 수많은 목소리들의 합주, 합창 속으로 들어가게 됩니다. 어떤 책은(불행히도 모든 책이 그렇지는 않습니다. 따라서 사로잡는 어떤 책입니다.) 마치 짜인 그물코 같습니다. 그런데 내가 생각하기에 글쓰기는 화언 행위가 아닌데도 불구하고 언어활동이고, 상상계의 출혈을 막는 수수께끼 같은 사물입니다. 나는 어렸을 때, 짠(나일론은 없었어요.) 스타킹이 뜯길까 노심초사하는 여자들을 주위에서 보곤 했습니다. 올 하나가 갑자기 스타킹 위에서 풀려 나가면 여자들이 입으로 손가락을 적셔 올에 대고 찢긴 부분을 침으로 발라서 붙이던, 약간 익숙하지만 유용한 동작이 아직도 눈에 선합니다.(게다가 가는 '짜집기' 쇠바늘도 있었습니다.) 글쓰기가 그런 식입니다.

문화의 상상계에 놓인 손가락과 그것을 멈추게 하는 [것]입니다. 이를테면 글쓰기는 문화의 동결입니다.(어쩌면 거기에 더해지기 위해서입니다.) 내 생각으로는 거기로부터 작품을 시도하는 순간에 읽기를 멈추기, 읽기의 공백을 이루어야 할 일종의 필요성이 도출되는 것입니다.

시동

그날그날이 아니라 하루하루의 제작, 글쓰기의 긴 인내 속에는 두 개의 '진행상의 과제'(두 가지 양태의 어려움)가 있습니다. 하나는 작품의 출발, 시동(그것은 작품의 기획과 다릅니다.), 개시이고, 다른 하나는 항해 속도, 그리고 이 항해에 영향을 미치는 장애물, 그에 덧붙여 의기소침과 상상 같은 '불의의 사태들'입니다.

우선 역사가들의 관심을 자주 모았던 순간인 시동에 집중해 봅시다. '하나의 작품이 어떻게 태어나고', '어떻게 출발하는가?' 따라서 신화적 순간 그 자체입니다.(비록 쓰는 자에게는 그것이 아주 실재적이라 해도, 아플 정도로 실재적이라 해도 그렇습니다. 그도 그럴 것이 작품은 시작하기 어려운 것, 개시하기 어려운 것이기 때문입니다. 이것은 좋은 단어입니다. 개시하기란 말은 준인류학적, 제의적 차원을 포함하기 때문입니다.)

위기들

나는 중고등학교 수업에서 사용하고 있는 문학사들이 어떤 것들인지, 거기에서 아직 프랑스 문학을 공부하고 있는지조차 모릅니다. 하지만 유명한 교과서인 『카스텍스와 쉬레르』(완벽하게 신화적이고 잘 만들어진 책입니다.)를 참조해 보곤, 그 규칙성으로 인해 놀랍고도 재미있는, 진짜 튀는 사실이 하나 있다는 것을 알게 되었습니다. 거의 모든 작가들의 삶이 주요(비록 삶의 중간에 위치하지는 않을지라도) 위기를 중심으로 기술되고 있다는 것입니다. 그 위기로부터 작품의 재탄생이 흘러나오는, 다시 말해 의기양양하고 재탄생된 작품이 출발하는 것이죠. 이러한 위기가 도형적으로 제시됩니다.

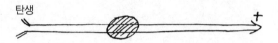

숙명적으로 정해진 운명의 원(圓)입니다! 그리고 품격 급상승용 원입니다. 그도 그럴 것이 이 원이 존재하지 않는, 얼마 안 되는 전기들은 아주 초라하기 때문입니다. 창조적 위기를 자신들의 삶 속에 마련해 놓지도 못한 완전히 망각된 저자들, 그들은 문학의 영웅들이 아닙니다. 그들은 출산, 비극의 희생자들이 아닌 까닭입니다.

위기 개념이 얼마나 신화의 요구를 맞추려는 변화무쌍하고 허구적이며 형식적인 개념인지를 증명해 주는 유형은 다음과 같습니다.

1) 일화적 위기(전기의 돌발 사건들). 보들레르 : 어머니가 재혼한 1828년에 그는 일곱 살이었습니다! ― 노디에, 1830년 : '잔인한 해'(돈 걱정 + 너무나 사랑하던 딸의 결혼) ― 위고, 1843년 : 레오폴딘의 죽음(위고 = 부자 : 그는 두 번의 위기를 겪습니다.) ― 플로베르, 1843년, 신경병. 스탕달과 지드, 결정적인 여행, 이탈리아(1800년)와 비스크라(1893년)의 발견.

2) 치정적, 애정적 위기. 라마르틴, 1816년(애정적) ― 뮈세, 1833년(동일함.) ― 아폴리네르, 1901년 : 라인 강의 순정.

3) 정치적 혹은 역사적 위기. 추방(스타엘 부인, 1803년. 위고, 1851년) ― 드레퓌스 사건(1893~1899년) : 바레스, 프랑스.

4) 영적 위기.(이것이 최고입니다.) 샤토브리앙(어머니가 죽자 신앙으로 돌아옵니다. 1798~1800년) ─ 르낭, 1846년 ─ 텐느, 1870년.('정신적' 위기)

→ 결실 있는 위기의 신화는 문학이 제대로 기능하는 데 너무나 필요해서 사람들은 종종 그것을 모든 가치, 모든 알맹이를 가질 수 있는 조커(joker)의 형태로 제공합니다. 사람들은 단순히 내적 위기(생트뵈브) 또는 위기의 해(베를렌)에 대해 이야기합니다.

이런 시각에서 보면 위기는 하나의 (낭만적) 가치입니다. 또한 적어도 과거에는 중등교육에 있어서 좋은 세기가 아니었던(힘들고 위험했던) 20세기에도 '위기'는 점점 줄어들었습니다.

한 작가의 삶에서 몇몇 '비관적' 사건과 새로운 작품, 신선한 작품의 개시 사이에는 종종 깊은 관계가 있으리라는 점을 반박하는 것이 아닙니다. 하지만 이런 것에 의존하는 틀에 박힌 성격, 그리고 무엇보다도 그 단순한 설명적 성격은 거부되어야 할 것입니다. 프루스트에게는 분명 어머니의 죽음이 심각한 '위기'에 해당합니다. 하지만 『잃어버린 시간을 찾아서』는 이 죽음 한참 후에 시동되었습니다. 프루스트는 그동안 계속 삶을 영위했고 또 썼습니다. 그리고 비애가 새로운 작품을 생산했으리라고도 말할 수 없습니다. 극도로 복잡한 많은 것들이 교차합니다. 또한 이질적인 설명들로 치장된 '위기'도 보입니다. 말라르메에게는 1866년에 큰 '위기'가 있었을 것입니다. 하지만 또한 1862년과 1869년에도 있었습니다. 그런데 사실 자체의 윤곽은 불분명한 반면, 사람들은 그 사실에 다른 설명들을 가합니다. 먼저, 정신의학적 설명입니다. 말라르메는 그때 정신병에 걸린 듯합니다. 신경 이상, 심기증, 우울증. 그는 아비뇽에서 베셰 의사에게 진료를 받습니다. 다음으로, 형이상학적 설명입니다.(미쇼[299]와 전반적으로 문학 비평가들의 설명입니다.) '무(無)의 발견', '기독교 신앙의 상실.' 인간과 세상 : 물질의 허상들. 말라르메는 헤겔을 읽음으로써 치료되었을 것입니다. 새롭고, 의식적이며 무신론적 신앙입니다. 하찮은 개인성의 포기. 위대한 작품, 즉 "세상의 그것과 상통하는 영원히 질서가 잡혀 있는 건축"(아마도 '책'일 것입니다.)을 구상하는 힘.

"이거 되어 가네"[300]

두 번째 '시동' 또는 시동, 개시 문제의 두 번째 형식: 가동하려 애쓰는 모터처럼 망설임, 시도, 실패, 이어서 '단번에'(어느 정도 신화적인 '단번에') 모터가 시동됩니다. 작품이 되어 갑니다.

이거 되어 가네의 전 상태는 사이가 뜬 상태입니다. 소재들, 토막들, 작품이 될 수 있는 실마리들이 거기에 있지만(이것이 바로 점잖게 '준비'라고 부르는 것입니다.) 그것들은 연결하는 데, 그것들에 견고함을 주는 데 이르지는 못합니다. 톨스토이도 이 과정을 거쳤습니다. 『전쟁과 평화』를 위해 그는 분명 머릿속에 허구적이고 상상적인 인물을 그렸을 테지만, 그들을 연결하지 못했습니다. "안 좋아, 안 되는군." 사람들은 『레미제라블』이 이 연결의 기동 장치였다고 생각했습니다. 하지만 기동 장치란 표현은 맞지 않습니다. 그도 그럴 것이 그는 1865년 내내 이 연결을 위해 고생하기 때문입니다. 결국 10월 20일에 "그것이 되어 갑니다."

종종 다른 주제들이 경쟁 상태로 접어들며, 이 경쟁에 의해 막힘 현상이 발생하기도 합니다. 실제로 어디에선가 이거 연결되어 있다는 애매한 느낌이 듭니다. 이와 같은 연결이 드러나기를 기다립니다. 또한 그 시간 내내 '이건 딱 맞지 않는다'는 느낌도 있고, 그것은 일반적으로 아주 확실한 감각입니다.

이거 되어 가네 : 어느 정도 기적적인 것으로 겪는 일입니다. 이것은 신화적으로, 그리고 흔히 회고적으로 아주 헛된 방식으로 급작스럽고, 즉각적

인 분출의 형태를 갖습니다. 계시 또는 **용솟음**입니다. 플로베르(1861년, 40세): "좋은 소설의 소재는 통째로, 한 번에 오는 그것이다."[301](그것이 사실인지는 확신할 수 없습니다.) 그것은 **명정(酩酊)** 같은 것입니다. 종종 너무 오랫동안 막혀 있었고, 그럼에도 불구하고 작품에 너무나 가까웠기 때문에 약간의 포도주, 한 알의 약으로 그것이 시작될 것이라고 말합니다. 그도 그럴 것이 많고 긴 준비에서부터 부족한 것이 있다면, 그것은 은총 같은 것이기 때문입니다. 이거되어 가네는 분명 글쓰기의 대분출의 토대가 됩니다. 그 전에는 펜이 끊임없이 멈춥니다. 이어서 펜은 더 빨리 나아가게 됩니다. 어쨌든 더 일정한 속도로 그렇습니다. 고문서학에서 서체(Ductus)라 부른 것, 필체의 맥을 (그리고 즐거움을) 찾게 되는 것입니다.

이와 같은 유형의 (대작의) '개시'는 여전히 수수께끼 같은 것이라(문학사의 연구 틀 안에서라고 말하고자 합니다.) 해도 프루스트 작품에서 본보기로 만나게 됩니다.(나는 그것에 대해 말하고 썼습니다.) 프루스트는 언제 『잃어버린 시간을 찾아서』를 구상했을까요? 언제 그것을 시작했을까요? 언제 『잃어버린 시간을 찾아서』의 글쓰기가 개시되었을까요? 이와 같은 조사의 요소들 — 그 서스펜스의 요소들 — 은 다음과 같습니다. 가능한 만큼 세세한 전기적 자료들: 무엇보다도 앙리 본네의 『1907년부터 1914년까지의 마르셀 프루스트(Marcel Proust de 1907 à 1914)』(니제 출판사, 1971년, 두 권)입니다. 이것은 거의, 그것이 되어 갔던(ça a pris) 기간 동안 매일매일의 프루스트의 모습을 보여 줍니다. 더 최근에는 프루스트의 공책들이 면밀히 검토되고 있는 근대원고역사분석센터(CAM, 윌름 가 45번지)의 연구들입니다.[302]

1) 전기적으로는 1909년에 눈에 띄는 단절이 보입니다. 완성된 후 편집자에게 검토를 받고 거절된 『생트뵈브에 반하여』와 『잃어버린 시간을 찾아서』의 시동 사이의 기간입니다. 1909년 10월부터 글쓰기의 집중 작업이 시작

되었습니다. 나는 극적으로 비밀스러운 일종의 공백을 1909년 9월에 끌어들였습니다. 일종의 갑실(閘室)인데요, 그것을 통해 에세이(이미 소설적인 단장들을 포함하기도 하는)에서 소설로(『잃어버린 시간을 찾아서』) 넘어갑니다. 『생트뵈브에 반하여』와 『잃어버린 시간을 찾아서』의 관계는 극히 복잡합니다. 이 두 저작은 서로 겹치고, 거기에 더해 우선 프루스트가 『생트뵈브에 반하여』를 통해 구상하는 것은 이미 『잃어버린 시간을 찾아서』에 대해서고, 그가 1911년에도 여전히 계속해서 『생트뵈브에 반하여』라고 부르는 것은 오로지, 그리고 전적으로 『잃어버린 시간을 찾아서』인 것 같습니다. 사람들은 이런 공식화, 1909년 9월의 이런 서스펜스를 점잖게 반박했습니다.(학계의 질서 환기!) 왜냐하면 『잃어버린 시간을 찾아서』가 훨씬 전에 단편적으로 시작되었기 때문입니다.[303] 맞는 말입니다! 하지만 나는 어떤 순간에 기획, 시동이 막혀 버린 일종의 능동적 결정화가 있었다고 확신합니다. 거의 번개 같은 글쓰기가 시동되어 몇 주 사이에 많은 쪽들이 쓰였고(스완), 철자 자체가 변하고 조이고 복잡해지고 과적되어 갑니다.

2) 이와 같은 전기적 변질에도 불구하고 또는 그 변질의 한쪽에서 시동은(이거 되어 가네 개시.) 단지 시간 속에서 지표를 잡고 위치를 정하기가 더 어려운 창조적, 미학적 발견('찾음')의 압력하에 생길 뿐이었습니다. 나는 다음 네 가지를 제시했습니다.[304]

첫째, 이름 발견하기입니다. 좋은 이름, 바른 이름, 적절한 고유명사들입니다. 지금 그 관계망이 우리에게 『잃어버린 시간을 찾아서』의 본성 자체로 보이는 이름들처럼 말입니다. 몇몇 중요한 이름들은 『잃어버린 시간을 찾아서』의 시동 후에야 발견되었다고 합니다. 몽타르지 → 1913년 여름의 생루. 궤르시 → 1914년의 샤를뤼스. 그럼에도 불구하고 나는 어떤 순간 이 작가가 가진 소설적인 것에 대한 행복감을 규정하는 고유명사 체계의 요구가 있었다고 믿습니다. 분명 이름 찾기는 중요합니다. 플로베르는 동양을 여행하는 동안 해야 할 지루한 일에 짓눌려 있었습니다.(『보바리 부인』이라 불릴 그 소설.) 그런데 어느 날 누비의 저지대 경계, 나일 강가에서 막심 뒤 캉과 함께 있을 때 소리칩니다. "찾았어! 이거야! 이거야! 그녀를 엠마 보바리라 부르겠어." 『보바리 부인』, 273쪽

둘째, 만들어야 할 책의 비율의 변동을 받아들이기, 다시 말해 그것을 확신 있게 찾기입니다.『생트뵈브에 반하여』→『잃어버린 시간을 찾아서』: 비율의 역전이 일어났습니다. 사실 만들어야 할 작품이 필요한 것으로 드러나려면 어쩌면 작게 구상되었던 것을 단번에 크게 생각하는 것으로 ― 아니면 그 반대로 ― 충분합니다. 그도 그럴 것이 비율은 양이 아닙니다. 그것은 질입니다.(건축적 구성을 참조.)

셋째, 어떤 나의 창출입니다. 새롭고, 꼬이고, 섬세한 주체, 서술적 발화 행위, 전기적 발화 행위, 표상적 발화 행위의 주체→프루스트적인 이런 나: 모방할 수 있는 나입니다. 모든 것은 좋은 나를 찾는 데 있습니다. 따라서 그 또는 나라고 적어야 하는지를 알려고 할 필요가 없습니다. 찾아야 하는 것은 바로 어떤 나 아니면 어떤 그입니다. 프루스트적인 나의 기적은, 자기중심적이지 않다는 것입니다. 따라서 찾아진 것은 도덕적인 어떤 것입니다. 관대함이라고 해야 할까요?

넷째, 어쩌면 더 결정적인 것: 종종 긴 시간 간격으로, 그리고 작품이 어떤 엄정한 서술 논리에 예속되지는 않지만(서술학에 의해 기준에 따라 분석된) 인물들을 되돌아오게 하는 의외의 발견이라는 것입니다.

1) 이런 기동 장치, 이런 의외의 발견은 발자크에게서 왔을지도 모릅니다. '자신의 모든 소설 속에 같은 인물들을 유지했던 발자크의 감탄할 만한 독창성' 말입니다. 생트뵈브는 이것을 죄악시했습니다. 하지만 프루스트는 발자크를 옹호합니다. "생트뵈브가 거기서 잘 몰랐던 것은 발자크의 천재적 사고이다. 사람들은 분명 발자크가 곧바로 그런 생각을 하지는 않았다고 말하리라. 발자크의 작품군 중 어떤 부분은 나중에서야 그런 생각에 묶였을 뿐이다. 그것은 중요하지 않다. 『성금요일의 희열』은 바그너가 「파르시팔」을 작곡하려고 생각하기 전에 썼다가 나중에 거기에 집어넣은 한 구절이다. 하지만 덧붙임들, 즉 이 덧붙여진 아름다움, 서로 결합되고 살아 있고 더 이상은 분할될 수 없는 자기 작품의 분할된 부분들 사이에서 그 천재성에 의해 갑자기 발견된 새로운 관계, 그것들이 그의 가장 멋진 직관들 아니겠는가? 발자크의 여동생은 그가 이런 생각을 가졌던 그날 경험한 그의 기쁨을 이야기하는데, 나는 그 기쁨이 상당히 크다고 본다. 만일 그가 그런 생각을 작품을 시작하기 전에 가졌다면 말이다. 그것은 한 줄기 빛으로서 모습을 드러내면서 그때까지는 어둡던 그의 창작의 여러 부분들 위에 한꺼번에 내리쬐었고, 그것들을 모아 생생하고 빛나게 했다……."[305](1833년 이런 생각을 한 발자크는 1834년 『고리오 영감』에서 그것을 체계적으로 활용합니다. 1842년에 제목이 정해진 『인간 희극』이라는 생각에 당연히 연결된 것입니다.) 의외의 발견이 갖는 계시적이고 정확한 특징을 완벽하게 묘사하는 말이죠.

2) 프루스트는 재등장하는 인물들을 '준비해 둔' 인물들이라고 부릅니다. 프루스트는 인물들에 대한 놀라움을 우리에게 남겨 두는 방식으로 준비하고 있습니다. 1913년 르네 블렘에게 보낸 편지입니다. "많은 인물들이 있습니다. 1편부터 그들은 '준비되어' 있습니다. 다시 말해 그들은 2편에서 사람들

이 1편 이후로 기다리던 것에 정확히 반대될 것입니다."[306](예 : 뱅퇴유) (여기서 두 번째 소재가 읽힙니다. 반전, 반전된 재출현이라는 주제를 말합니다. 내가 쓴 평론을 참조.[307] 샤를뤼스는 우선 오데트의 연인으로 보였는데, 나중에 동성애의 전형적 모습이라는 실체가 드러납니다. 작은 기차 안에서 본 여자 포주 → 셰르바토프 공주 등.) 이런 준비(이런 인물 회귀) : 이것을 프루스트는 구성, 그의 소설의 구성된 특징이라고 부릅니다. 비평가들이 『잃어버린 시간을 찾아서』의 '도식'을 찾으려고 갖은 애를 쓰자 프루스트는 끊임없이 자기 작품은 구성되었다고 항변했습니다. 하지만 이와 같은 구성은 수사학(사람들이 채우는 작품 도식 : 플로베르는 분명 이것을 만들었습니다.)이 아니라 변증법입니다. 시간 속으로의 회귀, 공간적 배치가 아닌 것, 내가 마르코타주라고 부른 그것입니다.[308]

'결정 작용'에 의한 시동에 대한 마지막 지적("이거 되어 가네.") : 제목이 결정 작용의 촉진제로 사용되는 일은 많지 않습니다. 프루스트는 끈덕지게 「스완네 집 쪽으로」의 제목을 찾았습니다. 결과적으로는 평범한 제목에 그쳤지만 말입니다. "왜냐하면 콩브레의 어느 길 이름이기 때문입니다." "지상의 현실, 지역적 사실." "이 제목은 농지처럼 수수하고, 실재적이고, 회색이고, 광택이 없습니다." 그것이 의미하는 바는 정확히 그가 전혀 광채 없는 범상한 제목을 감수했다는 것입니다. 아주 좋은 제목을 발견하고도 책을 만들지 않는 경우가 있습니다. 아니면 제목 없는 책을 만들고 나서 지겨운 싸움 끝에 마지못해 중립적 제목을 택하는 경우도 있습니다. 사실 제목은 하나의 회고적 가치입니다. 그리고 창작에서 최고의 제목은 그것과 더불어 작업한 것, 그것과 더불어 쪽지와 원고지 들을 모은 것입니다.

시동에서 작업으로

시동 장치가 확인되면(또는 적어도 주체가 첫 번째 시련으로 묘사된 불확실한 상태로 돌려보내지지 않도록 충분히 견고하게 시동이 걸렸다고 인지되면) 발견, 환상의 흥분에서 일상적 작업의 인내로 넘어가는 것이 중요합니다. 작품은 멀리서 빛을 내고 있지만 명부(冥府, limbes) 속에 있습니다. 라벨의 「왈츠」[309] 초입에 흐르는 것이 어느 정도는 이와 같습니다. 명부 밖으로의 여정, 빠져나오기는 고통스럽고 비극적이기조차 합니다. 그도 그럴 것이 결코 아무것도 확보되지 않았기 때문입니다. 플로베르(1853년, 32세): "아무것도 쓰지 않고 아름다운 작품을 꿈꾸는 것은 (내가 지금 하고 있듯이) 매력적인 일이야. 하지만 나중에 얼마나 크게 이 황홀한 야심의 대가를 치를까! 어떻게 처박힐지!"[310]

일정 짜기

기획에서 제작으로 넘어가기. 어디에 어려움이 있을까요? 나는 다음과 같은 기획을 일정 짜기 속에 따로 잡아 두었습니다. 나는 작업을 곧 시작할 것입니다. 내일 무엇을 할 것인가? 무슨 활동을? 테이블에 앉아 팔짱을 낀 채 고심하고 있을 것인가? 이것은 진실성 테스트입니다. 종종 사람을 흥분시키고 욕구를 일으키는 기획이지만, 벽에 선 사람들은 어떻게 조금씩 조금씩 기획을 성취해 가는 활동들로 속도를 줄여 힘을 증가시키는지 알지 못합니다. 기획을 절충하고 화폐로 주조하는 일상적 과정, 해야 할 일들의 일정(agenda)을 찾는 것이 중요합니다.

비법은 따로 없습니다. 화폐의 주조 가능성은 기획의 유효성을 증명해 주며, 따라서 일정 짜기 자체는 절호의 기회(kairos), 좋은 기획에 속하기 때문입니다. 나는 두 가지 유형의 기획을 구별할 것입니다. 두 가지 유형의 일정 짜기, 즉 두 가지 작업이 그것들에 달려 있을 겁니다.

발레리에 의해 잘 제시된 대안은(콜레주 드 프랑스 강의, 1944년 5월 5일) 작품을 만드는 사람이 처할 수 있는 두 가지 경우입니다. "하나는 정해진 도식에 맞출 것이고, 다른 하나는 상상적 직사각형을 채운다."[311] 따라서 두 가지 일정 짜기는, 논리적 일정 짜기, 즉 연역적으로 풀어 가기와, 커다란 환상적('상상적') 형태의 채우기를 통한 일정 짜기, 그러니까 논리적이라기보다는 미학적인 활동(화가 또는 동양의 서예가)입니다. 이와 같은 이분법의 지평에는 두 개의 영역이 있습니다. 하나는 서술적 논리, 규칙에 맞는 소설과 에세이이고, 다른 하나는 시, 이단적 소설(프루스트)입니다.

1) 이 강의를 위해 읽은 책들에는(제한적입니다. 빠짐없이 읽을 수는 없습니다.) 다음과 같은 기이한 사실이 있습니다. 만들어야 할 작품의 도식 작업의(만들어진 작품의 도식과는 다를 수 있습니다.) 증거가 별로 없었다는 것입니다. 여전히 파스칼의 말입니다. "책을 저술하면서 발견하게 되는 마지막 사실은 서두에 무엇을 두어야 하는지 아는 일이다."[312] 그러니까 일정 짜기의 도식을 알아야 한다는 것입니다. 명약관화한 예가 플로베르(나는 이미 그것을 지적했다고 생각합니다.)의 『보바리 부인』입니다. 사람들은 석학들의 연구를 통해 그 대기획의 형성 과정을 자세히 알고 있습니다. 사람들은 플로베르 자신의 말을 통해 스타일 작업, 문장 작업에 따르는 큰 불안에 대해서도 제법 알고 있습니다. 하지만 도식 작업에 대해서는 아무것도 모릅니다. 큰 간극입니다. 플로베르는 문장화하는 작업을 하는 일화들에 대해 이야기하지만(신부와의 대화, 무도회, 농업 공진회 등) 이런 일화들의 착상을(=전형적인 화폐 주조술을) 얻었던 순간에 대해서는 함구합니다. 드물고 생략적인 메모들이 있습니다. 1853년(32세): "오늘 저녁 아주 피곤하다. (이틀째 도식을 만들고 있다…….)"[313] 그렇지만 모든 증거로 볼 때 플로베르는 논리적 일정 짜기를 진행하고 있습니다. 거기

에는 어떤 (소설의) 구상이 있어서 일화들이 거기에서 흘러나옵니다. 1861년 (40세) : "좋은 소설 소재는 통째로, 한 번에 오는 그것이다. 그것은 다른 모든 것들이 그것으로부터 흘러나오는 모태적 구상이다."[314] 내 생각에 플로베르는 두 개의 영감을(그리고 그다음으로 두 개의 '일정 짜기'를) 대립시키고 있습니다. 자서전적 기록, 서정적 또는 금언적 번뜩임의 영감(→ 잡기), 그리고 상상적 논리의(관용적 소설 ≠ 프루스트) 영감입니다.(→ 책) 1853년(32세) : "자신에 대해 (자신으로부터, 우리 자신의 경험으로부터 오는) 무언가를 쓸 때 문장은 연속적으로 좋을 수 있지만(그리고 서정적 정신은 쉽게 그리고 자연스러운 경도를 따라 효과에 도달합니다.) 통일성을 잃고(그것이 잡기입니다.) 반복, 즉 중언부언, 상투어, 평범한 어법이 넘칩니다. 그와 반대로 상상된 일을 쓸 때는 모든 것이 개념으로부터 흘러나와야 하고, 아무리 하찮은 쉼표도 전체적 도식에 달려 있기 때문에 주의가 갈라집니다."[315] (이런 '갈라짐' = 화폐 주조, 감축.)

2) 맞은편에는 이런 기법이 있습니다. 직사각형, 다시 말해 책의 환상화된 형태인데, 직사각형 화폭을 앞에 둔 화가들처럼 사람들은 이것을 몇 글자, 조각, 토막으로 채웁니다.

이것은 우선 말라르메의 작품에서 보란 듯이 입증되는 기법입니다. 발레리의 말에 따르면, 말라르메는 원고지 여기저기에 단어를 던져 놓고, 간헐적으로 손질하면서, 그런 다음에 문장을 구성할 수 있을지 모를 연결들을 찾으려고 애쓰면서 자신의 몇몇 시를(시, 다시 말해 총록을) 시작했습니다.

그것을 확대한 것이 프루스트의 서술 과정입니다. 프루스트는 메모를 해 두었고, 텍스트의 토막을 집필했습니다. 그는 '조각(morecaux)'별로 구성했습니다. 예를 들어 1908~1909년에 구성되고, 1909년에 완성된 「꽃핀 소녀들의 그늘에서」 조각'이 그것입니다. 그것은 '수정'과 '응집'의 기법입니다. 그로부터 '잘못되거나' 망칠 수 있는 조합의 문제, 어려움이 나타나는 것입니다.

"잘 안 돼." 『생트뵈브에 반하여』를 잘 맞아떨어지지 않던 조립의 시도로 간주할 수 있습니다.

프루스트는 서로 이어지지 않고, 그가 동시에 여러 공책에 다른 판으로 분산시켜 두었던 단장별로 구성했습니다. 이와 같은 조각에서 구성으로의 '상승'은 읽을 때 모아집니다. 출발 때의 랩소디, 도착 때의 랩소디, 이것이 우리가 하는 독서의 재기억 유형입니다. 우리의 기억 속에 일종의 '침전물'이 남습니다. 할아버지의 코냑, 이것은 장식적인 이야기이지만 그 결말이 기억나지 않습니다. 우리들이 프루스트를 다시 읽을 수 있는 것은 그 때문입니다. 프루스트적 기념비에는 서사시적인(épique) 뭔가가 있습니다. 서사시적 작품 속의 전투와 같은 '야회 모임'(또는 조찬 모임, 또는 접대)이 그것입니다. 성공적 실체입니다. 또한 프루스트의 작품에는 일화들의 색인이 뭔가 아주 생생한 것으로 남아 있게 만드는 어떤 결이 있습니다. 색인은 단순히 참고를 위한 도구일 뿐만 아니라(플레이아드 판) 작품의 진실을 재현하고 있습니다. 색인에는 원-텍스트의 엑스선 사진 같은 것이 있습니다.

물론 수수께끼 같은 봉합과 편집의 문제가 남습니다. 전이(혹은 비전이)의 분석이 있어야 할 것입니다. 그런 분석이 있으리라는 확신은 안 듭니다. 그도 그럴 것이 사람들은 『잃어버린 시간을 찾아서』에서 고전적(예컨대 별 모양으로 된) '구성'을 다시 보려는 안일한 욕망으로 인해 명석함을 잃었기 때문입니다. 하지만 그와 반대로 지적해야 할 필요가 있을지 모르는 것은 연계의 무거움, 우직함과 개략성입니다. '직사각형' = 응집의 공간입니다. 이것은 가필의 중요성과 자유에 의해 증명됩니다. 주지하다시피 프루스트는 — 이것은 본질적으로 그의 글쓰기의 작동 규칙에 속합니다. — 끊임없이 가필했습니다. 마요네즈 기법입니다. 일단 마요네즈가 만들어지면 식용유를 무한히 더 넣을 수 있습니다. 마요네즈 덩어리 앞에는 이런 글이 끝없이 쓰여 있습니다. "어딘가에 더하기." 프루스트는 이런 기법, 그 구성적 가치를 잘 인식하고 있었습니다. '저자 교정'이라고 부르는 것을 위해 추가로 지불하지 않으려고 고심하는 모든 편집자처럼 분명 항변했을 가스통 갈리마르에게 이렇게 쓰고 있습니다.(1919년) "내 책에서 당신의 마음에 드는 약간 풍부한 무언가를 보는 호의가 있으시다면, 이것이 바로 내가 살아 있는 것들에 재주입하는 추가 양분 때문이라고 여겨 주세요. 이것이 구체적으로 이 가필들에 의해 옮겨지고 있습니다."[16] 프루스트가 살았더라면, 작품이 끝났다고 해도 그가 새로운 작품을 하나도 쓰지 않았을 개연성은 있습니다만, 아마 여생을 가필하는 데 사용했을 것입니다. 『잃어버린 시간을 찾아서』의 상태, 형상(eidos)은 끝나지 않은 작품이라는 것입니다.

제동

출발 순간 : 환상의 광채 속에 있는 만들어야 할 작품. 작품은 바로 이런 식으로 출발합니다. 그런데 환상은 현실과 부딪칩니다.(이것이 환상의 '목적론적' 정의입니다.) 결국 이 현실은 지연, 제동, 따라서 변형, (기획에 대한) 불신, 변덕 등의 힘과 같은 시간입니다.(지속) → 변주하는 시간의 두 가지 형상은 다음과 같습니다. 1) 글쓰기(필기) 시간 : 미시적 시간. 펜의 리듬 = '느린 손'. 2) 작품의 총체적 시간 : 거시적 시간. 매 초, 매 십 분의 일 초 ≠ 달, 년.

느린 손

속도의 역사[317]

필기 행위의 속도는 정말 문명의 문제입니다. 왜일까요? 그 까닭은 더 빨리 쓰기란 (직업적 글쓰기가 수작업인 시대에는) 시간 벌기, 따라서 돈 벌기이기 때문입니다. 따라서 새로운 많은 필법이 더 빨리 쓰려는 욕구에서 탄생했습니다.

1) 이집트의 민형문자 = 연결선의 사용에 의해 단순해지고 가속화된 상형문자에서 나왔습니다.(다시 말하겠지만, 필적을 끊기가 이어 가기보다 더 시간이 걸립니다.)

2) 수메르인들은 더 빨리 쓰려고 그들의 첫 번째 필기 체계를 뒤엎었습니다. 흰 글씨를 피하고 점토판의 방향을 바꾸면서 그림문자에서 설형문자로, 끝에서 날카롭게 자른 갈대 가지로 넘어갔습니다.

또한 공간을 벌기 위한 목적도 있습니다.(점토판은 비쌌기 때문입니다.) 티로(티로는 키케로의 해방 노예입니다.)의 필기. 9세기에서 15세기까지 많은 필기들이 그렇습니다. ff = filii(자식들). 종종 시간보다 공간을 버는 것이 훨씬 더 가치 있을 때가 있습니다. 중세에는 단어를 줄이는 대신 장식을 답니다. 이것은 자리를 차지하지 않는 강세표들입니다. 시간을 벌려면 쓰는 데 시간이 걸리는 것이 무엇인지 알아야만 합니다. = 펜을 떼기. 펜촉은 비쌉니다. 따라서 연결선은 미학적인 전략이 아니라 경제적인 전략입니다. 우리는 그냥 문자의 정상 상태가 소문자(때로 대문자로 확대해서 도식화하는 그것)라고 믿습니다. 하지만 역사적으로는 정반대입니다.(그리스어, 라틴어) 먼저 대문자였고 이어서 가속하다 보니 사람들은 문자들을 연결했고 불규칙화했으며, 손을 놓는다는 표시인 세로획과 자획을 갖추게 된 것입니다. 기능적 글쓰기의 본질적 행위, 즉 갈겨쓰기의 산물인 소문자. 글쓰기가 달음질합니다! 무엇을 쫓는 것일까요? 시간, 말, 돈, 생각, 황홀감, 감정 등입니다. 내 손이 나의 입, 나의 눈, 나의 생생한 기억만큼이나 빠르게 간다는 것, 이것이 조물주적인 꿈입니다. 만일 손이 머리보다 느리지 않았다면 모든 문학, 모든 문화, 모든 '심리학'은 달라졌을 것입니다.

따라서 문학과 관련하여 작품을 쓰는 속도에 대해 작성해야 할 항목이 있습니다. 역사적 항목입니다. 변이체들이 있는 것으로 보이기 때문입니다. 먼저, 증언들을 내세우기가 어렵습니다. 17세기에는 초고들, 준비성 필기들, 메모들을 보관하지 않았기 때문입니다. 원고는 성스럽지 않았습니다. 그렇기 때문에 파스칼의 『팡세』는 예외적인 특징을 가지게 되는 것입니다. 거기에서 글쓰기(필기)는 그 늘어짐, 그 속도, 그 '자유로운 바퀴' 속에서 (어렵게) 읽힙니다. 다음으로, 많은 작가들에게는 형식이 먼저 오게 되었고, 따라서 작품은 (긴 시간이 걸릴 수도 있었던 준비 후에) 우리 시대에는 거의 생각할 수 없는 속도로 쓰였습니다. 이런 신속함의 느낌에 편집 공정의 믿을 수 없이 빠른 특징을 더해야만 하기 때문입니다. 미슐레는 그가 써 내려가던 것에 따라 인쇄하게 했습니다.(광적인 대담함입니다.) 예컨대 『중세사(Histoire du Moyen Age)』(루이 11세에 대한 마지막 권) 집필을 보면, 1843년 11월 6월에 마지막 장이 시작되고, 12월 4일에 집필이 끝나고, 12월 6일 인쇄가 완료되고, 1월 4일 판매가 개시됩니다.[318] 아마 체질이 다른 작가들이 아닐까요? 뮈세는 여러 번에 걸쳐 술(압생트)과 방 안의 벌거벗은 창녀의 도움을 받아 하룻밤에 한 편씩(예를 들어 『변덕』) 썼을 겁니다. 스탕달은 오십이 일간 『파르마 수도원』의 500쪽을 불러 줍니다. 비서의 속기가 남아 있습니다

이 필기 속도의 — 두뇌의 속도와 경쟁하는 — 문제는 몇몇 '지식인들'의 마음을 완전히 빼앗습니다. 퀸틸리아누스, 초현실주의자들의 마음을 말입니다. 19세기 말 독일에서는 많은 지식인들이 속기로 글을 쓰기 위한 운동을 일으키려 합니다. 후설은 그만의 속기술을 가지고 있었습니다.

'손'의 유형

이 '자료'의 요체는 두 유형의 '손', 그리고 그것으로부터 출발해서 어쩌면 두 유형의 '스타일'이 존재하는지를 정확히 하는 것입니다. 1) 프루스트의 작품 전체, 그 장황함, 거의 무한에 가까운 문장들, 서신의 풍부함, 필기의 형태, 이 모든 것은 프루스트가 아주 빠르게 글을 썼다는 것, 그의 작품 전부가 이런 근육의 유연함에 의지했다는 사실을 보여 줍니다. 프루스트 자신도 질주하듯이 썼다는 것을 인정했습니다.(1888년 로베르 드레퓌스에게 쓴 편지.) 질주는 수작업적인 것(근육적인 것)과 정신적인 것(애정적인 것)이 무한히 가까워지도록 한다는 것을 전제합니다. 정신적인 것에 직접적으로 접속되어 있는 듯한 손은 더 이상 감속성 도구가 아닙니다. 2) 반대로, 느린 글쓰기가 있습니다. 우선, 끊임없이 펜을 떼야 할 필요가 있는 글쓰기 성찰의 초자아에 의해서든 실어증에 의해서든 즉각적으로 단어를 찾을 힘이 없는 경우입니다. 다음으로, 어떤 정신적 태도와 상응해서 원고지를 누르기, 압력을 가해야 할 필요가 있는 경우입니다.(시간이 걸리는 일) 기재하기/ 묘사하기. 따라서 무거운 작품에서 달리는 작품으로 (환상적으로라도) 넘어가고 싶어 하기에는 (예컨대 에세이에서 소설로) 빨리 쓰기를 배울 필요성이 포함되어 있습니다.

일반적으로 말하자면, 작품을 머리와 손의 운동적 관계처럼 규정하려 해 볼 수 있습니다. 어쩌면 쓰기는 손이 갈 수 없는 것보다 더 빠르게 생각하지 않는 것, 그 관계를 제어하는 것, 그것을 최적화하는 것입니다. 그로부터 어쩌면 펜, 종이 등의 선택에 할애된 편집증적 배려를 이해할 수 있습니다. 주지하다시피 그런 것을, 말할 필요도 없이 유별난 종자인 작가들에게 있는 고유한 망상의 하나로만 보는 사람들이 어리석게 조롱하는 편집증이 그것입니다.

작품의 총괄적 시간

변수성

플로베르의 가장 특이한 의견 중 하나는 그가 만들어야 하는 책에 대해서 육 년이 걸린다고 차분히 말한다는 것입니다. 그런데 어떻게 육 년 후에 자기 자신, 세계에 대한 자신의 관계가 어떻게 될지를 안다는 것일까요? 끝이 있고, 건축되고, 미리 숙고되었기 때문에 고정된 대상인 책은 결코 고정성을 보증할 수 없는 주체에 의해 만들어집니다. 따라서 기획이 정해져 느린 글쓰기 작업을 시작하는 순간에는 불안감이 있습니다. 프루스트 : 죽기 전에 그것을 끝낼 시간이 내게 있을까? = 나 자신이 바뀌기 전에 예고된 그 형태로 실현할 시간이 내게 있을까? 일종의 아인슈타인형 문제입니다. 자아의 비동일성(non-identité)이 동일성(identité)에 의해 결정된 한 대상을 생산해야 합니다. 파스칼에 의해 다음과 같은 식으로 표현된 비동일성입니다. "몽테뉴가 말했던 것, 즉 나이가 들면서 우리에게서 활기와 꿋꿋함이 약해져 간다는 것에 대해 내가 동의하는 것을 막는 짓궂음을 느낀다. 나는 그렇게 되기를 원하지 않는다. 나는 나 자신을 탓한다. 스무 살 난 이 자아는 더 이상 내가 아니다."[319] 그렇기 때문에 작품이 시작될 때부터 그것을 끝내려고 조바심을 내는 겁니다. 자기 자신에 대한 예방책입니다. 자주 지겹고 당황스럽습니다. 왜냐하면 나는 더 이상 작품에 매달리지 못함에도 불구하고 계획된 대로 그것을 계속해야만 하기 때문입니다. 작품의 기획 속에 주체의 변화 가능성과 작품의 변수의 추이가 포함되지 않는다면 말입니다. 하지만 전통 문학에서 그것은 매우 드뭅니다. 주체의 '매개 변수성'을 허락하는 유일한 형식은 일기, 총록입니다. 하지만 그것은 정확히 책이 아닙니다.

작품의 단절

변화: 자아의 변모가 너무나 두드러져서 작가는 제작 중인 작품을 바꾸게 될 수 있습니다. 작품의 단절 하면 머리에 떠오르는 사람이 미슐레입니다. 그는 자신의 『중세사』를 끝내 가던 중에 루이 11세에 이르렀습니다. 정상적으로라면, 예견된 대로 그는 군주제 시절로 넘어가야 합니다. 그런데 일종의 계시 또는 심한 조급증을 느낍니다. 그는 곧장 『혁명사(Histoire de la Révolution)』를 써야 한다고 느끼고 그렇게 결정을 내립니다.(1842년) 따라서 그는 역사의 흐름을 멈추고 바꿔 버립니다.(나중에 16세기, 17세기와 18세기의 역사를 썼는데, 그것은 완전히 다르고 격렬하고 편파적이고 약간 미친 듯한 스타일이었습니다.) 미슐레의 자아는 변했고, 이 변화로 인해 어쩔 수 없이 작품이 변화되었습니다. 주체의 어떤 변화, 어떤 돌변성일까요? 학자적이고 전기적인 설명들이 있습니다. 1) 퀴네의 영향.(좌파 운동가) 2) 콜레주 드 프랑스에서 그의 강의(파란만장했던 강의)를 듣던 혁명적 젊은 층의 영향. 3) 미슐레의 태도를 ─ 또는 오히려 (요즘 사람들이 말하듯이) 그의 위치를 ─ 급진적이 되도록 몰아붙인 급진 교황 지상권자들의 공격으로 인해 중세와 교회를 부정합니다.[320] 미슐레 자신의 설명은 이렇습니다. 전기적이기보다는 신화적인 설명, 또는 상상적인 것의 흔들림을 무대화하는 신화적 심리학에 속하는 설명입니다.

미슐레, 『프랑스사』

나는 루이 11세를 통해 군주제 시대로 접어들었다. 우연으로 인해 내가 이 시대를 잘 성찰하고자 했을 때 이미 나는 거기로 접어들고 있었다. 어느 날 랭스를 지나다가 나는 멋진 성당, 휘황찬란한 축성식 교회를 아주 자세히 보았던 것이다.

80자 높이에서 교회 안을 돌아다닐 수 있는 내부 돌림 띠는 교회를 매혹적으로 보이게 했고, 활짝 핀 화려함과 계속되는 할렐루야를 만나게 했다. 그 빈 무한한 공간 속에서 항상 커다란 공식 행사의 함성이 들린다는 생각이 들었다. 나는 그것을 민중의 소리라 불렀다. 사람들이 창을 통해, 사제가 왕에게 성유를 부어 주며 왕위와 교회의 협정을 맺게 할 때 풀어 주던 새들을 본다는 생각이 들었다. 전망이 엄청 넓어서 샹파뉴 전체가 눈에 들어오는 궁륭 위쪽 밖으로 나오자 나는 내진 바로 위에 있는 마지막 작은 종에 이르렀다. 거기에서 나는 기이한 광경을 보고 깜짝 놀랐다. 둥그런 망루는 처형당한 자들로 둘러쳐져 있었다. 어떤 사람은 목에 줄을 달고 있었다. 어떤 사람들은 귀가 없었다. 그곳에서 사지가 절단된 사람들은 죽은 사람들보다 더 슬펐다. 그들이 얼마나 옳았는지! 이 무슨 경악할 차이인가! 뭐라고! 축제의 교회라는 새색시가 이 구슬픈 장식을 결혼 목걸이로 걸다니! 이 민중의 공시대는 제단 저 위에 놓여 있다. 하지만 그 눈물은 궁륭을 가로질러 왕들의 머리 위에 떨어질 수 없었을까? 혁명, 그것은 분노한 신의 가공할 도유식이리라! "나는 우선 무엇보다 먼저 내 안에 민중의 영혼과 신앙을 세우지 않으면 군주제 시절을 이해하지 못하리라." 나는 나 자신에게 이렇게 알렸고, 루이 11세 이후에 나는 혁명(1845~53년)에 대해 썼다. 사람들은 놀랐지만, 그 무엇도 그보다 현명하지 못했다……[321]

'바꾸기'는 통념(Doxa)에 많은 문제를 제기하는 행위라는 것을 지적하고 넘어가려 합니다. 불신은 언제나 나쁘게 보입니다. 나는 이렇게 말하고 싶습니다. 그것을 '개종'이라 부를 때조차도, 통념이 찬양하는 것은 고정성, 의견의 내구성이라고 말입니다.(왜일까요? 어쩌면 봉건적 윤리의 잔해일 것입니다.) → 지적 '변화'에 대한 유형학의 가능성. 1) 결코 바꾸지 않기 = 투사. 2) 바꾸지만 매

변화마다 교리화하기 = 클로비스 콤플렉스 : 화형에 처했던 자를 찬미하거나 그 반대로 하기. 3) 하지만 삶의 장막(마야[322]) 위, 어느 물결무늬의 반사들처럼(다시 말해 트럼펫 없이) 교리적이지 않은 방법으로 바꾸기, 변주하기. 『이 사람을 보라』에서 니체가 이야기하는 '변덕'을 참조하세요.

고장

마리나드

이와 같은 제동들, 흔히, 그리고 더 우연적으로는 글쓰기의 막힘들, 고장들은 플로베르에게서 '마리나드'에 의해 육체적으로 표현되었습니다. 작업 테이블을(그 '성스럽고' 우상적인 본성에 대해서는 이미 지적했습니다.) 버리고 무력하게 긴 의자에 뛰어들기.(그렇기 때문에 사무실에 긴 소파를 갖고 있어야만 — 또는 갖고 있지 않아야만 — 합니다.) 따라서 플로베르는 이렇게 씁니다.(1852년, 31세) "때로 빈 것같이 느낄 때, 표현이 안 잡힐 때, 많은 쪽을 긁적거린 후 한 문장도 만들지 못했다는 것을 발견할 때, 나는 긴 소파에 쓰러져서 마음의 권태라는 진흙탕 속에 멍하니 있소……."[323](나는 모종의 만족감을 느끼면서 이 대목을 읽었습니다. 나 역시 불행히도 마리나드 상황에 빠져 있었기 때문입니다.(하지만 나는 동일시하는 것이지 비교하는 것이 아닙니다.) 그리고 말라르메는 (1893년에) 교단을 내팽개치고 '문학에 진정으로 입문하려' 했지만 '펜 자체의 게으름'이 자리를 잡는다고 느낍니다.

어려움

그렇다면 어디에서 고장이 오는 것일까요? 플로베르에게는 표현을 찾지 못하는 데서 옵니다. 스타일의 고장, 이것이 그의 머리를 떠나지 않던 유일한 것이었습니다. 다른 무력함도 있을 수 있습니다. 착상, 도식, 얼굴 붉힘증처럼 여러분 안에서 넘치는 의혹이나 부진 → 짓눌림, '침잠.'(플로베르) 그럼에도 나는 고장에 대해 더 평이한 규정을 하고 싶습니다. 글쓰기가 불가능해질 정도로 어렵다는 감정의 분출.(플로베르, 1857년, 36세: "내게는 글쓰기가 점점 더 불가능해 보인다.") 또는 글쓰기 속에서 원천과 본성을 잘 찾아낼 수 없는 어떤 어려움의 분출.(무의식을 참조.) 그로부터 그 어려움과 싸울 수 없다는, 맥 빠지게 하는 불가능성이 나옵니다.

해결책

고장의 해결책은 무엇일까요?(또는 최소한 그것을 줄이기 위한 해결책은? 실제로 고장은 상사병 같은 것이어서 저절로 지나가기 때문입니다.) 예를 들어 보지요.(이것은 주체와 책에 달려 있습니다.)

1) 어떤 종류든 약이 해결책입니다. 뮈세에게는 압생트, 오늘날에는 암페타민입니다. 테뉴에이트의 역할[324] → 부진을 무찌르는 능란함, 심지어 대담함, 행복감. 하지만 약효가 사라지면 제정신이 돌아와 흥미를 잃거나 최소한 장점이 급격히 사라져서 짓눌립니다. 약은 천재성을 주지는 않지만, 그것을 가지고 있다는 의식은 일시적으로 줍니다. 고장을 없애는 데 유용한 허구증이 빠르게 도지는 것입니다. 일종의 인위적 가동기입니다.

2) 때때로(이것은 책에 달려 있습니다.) 자기 지시적(= "이 단어는 외부 대상이 아니라 그 자체를 가리킵니다.") 묘책이 있습니다. "나는 답을 모른다. 좋아, 그러면 나는 이렇게 쓸 것이다. '나는 답을 모른다.'" 어떤 면에서는 현대 문학 전체가 자기 지시적입니다. 이 문학은 문학으로서의 스스로를 가리키는 데 있고, 글쓰기의 불가능성을 쓰는 데 있습니다. 블랑쇼 → (여담일 뿐이지만, 내가 지금 하고 있듯이) 고장에 대해 해설하면서 그것을 면할(그럼에도 거기에서

벗어나지 않고서) 거대한 고장을 상상해 봅시다.

3) 일종의 인공성 또는 신경적 유연성도 생각해 볼 수 있습니다. 어려움과 고장이 뭐냐에 따라 다른 <u>신경증</u>들 자체를 이용하는 것입니다. 예컨대 초기 단계의 고장: 원고지를 이겨 내기, 착상하기, 용솟음을 촉발하기 등입니다. 히스테릭한 활동이죠. 반대로 스타일, 교정, 보호 등의 과정은 강박적 활동입니다.

4) 마치 타자가 그것을 감시해 왔다는 듯이(시선을 받으며 뭔가 어려운 일을 한다는 불안) 만들고 있는 것에 대한 타자의(대타자의) 상상적 시선에 의해 고장이 일어난다는 점에서 상상계에 의한 한 가지 해결책이 존재합니다. 인위적으로 주이상스와 (타자에 대한) 공포로 글쓰기를 분할합니다. 글을 쓰지만(주이상스입니다.) 출간은 안 할 것이라고(순수한 상상계) 다짐하는 거죠. (사람들의 생각으로는) 이런 것이 글쓰기를 해방시킵니다. 플로베르(1871년, 50세): "마치 아무 일도 없었다는 듯이 나는 나의 『생탕투안의 유혹』을(이것이 제3판이 될 것입니다.) 썼고, 그것이 끝나면 출간하지 않겠다고 다짐했습니다. 덕분에 나는 완전한 정신적 자유 속에서 작업할 수 있었습니다."[325] 문제가 잘 표현되었습니다. 그도 그럴 것이 그 추론의 목적은 비출간이 아닙니다.(『생탕투안의 유혹』은 1872년 6월에 종결되고, 1874년에 출간될 예정이었습니다.) 그것은 정신(펜)을 해방하는 것입니다.

'출간하지 않기,' 이것은 많은 작가들이 사용하는 일종의 반(半)수사학적, 반(半)마법적 수식어입니다.

물론 플로베르입니다. 그는 셀 수 없이 많은 선언을 했습니다. "요컨대 출간은 상당히 어리석은 짓이오."(1853년, 32세) "만일 내가 그것을(만들어진 작품을) 대중이 보도록 한다면, 그것은 어리석어서이고, 또 출간해야만 한다는 습관적 사고 때문입니다. 나로서는 전혀 필요성을 느끼지 않는 사실입니다."(1862년, 41세) 그리고 1846년(25세) : "하지만 나는 아무것도 출간하고 싶지 않소. 그것은 내 삶의 화려한 시절 내가 스스로에게 했던 하나의 주장이자 서약이오. 나는 절대적 무관심으로, 그리고 딴생각 하지 않고 뒷걱정 없이 작업하오."[326]

루소 : "내가 만드는 것을 엿보는 것, 이 원고들을 걱정하는 것, 그것들을 가로채는 것, 그것들을 없애는 것, 그것들을 위조하는 것(=조종자로서 지각되는 타자의 시선의 묘사), 이 모두가 이제부터 나와는 무관하다. 나는 그것들을 가리지도 보여 주지도 않을 것이다. 만일 사람들이 내가 살아 있는 동안 내게서 그것들을 거둬 간다 해도, 내게서 그것들을 썼다는 즐거움, 그 내용에 대한 기억, 그것들을 열매로 맺은 고독한 성찰들을 거둬 가지는 못하리라……."[327]

보들레르 : "저자가 자기 자신을 위해 구상해 낸 남자나 여자를 제외하고 어떤 책이든지 이해된다는 것은 저자의 만족을 위해서 정말 필요한 것일까? (보들레르가 이어진 문장에서 손수 의미를 축소시킨 헌정의 환상입니다.) 결론적으로 말해서 누군가를 위해 그것을 썼다는 것이 필수적일까?"[328]

출간하지 않기의 변이체들이 있습니다. 첫째, 그것들을 읽을 독자를 가지려는 어떤 의향도 없는 자신을 위한 메모들. 파스칼이 죽고 나서 발견된 원고들입니다. 출간할 목적이 아닌 개인적 성찰들, 변명을 위한 메모들. 단지 그스스로 그것들을 이해하기 위해 필요로 했던 많은 양의 정보들입니다. 둘째, 최소한의 활동, 모든 상상적 떨림에서 벗어난 밋밋한 활동처럼 출간하기. 비니 : "자중하는 사람이 해야 할 일은 오직, 출간하기, 아무도 보지 않기, 그리고 자신의 책을 망각하기이다."[329] 셋째, 사후의 부정. 지드(1947년) : "요컨대 진실은 내가 전혀 사후를 믿지 않는다는 것이다."[330]

나는 상반되는 극한적 태도를 그 맞은편에 놓겠습니다. 순진한 출간 광증(狂症)입니다. 일화로서 다음과 같은 경우를 들 수 있습니다. 그도 그럴 것이 아주 정신 착란적이기 때문입니다. 스베덴보리[331](볼테르의 동시대인), 추기경의 아들, 뚱뚱한 부르주아, 엘리트, 돈, 명예, 인맥, 항상 여행하는 중. 그런데 여행은 그럴듯합니다. 왜냐하면 각각의 책을 (라틴어로) 그것을 인쇄할 도시에서 쓰는 것이 그가 세운 체계였기 때문입니다. 그는 쓰는 곳에서 살고 편집하는 곳에서 씁니다.(그곳이 바로 유럽이고, 또 그곳이 유럽이었습니다!)

이런 해결책들 : 인위적 ≠ 실재적이고, 평범하고, 별로 영광스럽지 못하고, 평이하게 윤리적인 해결책.(작업 윤리) 파악하기, 다시 말해 되어 가지 않는 것을 둘러싸기, 떼어 놓기, 그리고 그것을 수정하기.(게다가 그것을 지우기.) → 아주 중요한 것이 있습니다. 한 장을 다시 읽습니다. → 아주 안 좋은 느낌이 듭니다. → 고장, 마리나드. "전부 안 좋아, 나는 쓸 줄 몰라, 결코 거기에 이르지 못할 거야." 등. → 여기에서 일어나기, 자기 테이블로 돌아가기, 그리고 거북한 '장소들'을 파악하기. 일반적으로 그런 장소는 많지 않지만 전염됩니다. 용기를 잃어서는 안 되고, 텍스트는 본성적으로 세부 사항들의 직조물임을 끊임없이 상기해야만 합니다. 고장 해결책은 무엇이 안 되어 가는지를 파악하는 것입니다.

결론 : 권태

어려움, 즉 지연, 포기의 유혹의 회귀가 글쓰기의 두 번째 시련, 즉 인내의 시간을 구성합니다. 그 어려움은 고무적인 동시에 파괴적인 애매한 힘과 숨겨진 관계를 갖고 있습니다. 권태죠.

아세디

권태라는 단어 자체는 고유의 어원을 유유히 조롱합니다. 권태롭게 하다 > 지긋지긋하게 하다(inodiare) > 증오의 대상이 되다(in odio esse). 17세기에 유난히 강했던 이 단어의 의미는(지긋지긋한 고통, 견딜 수 없는 고뇌, 심한 절망), 오늘날 정반대의 것을 가리킵니다. 미움과 사랑이 없는 상태, 충동성의 상실이 그것입니다.(다음과 같은 것을 지적해야 합니다. 이런 종류의 의미론적 문제는 내 마음을 사로잡기 때문입니다. 반대되는 뜻으로 읽기의 유용성. "황량한 동양에서 나의 권태는 얼마나 커질지."[332] = 1) '진짜' 문헌학적 판본 : 나의 심한 절망은 얼마나 커질지. 2) 문헌학적으로 오류가 있는 판본이지만 현대의 함의로 인해 미학적으로 정확한 판본 : 그 무엇으로도 채워지지 않는 영혼의 막연한 불편함이라는 의미에서 동양과 권태의 조화.) 이것은 실제로 그 단어가 매우 교묘하기 때문입니다. 그 단어는 굳이 말하자면 허약함의 힘, 강렬함의 부재의 강렬함을 지시합니다. 이런 시점에서 활력의 도덕이라는(불교를 빼고 모든 도덕이 그렇습니다.) 시각에서 권태 = 심각한 잘못 : 아세디(첫 강의를 참조.[333]), 욕망과 소망의 빼앗김 그리고 욕망의 무가치는 소망의 무가치보다 더 심각한 잘못입니다. 사실이지 단테는 욕망 속에서 살았지만, 소망이 없었던 자들을 명부 속에(첫 번째 원) 둡니다. 하지만 낙담한 자들(Accidiosi), 즉 욕망과 소망 없이 살았던 자들을 훨씬 더 아래쪽인 다섯 번째 원에 위치시킵니다. 이자들은 그 벌로 스틱스(Styx)의 진창 속에서 숨이 막혀 죽습니다. 그들은 문자 그대로 엉망진창이고, 그것을 통해 우리는 고장이 난 작가, 다시 말해 권태의 먹이가 된 작가를 다시 봅니다. 여기에 다른 결합이 더해집니다. 아세디아(accedia) → 신학적 라틴어에서 중죄에 해당하는 태만(pigritia)입니다. 게으름은 축소성 번역입니다. 왜 게으름이 살인만큼이나 심각한 것인지 이해하지 못할 것입니다. 하지만 이렇게 이해해야 합니다. 그것은 음흉한 게으름, 욕망, 미래로의 지향, 도덕적 봉아 등이 없는 인간의 반자연적 상태이며, 또한 고장 난 작가가 겪는 그것입니다. 절망적인 게으름 말이죠. 따라서 기독교 전체가 권태를 일종의 끔찍한 악처럼 느꼈습니다. 파스칼: "열정이 없고, 사건이 없고, 여가가 없고, 몰두할 일이 없는 완전한 휴식 속에 있는 것보다 인간을 더 견딜 수 없게 만드는 것은 없다. 그는 그때 자신의 무, 자신의 버려짐, 자신의 부족, 자신의 의존성, 자신의 무능력, 자신의 공허를 느낀다. 그의 영혼으로부터 즉각 권태, 음흉한 마음, 슬픔, 비애, 원통함, 절망이 나올 것이다."[334](그리스도가 잠시 이 죄를 짊어집니다. *Tristis [est] anima mea usque ad mortem.*)[335] 『팡세』, II, 122쪽

쇼펜하우어

쇼펜하우어는 인간의 형이상학적 조건으로 권태를 들었습니다. 욕망의 심오한 진실, 각자의 심오한 진실: "삶은 시계추처럼 왼쪽에서 오른쪽으로 고통에서 권태로 흔들린다."[336] 권태의 두 가지 징후(여러 가지 중에서)는 놀이와 일요일입니다. 여가 자체가 권태롭다는 파스칼식 사고에 의하면 권태는 서랍 달린 탁자 같은 끼워 맞추기, 신기루 구조입니다. 파리의 공연장에 다니던 젊은 샤토브리앙이 잘 지적하고 있습니다. "나는 권태에서 벗어나려고 나를 권태롭게 한다."[337] 쇼펜하우어로부터 시작해서 그 이전과 이후의 권태에 대한 모든 조사: 낭만주의자들에게서 조사한 후에 상징주의자들에게서 조사 → 모라비아의 소설 『권태(L'Ennui)』. 더 일반적인 방식으로 말하자면, 나는 세기병 혹은 '세기병자들'에 대한 강의를 생각했습니다. 오늘날에도 역시 많은 사람들이 그들의 말대로 권태로워하기 때문입니다. 하지만 그것은 여기서는 초안일 뿐입니다. 권태와 글쓰기의 관계에 대해서 말입니다.

예술

그런데 많은 경우에서 ─ 우리 인용문의 핵심을 우리에게 제공했던 경우들(1850~1920년 사이의 작품들) ─ 작품에의 의지는 권태의 배경 위로 솟아납니다. 샤토브리앙에서 플로베르, 그리고 그 너머 말라르메까지. 플로베르, 1846년(25세) : "나는 권태를 타고났어요. 그것은 나를 갉아먹는 문둥병이오. 삶, 나 자신, 다른 사람들, 모든 것이 권태롭소."[338] 통념은 삶에 대한 이런 시각에 거세게 저항한다는 것을 알아 두시기 바랍니다. 또한 통념은 '비관주의'라는 이름 아래 그런 시각의 가치를 떨어뜨리고, 원동력, 살아가는 기쁨, 용기 등과 같은 보이스카웃주의의 이름으로 그것에 대응하는 것이 건전하다고 믿는다는 사실 역시 알아 두시기 바랍니다.(하지만 비관주의는 낙관주의만큼이나 어리석습니다.) 따라서 이런 배경 위로 예술로서의 글쓰기가 떠오릅니다. 사실 예술은 권태를 없애는 놀라운 힘입니다. 그것은 권태의 절단(절연), 첫 번째 형이상학 위에 다른 형이상학이 개입하는 것입니다. 다시 한 번 더 샤토브리앙이 그 나름의 방식으로, 그리고 그 자체로 기묘하고 아름다운 문장에서 잘 지적했습니다. "만일 내가 스스로 진흙을 반죽했다면, 어쩌면 나는 여자를, 여자들에 대한 열정 속에서 창조했을 것이다. 만일 내가 스스로를 인간으로 만들었다면, 나는 우선 아름다움을 마음껏 가졌으리라. 그런 다음 권태, 나의 끈질긴 적에 대항하는 준비로서 월등하지만 이름 없는, 나의 재능을 단지 고독만을 위해 쓰는 예술가가 되는 것이 내게는 아주 적절한 일인 듯하다."[339](여전히 출간하지 않기입니다.) 이와 같은 절단, 즉 예술에 의해 권태 속에 만들어진 돌파구는 글쓰기의 미미한 실천 속에 주조되어 다시 나타납니다. 글쓰기는 일상적으로 권태를 없앱니다. 플로베르(권태를 타고났다고 말한 그 인용문에서 계속 이어 갑니다.) : "의지의 힘으로 결국 나는 작업하는 습관을 갖게 되었소. 하지만 내가 그것을 멈추자, 그때 나의 귀찮음이 온통 닿을 듯 말듯 되돌아오고 있소. 푸르스름한 배를 벌리고 사람들이 마시는 공기에 악취를 돌게 하는 부푼 썩은 고기처럼 말이오."

본질 밖으로의 추락

분명 사실들을 철저하게 말해야만 합니다. 예술은 반권태, 권태 없애기의 본질입니다. 혹은 오히려 그 '반대'의 함정에 빠지지 않기 위해 역전시켜야만 합니다. 권태는 능동적 힘으로서의 예술(글쓰기)이 대항하는 반동적 힘입니다. 글쓰기의 '고장들'(제동들, 어려움들)이 이어집니다. 본질 밖으로, 따라서 비록 일상 속에 내팽개쳐져 있어도 심각한 죄의식의 회귀처럼 느껴지는 추락들은 참으로 많습니다. 바로 그것이 권태의 양면성입니다. 권태를 뒤로하고 글을 쓰지만 글쓰기를 막는 두 번째 권태가(어쩌면 첫 번째 권태가 전환된 것입니다.) 작업의 내부에서 솟아난다고 말할 수 있을 겁니다. 말라르메(1864년) : "나는 오래전부터 쓰지 않았다. 염세적 기분이 나를 완전히 사로잡았기 때문이다." 그리고 "그럼에도 나는 분명 죽은 느낌이다. 나에게 있어서 권태는 정신적인 병이 되었고, 나의 풀어진 무력감은 가장 가벼운 작업을 할 때조차 나를 고통스럽게 한다."[340]

내 생각에 명석한 마지막 지적은 '자기 지시적' 회수의 역할이 여기에는 없다는 것입니다. 나는 이미 다음과 같이 지적한 바 있습니다. "나는 입이 마른다. 그래서 나는 입이 마른다고 쓸 것이다." 많은 사람들이 — 분명 한 세기 내내 — 이렇게 말했습니다. "나는 권태를 안다. 그래서 나는 권태를 쓸 것이다." 많은 낭만주의자들이(루소에서 프루스트까지 이어지는 작가들을 나는 낭만주의자들이라고 부릅니다.) 바로 이것을 시행했습니다. 샤토브리앙, 바이런, 보들레르, 말라르메 등이 말입니다. 권태의 글쓰기의 마지막 아이러니한 가공을 포함해서입니다. 『팔뤼드』를 쓰는 지드. 하지만 정확히 설령 그것이 같은 권태라 해도(분명 하나밖에 없습니다.) 그것은 같은 권태의 **지향성**이 아닙니다. 사람의 삶을(하지만 무엇보다도 동물들이 권태로워할까요?) 권태로서(조건으로서) 지향하여 이런 지향성에 대해 쓰고자 하는 것과 이런 작업, 이런 활동의 내부에서 종종 작업을, 격자 속에, 그리고 음흉하고 사악하게 **권태의 목록표**에 기재되려 하는 권태로, 권태의 작은 덩어리인 것으로 지향하는 것은 별개의 문제입니다. 나는 이 '작은' 권태에 대항하는 단 하나의 해결책이 있다고 말했습니다. 그것은 **실용적**(세부 사항마다, 순간마다 투쟁하기)이고 **능동적**(글쓰기, 예술에 대해 믿음을 갖기)이어야 합니다.

세 번째 시련 : 분리

이제 세 번째 시련입니다. 첫 번째는 다소 제한적이었습니다만, 어쨌든 시발점이었습니다. 선택이 그것이었습니다. 어찌 보면 두 번째 시련은 항구적이었습니다. 어쨌든 지속적이었습니다. (만들기의) 인내였습니다. 세 번째 시련은 회귀적이라고 할 수 있습니다. 작업 기간 내내 결코 결정적으로 쫓아 버릴 수 없는 어떤 어려운 감정처럼 되돌아옵니다. 글쓰기에 헌신한 사람은 자신이 세계에서 분리되어 있다고 느낍니다. 은둔 행위에 의해서뿐 아니라 가치 단절, 절교, 분리라는 극한적으로는 죄의식을 갖게 하는 감정에 의해서 그렇습니다. 그는 세계의 공인된 가치에서 물러서고 결별하며 결탁을 포기합니다. 그가 세계에 공존재로 남아 있다면, 그것은 그가 종종 감내하기 어려운 어떤 우회로를 통해서입니다. 그는 환속(비종교적) 상태에 있다고 느낍니다. 따라서 문제는 이것이라고 말할 수 있습니다. 아니면 이것이라고들 말했습니다. 도덕적 시련이라고 말입니다.

의고주의와 욕망

지금 집단적 의식에 ― 또는 준의식에 ― 거의 닿은 것, 그것은 문학의 의고주의, 그러니까 주변화입니다.(사람들은 항상 주변화에 대해 참으로 젊어야 하는 것처럼, 다소 전위적이어야 하는 것처럼 이야기합니다. 하지만 찾아내고 이해하는 것마저 흥미로울 시간, 역사의 여백들이 있습니다.) 그런데 바로 거기에 우리의 문제가 있습니다. 이와 같은 문학의 '의고주의화'는 문학에 대한 강한 욕구와 공존(동시에 발생)합니다.(강의 도입부 참조.)

복고주의

내가 방금 지적한 역력하고 ― 또 내가 그것을 진술하고 있으므로 ― 의식적인 의고주의화는 인용된 제재들, 따라서 제안된 개념들과 동작들, 행위의 복고주의입니다. 그것은 프루스트를, 다시 말해 문학의 규범적 개념에(사실 낭만주의 문학입니다. 이 책 473쪽을 참조.) 완전히 동화된 한 저자 ― 어쩌면 마지막 저자 ― 를 전혀 넘어서지 못합니다. 요즘 쓰인 책들의 95퍼센트는 내가 다룬 문제들을 벗어납니다.

비현재성(非現在性)

다른 의고주의화의 징후는 내게는 절박한 내가 하고 있는 일의(글쓰기의) 현재성과 주변 세계의 현재성이 맞아떨어지지 않는다는 돌연한 감정입니다. 각각의 영역이 다른 영역에 대해 비현재적입니다. 그로 인해 불편과 비웃음들이 잔인하게 야기됩니다. 예컨대 다음과 같은 심각한 문제에 대한 강의를 준비하던 날(1979년 10월 10일)입니다. '글쓰기를 시도할 때 책을 계속 읽을 수 있을까?' 나는 세계를 《리베라시옹》을 읽으며) 훑고 있었고, 세계는 나의 개인적 투사를 하찮은 것으로 만들면서 내 얼굴로 확 다가왔습니다. 경찰의 만행, 곤봉에 맞은 오토바이 운전자들, 핵폐기물, 셰르부르에서의 대치, 어린 이날의 초대를 거절하고 모든 극좌 모험주의의 주장들을(경찰서에서 구타당한 이주 노동자들, 피페르노의 본국 송환, 골드만의 살해 등을)[34] 상기시키면서 가타리가 대통령에게 보낸 고결한 편지. 하나의 문학작품을 목적으로 어떻게 갇혀 지내는지를 알기 위해 내가 장시간 추론해 나가는 동안 이 모든 것이 떠올랐습니다! 시사성은 그것을 잊고 있는 누구에게든지 항구적으로 일종의 협박을 가합니다.

생생한 욕망

그럼에도(그래도 지구는 돈다(Eppur si muove)식으로 강하게 '그럼에도') 이와 같은 비난받아 마땅한 비시간성 속에 묻혀 지내기의 근저에는 다루기 힘든 하나의 욕망이자, 또 어쩌면 이 욕망 자체가 의고주의적인 것이라는 점에서 문학적 의고주의에 순응하는 욕망인 글쓰기의 비현재성이 있습니다. 먼저, 모든 욕망은 자아의 숨겨진 ─ 그리고 비문화적인 ─ 지대에서 기인하기 때문이고, 더 적확하게는 글쓰기 욕망은 유년기적이지는 않을지라도 최소한 청소년적이기 때문입니다. 사람들은 문학적 '소명'에 눈을 뜨는 것이 거의 사춘기와 일치한다고 지적합니다. 거기에는 일종의 아동적인 것이 아니라 청소년적인, 글자 그대로의 오이디푸스적인 것보다 더 사랑스러운 준(準)의고주의의 정립이 있습니다.

이것은 분명 글쓰기 욕망은 건전한 동화의 표상으로서의 현재성의 모든 압박에 저항하고 또 항상 생생하게 솟구친다는 것을 설명해 줍니다. 아주 생생하고, 가까운, 그리고 그 자체의 현재성, 열렬하고 완고한 현재성에 의해 생기를 얻는 욕망입니다. 비행기에서(1979년 8월 29일 비아리츠행) 파스칼을 읽으며, 그리고 이 텍스트에 취해서 나는 그것의 진실을(텍스트의 진실은 그것이 말하는 것의 진실이 아닙니다. 그것은 — 역설적 어휘입니다. —그 형식의 진실입니다.) 이렇게 되뇌었습니다. 문학을 사랑한다는 것은, 읽는 그 순간 그 현재, 그 현재성, 그 즉각성에 대한 모든 종류의 의혹을 일소하는 것이고, 그것은 화자가 살아 있는 한 사람이라는 것을 믿고 아는 것이라고 말입니다. 마치 호메이니나 보카사보다 더 현재적인 그의 몸이 내 옆에 있다는 듯이 말입니다. 그것은 죽음을 두려워하는, 혹은 현기증이 날 정도로 죽음에 대해 놀라는 파스칼이고, 그것은 이 오래된 단어들(예컨대 '인간의 비참함', '욕정' 등)이 나 자신 안에 있는 현재적 사실들을 표현한다는 것을 발견하는 것이며, 그것은 다른 어떤 언어의 필요성을 느끼지 않는 것입니다. 사실상 현재는 현재적인 것과 구별되는 개념입니다. 현재는 생생하고(나는 그것을 나 스스로 창조하는 중입니다.) 현재적인 것은 그저 하나의 소음에 불과할 수 있습니다.

죽게 될 것

여기에 다음과 같은 사실을 더해야 합니다. 문학이 가진 이런 욕망은 내가 명확하게 문학이 소진되는 중이라고, 폐기되는 중이라고 느낄 수 있을지도 모르는 만큼 더욱더 날카롭고 생생하며 더욱더 현재적일 수 있다는 사실입니다. 이 경우 나는 그것을 깊이 파고드는 듯한, 심지어는 심하게 동요시키는 사랑으로 사랑합니다. 죽게 될 무엇인가를 사랑하고 두 팔로 부둥켜안듯이 말입니다.

폐기의 징조들

능동적 힘, 생생한 신화로서의 문학이 위기에 처한 것이 아니라(너무 쉬운 표현입니다.) 어쩌면 죽어 가는 중이라는 감정. 마찬가지로 여러 가지 중에서 폐기의(또는 숨가쁨의) 몇 가지 징조들. 어쩌면 아주 주관적입니다. 보충해야 할 단순한 자료입니다. 몇 가지 검토할 점은 다음과 같습니다.

교육

무엇보다도 진지하게 문학 교육의 상황에 대해 점검해야 합니다. 학교는 (대학보다 더) 문학에 대한 사랑과 그 신화, 다시 말해 문학에 대한 경의와 조롱이 한꺼번에 형성되는 장소이기 때문입니다. 프루스트, 그리고 지젤의 논설문입니다.[342] 그런데 나는 자격이 없습니다. 나는 교사들의 태도에 대해서도 학생들의 태도에 대해서도 증언할 수 없습니다. 물론 나는 이 점에 대한 진단 결과가 그다지 밝지 않으리라 생각합니다. 그것은 아주 복잡한 사안입니다.

1) 왜냐하면 문학의 이미지는 매우 직접적으로 정치적(경제적, 사회적) 조건들에 예속되기 때문입니다. '전문 기술적' 직업(=테크노크라시)을 이롭게 하려는 권력이 원하는 '문과'의 후퇴, 교육직의 맬서스주의 등. 여기에는 문학 교사상(敎師象)의 변천, 악화에 대한 연구가 필요할 것입니다. 프루스트에게 그의 문학 선생님들이 어떤 존재였는지 생각해 볼 필요가 있습니다.

2) 왜냐하면 실천으로서의 '학교적인 것'은 그 속에 스타일이 덕지덕지 달라붙는 나쁜 이미지 상태로 넘어갔기 때문입니다. 거기에는 문학적 글쓰기의 이념적 불행이 있습니다. 다음과 같은 것들 속에서 훼손된 글쓰기 말입니다. 첫째, 지배계급의 소유물 속에서, 둘째, 과거에 매인 무시된 가치 절하 속에서, 셋째, 형식의 실천은 꾸며지고 '퇴폐적인' 활동이라는, 몇몇 사람들이 우선시하는 신화 속에서, 넷째, 문학의 생존을 아카데미즘이 떠맡고 있는 현실 속에서 말입니다. 그로부터 경우에 따라서는 지식층 자체로부터 온

질타가 있는 것입니다. 푸코는 '결론적으로 기표의 지배권을 제거하기,' 그리고 '텍스트 분석의 낡은 아카데믹한 방법들과 글쓰기의 단조롭고 교과서적인 명성에서 파생되는 모든 개념들에 대해 거리를 유지하기'를 요구합니다.[343] 학교적인 것으로서의 '스타일'에 대한 '현대적' 거부입니다. 셀린은 자신이 그가 연합고사 문체라고 부르는 것, 즉 볼테르, 르낭, 아나톨 프랑스의 프랑스어 문장을 비꼽니다.(그렇다면 내 경우 이런 문체에 대한 비뚤어진 취향을 갖고 있는 걸까요?)

리더십

또 하나의 명백한 변동 사항이죠. 하지만 나는 이 사안의 윤곽을 그릴 뿐입니다. 문학적 리더십의 소멸. 적어도 이백 년 동안 문학은 지배적, 소수적 인물들의 거대한 위계질서 구조였습니다. ('참여한') 모든 작가들은 (당연히) 지식인이었습니다. 작가는 사회의 신화적 인물, '가치'의 결정화였습니다. 양차 대전 사이에는 여전히 위대한 리더들이 있었습니다. 모리악, 말로, 클로델, 지드, 발레리. 그들은 사라졌지만 대체되지 않았습니다. 말로가 마지막이었습니다. 아라공도 그렇습니다. 이런 변질은 신화의 자기 파괴의 리더로서의 사르트르 단계에서 관찰되고 분석되어야 할지 모릅니다. 이와 같은 무계승성을 약간 조잡하고 하찮은 방식으로 요약하자면 이렇게 말할 수 있습니다. 프랑스에서는 더 이상 '노벨상을 탈 만한 사람'이 없다고.

작품

이 강의는 아주 본질적으로 '의고적'이어서 그 대상, 즉 작품(Œuvre) 개념은 어떤 의미에서는 더 이상 문학의 세계에서 통용되지 않습니다. 글을 쓰는 사람들은 책을 생산하고 또 생산하고자 하지만, 개인적 기념비, 전력투구하는 미친 대상, 개인적인 우주로서의 작품의 전형적 지향성은 더 이상 또는 거의 더 이상 없다고 할 수 있습니다. 역사를 따라 작가가 구축한 반석.(그로부터 솔레르스의 『천국』의 예외적 성격, 결과적으로 비시대적 특징이 기인합니다.) 이유는 무엇일까요? (사실 이런 종류의 현상들과 더불어 사람들은 그것이 흔적들, 징조들 또는 원인들과 관계된 문제인지를 결코 알 수 없습니다.) 분명 다음과 같은 것들일 것입니다. 글로 쓰인 것이 더 이상 어떤 가치, 어떤 능동적 힘의 무대화가 아니라는 것입니다. 그것은 체계, 교리, 신앙, 윤리, 철학, 문화에 더 이상 부속되지 않거나 잘못 부속되어 있습니다. 글로 쓰인 것은 걸쇠 없는 (세계의) 이념적 유출 속에서 생산됩니다. 그런데 작품은(그리고 그 매개인 글쓰기는) 정확하게 하나의 걸쇠입니다. 이것이 풀린 바퀴를 제자리에 겁니다. 상투성의 풀린 바퀴나 광기의 풀린 바퀴 말입니다. 작품 : 허무주의가 아닙니다.(니체에 따르면 허무주의는 상위 가치들이 경시될 때 나타납니다.)

수사학

글쓰기는 더 이상 교육(가장 넓은 의미에서)의 대상이 아닙니다.

1) 주지하다시피 수사학, 다시 말해 어떤 효과를 목적으로 말하도록 가르칠 수 있는 기법(기술(Techne))은 이제 없습니다. 언어는 더 이상 효과 있는 장치로서 구상되지 않습니다. 수사학의 제도적 죽음에 대해 강조하지는 않겠습니다. 내가 1965~1966년에 사회과학고등연구원(EHESS)에서 이 주제로 세미나를[344] 주재한 적이 있기 때문입니다. 수사학은 퇴조했고 테크노크라시화되었습니다. '표현 기술'(거창한 생각이죠!), 텍스트 압축, 글들(writings) 등. 그런데 수사학 교육과 내가 이야기했던 작가들의 글쓰기는 밀접하게 연결되어 있습니다. 수사학 = 쓰는 기술.(≠ 읽는 기술→ 더 많은 언어활동 기술들.)

2) 제도, 교육의 단계에서가 아닌 쓰기의 심리 교육(Psychagogie)의 다

른 상위적 형태는 글쓰기의 실천 문제에 대한 작가들 간의 상호 소통입니다. 호혜적(Inter pares) 수사학 → 편지들(플로베르, 카프카, 프루스트), 그리고 연장 자가 연소자와 하는 상호 소통입니다. '조언들'이 그것입니다. 릴케의 아름다 운 책『한 젊은 시인에게 보내는 편지들』을 기억하시기 바랍니다. 그런데 이 런 조언들이 사라졌습니다. 더 이상 '전달'되지 않습니다. 코르타사르의 고백 은 놀랍고도 비시대적인 한편, 다음과 같은 특징(르귀예의『텍스트의 친구 모 임』, 원고, 22쪽.[345])으로 나를 감동시킵니다. "쓰는 데 어려움을 겪는 젊은 작 가들에게 이렇게 충고할 것 같다. 충고한다는 것이 우정을 담은 것이라면 말 이다. 자신을 위해 글쓰기를 일정 시간 동안 멈추고 번역 일을 해서 좋은 문 학작품을 번역하라고. 그러면 어느 날 자신이 그 전에는 가지고 있지 않았 던 여유를 가지고 쓸 수 있다는 것을 알게 될 것이다."(『코르타사르와의 대담』, EDHASA 출판사, 1978년.)

3) 작가에게 주는 충고의 '본질적' 형태는 결과적으로 실기가 아니라 쓰 기의 의지 자체와 관련됩니다. 삶의 목적(Telos)으로서의 쓰기는 다음과 같 은 질문에 대답합니다. "나는 써야 하나? 계속 써야 하나?" 모두가 이렇게 대 답합니다.(플로베르, 카프카, 릴케) 그것은 타고난 것, 재능의 문제가 아니라, 생 존의 문제라고요. 쓰세요. 글을 안 쓰면 당신이 소멸되어 갈 게 확실하다면 말입니다.(사람들이 소명이라고 부르는 것은 필시 이와 같은 생존입니다.) 플로베르 (1858년, 37세)는 익명의 누군가에게 이런 내용의 편지를 보냈습니다. "당신에 게 아주 긴 편지를 쓰고 싶습니다. (……) 당신이 거역할 수 없는 쓰기의 욕망 을 느끼고 헤라클레스 같은 기질을 지니셨다면, 당신은 옳은 일을 한 겁니다. 그렇지 않다면, 잘못되었습니다! 나는 그 직업에 대해 압니다. 결코 녹록하 지 않습니다!"[346] 따라서 '충고'는 다른 사람에게 자신의 욕망을, 또는 더 제 대로 말하자면 자신의 욕망에 대한 앎을 가리키는 것입니다. 그런데 자신의 욕

망을 알기는 어렵습니다. 많은 사람들이 글을 쓰려는 의향 속에서 발버둥치지만 글을 쓰는 데 도달하지는 못합니다.(=의지 박약) 어쩌면 그것은 단순히 근본적으로 그들이 진정으로 그런 욕망을 갖고 있지 않아서일 수도 있습니다. 글쓰기의 거짓 욕망이 다른 욕망, 주체 자신도 모르는 욕망을 가리는 것입니다. 그것은 단지 이동 가능한 징후일 뿐입니다. 하지만 주체 자신만이 이런 것을 이해할 수 있습니다. "쓰지 마세요." 또는 "그것은 애쓸 가치가 없어요."라고 말하면서 충고자는 다른 사람에게 줄 수도 있는 나르시시스적 상처 앞에서 멈칫합니다. 그도 그럴 것이 직접 쓰지 않기(Agraphisme)는 좋은 평판을 얻지 못하기 때문입니다. 그렇다면 소크라테스의 경우는 어떨까요? 맞습니다. 하지만 소크라테스는 플라톤이라는 인물을 통해 글쓰기의 우회적 목적을 가지고 있었습니다.

이 항목을 끝맺기 위해 다음과 같은 사실을 지적하고자 합니다. 내 경험에 따르면, 오늘날 더 이상 실천적 충고에 대한 요구는 없습니다. 하지만 항상 글쓰기를 통해 인정받고자 하는 강한 요구는 있습니다. 변한 것, 즉 폐기된 것은 글쓰기 욕망이 아니라(따라서 그것은 어쩌면 규정된 사회성을 초월하는 것입니다.) 글쓰기가 작업, 교육, 깨우침에 묶여 있다는 감정의 상실입니다. (글을 쓰려는) 충동은 일종의 비사실주의적 순진함 속에서 나타납니다. 매개물을 생각하는 데 대한 거부입니다. 노동이 유행 중이지는 않습니다!

영웅주의

나는 이미 이런 지적을 한 적이 있습니다. 문학 리더들의 사라짐, 이것은 여전히 사회적 개념이라고요. 리더는 문화 조직 내의 인물입니다. 하지만 작가 공동체 내에서는(소멸이라고 말하지는 않겠지만 그것을 의문시하는 것에 대해 내가 이야기하고 있는 공동체입니다.) 다른 단어가 절실합니다. 덜 사회적이지만 더 신화적인 단어가 말입니다. 영웅이라는 단어가 그것입니다. 보들레르는 포를 가리켜 '가장 위대한 문학적 영웅들 중의 한 명'이라고 말했습니다. 오늘날 생기를 잃어 가는 것이 바로 문학적 영웅의 모습 — 또는 힘 — 입니다.

    1) 말라르메, 카프카, 플로베르, 심지어 프루스트(『잃어버린 시간을 찾아서』의 프루스트)를 생각해 볼 때 '영웅주의'란 무엇일까요? 첫째, 문학에게 부여한 일종의 절대적 독점성입니다. 심리적 어휘로는 외골수, 편향된 사고라고 할 수도 있을 것입니다. 하지만 또 다르게 말하자면 문학을 완전히 세계에 대한 대안으로, 그러니까 문학을 전체이자 세계의 전부로 제시하는 초월성입니다. 의식적으로 그리고 철학적으로 급진적인 말라르메의 고백이 있습니다. "그렇다. 문학이 존재하기를, 그리고 원한다면 다 빼고 혼자서만 존재하기를." 또한 그는 쥘 위레와의 대담에서(『르뷔 블랑슈』, 1891년) 이렇게 말합니다. "세계에서 모든 것은 한 권의 책으로 귀결되기 위해 존재합니다."[347] 그리고 덜 교리적이고, 더 실존적이며, 더 애절한 방식으로 카프카는 이렇게 쓰고 있습니다.(펠리스 바우어에게 쓴 편지, 1912년.) "행여라도 문학과 그것에 연결된 것이 아닌 다른 어떤 것에 의해 행복을 누리는 일이 있다면(그런 경우가 있었는지는 잘 모르겠습니다.) 그때 분명히 나는 글을 쓸 수 없어서 막 시작된 것들이 즉시 뒤흔들리는 것을 보게 될 겁니다. '문학에 대한 나의 향수'는 무엇보다 우선시될 테니까요."[348] 둘째, 영웅주의는 하나의 실천에 대한 완강한 애착인 동시에 세상 사람들에 맞선 독자성과 고독의 요청, 다시 말해 역설입니다. 모방으로부터 출발해서(문학을 따라 하기, 좋아하는 저자를 따라 하기.) 후설이 계승 거부(= '독단')[349]라고 부르는 것을 다시 쟁취해야만 합니다. 니체를 참조하세요.(『이 사람을 보라』, 299쪽.) "그 시절에(첫 바이로이트 페스티벌(1876년경) 때) 나의 본능은 돌이킬 수 없이 물러서기, 다른 사람들처럼 하기, 나를 다른 사람처럼 여기기 같은 버릇과 끝장을 내는 방향으로 귀착되었다."[350] 셋째, 고독

의 영웅주의의 세 번째 속성은 문학을 배우기, 저주를 받을 때까지, 다시 말해 세상 사람들의 비난을 받을 때까지 혼자이기를 배우는 것입니다. 카프카는 1897~1898년경에 쓰기 시작합니다. 어느 일요일 오후, 그는 두 형제에 대해(한 명은 미국에, 다른 한 명은 감옥에.) 뭔가를 썼습니다. 삼촌 한 분이 가족 앞에서 그 텍스트를 읽고 다른 사람들에게 말했습니다. "흔한 잡동사니네요." "나는 당연히 앉아 있었고, 그 전처럼 계속해서 쓸모없는 나의 원고 위로 고개를 떨구고 있었다. 하지만 나는 실상 단번에 사회에서 쫓겨났고, 삼촌의 평가가 이미 거의 실제적인 의미를 지니고 내 속에서 반복되자, 익숙한 감정의 한가운데서 우리 세계의 차가운 공간을 보았다. 내가 무엇보다 먼저 찾고 싶었던 불의 도움으로 나를 덥혀야 할 필요성이 있는 그 공간을 말이다."[351]

2) 이와 같은 '영웅주의'가 과연 오늘날에도 있을까요? 어쩌면 그렇습니다. 분명 그렇기까지 할 것입니다. 하지만 확실한 것은, 문학 자체가(쓰이고 있는 것이라고 신중하게 말해 봅시다.) 그런 흔적, 증언을 지니고 있지 않다는 것입니다. 이와 같은 '영웅주의'를 최후로 증명해 주는 인물이 블랑쇼입니다. 하지만 이런 용맹은 오늘날 숨겨야 할 것, 말해지지 않아야 할 것으로 불리고 있습니다. 영웅주의는 당연히 사회적(군사적, 투사적) 영웅주의의 거만함과는 아무런 관계도 없기 때문입니다. 그것은 외관은 별로인 영웅주의입니다. 사회가 그것을 더 이상 인정하지 않을 정도로, 다시 말해 더 이상 그것을 알아보지 못하고, 그 가치, 수용되어야 할 권리를 더 이상 인정하지 않을 정도로 — 그리고 바로 거기에서 폐기되는 것입니다. — 문학은 고통, 어려움, 신음에 의해 지배를 받기 때문입니다. 오늘날의 문학은 나에게 하이든의 교향곡 「고별」의 마지막을 생각하게 합니다. 악기들이 하나씩 사라집니다. 두 개의 바이올린이 남습니다.(3도 연주를 계속합니다.) 그 둘은 남아 있지만, 촛불을 끕니다. 영웅적이고, 노래다운 노래를 부르는 것입니다.[352]

추방된 작가

이러한 폐기의 몇 가지 징조들로부터 출발해서 —나는 적어도 그것들을 그런 식으로 보았습니다.— 나는 계속적으로 나의 작업, 나의 글쓰기 실천과 더불어 —내가 초안을 잡았던 그대로— 역사의 무대로서의 —개괄적으로는— 세계, 현재와 이별의 감정을 엮어 갑니다. 따라서 나의 세 번째 시련은 추방의 유령입니다. 나는 구상하고 기획하고 작업하지만, 나의 작업, 나의 욕망과 질이 같지 않다고 느끼거나 믿는 지적 '생활권(biosphère)'이라고 말할 수 있는 것 속에서 그것을 해야 합니다. 물론 이와 같은 '추방'은 뚜렷하지 않습니다. 그것은 내가 제기하는 문제들의 일종의 전선(前線)에서 만들어집니다. 하나의 작품을 만들려는 나, 모든 것을 그것에 희생하려고 결심한 나는 작품이 어디에 위치하는지 궁금합니다. 1) 어떤 역사 속에? 2) 어떤 사회 속에? 3) 어떤 언어 속에? 이 의문들에 대해 몇 가지를 살펴봅니다.

어떤 역사?

두 가지 문제가 있습니다.

첫 번째 문제 : 작가는 어떻게 '역사를 재현하고' '표현하는가'?(=그가 인지 가능하게 하고자 하는 것으로서의 그의 현재는 무엇인가?) 그것은 미학적 문제입니다. 그것은 문학의 역사적 이론에 속하는 아주 다른 문제가 될 것입니다. 그것은 실존적이지 미학적이지 않았던 나의 논제에서 벗어납니다. 다만 다음과 같은 지적을 할 수는 있습니다. 위대한 작품들은 위대한 역사를 위대한 측면에서 표현한다는 고상한 생각을 경계해야 합니다. 그런 일이 있을 수는 있습니다. 예를 들어 방대한 역사시, 나폴레옹 시대의 러시아 사회를 그린 서사시인 『전쟁과 평화』의 기획이기도 합니다. 하지만 위대한 작품은 아주 흔

히 단지 역사와 주변적이고, 부차적이고, 간접적이고, 세분화된 관계만을 맺습니다. 단테가 살았던 시대의 역사 속에서 그보다 더 역사적이고, 더 참여적인 작가가 있습니까? 그렇지만 「지옥편」을 읽어 보십시오. 피렌체를 둘러싼 몇몇 도시들 또는 심지어 촌락들의 작은 무리들, 가문들 사이의 분쟁이 있습니다. 그리고 이 모든 것이 악의 절대적 초월 속에서 다시 합쳐집니다. 탐구되어야 할 것은 오히려 그 재현의 양식들입니다. 다시 말해 어떤 관계의 결정을 제시하는 것뿐만 아니라 이 관계의 교활함 역시 탐지되어야 합니다. 동질성, 세분화, 소형화, 중간적 개념들에 의한 매개 등이 그것입니다. 하지만 이것은 우리의 논제가 아닙니다.

두 번째 문제는 작가의 실존성에 더욱 가깝습니다.(그런데 미학적 기법에 가까운 것은 아닙니다.) 역사 속에서, 나의 역사 속에서 나를 움직이게 하는 것은 무엇일까요? 나의 실존은 어떻게 나의 역사를 구조화하고, 그것을 연결시킬까요? 이 연결이 나의 작품, 더 잘 말하자면 작품에 대한 나의 관계의 방향을 바꾸게 하는 결과를 낳도록 말입니다. 예컨대(나는 한 '항목'의 윤곽을 그리는 정도일 뿐이기 때문입니다.) 자기가 살던 시대의 역사와 아주 강한 실존적 관계를 맺었던 작가인 샤토브리앙을(따라서 『르네』나 『아탈라』의 에테르 같은 저자가 결코 아니고, 사르트르와 말로를 합친 것보다 더 맹렬하게 '참여했던' 작가를) 보면, 우리는 다음과 같은 두 가지 가설 사이에서 오락가락한다는 것을 알 수 있습니다.

1) 나는 나의 동시대인들로부터 마음속 깊이 잠재적으로 배제되어 있고, 또 나의 모든 성향에 의해 형성 중인 역사로부터 배척되어 있으며, 폐기된 역사로, 과거로 열정적이고 절망적으로 돌려보내져 있습니다. 나는 현재적인 어떤 것도 좋아하거나 이해하지 못하고, 비현재적인 것을 좋아하고 이해합니다. 나는 시간을 가치들의 절하로서 경험합니다. 바로 '복고주의'죠. 또

는 향수입니다. 샤토브리앙 : "프랑스는 그렇게 풍요로웠던 과거 중 더 이상 거의 아무것도 갖고 있지 않다.(1833년, 다시 말해 부르주아 권력이 완전하게 자리 잡은 초기에 쓰였습니다.) 프랑스는 다른 시대를 시작하고 있다. 나는 나의 세기를 묻기 위해 남아 있다. 베지에 약탈(1209년 알비주아에 의한 약탈) 속에서 쓰러지기 전에, 마지막 시민이 숨을 거두었을 때 종을 울려야 했던 늙은 신부처럼 말이다."[353] 이와 같은 '복고주의'는 열정의 양면성 전부를 지니고 있습니다. 즐거움과 죄의식을 말합니다. 또한 이 절대적 복고주의는 '성 폴리카르프주의(polycarphisme)'라고 익살스럽게 불릴 수도 있습니다. 왜 그럴까요? 자신의 시대를 견딜 수 없어 했던 플로베르는(그렇지만 무엇이 『보바리 부인』이나 『감정 교육』보다 더 '역사적'일까요?) 항상 분개했고 끊임없이 이렇게 되뇌이던 성 폴리카르프를 대부로 삼고자 했습니다. "하나님! 하나님! 저를 어떤 시대에 태어나게 하신 겁니까?"[354]

2) 거기에 없다고 선포하려는 엄청나고, 격정적인 이와 같은 고집은 동시에 거기에 있기도 하고 없기도 하다는 예리한 감정과 겹칠 수 ─ 그리고 실제로 겹치고 있습니다. 이것이 두 번째 가설입니다. ─ 있습니다. 다시 말해 새로운 세계, 부재하는 세계, 즉 과거와 만들어지고 있는 현재적 세계의 접합부 자체에 있다는 것입니다. 그리고 이 접합부는 총괄적으로 글로 써야 할 것처럼 사유됩니다. 여러분이 경험했고, 현재 깊이 경험하고 있는 세계와 역사의 분절 같은 것을 알고, 결정하고, 지적하는(의식하는) 일이 남아 있습니다. 샤토브리앙에게는 그것이 쉬웠습니다. 그는 엄밀히 근대사의 가장 중요한 사건인 프랑스 혁명과 동시대인이었습니다. 한 사건의 '절정(Acmé)'과 한 명의 주체의 청소년기에서 성숙기로의 여정이 공존할 때, 나는 그것을 '엄밀히 동시대적'이라고 부릅니다. 그런데 샤토브리앙(1768~1848년)은 나폴레옹과 같은 해에 태어났고,[355] 1793년에 25세였습니다.(절정은 1789년이 아닙니다. 왜냐하면 사

실상 바스티유는 대수롭지 않은 사건이었기 때문입니다.) 이와 같은 연대기적인 위상 덕택에 샤토브리앙은 『무덤 저편의 회상』의 유고 서문에서 자신의 전기를 신구의 합류로 선언하게 됩니다. "나는 한 세계가 끝나고 시작되는 것을 보았고, 이 시작과 끝의 대립되는 성격들은 나의 주장에 (그는 합법주의자이고 개혁주의자이기 때문에 특히) 뒤섞여 있다. 게다가 나는 내 시대의 원칙들, 사상들, 사건들, 재앙들, 서사시를 재현했다. 두 강의 합류점처럼 두 세기 사이에서 나는 나 자신을 만났다. 나는 그 탁한 물속으로 뛰어들었다. 아쉬움 속에 내가 태어난 옛 물가에서 멀어지며 새로운 세대들이 상륙할 미지의 강가를 향해 소망과 더불어 헤엄치면서 말이다."[356] 작가의 삶 전부가 역사적 분절을 갖는 것일까요? 분명 그렇지 않습니다. 하지만 단절 사실을 정치적 변화의 어휘로서 평가하지 않도록 경계해야 합니다. 중요한 것은, 비록 거기에 정치적 변화가 이어지지 않는다 해도 감수성의 변화가 있느냐 하는 것입니다.(혁명이 그랬듯이 말입니다.) 예컨대 드레퓌스 사건입니다.(프루스트, 졸라) 나에게 있어서 역사적 분절은 분명 (세계대전이 아니라) 1968년 5월입니다. 만일 창조적으로 중요한 것, 귀결되는 것이 있다면, 그것은 역사에서 생겨난 것들인 필연성, 불안, 그리고 적응하려는 능동적 작업입니다. 연속성이 깨지거나 말거나 하는 것, 역사는 멈추지 않는 적응입니다. 젊은 사람은 생리적으로 적응해야 하고, 늙은 사람은 실존적으로 적응해야 하며, 이런 임무를 글쓰기의 임무에 더한다면 여러분은 내가 믿는 바로는 만들어야 할 것으로서의 작품의 화학 공식을 만나게 됩니다. 어렵고 현기증 나는 공식입니다. 변화에 적응해야 하는 인간 자신도 변하는 하나의 주체이기 때문입니다. 아인슈타인식 문제입니다. 세계와 나는 동시에, 하지만 후천적이든지 선천적이든지 변화의 정확성에 눈금을 매기는 지표가 없이 변화합니다. "이것은 내 마음에 들지 않아." 하지만 변한 것은 세계입니까, 아니면 나입니까? 나는 대체 무엇에 대해 불평할까요? 세계에 대해서입니까, 아니면 나에 대해서입니까?

어떤 사회?

이 질문에 대한 대답이 만족스러우려면 소신과 참을성을 가지고, 숙명적으로 어떤 본연의 정치적 결단을 — 어떤 선택을 — 포함하게 될 심오한 사회학 분석에 헌신해야만 할 것입니다. 그도 그럴 것이 사회에 대한 '사고(思考)'는 어쩔 수 없이 '선택적이고' '교리적'이기 때문입니다. 그런데 나는 개인적으로 이 사고를 확신할 수 없습니다. 따라서 한담(閑談)거리 정도의 난폭함과 불명확성(불검증성)을 지니는 몇 가지 지적들만을 감행해 볼 수밖에 없습니다.

1) 현대에서 가장 '사회적인' 문학 이론은 마르크스주의 담론의 내부에서는 루카치-골드만의 이론입니다.[357](다른 것들도 가능합니다. 사르트르, 비사회적인 것이 아니라 사회적인 것을 가로지르는 것을 우선 생각했던 구조주의 : 약호(code)) 소설에 대한 명제가 있습니다.(『백과사전』(라루스)) 서양의 위대한 소설가에게 다음과 같은 두 개념, 즉 존재(être)와 생성(devenir)은 서로 충돌하고 양립 불가능하다는 것이 그것입니다. 소설적 인물은(예컨대 쥘리앵 소렐) 부지불식간에, 개인들이 세계와 조화를 이루며 사는 인류의 신화적 상태를 기억하고 있습니다. 주인공은 사람들을 분열시키는 근대 자본주의의(탄생기의 자본주의는 돈키호테, 지배기의 자본주의는 안나 카레니나입니다.) 법칙에 의해 가공되고 변질된 세계 속에서 이와 같은 잃어버린 조화를 되찾으려 노력합니다. 따라서 소설은 가치(사랑, 정의, 자유)가 있는 세계를 경제법칙에 의해 결정된 사회 체계와 대립시키는 사명을 갖게 됩니다. 주인공은 논리적으로 보면 굴복해야 합니다.(그런 일이 흔히 일어납니다. 쥘리앵 소렐.) 하지만 또한 흔히 소설은 실현 불가능한 가치와 받아들일 수 없는 사회사 사이의 중간적 태도를 이

어 갑니다. 주인공은 실제적 역사와 진실된 윤리 사이의 대립의 희생자입니다.(『백과사전』)[358]

2) 이 도식은 충분히 설득력이 있습니다. 그 견고함과 변증법적인 플레하노프[359]식 마르크스주의의 첫 문화적 체계화에서는 볼 수 없는 힘에 의해서 그렇습니다. 그럼에도 불구하고 커다란 의문들이 제기되는데, 특히 우리가 제기하는 의문은 다음과 같습니다. 현재적, 다시 말해 먼지처럼 많아도 '위대한 소설'은 없는 현재적 소설들은 더 이상 가치 있는 어떤 의도, 어떤 기획, 어떤 윤리적 열정의 저장고가 아닌 듯합니다. 내가 그것에 대해 판단할 수 있는 한, 많고 많은 세분화된 상황 표현들, 개별적 항의들이 있습니다. 진정한 윤리의 쇠퇴 또는 유보입니다. 다음과 같은 의미에서 퇴보적입니다. 소설적 초월성의 부재가 그것입니다.('위대한' 소설이 없습니다.) 그런데 이와 같은 소설들은 자본주의가 계속되고, 분명 현실 세계가 조화의 꿈을 부정하는 사회에서 발생합니다. 내 생각에(다시 한 번 더 이야깃거리로서 말하는 것입니다.) 복잡해진 매듭, 고리는 다음과 같습니다.

첫째, 정치적으로 마르크스주의적 성찰 내에서조차 커다란 억압이 있습니다. 상투성은 언제나 부르주아 계급과 프롤레타리아 계급을 충돌로 몰아넣습니다. 억압받는 것은 프티부르주아 계급입니다. 이 계급은 어디에 있습니까? 이 계급은 무엇을 할까요? 이 계급은 어떻게, 무엇에 작용할까요? 마르크스는 1848년 혁명과 관련해서 그 회전축 역할을 지적했습니다. 프티부르주아 계급과 프롤레타리아 계급의 연맹 단계에서는(3월) 승리한 혁명이, 이 프티부르주아 계급이 등을 돌리고 부르주아 계급과 연맹하자(6월) 곤두박질했다고 설명했습니다. 프롤레타리아 계급과 프티부르주아 계급(사회당)의 분열은 좌파에게 끊임없이 승리를 대가로 치르게 합니다. 통속적으로 말하듯이 "내가 뭘 바라보는지 아시죠."[360]

둘째, 그런데 문학에서는 이것이 중요합니다. 왜일까요? 그 까닭은 작가는 부르주아와 프티부르주아 사이에서 애매하고 중간적인 사회적 위상을 지니기 때문입니다. 플로베르를 보십시오. 그는 끊임없이 부르주아를 혹평하지만, 그가 노리는 것은 실상 프티부르주아적 미학(또는 윤리학, 또는 담론)입니다. 플로베르를 불안하게 하고 질식시키는 것은 실제로 프티부르주아 계급의 역사적 상승입니다. 프랑스 현대사는(그리고 분명 유럽사는) 자본주의가 눈에 보이게 그 계급의 문화적 이익을 손에 넣고 있는 프티부르주아 계급의 문화 속 상승, 개화에 의해 특징지어집니다.(프티부르주아 권력의 손에 있는 매체들에 의해서입니다.) 이것이 내가 곧 전할 플로베르의 외침을 설명해 줍니다. 그는 오늘날 권력의 문화적이고 교육적인 정책에 맞서 다음과 같이 소리를 높일 수 있습니다. 1872년(51세), 투르게네프에게 쓴 편지입니다. "나는 항상 상아탑 속에 살려고 애썼습니다.(다시 말해 프티부르주아의 상승에서 격리된 순수한 부르주아로서.) 하지만 오물 같은 물결이 그 벽을 무너뜨리려고 두들겨 댑니다. 프랑스의 정치가 아니라 정신적 상태가 문제입니다.(우리는 이념이라고 말할 것입니다.) 공교육 개혁안을 담고 있는 시몽의(공교육 장관) 공문을 보셨습니까? 체력 단련에 할애된 문장이 프랑스 문학과 관련된 문장보다 더 깁니다. 바로 이것이 작지만 의미심장한 징후입니다."

셋째, 플로베르로부터 지금까지 긴 전환기가 있었습니다. 그때 (부르주아적) 가치로서의 문학은 문학사의 명목으로 계속해서 작동할 수 있었습니다. 소수민족들의 문학에 관련해서 카프카가 말했던 것을 참조하기 바랍니다.(우리는 분명 카프카 시대의 보헤미안일 것입니다.) 문학은 죽은 작가들을 저장하면서 창조를 계속하고 있습니다. "과거와 현재에 대한 그들의 부정할 수 없는 작용은 너무나 실재적인 무엇인가가 되어서, 이 무엇인가가 그들의 작품을 대체할 수 있는 정도이다. 사람들은 그들의 작품에 대해 이야기하고, 그들의 작용에 대해 생각한다. 심지어 전자를 읽으면서도 사람들이 보는 것은 여전히 후자이다. (……) 문학사는 오늘의 취향이 많은 것을 손상시킬 수 없는 움직일 수 없고, 신뢰할 만한 덩어리로 소개된다."[361] 당연히 이 덩어리는 더 이상 움직일 수 없는 것이 아니라는 것, 그리고 '시대의 취향'이 그 철옹성을 깨뜨리고 파손한다고 봅니다. 그로부터 그 안에 남아 있는 자의 이별, 단념의 불안(세 번째 시련)이 나옵니다.

넷째, 문학과 사회의 현재적 관계에 대한 이와 같은 전망을 마무리하자면, 아마 다음과 같은 사실을 기억해야 할 것입니다. 문학은 더 이상 부유한 계급에 의해 지탱되지 않는다는 사실을 말입니다. 그러면 누가 문학을 지탱할까요? 여러분, 나, 다시 말해 수입 없는 사람들입니다. 경제적 권력도 없어서 부르주아 계급에서(만일 아직 그것이 존재한다면) 물러나 있지만, 권력을 찾고 있는 새로운 계급인 프티부르주아 계급에 동화되지 않은 사람들입니다. 왜냐하면 이 계급의 윤리, 미학은 만족스럽지도 않고, 또 우리에게서 비판적 시선을 야기하기 때문입니다. 문학은 계급을 이탈한 고객들에 의해 지탱되고 있습니다. 우리는 사회적 유형자(流刑者)이고, 우리는 허름한 가방 속에 문학을 들고 다닙니다.

3) 작가가 활기차게, 종종 흥분해서 참여의 문제를 제기하는 것은 그가 계급 이탈자이기 때문입니다. "세계가 나를 퇴출시켰으니 나는 어떻게 해서든지 거기로 돌아가려는 것입니다." 그것이 참여입니다. 왜냐하면 나는 현실에서 계산되지 않은 종류의 사람이기 때문에, 모종의 공물로 대가를 치러야만 인정받을 수 있습니다. 오늘날 작가들과 지식인들의 참여 활동이 얼마나 도덕적인가는 여러분의 추측에 맡기겠습니다. 이런 도덕성의 징조는 셀 수 없이 많습니다. 서명 운동, 선언문, 배척 운동. 나는 다만 작가의 현실적 분리와 그의 참여 사이에는 구성적 연결만이 있다는 사실을 지적하고 싶습니다. 그

가 참여에 찬동하는 것은 정확히 더 이상 사회와 맞아떨어지지 않기 때문입니다. 샤토브리앙은(「유고 서문」) 중세에는 삶과 작품이 합치했다는 것을 상기시키고 있습니다.(사실 단테에게서 삶과 작품의 경악할 만한 뒤얽힘을 떠올리는 것으로 충분합니다. 오늘날은 그 누구도 이와 같은 격정에 근접할 수 없습니다.) "(……) 하지만 프랑수아 1세 때부터 시작해서 우리 작가들은 그 재능이 그들이 살던 시대의 사실들이 아니라 정신의 표현일 수 있었던 고립된 사람들이었다."[362](샤토브리앙이 이렇게 말한 이유는, 자신의 참여가 독특하다는 점을 인식했기 때문입니다). 그로부터 일종의 과민증(過敏症)이 나옵니다.(사전 찾기에 게으른 분들을 위해서 = '열정의 격렬한 자극.') 요즘 작가들의 참여라는 과민증이 말이죠. 그는 참여 요청에 응할 수 없을 때마다 현실의 좋은 기회를 놓칠까, 모든 사람들이 배에 오른 해변에, 고독한 다른 행성에(당연히 천랑성(Sirius)입니다.) 혼자만 남게 되는 게 아닐까 하는 불안을 느낄 우려가 있습니다.(내가 기술하는 것은 '해야만 할 것'이 아니라 — 이것은 어쩌면 잠시 후에 초안될 것입니다. — 하나의 소여, 분리의 상황입니다.)

어떤 언어?

역사(역사적 시간)와 사회(사회적 집단의 분포) : 살아 있고, 능동적이고, 고양시키는 환경으로서의 문학을 밀쳐 버리는 그렇게나 많은 짐들, 작가를 분리시키려는 경향이 있는 현재적 힘들. 자, 이제 (세 번째 시련 속의) 세 번째 시련입니다. 작가는 보호받는 작품을 만들기 위해서 어떤 언어로 쓸까요?

내가 보기에 모든 것은 글쓰기의 언어라고 부를 수 있는 두 개의 본성(또는 두 개의 전제) 사이의 하나의 역설, 또는 최소한 하나의 모순에 근거합니다. 문학적 언어는 오늘날까지 반드시 글로 쓰였기 때문입니다. 구술일 수 없다는 것이 문학의 정의입니다. 우리에게 있어 '구술 문학'은 설화, 동떨어진 주변 문학입니다.(하지만 『천국』[363]은 예외입니다.)

　　1) 글쓰기 언어의 첫 번째 의무 위상은 모국어입니다. 글쓰기 언어는 주체의 모국어에 하부 범주로서 자리합니다.(모국어가 아닌 다른 언어로 작품을 만드는, 어쨌거나 예외적인 저자들의 경우는 유보합니다. 생각나는 대로 말해 보면 콘라드, 베케트, 시오랑이 있습니다.) 내 생각에 이 모국어적 특징은 내가 언어의 비장한 본질이라고 부르는 것을 구성합니다. 모국어('부국어(父國語)'라고 안 합니다.)는 어머니의 품에서 배운 언어입니다. 어떤 의미에서 그것은 여성의 언어입니다. 그것은 전달된 언어, 상속된 언어이고, 내가 생각하는 바로는 무의식적으로 모계사회를 지향합니다. 이와 같은 모국어의 페이소스(좋은 어의에서)는 내게 너무나 중요해서 나는 아무리 위대하고 아무리 잘 번역되었어도 번역 작품을 잘 견디지 못합니다. 카프카가 좋은 예입니다. 어쨌든 그의 작품은 종종 문체적으로 약간 볼품없습니다. 그 기준은 옮겨 적는 즐거움을 주지 않습니다.

　　2) 글쓰기 언어의 두 번째 위상은 더 이상 아동의 자동적 동작에 의해서가 아니라 훈육, 교육에 의해 학습됩니다. 학교에서 그렇습니다.(고대의 교육 체계에서는 '유모들'의 언어와 훈육자의 언어가 대조적입니다. 퀸틸리아누스를 볼 것.[364]) 사실상 사람들은 고전을(나는 이 단어를 확장된 의미에서 사용합니다. 문학적 언어 전부라는 뜻입니다.) 배우고, 또는 최소한 배워 왔습니다. 나는 영어와 마찬가지로 고전을 배웠습니다.(게다가 더 잘 배웠습니다.)

　　글쓰기 언어의 양면적 성격은 안과 밖의 언어, 전승된 것임에도 불구하고 매번 '손수 만든,' 자발적이고 구축된 언어라는 점입니다. 특수하고 보편적입니다. 이 집단 언어가 모종의 본질성을 보유한다는 점에서 그렇습니다. 말라르메는 전승된 어떤 기품에 대해(그에게는 글을 썼던 선조들이 있었습니다.) 희미한 생각을(자기 자신을 위한) 가지고 있었습니다. 문인들의 가계(家系)에 더해

향수 어린 언어 역시 가지고 있었습니다. 어린 시절에 의해, 청소년 시절에 의해 주체 속에 고정된 언어이기 때문입니다.

글쓰기의 언어에 여러 시대가(따라서 그에 이어서 즉시 다음과 같이 말해야만 합니다. 여러 번의 죽음이) 기재됩니다.

1) 주체의 모국어는 매일매일 닳기 때문에 쉽게 알아볼 수 없는 리듬으로 늙어 갑니다. 더구나 그것은 언제나 부모가 속한 계급의 언어입니다. 내가 말하는 언어에는 나의 어린 시절에서 온 단어들, 친숙한 여러 단어들이 있어서 갑자기 나는 그 단어들이 나보다 젊은 청자들을 약간 놀라게 하는 것을 발견합니다. 몇몇 문학작품들은 인물들의 대화 재구성에서 이와 같은 가벼운 편차들을 인용합니다.(발자크) 말해야 되고 '연구해야' 할, 언어에 의한 가벼운 현기증입니다.

2) 학습된 언어, 즉 고전은 더 급격하게 늙어 가거나, 또는 최소한 적절하게 말하자면, 늙어 가지 않으면서 늙어 갑니다. 그 언어는 급격하게 거부를 당하거나 시효를 소멸당합니다. 그 언어는 구식(舊式)이 되어 가고, 그것에 충실한 채로 남아 있는 사람을 구식이라는 고독 속으로 이끌어 갑니다.(구식은 괴롭습니다. 인위적으로 전향되지 않는다면 말입니다. 구식 키치로 말입니다.) 예컨대 어떤 단어들은 더 이상 신세대와 연결될 수 없습니다. 가령 어떤 '젊은이'가 자기는 '슬프다'고 말하는 것을 들을 수 있을까요? 오늘날 어디에서 파스칼식 표현을 들을 수 있을까요? '인간의 비참함'이라는 표현을 말입니다.(그렇지만 그 내용은 계속 지속되었고, 또 그 표현은 단순하고 바른 것으로 남아 있습니다.) 거기에는 치유될 수 없는 시간의 찢김이 있으며, 이 찢김은 언어 속에 기재됩니다.

강렬하게 살아가고, 시간을(보았다시피 우리의 세 번째 큰 시련에 스며드는 명제) 생각하는 경향이 있는 주체(작가)에게 시간의 찢김으로서의 이와 같은 언어의 찢김은, 언어의 묵시록이라는 엄청나고 찢는 듯한 속도를 가질 수 있습니다. 샤토브리앙은(그의 경우 당연히) 미국 인디언 언어들(예컨대 이로쿠아 언어)의 소멸에 대해 거창하게, 다시 말해 과장되게 말했습니다. 인용해 보겠습니다. 먼저 다음과 같은 장례 입당송입니다. "어느 러시아 시인이(샤토브리앙은 대체 어디에서 그 수많은 예들을 찾는지 모르겠습니다.) 튜튼 기사단의 연회에서 1400년경 자기 나라 옛 전사들의 영웅담을 옛 러시아어로 노래했다. 아무도 그것을 이해하지 못했으나 사람들은 보상으로 200개의 빈 호두를 그에게 주었다." 그다음으로 거창하고 조소적인 것입니다. "오레노크 토속민들은 더 이상 존재하지 않는다. 자유를 되찾은 앵무새들에 의해 나무 꼭대기에서 발음되는 10여 개의 단어만이 그들의 방언에 남아 있다. 아그리피나의 지빠귀만이 로마 궁전의 난간 위에서, 그리스어 단어들을 지저귀는 것처럼 말이다. 그리스어와 라틴어의 파편인 우리의 현대적 속어들(고전 프랑스어라는 뜻입니다.)의 운명 역시 언젠가 그러하리라. 마지막 프랑스 골족 신부의 새장에서 날아오른 몇 마리의 까마귀가 무너진 높은 종탑에서 이민족들, 즉 우리의 계승자들에게 말할 것이다. '여러분이 예전에 잊었을 한 소리의 억양을 받아들이시오. 여러분이 이 모든 담론에 끝을 맺을 겁니다.' 그러니 보쉬에가(고전적 글쓰기의 원형이죠.) 되어 주시오. 마지막 결과로서 여러분의 걸작이 한 마리 새의 기억 속에서 여러분의 언어와 인간 세계에서의 기억을 넘어 생존할 수 있도록 말이오!"[365] 새, 까마귀 혹은 앵무새는 전혀 은유적이 아니거나 약간만 은유적입니다. 이것은 녹음 자료입니다. 다음과 같이 말했다는 노부인의 앵무새(300살?) 이야기가 있습니다. "와~앙(王)은 바로 나요!" 문학, 그것은 하나의 언어입니다. 따라서 작가는 상식적으로, 그가 약간 성찰하게 된다면, 자신의 영원성 또는 최소한 자신의 사후의 생, 자신의 후세를 내용이나 미학적 개념으로서가 아니라(이런 개념은 추후의 양식들에 의해 나선형으로 포착될 수 있기 때문입니다.) 언어의 개념으로서 생각해야 합니다. 그리고 진단 결과는 엄중합니다. 왜냐하면 언어는 영원한 것이 아닐 뿐만 아니라, 그 미래, 다시 말해 그 소멸은 되돌릴 수 없기 때문입니다. 만일 라신이 어느 날 사라진다면 (이미 다소간 그렇게 되어 있습니다.) 그것은 그의 정념의 묘사가 효력을 잃고 있거나, 잃게 될 것이기 때문이 아니라, 그의 언어 역시 라틴어가 종교회의에서 그런 것처럼 죽게 될 것이기 때문입니다. 또한 플로베르의 신중함과 명석함이 있습니다.(1872년, 51세) "……그도 그럴 것이 나는 (……) 오늘날의 독자를 위해서가 아니라 언어가 살아 있는 한 존속하게 될 모든 독자들을 위해 글을 쓴다."[66] (재미 삼아 이런 생각 역시 이미 반향이 없다는 것을 지적해야겠습니다. 그 형식은 더 이상 감탄할 정도로 단순하고 인상적인 것처럼 보이지 않기 때문입니다. 나는 《르 누벨 옵세르바퇴르》에 그것에 대한 짧은 시평을 썼지만 결코 어떤 반향도 얻지 못했습니다. 당연히 하나의 언어가 더 이상 들리지 않는 순간입니다.)

따라서 언어는(나는 이 단어를 복잡한 의미에서 사용하지만, 내 생각으로는 분명한 의미, '그 자체 역시 언어활동 속에서 기원한 한 언어에서 유래한 담론,' 다시 말해 사실상 소쉬르적 의미에서 사용합니다. '언어'에 '말'을 뺀 의미입니다.) 하나의 시공간입니다. 다시 말해 사회적 공간의 구분에 따른 공시적 분할이 역사적 시간의 분할(쇠퇴, 생존, 미련 등)에 뒤얽혀 있습니다. 따라서 '시간의 고통' 속에 프랑스어의 분할을 위치시키는 것은 받아들일 만합니다. 우리는 (단순화하자면) 세 개의 프랑스어를 갖게 됩니다.

1) 구어, 아니 그보다는 회화어입니다. 이유는 수사학적으로 코드화된 구어가 존재하기 때문입니다.(그렇게 글로 쓰이지는 않지만 말입니다.) 정치가, 교육자, 그리고 일반적으로 라디오 텔레비전의 언어입니다. 이와 같은 회화적, 대화적(그것이 이 언어에 대한 정의의 표식입니다.) 언어에는 분명 다수의 하위 변이체들, 내가 여러 번 이야기한 목록화되지 않고 언어학적 의미에서 기술되

지 않은(이것이 나의 아쉬움 중 하나입니다.) 하위 변위체들이 있습니다. 그것에 대해서는 말하지 않겠습니다. 나의 강의 주제가 아니니까요. 항상 일상생활 속에서 나를 어리둥절하게 만드는 다음과 같은 것 정도만 말하겠습니다. 구어를 그 기능에 따라 고려하는 이론적, 방법적 가능성입니다.(힘에 대한 니체식 관점과 몇 가지 유사성을 지닐 수 있는 관점은 언어의 드라마주의(Dramatisme)입니다.) 정말로 자주 주체가 언어, 그 무효성, 실어증과 지독하게 투쟁하는 것으로 보인다는 사실이 그것입니다. 언어의 사용은 많은 주체들에게 있어서 어렵고, 고통스럽고, 까다로운 일인 듯합니다. 물론 문화 수준과 지역화(학교에서 배우는 프랑스어와의 관계에서)에 따라서 그렇습니다. '나의' 고장에서 나는 흔히 주민들(정원사, 도로 인부), 그리고 파리에서조차 경비원이 언어의 형식을 찾지 못해 끔찍하게 난처해하고, 불명료하고, 유창하지 못하고, 느리고, 산발적으로 표현하는 말을 듣습니다. 프랑스어가 그들에게는 잘못 배운 제2언어 같은(나의 경우에 영어로 이야기할 때처럼) 것이라고 말할 만합니다. 하지만 어떤 것이 제1의 언어입니까? 어떤 잠재적 사투리일까요? 나는 젊은 이발사가 타르브(Tarbes)[367]에게서 미용을 공부하느라 자기 고장을 떠났음에도, 주체에 접근하는 방식에 따라 두 개의 언어를 지닌다는 것을 확인했습니다. 나는 그에게 산세바스티안[368]에 가는 위험성에 대해 물었습니다. 그는 위험성 자체, 불확실함에 대해 말하면서는 부자연스럽고 투박하고 간결한 언어를 사용했습니다. 하지만 외즈카디(Euskadi)[369] 북부 지역에서의 바스크 또는 반(反)바스크 폭력 행위에 대해서 말할 때는 언어가 술술 풀렸습니다. 왜일까요? 그 까닭은 그가 사용할 수 있는 상투적인 것들이 있었기 때문입니다. 라디오 정보, 그가 이발을 해 주던 동네 헌병들의 험담.(생장드뤼즈(Saint-Jean-de-Luz)[370]에서 살해당한 바스크인, 매춘업 사건. 아주 작은 측면들을 통한 역사.) 달리 말하자면, 이 일화에 방법론적 해결책을 주기 위해서는 다음과 같은 사실을 지적해야 할 것입니다. 좋은 언어학, 세련된 언어학은 언어를 담론에서 떼어 놓지 않는다는 사실을 말입니다! 유창하고 당당한 언어로 이야기하기, 그것은 언어학자들의 언어의 보고(寶庫)가 아니라 상투성의 보고로 통하는 길입니다. 상투성이 이념적 현실인 것만은 아닙니다. 그것은 절대적으로 하나의 언어학적 현실입니다.

2) 이와 같은 회화어의 맞은편에 있는 일군의 언어가 구어(라디오, 텔레비전) 또는 문어(정기 간행물, 학술적 저술, 문학적 저술)입니다. 이 일군의 언어는 견고하게 코드에 의존한다는 특징이 있습니다. 이것들은 연구할 수 있는 언어입니다. 두 개의 커다란 코드로 나눌 수 있습니다. 두 개의 언어로 말입니다. 그것들을 특징짓기 위해 나는 말라르메가 제시한 대립을 이용하겠습니다. "내 시대의 부인할 수 없는 한 가지 욕망은 화언 행위의(여기서는 언어의) 이중 상태를 — 한편으로는 질료적이거나 직접적인 상태, 다른 한편으로는 본질적인 상태 — 서로 다른 개별적 역할로 분리해서 고려하는 것이다."[371]

1) (말과 글이 섞여 있는) 언어의 '질료적이거나 직접적인 상태.' 말라르메는 그 자신이 다른 곳에서 저널리즘 혹은 '보편적 보도'[372]라 부르는 사회적 언어활동의 아주 일반적인 범주를 겨냥하고 있습니다. 중요하고, 심지어 제국주의적이며, 오늘날에는 패권적인 이 언어는 다음과 같은 특징을 가지고 있습니다. 첫째, 그 언어는 '자연 발생적'이라는(말라르메 = '직접적'), 다시 말해 사실상 '도구적'이라는 평판을 받습니다. 언어활동은 정신적 또는 극적 내용의 도구일 뿐이지 일관성 자체는 없습니다. 또는 그 사실을 알지 못합니다. 언

어활동은 자연 발생적인 것으로 행세합니다. 이 기준의 관점에서, 글쓰기로 행세하지 않지만 하나의 보고서, 하나의 진술, 하나의 사유의 설명에 쓰일 뿐이고 또 투명성으로 자처할 뿐인 학술적 저술들을 보편적 보도에 부속시킬수 있을 것입니다. 실제로 일종의 고급스럽고 진지한 보도입니다.(나는 전에 이도구적 언어활동을 글쓰기(écriture)에 대립시켜 기술(記述, écrivance)이라고 불렀습니다.[373]) 둘째, 저널리즘의 언어는 (아주 넓은 의미에서) 확실히 그 어떤 의고주의도, 그 어떤 기원의 의미도, 그 어떤 (언어의) 제식도, 그 어떤 의식도, 간략히 말해 그 어떤 종교성도 포함하지 않습니다. 현재의 ('직접적') 언어인 그 언어는 (언어의) 과거와 그 어떤 성스러운 관계도 없습니다. 절대적으로 세속적인 언어입니다. 셋째, 그 언어는 쓰는 자의(또는 읽는 자의) 육체에서 나온 것이 아닙니다. 따라서 그 언어는 개인적이지도, 하나의 이름으로 수용되는 것을 요구하지도 않습니다. 이름이 없는 (순수 저널리즘의 경우에는) 익명이나 다름없는 언어입니다. 그리고 만일 책의 영역으로 넘어간다면, 집단적이기를 감수하고, 점점 그쪽으로 향해 가기까지 하는 글쓰기입니다. 두루 실행되고 있는 라이팅(writing), 공동 문집들, 공저들 → 저자 소멸의 확장, 더 이상 문장 속에 이름을 기재하지 않으려는 의지 → (비록 표지에는 이름이 있지만) 저자 없는 책들을 생산하려는 몇몇 출판사들의 뚜렷한 경향 → '제재들', '주제들'이 아주 선명한 책들. 현재 이런 '보편적 보도'는 신체 언어활동으로서의 저자가 점점 더 자기 책과 분리되게 (이것이 우리의 세 번째 시련입니다.) 만드는 지배적 힘입니다.

　2) 마주하고 있지만 위협받고 위축되어 있으며 경시되는 것, 즉 말라르메가 본질적 상태라고 부르는 것이(그것을 옹호하기 위해, 그것을 구현하기 위해) 있습니다. 글쓰기가 가지는 절대적으로 문학적인 상태가 그것입니다. 나의 의도는 이 글쓰기를 기술하는 것이 아닙니다.(어쩌면 앞으로의 강의의 대상일 것입

니다.) 나는 다만 말라르메의 눈에는 이 '본질적 언어'가 산문과 시의 대립을 무효화시킨다는 점을 상기시키고자 할 뿐입니다. 본질적 산문은 시구입니다. "문체에 대한 노력이 있을 때마다 거기에는 시 작법이 있다."[374] "하지만 사실 산문이란 없다. 알파벳과 다소 밀도 있는 시구들이 있다. 다소 불분명한 시구들." 그리고 말라르메는 계속해서 이렇게 말하고 있습니다. "비범한 작가의 산문 전부는 (……) 단절된 한 시구로서 가치가 있다." 이것은 본질적 글쓰기가 감춰진 알렉산드랭 규격 시로 진행된다는 것을 의미하는 것이 아닙니다. 그것이 의미하는 바는 보편적 보도의 맞은편에 생략들과 간결한 표현들(시적이고 마법적인 언술 행위를 한꺼번에 참조하는 단어)에 토대를 둔 글쓰기가 있다는 것입니다. '직접적이고, 질료적인' 사회 언어에서 철저하게, 의도적으로, 그리고 영예롭게 물러선 글쓰기죠. 별개의(배제된?) 글쓰기입니다.

(내가 염두에 두고 있는) 작가가 감내해야 할 것이 정확히 이런 배제이고, 이런 감내가 바로 그의 세 번째 시련입니다. 이런 배제 속에서 그는 점점 지지를 덜 받기 때문만이 아니라(더 이상 그를 지지해 줄 사회계급이 없습니다.) 또한 사회적 교감을 되찾기 위해 그 스스로가 효율성에 대한 배려에 의해 끊임없이 보편적 보도에 동조하고 싶은 유혹을 느끼기 때문이기도 합니다. 언어활동에서 추방되는 것은 항상 아주 힘든 일입니다. 언어활동은 연결(lien)이기 때문입니다. 종교처럼요.(그 단어의 뜻이 이것입니다.) 따라서 그것은 파문(破門)과 같습니다.

언어의 차원에서 분리의 시련은 다음과 같은 문제로 돌아옵니다. "오늘날 고전적 쓰기를 할 수 있는가?(비현재적이라는 위협 없이 말하고자 합니다.)" 그럴 수 있을 것입니다. 만일 사회가 언어의 다중성, 서로 다른 언어들의 공존을 받아들인다면 말입니다. 다시 한 번 말라르메에게서 가져온 인용문입니다. "내 시대의 부인할 수 없는 한 가지 욕망은 화언 행위의 이중 상태 — 한편으로는 질료적이거나 직접적인 상태, 다른 한편으로는 본질적인 상태 — 를 서로 다른 개별적 역할로 분리해서 고려하는 것이다." 여기에서 불만스러운 것은 언어의 분할이(따라서 예외적 언어의 실존이) 아니라 그와 반대로 상이한 개별적 역할을 존중하지 않는다는 것입니다. 이 문제는 『향연』에서 단테가 다루었습니다. 여기에서 그는 라틴어와 속어 라틴어의 차등적 사용의 정당성을 제시합니다.[375] 프랑스인은 하나의 언어에 대한 다른 언어의 위협 없이 <u>두 언어</u>에 대한 권리를 행사할 수 있어야 합니다. 특히 본질적 언어, 그 생략들, 간단히 말해 그 '은어'에 대한 권리입니다. 또는 그보다도 은어에 대한 비난들의 종식입니다.

본질적 언어(다시 말해 고전어, 글쓰기 언어)는 오랫동안 지배했습니다. 지배계급에 연결된 그 언어는 계급 분리를 추인하는 우월함을 지녔습니다. 말을 잘 못하거나 글을 잘 못 쓰면 비난받았습니다. 하지만 오늘날에는 그렇지 않습니다. '잘 쓰기'는 부르주아 계급의 미학적 해빙 속에 끌려 들어가서 더 이상 '존중받지' 못합니다. 다시 말해 더 이상 지켜지지 않고(라디오에서 프랑스어가 셀 수 없을 정도로 잘못 사용되고 있습니다.) 사랑받지 못합니다. 아주 소수이고 배제된 언어가 되는 경향이 있습니다. 우리의 태도, 우리의 결정은 다음과 같습니다. 즉 우리는 더 이상 고전적 쓰기를 과거의 형식, 합법적인 형식, 합당한 형식, 억압적 형식 등으로 옹호해야만 하는 하나의 형식이 아니라, 그 반대로 역사의 전개, 그리고 역전을 새롭게 만드는 중인 하나의 형식으로 생각해야 합니다. 의도적으로 인위적이고 별도의 — 오늘날에는 분명 불가능한 운율시와 등가인 — 또는 아주 어려운 하나의 언어활동처럼 생각해야 합니다. 거리 두기의 힘, 언어활동 행위를 통해 보편적 소통이라는 잘못된 믿음과 보편적 보도 속에(나는 이 글을 1979년 10월 31일 불랭 장관이 자살한 날 아침에 썼습니다.[376]) 괴물처럼 잠들어 있고 깔려 있는 **지배적 리비도**(libido dominandi)

를 피하고 싶다는 것을 드러낸다고 생각하시기 바랍니다. 달리 말하자면 오늘 우리는 고전적 글쓰기를 그것이 방부 처리되어 온 지속적인 것과의 연결이 끝난 것으로 생각해야 합니다. 더 이상 지속적인 것 속에 붙잡혀 있지 않기 때문에 그 글쓰기는 새로운 것이 됩니다. 약한 것은 항상 새롭습니다. 그것을, 이 고전적 글쓰기를 가다듬어야 합니다. 그 글쓰기 안에 있는 생성을 드러낼 목적으로 말입니다. 니체를 기억합시다. "언어활동의 표현 수단들은 '생성'을 말하는 일에는 무용하다. 지속적인 존재들, '사물들' 등의 더 조잡한 어떤 세계를 끊임없이 제시하는 것은 우리의 파기할 수 없는 보존 요구에 달려 있다. 따라서 거기에 의지란 없다. 의지의 섬광들이 있고, 그 권능은 끊임없이 늘었다 줄었다 한다."[377] 그 까닭은 여전히 문학적 글쓰기가 보존적 무게를 덜어 내는 경우에만, 또한 생성, 즉 가볍고 능동적이고 도취시키고 신선한 무엇인가처럼 능동적으로 사유될 수 있을 경우에만 지속적일 것이기 때문입니다. 새로운 것, 전에 없던 것은 어디에 있을까요?

오늘 아침 나의 신문의 어떤 문장(보편적 보도) 속에 있을까요, 아니면 샤토브리앙의 작품 속에서 수많은 것들 중에서 따온 다음과 같은 글로 쓰인 문장 속에 있을까요? "모든 것이 빛났고, 눈부셨고, 금빛이었고, 풍성했고 빛으로 꽉 차 있었다." 살아 있는 것의 다양성은 어디에 있을까요? 글쓰기 속에서 나는 현재적인 것의 상투성에 대한 라이팅(writing)을 말해야 할까요, 아니면 문체에 대한 다음과 같은 원칙 속에서(플로베르, 1854년, 33세)일까요? "서로 닮았지만 모두가 다른 숲 속의 나뭇잎들처럼 문장들은 책 속에서 움직여야만 한다."[378]

극복하기

비극적인 것

따라서 이 세 번째 시련 속에 세 개의 분리가 있습니다. 역사, 사회문제, 언어로부터의 분리입니다. 쓰기 위해서 끊임없이 극복해야만 하는 이 분리의 감정은, 작가 자신이 투쟁할 때 세계에 부재하고 있다는 단순한 죄의식이 아니라 그 반대로 어렵게 존재한다는 복잡한 감정입니다. 능동적이나 무력하고, 진실하나 효과가 없는 감정입니다. 작가, 내가 상상하려 애쓴 그대로의 그 사람, 문학적 절대성에 헌신하는 그 사람은(예나(Iéna)의 낭만주의자들이 말하던 낭만주의(Romantik)[379]) 세계 앞에서 자기 스스로를 진실한(그는 진실을 봅니다.) 동시에 무기력한 증인으로 느낍니다.

1) 무기력하다, 왜 그럴까요? 대중, 정치, 사상 등에 대한 작가의(오늘날에는 지식인의) 행동이라는 케케묵고 허튼 명제가 아니라, 사유 또는 예술에 의해 세계를 제어하는 위력, 따라서 책의 내재적 힘과 관계됩니다. 제어할 수 있는 것의 문제, 즉 역사적 문제입니다. 예를 들어 앎입니다. 17세기에는 앎, 인간의 앎 전체가 단 한 사람(라이프니츠)에 의해 제어될 수 있었습니다. 하지만 18세기에 벌써 앎을 제어하기 위해서는 여러 명이 있어야 했습니다. 바로 백과사전파입니다. 그 후, 백과사전파는 증가했고 다양해졌지만 어떤 것도 만족시키지 못합니다. 학문(la science)은 더 이상 없고, 학문들(des sciences)이 존재했습니다. 여러 가지 앎입니다. 그와 마찬가지로 다른 분야에서는 오랫동안 저자가 혼자서 세계를 (허구적으로) 제어할 수 있었습니다. 그렇게 한 마지막 저자는 분명 프루스트였습니다. 이제는 불가능합니다. 어떤 통일적 철학도 더 이상 제어하지 못하는 세계의 전 지구적 광대함, 그 문제들, 그 구조들의 복잡함은 ── 게다가 매체들, 즉 간헐적이고 과장된 정보에 의해 극화되고

왜곡되고 훼손된 복잡함은 ── 어떤 소설가도 제어할 수 없을 것입니다. (『천국』? = 간헐적으로 나오는 대단한 소설입니다.)

2) 그럼에도 ── 바로 거기에 아픔이 있습니다. ── 문학적 절대의 작가는 자신이 진실을 말한다는 것을 압니다. 또는 여러분이 덜 오만한 주장을 원하신다면, 이렇게 말하겠습니다. 다른 작가들, 특히 과거의 작가들의 작품을 읽을 때 흔히 그는 문학이 말한 것의 영속성에 의해서처럼 진실에 의해 충격을 받습니다. 시험을 해 보죠. 여러분에게 텍스트를 하나 읽어 드리겠습니다. 인용 화법 진술입니다. 페미니즘에 대한 인용화법 진술입니다.

플로베르, 『감정 교육』[380]

바트나 양에 따르면 프롤레타리아 해방은 여성 해방에 의해서만 가능하다는 것이었다. 그녀는 모든 직종의 문이 여성에게 개방되어야 하며 친부 확인 조사, 다른 법률, 혼인법 폐지, 아니면 적어도 '좀 더 합리적인 혼인법'이 시행되어야 한다고 했다. 그렇게 되면 프랑스 여성들은 각자 프랑스 남성 한명과 결혼을 하든지 노인 한 명을 양부로 선택하든지 하게 될 것이었다. 유모와 산파도 국가 월급을 받는 공무원이 되어야 마땅했다. 여성의 저술을 평가하는 심사 위원이 있어야 했고 여성 전문 출판사, 여성 공과대학, 여성 국민군 등 전 분야에 여성을 위한 자리가 있어야만 했다! 정부가 여성의 권리를 인정하지 않는 이상 여성은 힘으로 그 세력을 싸워 이겨야 했다. 좋은 총을 든 여성 시민 1만 명이 시청을 벌벌 떨게 할 수 있었다!

대략 마지막 문장을 빼놓고 이 짧은 담론은 시대 표지가 불가능합니다. 시대를 가로지릅니다. '진실됩니다.' 1848년에 쓰였으나 1980년에도 그럼직해 보이기에, 이 담론은 각성적인 어떤 힘을 지닌 듯합니다. 어제 일인 듯 이야기 한다는 것을 사람들이 봤다면, 그것은 현대성, 현실성의 오만을 '흔들어 놓지 않을까요?' 전혀 그렇지 않습니다. 문학은 경청되지 않는 담론 비판을 끊임없이 전달해 줍니다. 분명 사람들은, 참담한 일이죠, 결코 그들의 담론을 의식하지 못합니다. 그들의 담론을 그들에게 보여 주는 것은 아무 소용이 없습니다. 이런 입증이 (언어활동의) 진실의 입증이라 할지라도 그렇습니다. 작가는 과거와 현재의 카산드라 같습니다. 참되지만 결코 믿음을 얻지 못합니다. 다시 시작된 영원성의 헛된 증인입니다.

이것이 신문으로 하여금 장관의 사생활에 집착하는 일, 조제프 드 매스트르의 멋지고 끔찍한 말을(말로서는 멋지고 생각으로서는 끔찍한) 듣게 되는 일 등을 못하게 할까요? "인신 공격을 하지 않았으니 여론에 반대되는 일은 아무것도 하지 않았다."

카산드라는 무력함과 진실이며, 그로써 비극의 표상입니다. 그렇습니다. 나는 비극적인 것, 그것은 현재적/ 비현재적인 작가의 존재 자체, 그의 숙명, 그리고 또한 그의 자유라고 믿습니다. 이것이 그의 작업에 본질적 어려움을 새겨 넣지만, 또한 그가 세 번째 큰 시련, 즉 분리를 극복하게 해 줍니다. 작가는 오늘날 문학의 비극적 위상 속에서 힘을 길어 올립니다. 비극은 능동적 힘이기 때문입니다. 비극적인 것은 무엇입니까? 너무나 단호해서 그것으로부터 어떤 자유가 탄생하는 방식으로 숙명을 감수하는 것입니다. 감수하기란 변형하기이기 때문입니다. 변형의 작업과 결합되지 않는다면 아무것도 말해질 수 없고, 감수될 수 없습니다. 상실, 애도를 감수하기란 그것을 다른 것으로 변형하는 것입니다. 분리는 작품의 구체적인 작업을 통해 작품의 제재 자체 속에서 변형됩니다.(동성애를 감수하기 = 그것을 변형하기를 참조.) 이것이 어쩌면 우리로 하여금 비극적인 것이란 비관주의가 — 또는 패배주의, 또는 기권주의

가——아니라 그와 반대로 낙관주의의 강렬한 형태임을 이해하게 합니다. 진보
주의 없는 낙관주의 말입니다.

작가의 자리는 가장자리일까요? 가장자리는 많습니다. 그것은 주변성의
오만함을 갖게 됩니다. 나는 그것에 틈새의 이미지를 대체하고자 합니다. 작가
는 틈새의 인간입니다.[381]

강의를 끝내기 위해

이렇게 말하겠습니다. 결론을 내기 위해서가 아니라 끝내기 위해서라고 말입니다.

사실 어떤 것이 이 강의의 결론일 수 있겠습니까? 작품 그 자체입니다. 좋은 시나리오라면 강의의 실질적인 끝은 실제적인 작품의 출간과 맞아떨어져야 할 것입니다. 우리가 그 기획과 의지 그대로 흐름을 따라간 작품 말입니다.

안타깝게도 나와 관련해서 말하자면, 그것은 어림없는 일입니다. 나는 내 모자에서 그 어떤 작품도, 또 마땅히 내가 그 준비를 분석하고 싶어 한 소설도 절대 꺼낼 수 없습니다.[382] 언젠가 내가 그렇게 하게 될까요? 이 글을 쓰고 있는 오늘(1979년 11월 1일), 작품의 개시에 대한 것들은 아닐지라도 혁신, **변형** 속이 아닌 반복 속에서 획득된 것을 계속 쓸지조차 분명하지 않습니다.(왜 이런 의혹이 있을까요? 그 까닭은 이 년 전, 이 강의 초반에 내가 중요시했던 애도가 세계에 대한 나의 욕망을 깊이, 그리고 이해할 수 없게 개조했기 때문입니다.)

그럼에도 마지막으로 의견 개진을 통해 — 그리고 이것이 강의의 끝일 겁니다. — 나는 내가 쓰고 싶거나, 아니면 나를 위해 오늘날 사람들이 쓸 작품의 윤곽 같은 것을 주려고 해 볼 수 있습니다. 내가 과거의 몇몇 작품들을 읽을 때와 똑같은 충족감을 가지고 그것을 읽기 위해서 말입니다. 이 백지의 작품에, 이 작품의 영도에 가장 가까이 다가서려 해 볼 수 있습니다.(비어 있지만 내 삶의 체계 속에서 강한 의미가 있는 괄호입니다.) 나는 그것에 점진적으로 접근할 수 있을 것입니다.[383]

그러므로 나는 욕망된 작품은 단순하고 계보를 이어 가고 욕망할 만한 것이어야 한다고 말하겠습니다.

단순성

이 단어는 원래의 의미로 이해해야 할 것입니다. 대화나 신문 문학 비평에서 말할지도 모르는 작품의 막연한 성질로서가 아니라 진정한 미학적 원리, 학파의 원리로서 말입니다. 새로운 미학입니다. 몇몇 현대적 시도들에 비해서 단순성은 다음과 같은 세 가지 글쓰기 태도에 의해 규정될 수 있을 겁니다.

1) 가독성. 오늘날 많은 텍스트들은 툭하면 읽을 수 없는 것으로 평가되거나 선언됩니다.('가독성이 낮다'를 점잖게 표현한 말이 바로 어렵다입니다. 한창 늘어나고 있는 기준은, 먼저, '어려운 책들'용 전문 비평가가 있는 신문들, 둘째, 라디오의 '소문이 자자하지 않은 책들', 셋째, 랭동/ 정부의 마찰, 프낙.[384]) 나는 가독성이라는 대단히 복잡한 사안으로 들어가고 싶지 않습니다. 가장 고전적인 텍스트이거나, 내가 생각하는 것은 파스칼입니다. 또는 가장 현대적인 텍스트라 해도 랭보입니다. 모든 텍스트는 가독적인 동시에 비가독적으로 느껴질 수 있다는 점에서 그렇습니다. 모든 것은 텍스트의 지각 수준, 읽기 리듬, 그것의 지향성에 달려 있습니다. 텍스트의 가독성에 어떤 억압도 가해지게 해서는 안 됩니다. 가독적인 것의 미학, 즉 오늘날 다른 작품들, 다른 미학들, 다른 현대성의 언어활동 심급 옆에 자리할 미학에 기꺼이, 그리고 구축적으로 예속된

어떤 작품을 구상하는 것이 나의 문제입니다. 통속적 가독성, 즉 보편적 보도의 가독성이 아닌 어떤 가독성, 고급 텍스트의 품질을 가질 가독성입니다. 그것은 이런 식으로 규정할 수 있을 것입니다.(필립 아몽의『규범과 가독성 개념에 대한 메모』에서 몇 가지 점을 발췌해 봅니다.[385] 발췌해 봅니다라고 말한 이유는, 이 규범들이 소설 분야에서 제기되었는데, 나는 내 작품이 소설이 될지 다른 것이 될지 모르기에 보편성을 원하기 때문입니다. 그도 그럴 것이 분야의 미결정이 비가독성의 요인이라고 믿지 않기 때문입니다.) 먼저, 서술적이거나 또는 통합 논리 지성적인, 다시 말해 비록 소설, 데생, 도식이 아닐지라도 모든 작품에 깔려 있는 골격, 다시 말하자면 이야기가 그 최고의 화신인 미래지향성 힘, 하지만 지적인 이야기들이 있습니다.『테스트 씨』,『인공 낙원』이 그렇습니다. 둘째, 기만되지 않는 조응 체계. 조응이란 담론의 한 순간점에서 다른 순간점을 가리키는 것입니다. 원칙상 선행된 시간을 가리킵니다.(그렇지 않을 때 후방 조응(cataphore)이라고 말합니다.) 예컨대 '내가 말한 것처럼' 또는 '그 사람'이라는 표현입니다. 만일 말해졌어도 존재하지 않았던 어떤 것을 가리키면 실망입니다. 만일 문장이 파괴된다면, 만일 각 단어가 조응 연결이 없는 고립 조각이라면, 문장에까지 미칠 수 있는 논리적 난맥입니다. 감히 터무니없는 말을 해 보자면, 진정한 기준은 저자가 자기 자신을 이해한다는 것, 다시 말해 끝까지, 그리고 속이지 않고 자기 자신의 가독성을 감수하는 것입니다. 그런데 그것은 확실치 않습니다. 저자들이란, 나는 그렇다고 확신합니다, 스스로에 대해 완전히 가독적이지 못합니다. 텍스트 속에는 가독성 이외의 다른 이유들로 인해 남겨질 수 있는 '옷단들'이 있습니다. 도취, 율동, 첨가물이 불투명한 표현의 성공 등의 이유가 그것입니다.

2) '단순성'의 두 번째 조건은 작품은 작품에 대한 작품의 담론이기를 그치거나 조심스럽게 그래야 한다는 것입니다. 현대적이고 흔한 수법은 다음과 같습니다. 즉 나는 작품을 쓸 수 없을 것 같고, 더 이상 써야 할 작품이 없으

며, 내가 써야 할 유일하게 남은 것은 써야 할 것이 아무것도 없다는 것입니다. 전형은 파스칼의 다음과 같은 말입니다.(기억나는 대로 인용합니다.) "한 가지 생각이 났었는데 그것을 잊어버렸다. 나는 그것을 잊어버렸다고 썼다."[386] 블랑쇼는 이런 종류의 배반, 문학의 비극적 소진에 있어 탄복할 만한 이론가입니다.(비록 나의 기획은 그의 것을 부정하지만 말입니다.) 작품은 내가 그것에 대해 말해야 할 것일 수밖에 없습니다.(타티아나 리프쉬츠의 제3기 박사 논문 : 의문시한다는 의미에서의 '아이러니.[387]) 단순성의 이 두 번째 조항은 메타언어 기능적 약호를 포기하기입니다.

주의하기 바랍니다. 『잃어버린 시간을 찾아서』에는 아이러니, 메타언어 기능 같은 것이 있습니다. 그 작품의 화자는 만들어져 가는 중이 아닌 작품을 이야기하면서 그것을 만들어 갑니다. 하지만 사실을 말하자면 이 구상은 『잃어버린 시간을 찾아서』를 1단계에서, 다시 말해 지시적 단계에서 소비하는 독자에게는 읽히지 않습니다.

3) 세 번째 조항은 자기 지시적(자기 지시는 기호로서가 아니라 단어로서, 그리고 그 자체로 택해진 단어입니다. 따옴표 안의 단어.) 코드의 암시된 뜻을 포기하기입니다. 그런데 따옴표는 따옴표를 지우라고 하지 않습니다. 그도 그럴 것이 따옴표 지우기, 예고 없이 자기 지시를 암시한다는 것은 텍스트의 효과 감소라는 위험을 안고 있는 고도의 기교이기 때문입니다. 설명해 보겠습니다. 최근에 원고를 하나 받았는데 괜찮아 보였음에도 불구하고 읽어 보니 불분명한 인상이 남았습니다. 부분적으로 거의 읽을 수 없었습니다. 그런데 저자와 이야기를 하면서 나는 대단히 부끄럽게도 그 텍스트가 의도적으로, 하지만 비명시적으로 몇몇 저자들을(사실을 말하자면 내가 잘 모르는 저자들을) 패스티쉬했다는 것을 발견했습니다. 나는 그때 오늘날 우리는(가끔 나를 포함해서) 복잡한 따옴표 체계를 텍스트에 넣는 데 시간을 보내고 있다는 것을 이

해했습니다. 우리에게만 보이지만, 그것들이 우리를 보호할 것이고, 우리가 우리 자신, 우리가 쓰는 것, 문학 등에 대해 속지 않는다는 것을 심판자 독자에게 보여 줄 것이라고 믿는 그런 따옴표 말입니다. 그런데 실상 이러한 보호는 아무 쓸모가 없습니다. 명명백백하게 표시되지 않은 따옴표는 아무도 읽지 않기 때문입니다. 나는 그렇게 확신합니다. 다음과 같은 명백성을 수긍해야만 합니다. 모든 것은 1단계에서 읽힙니다. 따라서 단순성은 사람들이 가능한 최대로 1단계에서 쓰기를 원하고 또 원할 겁니다.

혈통

작품은 혈통을 이어 가는 것이어야 합니다. 어떤 혈통을 감수해야(그리고 내가 말했듯이 그때부터 변형해야) 하는 것이라고 이해하시기 바랍니다. 니체 : 혈통 없이 아름다운 것은 없다. 가계 ≠ 계승. 연장하고, 다시 베끼고, 모방하고, 보존하는 것과는 관련이 없습니다. 고귀한 가치의 유전적 성격과 같은 것을 활용하는 것과 관련이 있습니다. 돈과 유산이 없어도 귀족은 귀족으로 남을 수 있는 것처럼 말입니다. 글쓰기는 유전적 성격을 요구합니다. 베르디처럼 말해야만 하는 순간들이 있습니다. "과거로 돌아섭시다. 그것은 하나의 진보일 것입니다."(1870년 편지) 혈통은 미끄러짐에 의해 이뤄져야 합니다. 이것은 모작하는 것과 관련이 없습니다. 그 묵은 포도주 같은 멋이 나로 하여금 옛 글쓰기를 통사(通事)하게끔 해야만 합니다. 새로운 단어들, 새로운 은유들을 통해 그것을 미끄러지게 하는 것을 거부하지 않으면서 그렇습니다. 미끄러짐은 명철하게 잘못을 깨달아야만 하는 아방가르드적 표어에 대립됩니다.(그도 그럴 것이 아방가르드는 착각할 수 있기 때문입니다.) 해체가 그 표어입니다.[388] 해체한다? 분명 입맛이 당기는 표어입니다. 왜냐하면 언어활동의 정치적 소외, 즉 상투성의 지배, 규범의 전제성에 저항하는 것이기 때문입니다. 하지만 아직은 때가 아닙니다. 사회가 따라가지 못합니다. 그리고 어쩌면 또한 결코 따라가지 못할 것입니다. 끊임없이 소외된 상태로 있거나, 외적으로 해체되는 것은 결코 언어에 속하지 않는 일이기 때문입니다.

계보란 글쓰기의 <u>귀족계급</u>을 받아들이는 것입니다. 여기에서 말라르메가 제시한 책의 개념으로 돌아가 보겠습니다.(내가 일 세기나 된 오랜 표어를 주장한다고 하지 마시기 바랍니다. 이 표어는 백 년 동안 사라져 있었습니다. 다른 자리로 돌아오게 하는 문제입니다. 나선형으로 말입니다.) 그런데 말라르메는 책에 대해 보편주의적이면서도 귀족적인 개념을 갖고 있었습니다. 이것을 기억해 두시기 바랍니다.(일반적으로 말라르메 형상의 신화학 속에서 무시되거나 또는 잊히기 때문입니다. 말라르메를 영혼주의자, 가톨릭 신자, '우파'로 생각하던 비토리니의 의혹[389]이 기억납니다.) 말라르메는 "열정적으로, 종종 병적으로 사회문제들에 대해 관심을 가졌다."는 것을 말입니다. 세계의 실제 상황에 대한 성찰에 전혀 생소하지 않았습니다. 문학에 대한 그의 '근본적' 생각으로 — 또는 본질로서의 문학에 대한 생각으로 — 인해, 그의 태도는 애매하고 역설적인 것처럼 느껴졌습니다. 어떻게 한편으로는 '공화주의자이자 파업자'이고, 다른 한편으로는 문학에서 세련된 귀족계급일 수 있었을까요? 백 년 전부터 문학의 중요 문제에 속하는 모순점입니다. 말라르메는 그것을 해소하지 않았습니다. 그는 그것을 감수했습니다. 주체의 분할, 다시 말해 언어들의 분할을(통념은 항상 이것에 저항합니다) 감수하면서 그랬습니다. "인간은 민주주의자일 수 있고, 예술가는 이중 인격이 되어 귀족으로 남아야 한다."[390]

욕망

이 강의는 모든 노력, 즉 만들어야 할 작품이라는 능동적 형상 아래 사람들이 문학에 빠질 때부터, 다시 말해 문학에 자신을 바칠 때부터 문학이(또는 글쓰기가) 요구하는 희생, 고집을 느리게 분석했습니다. 그리고 끝으로 이것입니다. 결론적으로 왜일까요? 그것을 이렇게 써 봅시다. [욕망] 무엇을 위해서죠? 말라르메는(다시 그입니다.) 세계가 책으로 귀결되기 위해 만들어졌다고 말했습니다. 하지만 무엇을 위한 책입니까? 책은 무엇에 귀결되어야 할까요? 그자체에, 그것 자체의 내부에, '욕망 가능한' 책에 귀결되어야 합니다. 욕망하도록 주는 것입니다.(나는 역설적으로 욕망을 기쁨의 본질 자체로 간주합니다. 즐거움이 아니고 주이상스에는 훨씬 못 미치는 것입니다. 신비주의적 관점 : 『사랑의 단상』391에 인용된 루이스브로엑의 경이로운 표현들을 보십시오. 내게 있어 낙원이란 욕망들로 빛나는 타오름, 욕망들로 꽉 찬 빛, 바로 '영광'입니다.)

나는 깊이, 다시 말해 완강하게, 다시 말해 계속해서 내가 쓰기 시작한 때부터, 그리고 그 어느 때보다 믿고 있습니다. 책 속에 저장되어야 하는 이 욕망을 말입니다. 언어활동의 욕망, 꽤 큰 언어활동의 욕망입니다. 이것은 내가 말했듯이 프랑스어에 대한 욕망입니다.(이것이 강의 내내 끊임없이 지적된 혈통적 작품의 선택을 설명해 줍니다.) 샤토브리앙은 그 길을 잘 증명해 주고 있습니다. 그의 작품에는(특히 『무덤 저편의 회상』) 그의 정치적 (관념적) 활동의 구시대성 — 그럼에도 그의 눈에는 어마어마한 투자입니다. 그는 스스로를 정치인으로, 군주의 고문으로 생각했습니다. — 그리고 그의 글쓰기의 생생하고 화려하고 욕망할 만한 표식 사이의 눈에 띄는 간극이 있습니다. 늙어 가는 것은 정치입니다.(아주 넓은 의미에서 세계에서의 권력 관계.) : 지배적 리비도는 사라지고, 주체가 죽을 때부터 죽어 버립니다. 하지만 감성적 리비도(libido sentiendi)(감각들)는 항구적일 수 있는(확실함이라고 말하는 것이 아닙니다.) 힘을 지니고 있습니다. 작가에게 있어서 문제는 내가 보기에 '영원하기'('위대한 작가'의 신화적 규정)가 아니라 죽은 후에 욕망할 만한 존재가 되기입니다.

결국은 문학이 증언할 수 있을지 모르는 유일한 혁명은 끊임없이 새롭게 환기시키는 것, 다시 말해 욕망 속에는 고귀함의 가능성이 있다고 여기도록 유도하는 것입니다. 더 좋게는 고귀한 욕망이 되게 하는 것입니다.

사회에 의해 고귀한 욕망의 보증처럼 생각되는 ─ 또는 양도된 ─ 부류, 범주가 있습니다. 그것은 미학입니다.(적어도 나는 그것을 이런 식으로 규정합니다.) 말라르메입니다.(마지막으로 한 번 더 그립니다.) "정신적 탐구로 열려 있는 길은 통틀어서 오직 두 개의 길만이 존재하고, 거기에서 우리의 요구가 갈라진다. 한편으로는 미학이고, 다른 한편으로는 정치 경제이다."[392] 오래된 단어들을 두려워해서는 안 됩니다. 욕망할 만한 것으로서의 작품은 이 능동적 힘의 능동적 힘들 중의 하나입니다. 미학은 버려야 할 것이 아닙니다. 축소되지 않고, 혼용될 수 없는 힘이기 때문입니다. 말라르메가 말하듯이, 그리고 자신의 유형학에서 사제(정치, 원한) 유형과 마주한 예술가를 사람들이 축소할 수 없는 절대적 존재로 만들며 니체가 주장하듯이 말입니다.

내게는 그런 것이 가장 가까이('점근적으로') 밀착해서 본, 만들어야 할 작품의 '개관'입니다.

마지막 (하지만 종언이 아닌) 한마디

그러면 이 작품, 나는 왜 그것을 ─ 당장, 아직까지 ─ 만들지 않을까요? 나는 이미 선택의 시련, 즉 아직 극복되지 못한 시련에 대해 규정했습니다. 내가 덧붙일 수 있는 전부는 내가 (결정, '승선'을) '대기'하는 것 같다는 모종의 생각입니다.

어쩌면 어떤 '도덕적' 난점이 있을지도 모릅니다. 넓은 의미의 낭만주의 작품들(플로베르, 말라르메, 카프카, 프루스트)에 대한 욕망 어린 검토 속에 완전히 할애된 강의가 충분히 그것을 증명해 주고 있습니다. 동시대의 현대적 작품을 괄호 안에 넣어 둔 검토입니다. 하나의 과거에 대한 욕망 위에서 고착하기, 역행하기 같은 것입니다. 동시대에 대한 실명(失明)이고, 수많은 현재적 작업들을 무시하는 형식들을 향한 욕망의 이월입니다. 감수하기 어려운 어떤 것, 또는 자칫 그것을 감수해야 할지도 모른다고 어느 때나 확신하는 어떤 것, 즉 고집의 고독과 빈약함입니다.

　　또한 기다려지는 것은(이미 지적했습니다.) 기동 장치, 기회, 변형입니다. 만물을 새롭게 듣는 것입니다. 니체를 인용하겠습니다.(여전히 나를 비교하지 않으면서, 하지만 실천적인 면에서 나를 동일시하면서.) 니체는 『차라투스트라는 이렇게 말했다』를 1881년 8월에 실바플라나 호수를 따라 숲을 가로질러 걸으며 구상했습니다. 거대한 암괴 근처에서 일시 정지＝영원한 회귀에 대한 사유. 하지만(그리고 이것이 우리를 흥미롭게 합니다.) 전조적 징조가 있었습니다. 음악 취향의 갑작스럽고 근본적인 변화: '청취력의 르네상스' → 새로운 작품은 (스스로에 대해서 새로운 작품, 그것이 만들어야 할 작품의 공리입니다.) 분명 오래된 취향이 변형되고 새로운 취향이 나타날 때만 가능하고 실질적으로 시작될 수 있습니다. 따라서 나는 어쩌면 듣기의 변형을 기다리고 있습니다. 그리고 어쩌면 이것은 비유가 아닙니다. 내가 그렇게나 좋아하는 음악을 통해 내게 올지도 모릅니다. 그때 나는 어쩌면 진정한 변증법적 미래를 완수할지도 모릅니다. '현재의 내가 되기.' 니체의 말입니다. "현재의 네가 되라." 그리고 카프카의 말입니다. "너를 파괴하라……. 현재의 네가 되도록 너를 바꾸기 위해."[593] 그래서 또한 아주 자연스럽게 옛것과 새로운 것의 구분은 폐기되고, 나선형 길이 그려져 있으며, 현대 음악의 기초자이자 고대 음악의 재도입자인 쇤베르크의 말은 존경받게 됩니다. 아직 다장조로 음악을 쓰는 것이 가능합니다. 끝을 맺자면 나의 욕망의 대상은 바로 거기에 있습니다. 다장조로 작품을 쓰기.

1979년 11월 2일

프루스트와 사진

잘 알려지지 않은
사진 소장품 검토

편집자의 말

우리는 폴 나다르가 사진으로 찍은 프루스트 세계의 몇몇 중요 인물들에 대해 롤랑 바르트가 쓴(세미나 소개에 대해서는 서문을 볼 것.) 전기적 메모를 그대로 출간하기로 결정했다. 이 전기적 메모의 누락 부분을 채우기 위해 필요한 주석은 너무나 커서 어쩔 수 없이 텍스트 자체를 대체할 정도였다. 우리는 독자 여러분이 쉽게 접근할 수 있도록 프루스트의 자료들, 특히 롤랑 바르트가 언급한 『프루스트의 세계 : 폴 나다르의 사진』(1978년)을 참고하기로 했다. 이 작품은 최근에 『폴 나다르가 본 프루스트의 세계』(2003년)라는 제목으로 파트리무안 출판사에서 재출간되었다. 우리는 이 판본에 의거해서 롤랑 바르트의 메모에 들어 있는 몇몇 잘못 표기된 날짜를 바로잡기로 결정했다. 여기에 소개된 사진들은 현대출판사료연구소(IMEC)에 보관된 롤랑 바르트의 자료들을 인화한 것이다.

533	지프, 마르텔 백작부인(1849~1932)
534	샤를 아스(1832~1902)
536	로르 헤이만
538	레날도 안(1875~1947)
539	윌리 헤드
540	마리 드 에레디아(1875~1963)
541	아벨 에르망(1862~1950)
542	메레디스 하울랜드 부인
543	마들렌 르매르(1845~1928)
544	스테판 말라르메와 메리 로랑
545	로베르 드 몽테스키우
546	마틸드 공주(1820~1904)
548	루이자 드 모르낭 → 라셀 (드 생루)
549	포토카 백작부인, 출생명 엠마누엘라 피그나텔리
550	잔 푸케 → 가스통 아르망 드 카야베 부인
551	사뮈엘 포지 의사
552	보종 드 사강 왕자
553	가브리엘 슈바르츠
554	에밀 스트로스 부인, 출생명 주느비에브 알레비
555	루이 드 튀렌 백작
556	나테 베일, 할아버지(1814~1896)
557	아델 베일, 출생명 베른카스텔, 할머니(1824~1890)
558	조르주 베일
559	아멜리 베일, 출생명 울망
560	아드리앙 프루스트, 아버지(1834~1903)
561	잔 프루스트, 출생명 베일, 어머니(1849~1905)
562	로베르 프루스트(1872~1935)
563	마르셀 프루스트(1871~1922)

우선 제목에 대한 설명부터 하겠습니다. ('사진에 대한 세미나'라는) 선입관이나 풍문을 벗어나기 위해서, 또 실망을 할 수도 있다는 점을 미리 알리기 위해서입니다.

세미나?

1) 왜냐하면 비언어적 소재('슬라이드')에 대한 일종의 실습이기 때문입니다. 2) 또한 개념 작업 없이 자료만을 제시할 것이기 때문입니다. 모두에게 (프루스트에게 관심이 있는 모든 사람들에게) 쓸모 있을지도 모르는 연구 재료들입니다. 비개인적인 활동에 집단적인 활동이 더해집니다. 각자가 속으로(in petto) 사진과 대화합니다. 나는 이번 소개에는 거의 빠져 있을 것입니다. 내가 한 일은 사진실의 도구들을 준비하고 정리한 것입니다.

사진 자료?

발루아 가(街)의 문화부에는 실제로 역사유적사진소장과가 있습니다.(정상입니다. 유적들을 보존하고 싶다면 그것들을 사진으로 찍어야 합니다. 1880년부터 체계적으로 이렇게 하고 있습니다.) 그 과는 자체적인 사진 활동 외에도 (당연히) 유명 사진가들이 소장한 사진을 구매하기 시작했습니다. 1951년에 나라에서 폴 나다르의(펠릭스의 아들이죠. 아버지와 함께 작업했습니다.) 미망인으로부터 (펠릭스와 폴) 나다르 사진관의 소장품을 사들입니다. 40만 장의 유리 원판으로 현재 목록이 작성되는 중입니다. 덕분에 프루스트가 알고 지냈을 수도 있는(크게 볼 때 1885년부터 1910년까지입니다. 폴은 1886년에 아버지의 사진관을 다시 시작했습니다.) 인물들의 초상이(폴 나다르가 찍은 것들입니다.) 제법 모아졌습니다. 여러분이 곧 보게 될 사진들은 폴 나다르의 소유입니다. 아버지만 한 천재성은 없지만 아주 좋은 사진가였죠.

베르나르 부인[1]에게 감사드립니다. 그녀는 내게 이 소장품이 존재한다는 정보를 주었을 뿐만 아니라, 프루스트에 대한 학식도 깊어서 사진 속 인물들의 신원 확인에 큰 도움을 주었습니다. 사진을 찍으러 폴 나다르의 사진관에 가던(이십 년 전에 아르쿠르의 사진관이 그랬던 것처럼 말입니다.[2]) 귀족, (프루스트의 가족이 속한) 상층 부르주아 계급 말입니다. 초상화가 부, 사회적 지위의 표시임을 기억해 두십시오.(15세기에는 가능하면 가장 아름다운 옷을 입고 그리도록 했습니다. 뒤쪽의 사진들을 위해 그렇게 했듯이 말입니다. 의복들의 아름다움을 눈여겨보시기 바랍니다.)

잘 알려지지 않았다? 모른다는 것이 아닙니다

1) 비밀 자료들이 아닙니다. 수집된 사진들을 보고 현상하려면 그 과에 문의하면 됩니다. 유료입니다.

2) 여러분이 보게 될 많은 인물들은 다른 곳에서도 사진을 찍어서 프루스트에 대한 화보에 종종 등장합니다. 화보의 수는 많고, 대단히 많은 사람이 찾습니다.(플레이아드 판 화보는 절판되었습니다.) 따라서 여러분은(여러분

중 특히 몇 분에게는) 이미 알려진 얼굴들을 보게 될 것입니다.(벌써 실망스럽죠!)

3) 많은 사진들이 1978년에 작은 순회 전시회의 — 훌륭한 카탈로그와 더불어 — 대상이 되었고, 나는 그 카탈로그를 이용했습니다.(『프루스트의 세계』[3])

4) 그렇다 해도 잘 알려지지 않았습니다. 먼저, 소문이 크게 난 전시회가 아니었습니다.(어쨌든 내게는 잘 알려지지 않았습니다.) 그리고 불완전하게 찍힌 사진들이라 전시회에는 없었지만 정확히 사진 촬영 방법을 보여 주기 때문에 내게 흥미로웠던 사진들을 보여 줄 겁니다.

프루스트와 사진

어떤 면에서도 프루스트와 사진의 활발한 관계(『잃어버린 시간을 찾아서』에서 나오는 사진에 대한 암시, 사랑하던 사람(잔 푸케[4])의 사진을 가지려는 프루스트의 열정 같은 것)를 들춰내서 주석을 다는 일과 무관합니다. 적어도 직접적으로는 문학 명사, 『잃어버린 시간을 찾아서』의 저자 '프루스트'와도 무관합니다. 프루스트라는 일반인에 대한 색다른 애착의 탄생은 이미 지적한 바 있습니다. 그의 삶, 그의 친구들, 그의 남다름, 바로 마르셀주의죠. 세미나는 마르셀주의자들을 대상으로 합니다. 강의 예고문에서처럼 말해 보겠습니다. 마르셀주의자가 아니면 시작하지 마세요. 그런 사람들에게는 더없이 지루하기만 할 수도 있습니다. 이 세미나는 사진에 대한 것도, 프루스트에 대한 것도 아닌, '마르셀'에 대한 것입니다.

이 주제에 대해 지적해 둡니다.(사진에는 날짜가 있으니까요.)

프루스트   1871~1922년

드레퓌스 사건	1894년(유죄 판결)
	1906년(복권)
『잃어버린 시간을 찾아서』(출간)	1913~1927년

'검토'

사진은 알파벳순으로 하나씩 검토될 것입니다. 이것은 무슨 뜻일까요?

1) 그것들에 대해 '주석을 달지'는 않을 것입니다. 생각도, 문학적 의견도, 사진적 의견도 없고, 재현된 인물에 연결될지도 모르는 『잃어버린 시간을 찾아서』의 구절을 되찾기 위한 시도도 하지 않을 것입니다.(또는 거의 하지 않을 것입니다.) 단 각 인물에 대한 짧은 전기적 정보는 있습니다. 페인터에게서 가져온 것들입니다.[5] (나는 '프루스트주의자'가 아닙니다.) 정보와 이미지가 있는, '여유 있는' 세미나가 될 것입니다. 이미지들을 넘겨 보는 것이죠. 그렇다면 이런 몇 차례 세미나의 대단하고 진지한 이점이 무엇이고, 좋은 때는 언제일까요?

2) 내 생각에 그것은 중독, 매혹, 즉 이미지에 대해 고유한 작용을 만들어 냅니다. 이미지란 존재론적으로 사람들이 [아무것도] 말할 수 없는 것입니다. 이미지에 대해 이야기하려면 특별하고 아주 어려운 기술, 즉 이미지 묘사의 기술이 필요합니다.(상상적 묘사와는 다르죠.) 장마르크 제라르의 텍스트들을 참조하기 바랍니다

세미나의 목표는 지적인 것이 아니라, 그저 여러분을 하나의 세계에 중독시키는 것입니다. 내가 이 사진들에 대해 그렇듯이, 그리고 프루스트가 그 원판들에 대해 그랬듯이 말입니다.

매혹된다는 것, 그것은 아무것도 할 말이 없다는 것입니다. "우리를 매혹시키는 것에 대해 이야기하는 것은 수포로 돌아간다."[6] 무엇에 중독될까

요? 얼굴, 시선, 실루엣, 의상에 중독됩니다. 몇몇 사람들에 대한 사랑의 감정에 중독됩니다. 향수에 중독되기도 합니다.(그들은 삶이 다해 모두 죽었습니다.)

내가 할, 얼마 안 되는 말은 내가 말하는 것이 아닌 무엇인가를 가리킵니다. 나는 그것이 있는 곳에서 이야기하는 것이 아니라 옆에서 이야기합니다. 그것이 바로 매혹, 말더듬기의 속성입니다.(마르셀린 데보르드발모레 참조.[7])

이 사진들을 여러분이 검토하도록, 그리고 경우에 따라서는 여러분이 매혹되도록 넘겨주기 전에 이론적 사정거리에 드는 총괄적인 지적을 두 가지 하겠습니다.(사진을 소개하는 동안에 '이론'은 더 이상 없을 것이기 때문입니다.)

프루스트(=마르셀)의 '세계'

프랑스어에서는 용어가 잘못 구분되어 있습니다. 세계는 사회 전체이고 사교계는 기분을 전환시키는 환경이죠. 그런데 프루스트의 사교계는 세계를 포함했습니다.

프루스트의 세계는 하나의 집단, '사회적 족속'입니다. 1) 군주제와 제국의 돈 없는 귀족층입니다. 많은 '혼성' 결혼들, 유대인(로스차일드)의 돈, 미국의 돈. 2) 그랑 부르주아 → 이들이 살롱에서 서로 어우러집니다. 흔히 매개자, 즉 예술가들과 함께였습니다.(저녁 음악회) 이 족속은 민족지학자가 그렇게 할 것처럼 재구성되어야(프루스트가 그것을 했습니다.) 합니다. (어느 정도는 라브뤼예르의 '세계' 속에서, 그리고 '어느 정도는' 레비스트로스 속에서) 대단히 구조화된 작은 집단들입니다.

'생제르맹 포부르(faubourg)'라고들 합니다. 아주 정확하지는 않습니다. 오히려 생토노레 포부르가 맞을 겁니다. 이 현실 세계의 거의 모든 사람들과 『잃어버린 시간을 찾아서』의 인물들은 센 강 우안에 삽니다. 1) 프루스트 가의 사람들은 말제르브쿠르셀 / 오스만 / 카퓌신마들렌 삼각지대에 살고, 샹젤리제는 그들의 정원이고, 콩도르세(생라자르)는 그의 학교입니다. 2) 다른 사람들은 같은 지역 + (인근의) 연계 지역 : 몽소, 트로카데로 ≠ 생제르맹 : 게르망트 백작의 늙은 여자 사촌들은 류머티스에 걸렸던 '습한' 지역에 거주합니다. 그래서 그들은 지팡이를 들고 있습니다. = 늙은 옛 귀족층. 프루스트는 센 강 우안 사람입니다. 그는 센 강을 결코 건넌 적이 없었다고 할 수 있습니다.(딱 두 달간 마자린에 머문 적은 있습니다.[8]) 여러분이 볼 사람들의 아파트의 거리 이름 모두가 오스만, 말제르브, 쿠르셀, 메신, 아스토르그, 미로메닐, 몽소 등입니다. 오를레앙주의자의(세자르 비로토와 라 마들렌) 자본과 발전이 연결된 지역이지요. 부동산 자금이 그쪽에 있었습니다.

이런 세계의 조밀함, 강렬한 존재감, 본성을 프루스트는 가장 강한 긴장감과 강렬함 속에서 경험했습니다. 그 세계로 나아갔습니다.(삶 속에서, 그다음에는 작품 속에서.) 모험처럼, 광란처럼. 광적 욕망입니다.

가장 큰 역설, 문학의 무궁무진한 역설 자체는 20세기 최고의 작품이 가장 낮고, 가장 고귀하지 못한 감정에서 나왔으리라는(그런 감정에 의해 결정되었으리라는) 것입니다. 사회적 지위 격상의 욕구죠.(어떤 욕망이 비판적 또는 야유 섞인 관점 속에 극화되고, 재현되고, 허구적으로 표상될 가능성은 아주 큽니다.) 프루스트와 세속적 (아주 높은 계급들의) '세계'의 관계를 평가하려면 항상 사회적 차등성을 기억해야만 합니다. 한쪽에는 (그의 어머니) 아주 넉넉하지만 '사회' 밖에 있는 유대인들(베일 가 사람들. 여러분은 외숙모 욜망의 두상을 보게 될 것입니다.[9])이 있고, 다른 한쪽에는 (그의 아버지) 지방(일리에)의 작은 점포상이 있습니다. 이것을 이해하려면 오늘날 레오니 외숙모의 집을 보는 것으로 충분합니다.[10] 싸구려 주택(그리고 문학의 감탄할 만한 변형력)을 말입니다. 사회적 지위는 의과 교수가 되었을 뿐만 아니라 명사(정치적 인맥, 외국 파견 대표단들)가 된 아버지와 함께 도약했습니다.

프루스트는 사회적 욕망을 길이 남을 작품의 귀중한 소재로 삼기에 앞서 아주 심각한 무엇인가로 변형시켰습니다.(사진 속에서 그 흔적을 보게 될 것입니다.) 고상하게 만드는 힘에 의해 움직이는 강도 높은('세속적'이라 불리는) 삶 : 광기, 광적인 욕망. 프루스트는 ——『잃어버린 시간을 찾아서』를 쓰려고 틀어박히기에 앞서 —— 진짜 직업처럼 진을 빼는 사교계의 삶을 경험했다는 것을 잊지 마시기 바랍니다. 전문가 이상으로 사교계의 거장이었습니다. 투사였습니다. 소모임이나 분과 모임에서의 정치 운동가나 조합 운동가만큼이나 사교계 모임에 공들이고 '상근'했습니다. 두 가지 경우 (신경증적으로) 분석해야 할 하나의 현상이 있습니다. 바로 '모임 집착증'입니다.

여러분이 생각해 볼 문제는 이렇습니다. 함께 볼 사진 속에서 사회적인 것이 읽힐까요? 분명 직접적으로는 아니라 해도 해독(읽기)의 실마리가 있을 겁니다.

1) (얼굴) 형태학은 이미 논의된 개념, 즉 '구별 짓기(distinction)'의 개념을 생각하게 합니다. 나는 다만 여러분이 이 초상들에서 모든 사람들의 모습을 보게 될 것이라고 말하겠습니다. 기품 있는 귀공자와 천박한 귀공자, 탁월한 귀공녀와 지극히 암탉 같은 귀공녀, 세련된 부르주아와 둔한 부르주아, 그리고 프루스트의 가족 자체 내의 이러한 혼란스러움 등을. 여러분은 별도로 열대여섯 살 시절 프루스트의 잊을 수 없는 아름다움과 구별 짓기를(부르디외에도 불구하고 나는 이 단어를 고집합니다![1]) 보게 될 것입니다. 뿐만 아니라 이 문제는 프루스트에 의해 다뤄졌습니다. 구별 짓기에 대한 할머니의 의견에 대해서였습니다. 그녀에 의해 제시되었지만, 사회적인 뜻 없이 제시되었습니다.

2) 사회적인 것을 보여 주는 고전적 흔적은 의복입니다. 무엇보다도 남자들의 의복을 관찰하기 바랍니다. 바로 거기에서 사회적 변증법이 정립되기

때문입니다.(이와 달리 여성의 의복은 남편에 대해 말해 주죠, 위상을 보여 주는 즉 각적인 '외양'입니다.) 군주제 사회에서 의복은 신분의 코드화된 기호입니다. 어렵지 않습니다. ≠ 민주주의 : 평등주의. 퀘이커 교도에게서 유래한 일반적 작업에 적합한 동일한 형태의 모든 남성복. '탁월한 기품'을 은근히 다시 세워야 할 필요성 : 사회적 구별 짓기 → 미학적 구별 짓기 → 천의 아름다움 + '세부 사항들'의 '세련된 매력' : 깃, 장신구, 넥타이, 지팡이 등 여러분은 프루스트에게서[12] 시곗줄의 세련된 매력을 보게 될 것입니다.(나는 의상에서 이와 같은 몇몇 형식들, 세부 사항들이 다시 사용되었으면 하고 바랍니다).

3) 더욱 미묘한 흔적은 자세입니다. 일반적으로 그 당시 사진에 의해 아주 잘 코드화된 흔적입니다. 정면 자세입니다. 물론 자세에서 특별히 읽어 내야 할 것은 없습니다. 그럼에도 종종 운 좋게 또는 천재적으로 하나의 자세가 주체에(또는 사진가에) 의해 미묘하기는 하지만 선명한 상황을 가리키는 복잡한 기호로 변형되기도 합니다. 이것을 브레히트는(그가 극작술, 의상 등에서 탐구하던[13]) 게스투스라고 불렀습니다. 예컨대 로르 헤이만이 이미지에서 자기 자신을 드러내는 방식은[14] 내가 보기에 하나의 게스투스입니다. 기품 있고, 부드럽고, 신중하며, 고귀한 감정을 지닌 고급 창녀죠.(우리는 그녀의 전기에서 이것을 다시 보게 될 것입니다.)

실재 인물들

이것은 우리와 직접적으로 관계된 문제입니다. 프루스트가 사귄 사람들의 사진이기 때문입니다.

프루스트 자신은 애매하고 모순적입니다. 예컨대, 라크르텔에게 쓴 편지 : "아무리 자연 발생적으로 구상되었을지라도 나중에 실명 소설이 되면 그 책은 망한 것입니다." 그리고 (같은 라크르텔에게 헌정한 글에서[15]) 몇몇 '실재 인물'을 인정했습니다. 확실한 실재 인물은 몽테스키우, 아고스티넬리, 일리에, 카부르입니다.

우리의 태도 역시 애매합니다. 내 생각으로는 다음과 같은 방식으로 그렇습니다. 실재 인물을 '재구성한다'는 것, 아니면 어쨌든 그들을 긍정적인(그리고 실증주의적인) 방식으로 믿는 것은 헛되고, 하찮으며, 우스꽝스럽다는 것입니다. 왜냐하면 그것은 문학 분야에서는 터무니없는 이론적 선택을 포함하기 때문입니다. 복제, 발원, 회화 등의 이론을 말입니다. 그리고 우리는 진지하고 품이 넉넉한 방식으로만 이와 같은 선택을 하기 때문에, 부분적 이론에 그칩니다.

또한 프루스트에게 이 세계의 암호 읽기는 불가능한 것인 동시에, 읽기라는 실질적 목적과 비율이 맞지 않는 것일 정도인 그의 머릿속 어떤 책략, 급증하는 광적인 어떤 위력, 웅대하거나 섬세한 특색들 사이에서 혼란이 있었던 게 분명합니다.

하지만 이와 동시에 우리는 이 사진들을 마주하여 실재 인물 찾기 놀이를 (신중하게) 해 보는 것을 거부하지 않을 것입니다.(그 어떤 새로운 사실도 없습니다. 이것들은 페인터에 의해 이미 암시되어 있습니다. 다만 그는 남용하고 있습니다.) 왜일까요?

이 문제로 돌아가 봅시다. 『잃어버린 시간을 찾아서』의 실재 인물 문제는 문학 소사에서 흥미 가득한 보고였습니다. 이류급 등장인물이 실재 인물로는 어렴풋하게 누구인지 찾는 전공 논문들 등. 나로서는 경쟁 상대가 될 수 없는(그리고 나는 포기합니다.) 고증학에 대한 열광. 하지만 이런 열광, 이런 암호 해독을 위한 노력은 하나의 징후를 이룹니다. 실재 인물들은 프루스트가 아니라 독자와 관련됩니다. 실재 인물들, 욕망, 실재 인물들의 즐거움은 읽기의 징후입니다.

여기에서는 이 실재 인물들의 문제를 통해(이것은 나중에 읽기의 이론을 위해 이론적으로 탐구하고 싶은 내가 가졌던 하나의 직관입니다.) 이렇게 말할 수 있습니다. 실재 인물들은 미끼에 속하지만, 이 미끼는 읽기의 잉여 가치처럼 기능하고, 작품에 대한 상상적 연결을 굳히고 발전시킨다고 말입니다. 실재 인물들은 제시해야 할 하나의 이론적 대상, 즉 읽기의 상상계(이 상상계에 대한 다른 추론은 독자의 작품으로의 투사입니다.)의 일부입니다. 바로 이런 이유로 우리는 실재 인물들의 문제를 제기하는 것을 막지 않을 것입니다. 그도 그럴 것이 미끼는 읽기의 토대 그 자체이기 때문입니다.

'『잃어버린 시간을 찾아서』의 인물 + 한 명의 실재 인물 또는 실재 인물들'이라는 짝. 이것은(여러 이질적 특색들을 단 하나의 모습에) 응축시키는 기술에 예속된 하나의 상상적 대상입니다. 하지만 실제로 — 바로 이것이 글쓰기의 '끝'으로서의 읽기입니다. — 프루스트를 넘어서 바로 우리가 응축시키는 사람이고 꿈꾸는 사람입니다. 우리는 사진들이 이와 같은 응축을 — 이런 꿈을 — 돕는 동시에 방해한다는 것을 곧 알게 될 것입니다.

응축은 특색의 다수성, 실재 인물 유형의 다양성에서 기인하죠. 거칠게 말하자면 다음과 같습니다.

— 신체적(이것은 결과적으로 드뭅니다.) : 카스텔란, 슈비네.

— 단편적 : 뒤렌의 외알 안경, 사강의 머릿결.

— 상황적 : 마리 베나르다키.(샹젤리제)

— 구조적 : 베나르다키 양친.

이 실재 인물들이 동일한 등장인물 속에서 합쳐질 경우, 모순에 빠집니다. 베나르다키 씨의 천박함 = 스완.

사진은 — 이 세미나의 독창성, 새로움은 (내 생각으로) 바로 거기에 있습니다. — 꿈과 읽기의 상상계와 실재계의 대립처럼 기능할 것입니다. 따라서 읽기와의 관계에서 무엇보다 실망, 거북함, 놀라움 등의 현상이 있을 수 있습니다.(하지만 보상적 현상들, 다른 이점들 역시 있을 것입니다.)

— 여기에서는 일반적으로 사진들이 인물을 방해합니다. 베르고트에게서의 도데가 그렇습니다.(알베르틴에게서의 아고스티넬리는 말할 필요도 없습니다.) 인물과 달라붙는(인물을 방해하지 않는) 사진은 드뭅니다. 아스는 완전히 스완의 얼굴입니다.(기이하게도 내가 그 반대를 말하지 않는다는 것을 여러분은 아실 것입니다.) 우리는 아스의 생김새를 통해서 스완을 볼 수밖에 없습니다.

— 실망 : 아니 겨우 그것뿐이라니! 훌륭한 실재 인물들에 대해서도 마찬가지입니다. 슈비녜입니다. → 게르망트 공작부인. 문학의 초강자, 화려하고 넉넉하며 사진이라는 작은 현실에는 지나치게 큰 의상.

— 불편함은 신체적 불일치뿐만 아니라 정신적 왜곡에서도 기인합니다. 어떻게 질베르트가 베나르다키 씨처럼 천박한 아버지를 둘 수 있을까요?

— 하지만 그와 동시에 — 바로 그것이 내가 발생하기를 바라고 싶은 중독 효과입니다. — 이 사진들의 영향력이 있습니다. "우리는 꿈꾼다. 그러므로 우리는 옮긴다."(마노니[16]) 『잃어버린 시간을 찾아서』의 인물 중 한 사람의 사진이 없는 것은 참으로 불만스러운 일입니다. 그 괄호는 빈 채로 남아 있습니다. 몽테스키우는 샤를뤼스이지만, 외모로는 전혀 그렇지 않습니다. 외모로는 자크 도아장 남작[17]입니다. 그런데 그의 사진이 없습니다. 적어도 여기에는 없습니다. 우리는 샤를뤼스의 모든 것을 가지고 있지 않습니다. 그것은 『잃어버린 시간을 찾아서』 안에만 존재합니다.

알프레드 아고스티넬리

(사진에서 오른쪽)

1888년 모나코 출생. 리보르노 출신 이탈리아인의 아들. 어머니는 프로방스 사람으로 약간 아랍 혈통.

1907년 카부르에서 거주.

자크 비제는 모나코 독립 택시 운전 연합 회사(파리와 카부르그 지점)를 관리합니다. → 프루스트는 비베스코 형제와 함께 1902년에 만들어진 교회들의 방문을 다시 시작하고 싶어 합니다. → 세 명의 기사와 택시를 하나 빌리는데, 그들 중에 오딜롱 알바레와 아고스티넬리(19세)가 있었습니다.

프루스트에게는 발명품들이 중요했습니다. 신제품들에 대해 열정적이었고요. 이런 것들은 그의 작품에 전화, 자동차, 연극 전화 서비스(전화로 공연을 청취하는 유료 서비스) 형식으로 반영되었습니다. 1911년 2월 21일, 프루스트는 침대에서 검은색 수화기를 귀에 대고 '오페라코믹'에서 공연하는 「펠레아스와 멜리장드」를 듣습니다. 그는 지하에서 나오는 장면을 아주 좋아했습니다. 장미꽃들.

"……소매 없는 널찍한 고무 외투를 두르고, 수염 없는 젊은 얼굴을(사실 거의 사각형인 얼굴을 보세요.) 가득 조여서 그를 어느 순례자 혹은 어느 수녀와 닮아 보이게 하던 일종의 두건을 머리에 썼다."(베르테르가 사랑에 빠지는 장면을 참조.)

→ 프루스트의 비서

아고스티넬리는 마르셀 스완이라는 가명으로 비행학교에 등록하기 위해 1913년 12월에 프루스트를 떠납니다. 1914년 5월 30일 그의 단엽기가 지중해, 앙티브 앞바다에 추락합니다. 두 달 후, 프루스트는 나다르 사진관에 이 사진(아버지, 잠시 동안 비서로서 형을 대신한 동생 에밀 → 로스탕의 운전사, 1915년 5월에 고리지아에서 살해당함)의 복사본(1914년 8월 8일)을 주문합니다. 아고스티넬리는 살아 있었다면 92세가 되었을 겁니다.

**루이 달뷔페라 후작,
공작이 됨**

(=알뷔)

1877년 출생. 1903년에 귀슈, 그리고 레옹 라드지빌(로슈)과 동시에 생루의 작은 무리에 가담.(그때 나이 26세였습니다.)

프루스트 집단에서 지식인이 아니었던(실제 그는 특히 그런 모습이 아닙니다.) 유일한 귀족, "결코 아무것도 읽지 않는 의리 있는 알뷔페라," 그리고 유일하게 반드레퓌스주의자가 됨.(교회에 헌신함.) 자동차와 여행에 열중. 여배우를 사랑함.(생루 참조.) : 루이자 드 모르낭(548쪽을 참조). 한때 프루스트가 그들을 재화합시킵니다. 프루스트는 알뷔가 자기를 '프루스트'라고 부르는 것을 좋아하지 않았습니다.(귀슈 참조. → 나의 사랑하는 친구 혹은 나의 사랑하는 마르셀.)

저녁 친구들의 모임은 우선 베베르 카페나 라뤼의 집, 그다음에는 프루스트의 방에서 열림. 대화, 찬 사과주, 그리고 프루스트가 아주 좋아하던 푸셰 술집의 맥주.

알뷔는 드레퓌스 옹호자이면서 일리에의 교회들을 옹호하는(망명 중인 마르퀴 수도참사회원, 환속된 생자크!) 프루스트를 이해하지 못합니다. → 콩브레(콩브 법령, 1903). 그는 프루스트에게 그 일에 대해 자신에게 해명해 주기를 요청합니다.

몽테스키우는 실재 인물의 문제에서 생루가 귀슈보다 더 알뷔답다는 점을 간파합니다.

전시에는 조프르 장군의 운전병을 지냈습니다.

리디 오베르농 드 네르빌

(1825~1899)

1883년 사진. 베르뒤랭 부인의 모델로 알려졌습니다. 가장 일관되고 가장 설득력 있는 실재 인물 중 한 명입니다.

아르망 드 카야베 부인의 살롱과 경쟁했습니다. 1886년 아나톨 프랑스를 빼앗기면서 친구들이 분열합니다.

메신 가, 그다음에는 아스트록 가에서 손님을 맞았습니다.

이 살롱에는 프루스트의 친구들, 한 무리의 노부인들 그리고 그의 어머니의 친구들이 드나들었습니다.(그의 작품에 등장하는 피아니스트 이모와 셰르바토프 공주, 즉 거물들입니다.)

그는 수요일에 살롱에 갔습니다.(베르뒤랭 부인 참조.) 열두 명이 모여 저녁 식사를 먼저 하는 초대였습니다. 미리 통보된 대화 주제: "불륜에 대해 어떻게 생각하시나요?"(로르 베녜르 부인): "죄송해요, 저는 근친상간에 대해서만 준비했네요." 다눈지오는 사랑에 대해 이야기해 달라는 요청을 받았습니다: "제 책을 읽어 보세요, 부인. 그리고 저녁을 좀 하게 해 주세요." 전체의 화제를 발표자 쪽으로 되돌리기 위해 작은 은종이 울렸습니다.

이 살롱에는 예쁜 여자가 없었습니다. 네르빌 부인은 사랑이 아니라 얘기를 나누는 살롱이라고 말합니다. 그녀는 베르뒤랭 부인처럼 살롱의 출입자를 내쳤다가 나중에 다시 복귀시키곤 했습니다. 오베르농의 작은 충신 무리는 코타르(포지), 브리쇼(브로샤르). 프루스트는 그녀의 전원주택에서 그들을 계속 만났습니다. 날 듯한 기분이었죠.

부인의 외모요? 여러분이 보고 있습니다. 살찌고, 활기 있고, 통통한 팔, 화려한 긴 원피스. 몽테스키우: "그녀의 인상은 집무실의 포마레 왕비 같았다."

그렇게나 수다스러웠고, 그렇게나 대화에 많은 힘을 쏟아 부었던 그녀는 설암으로 죽었습니다.

모리스 바레스

(1862~1923)

1916년 사진.

프루스트는 1892년에 그를 만납니다. 그의 음악적 문장을 좋아했죠. 그에게는 베르고트의 모습이 있습니다.

하지만 우리가 보게 될 세 명의 베르고트(바레스, 도데, 프랑스)는 큰 도움이 되지 않는 실제 인물들입니다. 어쨌거나 외모로는 아무것도 추론할 수 없고 겹쳐 볼 수도 없습니다.

쥘리아 바르테

(1854~1941)

1885, 1887년 사진.

코메디프랑세즈 회원.

＝'구별 짓기' : 말투가 상스러운 사람인 폴 대공은 그녀에게 박수를 보내기 시작합니다. "할망구 멋져!"(『잃어버린 시간을 찾아서』 참조.) 블라디미르 대공은 게르망트 공주의 집에서 연극장에서처럼 손뼉을 치며 고함을 칩니다 "할망구 멋져!" 아르파종 부인이 정원의 분수 물세례를 받을 때 말입니다.

비교할 수 없는 발성법 ＝ 여신.

1893년 프루스트가 몽테스키우를 알게 되는 마들렌 르매르의 야연. 그녀가 『박쥐』의 대사를 읊습니다.

＝록산(하지만 무엇보다도 안드로마크로 유명.)

개인적으로 나는 너무 좋아합니다, 사랑합니다.

(하나의 사진을 사랑하기.) 귀슈를 참조.

소개된 모든 사진들에서 나는 세 얼굴을 사랑합니다. 바르테, 귀슈, 그리고 15세의 프루스트입니다.

베나르다키 부인

1888, 1891년 사진.

같은 지적을 하겠습니다. 구조적 위치에 의해서만 오데트입니다.(즉 마리(질베르트)의 어머니죠.)

샴페인과 사랑에만 관심이 있던 인물입니다.(오데트의 수상쩍은 초기 살롱을 참조.)

신화에 쓰이기 위한 많은 사진적 눈속임 : '미녀,' 조각적 아름다움(≠ 오데트, 미스 샤크리팡.)

발키리 여신 차림(보르트가 창작한 의상)을 하고 한 가장무도회에서 주목을 받음. → 브룬힐데를 이렇게 입혀야만 했을 불쌍한 셰로[18]를 상상해 보시기 바랍니다!

[두 번째] 사진 : 기상, 평상복의 신화 : 꾸미지 않은 조각미(옆 모습) : '목'의 노출. 그다음으로는 꾸미지 않은 머릿결의 에로티즘.

니콜라 베나르다키

1900년 4월 11일 사진.

만일 글자 그대로 받아들인다면 실재 인물들을 남용하는 것입니다. 마리의 아버지입니다. 그런데 마리는 질베르트(샹젤리제)이고, 따라서 베나르다키 씨는 스완입니다! 둔하고 천박하며 뚱뚱한 이 사람이 스완이라니 말도 안 됩니다.(베나르다키 부인도 마찬가지죠).

마리와 넬리 : 폴란드 귀족 니콜라 드 베나르다키의 딸들. 차 상인으로서 엄청난 재산을 모음. 예전에는 러시아 차르의 내각에서 의전관(= '대감')을 지냈습니다.

샤이요 가 65번지(마르소샹젤리제). 거만하기로 유명.

프루스트 가보다 부유했지만 사회적으로 의심스러운 배경 때문에 프루스트의 부모는 마르셀이 왕래하는 것을 탐탁지 않게 생각합니다.

마리 베나르다키 프루스트와 같은 해인 1871년에 태어났을 가능성이 높음.

따라서 1886~1887년, 프루스트가 샹젤리제에서 그녀를 보고 사랑하게 됐을 때 15세임.

이 사진은 그로부터 육 년 후인 1893년의 것으로 그녀가 21세나 22세 때 사진임.

길고 검은 머리와 발그레하고 웃음 띤 얼굴 ≠ 침울하고, 주근깨가 있는 질베르트.

그러나 다시 한 번 말하자면, 외모('타입')가 아니라 상황 이미지에 대한 사랑(샤를로테와 파이)에 '빠집니다.' 여기서는 작은 처녀의 샹젤리제 도착 이미지. 삼십 년 후 그는 자크 드 라크르텔에게 이렇게 말함. "나는 질베르트가 눈 내리는 샹젤리제에 도착하는 장면을 쓸 때 내 삶의 큰 사랑이었던 한 사람, 베나르다키 양을 생각했습니다."

1897년(?) 레옹의 (로슈) 사촌인 미셸 라드지빌 왕자와 결혼했습니다. 질베르트처럼 레옹틴이라는 딸이 하나 있습니다.(하지만 여기에서 잔 푸케, 즉 가스통 드 카야베 부인과 중복됩니다.)

사라 베르나르

(1844~1923)

사라 베르나르와 그녀의 귀여움을 받던 안 니보르, 시를 노래하던 브르통 출신 수부를 기리는 몽테스키우의 축제.(1894년 5월 30일) 거기에서 프루스트는 처음으로 포부르 생제르맹의 명사들(『잃어버린 시간을 찾아서』의 중요한 인물들)을 만났습니다.

사라 베르나르는 안 니보르의 고향 벨일에 여름 별장을 갖고 있었습니다. (레날도 안과 동행한) 프루스트의 브르타뉴 여행은 그쪽으로 정해집니다.

『파이드르스』(사진의 연도인 1893년에 재공연)에서 : "이 헛된 장식들, 이 휘장들이 얼마나 나의 짐인지." → 라 베르마.

(극작법의 저속성과 프루스트가 묘사한, 첨예한 현대성의 당혹스러운 간극. '마치 그는 그 저속성을 보지 못하는' 듯합니다. 그런데요, 바로 그게 저속성입니다. 안에 있으면 결코 보이지 않는 것, 일종의 선택적 히스테리입니다.)

에두아르 브리소 교수

(1852~1909)

1899년 5월 14일 사진.

아버지의 동료. 신경학자, 《신경학 잡지》 창간자. 저서로 『천식 환자의 위생』. 1905년에 프루스트가 진찰을 받음. 문학을 좋아했습니다. 화자의 할머니를 검사하기에 앞서 습관적으로 몇 가지 시구를 인용하는 'E 선생.'

→ 불봉(反) 코타르)의 성격 안에는 브리소 같은 면이 있습니다. "임상 의사보다 더 구변이 좋고 비관적인, 브리소 같은 위대한 의사의 일면도 없는 일개 의사."

개인적인 우연 : 나를 치료했던 B의사의 아버지입니다. 가랑시에르 가, 오데콜론 : 결핵관리과.[19]

브리소 부인은, 안나 드 노아유의 [연인인] (개선문 앞에서의 춤) 앙리 프랑크의(두 사람은 1912년에 사망.) 누이입니다.

장과 앙리 : 나의 청년 시절과 많이 연관되어 있습니다. (→ 우리 아파트 [판독 불가]).[20]

발생 형태학.

알베르 아르망 드 카야베

베르뒤랭 씨.

프루스트는 1889년에 아르망 드 카야베 부인의 살롱에 들어갑니다. 아나톨 프랑스(베르고트)에게 소개되었죠. 그는 프루스트를 실망시켰습니다.

오슈 대로 12번지.

카야베 부인인 레옹틴 리프만은 1868년에 부호 알베르 아르망과 결혼했습니다.(=아르망 부인) 이어서 남편이 토착성, 즉 보르도 포도 재배자의 성을 붙여 조금씩 '아르망'을 지워 버렸습니다. 하지만 그녀는 그것이 우스꽝스럽다고 보고 계속해서 아르망 카야베라고 부르도록 합니다. 명령조로 말입니다.(베르뒤랭 부인 참조.)

남편 : 갑작스럽게, 불안하게 하며 엉뚱한 때에 나타납니다. 코에는 사마귀. 떠 있는 그의 넥타이 끝은 풍차 날개처럼 보입니다. 베르뒤랭과 마찬가지로 요트를 탑니다. 급하고, 짓궂지만 자기 아내에게 끌려다닙니다. 반드레퓌스주의자.(≠프랑스)

아들 가스통은 프루스트가 사랑한 잔 푸케와 결혼합니다.

가스통 칼메트

(1854~1914)

1889년 사진.

《르 피가로》편집장에 이어 사장을 역임.

프루스트의 많은 글들을 주문하고 받아들입니다.

『생트뵈브를 반하여』는 거절했습니다.

『잃어버린 시간을 찾아서』의 (「스완네 집 쪽으로」, 그라세 출판사, 1913년) 헌사를 받았습니다. "G. C 씨에게. 깊고 훈훈한 감사의 증거로 바칩니다." 증정본에는 "제가 쓰곤 하던 것이 전혀 당신 마음에 들지 않았다는 것을 자주 느꼈습니다. 혹시라도 이 작품을 특히 두 번째 부분을 약간 읽을 시간이 있다면 당신은 결국 저를 알게 될 겁니다."

1914년 3월 16일 재무장관의 아내 카이요 부인에게 살해됨.

보니 드 카스텔란 후작

생루와 아주 가까움. 우아한 선, 번쩍거리는 장밋빛 안색, 하늘색 차가운 눈, 갈색 피부, "모든 햇빛을 머금었을 정도로 금빛을 띤" 머릿결, 까닥거리는 외알 안경, 급한 동작들까지.

사교계의 대단한 젊은이. 왕정주의자이자 반유대주의자.

재산이 줄어들자, 미국인 백만장자 안나 굴드와 결혼합니다. → 부아 대로변의(그랑트리아농 뒤) 웅장한 저택. 과도한 리셉션 → 파산 : "그렇게나 많은 돈을 관리하려면 습관이 들어 있어야만 한다."(알퐁스 드 로쉴드 남작) 그의 아내는 적절할 때에 이혼해 버리고는 다른 귀족과 결혼합니다. 그는 골동품에 몰두하며 살아갑니다.(허울 좋은 사업가로.)

아데욤 드 슈비녜 백작부인

출생명 **로르 드 사드**

1885년 사진.

게르망트 공작부인. 아주 특출한 살롱.

1891년부터 마들렌 르매르와 스트로스 부인의 집에서 프루스트의 눈에 띔. 새 같은 옆모습, 남빛 눈과 금발.

1892년 봄, 그는 아침 산책 때 그녀를 엿봅니다. "당신을 만날 때마다 심장이 조입니다." 미로메닐 가 32번지에 살면서 마리니 대로를 산책하곤 했습니다. 프루스트의 잔꾀에 신경을 거슬려 합니다. 이어서 잘 해결되고 이십육 년간 친구가 됩니다. 하지만 『잃어버린 시간을 찾아서』 제2권에서 게르망트 공작부인이 된 자신의 초상에 상처를 받습니다. 프루스트는 그것을 슬퍼하고 콕토에게 하소연합니다. "내가 스무 살 때 그녀는 나를 사랑하기를 거절했습니다. 내 나이가 마흔일 때, 그리고 그 나이로 게르망트 공작부인의 절정기를 만들었을 때, 그녀는 내 작품 읽기를 거절하는군요."

아르망피에르 드 숄레 중위,
백작

1888년 사진.

1889년 프루스트는 오를레앙에서 군복무를 합니다. 숄레의 휘하에 있었죠.

로베르 드 생루를 참조하자면, 프루스트를 거리에서 만났는데, 그가 알아보지 못할 정도로 변한 것에 슬퍼했다고 합니다.

니콜라 코탱

1914년 8월 8일 사진.

1907년부터 아내 셸린(=프랑수아즈)과 함께 칠 년간 프루스트의 시중을 든 건장한 젊은 농부입니다.(그 뒤를 셸레스트와 오딜롱 알바레가 이었죠.)

빈정거리는 성격에 교활하여 프루스트가 없는 자리에서 그를 놀리곤 했습니다. "니콜라가 취한 것 같아서 섬뜩하다."

1907년에서 1914년까지는 프루스트가 한창 창작에 몰두하던 때입니다. 1909년 1월: 눈 내리는 오스만 대로. 셸린이 가져온 차 + 구운 빵→마들렌 과자.

프루스트가 일할 때 지키느라 아침 4시에 잤습니다. 셸레스트가 그다음을 이었죠.

종이함에 원고를 정리했고 받아 적기도 했습니다. "그의 문장도 그만큼이나 따분하지만 잘 보라고. 죽고 나면 그는 성공할 거야."

1916년에 전장에서 늑막염으로 사망했습니다.

알퐁스 도데
(1840~1897)

1891년 사진.

베르고트?(바레스, 아나톨 프랑스 참조.)

프루스트는 레날도 안에 의해 도데 가에 소개됩니다.

그는 조금씩 죽어 갔습니다. 젊을 때 걸린 매독에 희생됩니다.

프루스트는 일리에에서, 식당 화롯가에서 혹은 정원에서(프레카텔랑) 홀린 듯이 그의 책을 읽습니다.

클로드 드뷔시

(1862~1918)

1909년 4월 3일 사진.

뱅퇴유의 7중주→「바다」, 그리고「사중주」.

드뷔시와 프루스트의 관계.

1890년부터 프루스트는 드뷔시의 음악을 사랑하게 됨. 「펠레아스」(1902년) 이후 더욱더 강해짐.

하지만 드뷔시와 아카데믹한 레날도 안의 음악 개념의 양립 불가성 그리고 드뷔시의 어둡고 까다로운 성격.(이마의 뭉툭한 특색, 감긴 눈을 보기만 해도 됩니다.)

드뷔시는 도데의 주변에서, 베베르 카페에서 지냅니다. 드뷔시는 프루스트 무리를 경계했습니다. "내가 보기에 그 무리는 장황하고, 꾸며 대고, 감퇴적이고, 약간 발정적입니다." 프루스트는 쿠르셀 가 45번지에서 작가들과 예술가들의 저녁에 드뷔시를 초대합니다. 드뷔시는 거절합니다. "아시죠, 저는 한 마리 곰이라 당신을 카페에서 다시 보는 것이 훨씬 좋습니다. 그렇다고 저를 탓하지는 마세요. 존경하는 선생, 타고난 성격입니다."

뤼시 들라뤼마르드뤼

(1880~1945)

1914년 2월 27일 사진.

마르드뤼 의사의 아내.

여시인 = '뮤즈.' 몽테스키우의 마지막 리셉션들에서 자신의 시구들을 읊음.

1914년부터 1921년경까지 매력적인 여자들의 작은 파벌. 그들은 남자들의 사회보다 자신들의 사회를 선호했습니다. 계속해서 사교계에 드나들기는 했지만 말입니다. 절제력 있는 고모라 같은 사람들입니다. 격리되지 않은 일당이었습니다. 노아유 부인, 콜레트, 리안 드 푸지, 에밀리엔 달랑송, 르네 비비앙 그리고 그녀의 친구 에블리나 팔머. 대장은 여전사 미스 바니였습니다. 미스 바니의 순정적인 고모라와 프루스트의 어두운 소돔은 뒤늦게 대면하지만, 그 만남은 잘되지 않았습니다. 미스 바니가 『잃어버린 시간을 찾아서』의 마지막 권들을 읽었을 때, 그녀는 알베르틴과 그녀의 친구들이 "매력적이지도 않지만 무엇보다 사실감이 없다."고(제법 잘 말했죠.) 보았습니다. "이런 엘레우시스 신비 의식을 원한다면 말리지 않겠다."

가브리엘 포레

(1845~1924)

1905년 11월 29일 사진.

프루스트는 포레의 음악을 사랑했습니다. "선생님, 저는 선생님의 음악을 좋아하고, 찬양하고, 사랑하는 것뿐만 아니라 그래 왔고 더욱 사랑합니다."

대단한 음악가이고 작곡가인 폴리냑 왕자의 집에서 들리는 피아노와 바이올린 소나타.

프랑크와 포레를 연주하도록 늦은 밤에 풀레 사중주단을 자신의 집으로 오게 하곤 했습니다.

열쇠들 : 뱅퇴유의 소나타

— 부수적으로 「로엔그린」 서곡, 포레의 「발라드」, 「성 금요일의 희열」, 슈베르트의 작품 같은 것.

— 하지만 본질적으로 작은 문장 : 생상스의 라단조 소나타 그리고 전체적으로는 프랑크의 소나타.

(따라서 포레 : 아주 비간접적입니다.)

아나톨 프랑스

(1844~1924)

1893년 사진.

프루스트와 프랑스의 관계는 아주 알려져 있습니다.

— 1889년: 프루스트는 프랑스의 여자 조언자인 아르망 드 카야베 부인의 살롱에 들어갑니다.

— 그에게 『즐거움과 나날들』을 바칩니다.

— 필시 베르고트의 실재 인물일 겁니다.

웨일스 왕자

(1841~1910)

1894년 사진.

빅토리아 여왕의 아들. 1901년에 에드워드 7세. 화친협정의 발제
자. 대단히 세속적이어서 어머니가 경계했죠. 스완과 아스, 그의
친구들.

가스통 드 갈리페 장군, 후작

(1830~1909)

1893년 사진.

그레퓔레파. 샤를 아스의 절친한 친구 : 티소의 그림 「루아얄 (크리용) 가의 모임」.

멕시코 전쟁에서의 활약으로 유명세를 얻음.

─ 세당 앞에서의 기병 공격을 지휘.

─ 가혹하게 코뮌을 진압.

─ 드레퓌스 사건 후에 전쟁부 장관(1899년)을 지냄.

허영심과 기회주의. 별명은 배에 은판을 댔다 하여 '은배'입니다. 1863년 멕시코에서 부상을 당합니다. 사람들이 그 크기를 추산해 보던(20프랑 은전?) 이 판 때문에 사교계 여자들에게서 각광을 받습니다.

→ 프로베르빌과 그의 외알 안경.

(정말 권위주의자입니다. 기막힌 당시 제복이죠. 호리호리하고, 뻣뻣하고, 빡빡하고, 즉 무미건조한 곤봉 단장 같습니다.)

**안나 굴드, 보니 드 카스텔란
후작부인**

1901년 7월 24일 사진.

보니 드 카스텔란을 보았습니다. 재산이 줄자, 그는 마르고 핏기 없는 미국인 백만장자와 결혼합니다. 그녀의 등척추뼈 위에는 검은 털로 된 선이 하나 있었어요. '이로쿼이족의 여족장처럼' 말입니다. 보니는 그것을 깎아 내도록 했고, 그녀에게 화장하고 응대하는 법을 가르쳐 줬습니다. 칭찬을 받으면 "친절한 말씀이십니다."라는 식으로 말이죠. 보니는 '훈장의 이면'입니다.

1896년, 시에서 빌린 불로뉴 숲에서 안나의 스물한 번째 생일을 위한 거대한 축제가 열립니다.(큰외삼촌 루이 베일과 할아버지 나테가 사망한 해죠.) 30만 프랑의 재산, 그 숲의 나무에 달린 8만 개의 베니스 랜턴, 오페라 발레단 전원 그리고 랜턴과 휘황한 분수들 사이로 풀어 준 스물다섯 마리의 백조. 모든 재산이 탕진되기 전에 안나는 다 그만두게 합니다. "당신은 이혼할 수 없습니다!" "왜 못한다는 거죠? 난 그 사람이 싫다고요." 1906년 1월 26일 아이들을 데리고 떠납니다. 4월 이혼한 뒤 보니의 사촌과 결혼합니다. 엘리 드 타이예랑페리고르, 사강 왕자와 말이죠.

그라몽의 자녀들

1896년 사진.

귀슈 공작을 참조.

루이 르네 드 그라몽.

그라몽 양은 훗날 노아유 가의 일원이 됩니다.

앙리 그레퓔레 백작

(1848~1932)

1881년 5월 24일 사진. → 게르망트 공작.

그레퓔레인가, 그레퓌유인가? 상류층은 '그레퓌유'라고 합니다.

하지만 몽테스키우는 이렇게 썼습니다.

앙리 그레퓔레 백작

얇은 막 뒤의 검은 두 시선

대단히 부유한 벨기에 은행가 일족으로 모두 프랑스로 귀화하여

왕정 복귀 하에 귀족 신분이 됨. 그의 큰이모 코르델리아는 카스

텔란 대장의 아내이자 샤토브리앙의 정부이며, 아버지는 '경마회

(Jockey Club)' 창시자 중 한 명입니다.

갈색 수염, 위풍당당함과 억제된 폭력이 카드의 왕(자크에밀 블랑

슈), 우레 같은 주피터(게르망트 공작을 참조.), 대제후의 교만함

을 연상시킴. 플렝 시의 국회의원.(게르망트 공작과 메제글리즈를

참조.) 질투하는 남편과 바람기. 아내의 일당(몽테스키우)을 별로

좋게 생각하지 않았습니다. "그것들은 일본인이야."(=탐미주의

자들) 아내에게 저녁 11시 30분까지는 귀가하도록 종용했습니다.

앙리 그레퓔레 백작부인

출생명 **엘리자베스 드 카라망쉬메**

(1860~1952)

1900년 이전의 사진이 분명함.

그 당시 사회의 상급 미모. 스스로 이것을 아주 잘 인식하고 있었음. 팔귀에르가 조각하고, 많은 화가들이 그렸으며, 사촌 몽테스키우가 시로 노래함. 서로 찬미하고 애정을 가졌음. 아주 똑똑하다고 여겨졌지만 책을 읽지 않았습니다. 과학자, 예술가, 음악가 들이 모인 저녁 식사에서 얻은 단편적인 교양이 전부였죠.

게르망트 공작부인이자 슈비네 부인. 하지만 그레퓔레 부인이기도 합니다. 사교계에서의 위치, 부부관계, 샤를뤼스몽테스키우 근친이라는 것입니다. 연신 터지는 카랑카랑한 웃음, 관계 있는 남자들로 한정된 모임.(그중에는 늙은 아스도 있었음.)

그녀가 어떻게 늙었을까요? 어떻게 죽었을까요? 1952년에 말입니다. 오래되지 않았죠. 나는 『글쓰기의 영도』를 쓰고 있었습니다!

아르망 드 귀슈 공작

(1879~1962)

1900년 사진, 다시 말해 그가 프루스트를 알기 전 사진.

아시다시피. 1903년 프루스트는 젊은 귀족 일당, '생루'와 자주 만납니다. 그중에는 알뷔페라와 레옹 라드지빌(로슈) 그리고 귀슈가 있습니다.

엘리자베스 드 그라몽(클레르몽톤네르의 아내인데 프루스트에 대한 회상을 남겼죠.)의 이복형제. 그라몽 공작인 아제노르, 그리고 로쉴드 가문 여자의 아들.

검은 곱슬머리, 창백한 안색, 무심한 눈. 운동을 좋아하고, 예술가이고(화가), 과학자입니다.(광학과 공기역학) 세계적인 학자죠.

노아유 부인의 집에서 프루스트를 만납니다. 프루스트와의 대화에 매료됩니다. 자기 부모님의 집에 초대하기 위해 프루스트에게 편지를 씁니다. "경애하는 프루스트님.""당신이 나를 '경애하는 마르셀'이라고 부르지 않는 것은 이해하지만, 적어도 아무것도, 심지어 우정조차 걸지 않아도 되는 '경애하는 친구'라고 쓸 수는 있지 않겠습니까."(귀슈. 몽토제르!)

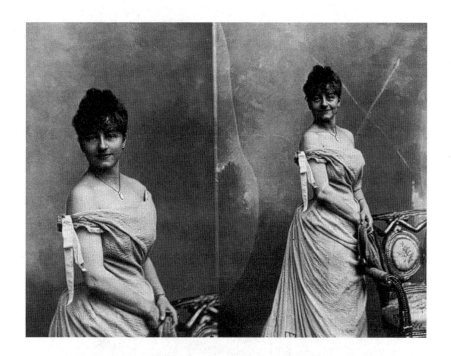

지프, 마르텔 백작부인

(1849~1932)

분명 1890년경의 사진.

자세가 둘입니다. 하나는(왼쪽의 자세) 조작된 것으로 생각됩니다. 미라보의 증손녀. 깨어 있는 여성으로서 그 시대의 사회를 비판한 책을 썼습니다.

마르셀이 샹젤리제에서 노는 것을 자주 보았습니다. 마리 베나르다키와 앙투아네트 포르의 시절입니다. 어떤 때는 프루스트가 그라몽 가의 칼만레비 서점에서(아스와 프랑스가 자주 드나들던 서점) 몰리에르와 라마르틴의 전집을 사는 것을 봅니다.

또 어떤 날에는 몽소 공원에서 뜨거운 감자를 쥐고서(파리의 여자들은 '오페라'에 가기 전에 뜨거운 감자를 사려고 중도에 서곤 했습니다. 관람할 동안 그것을 옷소매에 넣어 두었습니다.) 아주 추워하는 프루스트를 봅니다.

반드레퓌스주의자. 프랑스조국연맹(인권연맹에 대항한) : 모라스, 바레스, 에레디아. 우파 지성인과 작가들이 있던 행복한 시절입니다!

샤를 아스

(1832~1902)

1895년 12월 26일 사진.

= 스완(이 인물은 이미지를 방해하지 않습니다.)

그에 대해서는 "엄청난 부자가 아니어도 파리 사회에 의해 받아들여진 유일한 유대인"이라고 말해집니다.

그럼에도 이제는 부자입니다. 아버지는 환전업자였습니다.

용기 있는 사람으로 1870년 전쟁에 참여했으며 '경마회'에 회원으로 받아들여집니다.

튈르리 공원에 자주 드나들었습니다.

붉은 곱슬머리. 나이가 들면서 후추와 소금색이 되고, 활처럼 흰 눈썹, 살짝 구부러진 코, 노년에 다시 '유대인'이 되어 갑니다.(늙은 스완에 대한 프루스트의 유명한 의견입니다. 마치 노년은 '형상'으로의 회귀인 듯합니다.)

스트로스 살롱(1889~1890년), 마틸드 공주와 그레퓔레 몽테스키우 무리. 웨일스 왕자와 트위크넘에 망명 중인 파리 백작의 친구.

사교계의 삶, 화가와 여인들.

스페인 귀부인의 정부였는데, 그녀의 딸이 루이지타입니다.

(그의 계파와 달리) 드레퓌스주의자가 되는 용기도 있었습니다.

모든 사람이 스완 아스를 인정했습니다.

(팽팽한 피부, 수축)

로르 헤이만

1879년 사진.

= 오데트.

안데스의 목장에서 1851년에 출생. 공학자인 아버지는 젊은 나이에 사망. 어머니는 피아노 교습으로 생계를 꾸려 그녀를 궁정에 들어가게 합니다. '유녀,' 교양 있는 반사교계 여자, 지적이고 풍미가 있으며(≠오데트), 1900년의 불가사의한 비련 이후 생이 끝날 무렵 뛰어난 조각 작품을 만듭니다. 오를레앙 공작, 그리스왕, 불가리아 왕위 경쟁자 등 상류사회에 연인을 두고 있었으며 '젊은 공작들의 순결을 뺏는 여자'이기도 했습니다.

오데트처럼 페루즈 가의 작은 개인 저택에 살았는데, 뒤몽뒤르빌 가 쪽에 후문이 있었습니다. 프루스트는 그녀를 1888년에 만났습니다. 17세 때입니다.(그녀는 37세였습니다.)

금발, 몹시 흥분하면 엄청나게 커지곤 하던 검은 눈. (연인) 폴 부르제가 수필『글래디스 하베이』에서 그녀를 묘사했습니다. 그녀는 프루스트에게 비단 조각으로 장정한『글래디스 하베이』를 한 부 주었습니다.

프루스트의 큰외할아버지 루이 베일과의(오퇴유의 라퐁텐 가 96번지에 집이 있었습니다. 모차르트 대로를 뚫으려 철거되었습니다.) 관계. 프루스트 가의 사람들에게 받아들여졌고, 프루스트 의사에게 진찰을 받습니다.

1922년 프루스트가 죽기 전에 사이가 안 좋아집니다. 사람들이 로르 헤이만에게 그녀가 오데트라고 알려 준 것입니다. 그녀는 노발대발하여 편지를 썼고 프루스트는 지금은 유명해진 답장을 보냅니다. "…… 당신이 이름을 말씀하시지 않는 사람들이 이런 우언을 다시 만들어 낼 정도로 못됐기에, 그리고 당신이(당신에게서 그러한 일이 나를 경악하게 합니다.) 그것을 믿을 정도로 비판력이 결핍되었기에, 저는 다시 한 번 더, 별반 성과는 없겠지만 명예심에서 당신에게 주장하지 않을 수 없습니다. 크레시의 오데트는 당신이 아닐 뿐만 아니라 정확히 당신의 반대입니다." (프루스트,『편지 선집』, 271쪽.)

(그래요! 아무리 그래도 분명 오데트입니다. 하지만 좋은 면에서 오데트입니다.)

레날도 안

(1875~1947)

1898년 사진.

모두가 이처럼 가깝습니다!

안의 성격, 그리고 프루스트와의 관계는 잘 알려져 있습니다.

우정은 1894년부터 프루스트가 죽을 때까지 이어졌습니다.

마스네의 제자, 작곡가, 피아니스트, 그리고 성악가(테너)입니다.

몇 개의 음반이 있는데, 지금은 우스꽝스러운 키치라고 놀림을

받고 있습니다. 카라카스의 유대인으로 부모님, 그리고 누이들과

파리에서 살았습니다. 마들렌 르매르의 아침 모임에서 음악을

선보였습니다.(베를렌의 시들에 기초한 연작 멜로디 : 「회색 노래」)

아주 훌륭한 재담꾼입니다.

이 년간 열정적인 우정을 나눴고 그 후에 줄어들지만 충실했습

니다.(늘상 있는 등고선입니다.) 브르타뉴, 이어서 베니스로의 여

행. 프루스트는 그에게 작업 상황을 알려 주었고, 맨 먼저 그에

게 「스완네 집 쪽으로」를 읽어 줬습니다. 안은 열광했습니다.

윌리 헤드

1889년 사진.

프루스트는 그를 1892년에 알게 되었습니다. 일 년 후에 죽었죠.

1892년 : 열렬하지만 플라토닉한 우정을 지닌 모임.

1892년에 죽은 제네바 출신의 신교도인(신교도계 : 포부르 생제르맹처럼 카스트 계급, 즉 '좋은 가문'이라는 뜻입니다.) 아주 친한 친구 에드가 오베르를 대체합니다.

헤드는 영국인이고, 종교적이고(먼저 신교도, 이어서 12세에 구교로 개종합니다.) 진지하며, 아이 같았습니다.

불로뉴 숲에서 만나곤 했지요. "바로 그 숲입니다. 반 다이크가 그린, 생각에 잠겨 있는 듯한 고아함을 지닌 귀인의 한 사람을 닮은 당신이 선 채로, 하지만 편안하게 나를 보고 기다리는 것을 내가 아침에 자주 다시 만나던 곳이 말입니다."

1893년에 장티푸스로 사망.

프루스트는 그를 기리기 위해 『즐거움과 나날들』에 헌사를 썼습니다.

마리 드 에레디아

(1875~1963)

1889년 사진.

1893년경, 프루스트는 발자크 가의 조제 마리아 드 에레디아의 토요일 모임에 자주 드나듭니다. 세 명의 처녀. 장녀 마리가 저녁 친목 모임인 '카나카 아카데미'를 조직했습니다. 피에르 루이, 발레리, 레옹 블럼, 앙리 드 레니예.(그녀는 1895년에 그와 결혼했습니다.) 프루스트는 '상임 서기'를 맡았습니다.

그녀는 제라르 두빌이라는 이름으로 소설들을 씁니다.

아벨 에르망

(1862~1950)

1904년 사진.

소설가, 《르 피가로》의 연재 기고가.

순수주의적 작가, 『아카데미 프랑세즈 문법』을 집필했습니다.

페르디낭 브뤼노에게 조롱을 당합니다.

프루스트의 친구들인 라셸 드 브랑코방의 자녀들과(그중에 안나 드 노아유가 있습니다.) 연결됩니다.

앙피옹에 빌라가 있었습니다.(프루스트는 에비앙에 있었습니다.)

소문으로는 블로흐의 특색이 있답니다. 그런 생김새는 아닙니다.

그 소문은 필시 문체의 특색과 관련이 있을 것입니다.

이 사진에서는 양자(?)와 함께 있습니다.

메레디스 하울랜드 부인 포부르의 명사, 아스, 몽테스키우, 드가와 친분이 있습니다.
드레스로 유명했습니다.

대단히 인기 있었습니다. 「되찾은 시간」에서 화자는 공작부인에
게 어느 가정주부가 하울랜드에 대해 좋지 않은 소리를 했다고
떠벌립니다. 그녀는 웃음을 터뜨립니다. "당연하죠, 하울랜드 부
인 집에는 남자란 남자는 다 있잖아요, 그리고 그녀는 그들의 이
목을 끌려 애써 왔고요."(III, 1026쪽)

마들렌 르매르

(1845~1928)

= 베르뒤랭 부인

빌파리지 부인.(장미들 때문임.)

부르주아 살롱 : 파리의 모든 명사(가장 배타적인 귀족 회원들을 빼고) : 예술가들 + 포부르 생제르맹.

화요일이면 몽소 가 35번지에는 사람들이 몰려서 차들 때문에 거리가 복잡했다고 합니다. 라일락이 있는 정원. 유리 지붕이 덮인 아틀리에에서의 리셉션.

키가 크고 활기찬 여인, 어색한 머릿결, 분을 잔뜩 발랐으며, 급히 옷을 차려입은 듯합니다.

하루 종일 꽃, 장미들을 그리곤 했습니다.(그림당 500프랑을 받았죠.)

'여장부', '마님'으로 불리기도 했습니다.

센에마른에 전원 저택 : 레베용 성.

음악 연주회.

**스테판 말라르메와
메리 로랑**

1896년 사진.

1897년 프루스트는 레날도 안에 의해 메리 로랑의 살롱에 소개됩니다.

메리 로랑은 샤틀레 극장의 조역 여배우입니다.

나폴레옹 3세의 치과의 에방스(관대하고 질투심이 없던)의 정부.

마네의 정부, 이어서 말라르메의 정부.

어쩌면 약간 오데트 같기도 합니다. 그녀의 살롱도 일본식으로 장식되어 있었다고 합니다.

「상황시」, 115쪽 : "희고 일본 사람 같고 조소적인/ 나는 일어나자마자/ 내가 꿈꾸게 하는 하늘의/ 터키색 파란 천 한 필로/ 드레스를 마름질한다."("메리 로랑 부인을 위한 사진들," 스테판 말라르메, 『작품집』 중에서.)

로베르 드 몽테스키우

샤를뤼스 = 도아장(자크) 남작. 오베르농 부인의 부유한 사촌, 폴란드 출신 바이올리니스트로 인해 파산함. 큰 키, 백년전쟁의 난폭한 군인 같은 모습. 하지만 과장된 모습, 미분을 얼굴에 바름. 머리와 수염은 동시에 염색하지 않았습니다. 동성애에 대해 적대적인 의견을 표명했는데 브로샤르(브리쇼)가 그의 사회적 태도를 바로잡으려 애썼습니다. "뭘 원하십니까? 나는 나의 친구들보다 나의 나쁜 점들을 훨씬 좋아합니다." 첫 야연에서 프루스트를 주시했습니다. 샤를뤼스가 화자를 응시하듯이 말입니다. + 몽테스키우(십중팔구 위스망스의 『거꾸로』에서 데제생트의 원형일 겁니다.) 아주 오래된 프랑스 귀족. (몽테스키우의 은거지) 다르타냥 성, 오트피레네의 수많은 심미주의와 멋쟁이 특색들.(『거꾸로』를 읽어보시기 바랍니다.) 전설적인 엉뚱함과 불손함.

작고 빨간 입. 웃을 때는 급히 손을 놀려 가리던 작고 검은 이.

프루스트와 몽테스키우는 서로에게 관심을 가졌고 불화도 있었습니다. (달리의 모습이 있습니다. 모든 것은 되풀이됩니다.)

마틸드 공주

(1820~1904)

나다르가 관심을 가졌고 소장품을 사들였던 사진가 달마뉴가 찍은 사진.(1865~1870년)

나폴레옹의 동생, 제롬(1860년 사망)의 딸.

공쿠르의『일기』에서 자주 인용된 유명한 살롱을 운영했는데 플로베르, 르낭, 생트뵈브, 텐, 알렉상드르 뒤마 아들, 메리메가 드나들었습니다.

베리 가 20번지는 보나파르트주의자들과 스트로스 사람들, 아스의 본거지였습니다.

나폴레옹과 닮았습니다. "그분이 없었다면 나는 아작시오의 거리에서 오렌지를 팔았을 겁니다."

프루스트는 좋은 인상을 받았습니다. 공주는 그에게 넥타이를 만들라고 드레스 조각을 주었습니다.

『잃어버린 시간을 찾아서』에는 불로뉴 숲의 유명한 장면에서 직접 등장합니다. 실제로 있었던 이야기입니다.

→ 파르마의 공주. 어리석은 시녀. 바랑봉 부인은(마틸드 공주의 시녀 갈루아 부인을 참조. 삼십 년간 공주 옆에서 뜨개질을 했습니다.)『잃어버린 시간을 찾아서』에 들어간 바보 같은 말들을 합니다. "돌아가는 강신술용 탁자 이후로 저만큼 강한 것은 아무것도 못 봤어요……."(I, 333쪽[347쪽])(생퇴베르트 리셉션에서 뱅퇴유의 소나타를 듣는 몽테리앙데르 백작부인.)

루이자 드 모르낭

→ 라셀 (드 생루)

알뷔페라의 정부.

여배우(가벼운 희극) : (코드가 요구하던 바는 여배우를 정부로 갖는 다는 겁니다.) 그녀의 가정부 중 한 명이 라셀이라는 이름을 갖고 있었습니다.

프루스트가 죽을 때까지 정답게 우정을 나누었습니다.

(로르 헤이만과 비교하기 바랍니다.)

포토카 백작부인

출생명 **엠마누엘라 피그나텔리**

예술가 살롱의 '아름답고 잔인한 백작부인.' 모파상, 자크에밀 블랑슈의 연인이었습니다.

사이렌 요정, 여장부.

세기말, 사냥개에 집중하려고 오퇴유로 이사합니다. 그 무리를 숲에서 산책시키려 데려갑니다. 안 : "잘 들어요, 그렇게 멀리 가서 살다니 당신은 너무 못됐습니다." 모임은 그녀를 따라가지만 항의합니다. "아주 예쁘네요, 주위에 가 보고 싶을 만큼 호기심을 끄는 뭔가가 있습니까?" 조금씩 사람들이 그녀를 버립니다. 독일의 파리 점령기에 오퇴유의 집에서 마지막 사냥개와 함께 늙고 굶주린 채 죽었습니다. 쥐들에게 갉아먹힌 시체가 발견되었습니다.(비극적인 일입니다. 옆모습이 쥐 같은데, 그것들에게 먹히다니.)

잔 푸케

→ 가스통 아르망 드 카야베 부인

→ 질베르트.(그녀의 외모는 전혀 이렇지 않습니다.)

상응하는 것은 나이가 아니라 프루스트의 애정입니다.

프루스트는 군복무 동안 아르망 드 카야베의 살롱에서 그의 아들 가스통의 약혼녀를 소개받습니다. 프루스트의 인사 공세로 그녀는 불쾌감을 느낍니다.

그녀의 땋은 검은 머리에 마음을 빼앗깁니다.(질베르트 참조. "질베르트의 땋은 머리는 내게는 하나뿐인 작품처럼 보였다.")

프루스트는 그녀를 오를레앙에 초대하여 사진을 얻으려고 저질스러운 행동을 합니다.

1893년에 가스통의 아내가 됨. 그들의 어린 딸 시몬은 질베르트와 생루의 딸. 여기에서는 카드 점쟁이 같은 옷차림을 하고 있네요.(나를 상당히 감동시킨 얼굴입니다. 나는 그 시대의 소녀들을 좋아합니다. 가브리엘 슈바르츠 참조. 어쩌면 왜냐하면 나의 어머니의 어린 시절과 엇비슷한 시대이기 때문입니다.)

사뮈엘 포지 의사

1898년 사진.

→ 코타르.

상류 부르주아 계급의 가장 돋보이는 의사 + 포부르 생제르맹. 몽테스키우의 의사이자 친구. 로베르 프루스트는 그를 아주 좋아해서 브로카에서 그의 조수가 되었습니다. 프루스트는 부모님 집에서 그를 알게 되었고(15세 때) 프루스트가 받은 시내에서의 첫 번째 식사 초대는 포지의 집에서였습니다.

→ 스트로스 살롱과 마틸드 공주.

도데 : "포마드 같고, 말이 많으며 속이 빈" 사람.

대단한 바람기. 오베르농 부인 : '의사 사랑.'

멋진 남자라고 자부하지만, 시술가로서의 재능에 대해서는 논란이 있었습니다.

그의 여인은 당연히 말 없고 충실한 코타르 부인입니다. 오베르농 부인은 '포지의 벙어리 여인'이라고 불렀지요.

"당신을 속인 것이 아니오, 여보, 나는 당신을 보충한 거요."

1918년 정신착란에 빠진 환자에게 살해당합니다.

보종 드 사강 왕자

1883년 7월 28일 사진.

보니 드 카스텔란의 삼촌.

유행의 주도자. 갈리페, 아스, 튀렌 같은 친구들이 모이는 코메디
프랑세즈의 본거지를 자주 드나듭니다.

→ 1908년에 마비가 발병, 머리가 하얗게 새어 휠체어에 의지합
니다. → 뇌졸중에서 회복되어 쥐피앙의 부축을 받고 게르망트의
아침 모임에 도착하는 샤를뤼스.

가브리엘 슈바르츠

1883년 2월 19일 사진.

이 사진을 보여 주는 이유는, 내가 이런 얼굴을 엄청나게 좋아하기 때문입니다.

프루스트와의 관계는 희박합니다. 1891년 여름, 가스통 드 카야베, 그리고 잔 푸케와 함께 뇌이이에 있는 비노 대로의 테니스장에 드나듭니다. 테니스를 치지 않고, 처녀들과 함께 앉아 있었습니다. 테니스를 치던 사람들에게 무시당하던 무리입니다. 수다쟁이 둥지 혹은 사랑 모임처. 다과 담당: 엄청난 크기의 과자, 맥주, 리모네이드 상자를 가져오곤 했습니다.

「꽃핀 소녀들의 그늘에서」의 작은 무리에도 가브리엘 슈바르츠가 있었습니다.

에밀 스트로스 부인

출생명 **주느비에브 알레**

1887년 4월 21일 사진.

게르망트 공작부인, 공주.

프루스트를 아는 사람들에게 대단히 유명합니다. 한 권이나 되는 편지들 때문입니다. 상기시켜 드리겠습니다.

첫 결혼에서는 조르주 비제의 아내. 그 아들 자크는 프루스트의 친구입니다.(또한 동학입니다.) 이어서 로쉴드 가의 변호사 에밀 스트로스의 아내가 되었습니다.

지적이고 매력적입니다.

루이 드 튀렌 백작

1884년 7월 17일 사진.

클럽 회원 : 슈비네, 스트라우스의 살롱, 웨일스 왕자의 친구.

그의 외알 안경은 브레오테 씨를 연상시킵니다.

나테 베일, 할아버지

(1814~1896)

부유한 환전업자, 메츠 출신.

1870년에 아내를 에탕프에 피신시키려 했을 때를 빼고는 생전에

파리를 떠난 적이 없습니다.

투덜대고 까다롭지만 금 같은 마음씨를 지녔습니다.

『장 상퇴유』의 상드레 씨를 연상시킵니다.

아델 베일, 할머니

출생명 **베른카스텔**(1824~1890)

비웃음, 헷갈림 : 딱할 정도로 못생기고 고귀함이 없는 이 얼굴이 너무나 사랑하던 할머니, 『잃어버린 시간을 찾아서』의 가장 아름답고 가장 고귀한 인물입니다.

사진 자체가 흉하거나, 망친 사진이거나(나다르의 것이 아닙니다.), 아니면 여기에서 현실과 문학의 괴리를 다시 보게 되거나입니다. 하지만 『잃어버린 시간을 찾아서』에서 프루스트는 할머니의 외모(그녀의 눈물), 경작지 같은 그녀의 갈보라색 뺨을 자주 묘사합니다.(항상 어머니의 입맞춤에 대해서도 이야기합니다. 어머니의 몸에서 영원히 변치 않는 소재지는 바로 뺨입니다.)

사진과 그녀의 관계, 그녀의 죽음.(특히 프루스트 어머니의 죽음입니다.) 마르셀과 함께한 그녀의 카부르 여행.

『잃어버린 시간을 찾아서』에서와 성격이 같습니다. 다정하고 자기 희생적이며 딸에 대한 사랑이 깊고, 음악, 고전 문학, 세비녜 부인을 좋아합니다.

조르주 베일

어머니의 오빠. 친자로 입양. 프루스트 부인이 아주 사랑한 오빠. 큰외할아버지 루이(『잃어버린 시간을 찾아서』의 로르 헤이만과 미스 샤크리팡의 그 사람)가 죽을 때 아들 조르주에게 오스만 대로 102번지의 아파트를 물려줍니다. 프루스트가 어머니 사망 후 살던 집입니다.

프루스트의 어머니가 죽자 조문하러 갈 정도로 프루스트에게 아주 정이 많았습니다.

프루스트가 베르사유의 레제르부아르 호텔에 묵고 있던 1906년에 사망합니다.

아멜리 베일

출생명 **올망**

입양된 삼촌 조르주의 아내.

1906년에 입양된 삼촌이 죽자 오스만 대로 102번지의 유산이 미망인에게 갑니다.

프루스트는 2층에 살았습니다.

건물이 매각되자 숙모는 조카들보다 더 비싼 가격을 불러 소유주가 됩니다. 프루스트에게 아파트를 세줍니다.

1919년 숙모는 은행가 바랭베르니에르에게 건물을 팝니다. 프루스트에게는 재앙이었습니다.(어머니와 연결된 장소)

(→ 레잔 저택 안의 아파트, 이어서 아믈랭 가)

아드리앙 프루스트, 아버지

(1834~1903)

잔 프루스트, 어머니

(1849~1905)

출생명 **베일**

죽기 일 년 전인 1904년 사진.

로베르 프루스트

(1873~1935)

사각형 얼굴이 아버지와 닮았습니다.

마르셀 프루스트

(1871~1922)

길쭉한 얼굴이 어머니와 닮았습니다.

강의

소설의 준비 : 삶에서 작품으로

이번 연도에는 오늘날 작가가 "소설의 준비" 강의를 시도하려 할 때 처하는 (내적) 조건들을 제법 오랜 시간에 걸쳐 탐문했다. 따라서 역사적 또는 이론적 방식으로 '소설' 장르를 분석하는 것, 서로 다른 옛 소설가들이 소설을 준비하기 위해 사용했던 기법들에 대한 정보를 수집하는 것과는 아무 관련이 없다. 극단적으로 말하자면, '소설'과 관련되는지도 확실하지 않다. 이 오래된 단어는 한편으로는 문학에 대한, 그리고 다른 한편으로는 삶에 대한 연결을 뜻하는 '작품'이라는 생각을 떠오르게 하려고 편의상 채택되었다. 특정한 주체에 의해 수용되는 제작의 관점이 바로 채택된 관점이다. 소설이 무엇일 수 있는지를 알기 위해 마치 우리가 그것을 하나 써야 한다는 듯이 해보자.

첫 해의 일정은 모든 (소설적 혹은 시적) 글쓰기의 입문적 실천에 할애되었다. 메모하기가 그것이다. 작품을 쓰고자 할 때 사람들은 삶에 대해 무엇을 메모할까? 어떻게 이런 메모하기를 이끌어 갈까? 메모라고 부르는 이 언어활동 행위는 대체 무엇일까? '소설가들의 수첩'을 탐문하기보다는 전혀 소설적이지 않지만 문학의 보편적 역사에서 모든 메모하기의 모범적 완성으로 보이는 하나의 형식을 통해 긴 우회를 해 보기로 했다. 일본의 하이쿠가 그것이다. 따라서 하이쿠를 많이 다뤘다. 그 역사, 더 적게는 그 언어의 전문가로서가 아니라 최근의 프랑스어판 번역본(특히 뮈니에와 코요)들을 통해서 포착된 '간결한 형식'으로서 말이다.

하이쿠는 우선 그 구체성(운율, 조판)과 그 욕망(하이쿠의 매력이 있다.) 속에서 연구되었다. 이어서 메모하기의 세 가지 영역이 탐구되었다. 계절과 시간의 개인화, 순간과 우연성, 가벼운 정동이 그것이다. 끝으로 하이쿠가 그 특수성을 잃는 두 개의 한계를 지적했다. 콘체토와 서술이 그것이다. 결론적으로 하이쿠로부터 더 현대적이고 더 서양적인 형식들로 넘어가며 메모하기의 일상적 실천의 문제와 '형식이 주어진' 문장의, 메모하기의 역동성 자체로서의 결정적 역할을 상기시켰다.

세미나
미로의 은유 : 상호 학제적 연구

세미나의 의도는 외관적으로도 대단히 다채로운 단어를 하나 선택하고, 이 단어에 대한 은유가 아주 상이한 대상들에 적용되면서 어떻게 발전해 나갔는가를 탐지하는 것이다. 따라서 미로 자체에 대해서만큼이나 은유 개념에 대해 성찰하는 것이 바로 이 세미나의 핵심 사안이다.

여러 강연자들이 미리 합리적으로 짠 일정과 완벽을 기하려는 야심도 없이 이 세미나를 도와주었다. 고등연구실천학교(EPHES)의 연구지도 교수 마르셀 데티엔(그리스 신화학), 파리 7대학 교수 질 들뢰즈(니체), 사회과학고등연구원(EHESS)의 연구 지도 교수 위베르 다미슈(이집트 미로와 체스판), 교수 자격 소지자인 클래르 베르나르 부인과 엘렌 캉팡 부인(러시아 문학과 스페인 문학), 파스칼 보니제르(영화), 릴과 페스의 법과대학 교수인 에르베 카상(페스의 구시가지), 파리 7대학 교수 프랑수아즈 쇼에 부인(건축), 파리 10대학 교수 장루이 부트(미로와 계책), 사회과학고등연구원의 연구 지도 교수 피에르 로젠스티엘(수학), 그리고 옥타브 마노니(미로와 언술 행위) 등이 그들이다.

아주 다양한 발표들 끝에 미로는 어쩌면 '거짓' 은유일지도 모른다는 것이 강조되었다. 그 형식이 너무 위상적이고 너무 함축적이어서 미로에서는 문자가 상징보다 더 강하다는 면에서 그랬다. 미로는 이미지가 아니라 이야기를 낳는다. 세미나는 결론이 아니라 새로운 질문으로 끝났다. '미궁이란 무엇인가?' 또는 '어떻게 거기서 벗어나는가?'가 아니라, 오히려 '미궁은 어디에서 시작되는가?'라는 질문이었다. 이렇게 해서 점진적 일관성들, 한계들, 강세들의 (현재적일 것으로 보이는) 인식론을 다시 만나게 되었다.

임무 : 1978년 11월 뉴욕 대학교에서의 강연과 세미나.("프루스트와 소설의 준비")

콜레주 드 프랑스
1978∼1979년

하이쿠[1]

인용된 하이쿠의 대다수는 다음 선집들에서 가져왔다.

COYAUD (M.), *Fourmis sans ombre. Le Livre du haïku. Anthologie. Promenande*, Paris, Phébus, 1978.

COYAUD (M.), *Fêtes au Japon. Haïku*, Paris, PAF, 36 rue de Wagram, 8e.

MUNIER (R.), *Haïku*, Fayard, 1978.

YAMATA (K.), *Sur des lèvres japonaises*, Paris, Le Divan, 1924.

다른 하이쿠들은 바르트가 영어본을 모아서 번역했다.

1. 소를 싣고,
   조그마한 배가 강을 건너네,
   저녁 비를 맞으며.
   (쉬키)

   牛を乗せし
   小舟が川を渡る
   夕暮れの雨の中を
   (正岡子規)

2. 안개 낀 날 ──
   커다란 방이
   휑하고 고요하네.
   (잇샤, 뮈니에)

   霧の日に ──
   広間は
   人けががなく静まり返っている
   (小林一茶)

3. 도시인들

　손에 단풍나무 가지를 들고

　귀환 열차.

　(메이세츠, 코요)

都会の人たちが

楓の枝を手にして

帰りの電車

（內藤鳴雪）

4. 누워서

　나는 구름이 지나가는 것을 본다.

　여름의 방.

　(야하)

寝転がって

流れる雲を見る

夏の部屋

（志太野坡）

5. 겨울바람이 불어 대자

　고양이들의 눈이

　깜박댄다.

　(바쇼)

冬の風が吹き

猫の眼は

まばたきする

（八桑）

6. 여름 강

　헌 나막신을 한 손에 들고

　얕은 곳으로 건너니, 웬 행복인가.

　(부손, 코요)

夏の河の

浅瀬を度るのはなんという幸せお

草履を手たいて

（与謝蕪村）

7. 날이 밝을 때:

　보리잎 끝에는,

　봄의 서리가.

　(잇샤)

明け方:

麦の葉先に

春の霜が降りていゐ

（小林一茶）

8. 정오에 활짝 핀 메꽃
   조약돌 사이의
   화염이어라.

   (잇샤, 코요)

真昼の鮮やかな昼顔が
炎のと燃えている
小石の間で

（小林一茶）

9. 들판에는 안개가 자욱하고
   물은 고요하다
   저녁이네.

   (부손, 뮈니에)

草地には靄がかかり
水は黙り込む
夕暮れ時だ

（与謝蕪村）

10. 패랭이꽃들 위로
    여름 소나기가
    너무나 거칠게 떨어지는구나.

    (삼푸, 뮈니에)

荒々しく降る
撫子の上に
夏の驟雨が

（杉山杉風）

11. 솟아오르는 첫 태양
    구름이 있네
    그림 속의 구름처럼.

    (슈사이, 뮈니에)

初日の出
雲がひとつ浮かんでいる
絵の中の雲のように

（シュウサイ）

12. 마치 아무 일도 없었다는 듯이,
    까마귀가,
    버드나무에.

    (잇샤, 뮈니에)

何ごとも起こらなかったかのようた
カラスと
柳

（小林一茶）

13. 한 마리 개가 짖는다
　　행상을 향해
　　꽃이 핀 복숭아나무들.

　　(부손, 코요)

一匹の犬が吠える
行商人に向かって
花が咲いた桃の木々

（与謝蕪村）

14. 작은 고양이가
　　바람에 끌려 다니는 잎새를
　　한순간 바닥에 눌러 붙이네.

　　(잇샤, 뮈니에)

小さな猫が
一瞬地面に押さえつける
風に運ばれた木の葉を

（小林一茶）

15. 아이가
　　여름 달 아래에서
　　개를 산책시킨다.

　　(쇼하, 뮈니에)

子供が
犬を散歩させている
夏の月の下で

（黒柳召波）

16. "아, 내가 계속 살아있을 수 있을지!"
　　여자의 목소리
　　매미 같은 외침.

　　(구사타오, 코요)

「ああ　ずっと生きられたら!」
女の声と
蟬の鳴き声

（中村草田男）

17. 낮잠에서 깨어,
　　지나가는 소리를 듣네
　　칼 가는 사람이.

　　(바쿠난, 코요)

昼寝　目覚め
聞こえてくる
研ぎ師の通り過ぎる声が

（四島麦南）

18. 밝은 달,

어두운 구석이라고는 없다.

재떨이를 어디다 비우지.

(푸교쿠, 뮈니에)

明るく照る月

灰皿の灰を捨てようたも

暗い片隅がない

(伊東不玉)

19. 흰 마편초 꽃들,

더불어 한밤중에는.

은하수.

(곤수이, 코요)

白いクマツヅラの花もまた

真夜中にある

天の川

(池西言水)

20. 아침, 은행 직원들이

야광

갑오징어들 같구나.

(가네코 도타, 코요)

銀行員たちが朝

燐光を発してういる

イカのように

(金子兜太)

21. 가을 달이 뜨면

그때 나는 책상 위에 펼치리,

옛 책들을.

(부손, 구쿠 야마타)

秋の月

それでは机の上で開いてみよう

古い文書を

(与謝蕪村)

22. 자그마한 격자 문,

화병에는 꽃,

평화로운 오두막집.

(작자 미상)

小さな格子戸

化瓶たは花

平和なあばら家

(作者未詳)

23. 정월 초하루 ——

책상과 종이들은

지난해 그대로네.

(마츠오, 뮈니에)

元旦 ——

机も紙も

去年のまま

(マツオ)

24. 새해 아침,

어제가,

그렇게 멀게 느껴지는가.

(이치쿠, 뮈니에)

新年の朝

昨日という日は

なんと遠いニとだろう

(田河移竹)

25. 가을 황야의 대로,

내 뒤에서

누군가가 오고 있다.

(부손, 뮈니에)

秋の荒地の道

誰かが来る

私の後ろから

(与謝蕪村)

26. 조그마한 수레를 끌면서,

남자와 여자가

뭔가 얘기하네.

(일토, 코요)

手押し車を押して

男と女が

何か言葉を交わしている

(勝又一透)

27. 쥐 한 마리가

그릇을 긁어 대며 내는 소음,

그것 참 시리구나!

(부손, 뮈니에)

皿を引っ掻く

ネズミの音は ——

なんと寒いとことか!

(与謝蕪村)

28. 여름 저녁,

　　길거리의 먼지,

　　마른 풀의 매혹적인 불빛.

　　(작자 미상)

夏の夕方

道の埃

乾いた草の金色の炎

(作者未詳)

29. 산 위의 오솔길,

　　삼나무 위로 비친 장밋빛 석양,

　　멀리서 종소리.

　　(바쇼)

山道を来ると

夕日が糸杉を薔薇色に染め

遠くで鐘の音が聞こえる

(松尾芭蕉)

30. 오래된 늪에,

　　개구리 한 마리가 뛰어드네 ―

　　오! 물소리.

　　(바쇼)

古い沼地

一匹の蛙がそこに飛び込む ―

おお! 水の音

(松尾芭蕉)

31. 시원하다,

　　푸른 돗자리를

　　이마로 누른다.

　　(소노코, 코요)

涼しさ

私は額を

緑の畳に押し付ける

(斯波園女)

32. 시원하다,

　　벗은 발바닥을 벽에 대고,

　　낮잠을 잔다.

　　(바쇼, 코요)

涼しさ

私は壁際に裸足の足裏をつけて

昼寝をすゐ

(松尾芭蕉)

33. 첫눈을 보았다　　　　　　　　　　初雪を見た

오늘 아침,　　　　　　　　　　　　今朝は

세수하는 것을 잊어버렸다.　　　　　顔を洗うのを忘れそうだった

（바쇼, 아마타）　　　　　　　　　　（越智越人）

34. 솥을 닦고 있었지,　　　　　　　　鍋を洗っていると

잔물결이 일자　　　　　　　　　　　水面にしわが寄る

한 마리 외딴 갈매기.　　　　　　　　カモメガただ一羽

（부손, 코요）　　　　　　　　　　　（与謝蕪村）

35. 장마. 우리는 비를 바라본다,　　　梅雨どき. 私たちは雨を見つめる

나, 그리고 내 뒤에 서 있는　　　　　私と　私の後ろに立つ

나의 처.　　　　　　　　　　　　　　妻が

（린카, 코요）　　　　　　　　　　　（大野林火）

36. 낮잠,　　　　　　　　　　　　　　昼寝をしていると

부채를 흔들던　　　　　　　　　　　手が止める

손이 멈춘다.　　　　　　　　　　　　団扇を動かすのを

（다이기, 코요）　　　　　　　　　　（杉山杉風）

37. 어린 소녀의 목도리　　　　　　　幼女のスカーフが

눈 위로 너무 낮게 드리워지니,　　　目まで深くかかりすぎて

굉장한 매력이구나.　　　　　　　　なんと可愛いことか

（부손, 코요）　　　　　　　　　　　（与謝蕪村）

38. 봄비.

잡담을 하다가, 도롱이와 우산이

날아가 버렸다.

(부손, 코요)

春の雨

おしゃべりしながら 去って行く

蓑と傘が

(与謝蕪村)

39. 달 아래 쪽마루에서

약간 머리가 흰 중이

한 친구의 머리를 쓰다듬네.

(바쇼, 코요)

ほろ酔いの僧が

友人の頭を撫でる

月の下の緑側で

(川端茅舎)

40. 안개와 비.

가려진 후지산.

그렇지만 나는 만족하며 떠나리라.

(바쇼, 코요)

霧まじりの雨

富士山は見えない それでも私は

うれしい気持がする

(松尾芭蕉)

41. 휘영청 밝은 달,

눈을 쉬기 위해,

가끔 두세 번 구름을.

(바쇼)

眩しい月

目を休ませるために

時折二 三の雲が

(松尾芭蕉)

42. 꽃이 진다;

그는 사원의 대문을 닫고

가 버린다.

(바쇼)

花が散る；

男が寺の大きな門を閉めて

立ち去ってゆく

(松尾芭蕉)

43. 봄의 미풍 :

봄사공이

곰방대를 빨고 있네.

(바쇼, 야마타)

春のそよ風 :

船頭が

きせるをくわえている

(松尾芭蕉)

44. 새끼 고양이가

달팽이의

냄새를 맡는다.

(사이마로, 코요)

子猫が

くんくんと嗅いでいる

蝸牛を

(椎本才麿)

45. 다른 소리는 없네

그날 저녁에는

여름 소나기 소리뿐.

(잇샤, 뮈니에)

何の音もしない

夕方の

夏の雨のほかには

(小林一茶)

46. 배 껍질을 벗기자 —

부드러운 즙이

칼날을 타고 흐르네.

(쉬키, 뮈니에)

梨をむくと —

甘い雫が

ナイフを伝う

(正岡子規)

47. 파리들이 먹 위에서

논다. 봄,

햇살.

(메이세츠, 코요)

蠅が遊ぶ

黒の上で　春

太陽の光

(内藤鳴雪)

48. 나뭇잎 그늘 속

검은 고양이의 눈,

금빛으로 사납다.

(가와바타 보샤, 코요)

葉むらの蔭の

黒猫の目が

金色に　獰猛に

(川端茅舎)

49. 기억 없는 존재들,

서늘한 눈〔雪〕과,

뛰어노는 다람쥐들.

(구사타오, 코요)

記憶のない存在たち

新雪と

はねるリスたち

(中村草田男)

50. 새 한 마리가 노래했다 ──

붉은 장과 하나가

바닥에 떨어졌다.

(쉬키, 뮈니에)

鳥が鳴いた ──

赤い木の実が

地面に落ちた

(正岡子規)

51. 회복기 ──

장미들을 바라보느라

내 눈은 지쳤다.

(쉬키)

病みあがり ──

私の目は疲れてしまった

薔薇を見ることに

(正岡子規)

52. 산 오솔길을 통해 도착했네.

아! 상큼하다!

제비꽃 한 송이라니!

(바쇼)

山の小道を通って来る

ああ! これはえもいわれぬ!

一輪のすみれ!

(松尾芭蕉)

53. 그것을 따자니, 아깝구나!

    놔두자니, 아깝구나!

    아, 그 제비꽃!

    (작자 미상)

    それを摘むのは　なんと残念なことか!

    それを放っておくのも　なんと残念なことか!

    ああ　このすみれよ!

    (作者未詳)

54. 내 인생이란 무엇인가?

    오두막집 이엉에서 자라는

    하찮은 갈대보다 나은 게 없네.

    (바쇼, 야마타)

    私の人生とは何なのか?

    小屋の藁屋根に生える

    つまらぬ葦以上のものではない

    (松尾芭蕉)

55. 섬광을 보면서,

    '인생은 덧없다'고 생각하지 않는 사람은

    참으로 놀라운 사람이다!

    (바쇼)

    なんとすばらしいことだろう,

    稲妻を見ても

    「人生ははかない」と思わない人は!

    (松尾芭蕉)

56. 나의 사케 잔 속에서

    벼룩이 한 마리 헤엄치네,

    절대적으로.

    (잇샤, 코요)

    私の盃の中で

    蚤が一 匹泳いでいる

    絶対的に

    (小林一茶)

57. 물 항아리 속에서 떠다니네

    그림자 없는

    개미 한 마리.

    (세이시, 코요)

    水甕の中に浮かんでいる

    一匹の蟻が

    影もなく

    (山口誓子)

58. 저거, 저거,

요시노 산의 꽃 앞에서

그게 내가 말할 수 있었던 전부지.

(데이시츠, 코요)

これだ　これだ

としか私は言えなかった

吉野山の桜を前にして

(安原貞室)

59. 겨울 강에서,

뽑아 거기에 던져진

붉은 순무 하나.

(부손, 뭐니에)

冬の川の中に

引き抜かれて捨てられた

一本の赤蕪

(与謝蕪村)

60. 이제 저녁, 가을이구나;

부모님

생각뿐.

(부손)

それは夕方　秋；

私はただ男う

両親のことを

(与謝蕪村)

61. 오늘 다른 할 일이 없네,

봄 속으로 걸어가는 것 말고는,

더도 말고.

(부손, 뭐니에)

今日はほかになにもない

春の中を行く以外には

それ以上なにも

(与謝蕪村)

62. 모두가 잠들어 있네,

달과 나 사이에는

아무것도 없네.

(세이주고, 코요)

誰もが眠っている

何もない

月と私のあいだには

(榎本星布尼)

63. 한 고독한 수녀의 집에,

하얀 진달래가

무심한 그녀와 상관없이 꽃을 피운다.

(바쇼, 야마타)

一人暮らしの尼の家で

無関心な女にも無関心に　咲いている

白ツツヅが

(松尾芭蕉)

64. 박쥐야,

너의 부러진 우산 아래에서

너는 숨어서 사는구나.

(부손, 코요)

こうもりよ

おまえは隠れて生きているのか

おまえの破れた傘の下に

(与謝蕪村)

65. 배 한 척, 사람이 달을 바라보네,

물에 빠진 곰방대,

깊지 않은 개울.

(부손, 코요)

舟　人が月を見ている

水にきせるが落ちた

淺い川

(与謝蕪村)

66. 나는 기억한다,

버려진 노파가 운다,

달을 벗 삼아서.

(바쇼, 코요)

私は思い出す

捨てられた老婆が

月だけを友として泣いているのを

(松尾芭蕉)

옮긴이의 말

이 책은 20세기 프랑스를 대표하는 문학 이론가, 구조주의자, 탈구조주의자, 기호학자, 문화 철학자이기도 했던 롤랑 바르트의 "소설의 준비(La Préparation du roman, I, II)"를 우리말로 옮긴 것이다. 원래는 1978년부터 1980년 바르트가 세상을 떠나기 직전까지 콜레주 드 프랑스에서 했던 강의와 세미나의 녹취록으로, 2003년 쇠이유 출판사에서 나탈리 레제(Nathalie Léger)의 감수하에 출판되었다. 그러니까 바르트의 마지막 유고 저작인 셈이다. 이 점을 고려하여 이 책에 『롤랑 바르트, 마지막 강의』라고 제목을 붙였다.

이처럼 유고집으로 출간된 이 책은 "소설의 준비" 2부와 두 개의 세미나 텍스트로 구성되어 있다. 각각 "소설의 준비: 삶에서 작품으로"와 "소설의 준비: 의지로서의 작품"이라는 제목이 붙은 강의는, 1부는 1978년 12월 2일부터 1979년 3월 10일까지 13회에 걸쳐 진행되었고, 2부는 그다음 해에 이것을 완성하여 1979년 12월 1일부터 1980년 2월 23일까지 11회에 걸쳐 진행되었다.

이 두 강의는 또한 각각 하나의 세미나와 연계되었다. 1978년에서 1979년까지 바르트는 "미로의 은유"라는 주제로 세미나를 개최했다. 이와는 달리 1979~80년의 세미나는 일단 전체 강의가 끝난 2월에 개최될 예정이었다. 이 세미나의 주제는 폴 나다르(Paul Nadar)가 포착한 프루스트와 관련된 몇몇 사진에 대한 해설이었다. 하지만 바르트는 이 세미나를 열지 못했다. 1980년 2월 25일, "소설의 준비" 강의를 마친 후에 콜레주 드 프랑스 앞 에콜 가(街)에서 불의의 교통사고를 당했기 때문이다. 주지하다시피 바르트는 병원에 입원해 있다가 1980년 3월 26일에 세상을 떠나고 말았다. 예정되었던 세미나를 마치지는 못했지만 이 책에는 바르트가 준비했던 세미나 텍스트가 포함되어 있다.

이와 같은 내용을 담고 있는 이 책과 관련하여 단연 관심을 끄는 문제는 바르트가 왜 "소설의 준비"라는 제목의 강의를 하게 되었을까 하는 것이다. 흔히들 바르트에 대해 말할 때 '이동(déplacement),' '미끄러짐(glissement),' 그것도 '현기증 나는(vertigineux)' 이동과 미끄러짐이라는 표현을 사용하곤 한다. 이는 그대로 바르트가 평생 여러 분야에 관여했다는 사실과 그 과정에서 변화무쌍한 태도를 취했다는 사실을 보여 준다. 하지만 바르트의 태도 변화는 주로 이론적이고 분석적인 차원에서 이루어졌다. 그런데 바르트는 이 책에서 비교적 그 자신과는 거리가 멀었던 소설 창작의 준비라는 주제를 다루면서 이동과 미끄러짐에 종지부를 찍고 있다. 그럴 만한 계기가 있었던 것일까?

이 질문과 관련하여 바르트가 세상을 떠나기 이 년 전인 1978년을 전후해 그에게 무슨 일이 있었는지를 살펴볼 필요가 있다. 바르트에 따르면 그의 생애 말년에 발생한 가장 중요한 사건은 어머니의 죽음이다. 바르트 자신의 존재 이유와도 같았던 어머니는 1977년 10월 25일에 세상을 떠났다. 1977년 1월 7일에 콜레주 드 프랑스의 교수로 취임하면서 바르트가 그의 어머니 손을 잡고 등장한 것은 일찍 아버지를 잃은 상황에서 힘들게 자기를 키워 준 어머니에 대한 보답이었을 것이다. 어쨌든 바르트의 어머니는 힘든 투병 끝에 1977년 10월 25일에 세상을 떠났다.

바르트 자신의 고백에 의하면 이 사건은 그의 삶에서 결정적인 분기점이었다. 이 사건으로 바르트는 콜레주 드 프랑스 교수직 퇴임까지 생각하면서 완전히 '소금에 전 상태(marinade)' 또는 '아세디(acédie)' 상태, 곧 모든 의욕을 상실하고 완전히 낙담한 상태에 빠져 지냈다. "내가 더 이상 잃어버릴 것이 무엇인가. 지금 이렇게 내 삶의 이유를 잃어버리고 말았는데. 누군가의 삶을 걱정스러워한다는 그 살아가는 이유를." 이것은 『애도의 일기(Journal de deuil)』 중 한 대목으로, 그 당시 바르트가 어떤 상태에 있었는지를 잘 보여 준다.

그러던 중 바르트는 1978년 4월 15일에 모로코의 카사블랑카에서 일종의 '깨달음', 즉 '바르트의 유레카(eurêka barthésien)'를 얻게 된다. 바르트 자신의 표현을 빌면, 일종의 '문학적 개종과 같은 무엇(quelque chose comme la conversion 'littéraire')'이 그의 내부에서 일어났던 것이다. 바르트는 콜레주 드 프랑스 강의를 함과 동시에 문학에의 입문을 결합시킨 '하나의 유일한 기획(un seul Projet)', '대기획(le Grand Projet)'에 자신을 완전히 투사하기로 결심하게 된다. 그리고 이를 계기로 자신의 삶을 다시 시작해 보고자 하는 격렬한 욕망에 휩싸인다. 이렇게 해서 그는 이른바 '새로운 삶(Vita Nova)'을 시작하면서 같은 제목의 소설을 쓰고자 하는 생각을 갖게 된다.

이 책은 바르트의 이와 같은 결심의 산물이다. 바르트는 이 책에서 소설 창작의 알파와 오메가를 다루고 있다. 즉 글쓰기-욕망, 이 욕망을 관통하는 환상, 글쓰기-의지를 비롯해 글쓰기 행위의 산물인 작품이 나올 때까지의 전(全) 과정을 답사하고 있다. 또한 글쓰기가 이루어지는 장소, 그것을 가능케 하는 도구, 사소한 소품 등에 대한 성찰도 포함하고 있다. 그러니까 이 책의 주제는 '소설'과, 그것과 관련된 모든 것이라고 할 수 있다. 아니, 이 책은 '소설'을 주인공으로 하는 한 편의 소설이라고도 할 수 있다. 게다가 바르트는 이 책을 쓰는 과정에서 수많은 작가들, 가령 단테, 프루스트, 플로베르, 미슐레, 보들레르, 발레리, 말라르메, 블랑쇼, 카프카, 톨스토이 등을 등장시켜, 이들이 주인공인 '소설'과 맺는 관계를 세심하게 묘사하고 있기도 하다.

그렇다면 바르트가 이 책에서 제시하고 있는 '소설'의 모습은 어떤 것일까? 대체 바르트는 어떤 '소설'을 쓰고자 한 것일까? 이 질문에 대한 대답은 의외로 간단하다. 바르트가 이상적으로 생각하는 소설의 모습은 일본의 '하이쿠'와 같은 것이다. 바르트는 스스로 프루스트와는 달리, 기억을 바탕으로 글쓰기를 계속해 나가는 그런 유의 소설가와는 거리가 멀다는 점을 털어놓고 있다. 바르트 자신의 기억력이 좋지 못하기 때문이다. 따라서 바르트는 '과거'보다는 '현재'에 주목하고, '현재'에서도 '순간'에 주목한다. 그러니까 어떤 한 사물의 본질이 현현(顯現)하는 순간에 주목한다. 그리고 이와 같은 태도는 어떤 사건, 사태의 '깊이'가 아니라 그 '표면'에 주목하는 태도이기도 하다. 이와 같은 태도가 바로 바르트가 '메모하기'를 소중히 생각하는 이유이고, 또한 5-7-5, 즉 17음절로 구성된 짧은 하이쿠에 주목하는 이유이다.

하지만 이 책에서 바르트의 관심사가 단지 하이쿠와 같은 짧은 형태의 소설, 곧 단장(斷章) 형태의 소설 창작과 미학에만 국한되고 있는 것으로 보이지는 않는다. 사실 어떤 의미에서 이 책에는 지금까지 바르트의 지적 여정에서 볼 수 있었던 그의 문학론을 근본적으로 전복시킬 만한 내용도 담겨 있다. 물론 그렇다고 해서 이 책이 바르트의 과거 전체 사유에 대해 인식론적 차원에서 완전한 단절을 선언한 것은 아니다. 예컨대 권력과 독사(doxa) 등에 의한 '언어'의 경화(硬化) 현상에 대한 거부와 저항은 여전히 그대로이다. 하지만 바르트는 이 책에서 몇 가지 점에서 과거의 문학론과는 상당한 거리를 두고 있는 것으로 보인다.

먼저, '저자의 귀환'을 지적할 수 있다. 1970년대 초에 가히 혁명적이라고 할 수 있었던 '저자의 죽음'과 '독자의 소생'을 소리 높여 선언했던 바르트를 우리는 뚜렷이 기억한다. 하지만 그때의 바르트는 문학 이론가, 문학평론가로서의 바르트였다. 하지만 이 책에서 바르트는 '작가'를 잠칭(潛稱)한다. 따라서 저자에 대한 바르트의 관점에 변화가 있는 것은 자연스러운 결과라 하겠다.

바르트는 하나의 작품에 이 작품을 쓰는 저자의 삶 자체가 용해되는 것을 허용한다. 아니, 그것을 이제 당연한 것으로 여긴다. 바르트는 '전기적 성운(星雲)(la nébuleuse biographique)'이라는 표현을 사용하면서, 여기에 '일기, 전기, 개인 인터뷰, 회상록 등(Journaux, Biographiques, Interviews personnalisées, Mémoires, etc.)'을 포함시키고 있으며, 또 이를 작품의 질료로 여기고 있다. 또한 거기에서 출발해서 저자의 '해방(défoulement)' 혹은 '탈억압(dé-refoulement)'이라는 용어를 사용하기도 한다. 이렇게 해서 바르트는 저자의 죽음을 내세웠던 과거와는 완전한 "대척 지점에 있다.(je suis aux antipodes.)"고 말하면서 스스로 저자의 귀환을 선언하고 있다. 그런데 이와 같은 사고의 전회(轉回)는 지금까지 '저자의 죽음'을 선언한 당사자와 바르트를 등치(等值)시키던 사람들을 당황하게 만들 만하다. 이처럼 이 책에서는 '저자'로서의 바르트의 존재론적 위상이 두드러진다. "결국 글쓰기의 환상은 하나의 문학적 대상을 생산해 내는 나(Fantasme d'écriture = moi produisant un 'objet littéraire')"라는 지적이 그 단적인 증거이다.

그다음으로, '쓰다(écrire)' 동사의 자동사적(intransitif) 성격을 폐기 처분한 것이다. 이는 저자 개념에 대한 바르트의 전회와 무관하지 않다. 바르트는 이제 '쓰다'라는 동사를, 목적어를 갖는 타동사(verbe transitif)로 본다. 그러니까 저자란 뭔가 할 말이 있는 존재라는 것이다. 바르트에 의하면, 쓰기 행위는 이 행위의 주체가 사랑했던 사람들이 한동안 이 세계에 존재했

다는 사실에 대한 기억과 증언, 곧 그들을 '불멸화시키는 것(immortaliser)'
과 무관하지 않다. 다시 말해 그들이 이 세계에서 '헛되이(pour rien)' 살지 않
았다는 점을 보여 주고, 따라서 그들이 '역사의 허무 속으로(dans le néant de
l'Histoire)'로 떨어지는 것을 막기 위해 노력한다. 가령, 어머니가 세상을 떠났
을 때, 바르트 자신이 그녀의 모습을 기억하고 있지 않으면, 그녀가 이 세계
에 존재했다는 사실이 영원히 사라져 버릴 것이라고, 따라서 그것은 견딜 수
없는 것이라고 여겼던 것이다.

　　바르트에 의하면, 쓰기 행위는 또한 이 행위 주체의 존속 또는 구원
과 무관하지 않다. 글을 쓰는 사람의 주체성은 작품이라는 형태로 물질화
되어 살아남는다. 이와 관련해 바르트는 말라르메의 구절을 인용한다. "나
는 종이 위에서만 ― 그것도 아주 조금 ― 존재할 뿐입니다.(Je n'existe ― et si
peu ― que sur le papier.)" 하지만 쓰기 행위의 주체는 이런 형태로나마 작품
을 통해 필멸적 존재에서 불멸적 존재로의 이행 가능성을 엿볼 수 있다. 또
한 쓰기 행위는 이 행위의 주체가 가진, 타인들로부터 '사랑받고자' 하는 욕
망, 나아가서는 인정받고자 하는 욕망과도 연결되어 있다. 따라서 쓰기 행위
의 주체는 타인들, 곧 독자들을 유혹할 필요가 있다. 그러기 위해서는 당연
히 "쓰기는 가치를 내보이는 행위(écrire est un acte de Faire-Valoir)"여야 하며,
또한 그렇기 때문에 "나는 쓴다. 그러므로 나는 가치가 있다.(j'écris, donc je
vaux.)"라는 주장이 성립된다.

　　여기에 더해 쓰기 행위를 통해 그 주체는 항상 지금까지 자기가 쓴 것
보다 더 가치가 있다는 것을 증명해 보이기 위해 글을 쓸 수도 있다는 것이
바르트의 계속되는 주장이다. 바르트는 이와 같은 자신의 주장을, 쓰기 행
위의 주체는 이른바 '자아 이상(l'idéal du moi; 自我理想)'보다는 '이상 자아(le
moi idéal; 理想自我)'를 겨냥한다는 주장으로 발전시킨다. 쓰기 행위의 주체에

게서 이 두 개념 사이에 간극이나 차이가 있다는 것은 그대로 그가 글쓰기를 '무한정(infiniment)' 계속해야 하는 일종의 강제 요건이 된다.

마지막으로, 이 책에서 바르트는 문학에 대한 경청할 만한 가치가 있는 정의를 내리고 있다. '디아포라(diaphora)' 개념을 통해서이다. 이 개념은 원래 '구별(distinction)', '변이체(variance)' 등의 의미를 가진 그리스어 διαφορά에서 유래했다. 수사학에서도 사용되고 있는 이 개념을 바르트는 '하나의 사물을 다른 것과 구별해 주는 것(ce qui distingue une chose d'une autre)'으로 간단명료하게 정의하고 있다. 바르트는 또한 이 단어에 '이론, 담론(théorie, discours)' 등을 의미하는 어미 -logie를 붙여 '디아포랄로지(diaphoralogie)'라는 신조어를 만들고, 이를 '여러 가지 뉘앙스나 무늬의 학문(science des nuances et des moires)'으로 규정하고 있다.

'디아포라'로서의 문학! 그렇다. 바르트는 이 책에서 문학의 존재 이유를 '체계', '법칙', '일반성', 곧 '억견(臆見, doxa)'에 대한 저항과 연결시킨다. 하나의 존재가 가지고 있는 고유성, 개별성, 특수성, 곧 유일무이성(唯一無二性)을 사상(捨象)하면서 이 존재를 일반화시키고 또 그렇게 해서 하나의 체계로 환원시키려는 모든 시도는 그 존재에 가해지는 폭력과도 같다는 것이 바르트의 주장이다. 따라서 이 존재를 제대로 규정하려면 그것만의 고유한 '무늬(moire)', '색깔(couleur)', '뉘앙스(nuance)' 등을 반드시 고려해야 한다는 것이다. 바르트는 이런 점을 감안해 '문학'은 '디아포라'를 증발시켜 버리는 모든 폭력에 대한 저항이어야 하며, 또한 이 저항은 각각의 존재가 그 존재이게끔 하는 특성을 표현하는 것, 곧 그것의 '디아포라' 드러내기와 밀접하게 연결되어 있다고 본다.

물론 문학에 대한 바르트의 이와 같은 성찰이 완전히 새로운 것이라고는 할 수 없다. 앞에서 지적한 것처럼, '디아포라'를 중요시하는 바르트의 사유는 여전히 권력과 독사(doxa) 등에 의한 '언어'의 경화 현상에 대한 거부와 저항을 담고 있다. 하지만 이 책에서는 이와 같은 거부와 저항이 '디아포라' 개념을 통해 좀더 섬세하게 규정되고 있으며, 나아가서는 바르트 자신의 소설 창작을 위한 준비 과정에서, 비록 하이쿠를 통해서이긴 하지만, 보다 구체적인 모습을 보여 주고 있다. 우리의 판단으로는 이와 같은 모습의 소설 구상, 그 미학적 의의 및 사회적 기능에 대한 강조 등이 이 책에서 볼 수 있는 바르트의 문학관의 주요 변모 양상 중 하나가 아닌가 한다.

이 책은 원래 구두로 이루어졌던 강의를 녹취한 것이어서 강의 특유의 즉흥성, 직접성 등과 같은 특징은 강하게 나타나는 반면, 여러 면에서 완성도가 떨어지는 특징이 두드러진다고 할 수 있다. 녹음된 MP3를 들으면서 현장감을 살려 우리말로 충실히 옮기려고 했음에도 불구하고 그 과정에서 강의 내용의 광범위함, 난해함, 속도감 등으로 인해 여간 애를 먹은 것이 아니었다는 점을 털어놓아야겠다. 하지만 바르트 특유의 직관과 감수성을 맛볼 수 있는 더할 나위 없이 좋은 기회였다는 점 역시 털어놓지 않을 수 없다. 힘겹고 지루한 과정에서 힘이 되어 준 익수와 윤지, 그리고 성범에게 고마움을 전한다. 그리고 바르트의 마지막 저작을 우리말로 옮길 소중한 기회를 준 민음사에 감사의 말씀을 전해 드린다.

2015년 2월
시지포스 연구실에서 변광배

참고 문헌

바르트는 강의 때마다 참고 문헌을 제시했고, 독자는 그것을 이 책 67~68쪽과 225쪽에서 다시 볼 수 있다. 여기에서 우리가 제시하는 참고 문헌은 그 출전들을 기재하고, 거기에 바르트가 강의와 세미나에서 인용한 작품 전체의 출전들을 더 넓게 조합한 것이다. 우리는 바르트가 사용한 판본들을 다시 찾으려 애썼고, 불가능했던 경우에는 현재 가장 쉽게 접근할 수 있는 판본들을 제시했다.

AMIEL, Henri-Frédéric, *Journal intime*, sous la direction de Bernard Gagnebin et Philippe Monnier, Lausanne, L'Âge d'Homme, 12 vol., 1976-1993.

ANGELUS SILESIUS, *L'Errant chérubinique*, traduction de Roger Munier, Paris, Planète, coll. "L'Expérience intérieure," 1970.

APOLLINAIRE, *Alcools*, Paris, Gallimard, 1929; coll. "Poésie," 1977.

BACHELARD, Gaston, *L'Air et les songes*, Paris, José Corti, 1943.

_____, *La Dialectique de la durée*, Paris, PUF, coll. "Bibliothèque de philosophie contemporaine," 1950.

BACON, *Novum Organum*, Paris, Hachette, 1857.

BALZAC, Honoré de, *Études de femmes*, "Les secrets de la princesse de Cadignan," Paris, Gallimard, coll. "Folio"(1971), 1980.

_____, *Les Proscrits, Éttudes philosophiques*, V, Paris, Louis Conard, 1927.

BAUDELAIRE, Charles, *Les Paradis artificiels*, Paris, Garnier-Flammarion, 1966.

BELLEMIN-NOËL, Jean, *Vers l'inconscient du texte*, Paris, PUF, 1979.

BENVENISTE, Émile, *Problèmes de linguistique générale*, 2 tomes, Paris, Gallimard, coll. "Bibliothèque des idées," 1966; coll. "Tel," 1974.

BIBESCO, princess, *Au bal avec Marcel Proust, Cahiers Marcel Proust*, n° 4, Paris, Gallimard, 1928.

BLANCHOT, Maurice, *L'Entretien infini*, Paris, Gallimard, 1969.

_____, *Le Livre à venir*, Paris, Gallimard, 1959.

BLYTH, Horace Reginald, *A History of Haiku*, Tokyo, 1963.

BONNET, Henri, *Marcel Proust de 1907 à 1914*, Paris, Nizet, 1971.

BOUILLANE DE LACOSTE, Henri, *Rimbaud et le probleme des "Illuminations,"* Paris, Mercure de France, 1949.

BURNIER, Michel-Antoine et Patrick RAMBAUD, *Roland Barthes sans peine*, Paris, Balland, 1978.

CAGE, John, *Pour les oiseaux*, entretiens avec Daniel Charles, Paris, Belfond, 1976.

Cahiers du cinéma n° 297, février 1979.

CARRÉ, Jean-Marie, *La Vie aventureuse de Jean-Arthur Rimbaud*, Paris, Plon, 1926.

CASSIEN, *Institutions cénobitiques*, Paris, Cerf, coll. "Sources chrétiennes," 1965.

CHAIX-RUY, Jules, *La Formation de la pensée philosophique chez Vico*, Paris, PUF, s. d.

CHATEAUBRIAND, François-René de, *Mémoires d'outre-tombe*, t. I, édition établie par Maurice Levaillant et Georges Moulinié, Paris, Gallimard, coll. "Bibliothèque de la Pléiade," 1951.

_____, *Vie de Rancé*, préface de Roland Barthes, Paris, UGE, coll. "10/18," 1965.

CIORAN, *La Tentation d'exister*, Paris, Gallimard, coll. "Les Essais," 1956.

CLERMONT-TONNERRE, Élisabeth de, *Robert de Montesquiou et Marcel Proust*, Paris, Flammarion, 1925.

Collectif, *Prétexte: Roland Barthes*, acte du colloque de Cerisy, Paris, UGE, coll. "10/18," 1978; Paris, Christian Bourgois, 2002.

COMPAGNON, Antoine, *La Seconde Main ou le Travail de la citation*, Paris, Seuil, 1979.

COYAUD, Maurice, *Fourmis sans ombre. Le livre du haïku. Anthologie promenade*, Paris, Phébus, 1978.

DANTE, *L'Enfer*, traduction d'André Pézard, Paris, Gallimard, coll. "Bibliothèque de la Pléiade," 1965.

_____, *Vita Nova*, traduction d'André Pézard, Gallimard, coll. "Bibliothèque de la Pléiade," 1965.

DELEUZE, Gilles, *Nietzsche et la philosophie*, Paris, PUF, coll. "Bibliothèque de philosophie contemporaine," 1962.

Dictionnaire de la spiritualité ascétique et mystique, tome XIV, sous la direction de Marc Viller, Paris, Beauchêne, 1937-1995.

DIDEROT, Denis, *Œuvres complètes*, Paris, Club français du livre, t. III, 1970.

ELLMANN, Richard, *James Joyce*, 2 tomes, traduction d'André Cœuroy et Marie Tadié, Paris, Gallimard, 1962; coll. "Tel," 1987.

ÉTIEMBLE, René, "Du Japon"(1976), repris dans *Quelques essais de littérature universelle*, Paris, Gallimard, 1982.

FLAHAULT, François, *La Parole intermédiaire*, Paris, Seuil, 1978.

FLAUBERT, Gustave, *L'Éducation sentimentale*, édition présentée et annotée par Pierre-Marc de Biasi, Paris, LGF, "Le Livre de poche classique," 1999.

_____, *Bouvard et Pécuchet*, édition établie par Jacques Suffel, Paris, GF Flammarion, 1966.

_____, *Préface à la vie d'écrivain, ou Extraits de la correspondance*, présentation et choix par Geneviève Bollème, Paris, Seuil, coll. "Le Don des langues," 1963.

_____, *Un cœur simple*, Paris, Gallimard, coll. "Bibliothèque de la Pléiade," t. II, édition d'Albert Thibaudet et René Dumesnil, 1953.

FOUCAULT, Michel, *L'Ordre du discours*, Paris, Gallimard, 1971.

＿＿＿, *Moi, Pierre Rivière*……, Paris, Gallimard/Julliard, coll. "Archives," 1973.

FREUD, *Essais de psychanalyse*, Paris, Payot, 1927; coll. "Petite Bibliothèque Payot," traduction de Jean Laplanche, 1981.

＿＿＿, "Révision de la théorie du rêve," in *Nouvelles conférences d'introduction à la psychanalyse*, traduction d'André Berman, Paris, Gallimard, coll. "Idees," 1971.

GARDAIR, Jean-Michel, *Les Écrivains italiens. "La Divine Comédie,"* Paris, Larousse, 1978.

GAUTIER, Théophile, *Émaux et camées*(1922), Paris, Librairie Gründ, coll. "La Bibliothèque précieuse", 1935.

GIDE, André, *Paludes,* Paris, Gallimard, 1926.

＿＿＿, *Journal(1887-1925)*, t. I, édition d'Éric Marty, Paris, Gallimard, coll. "Bibliothèque de la Pléiade," 1996.

GIRARD, René, *Mensonge romantique et vérité romanesque*, Paris, Grasset, 1961.

GOLDMANN, Lucien, *Pour une sociologie du roman*, Paris, Gallimard, 1964.

GRENIER, Jean, *L'Esprit du Tao*, Paris, Flammarion, 1957.

HEIDEGGER, Martin, "Dépassement de la métaphysique," *Essais*, XXVII, tradution d'André Préau, préface de Jean Beaufret, Paris, Gallimard, coll. "Les Essais," 1958.

JANOUCH, Gustav, *Conversations avec Kafka*, traduction de Bernard Lortholary, Paris, Maurice Nadeau, 1978.

JOUBERT, Joseph, *Pensées, maximes et essais*, Paris, Perrin et Cie, 1911.

KAFKA, Franz, *Journal*, préface et traduction de Marthe Robert, Paris, Grasset, 1954.

KIERKEGAARD, Søren, *Crainte et tremblement*, traduction de P.-H. Tisseau, préface de Jean Wahl, Aubier Montaigne, coll. "Philosophie de l'esprit," s.d.

KRISTEVA, Julia, *La Révolution du langage poétique*, Paris, Seuil, 1974.

LA BRUYÈRE, *Les Caractères*, Paris, Gallimard, coll. "Bibliothèque de la Pléiade," 1951.

LACAN, Jacques, *Le Séminaire*, livre I, Paris, Seuil, coll. "Le Champ freudien," 1975.

_____, *Le Séminaire*, livre XI, Paris, Seuil, coll. "Le Champ freudien," 1973.

LACOUE-LABARTHE, Philippe, et Jean-Luc NANCY, *L'Absolu littéraire. Théorie de la littérature du romantisme allemand*, Paris, Seuil, coll. "Poétique," 1978.

LA FONTAINE, *Fables*, Paris, Gallimard, coll. "Bibliothèque de la Pléiade," 1954.

LAPLANCHE, Jean, et Jean-Bernard PONTALIS, *Le Vocabulaire de la psychanalyse*, Paris, PUF, 1967.

LESSING, *Laocoon*, traduction de Courtin(1866), préface de Hubert Damisch, Paris, Hermann, 1990.

LOTI, Pierre, *Aziyadé*, préface de Roland Barthes, Parme, Franco-Maria Ricci, 1971.

LOYOLA, Ignace de, *Journal spirituel*, traduction et commentaire de Maurice Giuliani, Paris, Desclée de Brouwer, 1959.

LUKÁCS, György, *La Théorie du roman*, 1916, Paris, Denöel, traduction de Jean Clairvoye, 1968.

MALLARMÉ, Stéphane, *Correspondance complète(1862-1871)*, Paris, Gallimard, 1959.

_____, *Correspondance*, édition de Bertrand Marchal, préface d'Yves Bonnefoy, Paris, Gallimard, coll. "Folio," 1995.

_____, *Œuvres complètes*, édition établie et annotée par Henri Mondor et G. Jean-Aubry, Paris, Gallimard, coll. "Bibliothèque de la Pléiade," 1945.

MAUPASSANT, Guy de, *Pierre et Jean*, Paris, Gallimard, coll. "Folio," 1982.

MICHAUD, Guy, *Mallarmé*, Paris, Hatier, coll. "Connaissance des lettres," 1953.

MICHELET, Jules, *Histoire de France*, "Préface de 1869," Paris, Librairie internationale, 1871.

_____, *La Sorcière*, Paris, Hetzel-Dentu, 1862.

MONOD, Gabriel, *La Vie et la pensée de Jules Michelet*, t. II, Paris, Champion, 1923.

_____, *Jules Michelet*, Paris, Hachette, 1905.

MONTAIGNE, Michel de, *Essais*, texte établi et annoté par Albert Thibaudet, Paris, Gallimard, coll. "Bibliothèque de la Pléiade," 1950.

MORAND, Paul, *Tendres Stocks*, préface de Marcel Proust, Paris, Le Sagittaire, 1920.

MORIER, Henri, *Dictionnaire de poétique et de rhétorique*, Paris, PUF, 1961.

MUNIER, Roger, *Haïku*, préface d'Yves Bonnefory, Paris, Fayard, 1978.

NIETZSCHE, Friedrich, *La Naissance de la tragédie*, in *Œuvres philosophiques complètes*, t. I, édition établie par Giorgio Colli et Mazzino Montinari, traduction de Michel Haar, Phillppe Lacoue-Labarthe et Jean-Luc Nancy, 1977.

_____, *Ecce Homo*, in *Œuvres philosophiques complètes*, t. VIII, Paris, Gallimard, édition établie par Giorgio Colli et Mazzino Montinari, traduction de Jean-Claude Hémery, 1974.

_____, *Aurore*, in *Œuvres complète*s, traduction de Jean Hervier, Paris, Gallimard, 1970.

_____, *Vie et vérité,* textes choisis par Jean Granier, Paris, PUF, coll. "Sup," 1971.

NOVALIS, Friedrich, *L'Encyclopédie*, texte traduit et présenté par Maurice de Gandillac, Paris, Éditions de Minuit, 1966.

PAINTER, George D., *Marcel Proust*, t. I, *1871-1903: les années de jeunesse*, et t. II,

1904-1922: les années de maturité [1959-1965], traduction et présentation de Georges Cattaui, Paris, Mercure de France, 1966.

PASCAL, *Pensées*, t. I et II, édition de Michel Le Guerne, Paris, Gallimard, coll. "Folio," 1977.

PICON, Gaétan, *Balzac*, Paris, Seuil, coll. "Écrivains de toujours," 1954.

PIERRE-QUINT, Léon, *Marcel Proust, sa vie, son œuvre*, Paris, Le Sagittaire, 1925.

PROUST, Marcel, *À l'ombre des jeunes filles en fleurs*, édition établie par Pierre Clarac, Paris, Gallimard, coll. "Bibliothèque de la Pléiade," 1954.

_____, *Contre Sainte-Beuve*, préface de Bernard de Fallois, Paris, Gallimard, coll. "Idées/NRF," 1954.

_____, *Œuvres complètes*, t. X: *Chroniques*, "Vacances de Pâques" (Le Figaro, 25 mars 1913), Paris, Gallimard, (1927), 1936.

_____, *Choix de lettres*, présentées et datées par Philip Kolb, préface de Jacques de Lacretelle, Paris, Plon, 1965.

_____, *Correspondance*, texte établi, présenté et annoté par Philip Kolb, Paris, Plon, vol. VII, 1981.

QUINCEY, Thomas de, *Confessions d'un mangeur d'opium*, traduction de Charles Baudelaire, Paris, Stock, 1921.

RACINE, *Bérénice*, in *Théâtre complet*, édition de Raymond Picard, Paris, Gallimard, coll. "Bibliothèque de la Pléiade," 1950.

RAMBURES, Jean-Louis de, *Comment travaillent les écrivains*, Paris, Flammarion, 1978.

RAYMOND, Didier, *Schopenhauer*, Paris, Seuil, coll. "Ecrivains de toujours," 1979.

RENARD, Jules, *Histoires naturelles*, in *Œuvres II*, Paris, Gallimard, coll. "Bibliothèque de la Pléiade," 1971.

RICHARD, Jean-Pierre, *Littérature et sensation*, préface de Georges Poulet, Paris,

Seuil, coll. "Pierres vives," 1954.

RIMBAUD, Arthur, *Œuvres*, texte établi par Paterne Berrichon, préface de Paul Claudel, Paris, Mercure de France, 1912.

_____, *Lettres de la vie littéraire d'Arthur Rimbaud(1870-1875)*, réunies et annotées par Jean-Marie Carré, Paris, Gallimard, 1931.

RIVANE, Georges, *Influence de l'asthme sur l'œuvre de Marcel Proust*, Paris, La Nouvelle Édition, 1945.

ROUSSEAU, Jean-Jacques, *Les Confessions*, texte établi et annoté par Louis Martin-Chauffier, Paris, Gallimard, coll. "Bibliothèque de la Pléiade," 1947.

_____, *Les Rêveries du promeneur solitaire*, Paris, Garnier, s. d.

SAFOUAN, Moustapha, *Études sur l'Œdipe*, Paris, Seuil, coll. "Le Champ freudien," 1974.

SANTARCANGELI, Paolo, *Le Livre des labyrinthes. Histoire d'un mythe et d'un symbole*, traduction de Monique Lacau, Paris, Gallimard, coll. "Idées," 1974.

SARDUY, Severo, *La Doublure*, Paris, Flammarion, 1982.

SARTRE, Jean-Paul, *La Nausée*, Paris, Gallimard, 1938.

SCHEHADÉ, Georges, *Anthologie du vers unique*, Paris, Ramsay, 1977.

SCHERER, Jacques, *Le "Livre" de Mallarmé*, Paris, Gallimard, 1957.

SIEFFERT, René, *La Littérature japonaise*, Paris, Armand Colin, 1961.

SOLLERS, Philippe, *Paradis*, Paris, Seuil, 1978.

Les Sophistes. Fragments et témoignages, Paris, PUF, 1969.

SUZUKI, Daisetz Teitaro, *Essais sur le bouddhisme zen*, traduction de Jean Herbert, Paris, Albin Michel, 3 tomes, 1940-1943.

TOLSTOÏ, Léon, *Journaux et carnets, t. I: 1847-1889*, traduction et annotation de Gustave Aucouturier, préface de Michel Aucouturier, Paris, Gallimard, coll. "Bibliothèque de la Pléiade," 1979.

_____, *Maître et serviteur*, in *Œuvres complètes*, traduction de Jacques Bienstock,

Paris, Stock, 1920.

VALÉRY, Paul, *Variétés*, "Études littéraires," Paris, Gallimard, coll. "Bibliothèque de la Pléiade", 1957.

_____, *Œuvres*, t. I, "Introduction biographique" par Agathe Rouart-Valéry, Paris, Gallimard, coll. "Bibliothèque de la Pléiade," 1957.

VICO, Giambattista, *Scienza Nuova* (première version, 1725), traduction de Christina Trivulzio, Paris, Gallimard, coll. "Tel," 1993.

_____, *Œuvres choisies de Vico par Michelet*, in *Œuvres complètes*, t. I, edition de Pierre Viallaneix, Paris, Flammarion, 1971.

VINAVER, Michel, *Aujourd'hui ou les Coréens*, Paris, L'Arche, 1956.

WAGENBACH, Klaus, *Kafka*, Paris, Seuil, coll. "Écrivains de toujours," 1968.

WATTS, Alan W., *Le Bouddhisme zen*, traduction de P. Berlot, Paris, Payot, "Bibliothèque scientifique," 1960.

YAMATA, Kikou, "Sur des lèvres japonaises", avec une lettre-préface de Paul Valéry, *Le Divan*, 1924.

주석

일러두기, 서문

1   역주 — '쓰인 흔적'이라는 의미.

2   역주 — 티에리 마르셰스(Thierry Marchaisse)는 쇠이유 출판사의 편집인이고, 도미니크 세글라르(Dominique Séglard)는 '트라스 에크리트' 총서의 기획자이자 편집인이다.

3   역주 — 에릭 마르티(Eric Marty). 파리 7대학 교수. 롤랑 바르트 전집 편집자.

4   Jules Michelet, leçon du 6 mars 1851, *Cours au Collège de France*, t. II, Paris, Gallimard, coll. Bibliothèque des histoires, 1995, p. 694.

5   "Longtemps, je me suis couché de bonne heure," conférence au Collège de France, 19 octobre 1978. 이 강연은 "소설의 준비" 첫 강의 몇 주 전에 있었는데, 그 초록 정도의 것이다.(OC 5, p. 465.)

6   역주 — 프랑스 남서부에 위치한 아키텐 지역의 소도시로, 바르트의 외가가 있었던 곳이다. 바르트는 아버지의 때이른 죽음 후에 어머니와 함께 이곳에서 어린 시절을 보냈으며, 이런 이유로 이곳은 그에게 '잃어버린 낙원'의 의미를 가지고 있다.

7   BRT2.A08-04, BRT2.A09-02.01&02라는 번호가 매겨진 현대출판사료연구소 IMEC에 보관된 원고이다.(롤랑 바르트 기증품 칸.)

8   현재 MP3의 형태로 쇠이유 출판사에서 구할 수 있다.

9　"Au séminaire," *L'Arc*, 1974.(OC 4, p. 503.)

10　"나 역시, '새로운 삶'으로 들어갑니다. 오늘날 이 새로운 장소, 이 새로운 환대에 의해 특징지어지는 이 '새로운 삶'으로 말입니다."(*Leçon*, OC 5, p. 446.) 여기에서 '나 역시' 는 앞에서 바르트 자신이 지적한 미슐레의 '새로운 삶'을 가리킨다. 바르트는 텍스트 에 따라 '새로운 삶'의 라틴어 표현이나 이탈리아어 표현을 자유롭게 쓰고 있다.

11　Dante, *Vita Nova*, 제18장, Jacqueline Risset 번역, *Dante écrivain*, Paris, Seuil, 1982, p. 32.

12　마지막 강의를 보라. 이 책의 192쪽.

13　역주 ─ '깨우침', '각성' 등의 의미.

14　*Fragments d'un discours amoureux*, 1977.(OC 5, p. 86.)

15　BRT2.A09-01, BRT2.A09-03이라는 번호가 매겨진 현대출판사료연구소 IMEC에 보관된 원고이다.(롤랑바르트 기증품 칸.)

소설의 준비 ─ 삶에서 작품으로

1　Roland Barthes, *Leçon*, Paris, Seuil, 1978, p. 43; OC 5, p. 429-446에 재수록.

2　단테의 『신곡』 중 「지옥편」 첫 번째 노래의 첫 소절. André Pézard의 번역(바르트가 참고한 번역), Paris, Gallimard, coll. Bibliothèque de la Pléiade, 1965, p. 883.

3　바르트는 1915년에 태어났다. 이 글을 썼을 때 그의 나이 63세였다.

4　「지옥편」은 바로 '어두운 숲'에서 시작된다. "우리의 삶의 노정 중간에서/ 나는 어두 운 숲을 통과하네./ 나는 바른 길을 잃고 살았네." André Pézard의 번역, *L'Enfer*, op. cit., p. 885. 방랑하던 단테는 『신곡』에서 긴 여행 내내 베르길리우스에게서 자신을 안내하고 가르치는 주의 깊은 안내자를 발견한다.

5　마르셀 프루스트가 다니엘 알레비에게 쓴 1919년 7월 19일 자 편지. "보편자가 나타 나는 것은 개별자의 정점에서입니다." Marcel Proust, *Choix de lettres*, présentées et datées par Philip Kolb, préface de Jacques de Lacretelle, Paris, Plon, 1965, p. 216.

6　'생트뵈브의 방법'에 대한 성찰(1908)에서 프루스트는 '재능의 파산'에 대한 두려움,

'가장 말하고 싶어 하는 것을 말할 수 있는 힘을 찾지 못하는 것'에 대한 우려를 상기하고 있다. "사람들은 성 요한에게서 그리스도의 지상 명령에 복종하면서 과거의 나태한 무기력이 실패로 돌아가기를 바란다. '아직 빛이 있는 동안 일하라.'" Marcel Proust, *Contre Sainte-Beuve*, chapitre VIII, "La méthode de Sainte-Beuve," Paris, Gallimard, coll. Idées-NRF, 1954, p. 150.

7 『랑세의 생애(Vie de Rancé)』에서 샤토브리앙은 랑부이예 호텔에 모이는 사람들에게 익숙해진 젊은 사교계의 인물인 아르망 장 드 랑세(1625~1700)의 모범적인 여정을 이야기하고 있다. 그런데 랑세의 삶은 그의 정부 드 몽바종 부인의 비극적인 죽음의 충격으로 인해 큰 타격을 입게 된다. 실제로 이 사건 이후 랑세는 재산을 포기하고 트라피스트 수도원으로 들어간다. 바르트는『랑세의 생애』의 한 판본의 서문을 쓴 바 있다.(Paris, UGE, coll. 10/18, 1965.) 이 텍스트는 "Chateaubriand, *Vie de Rancé*," *Nouveaux essais critiques*, Paris, Seuil, 1972(OC 4, p. 55~65)에 재수록되었다. 바르트가 지적하는 것처럼 랑세가 트라피스트 수도원의 창설자가 아니라 베네딕트 수도회와 시토 수도회의 기본 원칙을 단호하게 개혁한 인물이라는 사실을 지적하자.

8 역주 — 자크 브렐(Jacaues Brel, 1929~1978)은 벨기에 출신의 가수로 "Ne me quitte pas" 등의 노래로 우리에게 널리 알려져 있다.

9 자크 브렐은 폐암에 걸린 것을 안 뒤로 음악계와 관계를 끊었고, 1974년 7월에 세계 일주를 하기 위해 배에 몸을 실었다. 그는 1978년 10월 9일에 세상을 떠났다.

10 산문과 운문으로 번갈아 나오는 모음집 『신생』(1292)은 베아트리체의 죽음을 통지받은 후에 단테가 쓴 첫 번째 텍스트이다. 『새로운 삶』은 또한 바르트가 "소설의 준비"에 할애된 콜레주 드 프랑스 두 번의 강의 사이, 즉 1979년 8월에서 12월 사이에 8쪽으로 기획서를 작성한 소설에 붙인 제목이기도 하다.(OC 5, p. 994-1001.)

11 역주 — *Vita Nova*와 *Vita Nuova*는 모두 '새로운 삶'이라는 의미를 가지고 있다. 여기에서는 단테의 작품인 *Vita Nova*만 관례에 따라 '신생'으로 옮기고, 그 외에 *vita nova*와 *Vita Nuova*는 경우에 따라 '새로운 삶'이나 '신생'으로 옮기기로 한다.

12 바르트는 "오랫동안 나는 일찍 잠자리에 들었다."라는 제목의 콜레주 드 프랑스 강연 텍스트에서 이렇게 쓰고 있다. "'새로운 삶'은 51세 때 20세의 젊은 여자와 결혼하면

서, 그리고 '자연사'에 대한 새로운 저서를 준비하면서 미슐레가 했던 말이다." 이 텍스트는 "Les inédits du Collège de France," no 3, 1982(OC5, p. 459-470)에 실려 있다. 바르트는 텍스트에 따라 '새로운 삶'의 라틴어 표현이나 이탈리아어 표현을 자유롭게 쓰고 있다.

13 *acédie*는 그리스어 *akèdia*('낙담'), *kèdeuô*('수고하다')에서 유래했다. 이 단어 앞에 붙은 탈격 a는 *akèdès*('소홀히 하는', '소홀한')와 akèdèstos('포기한')를 파생시켰다. 바르트는 이 개념을 이전의 강의, 특히 그의 콜레주 드 프랑스의 첫 강의였던 "어떻게 더불어 살 것인가(Comment vivre ensemble)"에서 길게 전개했다. '제압 상태: 침울, 피로, 슬픔, 권태, 낙담." "*akédia*에서 나는 포기의 주체이자 대상입니다. 그로부터 봉쇄, 함정, 궁지라는 감각이 유래합니다."(*Comment vivre ensemble*, texte établi, présenté et annoté par Claude Coste, Seuil, 2002, p. 53-54.)

14 Maurice Blanchot, *L'Entretien infini*, Paris, Gallimard, 1969, p. 12.

15 콜레주 드 프랑스에서 했던 바르트의 이전 강의는 완전히 이 문제에 할애되었다. *Le Neutre*, Paris, Seuil, texte établi, présenté et annoté par Thomas Clerc, 2002를 볼 것.

16 앨런 왓츠(Alan W. Watts)가 『선불교(Le Bouddhisme Zen)』에서 번역한 『선림구집(Zenrin Kushu)』에 들어 있는 시다.(Paris, Payot, coll, Bibliothèque scientifique, 1960, p. 149.) 『선림구집』은 도요 에이코(Toyo Eicho)(1429~1504)에 의해 수집된 2연으로 된 50만 편의 시선집이다. 바르트는 그의 저작에서 여러 차례에 걸쳐 이 시를 인용하고 있다. 가령 『사랑의 단상(Fragments d'un discours amoureux)』(Paris, Seuil, 1977, p. 277)과 『새로운 삶』(OC 5, pp. 994-1001)을 볼 것.

17 Jean de La Fontaine, "Le vieillard et les trois jeunes hommes," *Fables*, Paris, Gallimard, coll. Bibliothèque de la Pléiade, 1954, p. 274.

18 역주 — '간극'이라는 의미.

19 역주 — "마"라는 제목이 붙은 텍스트에서 바르트는 '마'를 '두 순간, 두 장소, 두 상태 사이의 모든 관계, 모든 단절'로, 그리고 '우츠로이'를 '꽃이 시드는 순간, 한 사물의 영혼이 허공에서, 두 상태 사이에서 정지되어 있는 것 같은 순간'으로 정의하고 있다.(OC 5, p. 475-480.) 『도덕경』의 주의 깊은 독자이자 그 원칙을 세속화시킨 선사

들(특히 스즈키 다이세츠 데이타로와 그의 『선학 논문집(Essais sur le bouddhisme zen)』, Jean Herbert 번역, Paris, Albin Michel, 1940~1943)의 주의 깊은 독자였던 바르트는 『기호의 제국(L'Empire des signes)』(Genève, Albert Skira, coll. Les Sentiers de la création, 1970)에서부터 선불교를 직간접적으로 자유롭게 인용했다.

20 1978년 4월 15일이라는 날짜는 "새로운 삶"이라는 제목이 붙어 있고, 또 바르트가 1979년 8월과 12월 사이에 집필한 8쪽짜리 소설 초고에 여러 번 등장한다.(OC5, p. 994-1001.)

21 같은 해 2월에 페즈 대학과 라바 대학에서 독서 이론에 대한 세미나를 개최한 후에 바르트는 봄에 모로코에서 두 번째로 체류하게 되는데, 이때 카사블랑카에서 머물렀다.

22 바르트는 1977년 10월 25일에 어머니를 여의었다.

23 '소금에 전 상태', 곧 '축 늘어진 상태'의 의미이다.

24 "플로베르와 문장"에서 바르트는 이렇게 설명하고 있다. "고통의 끝에 닿았을 때 플로베르는 소파에 몸을 던졌다. '소금에 전 상태'였다. 게다가 모호한 상황이었다. 왜냐하면 실패의 표시는 또한 환상의 그것이었기 때문이었다. 그 상태로부터 조금씩 글을 쓰는 작업이 재개되었고, 플로베르에게 다시 삭제할 수 있는 무엇인가가 주어졌다." (*Nouveaux Essais critiques*, Paris, Seuil, 1972; OC 4, p. 79.) '소금에 절다'라는 발상은 아마 그의 편지에서 빌어 온 것일 것이다. 여러 편지들 중 에른스트 슈발리에에게 쓴 1846년 8월 12일 자 편지를 보라. "……나는 내가 최근 제작하게 한 파란 가죽 소파에서 뒹굴고 있네. 이곳에서 절어 지내는 운명인 나는 내 취향대로 병을 장식하게 했고, 거기에서 꿈꾸는 굴처럼 지내고 있네."(Gustave Flaubert, *Correspondance*, édition établie, présentée et annotée par Jean Bruneau, coll. Bibliothèque de la Pléiade, 1973, t. I, p. 293.)

25 시두안 아폴리네르(431~490)는 9권으로 된 24편의 시와 146통의 편지를 쓴 사람이다. 이 총서는 469년과 482년 사이에 배포되었다. '스크립투리레'라는 단어는 시두안이 클레르몽에서 477년에 쓴 자신의 "친애하는 콘스탄티누스에게"(제7권, 18, 1)라는 편지에서 언급했다. 자신의 편지를 출간하는 것에 대해 친구의 의견을 구

하면서 그는 이렇게 설명했다. "일단 시작된 [자기의] 정신은 여전히 계속해서 쓰고 싶어 한다네.(*quamquam incitatus semel animus necdum scripturire desineret.*)" Sidoine Apollinaire, Lettres(livres VI IX), texte établi et traduit par André Loyen, Paris, Les Belles Lettres, 1979, p. 79를 볼 것. 시두안 아폴리네르의 전기로는 *Dictionnaire de la spiritualité ascétique et mystique*, t. XV, sous la direction de Marc Viller, Paris, Beauchêne, 1937-1995를 참고할 수 있다. 바르트는 콜레주 드 프랑스 첫 번째 강의에서 이 책을 언급했다.

26 암묵적으로는 1977년 1월 7일의 취임 강의를 가리킨다. "하지만 모든 언어활동 (langage)의 행위로서의 언어(langue)는 수구적이지도 진보적이지도 않습니다. 언어는 단지 파시스트적입니다. 왜냐하면 파시즘은 말하는 것을 방해하는 것이 아니라 말하도록 강제하기 때문입니다."(OC 5, p. 432.) 구두 강의에서 바르트는 이렇게 말했다. "한 언어에 한 단어가 존재할 때, 그리고 다른 언어에는 그 단어가 존재하지 않을 때, 거기에는 힘겨루기가 있었던 것입니다."

27 자기 지시(Autonymie)란 '자기 자신의 고유한 이름에 대하여', '자기를 가리키는'을 의미한다. 한 단어가 그것의 지시 대상이 아니라 단어 자체를 가리킬 때 쓰인다.

28 '제스처(geste)'에는 두 가지 의미가 있다. 남성으로 쓰일 때는 '몸동작', '움직임'이고, 여성으로 쓰일 때는 '무훈시'이다.

29 바르트는 특히 1966년 존스 홉킨스 대학에서 개최된 한 콜로키엄에서 이 생각을 발전시킨 적이 있다. "작가가 무언가를 쓰는 자가 아니라 절대적으로 그냥 쓰는 자라면, 언제부터 사람들이 '쓰다'라는 동사를 자동사로 사용하기 시작했는지를 알아보는 것은 흥미로울 것 같습니다. 이와 같은 이행은 분명 사고방식에서 아주 중요한 변화가 일어났다는 징표입니다."("Ecrire, verbe intransitif" 안에 간행된 발표문 *The Language of Criticism and the Science of Man*, Londres, The Johns Hobkins Press, 1970; OC 3, p. 617-626.)

30 역주 ─ 본문에 영어로 되어 있음.

31 이도 저도 아닌 형태라는 의미.

32 1977년 6월 22일에서 29일까지 스리지 라 살 국제문화센터는 앙투안 콩파뇽의 주관하에 "프레텍스트: 롤랑 바르트"라는 제목으로 콜로키엄을 개최했다. 바르트는 그 기

회에 여러 차례에 걸쳐 한 편의 소설을 쓰고자 하는 욕망을 피력한 바 있다. 이 콜로키엄에서 발표된 전체 내용은 1978년 크리스티앙 부르구아에 의해 "10/18" 총서 (Paris, UGE)에서 출간되었고, 또한 2003년에서 크리스티앙 부르구아 출판사에서 다시 출간되었다. "이미지"라는 제목이 붙은 바르트의 발표문은 『언어의 속삭임(Le Bruissement de la langue)』(Paris, Seuil, 1984, p. 512-519)에 재수록되었다.

33   György Lukács, *La Théorie du roman*(1916), Jean Clairvoye의 번역, Paris, Denoël, 1968; Lucien Goldmann, *Pour une sociologie du roman*, Paris, Gallimard, 1964; René Girard, *Mensonge romantique et vérité romanesque*, Paris, Grasset, 1961을 볼 것. 바르트가 이 주제를 다루면서 인용하고 있는 문장은 모두 뤼시앵 골드만의 저서에서 발췌한 것이다.

34   바르트는 강의 중에 이 부분에서 이렇게 말했다. "나는 뭉뚱그려 말하고 있으며, 모든 반대를 받아들입니다."

35   한 대상을 그것의 요란한 특징 속에서 인정하는 동작으로서의 "바로 그거야!"라는 표현에 대한 개념화는 바르트의 『기호의 제국』(1970, "텔" 총서, OC 3, p. 415)에 나타나 있다. 또한 강의 "중립"의 "사토리라는 단어, 감탄사, '바로 그거야'"도 참고할 수 있다.(op. cit., p. 220.) 또한 『밝은 방』의 "사진은 항상 동작 끝에 있다. 사진은 이렇게 말한다. 자, 바로 그거야! 바로 그렇게!"(Paris, Cahiers du Cinéma-Gallimard-Seuil, 1980, p. 15-16(OC 5, p. 792).)에서도 볼 수 있다.

36   바르트는 여기에서 기암바티스타 비코(Giambattista Vico)의 『새로운 과학(Scienza Nuova)』(첫 판본, 1725)이라는 역서를 참고하고 있다. 바르트는 이 책을 쥘 미슐레의 번역본으로 읽었다.

37   rempli. 책이 출간되어 나올 때 종종 책 뒷표지에 실리는 편집자의 글을 의미한다.

38   역주 — Denys l'Aréopagite. 디오누시오는 5세기 후반 시리아 기독교와 신플라톤적인 분위기에서 바울의 측근 중의 한 사람인 아레오바고 시의회 의원 디오누시오(이 이름은 「사도행전」 17장 34절에 등장)라는 가명으로 저술 활동을 한 동방교회의 수도자. 디오누시오는 초기 중세 동방교회의 교부였다. 그는 사도 바울의 제자로 알려진 사람이다. 그는 1세기 사도 바울이 아테네에서 행한 아레오바고 설교에 의하여 회

심을 경험했다 한다. 그는 『하나님의 이름들』, 『신비신학』, 『천상의 계층구조』, 『교회의 계층구조』 등을 집필하면서 본명을 밝히지 않고 '디오누시오'라는 이름을 사용했다. 그는 특히 사랑(에로스나 아가페)은 "연합하고 같이 연결하고 미와 선 안에서 해소할 수 없는 융합을 이루는 능력이다."라고 정의하면서, 이를 하나님에게 적용시켜 기독교의 본질을 이와 같은 '사랑'에서 찾고 있다.

39 역주 ── *agendum*. 라틴어로 '행해져야 할 것 또는 일의 목록' 등의 의미를 가진 단어로 agenda라는 단어에 그 형태가 남아 있다.

40 바르트는 여기에서 1978년 10월 19일, 그러니까 이 강의 몇 주 전에 콜레주 드 프랑스에서 했던 "오랫동안 나는 일찍 잠자리에 들었다"라는 강연을 가리키고 있다. 소설은 "내게 사랑하는 사람들에 대해 말하게 ── 내가 그들을 사랑한다고 그들에게 말하는 것이 아니라(이것은 그대로 서정적인 계획이 될 것이다.) ── 해 주어야 한다.(사드는 소설이란 사랑하는 사람들을 그려야 한다고 말했다.) 나는 소설로부터 일종의 '자기중심주의'의 초월을 기대한다. 사람이 사랑하는 사람들에 대해 말하는 것은 결국 그들이 '허무하게' 살지 않았다는 것(그리고 종종 고통 받지 않았다는 것)을 증언하는 것과 차원이 다른 이야기다."(OC 5, p. 469.)

41 루이 가르데(Louis Gardet, 1904~1986). 기독교 철학자로 루이 마시뇽과 자크 마리탱의 제자. 이슬람과 기독교 신비주의에 대해 많은 에세이를 남겼다. 대표적으로 『철학과 비교 신비주의 연구(Études de philosophie et de mystique comparée)』(1972)를 들 수 있다.

42 바르트가 읽은 부분은 "죽음의 충동은, 그것이 에로티시즘으로 채색되지 않는다면, 지각에서 사라지게 된다."라는 프로이트의 주장을 인용한 라플랑쉬와 퐁탈리스의 『정신분석의 어휘(Vocabulaire de la psychanlayse)』(Paris, PUF, 1967, xmrgl p. 374)일 개연성이 아주 크다. 또한 그 부분은 『전집(Gesammete Werke)』(vol. XIV, Londresm Imago, 1940~1952)에 해당되기도 한다.

43 Daisetz Teitaro Suzuki, *Essais sur le bouddhisme zen*, t. I, Paris, Albin Michel, Jean Herbert의 번역, (1940), 1965, p. 352.

44 Alcidamas. 그리스의 궤변론자이자 수사학자. 고르기아스의 제자이자 계승자. *Les*

Sophistes. Fragments et témoignages, Paris, PUF, 1969, p. 26을 볼 것.

45 Léon Tolstoï, *Souvenirs et récits*, Gustave Aucouturier의 번역, Paris, Gallimard, coll. Bibliothèque de la Pléiade, 1961. 『어린 시절』과 『청소년 시절』은 톨스토이의 초기 이야기이다.

46 "사람들은 항상 상상력이 이미지를 형성하는 능력이기를 원한다. 하지만 상상력은 오히려 지각에 의해 제공된 이미지들을 변형시키는 능력이다."(Gaston Bachelard, *L'Air et les songes*, Paris, José Corti, 1943, p. 5.)

47 '기억 위의 안개'는 알레고리이다. 바르트는 1977년 6월 스리지 라 살에서 개최된 콜로키엄에서 알랭 로브 그리예에게 이렇게 말한 적이 있다. "여기에 도착하면서 나는 혼자 이런 생각을 했습니다. 우리는 기억의 강이라고 불리는 노르망디 지역의 강을 하나 건넌 것이라고요. 이곳은 스리지 라 살이라고 불리지만, 저곳은 브륌-쉬르-메무아르(Brume-sur-Mémoire)('기억 위의 안개'라는 의미)라고 불렸다고 말입니다. 실제로 내 건망증에는 갑작스럽게 부정적이 되기보다는 오히려 기억을 잘해 내지 못하는 무기력이라는 특징이 있습니다. 안개와 같은 것이죠."(*Prétexte: Roland Barthes*, 스리지 콜로키엄 문집, Paris, UGE, coll. 10/18, 1978, p. 249-250; Paris, Cristian Bourgois, 2003, p. 278.) 『롤랑 바르트』의 중간 부분에서 '휴지 부분'을 구성하는 열다섯 개 남짓의 상기(想起)를 적은 다음("간식 때 차고 달콤한 우유. 낡은 하얀 사기 그릇 바닥에 흠이 있었다…….") 바르트는 이렇게 주해를 달고 있다. "내가 상기라고 부르는 것은 주체로 하여금 추억을 확대하지도 않고 진동시키지도 않은 채 그 미묘함을 다시 발견하게 하는 행동, 곧 주이상스와 정동의 혼합물이다."(*Roland Barthes*, Paris, Seuil, 1975, p. 111-113; OC 4, p. 683-685.)

48 역주 — 라틴어 '노타시오(*notatio*)'는 프랑스어의 notation에 해당하는 명사이다. 이 책에서 바르트는 '메모(note)'에서 '글쓰기(écriture)'까지를 세 단계로 구별하고 있다. 첫 번째 단계는 불현듯 머리에 떠오르는 생각이나 영감을 수첩 등에 하나 또는 몇 개의 단어나 간단한 문장으로 하는 단순한 '메모'이다. 바르트는 이것을 '노톨라(*notula*)'라고 부른다. 두 번째 단계는 이렇게 메모된 내용을 정리하고, 분류해 약간의 체계를 부여하면서 '필사(copie)'하고 정서(正書)하는 단계로, 바르트는 이 단계를 '노

타(nota)'로 명명한다. 이런 점을 고려하면서 바르트는 *notatio*를 '노툴라'에 가까운 것으로, notation을 '노타'에 가까운 것으로 보고 있다. 또한 이와 관련하여 notation에는 '노타레(Notare)'(메모하기)와 '포르마레(Formare)'(쓰기)가 압축되어 있다고 보고 있다. 그리고 세 번째 단계가 바로 본격적인 '글쓰기' 단계, 곧 '에크리튀르(écriture)' 단계이다. 이런 사실들을 고려해 여기에서는 순간적이고 직감과 영감을 바탕으로 한 메모하기에 해당하는 *notatio*는 '노타시오'로 쓰고, 이 '노타시오'를 다시 정서하고 필사하는 행위에 해당하는 notation은 '메모하기'로 옮기기로 한다.

49 Antoine Compagnon, *La Seconde Main ou le Travail de la citation*, Paris, Seuil, 1979. 콩파뇽에 의해 페리그라피는 이렇게 정의된다. "텍스트를 원근법적으로 배치하는 무대장치술이다. 물론 저자는 이 배치의 중앙에 위치한다. (……) 주, 표, 참고 문헌은 물론이거니와 서문, 머리말, 서론, 결론, 부록 등이 해당한다. 이것들은 작품을 읽지 않고, 또 파고들지 않고서도 판단하게 해 주는 새로운 '디스포지시오(dispositio)'의 항목이다."(p. 328)

50 바르트는 플로베르의 글쓰기에서 시간 생략의 활용을 참고하고 있는 게 거의 확실하다. 『감정 교육』은 가장 놀랄 만한 예다. 제2제정의 역사가 이 작품의 5장과 6장을 가르는 여백에 오롯이 포함되어 있다. 6장은 다음과 같은 유명한 문장으로 시작된다. "그는 여행을 했다./ 그는 배의 우수, 텐트 아래에서의 추웠던 날씨, 풍경과 폐허 지역의 현기증, 단절된 호감의 쓸쓸함을 맛보았다./ 그는 다시 돌아왔다./……" 글쓰기 자체에서 빈번한 행간을 통해 생략 작업 역시 계속되고 있다. Gustave Flaubert, *L'Education sentimentale*, édition présentée et annotée par Pierre-Marc de Biasi, Paris, LGF, coll. Le Livre de poche, 2002, p. 615.

51 『아지야데』의 인쇄된 모습을 보면 종종 공간이 이용되고 있음을 알 수 있다. 바르트는 *Nouveaux Essais critiques*(1972)의 한 장을 피에르 로티의 이 소설에 할애하고 있다. "Pierre Loti : *Aziyadé*."(OC 4, pp. 107-120.)

52 역주 — 단편적인 시, 산문의 모음집.

53 바르트는 여기에서 영화감독 앙드레 테시네(André Téchiné)와의 협력으로 직접 집필하려고 했던 마르셀 푸르스트에 대한 영화 계획을 암시하고 있다.

54 "Vacances de Pâques," *Le Figaro*, 25 mars 1913, in Marcel Proust, *Œuvres complètes*, t. X, Chroniques, Gallimard(1927), 1936, p. 114.

55 Jean Grenier, *L'Esprit du Tao*, Paris Flammarion, 1957, p. 14.

56 스페인인들에 맞서 네덜란드인들의 봉기를 선동했던 기욤 도랑주 나소 1세 (1533~1584)의 좌우명이다.

57 Gustave Janouch, *Conversations avec Kafka*, Bernard Lortholary에 의해 독일어에서 번역, Paris, Maurice Nadeau, 1978, p. 106.

58 장루이 드 랑뷔르(Jean-Louis de Rambures)는 1973년에 몇몇 현대 작가들의 글쓰기 실천에 대한 일련의 대담을 가졌다. 이 대담은 『작가들은 어떻게 작업하는가 (Comment travaillent les écrivains)』(Paris, Flammarion, 1978)라는 제목으로 출간되었다. 1973년 9월 27일 자 《르 몽드》에 먼저 실린 바르트와의 대담은 "필기 도구와의 거의 광적인 관계"라는 제목이었다. 이 대담은 후일 전집에 재수록되었다.(OC 4, pp. 483-487.)

59 쉬두르 양은 바이욘에 살았던 바르트 할머니의 재단사.

60 바르트의 하이쿠와 선에 대한 사색의 초기 발전 과정에 대해서는 『기호의 제국』에 실려 있는 "의미의 침입"과 "의미의 면제"를 볼 것. *L'Empire des signes*, Genève, Albert Skira, 1970; OC 3, p. 403, 407.

61 Fama. 여기서는 '명성, 평판' 등을 의미.

62 바르트는 알렉상드르 뒤마의 『삼총사』에 나오는 한 장면을 환기시키고 있다. 아라미스가 사제 옷을 입고 자기에게 금요일에 제공된 풍성한 육류 요리에다 생선의 이름을 다시 붙이고 있는 장면이다.

63 『신곡』의 글쓰기는 '세 번째 운,' 즉 3행으로 이루어진 한 절 위에 기초하고 있다. 이 3행 중 첫 번째 행은 세 번째 행과, 그리고 두 번째 행은 그 다음 절의 첫 번째 행과 운이 같다.

64 폴 발레리가 형 쥘 발레리(Jules Valéry)에게 쓴 1922년 3월 29일 자 편지.(Paul Valéry, *Œuvres*, I, "Introduction biographique" par Agathe Rouart-Valéry, Paris, Gallimard, coll. Bibliothèque de la Pléiade, 1957, p. 45.)

65 '가나'는 일본어의 음을 표기하기 위해 사용된다. 이것이 일본어의 알파벳이다. '히라가나'와 '가타가나'라는 두 개의 글자 체계 또는 음철 체계로 이루어진 일본어에서 '가나'는 일본어 글자의 토대로 여겨진다. '간지'는 일본어에서 사용된 한(漢)왕조의 철자로, 중국어에서 빌어 온 것이다. 이 '간지'는 '표의문자'라고 할 수도 있다. 일본어 문장은 '간지'의 조합 위에 이루어지는데, 이 간지에 철자 기호('가나')가 일종의 문법적 포장으로서, 그리고 발음 보조로 주어진다.

66 바쇼(芭蕉, 1643~1694)의 이 하이쿠를 번역한 에티엠블(Etiemble)은 5-7-5 운율을 보존하려고 노력했다. 그런데 바르트는 강의 중에 "나는 개인적으로 이것이 아주 나쁘다고 본다."고 말했다. 바르트는 좀 더 뒤에서 운율을 존중하는 번역에 대해 동의하지 않는다는 점을 설명했다. Etiemble, "Du Japon," 특히 "Furu ike ya"라는 제목이 붙은 장을 또한 볼 것. 이 장은 *Quelques essais de littérature universelle*, Paris, Gallimard, 1982, pp. 57-130에 재수록되었다.

67 제1차 세계대전 중에 실제로 포병 부대에서 사용되었던 75미리 박격포에 대한 암시이다.

68 "Ephémérides," octobre 1926, Paul Valéry, *Œuvres*, I, "Introduction biographique" par Agathe Rouart-Valéry, Paris, Gallimard, coll. Bibliothèque de la Pléiade, 1957, p. 50.

69 폴 발레리가 폴 수데에게 쓴 1923년 5월 1일 자 편지. 『외팔리노스(Eupalinos)』에 대해서는 Agathe Rouart-Valéry, ibid, p. 46에서 인용.

70 1811년부터 집필을 시작한 괴테의 위대한 자전적 이야기인 『시와 진실(Dichtung und Wahrheit)』에 대한 암시.

71 Henri Morier, *Dictionnaire de poétique et de rhétorique*, Paris, PUF, 1961을 볼 것.

72 궁정시에서 라 퐁텐의 우화까지("개미와 베짱이"), 뮈세에서 랭보나 발레리까지("만일 해변이 기운다면, 만일/ 눈 위의 그늘이 다한다면, 그리고 운다면, 만일 푸른색이 눈물이라면, 이처럼…….") 7음절 사용의 예, 곧 7음절 시의 예는 수없이 많다. 5음절 사용의 예, 곧 5음절 시는 특히 이종운율(hétérométrie)(같은 시에서 두 개 또는 여러 개의 운이 사용)에서 사용된다. 하지만 이것 역시 모든 시에서 찾아볼 수 있다. 가

령 "밧줄에 매여 있는 작은 배, 오래 된 늪에서 잠자고 있네. 흔들리는 그림자 아래서.(La barque à l'amarre/ Dort au mort des mares/ Dans l'ombre qui mue.)"(Louis Aragon, *Le Roman inachevé*, Paris, Gallimard, 1956.)

73 역주 — Marcus Valerius Martialis(40~103년경). 로마의 시인으로 에피그람집을 중심으로 총 14권, 1500편 이상의 시를 남겼다. 대부분 2행 단위의 운율시이다.

74 바르트가 이 주제에 대해 참고한 저서 중 하이쿠에 대한 소개는 *Haïku*, Edition de Roger Munier, Préface d'Yves Bonnefoy, Paris, Fayard, coll. Documents spirituels, 1978을 볼 것.

75 발레리가 말라르메를 처음 방문하고 난 뒤 1891년 10월에 작성한 메모. Paul Valéry, *Œuvres*, I, Paris, Gallimard, coll. Bibliothèque de la Pléiade, 1957, p. 1762. 장 이티에가 인용함. 괄호 안에 들어 있는 바르트의 삽입 부분은 필립 솔레르스의 작품, 특히 구두점이 없는 작품인 *H*(1973)를 가리킨다.

76 '일어문(holophrase)'은 문장의 통사적 요구에 의해 실현된 통사적 구조이다. 이것은 서술적 주장이 없는 언어활동의 실천이다. 어린아이가 발음한 첫 형태소가 바로 이 '일어문'의 예이다. 담론에서 충동에 의해 동기화된 것, 그리고 명사의 연쇄 주위에서 조직되는 것을 지칭하기 위해 정신분석학에서 사용된다. 그도 그럴 것이 동사는 종종 언어가 아니라 제스처, 목소리, 태도 등에서 의미화되기 때문이다. Jacques Lacan, *Le Séminaire*, livre XI, leçon 17(3 juin 1964), Paris, Seuil, coll. Le Champ freudien, 1973을 볼 것. 또한 Julia Kristeva, *La Révolution du langage poétique*, Paris, Seuil, coll. Tel Quel, 1974, p. 267 이하를 볼 것.

77 Maurice Coyaud, *Fourmis sans ombre, Le livre du haïku*, Paris, Phébus, 1978, p. 25. 모리스 코요는 '동사가 많은 서양의 시인들'을 상기하고, 몇몇 예외적인 시인들, 특히 베를렌에 대해 언급한다.

78 발레리가 말라르메를 처음 방문하고 난 뒤 1891년 10월에 작성한 메모. Paul Valéry, *Œuvres*, op. cit.를 편찬하면서 장 이티에가 인용함.

79 Georges Schéhadé, *Anthologie du vers unique*, Paris, Ramsay, 1977. 바르트는 '모두 하이쿠처럼 울릴' 수 있는 예로 셰아데가 시의 역사에서 자유롭게 선택한 여러 시를 들

고 있다. 로베르 아비라셰드는 셰아데의 『단행시 선집』에 대한 소개에서 이렇게 쓰고 있다. "이 선집을 편찬하면서 (셰아데는) 여러 권의 책을 뒤지지도, 문학사 전체를 뒤지지도 않는다. (……) 그는 그저 단순하게 자기가 '암송하고' 있던 것들을 모아 놓고 있다. 이 시들은 하얀색 종이 위에 홀로, 저자의 서명 없이 떠돌아다니는 것들, 문맥도, 지자자도 없는 것들이었으며, 그렇기 때문에 이것들은 이 선집에서 묘한 처녀성을 갖게 되었으며, 또 활기를 띠고 있으며, 전체적으로 보아 기대하지 않았던 독특한 멜로디를 이루게 된다. 이 멜로디는 한 명이 부름과 동시에 모두가 부르는 노래이기도 하다." 밀로즈의 시는 "Les terrains vagues", in *Adramandoni*(1918), p. 48에서 인용.

80   역주 ─ 비좁은 공간이라는 의미.

81   바르트는 청중들에게 이렇게 설명한다. "이 하이쿠들은 가장 아름다운 것들도, 심지어는 내가 좋아하는 것들도 아닙니다. 내가 연구를 하는 데 필요한 것들입니다." 하이쿠 자료집은 다음 강의 때 입구에 비치되었다. 바르트가 손수 뽑은 번역문에서 구두점을 없애야 할 것 같다고 지적했기 때문에, 우리도 여기 사본에서 구두점을 대부분 삭제했다. 출처가 명기되지 않은 하이쿠는 H. R. Blyth, *A History of Haiku*(Tokyo, 1963)라는 책에서 발췌한 것이고, 영어에서의 번역은 바르트가 한 것이다. 저자의 서명이 없는 하이쿠는 아마 일반화된 여러 책에서 발췌됐을 것이다. 우리는 이 책의 부록에 바르트가 구성한 하이쿠 자료집의 사본 전체를 구두점과 함께 싣는다.

82   바르트가 배포한 자료집에는 각각의 하이쿠에 번호가 매겨져 있다. 이와 같은 번호 덕택으로 바르트는 하이쿠에 대해 설명하면서 종종 번호만 언급해도 되었다.

83   Coyaud, *Fourmis sans ombre*, op. cit., p. 16.

84   René Sieffert, *La littérature japonaise*, Paris, Armand Colin, 1961, p. 35.

85   각운이 남성이면 12음절, 각운이 여성이면 13음절인 시.

86   이 언급은 사드의 전 작품 속에서의 장미라는 주제(로즈 켈러로부터 생퐁에 의해 박해를 받은 젊은 로즈까지, 장미에 대한 언어에서 장미가지로 만든 채찍까지)뿐만 아니라 사드에 대한 조르주 바타유의 텍스트를 가리키기도 한다. "광인들과 함께 갇혀 거름 웅덩이 위에 꽃잎을 따서 뿌리기 위해 가장 아름다운 장미꽃을 걸친 사드 후작의 어리둥절케 하는 제스처……," Chantal Thomas, *Sade, la dissertation de l'orgie,*

Paris, Rivages Poche, 2002, p. 86에서 인용. 바르트는 언급하지 않지만, 코요에 의
해 인용된 원래 하이쿠의 끝을 장식하고 있는 '국화'를 '장미'로 대치했다.(Coyaud,
Fourmis dans ombre, op. cit., p. 34.)

87   Horace R. Blyth, *A History of Haiku*, op. cit.를 볼 것.

88   이와 같은 계열체의 공현전과 불확실성에 대한 연구는 미국 작곡가 존 케이지의 음악
연구에서 기본이 되는 요소 중 하나이다. 존 케이지가 다니엘 샤를과 가졌던 대담인
Pour les oiseaux, Paris, Belfond, 1976을 참조. 아울러 존 케이지가 균류학에 열정적이
었다는 사실 역시 알려져 있다.

89   바르트가 삭제한 부분의 첫 부분.

90   역주 — 1870년에 사용된 이 단어의 의미를 강조하기 위한 것으로 보인다.

91   역주 — expliciter, expliquer, explicite, déplier 등에 포함되어 있는 pli에 주목하자.
프랑스어로 pli는 '주름'으로, 위의 단어들은 모두 '주름을 펼치다' 등의 의미를 가지고
있어 '설명', '명백한' 등의 의미를 지님.

92   바르트가 삭제한 마지막 부분.

93   바르트는 여기서 이안 플레밍의 『골드 핑거』(1959: 1964년에 가이 해밀턴에 의해 영
화로 제작)를 암시하고 있다. 이 소설에는 게와 삼폐인으로 된 식사에 대해 말하는
장면이 여러 번 나온다. 바르트는 강의 도중에 "이 간단한 메뉴가 갖는 함축성이 내
감수성 속에 아주 생생하게 살아 있습니다."라고 말하기도 했다. 영화 제임스 본드 시
리즈에 대한 바르트의 분석에 대해서는 여러 글 중 「이야기의 구조적 분석」을 참고하
길 바란다. *Communications*, novembre 1966.(OC 2, p, 828-865.)

94   역주 — 본문에는 巴集이나 이것은 八桼의 오류.

95   이 부분은 명백히 스테판 말라르메를 가리키는 것으로 보인다. "[시는] 철학적으로 언
어들의 머무름, 고차적인 보완에 답한다." "Crise de vers," dans *Variations sur un sujet*,
in *Œuvres complètes*, Paris, Gallimard, édition et annotée par Henri Mondor et G.
Jean-Aubry, 1945, p. 364.

96   Louis Dufour, "Marcel Proust et la météorlogie," *Revue de l'université de Bruxelles*,
n°s 3-4, 1950~1951을 볼 것.

97 Henri Frédéric Amiel(1821~1881). 프랑스어로 글을 쓴 스위스 작가. 그의 주요 작품은 『내면 일기(Journal intime)』(1839~1881)로, 이 작품은 기상에 대한 내용이 아주 많이 포함된 1만 7000쪽 이상의 대작이다. 가령 "기분 나쁜 하늘, 구름과 비가 오는 날"(1851. 7. 3), "구름이 낀 날씨. 짧은 봄비. 강한 바람"(1878. 3. 12) 등이 그렇다. *Journal intime*, sous la direction de Bernard Gagnebin et Phillipe Monnier, Lausanne, L'Age d'homme, 12 tomes, 1976~1993을 볼 것.

98 "저녁이 왔다, 가을의 애매한 저녁이/ 우리의 팔에 꿈꾸듯 매달린 예쁜 처녀들은/ 아주 그럴듯한 말을 하네. 나지막이 이제부터 우리의 영혼이 떨리고 놀란다고."("Les ingénus," *Fêtes galantes*, 1869.)

99 역주 — '미묘한 색조'라는 의미.

100 '현재 날씨'에 해당하는 프랑스어 표현인 le temps qu'il fait에서 fait는 '시키다'의 뜻을 가진 사역동사 faire의 현재형이다. 이 동사의 주어인 il은 비인칭 주어이다. 따라서 프랑스어에서 '현재 날씨'는 비인칭 주어 il에 의해 날씨가 만들어진다는 의미를 가지고 있다.

101 의사소통 행위를 설명하기 위해 로만 야콥슨은 『일반 언어학 개론(Essais de linguistique générale)』에서 '친교적 기능'을 식별했다. 이 기능의 목표는 대화 상대자와의 접촉 관계를 정립하거나 유지하려는 것이다.("여보세요", "아", "그렇지 않나요", 등.) 이때 화언 행위는 그 자체로 하나의 정동으로 체험된다.

102 François Flahault, *La Parole intérimédiaire*, Paris, Seuil, 1978. 바르트는 이 책의 서문을 썼다.(OC 5, p. 487-490.)

103 "'자기 딸 곁에 있게 되었어도 그녀는 아무런 말도 해 줄 것이 없었다.'고 드 빌파리지 부인이 대답했다. [샤를뤼스가 말했다.] '분명 그렇지 않습니다. 비록 그녀 자신이 아주 사소한 것이라 부르는 것이어서 당신과 나만이 그것들을 주목했을 뿐이었지만 말입니다.' 어쨌든 그녀는 그녀의 딸 곁에 있었다. 그리고 라 브뤼예르는 우리에게 그것이 모든 것이라고 말했다."(Marcel Proust, *À l'ombre des jeunes filles en fleurs*, Paris, Gallimard, coll. Bibliothèque de la Pléiade, édition étbalie par Pierre Clarac, 1954, p. 763.)

104 『성격론(Les Caractères)』의 「마음에 대하여」 23을 볼 것. "우리가 사랑하는 사람들과 함께 있는 것, 그것으로 충분하다. 꿈을 꾸는 것, 그들에게 말을 하는 것, 그들에게 전혀 말을 하지 않는 것, 그들에 대해 생각하는 것, 더 상관없는 것을 생각하는 것, 하지만 그들 곁에서라면 모든 것은 같은 것이다."(Paris, Gallimard, coll. Bibliothèque de la Pléiade, édition établie par Julien Benda, 1951, p. 135.)

105 바르트가 삭제한 문단.

106 Théophile Gauthier, "Symphonie en blanc majeur," Emaux et camées(1922), Paris, Librairie Gründ, coll. Bibliothèque précieuse, 1935를 볼 것.

107 Thomas de Quincey, Confessions d'un mangeur d'opium, Charles Baudelaire의 번역, Paris, Stock, 1921, p. 255.

108 "한 해의 아름다운 여름에 우리를 강타한 커다란 불행. 돌이킬 수 없는 불행은 훨씬 더 비통하고, 훨씬 더 침울한 특징을 갖는다고 한다." 보들레르는 토머스 드 퀸시의 『어느 아편쟁이의 고백』에 대한 해설에서 이렇게 쓰고 있다. 보들레르는 엘리자벳이 죽은 상황을 상기하면서 퀸시의 다음 말을 인용하고 있다. "우리의 눈은 여름을 보았고, 우리의 생각은 무덤으로 가득했다."(Charles Baudelaire, "Un mangeur d'opium" [1860], Les Paradis artificiels, Paris, Garnier-Flammarion, 1966; Paris, Gallimard, coll. Bibliothèque de la Pléiade, 1961, p. 446.)

109 바르트는 여기에서 "위르트의 일기"(1977. 7~8)를 참고하고 있다. 그는 이 일기의 몇몇 단편(특히 이 7. 17의 기록)을 "Délibération," Tel Quel, no 82, hiver 1979(OC 5, p. 668-681)에 게재한 바 있다.

110 Schéhadé, Anthologie du vers unique, op. cit., p. 29. 바르트는 앞에서 제시한 방법에 따라 이 시를 세 행으로 구분해서 제시했다.

111 역주 ― "그리스도는 아홉째 시간(즉 오후 3시)에 돌아가셨다."(「마태복음」 26장 45-50절)(「마태복음」 28장인데 26장으로 잘못 기록되어 있음.)

112 Cassien, Institutions cénobitiques, Paris, Cerf, coll. Sources chrétiennes, 1965를 볼 것.

113 Jules Michelet, La Sorcière, Paris, Hetzel-Dentu, 1862.

114 Jean-Paul Sartre, "Présentation des Temps modernes." "분석적 정신이 생각하는 현

대 사회의 개인, 단단하고 더 이상 분해 불가능한 분자이자 인간의 본성을 실어 나르는 개인은 통조림 속의 완두콩처럼 누워 있다. 그는 아주 둥글고, 자폐적이고, 의사소통이 불가능하다."(*Les Temps modernes*, no 1, octobre 1945; *Situations*, II, Paris, Gallimard(1948), 1980, p. 18에 재수록.)

115 Jules Michelet, préface à l'*Histoire de France*, Paris, Librairie nationale, 1871, p. 15.

116 역주 — 각각의 사물이 개별적으로 가지고 있는 '본질', '특징', '고유성'을 의미.

117 Proust, *Contre Sainte-Beuve*, chapitre V, "L'Article dans *Le Figaro*," op. cit., p. 117.

118 이 책 28쪽을 볼 것.

119 『아시시의 시(Le Poème du haschisch)』를 여는 "Le goût de l'infini"의 첫 구절. Charles Baudelaire, *Les Paradis artificiels*, Paris, Garnier-Flammarion, 1966, p. 27.

120 이 책 612쪽의 96번 주석에서 인용된 Louis Dufour의 "Marcel Proust et la météorlogie"라는 글을 볼 것.

121 Jean-Jacques Rousseau, *Les Rêveries du promeneur solitaire*, Paris, Garrnier, s. d., p. 7.

122 Gilles Deleuze, *Nietzsche et la philosophie*, Paris, PUF, coll. Bibliothèque de philosophie contemporaine, 1962를 참고할 것.

123 역주 — 장 그르니에의 책 중 한 절 제목인 Les mirages du cogito의 약자.

124 이 인용문은 장 그르니에가 편찬한 니체의 텍스트 선집 *Vie et vérité*, Paris, PUF, coll. Sup, 1971, p. 53에서 가져온 것임.(바르트가 본문에 써 넣은 쪽수는 그의 서재에 있었던 이 선집의 쪽수를 가리킨다.) 이 인용은 *Œuvres complètes*(Nachgelassene Werke), H.-J. Bolle의 번역, Paris, Mercure de France, 1939, p. 185-186에서 발췌.

125 이 단어는 '하나의 사물을 다른 사물과 구별해 주는 것'이라는 의미를 가진 그리스어 '디아포라(diaphora)'와 어미 '이론, 담론'의 의미를 가진 '-로지(logie)'가 결합된 신조어로, 바르트가 "Délibération," op. cit.(OC 5, p. 668-681)에 게재한 위트 일기 (1977년 7월 21일)에서 상기하고 있는 뉘앙스와 무아르에 대한 학문을 지칭함.

126 「기술 복제 시대의 예술 작품」에서 발췌한 것이 분명한 이 인용문은 어쩌면 바르트의 기억에 의해 인용된 것일지도 모른다. 이 글에 대한 발터 벤야민의 여러 판본을 조사했음에도 불구하고 이 인용문의 원전을 확인하는 것은 불가능했다.

127　Maurice Blanchot, "D'un art sans avenir," *Le Livre à venir*, Paris; Gallimard, 1959, p. 158.

128　이 인용문 전체에 대해서는 Maurice Blanchot, "Joubert et l'espace," *Le Livre à venir*, Paris, Gallimard, 1959, p. 87을 볼 것. 모리스 블랑쇼가 인용한 텍스트는 주베르의 『수첩(Carnets)』(1805)에서 발췌된 것이다.

129　바르트가 삭제한 부분.

130　Maurice Blanchot, "La question littéraire," *Le Livre à venir*, op. cit., p. 85. 주베르에 대한 인용은 『수첩』(1805. 2. 7)에서 발췌.

131　Maurice Blanchot, *Le Livre à venir*, Paris, Gallimard, 1959, p. 91에서 인용됨. 스테판 말라르메가 외젠 르페뷔르에게 쓴 1867년 5월 27일 자 편지에서 발췌.(*Correspondance complète*, 1862~1871, établie par Henri Mondor et Jean-Pierre Richard, Paris, Gallimard, 1959, p. 329.)

132　Maurice Blanchot, "La question littéraire," *Le Livre à venir*, op. cit., p. 61.

133　"Journal d'Urt"(1977. 7~8). 후일 이 일기는 "Délibération," *Tel Quel*, no 82, hiver 1979(OC 5, p. 668-681)에 재수록.

134　존 케이지와 다니엘 샤를의 "음악에서의 선(禪)의 응용"과 순간, 지속, 반복을 주제로 한 대화를 볼 것. John Cage, *Pour les oiseaux*, Paris, Belfond, 1976, p. 39.

135　역주 — 프랑스어에서 faire tilt는 '(문장, 이미지가) ……에게 뜻하지 않게 생각이 나다(떠오르다), 정곡을 찌르다, 불현듯 깨닫다' 등의 의미가 있음.

136　에드거 포의 이 시는 미간행 드라마 「폴리시안의 장면(Scènes de Politien)」에서 발췌.(*Contes, essais, poèmes*, Paris, Laffont, coll. Bouquins, 1989, p. 1255를 볼 것.) 포의 이 시를 주해하고 있는 바슐라르에게 있어서 '지속에 대한 체험'은 "내적 경험의 우발성에 가치를 부여하고," "심리적 정화의 중심을 고립시키는" 경우에만 가능하다.(Bachelard, *La Dialectique de la durée*, Paris, PUF, coll. Bibliothèque de philosophie, 1950, p. 36.) 바르트는 여백에다 바슐라르가 주에서 제시하고 있는 참고 문헌을 기록해 두었다.

137　일본 전통극 '노가쿠'의 배우, 극작가 및 이론가인 제아미(1363~1443)는 연극에 대한

이론서를 집필했는데, 그중 한 권이 유명한 『꽃의 거울(Le Miroir de la fleur)』(1424)
이다.

138 장 루 리비에르의 '몸짓' 항목은 *Encyclopedia Einaudi*, 1979; p. 775-797에 실렸다. 자
크 르코크(1921~1999)의 인용은 Odette Aslan, *L'Acteur du XXe siècle*, Paris, 1974에
서 발췌됐고, 자크 달크로즈(1865~1950)의 인용은 Georges Mounin, *Introduction à
la sémiologie*, Paris, 1970에서 발췌됐다.

139 "······ 미슐레는 구엘프와 기벨린을 대립시키고 있다. 구엘프는 법의 인간, 법전의
인간, 법학자, 율법학자, 자코뱅주의자, 프랑스인(지식인을 덧붙일까?)이다. 기벨린
은 봉건적 인간, 피를 통한 서약의 인간, 감정적 헌신의 인간이다." 바르트는 "Au
séminaire," *L'Arc*, 1974(OC 4, p. 509)에서 이렇게 쓰고 있다.

140 역주 ─ 그리스어로 '크로노스(chronos)'와 더불어 시간을 나타내는 단어이다. 카이
로스는 구체적인 시간, 바로 그 시간을 가리킨다.

141 Bacon, *Novum Organum*, Paris, Hachette, 1857, p. 17.

142 Paul Verlaine, "Chanson d'automne"의 첫 구절, *Poèmes saturniens*(1867).

143 Guillaume Apollinaire, "Poème lu au mariage d'André Salmon"(1909), in
Alcools(1913), Georges Schéhadé, *Anthologie du vers unique*, op. cit., p. 16에서 인용.

144 역주 ─ Alfred de Vigny(1797~1863). 프랑스 낭만주의 시인.

145 Alfred de Vigny, "Dolorida," in *Poèmes antiques et modernes*(1816), Georges
Schéhadé, *Anthologie du vers unique*, op. cit., p. 2에서 인용.

146 Coyaud, *Fourmis sans ombre*, op. cit., p. 17.

147 circonstance는 라틴어 *circumstantia*(에워싸는 행위)에서 유래했다.(circumstare = '주
위에 있다.')

148 thétique는 '거기에 있는 것, 놓인 것, 정리된 것'이라는 의미를 가진 그리스어
thétikos에서 유래했으며, 철학에서는 thèse(주장)이라는 용어를 파생시켰다.

149 Marcel Proust, *La Prisonnière*, *À la recherche du temps perdu*, Paris, Gallimard, coll.
Bibliothèque de la Pléiade, 1954, p. 126-127.

150 파리 장식예술박물관(1978년 가을)이 주최하고, "'마'─일본의 공간/ 시간"이라는 제

목으로 열렸던 전시회. 이 전시회는 주최자의 요구에 따라 바르트는 카탈로그에 이 전시회에 대한 해설을 실었는데, 이 글에서 그는 각각의 공간을 '마'의 형상과 연결시키고 있다.(OC 5, p. 479-480을 볼 것.) 또한 "L'intervalle." *Le Nouvel Observateur*, 23 octobre 1978(OC 5, p. 475-478을 볼 것.)

151 역주 ── 4구(句)로 된 시의 형태로 부처의 공적을 찬양하는 내용을 담고 있음.

152 사소한 사건(incident)과 하이쿠의 관계에 대해서는 『기호의 제국』에서 이 관계에 할애된 장(Genève, Albert Skira, coll. Les Sentiers de la création, 1970, p. 102-109)을 볼 것. 1971년에 피에르 로티에게 할애된 텍스트에서 바르트는 이렇게 쓰고 있다. "사소한 사건은 (……) 단지 조용히 '발생하는 것'이다. 삶의 양탄자 위에 떨어지는 나뭇잎처럼, 그것은 가볍고, 둔주적(遁走的)이며, 매일매일의 삶에 더해진 것이다. '겨우' 기록될 수 있는 것, 일종의 기록의 영도(零度), 단지 '뭔가'를 쓸 수 있게 해 주는 것이다." in "Pierre Loti, *Aziyadé*"(OC 4, p. 107-120). 1969~1970년에 바르트가 모로코에서 집필했던 글들에도 "Incidents"라는 제목이 붙어 있다는 것을 상기하자. *Incidents*, Paris, Seuil, 1987(OC 5, p. 955-976)을 볼 것.

153 '만질 수 있고, 촉지할 수 있는 것'이란 뜻의 tangibilis에서 유래. 백과사전적 기획에 의해 축소되고, 길들여지고, 친숙하게 된 대상에 대해서는 "Image, raison, déraison," *L'Univers de l'Encyclopédie*에 대한 서문, Libraires associés, 1964. *Nouveaux Essais critiques*, Paris, Seuil, 1972(OC 4, p. 41-45)에 재수록되었음.

154 실제로 바르트는 "Arcimboldo ou Rhétoriqueur ou magicien"(*Arcimboldo*에 대한 서문, Parme-Paris, Ed. Franco Maria Ricci, coll. Les Signes de l'homme, 1978)라는 제목이 붙은 텍스트에서 많은 대상들을 나열하고 있다.

155 "La vigne et la maison"(1856), in *Poèmes du cours famillier de littérature*에서 발췌. Georges Shéhadé, *Anthologie du vers unique*, op. cit., p. 5에서 인용.

156 역주 ── '옛스럽고 적막함'의 의미.

157 역주 ── François de Malherbe(1555~1628). 프랑스의 시인.

158 "Alcandre plaint la captivité de sa maîtresse"에서 발췌. Georges Shéhadé, *Anthologie du vers unique*, op. cit., p. 6에서 인용.

159 "꿈꿔라, 세피즈, 꿈꿔, 이 잔인한 밤에/ 한 민족 전체에게는 영원한 밤인 그 밤에."
(Jean Racine, *Andromaque*, acte III, scène VIII.) 활사법은 '사물을 눈 아래에 가져다
놓는 듯한 생생하고 뚜렷한 묘사'이다.

160 Thomas de Quincey, *Confessions d'un mangeur d'opium*, op. cit., p. 255.

161 Paul Valéry, "Le cimetière marin," in *Charmes*(1922).

162 "그의 책은 멋진 생각 또는 멋진 그림에서 나왔다.(왜냐하면 그는 종종 다른 예술 형
식에서 하나의 예술을 구상했기 때문이다.) 하지만 그것은 그림의 멋진 효과, 그림에
대한 위대한 생각에서 기인한 것이다."(Marcel Proust, *Contre Sainte-Beuve*, op. cit., p.
262.) 이 책 134쪽을 볼 것.

163 synesthésie. '동시적 지각'이라는 의미를 가진 sunaisthésis에서 유래.

164 "Journal d'Urt." 이 일기는 약간 수정되어 후일 "Délibération", op. cit., oc. 5, p.
668-681에 실림.

165 "Journal d'Urt." 나중에 "Délibération"에 수정된 다른 글이 발표된다. *ibid.* 스즈키
다이세츠 데이타로에게 있어 '사비'는 "선(禪)의 정신과 같은 영원히 고독한 정신이다.
이 정신은 삶을 소재로 한 여러 예술 분야에서 나타난다. 예컨대 조경 건축가의 작
업, 다도회, 찻집, 회화, 꽃꽂이, 옷차림, 가구, 처세술, '가부키'의 춤사위, 시 등이 그
것이다. 이 정신은 겸손함, 자연스러움, 비순응주의, 섬세함, 자유, 무사 무욕이 기묘하
게 섞인 친숙함, 초월적 내면성으로 기묘하게 가려진 일상의 평범성 등과 같은 요소
들을 포함하고 있다."(*Essais sur le bouddhisme zen*, Jean Herbert의 번역, Paris, Albin
Michel, t. III, 1940~1943, p. 1347.)

166 바르트가 삭제한 부분.

167 Marc Legrand, *La Fraternité*, 8 avril, 1896. 연재물로 출간된 『박물학』을 한 권으로
(Flammarion, 1896) 묶어 출간하는 기회에 집필된 기사. 모리스 코요는 이 일화를
쥘 르나르의 『일기(Journal)』(1895. 11. 20)에서 발췌했다.(*Journal*, 1887~1910, Paris,
Gallimard, coll. Bibliothèque de la Pléiade, 1969, p. 301.) 쥘 르나르의 간단한 메모
하기의 예로 "나무 가족(Une famille d'arbres)"의 마지막 구절을 인용해 보자. "나는
지나가는 구름을 바라보는 법을 벌써 알고 있다./ 나는 또한 그 자리에 서 있는 법을

알고 있다./ 그리고 나는 거의 입을 다무는 법을 알고 있다."(Jules Renard, *Histoires naturelles*, in *Œuvres*, Paris, Gallimard, 1971, p. 163.)

168 바르트는 1966년에 일본을 방문하게 되었고, 1970년까지 여러 차례 일본에 체류하게 된다. *L'Empire des signes*, Genève, Skira, coll. Les Sentiers de la création, 1970(OC 3, p, 347-441)을 볼 것.

169 바르트가 삭제한 문장.

170 이 '발견된 메모'는 가츠요시 요시카와(吉川一義)의 논문 "Vinteuil ou la genèse du Septuor," *Cahiers Marcel Proust*, nº 99, Paris, Gallimard, 1979, p. 259-347에서 지적되고 있다. 이 지적은 국립도서관에 비치된 원고 노트 nº 53과 55에 대한 부분적 필사에서 유래한 것이다. 그리고 본문에서 이어지고 있는 '추가 설명'은 요시카와의 박사학위 논문 *La Genèse de* La Prisonnière, Paris-Sorbonnem 1976, t. II, p. 208에서 발췌된 노트 53, 15Vº 쪽에서 필사된 것이다.

171 그럼에도 리지유가 지적하는 것처럼 샤즈라 부인의 개나 갈로팽 씨의 개가 떠오르기는 한다. "참 순한 동물(Une bête bien affable)"(프랑수아즈가 설명하고 있다.) *Du côté de chez Swann*, op. cit., 1954, p. 57-58을 볼 것.

172 역주 ─ 하이쿠의 첫 구(句)에서 한 구로서 의미를 완성시키기 위해 수사적으로 말을 마치는 형태를 취하는 말.

173 마르셀 프루스트가 엘리 조셉 부아와 가진 대담, *Le Temps*, 13 novembre 1913, *Choix de lettres*, op. cit., p. 288(부록)에 실렸음.

174 에이젠스타인이 찍은 사진의 양화(陽畵) 앞에서("Le troisième sens," *Cahiers du cinéma*, 1970) 바르트는 '둔한 감각'(약간의 감동을 지니는)이라는 개념을 제시했다. 머리를 아주 낮게 내린 여자의 사진을 보면서 말이다. 그 당시 그에게 와 닿았던 것(그를 '자극했던 것')을 기술하기 위해 바르트는 하이쿠, 즉 '과장됨'과 동시에 '생략된,' '유의미한 내용이 없는 조용한 제스처'를 발견한 것뿐이다.(OC 3, p. 50.)

175 Apollinaire, "Clothilde," *Alcools*, Paris, Gallimard, 1929, coll. Poésie, 1977, p. 47.

176 바르트가 삭제한 부분.

177 Pierre de Ronsard, "Maîtresse, embrasse-moi……," in *Sonnets pour Hélène*(1578).

Georges Shéhadé, *Anthologie du vers unique*, op. cit., p. 18에서 인용.

178 Oscar Vladislas de Lubicz-Milosz, "Les terrains vagues," in *Adramandoni*(1918). Gegorges Schéhadé, *Anthologie du vers unique*, op. cit., p. 48에서 인용.

179 이 책 124쪽을 볼 것.

180 미셸 비나베르의 「오늘 또는 한국인들」(1956)은 북한을 수색하다 부상당한 한 프랑스 병사의 이야기를 전해 준다. 한국 농부들에게 받아들여진 그는 그들 사이에 머문다. 비나베르의 글쓰기에 열광한 바르트는 로베르 플랑숑에 의해 이 작품이 공연되었을 때 이 작품에 대해 특히 《대중 연극(Théâtre populaire)》 잡지에 여러 편의 글을 실었다. "「오늘」은 새로운 이데올로기의 문제를 제기하고 있다. 세상에 대한 동의의 문제, 알리바이와 휴머니스트적 기만의 밖에 위치한다고 가장된 문제를 제기하고 있는 것이다."(1956년 4월. Roland Barthes, *Notes sur Aujourd'hui*와 *Aujourd'hui ou les Coréens*(OC 1, p. 646-649, 666-667)을 볼 것.)

181 Maurice Blanchot, "L'absence de livre," *L'Entretien infini*, Paris, Gallimard, 1969, p. 447.

182 "실재계는 드러나는 것이고, 현실은 환영(幻影)에 속합니다." 바르트는 강의 중에 청중들에게 이렇게 설명했다. 바르트가 여기에서 단순히 제시하고 있는 '실재'와 '현실'을 구별하기 위해서는 자크 라캉의 『세미나(Séminaires)』 5권과 20권(쇠이유 출판사에서 간행)을 보기 바란다.

183 실재에 의미를 부여하는 '메모하기'의 힘에 대해 바르트는 "실재의 효과(L'effet du réel)"라는 글에서 이렇게 쓰고 있다. "[플로베르와 미슐레에게서] 이와 같은 상세한 것들이 직접적으로 실재를 드러낸다고 여겨지는 바로 순간에도, 그들은 말없이 실재에 의미를 부여하는 것 이외의 다른 작업을 하고 있는 것이 아니다. 플로베르의 바로미터, 미슐레의 작은 문은 결국 이것 이외의 다른 것을 말하지 않는다. 즉 '우리는 실재이다.' 결국 그때 '실재'의 범주에 의미 부여가 되는 것이다."(*Communications*, mars 1968; OC 3, p. 25-32.)

184 바르트는 이 인용문에 대해 이미 지적한 바 있다. 이 책 619쪽의 162번 주석을 볼 것.

185 사진에 할애된 이 부분은 이 강의 후 몇 달 후에, 즉 1979년 4월 15일에서 6월 3일 사

이에 집필되고 또 간행되는 『밝은 방, 사진을 위한 설명』에서 전개될 부분의 핵심에 해당된다. 특히 '사진의 노에마'와의 동일시의 시도에 해당되는 부분이 그러하다. 또한 이 부분 전체를 1953년 이래로 바르트가 사진에 할애한 텍스트 전체와 관련지어 볼 수도 있다. 사진과 선(禪)의 가르침의 관계에 대한 환기에 대해서는 리처드 애버던에 할애된 텍스트를 볼 것. "Tels", *Photo*, 1977.(OC 5, p. 299-302.)

186 페르디낭 드 소쉬르에 할애된 한 텍스트에서 바르트는 하나의 언어학적 모델의 정립 과정에서 소쉬르가 부딪친 어려움들을 환기하고 있으며, "이 언어학자가 의미 작용의 부족으로 인해 그토록 괴로워했던 것으로 보이는 사소한 학문적 비극"에 대해서 말하고 있다. 바르트는 또한 '아나그람'에 대한 소쉬르의 연구 역시 다루고 있다. "[그는] 옛 시들의 음성적, 의미적 북적거림 속에서 벌써 근대성을 '밝혀내고' 있다. 그 당시에는 협정이 더 많으면 더 명확하고, 유추가 더 많으면 더 가치가 있고 (……) 잃어버린 기의(記意)에 대한 불안과 순수 시니피에의 끔찍한 회귀 사이에서 자기 삶을 보낸 것처럼 보이는 소쉬르가 이와 같은 북적거리는 소리를 듣고 얼마나 당황스러워했는가를 우리는 알고 있다."(Roland Barthes, "Saussure, le signe, la démocratie," *Le Discours social*, avril 1933; OC 4, p. 329-333.)

187 역주 ─ '노에마(noème)'와 '노이에시스(noiesis)'는 현상학에서 주로 사용되는 개념으로, '노에마'는 의식의 대상적 측면을, '노이에시스'는 의식의 작용적, 기능적 측면을 가리킨다.

188 매 강의에 이어 행해졌던, 그리고 금년에는 '미로'에 대해 할애된 세미나에 대한 언급이다. 파스칼 보니제르는 1979년 1월 27일 세미나에 발표를 하도록 초대를 받았다.

189 이에 대한 분석은 『밝은 방(La Chambre claire)』(Paris, Gallimard, Cahiers du cinéma-Gallimard-Seuil, 1980, 특히 p. 119 이하, OC 5, p. 853)에서 길게 이어지고 있다.

190 "베르나르 포콩은 자신이 찍을 장면을 '정리한다.' 그는 아주 정확히 활인화를 만들어 낸다. 그런데 그는 이와 같은 부동의 장면을 부동의 예술에 일임한다. (……) 그는 활인화 상태로 '떨어진(redoublée)' 사진을 만들어 낸다. 그는 두 개의 부동성을 중첩시킨다."(Roland Barthes, "Bernard Faucon," *Zoom*, octobre 1978; OC 5, p. 472.)

191   바르트는 여기에서 앙드레 테쉬네가 감독을 맡았던 영화 「브론테 자매(Les Sœurs Brontë)」(1979 개봉)를 환기시키고 있다. 이 영화에서 바르트는 영국 비평가이자 소설가인 윌리엄 태커리(1811~1864) 역할을 맡아 연기했다.

192   Pierre Legendre, "Où sont nos droits poétiques?", *Cahiers du cinéma*, no 297, février 1979.

193   "현상학의 토대인 '우어독사'는 '현상들'에 대한 연구, 의식에 나타나는 '이것'에 대한 연구, '주어진 것'인 '이것'에 대한 연구라는 사실을 상기하도록 하자. 요컨대 우리가 지각하는 이 소여, '사물 자체'를 탐구하는 것이 관건이다."(Jean-François Lyotard, *La Phénoménologie*, Paris, PUF, coll. Que sais-je?, 1954, p. 5.)

194   『밝은 방』("소설의 준비" 강의 이후에 이어진 바르트의 몇 차례의 세미나를 통해서 준비되고 집필된)의 내용이 여러 권의 저서들과 잡지들, 특히 《사진(Photo)》(n°s 124, 138)에서 추려진 사진들에 의존하고 있는 것은 사실이지만, 바르트의 분석은 특히 여기에서 암시되듯이 어머니의 어린 시절의 사진들에 연결되어 있다.

195   semelfactif는 '한 번만 발생하는 것.' '한 번, 처음의, 우선'의 의미인 부사 semel에서 유래한 단어.

196   에밀 벤브니스트가 내리고 있는 기호에 대한 정의를 볼 것. "그 자체 내에서 취해진 기호는 자기에 대한 순수 동일성, 타자에 대한 순수 이타성, 랑그의 유의미적 토대, 발화 행위에 필수적인 재료이다. 기호는 학문 공동체 전체 구성원들에 의해 인정될 때 존재한다."(Emile Benveniste, *Problèmes de linguistique générale*, 2, La communication, [1969], Paris, Gallimard, coll. Bibliothèque des idées, coll. Tel, 1974, p. 64.)

197   역주 ─ 프랑스어에서는 '복합과거(passé composé)'이다.

198   역주 ─ 프랑스어에서는 '반과거(imparfait)'이다.

199   역주 ─ 프랑스어에서는 '대과거(plus-que-parfait)'로, 원래 의미는 '완료과거'보다 더 오래된 과거이다.

200   역주 ─ 프랑스어에서 '무한정과거'에 해당하는 과거 시제는 '단순과거'이고, 완료에 해당하는 것이 '복합과거'이다. 그리고 이 두 과거의 구분은 과거에 발생한 사건이 현재에 영향을 미치는가의 여부(미치면 복합과거, 그렇지 않으면 단순과거)와 화자가 그

사건의 외부에 있느냐 내부에 있느냐에 따라(외부에 있으면 단순과거, 내부에 있으면 복합과거) 이루어진다. 바르트는 여기에서, 하이쿠의 과거는 하나의 사건이 발생하고 난 후, 즉 "그것이 발생했다", "그것이 있었다"의 효과가 현재에 미치는 점을 강조하고 있는 것으로 보인다.

201 역주 — 라틴어로 '나는 초청했다'의 의미로 habet는 프랑스어의 avoir, 영어의 have의 3인칭 단수형 변화이다.

202 강의를 하면서 바르트는 이 두 물음을 다음과 같이 말하면서 다르게 표현했다. "그것은 실재가 5-7-5에 의해 드러나는 순간입니다. 운율은 실재로의 하강을 멈추게 하는 작동인입니다."

203 Giambattista Vico, *Scienza Nuova*, op. cit. 특히 제2서인 『시학적 지혜에 대하여』를 볼 것. 비코에게 있어서 '시학은 인간적 장르를 세웠고,' 사상사는 자신들의 상상력에서 출발해서 세계를 해석하고 또 의미를 구축하는 '인간들의 자연스러운 성향'에서 그 원천을 가져온다. 또한 바르트가 참고한 책, 그의 장서 목록에 있는 책을 볼 것. Jules Chaix-Ruy, *La Formation de la pensée philosophique chez Vico*, Paris, PUF, 연도 없음. "비코는 (……) 상상적 인식이나 시적 지혜를 모든 지식의 첫 번째 형태로 삼았다. 이런 이유로 그는 이 상상적 인식이나 시적 지혜를 반성적이거나 지적 인식보다 더 심오하고 더 창조적인 것으로 여긴다."(p. 68)

204 Paul Claudel, "Lecture de l'*Odyssée*," *Le Figaro littéraire*, 27 septembre 1947. 조르주 카토이(Georges Cattaui)가 조지 던컨 페인터(Georges D. Painter)의 『마르셀 프루스트(Marcel Proust)』의 서문(Paris, Mercure de France, 1966, p. 21)에서 인용. 바르트의 강조.

205 이 책 612쪽의 88번 주석을 볼 것.

206 생략의 특수한 경우인 접속사 생략(asyndète)은 여러 절 사이, 또는 어쨌든 논리적 인과관계로 연결되어 있는 통사적 그룹들 사이의 모든 연결어, 접속사 또는 부사의 부재에 의해 특징지어진다. '접속사 없는 병렬 구조(parataxe)'는 분명한 관계 없이 서로 의존하는 절들 사이의 병치이다. 에티엔 드 콩디약(1714~1780)의 사유가 위대한 독창성을 띠는 것은 언어에 대해 표현 기능만을 부과한 것이 아니라 사유의 구조화 기

능까지 부과했기 때문이다. 언어 기호와 사유의 관계는 자의적이다. 그리고 이 관계는 우리들의 추상 능력, 결합 능력으로부터 기인한다. 특히 이 결합 개념은 콩디약의 이론 전개에서 아주 중요한데, 그는 영혼을 감각들의 결합 효과, 그리고 언어에서 이 감각들의 변형의 표현 효과로 여기기까지 한다. 비코에 대해서는 이 책 624쪽의 203번 주석을 볼 것.

207 알렉산드라는 생크림에 바탕을 둔 칵테일이고, 바르트가 정기적으로 찾았던 파리 레알(Les Halles)에 있는 유명한 식당인 '무슈 뵈프'에서는 접시꽃 삼페인을 특별히 제공한다. 접시꽃은 무궁화과에 속하는 식물이다. 분홍 접시꽃은 접시꽃의 변종이다.

208 역주 — 프랑스어에서 '접시꽃'을 의미하는 단어는 guimauve이다. 이 단어는 보통 '감상적인(à la guimauve)'이라는 표현에 사용되어 guimauve 하면 '약간 맹맹한'의 뜻을 가진 것으로 여겨지나, 이는 사실과는 무관하다는 의미이다. 또한 '무르고 달콤한 막대 젤리'의 의미를 가지고 있는 프랑스어 단어가 la pâte de guimauve인데, 이는 접시꽃(guimauve)과는 아무런 상관이 없다는 의미이다.

209 바르트가 삭제한 문장.

210 에밀 졸라가 앙리 세아르에게 1885년 3월 22일 자 『제르미날』에 대해 보낸 그 유명한 편지에서 발췌.

211 역주 — Kikou Yamata(1897~1975). 일본인 아버지를 둔 프랑스 여성 문인.

212 "왕을 요구하는 개구리들"(Jean de La Fontaine, *Fables*, Livre III, Paris, Gallimard, coll. Bibliothèque de la Pléiade, 1954, p. 76)이라는 제목의 우화를 바꿔 쓴 문장.

213 앨런 왓츠(Alan W. Watts)는 '우시'에 대해 이렇게도 말하고 있다. '인공의 부재', '단순함.' *Le Bouddhisme zen*, P. Berlot의 번역, Paris, Payot, coll. Bibliothèque scientifique, 1960; Petite bibliothèque Payot, 1996, p. 165을 볼 것.

214 역주 — '그것 그대로'라는 의미.

215 이 책 90쪽을 볼 것.

216 역주 — 풍혈연소(896~973). 북송 시대의 선사.

217 Alan W. Watts, *Le Bouddhisme zen*, op. cit., p. 202.

218 역주 — 3구(句)로 된 시가로 부처를 찬양하는 내용을 담고 있음.

219 역주 — 원래는 '한 푼이라도 아껴 써야 한다'는 의미.

220 모리스 블랑쇼는 버지니아 울프에 할애된 에세이에서 그녀의 말을 인용하고 있다. *Le Livre à venir*, op. cit., "La question littéraire," p. 148에 재수록.

221 Angelus Silesius, *L'Errant chérubinique*, Roger Munier가 독일어에서 번역, Paris, Planète, coll. "L'Expérience intérieure," 1970, p. 95.

222 John Cage, *Pour les oiseaux*, op. cit. p. 49에서 발췌된 인용문. 감동에 대한 힌두교의 이론에 대해 존 케이지는 이렇게 분명히 말하고 있다. "청중에게 미학적인 감동을 주려면 작품은 감동의 항구적 양태들 중 하나를 환기시켜야 합니다……." 그리고 케이지는 '아홉 종류의 항구적 양태'를 지적하고 있다. 그중에 평온함이 있다. "평온함은 네 종류의 '하얀' 양태와 네 종류의 '검은' 양태 사이의 한가운데에 있다. 평온함은 이 양태들의 정상적인 굴곡이다. 이런 이유로 다른 양태들보다 먼저, 심지어는 다른 양태들이 표현되기 전에 이 평온함의 양태를 표현하는 것이 중요하다. 요컨대 평온함이 가장 중요하다."(p. 97)

223 *Le Neutre*, op. cit., p. 132-144를 볼 것. '의식'에 할애된 강의는 다음과 같은 두 개의 목표를 제시한다. 첫째, 자기 자신의 고유한 반성성 속에 완전히 흡수된 지성주의적 과잉 의식, 둘째, 정동(精動)을 배경으로 고양된 한에서의 과잉 의식.

224 언어학(예름슬레브)에서 치환은 계열축(axe paradigmatique) 위에서 이루어지는 대치 작업으로, 분리 불가능한 음운론적 단위들을 확인하는 것을 가능케 해 주는 작업이다. 여기에서 이 대치 과정은 다른 유형의 시적 언어와 더불어 이루어지는데, 바르트는 하이쿠의 고유한 특징을 구별하기 위해 이 과정을 이용했다.

225 역주 — 이탈리아어로 '개념', '생각' 등의 의미.

226 역주 — 이 책 601쪽의 73번 주석을 볼 것.

227 바르트가 강의 중에 한 번역이다.

228 스페인어로 '기지(機智)', '재치'의 의미.

229 역주 — 르네상스와 바로크 시대 중간의 이탈리아에서 유행했던 기교파 화풍.

230 역주 — 스페인 시인 공고라 이 아르고테(Gongora y Argote(1561~1627))의 이름에서 유래한 유파로 비유를 많이 사용하고 기발한 표현 등을 많이 사용하는 양식.

231 역주 —— 이탈리아 시인(1569~1625).

232 역주 —— 영국 소설가 및 극작가 존 릴리(John Lily, 1554~1606)의 소설에서 유래한 유파로, '화려체', '장식체'라고도 한다.

233 역주 —— 17세기 프랑스에서 유행했던 재치 있고 세련된 취향의 문학 경향.

234 역주 —— Parmesan(1503-1540). 이탈리아 태생의 화가로 르네상스 마니에리즘의 초기에 활동했던 화가.

235 역주 —— 회화나 조각에서 여러 인물들이 나선을 그리며 서로 엉켜 있듯이 표현된 것을 일컫는 말로, 마니에리즘의 특징을 잘 보여 준다.

236 바르트는 여기에서 이름을 지칭하지 않은 채 미슐레를 연구한 한 주석가를 환기시키고 있다. 바르트가 보기에 이 주석가는 아주 적절하게 역사가로서의 미슐레의 '수직적 문체'에 대해 말하고 있다.

237 쥘 르나르에게 할애된 부분인 이 책 118쪽을 볼 것.

238 쥘 르나르의 『박물학』은 모리스 라벨(Maurice Ravel)의 노래와 피아노를 위한 5편의 가곡에도 영감을 주었다.

239 역주 —— 1915년에 창간된 프랑스의 풍자 주간 신문으로 '사슬에 묶인 오리'라는 의미.

240 일본 나고야 지역에서 채집한 이야기로 *Choix de cent contes japonais*, Tokyo, Sanseido, 1975에서 발췌. Maurice Coyaud가 *Fourmis sans ombre*, op. cit., p. 39-40에서 인용. 바르트는 이 이야기를 원고에 쓰지 않고 강의 중에 청중에게 낭독했다.

241 '게스투스(gestus)'는 브레히트의 연극적 변증법의 핵심 개념으로, 사회적 관계의 상태를 표현해 주고, 개인과 공동체 사이의 규정 관계를 독특한 방식으로 전해 주는 신체적 형상을 가리킨다.

242 바르트는 하이쿠의 '확장' 현상, 즉 이완 현상, 가능한 신장 현상을 설명하기 위해 이렇게 설명하고 있다. "이것은 소설의 한 장(章)에 대한 논의처럼 기능할 수 있습니다."

243 원고에 그려진 도식에 대해 바르트는 구두로 다음과 같은 설명을 더하고 있다. "하이쿠와 이야기(récit) 사이에는 이와 같은 운동, 그것도 이중의 운동이 있습니다. 이 운동은 발화 행위에 대한 이론적 문제, 또는 어쨌든 담화성에 대한 이론적 문제를 이해하는 데 너무 중요해서, 우리는 이 이중의 운동을 다음과 같은 이중의 수사학 문체

(文彩)의 이름하에 기입할 수 있을 것입니다. 수축의 문채인 생략과 확장의 문채인 촉매 작용이 그것입니다."

244. Gustave Flaubert, *Un cœur simple*, Paris, Gallimard, coll. Bibliothèque de la Pléiade, édition d'Albert Thibaudet et René Dumesnil, 1953, p. 593. 바르트는 이 대목을 원고에 쓰지 않고 강의 중에 청중들에게 구두로 읽어 주었다.

245. 글쓰기 작업에서 그 자신을 떼어 놓았던 수많은 요청들에 대해 빠르게 여담으로 소개한 후에, 바르트는 이 라틴어 경구를 자기가 쓰는 편지지에 인쇄해 넣기를 바랐다는 사실을 말하고 있다. 이 경구는 '아무것도, 사람들이 나에게 제안하는 것이 아니라면'이라는 의미를 가지고 있지만, 이것이 실제로 '아무것도 내가 내 자신에게 제안하는 것이 아니라면'이라는 의미라고 함.

246. 역주 — 14세기 말~16세기에 로마 가톨릭교 내에서 일어난 종교 운동으로, 명상과 내면 생활을 강조하고, 의례적이거나 형식적인 일은 별로 중요시하지 않았으며, 지나치게 사변적인 13~14세기의 영성적 경향을 격하시켰다.

247. 역주 — 네덜란드 츠볼레 근처 빈데스하임에 있는 아우구스티누스회 수도원으로, 1387년 그루트(G. de Groote)의 제자였던 라데빈스(F. Radewyns)가 설립했다. 그루트가 창설했던 '공동생활형제회'와 밀접한 연관을 맺었고 1395년 교황 보니파키우스 9세에 의해 인준을 받은 후 네덜란드, 독일 등지에도 수도원이 설립되었다.

248. 역주 — Nicolas de Staël(1914~1955). 러시아 출생의 프랑스 화가.

249. 바르트는 종종 이 형상을 원용한다. 특히 (루마니아 출신으로 미국에서 활동했던 유대인 화가 솔 스타인버그(Saul Steinberg(1914~1999)에 대한) 「당신은 예외(All except you)」를 볼 것. "니콜라 드 스타엘의 모든 것은 세잔의 몇 cm²에서 나온다. 그것을 확대한다고 가정하면, 의미는 '지각의 수준'에 달려 있다."(OC 4, p. 968. 다른 문맥에서는 p. 230, 395를 볼 것.)

250. Valéry, "Etudes littéraires," *Variétés*, in *Œuvres*, Paris, Gallimard, coll. Bibliothèque de la Pléiade, 1957, t. I, p. 772.

251. Charles Baudelaire, *Les Paradis artificiels*, Paris, Garnier-Flammarion, 1966, p. 48.

252. Guy de Maupassant, *Pierre et Jean*, Paris, Gallimard, coll. Folio, 1982, p. 70.

253 Cioran, *La Tentation d'exister*, Paris, Gallimard, coll. Les Essais, 1956, p. 117.

254 역주 — 마라케시는 모로코 중앙에 있는 도시로, 이 도시의 옛 시가지(médina)를 포함해 주위의 왕궁을 비롯한 기념물과 유적들이 유네스코에 의해 1985년에 세계문화유산으로 지정되었다.

255 "항상 움직이는 군중, 걱정하는 군중, 군(軍)의 소요, 의상의 화려함, 인생의 중대 국면에서의 제스처의 과장적 진실미. (……) 왜냐하면 셰익스피어 이후에 그 누구도 비극과 몽상을 신비한 통일 속에 용해하는 데 들라크루아를 능가하지 못했기 때문이다." 보들레르는 들라크루아의 「십자군 병사」를 주해하면서 이렇게 말하고 있다.(1855; *Œuvres complètes*, Paris, Gallimard, coll. Bibliothèque de la Pléiade, édition de Y. G. Le Dantec, 1961, p. 970.) 샤를 보들레르의 이 인용문은 바르트가 자주 언급하는 인용문이다. 1952년의 레슬링 신화에 관계된 글에서부터 "오랫동안 나는 일찍 잠자리에 들었다"라는 제목의 1978년 강연에 이르기까지 말이다.

256 Gustav Janouch, *Conversations avec Kafka*, Bernard Lortholary에 의해 독일어에서 번역, Paris, Maurice Nadeau, 1978, p. 153. '메모 가능한 것'이라는 제목이 붙어 메모지에 필사된 이 인용문은, 계속 이어지는 원고에서 바르트가 오려 붙인 메모 카드에서 발췌한 것이다.

257 폴 발레리는 콜레주 드 프랑스에서 1937년부터(취임 강의는 12월 10일) 1945년까지 강의를 했다. 바르트는 그의 강의를 몇 번 들은 적이 있다고 종종 말했다. Paul Valéry, *Introduction à la Poétique*(Paris, NRF-Gallimard, 1938)을 볼 것. 이 책은 "콜레주 드 프랑스에서 행해진 시학의 교육에 대하여"라는 제목이 붙은 1937년 2월 강의 텍스트와 '시학 강의'를 위한 첫 번째 강의 텍스트를 모아 놓은 것이다. 바르트는 그 자신에 대해 이렇게 말하고 있다. "나는 불편하다. 나는 언어 활동을 '본다.'" (*Roland Barthes par Roland Barthes*, op. cit., p. 164.(OC 4, p. 735.)

258 Philippe Sollers, *Paradis*, Paris, Seuil, 1978.

259 역주 — 바가텔(bagatelle). 피아노를 위한 두 토막, 세 토막 형식의 소품곡.

260 안톤 폰 베베른(Anton von Webern, 1883~1945)은 그의 동급생인 알반 베르크 (Alban Berg, 1885~1935)와 더불어 1904년부터 아놀드 쇤베르크의 문하생이었다.

근대성의 상징적인 인물인 베베른은 음악적 구조의 청사진에 대한 심층 작업을 통해 비엔나 학파의 제(諸)명제를 급진화시켰다. 간결성(그의 작품 중 가장 긴 것은 「칸타타 작품 31」로 11분), 간격의 늘어짐, 음악의 재료로서의 침묵의 이용 등이 특히 그의 음악 미학의 주요 특징을 이루고 있다. "*Non multa sed multum*(양은 적고, 질은 많은).' 이것이 내가 자네에게 주는 작품에서 정말로 잘 적용되기를 바라네." 베베른은 1913년 알반 베르크에게 헌정한 「5개의 소품 op. 10」에서 이렇게 쓰고 있다. 이와 동일한 좌우명 아래서 바르트는 베베른의 작품을 사이 톰블리(Cy Twombly)의 그림과 연결시키고 있다. "Cy Twombly ou *Non multa sed multum*." 사이 톰블리의 종이 위의 작품에 대해 정리한 카탈로그, Milan, 1979(OC 5, p. 703-720)을 볼 것. 독일 음악 평론가 하이츠 클라우스 메츠거에 대한 참고는 John Cage, *Pour les oiseaux*, 다니엘 샤를과의 대담, op. cit., p. 31에서 발췌.

261 이 저자들 전체에 대해서는 콜레주 드 프랑스에서 이전에 행해졌던 강의록 중 바르트가 참고한 저서인 *Les Sophistes. Fragments et témoignages*, Paris, PUF, 1969를 볼 것.

262 "Cy Twombly ou *Non multa, sed multum*," op. cit.와 "Sagesse de l'art"(1979년 휘트니 박물관에서 주최한 사이 톰블리 회고전 카탈로그를 위해 쓴 텍스트)(OC 5, p. 688-702)를 볼 것. 바르트는 이 두 텍스트에서 "톰블리 예술의 핵심으로서 '희박성' 개념"을 전개하고 있다. "…… 희박성은 밀도를 낳고, 밀도는 수수께끼를 낳는다." 바르트는 사이 톰블리의 예술에 할애된 이 두 글을 '도(道)'에 대한 환기로 마무리하고 있다.

263 이것이 바르트의 마지막 강의이다. 시간이 급해서 바르트는 직접 쓴 종이 몇 장을 제외시켜 버렸다. "이것은 어쩌면 후일 다른 강의의 주제가 될 수 있을 것입니다. 따라서 너무 애석해하지 마시기 바랍니다." 바르트는 직접 청중들에게 이렇게 말했다.

264 "우리는 문장에 빠져 있다."라고 바르트는 1973년 『텍스트의 즐거움』(OC 4, p. 250)에서 쓰고 있다. 자신의 저작 내에서 이 주제에 대한 바르트의 여러 다른 접근에 대해서는 다음과 같은 텍스트들을 참고할 수 있다. *Sade, Fourier, Loyola*, 1971; "Le style et son image," 1971; "Flaubert et la phrase," 1972; *Roland Barthes par Roland Barthes*, 1975; *Fragments d'un discours amoureux*, 1977; "Tant que la la langue vivra," 1979.

265 노엄 촘스키(Noam Chaomsky, 1928~)는 미국의 언어학자로 언어 형태의 보편주

의 위에 세워진 언어학적 구조 이론을 정립했다. 언어 형태의 보편주의란 선천적으로 모든 인간은 개별 언어 행위에 의해 나타나는 일반적 언어 능력을 소유하고 있다는 것이다. *Structures syntaxiques*(1957), Paris, Seuil, 1969와 *Aspects de la théorie syntaxique*(1965), Paris, Seuil, 1971을 볼 것.

266　역주 ── 화려한 수사를 통해 문장이 멋있다는 측면에서가 아니라는 의미.

267　귀스타브 플로베르가 조르주 상드에게 보낸 1872년 12월 4일 자 편지.(*Correspondance*, Paris, Gallimard, coll. Bibliothèque de la Pléiade, 1998, t. IV, p. 619.) 바르트는 분명 이 인용문을 주느비에브 볼뎀이 『작가의 생애에 대한 서문(Préface à la vie d'écrivain)』 (Paris, Seuil, 1963)에서 뽑은 서간문의 발췌본에서 인용했을 것이다. 바르트는 《르 누벨 옵세르바퇴르》에 실린 그의 시평 중의 하나를 플로베르의 위의 선언에 대해 할 애하고 있다.(OC 5, p. 643.)

268　이 주제에 대해서는 앙드레 마르티네에게 헌정된 바르트의 "Flaubert et la phrase" (Word, 1968)를 볼 것. 이 글은 *Nouveaux Essais critiques*, Paris, Seuil, 1972(OC 4, p. 78-86)에 실렸음.

269　바르트가 강의에서 삭제한 마지막 부분.

270　역주 ── 스콜라 철학에서 한 사물을 그 사물이게끔 하는 본질이라는 의미 또는 같은 종류의 사물이 다수일 때 그것들을 관통하는 공통적 요소라는 의미를 가진 개념.

271　파트릭 모리에스(Patrick Mauriès)는 작가이자 예술 비평가로, 바르트의 옛 제자이 자 친구 중의 한 명. Richard Ellmann, *James Joyce*, t. I, II, André Cœuroy와 Marie Tadié에 의해 영어에서 번역, Paris, Gallimard, 1962, coll. Tel, 1987.

272　제임스 조이스의 작품에서 성 토마스 아퀴나스(1228~1274)의 영향은 중요하며, 특 히 『영웅 스티븐(Stephen, Hero)』(1904)에서부터 나타난다. 이 인용문은 Ellmann, *ibid.*, t. I, p. 406에 언급되어 있다. 존 둔스 스콧(John Duns Scot. 1265~1308)은 철 학자이자 신학자, 뛰어난 변증론자로 아리스토텔레스와 아퀴나스의 사상을 비판했음. 스코틀랜드 출신이지만 아일랜드 출신이라고 생각하는 사람도 있음.

273　조이스의 에피파니에 대한 정의를 보조해 주는 이 인용문 전체에 대해서는 Richard Ellmann, *ibid.*, p. 107-108을 볼 것.

274 코넬 대학 총서에서 발췌하고 리처드 엘만(*ibid.*, p. 108)에서 인용한 에피파니.

275 Richard Ellmann, *ibid.*, p. 158에서 인용.

276 1973년과 1979년 사이에 집필된 이 텍스트들에 대해서는 OC 4와 OC 5를 볼 것.

277 니체 텍스트 선집인 *Vie et vérité*, op. cit., p. 81을 볼 것. 이 인용문은 *Volonté de puissance*, traduction de Geneviève Bianquis, Paris, Gallimard, t. I, 1947, p. 100에서 발췌됨.

278 역주 ─ 논리적이고 일관된 논술이라는 의미.

279 Ellmann, *James Joyce*, op. cit., p. 108을 볼 것.

280 바르트는 1978년 12월 18일부터 1979년 3월 26일까지 《르 누벨 옵세르바퇴르》에 주간 시평을 썼다.(OC 5, p. 625-653.)

281 Montaigne, *Essais*, Livre, 1, chapitre 31, texte établi et annoté par Albert Thibaudet, Paris, Gallimard, coll. Bibliothèque de la Pléiade, 1950, p. 250.

282 문제의 강연은 1978년 10월 19일 콜레주 드 프랑스에서 했던 "오랫동안 나는 일찍 잠자리에 들었다"는 제목의 강연(OC 5, p. 459-470)이고, 문제의 글은 《마가진 리테레르》(no 144, janvier 1979)(OC 5, p. 654-656)에 실렸던 "이거 되어 가네(Ça prend)"라는 제목의 텍스트이다.

283 이 센터는 후일 근대텍스트원고연구소(ITEM)가 된다.

284 마르코타주(취목법, marcottage)'(또는 '휘묻이')는 원예 용어로, 자라고 있는 가지를 땅에 묻어 다른 곳에서 뿌리를 내리게 함으로써 식물을 번식시키는 방법. 이 용어를 통해 바르트는 "소설의 도입부에서 주어진 이러저러한 의미 없는 세세한 것을 소설의 마지막 부분에서 싹트고, 더 성장하고, 개화시키게 하는 교차적 구성"을 지칭하고 있다. "Ça prend"(OC 5, p. 656)을 볼 것.

285 바르트가 여기에서 다시 거론하면서 전개하고 있는 것과 관련해서 "오랫동안 나는 일찍 잠자리에 들었다"(OC 5, p. 459-470)라는 강연을 참조.

286 "어느 날 우리는 한가롭게/ 랜슬롯의 사랑 얘기를 읽었어요./ 우리뿐이었어요. 거리낄 것이 없다고 생각했지요./ 읽어 가는 동안 우리는 서로 여러 번 눈을 마주쳤어요./ 얼굴도 여러 번 붉혔지요./ 그러다 단 한순간이 우리를 엄습했어요./ 사랑에 빠진 그 연

인이 오랫동안 기다린 입술에/ 입 맞추는 대목을 읽었을 때, /그이는 온몸을 부들부들 떨면서 내게/ 입을 맞추었지요. 그리고 나를 결코 떠날 수 없게 되었지요./ 그 책을 쓴 자는 갈레오토였어요./ 우리는 그날 더 이상 읽지 못했어요."(Dante, *L'Enfer*, chant V, traduction d'André Pézard, op. cit., p. 911-913, v. 127-138.)

287 『그라지엘라』는 처음에 1844년에 알퐁스 드 라마르틴에 의해 시 「첫 번째 회한(Le premier regret)」의 주석으로 구상되었다가, 1849년에 『속내 이야기들Confidences)』의 일화 중 하나가 되었다. 『폴과 비르지니(Paul et Virginie)』(베르나르댕 드 생피에르, 1788)에서처럼, 『그라지엘라』의 이야기는 천국의 섬과 사회적 세계 사이의 긴장, 쌍둥이 사랑의 모호함, 여주인공의 천사 같은 성격 등을 중심으로 구성되어 있다. 이 두 경우에 있어서 이별이 치명적인 두 애인을 순수하고 형제애적 사랑으로 묶어 놓은 애조적이고 음산한 연가가 문제가 된다. 심층적으로 두 작품 사이에 맺어진 '상동적 관계'를 가능케 해 주는 것도 정확히 '격자 상태로 놓인 다른 책에서 받은 진실의 순간'(바르트가 몇 줄 위에서 환기하고 있는)이다. 그러니까 이 격자 상태가 두 작품 사이에 수립된 동질적 관계를 구성한다. 그도 그럴 것이 그라지엘라의 열정이 깨어난 것은 전날 저녁 화자에 의해 이루어진 폴과 비르지니의 독서 때문이다. "자기 고모에 의해 프랑스로 소환된 비르지니가 자기 존재가 둘로 쪼개지는 것을 느끼고, 폴에게 자기의 귀국에 대해 이야기하면서, 그리고 자기의 운명을 앗아 갈 바다를 가리키면서 그를 위로하려고 하는 순간에 나는 내일로 독서를 미루면서 책을 덮었다. 그것은 충격이었다. (……) 그라지엘라는 내 앞에, 나중에는 내 친구 앞에 무릎을 꿇고 이야기를 맞춰 줄 것을 애원했다. 그러나 소용이 없었다. 우리는 그녀를 위해 흥미를 더 연장시키고 싶어 했고, 우리를 위해 그녀의 시련의 매력을 더 연장시키고 싶어 했다. 그때 그녀는 내 손에서 책을 빼앗아 갔다. 그리고 책을 폈다. 마치 노력을 하면 글자들을 읽을 수 있다는 듯이 말이다. 그녀는 책에게 말을 건네고, 책을 껴안았다. 그리고 그녀는 그 책을 내 무릎 위에 점잖게 다시 놓았다. 손을 모으고, 나를 애원하는 듯이 바라보면서 말이다. 그녀의 얼굴은 어쩌나 평온하고, 또 평온 속에서도 미소를, 어쩌나 아름다운 미소를 짓고 있었던가! 물론 약간은 정숙한 태도도 있었다. 하지만 그녀는 갑작스럽게 이 이야기의 공감이 가는 부드러움과 정열 속에서 비극으로 가득하고, 활기가

넘치고, 무질서하고, 비장한 그 무엇인가를 알아차리게 되었다. 아마 아름다운 대리석이 살아 있는 육체와 눈물로 변한 혁명이 발생했다고도 할 수 있을 것이다. 소녀는 그때까지 잠자고 있던 자신의 영혼이 비르지니의 영혼 속에서 자기에게 모습을 드러내는 것을 느꼈던 것이다." 바르트가 적어 놓은 쪽수는 판본은 알 수 없지만, 이 대목을 가리키는 것 같다.

288 역주 — Jean-Baptiste Greuze(1725~1805). 프랑스 화가로 풍속화를 많이 그렸음.

289 역주 — 지드가 1938년에 부인을 잃고 난 후에 쓴 작품으로 1947년에 처음으로 간행되었다.

290 『밝은 방』에서 바르트는 펠리니의 「카사노바」의 자동인형을 환기하고 있다. "내 눈은 고통스러우면서도 감미로운 감동을 체험한 것이다. (……) 내가 정확하게 보는 세밀한 부분, 향취, 요컨대 마지막까지 나를 온통 뒤흔들어 놓은 것이다. (……)"(*La Chambre claire*, op. cit., 1980, p. 178; OC 5, p. 882.)

291 바르트는 "오랫동안 나는 일찍 잠자리에 들었다"라는 제목의 강연에서 이렇게 묻고 있다. "그 어떤 악마가 있어 사랑과 죽음을 '동시에' 창조했단 말인가?"(OC 5, p. 468.)

292 이 개념은 디드로가 "들라쇼 양에게 주는 대답"에서부터(*Lettre sur les sourds et muets*, 1751), 그리고 『백과사전』의 '구성'(1753)이라는 항목에서 구상했던 것과 같은 회화 이론에서 아주 중요한 개념이다. 디드로에 의하면, 화가는 그의 주제를 다루기 위해 지나간 사건들을 응축시키고, 앞으로 발생할 일들을 포함하고 있는 순간이나 때를 선택해야 한다. 「라오콘」에서 레싱은 이 순간, 이때를 '풍요로운 순간'이라고 불렀다.(쿠르탱의 번역[1866], Paris, Hermann, 1990.) 디드로의 『전집(Œuvres complètes)』에 포함된 텍스트들에 대한 '서문'을 쓴 로제르 르뱅테르는 이 순간을 "인위적, 혼합적 시간, 과거의 반영, 현재의 개시이자 미래의 예고"라고 규정했다. 그리고 그는 레싱에 대한 디드로의 영향을 강조하고 있다. 또한 그는 풍요로운 순간(쿠르탱)보다는 오히려 '응축된' 순간에 대해 말하고 있다. 바르트가 여기에서 참고한 판본 Diderot, *Œuvres complètes*, Paris, Club français du livre, 1970, p. 542를 볼 것.

293 바르트는 『디드로, 브레히트, 에이젠스타인(Diderot, Brecht, Eisenstein)』(1973)에서

이렇게 설명하고 있다. "모든 사회적 상황을 읽을 수 있는 곳이 바로 하나의 제스처, 또는 제스처의 혼합체이다.(하지만 결코 큰 제스처는 아니다.)"(OC 4, p. 341.)

은유의 미로—상호 학제적 연구

1 로만 야콥슨은 『일반 언어학 시론』(Paris, Minuit, 1973)에서 언어활동의 여섯 가지 기능에 대해 말하고 있다. 그 가운데 하나가 인상 작용적 기능인데, 이 기능은 정보를 제공해 주는 것이 아니라(표현적 기능) 수신자를 포함시키는 것(또는 '능동적 기능') 을 목적으로 하는 과정 전체를 지칭한다. 따라서 독자나 관객에게 호소하는 모든 형태는 언어의 인상 작용적 기능에 속하게 된다. 광고의 메시지는 이 기능 활용의 한 예를 보여 준다. 왜냐하면 이 메시지는 무엇보다 호소의 대상이 되는 관객의 존재 위에 정초되기 때문이다.

2 Pierre Rosenstiell. 수학자, 울리포(Oulipo) 회원, 사회분석센터 연구지도 책임자(사회과학고등연구원)로, 여러 인문과학에서 모델화에 대한 연구를 수행했다. 세미나에 발표했던 글이자 전시회 카탈로그에 실렸던 다음 글을 참고하기 바란다. *Cartes et figures de la Terre*, Paris, Editions du Centre Pompidou, 1980, p. 994-105.

3 프랑스어로 된 책. Paolo Santarcangeli, *Le Livre des labyrinthes. Histoire d'un mythe et d'un symbole*, Gallimard, coll. Idées.(Firenze, 1967) Traduction de Monique Lacau, 1974. 아주 혼란스러운 책, 특히 고고학적, 민족학적 자료. 상징적 분석은 거의 없고 평범함. 이 책에 대해서는 다시 거론할 것이다.(바르트가 여백에 단 주석. 쪽수가 뒤에 적혀 있는 철자 S로 작품을 지칭한다.)

4 이 두 번째 인용은 Racine, *Phèdre*, acte I, scène III.

5 이집트의 나일 강 서편에 있는 파윰에 위치한 하와라(Hawara)는 제12왕조의 아메네하트(Amenemhat) 3세가 사후 세계의 거처로 건축케 한 제2의 피라미드로 유명하다. 헤로도토스에 의하면, 피라미드의 신전 묘지는 대단히 복잡한 설계에 따라 여러 개의 뜰 주위로 수천 개의 방들이 분산되어 있다. 그리스인들에게 큰 인상을 남긴 미로가 이 미로인데, 그들은 이 미로를 '하와라의 미로'라고 불렀다.

6 역주—Facteur Cheval. 프랑스 남쪽 프로방스에 위치한 이상향의 공원으로, 평생

우편배달부 직업에 종사한 페르디낭 슈발(Ferdinand Cheval, 1836~1924)이 혼자 건설했다. 초현실주의 시인 앙드레 브르통과 입체파 화가 피카소 등이 자주 들렀으며, 앙드레 말로의 열렬한 후원으로 1969년에 역사적 기념물로 등록되었다.

7 1947년 초현실주의 전시회. 앙드레 브르통과 마르셀 뒤샹이 주최한 '초현실주의 국제 전시회(Exposition internationale du surréalisme)'가 1947년 7월 7일에서 9월 30일까지 파리의 매그트 화랑에서 개최되었다.

8 역주 — 옛날 소아시아 지역에 있었던 나라의 이름.

9 Paolo Santarcangeli, *Le Livre des labyrinthes*, op. cit.

10 W. H. Matthews, *Mazes and Labyrinths*(Londres, 1922)라는 텍스트 119쪽을 참고하고 있는 Paolo Santarcangeli의 지적을 볼 것.

11 Marcel Brion, "Hoffmannstahl et l'expérience du labyrinthe," *Cahiers du Sud*, no 133, p. 1955.

12 특히 프로이트의 『정신분석 개설(Abrégé de psychanalyse)』(1938)에서 설명되고 있는 현실 부정이라는 개념인 '부인(Verleugnung)'을 가리킨다. 옥타브 마노니(Ocatve Manonni)의 "Je sais bien mais quand même……," *Les Temps modernes*, no 212, janvier 1964(Clefs pour l'imaginaire ou l'Autre Scène, Paris, Seuil, 1969에 재수록.)를 볼 것.

13 역주 — Georges Eugène Haussmann(1809~1891). 프랑스의 행정가로, 특히 제2제정 시대 파리의 도시 개혁으로 유명함.

14 Nietzsche, *Aurore*, aphorisme 169.

15 자기 자신에 대해 말하면서 마르셀 프루스트는 폴 모랑의 『근사한 물건(Tendres stocks)』의 서문 끝 부분에서(1920) 자기의 스타일이 그 자신의 '아드리아네의 실'이었다고 말하고 있다. Léon-Pierre Quint, *Marcel Proust, sa vie, son œuvre*, Paris, La Sagittaire, 1925에서 인용.

16 역주 — Léon Pierre Quint(1895~1958). 프랑스의 출판인이자 문학비평가. 숫자는 『마르셀 프루스트의 생애와 작품』(1925)의 쪽수.

17 '프로아이레시스'는 하나의 행동의 결과를 결정하는 능력이다. 바르트는 이것을 이렇

게 정의하고 있다. "아리스토텔레스에게 있어서 '실천(praxis)'은 ('포이에시스(poiésis)' 와는 반대로) 동작주와 구분되는 그 어떤 작품도 생산해 내지 않는 실천적 과학인데, 이는 두 개의 가능한 행동 또는 '프로아이레시스' 사이의 합리적인 선택을 바탕으로 한다."(Sade, Fourier, Loyola, OC 3, p. 722.) 『S/Z』(1970)의 기원이 되었던 발자크의 중편 『사라진』에 대한 독서에서 롤랑 바르트는 다섯 개의 주요 독서 코드를 확인하고 있는데, 특히 "자기 자신을 찾거나 확인하는 명명 행위의 리듬에 따라" 전개되는 '행위들과 행동들의 코드'인 '프로아이레티크(proaïrétique)'를 지적하고 있다.(S/Z; OC 3, p. 133–134.)

18 세미나 일정표 : 1978년 12월 9일, 마르셀 데티엔 — 12월 16일, 질 들뢰즈 — 1979년 1월 6일, 위베르 다미쉬 — 1월 13일, 클레르 베르나르 — 1월 20, 엘렌 캉팡 — 1월 27일, 파스칼 보니제르 — 2월 3일, 에르베 카상 — 2월 10일, 프랑수아즈 쇼아이 — 2월 17일, 장 루이 부트 — 2월 24일, 피에르 로젠스티엘 — 3월 3일, 옥타브 마노니. 『콜레주 드 프랑스 연감』에 실려 있는 이 세미나들에 대한 보고서를 보면 각 초청자들의 직함과 학문 분야를 알 수 있다.

19 Sigmund Freud, "Révision de la théorie du rêve," in *Nouvelles conférences d'introduction à la psychanalyse*, traduction d'Anne Berman, Paris, Gallimard, coll. Idées, 1971.

20 가브리엘 가르시아 마르케스의 『백년 동안의 고독』이 그것이다. Claude & Carmen Durant이 스페인어에서 프랑스어로 번역했다.(Paris, Seuil, 1968.) 에릭 마르티는 바르트에게 이 소설을 읽으라고 권했다.

21 '르페브르(Lefebvre)'는 고대 프랑스어에서 forgeron(대장장이)을 의미하는 fèvre(소금 제조창의 열기구 수리공)의 변형이라는 것을 상기할 것.

22 역주 — 르브룅(Lebrun)은 '갈색 머리를 가진 사람,' 샤르팡티에(Charpentier)는 '대목수'라는 의미를 가지고 있다. 바르트 자신의 성과 일맥상통하는 '바르테즈(Barthez)'는 원래 남프랑스 지방에서 '덤불', '숲' 등을 가리키는 의미로 사용되는 단어였다.

23 '카타크레즈'는 한 언어에서 그 어떤 용어로도 지칭할 수 없는 것을 지칭하기 위해 은유, 환유, 제유 등을 통해 사용되는 수사학 문채 중의 하나이다.

24 비코가 주장하는 인류의 시적(詩的) 기원에 대해서는 롤랑 바르트가 앞에서 다룬 142~143쪽을 볼 것.

25 역주 — 열대 아프리카의 따오기과에 속한 새 이름.

26 역주 — 소의 기생충을 먹고 사는 새.

27 바르트는 강의 중에 이렇게 말했다. "1963~1964년경에 개인적으로" "나는 의복 기호학을 시도하려는 계획을 가지고 있었습니다." 이 계획은 1955년에 조르주 프리드만의 지도하에 개시되었고, '의복의 상징 체계'에 할애된 연구의 일환이 되었다. 이 연구 결과는 1967년에 『유행의 체계(Système de la mode)』로 결실을 맺었다.

28 지난(1979년 3월 3일) 세미나에 초청되었던 옥타브 마노니는 '그 어떤 변형에도 속하지 않는' 문학성을 "텍스트는 같은 것을 말하는 또 다른 텍스트에 의해 대치될 수 있다는 가능성 또는 환상"으로 정의되는 이해와 대립시켰다.(세미나의 육성 녹음, 소유권은 쇠이유 출판사에 있음.)

소설의 준비 — 의지로서의 작품

1 바르트는 『사드, 푸리에, 로욜라』의 '불가능한 일(Impossibilia)'이라는 단장(斷章)에서 현실에 대해 말하는 책의 불가능성을 환기시키고 있다. "(……) 모든 것이 담론의 힘으로 귀속된다. 전혀 생각하지 못함에도 불구하고, 이 힘은 단순히 환기의 힘일 뿐만 아니라 부정의 힘이기도 하다. 언어활동은 현실을 부정하는 이와 같은 힘, 그것을 망각하는 힘, 그것을 해체하는 힘을 가지고 있다. 문자로 된 똥은 냄새가 나지 않는다. 사드는 그의 대화 상대자들을 똥으로 분칠할 수 있었으나, 우리는 그 어떤 악취도 맡지 않는다. 단지 불유쾌한 추상적 기호만을 얻을 뿐이다."(Paris, Seuil, 1971, p. 140; OC 3, p. 820.)

2 바르트가 청중에게 읽어 준 샤토브리앙의 *Mémoires d'outre-tombe*, I, édition établie par Maurice Levaillant/ Georges Moulinié, Paris, Gallimard, coll. Bibliothèque de la Pléiade, 1951, p. 210-211에서 발췌된 부분이다. 이 부분은 프루스트의 「되찾은 시간」에서 화자가 게르망트 공작의 서재를 떠나는 장면에서도 인용되고 있다.

3 역주 — 그리스 연극에서 작가가 관객에게 자신의 견해를 말하는 부분.

4 　바르트가 강의 중에 인용한 참고 문헌 전체는 이 책의 589쪽 이하에 제시되어 있음.

5 　여기에 옮긴 것은 후일 바르트가 강의록 속에 삽입한 것으로, 그가 종이에 직접 쓴 30줄 정도의 글이다. 가장 개연성이 높은 것은 이 글이 이 개월 후인 1980년 2월 20일에 앙투안 콩파뇽의 초청에 따라 바르트가 이공과대학에서 행한 강연의 서론에 해당할 것이라는 사실이다. 이 짧은 텍스트는 아마 이 강연을 위해 바르트가 부분적으로 이용한 강의의 첫 부분인 '글쓰기 욕망'의 첫 중요 부분으로 이용되었을 것이다. 바르트가 이 종이를 후일 전체 강의 원고에 삽입한 정성을 고려해(새로운 쪽수 매기기, 연속되는 화살표 등) 이 텍스트를 다시 옮겨 원고의 순서대로 강의록에 포함시켰다.

6 　프랑수아 마스페로는 정확히 이 표현을 간판으로 내건 서점을 열었다. 이 서점은 파리 5구 생세브랭 가에 있었으나 1978년에 문을 닫았다.

7 　이 강의의 앞부분에서 자신이 직접 읽었던 인용문을 암시.

8 　이 부분은 집필되었다가 삭제되었고, 최종적으로는 강의 중에 읽힘.

9 　바르트가 삭제한 부분.

10 　종종 제우스와 플레이아데스 일곱 자매 중 하나인 타이게테 ─ 라케다이몬의 부인이자 히메로스의 어머니 ─ 사이에서 태어난 아들 또는 종종 아프로디테의 아들로 여겨지는 포토스는 빈번히 에로스와 히메로스(성적 갈망의 여신)의 모습과 연결되어 사랑의 욕망을 가진 인물로 여겨진다. 바르트는 『사랑의 단상』에서 '포토스'는 부재하는 존재에 대한 욕망을 위해, 그리고 더욱더 뜨거운 '히메로스'는 현전하는 존재에 대한 욕망을 위해 환기시키고 있다.(Paris, Seuil, 1977. p. 21; OC 5, p. 43.) '볼로퍄아'는 완전히 충족된 욕망의 의인화, 심지어 조르주 뒤메질에 따르면, 완전히 만족된 의지의 의인화이다.(*La Religion romaine archaïque*, Paris, Payot, 1974, p. 341-343.)

11 　바르트가 삭제한 마지막 부분.

12 　특히 제라르 주네트의 *Mimologiques*(Paris, Seuil, coll. Poétique, 1976)와 *Palimpsestes, la littérature au second degré*(Paris, Seuil, coll. Poétique, 1982)를 볼 것. 바르트는 이 저서들의 발단에 대해서 알고 있었다.

13 　그중에서 Michel-Antoine Burnier와 Patrick Rambaud(Paris, Balland, 1978)에 의

해 출간된 『롤랑 바르트 쉽게 읽기(Roland Barthes sans peine)』에 대한 암시이다.

14 1977년 3월 2일에 콜레주 드 프랑스에서 초청해 "하나의 강연을 듣다"라는 주제로 개최된 바르트의 세미나 차원에서 이루어졌던 앙투안 콩파뇽의 "열광"이라는 제목의 강연을 가리킨다. 이 세미나를 여는 바르트의 모두(冒頭) 강연에 대해서는 *Comment vivre ensemble*, édition établie par Claude Coste, Paris, Seuil, coll. Traces écrites, 2002를 볼 것.

15 역주 — 르네상스와 바로크 시대에 유행한 3박자의 빠른 춤곡 중 하나.

16 쇼펜하우어와 바그너에게 할애된 두 편의 『반(反)시대적 고찰』의 글쓰기를 회고하면서 니체는 이렇게 말했다. "나는 이미 유명해진 (……) 쇼펜하우어와 바그너라는 두 유형을 무언가를 말하기 위해, 그리고 몇 가지 정식들과 기호와 언어 수단을 더 많이 갖기 위해 포착한 것이다. 플라톤이 플라톤 자신을 위한 일종의 기호론으로서 소크라테스를 이용한 것은 정확히 이런 식이었다. 이 에세이들이 그 증거가 되는 그때의 상태에서 어느 정도 떨어져 그 상태를 되돌아보는 지금, 나는 그 에세이들이 근본적으로 나에 관해서만 말하고 있다는 사실을 부정하고 싶지 않을 것이다."(*Ecce homo*, in *Œuvres complètes*, t. VIII, édition établie par Giorgio Colli et Mazzino Montinari, traduction de Jean-Claude Héméry, Paris, Gallimard, 1974, p. 294.)

17 우리는 여기에서 바르트가 청중들에게 읽은 부분을 그대로 옮긴다. 이 부분은 프루스트의 『생트뵈브에 반하여』에서 발췌된 부분으로, "Sainte-Beuve et Balzac," Préface de Bernard de Fallois, Paris, Gallimard, coll. Idées NRF, 1954, p. 262-263 이다.

18 잇샤(1763~1827). Roger Munier, *Haïku*, Préface d'Yves Bonnefoy, Paris, Fayard, 1978, p. 79에서 인용.

19 분명 1982년에 플라마리옹 출판사에서 간행된 저서 『판박이(La Doublure)』에 모아진 예술에 관계된 텍스트들이 거의 확실하다. 세베로 사르뒤의 친한 친구이자 예찬자인 바르트는 이 텍스트들을 잘 알고 있었다.

20 귀스타브 플로베르가 1847년 11월에 루이즈 콜레에게 쓴 편지. "거장들에 대한 나의 찬사가 커 가지만, 다행스럽게 이와 같은 압도적인 비교에 의해 내가 절망하기는커녕,

이것이 반대로 내가 가지고 있는 글을 쓰고자 하는 길들일 수 없는 환상을 되살리고 있다." 플로베르의 서간문에 대한 바르트의 모든 참고는 Gustave Flaubert, *Préface à la vie d'écrivain, ou Extraits de la correspondance,* présentation et choix par Geneviève Bollème, Paris, Seuil, coll. Le Don des langues, 1963(p. 46)에서 발췌.

21 필립 라쿠라바르트와 장 뤽 낭시의 *L'Absolu littéraire. Théorie de la littérature du romantisme*(Paris, Seuil, coll. Poétique, 1978)에 대한 암묵적인 참조이다. 낭만주의가 '문학적 절대'를 제기했을 때, 낭만주의는 역사적 순간 — 문학이 그 고유한 이론의 산물로서 생각되고 그렇게 해서 그 '절대'의 도래로서 생각되었던 그 순간 — 을 연다.

22 Chateaubriand, *Mémoires d'outre-tombe,* op. cit., 1951, t. I, p. 1148.

23 Gustave Flauvert가 조카에게 쓴 1873년 5월 20일 자 편지. *Préface à la vie d'écrivain,* op. cit., p. 258.

24 Gustave Flauvert가 루이즈 콜레에게 쓴 1853년 3월 6일 자 편지. *Préface à la vie d'écrivain,* op. cit., p. 104.

25 Klaus Wagenbach, *Kafka,* Paris, Seuil, coll. Ecrivains de toujours, 1968, p. 74에서 인용.

26 이 개념에 대해서는 이 책 36-37쪽을 볼 것.

27 강의를 위한 원고 뭉치 속에 바르트가 끼워 놓은 약 20여 줄에 해당하는 이 부분은 구두 강의에서 언급되지 않았다. 이 부분은 1980년 2월 20일에 바르트가 이공과대학에서 했던 발표의 결론이다.

28 역주 — 정신분석학에서 독일어 Trieb에 해당하는 용어로, 보통 '성향'으로 잘못 사용되나, '욕동', '충동' 등의 용어로 번역되어 사용된다.

29 바르트는 S. 얀켈레비치에 의해 번역된 지그문트 프로이트의 『정신분석 입문 (Introduction à la psychanalyse)』(Paris, Payot, 1922) 제20장과 제21장을 참고하고 있는 것이 분명하다.

30 Jean-Pierre Richard, *Littérature et sensation,* Préface de Georges Poulet, Paris, Seuil, coll. Pierres vives, 1954, 특히 엠마 보바리의 결혼 피로연에 대한 비평적 독서를 볼 것. 하지만 바르트는 아마 장 피에르 리샤르가 스리지 라 살의 콜로키움에서 했던 발

표인 "Plaisir de table, plaisir de texte"를 생각하고 있는지도 모른다. 이 발표는 1977 년에 바르트에게 할애된 *Prétexte : Roland Barthes*, Paris, UGE, coll. 10/18, 1978; Paris, Christian Bourgois, 2002, p. 361-382에 실려 있다.

31 "담배를 피우지 마세요"라는 제목으로 《르 누벨 옵세르바퇴르》(OC 5, p. 637)에 실렸 던 바르트의 시평을 볼 것.

32 Gustave Flaubert, 루이즈 콜레에게 쓴 1847년 8월 16일 자 편지. *Préface à la vie d'écrivain*, op. cit., p. 45.

33 Gustave Flaubert, 루이즈 콜레에게 쓴 1846년 10월 23일 자 편지. *Préface à la vie d'écrivain*, op. cit., p. 43.

34 역주 — 프랑스어 문법에서의 남성, 여성 구별의 성(性) 문제라는 의미.

35 프루스트가 『생트뵈브에 반하여』의 집필에 몰두해 에세이에서 소설로 이행하던 시기 이다. 마르셀 프루스트의 편지가 증명하는 것처럼, 실제로 그는 그해 여름을 이런 고 된 일에 완전히 할애하고 있었다. 하지만 이 계획의 변화가 1909년 여름이라는 한 계 절보다 훨씬 더 긴 기간에 걸쳐 이루어졌다는 것이 이제 분명하다.

36 마르셀 프루스트의 『생트뵈브에 반하여』의 두 연구에 해당하는 '제라르 드 네르발'과 '생트뵈브와 보들레르'를 볼 것. 우리는 또한 『되찾은 시간』의 화자에 의해 이 작품의 도입 부분에서 이 두 작가의 작품들이 게르망트 공작의 서재에서 환기되고 있다는 사실을 기억한다.

37 특히 『부바르와 페퀴셰』의 제5장을 볼 것. "마침내 그들은 한 편의 작품을 쓰기로 결 심했다. 어려운 것은 주제였다."

38 독일 낭만주의 문학 이론에서 '잡다한 혼합'에 대해서는 프리드리히 쉴레겔의 '비평적 단장'을 볼 것. "구성이 훌륭하다고 칭찬받는 많은 작품들의 통일성은 단 하나의 인간 정신에 의해 활성화되면서 하나의 동일한 목표를 향하는 복수태의 발견물의 잡다한 혼합 덩어리의 통일성보다 못하다."(단장 103) 또한 바르트의 소설 『새로운 삶』의 소 묘에 대한 지적을 볼 것.(OC 5, p. 999.)

39 Novalis, *L'Encyclopédie*, texte traduit et présenté par Maurice de Gandillac, Paris, Editions de Minuit, 1966, p. 322. "문헌학"이라는 제목이 붙은 장에서 발췌된 단장.

40 *Ibid.*, p. 323.

41 Fragment 1372, *ibid.*, p. 309.

42 Nietzsche, *La Naissance de la tragédie*, 제14절. 또한 *Œuvres philosophique complètes*, t. I, établies par Girogio Colli et Mazzino Montinari, traduction de Michel Haar, Philippe Lacoue-Labarthe et Jean-Luc Nancy, 1977, p. 101을 볼 것.

43 문학 이론가이자 문학사가인 미하일 바흐친(1895~1975)은 언어와 문학 창작을 하나의 코드로서보다는 오히려 상호 주체성의 정립으로 생각했다. 작품은 다성성이고, 대화주의는 모든 문학의 원칙이라는 것이다.

44 '랍소디크'는 '기우다', '기우면서 수선하다'의 의미를 가진 그리스어 '랍테인(rhaptéin)'에서 유래했다. 여기에서 바르트는 1978년 10월 18일에 콜레주 드 프랑스에서 했던 "오랫동안 나는 일찍 잠자리에 들었다"라는 제목의 강연에서 사용한 용어들을 다시 인용하고 있다. 이 강연 내용은 OC 5, p. 459-470에 재수록되었다.

45 Antoine Compagnon, *La Seconde main*, Paris, Seuil, 1979, p. 284-287. 문장(紋章)과 경구(警句)가 새겨진 '동전(jeton)'이 몽테뉴가 스스로 선택한 휘장이기는 하지만, 역으로 '후손(rejeton),' 즉 책(자식과 같은)은 발명된 것이라기보다는 만들어진 하나의 대상이다. 또한 그것은 '작가의 삶의 일부'로서 끊임없이 그에게서 도피하는 것을 멈추지 않는 '하나의 문장, 그것도 문장으로 남기에는 너무나 완벽한 문장'이다.

46 '글쓰다' 동사의 자동사성의 원리에 대해서는 이 책 39~40쪽을 볼 것.

47 이것이 바로 『팔뤼드』의 화자가 자기에게 다음과 같은 질문을 던진 자들에게 주는 대답이다. "그는 말했다. 어! 너 일하니? 내가 답했다. 나 『팔뤼드』 쓰고 있어."(André Gide, *Paludes*, Paris, NRF-Gallimard, 1926.)

48 Emile Benveniste, *Problèmes de linguistique générale*, I, Paris, Gallimard, 1966, p. 168 이하. 바르트는 여기에서 이 저서의 "동사에서의 능동태와 중동태"라는 제목이 붙은 제14장을 폭넓게 인용하고 있으며, 벤브니스트가 들고 있는 예들에 의존하고 있다.

49 기원전 4세기 인도의 문법학자인 파니니는 힌두교의 성스러운 언어인 산스크리트어의 위대한 이론가 중 한 명이다. 우리는 그에게 베다와 산스크리트 방언들의 음운 체계, 형태 체계의 확립, 그리고 무엇보다 '자기 자신을 위한 말(중동태)'과 '타인을 위한 말

(능동태)'의 구별 정립에 대해 빚을 지고 있다.

50 역주 — '매듭을 풀다', '해방시키다'의 의미를 가진 그리스어.

51 벤브니스트는 이와 같은 대체(외태/내태로 능동태/수동태를 대체)를 통해 능동태와 수동태 사이의 가지적이고 만족스럽다는 평을 받는 대칭성을 고려하여 태들 사이의 강한 대립을 보여 주는 전통적인 표식을 되찾게 된다. Benveniste, *Problèmes de linguistique générale*, I, op. cit., p. 174를 볼 것.

52 역주 — 작가를 의미한다.

53 역주 — 바르트는 '작가(écrivain)'와 '지식서사(écrivant)'를 구분한다. 그에 의하면 '지식서사'는 단순히 메시지를 전하는 것을 목적으로 글을 쓰는 자이며, '작가'는 참다운 의미에서의 작품을 창작하는 자로 여겨진다.

54 Gustave Flaubert가 루이즈 콜레에게 쓴 1852년 2월 1일 자 편지. *Préface à la vie d'écrivain*, op. cit., p. 64.

55 Gustave Flaubert가 아메데 포미에에게 쓴 1860년 9월 8일 자 편지. *Préface à la vie d'écrivain*, op. cit., p. 214.

56 헤겔의 관념론에 의하면 절대는 주체로 여겨진다. 저자를 동사의 보편성 속으로 사라지게끔 하면서 말이다. 문학 소유권법에 의하면 그 누구도 아이디어의 보호를 요청할 수 없다.

57 "나에게 무위는 충분하다. 그리고 내가 아무것도 하지 않아도 된다면, 나는 꿈속보다는 깨어 있는 것이 더 좋다." 장 자크 루소는 1765년 9월에 『고백록』 제12권에서 생 피에르 섬에서의 체류를 환기시키면서 이렇게 적고 있다. *Les Confessions*, texte établi et annoté par Louis Martin-Chauffier, Paris, Gallimard, coll. Bibliothèque de la Pléiade, 1947, p. 631.

58 헨리 제임스 작품의 뛰어난 번역가, 주석가이자 작가인 장 파방스(Jean Pavans)는 그때 바르트에게 라 디페랑스출판사(Editions de la Différence)에서 출간된 『순진한 단절(Ruptures d'innocence)』이라는 작품의 원고를 보낸 바 있다.

59 Chateaubriand, *Mémoires d'outre-tombe*, op. cit., t. II, p. 157. 몽테뉴의 『에세(Essais)』, I, chapitre III에서 인용.

60 미슐레의 저서, 특히 『프랑스 혁명사』의 서문은 종종 기원후 천 년의 기독교와 프랑스 대혁명에 다름 아닌 은혜와 정의라는 두 개의 주요 형상을 한데 모아 놓고 있다. 프랑스 대혁명 이후와 마찬가지로 천 년 이후에도 권태의 시간, 곧 '역사의 정지'의 순간이 왔다. "내일의 뚜렷한 권태가 오늘부터 벌써 하품 나게 만든다. 앞으로 이어질 권태로운 나날들, 해(年)들에 대한 전망이 먼저 내리누르고, 삶을 혐오스럽게 한다." (Jules Michelet, *Histoire de France*, 1871.)

61 바르트는 "소설의 앞부분에서 제시된 무의미한 사소한 것이 소설의 끝부분에서 싹트고, 자라나고, 꽃을 피우는 교차법"을 이렇게 지칭한다. "Ça prend," *Magazine littéraire*, no 44, janvier 1979.(OC 5, p. 654-656.)

62 역주 ─ 최면제의 일종.

63 포르셰빌이라는 이름은 『잃어버린 시간을 찾아서』 전체에서 순환된다.(가령, 「스완의 사랑」에서는 베르뒤랭 가에서 스완의 라이벌로 등장하는 포르셰빌 백작, 「사라진 알베르틴」에서는 포르셰빌 부인이 된 스완의 미망인, 생루이의 부인이 되기 전에 포르셰빌의 부인이 된 질베르트 스완에 이르기까지⋯⋯.) 프루스트가 죽을 때까지 수정했던 「사라진 알베르틴」의 마지막 원고에서 볼 수 있는 이 단어는, 실제로 포르셰빌이라고 하는 이름을 중심으로 이루어지는 새로운 서술의 도약이라는 약속을 담고 있다. 바르트가 중요하게 여기는 '마르코타주'라는 원칙에 따라서 말이다.

64 "아브라함은 중재를 그만두었다. 달리 말해 그는 말을 할 수가 없었다. 내가 말을 하게 되면, 나는 일반적인 것을 표현하게 되고, 내가 침묵을 지키게 되면, 그 누구도 나를 이해할 수 없을 것이다."(Søren Kierkegarrd, *Crainte et tremblement*, P.-H. Tisseau의 번역, Jean Wahl의 서문, Paris, Aubier-Montaigne, coll. Philosophie de l'esprit, 연도 불명, p. 93.)

65 *La Vie aventureuse de Jean Arthur Rimbaud*(Paris, Plon, 1926, p. 166)에서 장 마리 카레가 인용.

66 "Souvenirs de Louis Pierquin(1856~1928)," *Lettres de la vie littéraire d'Arthur Rimbaud*(1870~1875), réunies et annotées par Jean-Marie Carré, Paris, Gallimard, 1931, p. 161을 볼 것.

67   Jean-Marie Carré, *La Vie aventureuse de Jean Arthur Rimbaud*, op. cit.를 볼 것. 또한 *Lettres de la vie littéraire d'Arthur Rimbaud*, op, cit., p. 221-231에서 『지옥에서 보낸 한 철』의 '의사(擬似)-파괴'를 볼 것.

68   Henri Bouillane de Lacoste, *Rimbaud et le problème des "Illuminations,"* Paris, Mercure de France, 1949를 볼 것.

69   역주 ── 에티오피아의 옛 이름.

70   페데르브(Faidherbe)의 옛 식민지 총독이자 바르트의 외조부인 루이 귀스타브 뱅제르는 나이지리아 강의 수원 지대, 콩(Kong)과 모시(Mossi) 지역을 1887년과 1889년 사이에 탐험했다. 바르트는 강의 중에 이렇게 설명했다. "이와 같은 날짜상의 가까움이 내겐 최면술과 같은 효과를 낸다는 것, 그리고 랭보가 아비시니아를 탐험할 무렵에 나의 외조부가 북아프리카의 일부를 탐험했다는 사실로 인해 내가 얼마나 놀라고 있는가를 알아주시기 바랍니다."

71   Jean-Mari Carré, *Lettres de la vie littéraire d'Arthur Rimbaud*, op. cit., p. 181에서 인용.

72   역주 ── 이집트 쪽 보스포르 해협이라는 의미.

73   Pascal, *Pensées*, II, édition de Michel Le Guerne(바르트가 이 강의를 위해 참고한 판본), Paris, Gallimard, coll. Folio, 1977, fragment 574, p. 133.

74   Arthur Rimbaud, *Œuvres*, texte établi par Paterne Berrichon, Préface de Paul Claudel, Paris, Mercure de France, 1912를 볼 것.

75   Jules Michelet, *Histoire de France*, t. VIII.(Paris, Librairie Internationale, 1871에서 가져온 것임.)

76   모티에르에 체류하고 있던 장 자크 루소는 자신의 생계를 걱정한다. "내가 가지고 있던 얼마 안 되는 밑천이 나날이 줄어드는 것을 보고 있었다. 나머지 밑천은 이삼 년 안으로 바닥이 날 것이며, 책을 쓴다는 것은 이미 포기했던 지겨운 직업이지만, 그것이라도 다시 시작하지 않는 한, 다시 밑천을 장만할 방법이 없었다." *Confessions*, Paris, Charpentier, 1886, p. 600; Paris, Gallimard, coll. Bibliothèque de la Pléiade, 1947, p. 597.

77   역주 ── 주인의 소망을 이루어 주는 신기한 힘을 가진 가죽이 그것을 이용할 때마다

점점 줄어든다는 이야기에서 비롯된 표현.

78　『줄어드는 가죽』에서 따온 이 인용문은 바르트에 의해 발자크의 극작품 「제작자(Le Faiseur)」의 상연 때 안내문에 실렸다. 이 작품은 장빌라르의 연출로 1957년 5월에 샤이오 국립극장에서 상연되었다. *Essais critiques*, Paris, Seuil, 1964(OC 2, p. 348-351)에 재수록.

79　바르트 자신의 '새로운 삶'의 시작에 대해서는 이 책의 서론 부분을 볼 것. 또한 "새로운 삶"이란 제목이 붙은 그의 새로운 작품의 소묘도 볼 것. OC 5, p. 994-1001.

80　*Les Confessions*, Paris, Gallimard, coll. Bibliothèque de la Pléiade, 1947, p. 631.

81　Jean-Jacques Rousseau, *ibid*., p. 633-634(630-631). 강조는 롤랑 바르트의 것.

82　Jean-Jacques Rousseau, *ibid*.

83　'콤볼로이'는 큰 유리 구슬로 된 묵주의 일종으로, 그리스인들이 시간을 보내기 위해 만지작거린다. 바르트는 『새로운 삶』이라는 소설의 초안에서 이 물건에 대해 묘사하고 있다. OC 5, p. 1009를 볼 것.

84　*Le Bouddhisme zen*(Paris, Payot, coll. Bibliothèque scientifique, 1960, p. 149)에서 Alan W. Watts에 의해 번역된 『선린구집(Zenrin Kushu)』의 시. 바르트는 이 시를 강의 제1부에서 언급했으며, 특히 그의 저서 『사랑의 단상』(Paris, Seuil, 1977, p. 277(OC5, p. 287))에서도 여러 차례 인용했다.

85　'무위'는 '목적 없이 존재하는 것', '의도의 부재'이다. Alan W. Watts, *Le Bouddhisme zen*, Paris, Payot, coll. Bibliothèque scientifique, (1960), 1991, p. 165를 볼 것. 바르트는 그의 강의 "중립"의 한 장을 '무위'에 할애하고 있다. *Le Neutre*, texte établi, présenté et annoté par Thomas Clerc, Paris, Seuil, 2002, p. 222-233을 볼 것.

86　그리스어 sôreitès('축적에 의해 이루어진') —— 그 자체로 '응고물'을 가리키는 sôros에서 파생된 —— 에서 차용했고, 논리학과 수사학 개념인 sorites라는 고전 라틴어로 만든 신조어.

87　그리스어 bôlos에서 차용해서 만든 신조어.

88　Heidegger, "Dépassement de la métaphysique," *Essais*, 27, André Préau의 번역, Jean Bauffret의 서문, Paris, Gallimard, coll. Les Essais, 1958; *Essais et Conférences*, Paris,

Gallimard, coll. Tel, 1980, p. 113. 이 부분에 대한 참조는 바르트의 소설『새로운 삶』의 초안에서도 여러 차례에 걸쳐 이루어지고 있다. OC 5, p. 994 이하를 참고할 것.

89 "Pourquoi je suis si sage," *Ecce Homo*, in *Œuvres philosophiques complètes*, op. cit., p. 252. 바르트는 인용하면서 여러 부분을 잘라 내고 강조하고 있다.

90 역주 — 바스크 분리주의자들에 의해 종종 발생하던 테러가 잠잠하다는 의미.

91 Gustave Flaubert가 Georges Sand에게 쓴 1873년 7월 20일 자 편지. *Préface à la vie d'écrivain*, op. cit., p. 258.

92 프로이트는 1914년에 Ichideal 개념을 고안했다.(『나르시시즘 입문』) 이 개념은 첫 번째 나르시시즘적 만족의 대상인 실재적 자아를 지칭한다. 하지만 프로이트는 검열과 이상화라는 동일한 기능을 가진 이상 자아와 자아 이상을 개념적으로 구별하지 않았다. 이와 같은 두 개의 정신 내적 형성물을 구별한 것은 프로이트 이후의 몇몇 연구자들, 특히 자크 라캉이었다. *Vocabulaire de la psychanalyse* de Jean Laplanche et J. B. Pontalis, Paris, PUF, 1967, p. 255-256을 볼 것. 또한 롤랑 바르트가 여백에 적어 놓은 저서들을 볼 것. Freud, *Essais de psychanalyse*, 특히 "Le moi et le sur-moi(l'idéal du moi)," Paris, Payot, coll. Petite Bibliothèque Payot, 1927, traduit par Jean Lapalnche, 1981, p. 240-252를 볼 것; Jacques Lacan, *Le Séminaire*, I : *Les Ecrits techniques de Freud*, Paris, Seuil, coll. Le Champ freudien, 1975; Moustapha Safouan, *Etudes sur l'Œdipe*, Paris, Seuil, coll. Le Champ freudien, 1974.

93 Franz Kafka, *Journal*, op. cit., 1911. 11. 19.

94 내면 일기의 글쓰기에 할애된 "심의(Délibération)"라는 텍스트에서 바르트는 '자기가 쓴 내면 일기의 가치에 대해 해소할 수 없는 의혹'을 상기하고 있다.(OC 5, p. 668.)

95 Franz Kafka, *Journal*, op. cit., 1911. 12. 8.

96 "오랫동안 나는 일찍 잠자리에 들었다"라는 제목의 강연을 볼 것.(OC 5, p. 468.)

97 "빌리에 드 릴아당(Villiers de L'Isle-Adam)에 대한 강연"의 유명한 첫 구절. *Œuvres*, op. cit., p. 482. 바르트의 강조.

98 Pascal, *Pensées*, II, op. cit., fragment 659, p. 167.

99 *Ibid.*, fragment 469, p. 96.

100 바르트는 '첫째'를 구두로 상기하지 않았기 때문에 언급된 이 부분을 읽지 않았다. 아마도 문제의 부분은 1910년 11월 27일 카프카가 참석했던 작가 베른하르트 켈러만(Bernhard Kellerman)의 낭송에 대한 이야기일 것이다. 낭송이 있었던 장소는 텅 비어 갔는데, 카프카만이 계속 경청했다.

101 이 책에서 바르트는 조이스적 에피파니와 그 자신 '사소한 사건'이라 부르는 것을 연결시키고 있다.

102 바르트는 강의 중에 청중들에게 프란츠 카프카가 막스 브로트에게 쓴 편지(1904년 가을. *Correspondance*, traduite et présentée par Marthe Robert, Seuil, 1965, p. 42에 인용됨.)의 일부를 읽어 주었다. 이 편지의 내용은 카프카의 첫 번째 텍스트인 『한 전쟁에 대한 묘사』(1904-1905)에서 인용되었다. 여기에서 우리가 다시 수록하는 이 편지의 일부는 Klaus Wagenbach, *Kafka*, Seuil, coll. Ecrivains de toujours, 1968, p. 52에서 인용된 것이다.

103 역주 ── 죽은 작가에 의해 집필된 작품, 곧 기념비를 가리킴.

104 스테판 말라르메가 카미유 모클레르에게 한 이 대답에 대해 주(註)에서 언급하고 있는 앙리 몽도르에 의해 인용된 것임. *Vie de Mallarmé*, Gallimard, 1941, p. 20을 볼 것.

105 『로트레아몽』(Paris, Seuil, coll. "Ecrivains de toujours," 1967, p. 5-6)에서 마르슬랭 플레네에 의해 인용된 모리스 블랑쇼.

106 바르트에 의해 삭제된 문단.

107 이 책 55쪽을 볼 것.

108 회화 창작에서의 얼룩의 역할에 대해서는 『회화론』을 볼 것. 이 책에서 저자인 레오나르도 다 빈치는 '발명을 돕기 위한 새로운 방법'을 제안하고 있다. "만일 당신이 여러 얼룩으로 더럽혀진 벽이나 돌을 본다면, 당신은 거기에서 다양한 풍경들의 유사성 (……) 그리고 완전히 새로운 무한한 사물들과 주제들을 볼 수 있을 것이다."(édité par André Chastel, Paris, Club des Librairies de France, 1960.)

109 역주 ── 인간을 가리킴.

110 또한 "Image, raison," déraison, préface de Roland Barthes à *L'Univers de l'Encyclopédie. 130 planches de l'Encyclopédie de Diderot et d'Alembert*(Paris, Libraires associés, 1964)를 볼

것. *Nouveaux Essais critiques*(1972)에 "Les planches de l'Encyclopédie"(OC 4, p. 41-54
에 재수록)를 참고할 수 있다. 또한 "Le bas et l'idée," 1967(OC 2, p. 1243-1244)을
볼 것.

III 앙드레 지드의 『팔뤼드』의 화자는 『팔뤼드』라는 제목의 책 한 권을 썼다.

112 사르트르의 소설 『구토』는 주인공 앙투안 로캉탱의 소설에 대한 욕망으로 끝난다. 로
캉탱은 이 소설의 전편에서 드 롤르봉 후작을 역사적으로 연구하고 있으며, "당연
히 그것은 우선 지루하고 피곤한 작업에 불과할 것이다. 그것은 나로 하여금 실존하
는 것, 내가 존재한다는 것을 느끼는 것을 방해하지 않을 것이다. 하지만 그 책이 쓰
일 순간, 그것이 내 뒤에 남을 순간이 올 것이다. 그리고 나는 이렇게 생각한다. 이
책의 분명함이 나의 과거 위로 드리울 것이다."(Jean-Paul Sartre, *La Nausée*, Paris,
Gallimard, 1938, coll. Folio, 1996, p. 250.)

113 에퀴(1671년) 금화의 중심부를 가리키기 위해 사용된 문장학(紋章學) 용어인 '심연
(abîme)'('격자'라고도 함.) 지드에게 '심연 두기(mise en abyme)'('격자 구조'라고도
함.)라는 표현을 제공해 주었다.(어원적으로 y를 바로잡음으로써.) 1893년 9월에 이
'주제 자체에 대한 소급 효과'에 대해 종합적으로 지적하는 기회에 말이다.(*Journal*,
1887~1925, t. I, édition d'Eric Marty, Paris, Gallimard, coll. Bibliothèque de la
Pléiade, 1996, p. 171.) 이 표현은 주제나 행위가 거울에서처럼 반복되는 수법을 가리
킨다.

114 Montaigne, *Les Essais*, Livre III, chapitre 9.

115 이 문제에 대한 롤랑 바르트의 약간의 논의에 대해서는 "L'ancienne rhétorique,
aide-mémoire," *Communications*, décembre 1970(OC 3, p. 527-601)을 볼 것.

116 미리 자신의 약점이나 부족한 점을 사과하면서 청중의 호의를 구하는(une capatatio
benevolentiae par excusatio propter infirmitatem) 수사학의 한 기법.

117 의향이라고 하는 것은(의지의 결여, 이동주의(protéisme), 미결단, 나르시시즘…… 등
을 가지고 있는) 문학사에서 '아미엘주의(amiélisme)'라고 부른 것의 징후들 중 하나
이다. "나는 엿보고, 나는 조금 열고, 나는 시도한다. 하지만 나는 들어가지 못한다."
아미엘은 그의 『내면 일기』에 이렇게 썼다.

118 「투란도트 왕비(La Princesse Turandot)」는 1762년 베니스에서 카를로 고지(Carlo Gozzi, 1720~1806)에 의해 초연된 희비극이다. 공주는 청혼자들에게 각각 세 개의 수수께끼를 내고, 그것을 푸는 데 실패한 자를 참수한다. 이 작품은 1809년에는 베베르에 의해, 1917년에는 부소니에 의해, 1926년에는 푸치니에 의해 음악화된 바 있다. 바르트는 또한 베르톨트 브레히트의 「투란도트, 일명 세탁부의 회의」(고지의 작품에 따라 쉴러가 번안함.)를 잘 알고 있었다.

119 역주 ─ 졸라의 과학적 결정론을 말한다.

120 프루스트가 자크 리비에르에게 쓴 1914년 2월 7일 자 편지. *Choix de lettres*, op. cit., p. 198.

121 Tolstoï, *Maître et serviteur*(1895), in *Œuvres complètes*, traduction de Jacques Bienstock, Paris, Stock, 1920; traduction de F. Flamant, Paris, Gallimard, coll. "Folio," p. 161-241.

122 니체는 소크라테스를 사상에 의해 증명된 삶과 강한 이론적 힘의 대표자로 지목한다. 니체의 작용/반작용 대유형학에 기재된 예술가와 사제의 모습은 바르트의 강의에서 제시된 과학과 기술의 구분을 여기에서 반복하고 있고 또 지지하고 있다.

123 volumen : volvere, '돌리다'에서 파생. '감기, 두루마리, 접기'를 가리킨다. volumen은 (기원전 3000년대) 서로 잇대어 붙여 나무 막대나 상아 막대로 감은 파피루스 종이들의 결합을 가리킨다. 이것이 확장되어 '권(volume)'은 함께 꿰어져 묶여 책을 구성하는 절지들의 모음을 가리키게 되었다.

124 Jacques Scherer, *Le "Livre" de Mallarmé*, Paris, Gallimard (1957). 바르트는 1977년 판본을 사용했으므로, 우리가 참조하는 것은 그 판본이다.

125 『에드거 포의 시(Les Poèmes d'Edgar Poe)』 가운데 「까마귀」에서 말라르메는 이렇게 쓰고 있다. "…… 나중에(그리고 사사로운 이유 없이, 이것이 전부이다.) 쓰인 것이라 해도, 포의 선천성에 못 미치는 것이 아닌 진솔한 지면들에서 하나의 출중한 사고가 흘러나온다. 즉 현대적 작품에서 모든 우연은 추방되고 위장된 것일 수밖에 없다. 그리고 영원한 날갯짓은 그 비행에 의해 삼켜진 공간을 유심히 살피는 명석한 시선을 배제하지 않는다는 사고이다."(*Œuvres complètes*, édition établie par Henri Mondor et

G. Jean-Aubry, Paris, Gallimard, coll. "Bibliothèque de la Pléiade," 1945, p. 230.) 자크 셰레르에 의해 작성된 자료집에 대해서는, Le "Livre" de Mallarmé, op. cit., p. 126을 볼 것.

126 귀스타브 플로베르가 루이즈 콜레에게 쓴 1852년 1월 16일 자, 그리고 1853년 6월 26일 자 편지. Préface à la vie d'écrivain, op. cit., p. 62 et 129.

127 역주 — 파리 생제르맹 데 프레에 있는 서점 이름.

128 역주 — 파리 소르본 대학 앞에 있었던 서점으로, 지금은 없어졌음.

129 바르트의 어머니는 장정본을 만드는 직업을 가졌었다.

130 그리스어의 '책들.' 다수의 책들로 이루어진 '성경'의 어원.

131 Jean-Michel Gardair, Les Écrivains italiens, "La Divine Comédie," Paris, Larousse, 1978, p. 47.

132 Nietzsche, Ecce Homo, in Œuvres philosophiques complètes, op. cit., 1974, p. 241.

133 니체가 토리노에서 파울 도이센에게 쓴 1888년 11월 26일 자 편지.

134 Stéphane Mallarmé, "Crayonné au théâtre," in Œuvres complètes, op. cit., p. 312. 또한 『연극과 종교』라는 제목의 장, in Jacques Scherer, Le "Livre" de Mallarmé, op. cit., p. 43-45를 볼 것.

135 이 일화는 바르트가 강의 첫 번째 부분, 이 책 189쪽에서 언급했다.

136 맬컴 라우리의 유명한 소설(1948). 모리스 나도 역시 프랑스어판(Club française du livre, 1959년)을 소개하며 '특히 쿠아우나우악의 영사의 자취를 따라갈 목적으로 멕시코로 떠난 사람들'에 대해 언급하고 있다.

137 오스카 폴락에게 쓴 편지(1904)를 바겐바흐가 발췌해서 인용. Wagenbach, Kafka, op. cit., p. 51.

138 이런 인용들과 견해들 전부에 대해서는 Stéphane Mallarmé, "Proses diverses," Œuvres complètes, op. cit., p. 663(바르트의 강조), 아울러 "Livre et Album," in Le "Livre" de Mallarmé, op. cit., p. 1821을 볼 것.

139 이 주제에 대해서는 앙리 카잘리스에게 쓴 스테판 말라르메의 1867년 5월 14일 자 편지. Correspondance, édition de Bertrand Marchal, préface d'Yves Bonnefoy, Paris,

Gallimard, coll. "Folio," 1995, p. 343을 볼 것.

140 자크 셰레르가 편집한 스테판 말라르메의 '책' 수기본, 181번 원고. *Le "Livre" de Mallarmé*, op. cit.

141 귀스타브 플로베르가 조르주 상드에게 쓴 1874년 12월 2일 자 편지. *Préface à la vie d'écrivain*, op. cit., p. 263.

142 여기서 바르트는 청중들에게 다음과 같은 점을 분명히 하고 있다. "소설, 그것은 윤곽이 불분명하지만 세계의 인식과 글쓰기, 앎과 글쓰기 사이의 모순을 해소하는 총체적 작품입니다."

143 바르트는 최근에 읽은 한 원고를 암시하고 있다. 바르트가 청중들에게 자세하게 밝힌 원고의 내용은 이렇다. "주인공 오드레는 간염, 다시 말해 황달 치료를 받습니다. 그래서 나는 속으로 말했죠. 아니, 그건 같은 것이 아닌데! (……) 저자는 나에게 욕구가 생기게 했습니다. 왜냐하면 내가 그렸다면 나는 그것들이 같은 것인지를 알기 위해 뒤져 봤을 테니까요. 소설을 만들 수 있으려면 세계의 전부에 대해 조금씩은 알고 있어야 합니다."

144 Stéphane Mallarmé, "Notes, 1869," *Œuvres complètes*, op. cit., p. 851.

145 Jacques Scherer, Le *"Livre" de Mallarmé*, op. cit., p. 18.

146 Stéphane Mallarmé, "Autobiographie," *Œuvres complètes*, op. cit., p. 663.

147 *Ibid.*

148 이 두 인용문은 *Divagations*(Paris, Fasquelle, coll. "Bibliothèque Charpentier," 1897), in *Œuvres complètes*, op. cit., p. 1538의 서장에 있는 스테판 말라르메의 텍스트에서 발췌.

149 Charles Baudelaire, "Edgar Poe, sa vie et ses oeuvres," préface à la traduction des *Histoires extraordinaires*, Michel Lévy-Frères, 1856. '랍소디.' 꺾쇠 괄호는 바르트의 것으로, 그 자신이 글에 따라서 두 철자법을 사용하고 있다.

150 Gilles Deleuze, *Nietzsche et la philosophie*, Paris, PUF, coll. "Bibliothèque de philosophie contemporaine," 1962.

151 이 책 532쪽을 볼 것.

152 Élisabeth de Clermont-Tonnerre, *Robert de Montesquiou et Marcel Proust*, Paris, Flammarion, 1925, p. 21.

153 John Cage, dialogue public avec Daniel Charles, octobre 1970. *Pour les oiseaux*, Paris, Belfond, 1976, p. 28에 재수록.

154 그가 쇤베르크에게서 받은 교육에 대해서는 다니엘 샤를과의 첫 번째 대담을 볼 것. *Ibid.*, p. 63-75.

155 *Journal*, op. cit., 1911년 1월 12일. "……그런데 메모하기는 그 자체의 목적들에 복종함으로써 순수하게 일반적인 방식으로 느낀 감정을 목적한 바의 우위성으로 대체할 뿐이다. 하지만 그 결과 진정한 감정은 사라지게 되고 만다. 반면, 메모하기의 무가치함은 너무 늦게 인정받는다."

156 Stéphane Mallarmé, "Variations sur un sujet," *Œuvres complètes*, op. cit., p. 107.

157 *Journal*, op. cit., 1913년 7월 19일.

158 역주 — 프랑스어에서 '작품'은 여성 명사일 경우 개개의 작품을, 남성 명사일 경우 작가의 작품 전체를 뜻하므로 이렇게 옮겼다.

159 스테판 말라르메가 앙리 카잘리스에게 쓴 1868년 7월 18일 자 편지. *Correspondance*, op. cit., p. 393.

160 1851년 2월 28일 노트. Tolstoï, *Journaux et carnets*, t. I : 1847~1889, préface de Michel Aucouturier, textes traduits, présentés et annotés par Gustave Aucouturier, Paris, Gallimard, coll. "Bibliothèque de la Pléiade," 1979, p. 69.

161 들뢰즈가 인용, *Nietzsche et la philosophie*, op. cit. 하지만 바르트의 서재에 보관되어 있는 저작물에서도 인용됨. Nietzsche, *Vie et vérité*, op. cit., p. 85. 발췌된 인용문은 *La Volonté de puissance*, t. II, traduit par Geneviève Bianquis, Paris, Gallimard, 1948.

162 "음악에서는 구성도 해체도 많을 수 있고, 모든 것이 가능합니다. 그와 마찬가지 방식으로 숲은 나무, 버섯, 새, 즉 그럼직한 전부를 포함합니다. 여기에서는 많은 것을 조직하고, 그 조직들을 늘리는 것도 가능합니다. 어떻든 전체는 와해될 겁니다!"(John Cage, dialogue public avec Daniel Charles, *Pour les oiseaux*, op. cit., p. 45.)

163 바르트는 여기에서 『팡세』의 분류도 수립을 둘러싼 논란에 대해 언급하고 있다. 파스

칼이 죽자 발견된 원고들의 순서, 그다음에는 출간 때마다 오늘날에도 여전히 날카로운 논쟁의 대상이 되는 상이한 편집을 둘러싼 논란이 그것이다.

164 미셸 르 게른이 자신의 서문에서 인용. Pascal, *Pensées*, op. cit., t. 1, p. 10.

165 폴 발레리가 자니 발레리에게 쓴 1909년 7월 편지. *Œuvres*, t. I, op. cit.

166 '카르스트(karst)'는 지하수의 침식에 의해 심하게 울퉁불퉁해진 석회암반이다. 구렁, 동굴, 함몰지 등이 카르스트식 기복을 형성한다.

167 그리스어 '소마(*sôma*),' 즉 "신체"에서 나옴. 생물학에서 유기체의 비생식성 세포 전체를 가리킨다. 라틴어 '게르멘(*germen*)'(생식세포)에 대립됨.

168 마르셀 프루스트가 안나 드 노아유에게 쓴 1908년 [11~12월] 편지, *Choix de lettres*, op. cit., p. 165.

169 '노타시오'에 할당된 긴 대목, 이 책 166쪽 이하를 볼 것.

170 Franz Kafka, *Journal*, 1911년 12월 31일, op. cit., p. 193.

171 Franz Kafka, *Journal*, 1921년 12월 6일, op. cit., p. 525.

172 Pascal, *Pensées*, II, op. cit., fragment 591.

173 바르트가 청중들에게 읽어 준 발췌문을 옮긴 것이다. *Ibid.*, fragment 510. 미셸 르 게른의 주는 성 베드로가 아니라 성 자크라는 것과 성 테레사는 미쳤다는 것(다른 판본은 사실 '처녀(fille)' 대신에 '광녀(folle)'라고 말한다.)을 분명히 하고 이 510편의 많은 이본들에 대해 개론하고 있다.

174 자크 셰레르는 "총록의 원고는 우연에 따라 지워지거나 더해진다. 진정한 문학의 기능은 분명 이런 우연을 폐기하는 것이다."라고 썼다. *Le "Livre" de Mallarmé*, op. cit., p. 19.

175 스테판 말라르메가 외젠 르페뷔르에게 쓴 1867년 5월 27일 자 편지. *Correspondance*, op. cit., p. 349.

176 화자의 어린 시절의 배경을 이루는 '양쪽,' 즉 게르망트와 메제글리즈를 암시한다. 「되찾은 시간」에서 그는 양립할 수 없는 이 길들이 서로 만나는 것을 발견한다.

177 귀스타브 플로베르가 루이즈 콜레에게 쓴 1852년 2월 1일 자 편지. *Préface à la vie d'écrivain*, op. cit., p. 65.

178 귀스타브 플로베르가 루이즈 콜레에게 쓴 1853년 1월 15일 자 편지. *Préface à la vie*

d'écrivain, op. cit., p. 100.

179 Franz Kafka, *Journal*, 1910년 12월 16일, op. cit., p. 18.

180 하이데거의 인용, 1979년 12월 8일 강의. 이 책 269쪽을 볼 것.

181 샤토브리앙이 인용. *Mémoires d'outre-tombe*, op. cit., t. I, p. 450. 주베르의 『수첩』의 이 메모를 모리스 블랑쇼가 다시 게재하며 논하고 있다. "La question littéraire," *Le Livre à venir*, Paris, Gallimard, 1959, p. 88.

182 이 책 396~399쪽을 볼 것.

183 샤토브리앙이 레카미에 부인에게 쓴 1829년 1월 3일 자 편지. op. cit., II, p. 285.

184 Franz Kafka, *Journal*, 1911. 10. 3, op. cit., p. 65. 이 텍스트는 바르트가 그의 원고 가장자리에 접착 테이프로 고정한 쪽지에 적혀 있다.

185 1909년은 실상 프루스트가 소설로 진입하는 데 있어서 중요한 해다. 아마 바르트는 1908년과 1910년 사이에 『생트뵈브에 반하여』의 글쓰기에서 행해진 에세이에서 소설로의 이행을 첨예화하고 있는 듯하다.

186 Balzac, "Les secrets de la princesse de Cadignan," *Études de femmes*, Paris, Gallimard, coll. "Folio" (1971), 1980, p. 225. 또한 Gaétan Picon, *Balzac*, Paris, Seuil, coll. "Écrivains de toujours", 1954, p. 92를 볼 것.

187 1978년 12월 18일부터 1979년 3월 26일까지 《르 누벨 옵세르바퇴르》에 실렸던 주간 연재물 중 마지막에서 바르트는 이 연재물이 "당혹스럽고" "불만족스럽다"고 자평했다.(OC, 5, p. 652-653.)

188 앙드레 테시네의 영화 「브론테 자매」(1979)의 촬영에 대한 암시. 그 영화에서 바르트는 윌리엄 데커리 역을 연기했다.

189 역주 — 원매(袁枚, 1716~1797). 청대 시인, 산문가로, 자는 자재(子才), 호는 간재(簡齋) 또는 수원(隨園). 저장성 첸탕현 출생으로 강녕의 소창산(小倉山)에 저택을 구입하여 이를 '수원'이라 불러, 그 이후 '수원선생'으로 불리게 되었다. 재야의 시인으로서 많은 남녀 제자를 거느리고, 궁정파의 심덕잠(沈德潛)과 함께 건륭제(乾隆帝) 시대의 시단을 양분하는 세력을 이룩하였다.

190 클라우스 바겐바흐가 인용한 카프카가 잘 알던 시.(한스 하일만의 중국시 선집에서

발췌.) op. cit., p. 111.

191 발자크가 쥘마 카로에게 쓴 1831년 11월 21일 자 편지. *Correspondance*, éditée par Roger Pierrot, t. I, Paris, Garnier, 1960, p. 617. 바르트는 아마 Gaétan Picon, *Balzac*, Paris, Seuil, coll. "Écrivains de toujours," 1956에서 인용문을 가져왔을 것이다.

192 Franz Kafka, *Aphorismes*, 52. 마르트 로베르가 자신의 서문에서 인용. *Journal*, op. cit., p. VII.

193 마르트 로베르가 자신의 서문에서 인용. Franz Kafka, *Journal*, op. cit., p. IX.

194 *Fragments d'un discours amoureux*(Paris, Seuil, 1977)를 암시.

195 1월 12일 자 강의가 마이크 고장으로 방해를 받자 바르트는 다음 강의 시작 때 그 강의의 목적을 요약하려 했다. 아마 그런 이유로 해서 "작품 같은 삶"이라는 제목 하에 집필한 세 장의 원고를 읽을 시간이 부족하여 요약한 후에 곧장 이 책 352쪽으로 넘어갔을 것이다.

196 Roland Barthes, "La mort de l'auteur," *Aspen Magazine*, 1967; Manteia, 1968.(OC 3, p. 40-46.)

197 Jean Bellemin-Noël, *Vers l'inconscient du texte*, Paris, PUF, 1979, p. 5.

198 *Le Plaisir du texte*, Paris, Seuil, 1973.(OC 4, p. 217-264.) 또한 이 책에 대해 바르트가 한 대담들 전체, 그리고 특히 "L'adjectif est le 'dire' du désir," Gulliver, mars 1973(OC 4, p. 465-468)를 볼 것.

199 '캠프'는 ── 1964년부터 수잔 손탁에 의해 미국에 도입된 용어 ── '키치(kitsch),' 의상 분야에서 촉발된 복고적 태도를 가리킨다. 이 용어는 1979년 쉬이유 출판사에서 『캠프 제2선언』을 출간한 파트릭 모리에스에 의해 프랑스에서 대중화되었다.

200 "Notes sur André Gide et son *Journal*," *Existences*, nᵒ 27, juillet 1942.(OC 1, p. 33-46.); 바르트의 첫 번째 텍스트는 "Culture et tragédie"이고, *Cahiers de l'étudiant*, printemps 1942에 실렸다.

201 George D. Painter, *Marcel Proust*, 1871~1903, les années de jeunesse, Paris, Mercure de France, 1966, p. 25.

202 '전기적 문자소(biographème)'에서 나온 것으로, 이제는 유명해진 한 표현에서 바르트에 의해 창조된 신조어이다. "만일 내가 작가로서 죽는다면, 나의 삶이 우정 어리고 자유분방한 어느 전기 저자의 배려로 몇 가지 소소한 것들, 몇 가지 취향들, 몇 가지 굴곡들로 축소된다면 참 좋을 것 같다. 그것들을 '전기적 문자소들'이라고 하자. 그 차별성과 유동성이 모든 운명 밖으로 여행하여 에피쿠로스의 원자들식으로, 그것 역시 분산하도록 정해진 미래의 어떤 육체에 닿을 수 있는 것들 말이다."("Préface," *Sade, Fourrier, Loyola*, 1971; OC 3, p. 706.)

203 Proust, *Contre Sainte-Beuve*, op. cit., p. 157, 바르트의 강조.

204 *Mémoires d'outre-tombe*, op. cit., p. 1046을 볼 것. 샤토브리앙에 의해《라 르뷔 데 되 몽드(La Revue des Deux Mondes)》(1846)에 실린 그의 1833년 12월 1일 자 「유고 서문」은 『무덤 저편의 회상』 서문의 한 이본이다.

205 "내가 '죽자 하고' 피곤의 극한까지 '거의' 불가능한 하나의 텍스트처럼 작업한다는 조건에서만 나는 '일기'를 살릴 수 있다. 작업을 마치면 그런 식으로 써 온 '일기'는 더 이상 하나의 '일기' 같지 않다."(Roland Barthes, "Délibération", *Tel Quel*, 1979; OC 5, p. 681.)

206 바르트가 줄을 그어 지운 구절의 끝.

207 바르트는 강의 첫 부분에서 이 '새로운 삶'의 원천과 결의에 대해 긴 설명을 했다.

208 *Lettres de la vie littéraire d'Arthur Rimbaud*, op. cit., p. 55-56.

209 『오베르망』은 프랑스 작가 에티엔 피베르 드 세낭쿠르(1770~1846)의 소설로, 삶에 대해 절망하고 자연을 이상화하며 인간 사회 전체로부터 도망치는 한 젊은 주인공의 내적 모험을 상세히 기록한다. 출간(1804) 때는 인정받지 못했으나 낭만주의자들로부터 깊은 찬사를 받았다.

210 고독과 식물 채집으로 얻는 무한한 즐거움에 대해 언급한 후, 장자크 루소는 스위스의 알프스에서의 유명한 산책을 다시 이야기한다. "나는 혼자 구불구불한 산속으로 깊이 들어가 나무와 바위 들을 지나 깊이 숨겨진 한 귀퉁이에 도착했는데, 내 삶에서 결코 그보다 더 야생적인 모습을 보지 못했다. (……) 나는 더욱 마음 편히 꿈꾸기 시작했다. 내가 온 세상이 모르는, 학대자들이 나를 꺼내지 못할 한 은신처에 있다고 생

각하면서 말이다." 익숙한 쇠 부딪치는 소리로 인해 산란해진 그는 문득 가까운 협곡에서 양말 공장을 하나 발견하고 외친다. "하지만 사실 누가 대체 절벽에서 공장을 발견하리라 예상이나 했겠는가! 야생의 자연과 인간의 산업의 혼합을 보여 주는 것은 세계에서 스위스뿐이다."(*Les Rêveries du promeneur solitaire*, op. cit., p. 725-726.)

211　조지 페인터는 이 일을 상술하면서 초청받은 사람들은 마르셀 플랑트비튜와 카부르의 다른 두 젊은이, 더불어 '아직 미혼으로 남은 친구들 모두," 또한 레날도 안, 엠마뉘엘 비베스코, 레옹 라드지빌이었다고 밝혔다. George D. Painter, *Marcel Proust*, op. cit., t. II, p. 192.

212　쥘 미슐레(1798~1874), 아테나이스 미알라레의 결혼(1849). 『새』(1856), 『바다』(1861), 『산』(1868).

213　이 책 268쪽을 볼 것.

214　한가함, 아무것도 안 하기, 모로코 아이는 바르트에 의해 기획된 소설 『새로운 삶』의 상이한 초안들이 그것들 주위에서 조직되어지는 상징들 중 몇 가지이다.(OC 5, p. 994-1001.)

215　Chateaubriand, "Préface testamentaire," *Mémoires d'outre-tombe*, op. cit., p. 1047.

216　Franz Kafka, *Journal*, 1911년 11월 5일, op. cit., p. 122.

217　귀스타브 플로베르가 루이즈 콜레에게 쓴 1853년 6월 7일 자 편지. *Préface à la vie d'écrivain*, op. cit., p. 125.

218　귀스타브 플로베르가 에르네스트 페도에게 쓴 1862년 1월 편지. *Préface à la vie d'écrivain*, op. cit., p. 222.

219　『잃어버린 시간을 찾아서』에서 레오니 이모는 "열네 시간 동안 비쉬 광천수 두 모금을 위에 담고 있었을 정도로" 너무나 심한 소화기능 장애(소화불량)로 고통을 받는다.(*Du côté de chez Swann*, op. cit., p. 68.)

220　바르트가 줄을 그어 지운 문장으로 마지막 단어는 거의 읽을 수 없다. 우리는 '중계(relais)'로 읽힌다고 생각한다.

221　귀스타브 플로베르가 막심 뒤 캉에게 쓴 1846년 4월 7일 자 편지. *Préface à la vie d'écrivain*, op. cit., p. 46.

222 바르트가 휴가를 보내는 곳은 위르트 지방, 아두르 강가 상류, 바이욘에서 몇 킬로미터 떨어진 곳이다.

223 클로드 코스트가 편집해서 주를 달고 소개한 바르트의 콜레주 드 프랑스 첫 강의는 수도원적 시간에 대해 길게 다루고 있다. *Comment vivre ensemble*, Paris, Seuil, coll. "Traces écrites," 2002.

224 크리스토프 플랑탱은(연대기에 따르면 1520~1589) 유명한 식자공이자 인쇄공으로 때때로 시를 썼다. 가장 알려진 작품은 바르트가 청중들에게 읽어 준 「이 세상의 행복」이다.

225 Stéphane Mallarmé, "Poésis," *Œuvres Complètes*, op. cit., p. 68.

226 이 주석들 전체는 전기 Leon Perre-Quint, *Marcel Proust, sa vie, son oeuvre*, Paris, La Sagittaire, 1925에서 가져온 것이다.

227 막스 브로트에게 쓴 편지. 클라우스 바겐바흐가 인용. *Kafka*, op. cit., p. 138.

228 1934년에 바르트는 첫 번째 결핵에 걸려 몸이 상했다.(각혈과 왼쪽 폐 손상.) 그 병으로 일 년간 피레네 산맥의 베두에서 자유 치료를 받지 않을 수 없었다. 파리로 돌아와 그는 소르본 대학 문과에 등록한다. 병이 재발한 후, 1942년부터 1945년까지 생일레르뒤투베의 결핵 요양소에서, 그다음에 1945년부터 1946년까지 스위스의 프랑스어권 지방에 있는 레쟁 치료원에서 지낸다. 바르트는 그의 첫 번째 평론들을 그 결핵 요양소의 잡지, 《에그지스탕스(Existence)》(OC 1을 볼 것.)에 썼다.

229 바르트는 모리스 나도의 권유로 문학에 대한 일련의 긴 첫 번째 평론들을 1947년 8월호 《콩바(Combat)》에 게재했다. 이 텍스트들 전부를 *Le Degré zéro de l'écriture*, Paris, Seuil, 1953(OC 1, p. 169-225)라는 제목 하에 모았다.

230 Georges Rivane, *Influence de l'asthme sur l'oeuvre de Marcel Proust*, Paris, La Nouvelle Édition, 1945.

231 샤를 루이 필립(1874~1909)은 프랑스 작가이다. 상징주의자들, 그다음에는 자연주의자들과 가깝고 『페르드릭스 신부』(1902), 그리고 『마리 도나디외』(1904)의 저자이다. 그의 삶은 ─ 그리고 그의 작품 역시 ─ 병과 가난으로 점철되었다. 보케 부인은 바르트의 파리 집 관리인이었다.

232   T. S. Eliot, *La Terre vaine*(*The Waste Land*), V, 『천둥이 한 말』 : "한순간 경외스러운 엄청난 대담함."(403절)

233   빌리에 드 릴아당에 대한 스테판 말라르메의 강연 첫 구절(1890), *Œuvres Complètes*, op. cit., p. 481. 바르트의 강조.

234   귀스타브 플로베르가 기 드 모파상에게 쓴 1878년 8월 15일 자 편지. *Préface à la vie d'écrivain*, op. cit.

235   바르트는 여기에서 1977년 개장한 파리의 유명한 클럽 '팔라스'의 사장인 파브리스 에마세가 '팔라스' 카부르 지점의 개장식을 위해 짠 여행에 대해 암시하고 있다.

236   Joseph Joubert, *Pensées, maximes et essais*, Paris, Perrin et Cie, 1911.

237   『이 사람을 보라』의 인용문 전체에 대해서는 "Pourquoi je suis si avisé," § 10, traduction de Jean-Claude Héméry, textes et variantes de Giorgio Colli et Mazzino Montinari, *Œuvres philosophiques complètes*, t. VIII, 1974, p. 273을 볼 것.

238   바르트는 이 텍스트들을 이 책 245쪽에서 이미 언급했다.

239   바르트는 『이 사람을 보라』에서 발췌한 부분을 청중들에게 읽어 준다. 우리는 지오르지오 콜리와 마지노 몬티나리의 판본에서 장 클로드 메리가 번역한 것을 여기에 옮긴다. *Œuvres philosophiques complètes*, op. cit., § 1, p. 259.

240   보몽 부인의 사교계에서 만난 주베르의 식습관에 대한 빠른 묘사는 샤토브리앙이 그에게 할애한 긴 원고에 포함되어 있다. *Mémoires d'outre-tombe*, op. cit., p. 450.

241   *Le Neutre*, op. cit., 135쪽 이하를 볼 것.

242   Martin Flügel, *The Psychology of Clothes*, Londres, Hogarth Press, 1950. 바르트는 이 저서를 자주 참조했다. 특히 「유행과 인문 과학」(1966)과 『유행의 체계』(1967)를 볼 것.

243   Jean-Jacques Rousseau, *Les Confessions*, op. cit., p. 591.

244   Gustave Flaubert, *Bouvard et Pécuchet*. 제2장은 두 파리 사람의 샤비뇰 정착, 그들의 황홀감과 오류, 그리고 첫 농사의 세부적인 이야기에 할애되어 있다.

245   바르트가 이미 언급한 크리스토프 플랑탱(1520~1589).

246   역주 ─ 바르트는 젊어서 폐결핵을 앓았다.

247   콜레주 드 프랑스의 첫 강의, *Comment vivre ensemble*, op. cit.의 '근접' 항목을 볼 것.

248 레비탄은 1970년대의 대표적 종합 가구 제작 업체였다.

249 바르트는 청중들에게 마르셀 프루스트의 『생트뵈브에 반하여』의 발췌문을 읽어 준다. op. cit., p. 74-75.

250 귀스타브 플로베르가 알프레드 르 푸아트뱅에게 쓴 1845년 5월 13일 자 편지. *Préface à la vie d'écrivain*, op. cit.

251 Marcel Proust, *Contre Sainte-Beuve*, op. cit., p. 78.

252 프란츠 카프카가 막스 브로트에게 쓴 1922년 7월 자 편지. *Correspondance*, traduction de Marthe Robert, Paris, Gallimard, 1965, p. 447-450.

253 Franz Kafka, *Journal*, 1910. 12. 24, op. cit., p. 22-23.

254 귀스타브 플로베르가 루이즈 콜레에게 쓴 1852년 4월 15일 자 편지. *Préface à la vie d'écrivain*, op. cit.

255 마르셀 프루스트가 로베르 드 몽테스키우에게 쓴 1907년 9월 7일 자 편지. *Correspondance*, texte établi, présenté et annoté par Philip Kolb, Paris, Plon, 1981, vol. VII, p. 271.

256 니체가 『이 사람을 보라』의 머리말에서 한 일갈. 바르트가 청중들에게 한 것일 수도 있다. "나는 그런 식이니 잘 들으십시오. 그리고 무엇보다도 내가 누구인지를 혼동하지 마십시오."

257 *Lettres de la vie d'Arthur Rimbaud*, op. cit., p. 90. 바르트가 여백에 써 둔 je travaince, juinphe는 습관적으로 어휘를 변형하던 랭보의 것이다.(자크 리비에르는 이렇게 말한 적이 있다. "그는 가장 무난한 단어들을 저질스럽게 만든다.")

258 Franz Kafka, *Journal*, 1912. 9. 23, op. cit., p. 262.

259 Franz Kafka, *Journal*, 1911. 10. 2, op. cit., p. 63. 바르트의 강조.

260 "그들은 낮이 아니라 밤을 가지고 시간을 쟀다."(Tacite, *De Moribus Germanorum*, XXVI, 2-3)

261 "밤이 낮을 이끄는 듯하다."

262 리하르트 스트라우스의 3막 오페라, 후고 폰 호프만스탈의 각본, 『장미의 기사』, 제2막. 옥타비안이 그 주인공이다.

263 Balzac, *Études philosophiques*, V, Les Proscrits, Paris, Louis Conard, 1927, p. 31.

264 이 대목은 집필되었지만 구술되지는 않았다.

265 이 '다른 사람들과의 실질적 관계'가 바르트의 콜레주 드 프랑스 첫 강의의 주된 대상인 '특이 리듬의 환상'('이디오스(idios)'은 '고유한, 특유한'의 의미, '루트모스 (rhuthmos)'는 '리듬'의 의미.)의 토양이었다. *Comment vivre ensemble*, op. cit.

266 프루스트가 앙투안 비베스코에게. 비베스코 공주가 인용. *Au bal avec Marcel Proust*, no 4, Paris, Gallimard, 1928, p. 20.

267 *Ibid.*, p. 19.

268 Franz Kafka, "Bilan de tout ce qui pour et contre mon mariage," *Journal*, 1913. 7. 21, op. cit., p. 281.

269 Franz Kafka, *Journal*, 1913. 12. 26, op. cit., p. 24.

270 Franz Kafka, *Journal*, 1913. 8. 15, op. cit., p. 286.

271 바르트가 줄을 그어 삭제한 대목의 끝.

272 *Contre Sainte-Beuve*, op. cit., p. 265.

273 귀스타브 플로베르가 조카 카롤린에게 쓴 1874년 8월 6일 자 편지. *Préface à la vie d'écrivain*, op. cit. 이전에 그녀에게 수기본 첫 구절의 다른 이본을 보냈기에 플로베르 는 이렇게 쓰고 있다. "룰루, 네게 『부바르와 페퀴셰』의 첫 구절을 보냈던 것은 너의 부탁을 들어주기 위해서였단다. 하지만 네가 그것을 성물 같은 명칭으로 규정하느니 만큼, 아니 오히려 장식하느니 만큼, 그리고 가짜들을 절대 숭앙해서는 안 되므로, 네 가 가진 것은 진정한 것(문장)이 아니라는 것을 알아 두렴. 여기 이것이 진짜란다. '더 위가 33도나 되어서 부르통 대로는 완전히 텅 비어 있었다.' 이제 너는 그 이상은 아 무것도 알 수 없을 거다⋯⋯."

274 파스칼이 주해한 이사야(45장 15절)의 '숨어 계시는 하나님.' "정말 신은 숨기를 원 했다. (⋯⋯) 신이 그런 식으로 숨어 있기 때문에, 신은 숨어 있다고 말하지 않는 모 든 종교는 진정하지 않고, 그 이유를 설명하지 못하는 모든 종교는 교훈적이지 못 하다."(227편, 르케른 판본, 앞서 인용한 책.) 숨은 신이라는 사상은 뤼시앙 골드만에 의해 서양 의식의 지적, 정의적(affective) 구조의 기초로서 해석된다.(*Le Dieu caché*,

1959.)

275 Klaus Wagenbach, *Kafka*, op. cit., p. 98.

276 귀스타브 플로베르가 알프레드 르 푸아트뱅에게 쓴 1945년 9월 자 편지, *Préface à la vie d'écrivain*, op. cit.

277 『신화론』은 1957년 쇠이유 출판사에서 한 권으로 합해지기 전에 1952년과 1956년 사이에 잡지에 실렸다.

278 귀스타브 플로베르가 루이즈 콜레에게 쓴 1852년 4월 24일 자 편지. *Préface à la vie d'écrivain*, op. cit.

279 귀스타브 플로베르, 루이즈 콜레에게 쓴 1846년 12월 13일 자 편지. *Préface à la vie d'écrivain*, op. cit.

280 발자크가 쥘마 카로에게 쓴 1833년 3월 자 편지. *Correspondance*, éditée par Roger Pierrot, Paris, Garnier, 1960. 우리는 여기에서 무더기로 삭제된 단어들을 복원했다.

281 이 두 개의 인용문은 귀스타브 플로베르가 1858년 12월 19일에 에르네스트 페도에게 쓴 같은 편지에서 발췌했다. *Préface à la vie d'écrivain*, op. cit.

282 바르트는 이런 지적들을 Didier Raymond의 작품, *Schopenhauer*, Paris, Seuil, coll. "Écrivains de toujours"(1979), 1995년, p. 99에서 발췌했다.

283 1912년 7월 2일 오후 바이마르에서 리스트의 집을 방문한 날 저녁 프란츠 카프카의 「여행 메모」에 기입되어 있는 정보. *Journal*, op. cit., p. 631에 실린 메모들.

284 Gaston Bachelard, *La Dialectique de la durée*, Paris, PUF, coll. "Bibliothèque de la philosophie contemporaine," 1950, IX.

285 Tolstoï, "Règles pour le développement de la volonté rationnelle," mars-mai 1847, *Journaux et carnets*, t. I : 1847~1889, traduits et annotés par Gustave Aucouturier, Paris, Gallimard, coll. "Bibliothèque de la Pléiade," 1975, p. 35.

286 이그나시오 로욜라는 일상적으로 눈물을 흘리면 그 장소와 양을 따로 규정하도록 해주는 비밀스러운 표기에 의해 그것을 기입한다. a(앞(antes)), 미사 전의 눈물, 'I', 미사 중의 눈물, d(뒤(después)), 미사 후의 눈물 등. *Journal spirituel*, traduit et commenté par Maurice Giuliani, Paris, Desclée de Brouwer, 1959.

287 Tolstoï, janvier-février 1847, *Journaux et carnets*, t. I : 1847~1889, op. cit., p. 28.

288 *Ibid.*

289 톨스토이. 특히 『일기와 수첩』에서 1847년 전체, 아울러 미셸 오쿠튀리에의 머리말을 볼 것.

290 Franz Kafka, *Journal*, 1910. 12. 18, op. cit., p. 20.

291 "그는 항상 이와 같은 그리스식 리듬, 금욕과 축제의 이어짐, 하나에 의한 다른 하나 의 매듭 풀기를(그런데 전혀 현대성의 평이한 리듬에 대해서는 아니었다. '작업/여 가'의 리듬 말이다.) 믿었다."(*Roland Barthes par Roland Barthes*, Paris, Seuil, 1975, p. 160; OC 4, p. 730.)

292 귀스타브 플로베르가 막심 뒤 캉에게 쓴 1846년 4월 7일 자 편지. *Préface à la vie d'écrivain*, op. cit.

293 니체에게 '고귀한 것'은 작용, 예술가, 지상의 개인 쪽에 — 삶의 긍정적 힘 쪽에 — 있 는 것이다 .

294 Proust, *Contre Sainte-Beuve*, p. 267.

295 "그것은 마치 이런 게걸스러움이 위에서 출발했다는 듯하고, 마치 빗나간 식욕이었다 는 듯하다."(Franz Kafka, *Journal*, 1911. 11. 11, op. cit., p. 134.)

296 이 '작용/반작용' 대유형학이 니체 사유를 근본적으로 구조하고 있다. 질 들뢰즈는 이렇게 쓰고 있다. "어떤 신체에서 상급이거나 지배적인 힘은 '작용적'이라 불리고, 하 급이거나 피지배적인 힘은 '반작용적'이라 불린다. 분명 작용과 반작용은 힘과 힘의 관계를 표현하는 선천적인 특성이다."(*Nietzsche et la philosophie*, Paris, PUF, 1962, p. 45.)

297 이 인용들과 성찰들 전체에 대해서는 Nietzsche, "Pourquoi je suis si avisé," § 8, *Ecce Homo*, op. cit., p. 270-271를 볼 것.

298 바르트의 제자이자 가까운 친구인 장루이 부트.

299 Guy Michaud, *Mallarmé*, Paris, Hatier, coll. "Connaissance des lettres," 1953. 1866 년에 말라르메가 겪은 위기에 대해서는 그가 지인들에게 보낸 편지, 그리고 특히 회 고적으로 '이 깜짝 놀랄 연도'에 대해 언급한 1867년 5월 14일 자 앙리 카잘리스에게

보낸 편지를 참조할 수 있다. "……나의 사유는 사유되어 하나의 순수한 개념 작용에 도달했습니다." 또는 1867년 9월 24일 빌리에 드 릴아당에게 보낸 편지, "……그리고 내가 오직 감각에 의해 세상의 사상에 이르렀다는 것을 알게 되면 당신은 두려운 마음이 들 겁니다."(*Correspondance*, op. cit., p. 342 et p. 366.)

300 프루스트에 대한 특별호를 위해 바르트가 쓴 평론의 제목. *Magazine littéraire*, no 144, janvier 1979.(OC 5, p. 654-656.)

301 귀스타브 플로베르가 로제 데 주네트 부인에게 쓴 날짜 없는 [1861년] 편지. *Préface à la vie d'écrivain*, op. cit., p. 221.

302 바르트는 자크 베르사니, 미셸 레이몽, 장이브 타디에가 1971년에 창설했고, 1974년에 '근대원고역사분석센터'(근대텍스트원고연구소(ITEM)가 됨)에 부속된 프루스트 모임과 관계를 맺고 있었다. 이 센터 내에서 클로딘 케마르와 베르나르 브룅이 *Bulletin d'informations proustiennes*(Paris, Presse de l'ENS, 1975)를 창간했다.

303 마르셀 프루스트의 작품에 대한 가장 최근의 작업들은 사실상 두 기획의 교착을 증명하고 있고, 하나에서 다른 하나로의 길고 점진적인 여정을 증언해 주고 있다. 그렇게 해서 몇몇 서신들의 연구는 9월뿐만 아니라 1909년 여름 전체가 '강도 있는 글쓰기 작업' 순간이었다는 것을 드러내 준다. 이 중요한 시절에 대해서는 Jean-Yves Tadié, *Marcel Proust*, t. II, 특히 "La métamorphose de Contre Sainte-Beuve, 1909~1911," Paris, Gallimard, coll. "Folio," 1999, p. 95-112를 볼 것.

304 은연중에 마르셀 프루스트의 글쓰기에 대한 그의 글, "이거 되어 가네"를 가리킨다.(OC 5, p. 654-656).

305 *Contre Sainte-Beuve*, p. 259.

306 프루스트가 르네 블럼에게 쓴 1913년 2월 23일 자 편지. *Correspondance*, op. cit., vol. XII, p. 92.

307 프루스트에 대한 바르트의 최근 평론, "Ça prend," *Magazine littéraire*, janvier 1979. (OC 5, p. 654-656.) 하지만 또한 1971년 10월에 잡지 《파라곤(Paragone)》에 실린 "Une idée de recherche"(OC 3, p. 917-921)를 볼 것.

308 바르트는 앞에서 이것에 대한 원리를 거론했다. 이 책 187쪽과 258쪽을 볼 것.

309 모리스 라벨의 무용시 「왈츠」(1920년)는 먼 곳에서 나는 소음으로부터 태어나는 듯 하다. 그 소음은 커져 가고 "환상적이고 숙명적인 소용돌이 속에서 끝난다."(라벨)

310 귀스타브 플로베르가 루이즈 콜레에게 쓴 1853년 8월 26일 자 편지. *Préface à la vie d'écrivain*, op. cit., p. 144.

311 아가트 루아르 발레리가 자신의 『전기적 서론』에서 인용. Paul Valéry, *Œuvres*, Paris, Gallimard, 1957. 바르트의 강조.

312 Pascal, *Pensées*, II, op. cit., fragment 757, p. 261.

313 귀스타브 플로베르가 루이즈 콜레에게 쓴 12월 9일 자 편지. *Préface à la vie d'écrivain*, op. cit., p. 158.

314 귀스타브 플로베르가 주네트 부인에게 쓴 편지. *Préface à la vie d'écrivain*, op. cit., p. 221. 바르트는 이미 일부를 이용했고 여기에서 그것을 보충하고 있다.

315 귀스타브 플로베르가 루이즈 콜레에게 쓴 1853년 8월 26일 자 편지. *Préface à la vie d'écrivain*, op. cit., p. 144.

316 Marcel Proust, *Choix de lettres,* présentées et datées par Philip Kolb, Paris, Plon, 1965, p. 244.

317 바르트는 여기에서 1973년의 *Variations*(OC 4, p. 267-316)의 몇 가지 전개를 되새기고 있다.

318 Gabriel Monod, *Jules Michelet*, Paris, Hachette, 1905, 165쪽 이하를 볼 것.

319 Pascal, *Pensées*, II, op. cit., fragment 771, p. 267.

320 이 정보들은 가브리엘 모노의 저서를 읽고 끌어낸 것이다. *La Vie et de la pensée de Jules Michelet*, Paris, Champion, 1923, t. II, p. 43.

321 Jules Michelet, "Préface de 1869," *Histoire de France*, Paris, Librairie internationale, 1871, p. 35-36. 바르트는 자신이 '단절들'(줄을 그어 삭제했음.)이라 이름 붙인 메모를 색인표에서 뽑아 그 위에 이 인용문을 써서 원고 위에 접착테이프를 사용하여 고정해 두었다.

322 불교에서 미망의 막은 환영으로서의 세계를 가리킨다.

323 귀스타브 플로베르가 루이즈 콜레에게 쓴 1852년 4월 24일 자 편지.(*Préface à la vie*

d'écrivain, op. cit., p. 69.) 바르트가 "Flaubert et la phrase"(OC 4, p. 7885)에서 인용. 이 책 35쪽에서 언급한 1878년 4월 15일의 '마리나드'를 가리킨다.

324 테뉴에이트 도스판 75밀리그램은 식이 조절 보조 치료제인데 졸음이 심한 경우에도 사용됨.

325 귀스타브 플로베르가 에르네스트 페도에게 쓴 1871년 8월 8일 자 편지. *Préface à la vie d'écrivain*, op. cit., p. 249. 바르트의 강조.

326 이 인용들에 대해서는 순서대로 다음과 같은 편지들을 볼 것. 루이즈 콜레에게 쓴 1853년 6월 7일 자 편지, *Préface à la vie d'écrivain*, op. cit., p. 126, 에르네스트 페도에게 쓴 1862년 1월 자 편지, *ibid.*, p. 222, 루이즈 콜레에게 쓴 1846년 8월 9일 자 편지, *ibid.*, p. 38.

327 Jean-Jacques Rousseau, *Les Rêveries du promeneur solitaire*, première promenade, op. cit., p. 657.

328 Charles Baudelaire, "Dédicace à J. G. F.", Les Paradis artificiels(1860), in *Œuvres complètes*, édition de Y. G. Le Dantec, Paris, Gallimard, coll. "Bibliothèque de la Pléiade," 1951, p. 345.

329 Alfred de Vigny, *Journal d'un poète*(1885), recueilli et publié par Louis Ratisbonne. 우리는 바르트가 사용한 판본을 찾지 못했다.

330 1947년 10월 29일 날짜로 전한 이야기. *Cahiers de la Petite Dame*, t. IV, 1945~1951, in *Cahiers André Gide*, no 7, Paris, Gallimard, p. 75.

331 시인, 수학자, 지질학자, 물리학자인 에마누엘 스베덴보리(1688~1772)는 신지학에 전적으로 몰두하기 위해 자신의 과학 연구를 포기했다. 그의 작업들은 유럽 전역에서 유명했고, 그는 끊임없이 여행을 다녔다. 장정가로서 직접 자신의 작품을 제작하고 널리 배포했다. 그의 연구는 발자크, 네르발, 보들레르 혹은 브르통에게 큰 영향을 주었다.

332 라신의 「베레니스」, 1막 4장의 안티오쿠스. 1964~1965년에 바르트를 레몽 피카르와 대립시킨 라신을 둘러싼 논쟁은 특히 의미론적 해석의 문제가 걸려 있었다. 바르트의 『라신에 대하여』(1963)와 『비평과 진실』(1966)을 볼 것.

333 '아세디'('의기소침한 상태, 영혼의 막막함, 슬픔, 권태')의 개념은 바르트의 콜레주 드 프랑스에서의 첫 강의 중 1977년 1월 19일 강의에서 각별히 전개된 개념이다. *Comment vivre ensemble*, op. cit., p. 53-56. 바르트는 "소설의 준비"의 개강 때 역시 그것을 거론한다.

334 Pascal, *Pensées*, II, fragment 529, op. cit., p. 122.

335 겟세마네 정원에서 그리스도가 베드로에게 "내 마음이 그로 인해 죽게 되었다."라고 말했다.(「마태복음」 26장 38절.)

336 Schopenhauer, *Le Monde comme volonté et comme représentation*, traduction de R. Roos, Paris, Gallimard, 1966, p. 394. 바르트는 아마 이미 언급한 Didier Raymond 의 저서, *Schopenhauer*, Paris, Seuil, coll. "Écrivains de toujours," 1979에서 이 인용문을 가져온 듯함.

337 Chateaubriand, *Mémoires d'outre-tombe*, op. cit., t. I, p. 187.

338 귀스타브 플로베르가 루이즈 콜레에게 쓴 1846년 12월 2일 자 편지. *Préface à la vie d'écrivain*, op. cit., p. 44.

339 Chateaubriand, *Mémoires d'outre-tombe*, op. cit., p. 131. 바르트의 강조.

340 스테판 말라르메가 앙리 카잘리스에게 쓴 1864년 3월 23일 자 편지, 그리고 알베르 콜리뇽에게 쓴 1864년 4월 11일 자 편지. *Correspondance*, op. cit., p. 172 et p. 175.

341 문제의 편지는 펠릭스 가타리가 발레리 지스카르 데스탱 대통령에게 1979년 10월 5일에 쓴 편지로, 10월 10일 《리베라시옹》에 게재되었는데, 텍스트는 출간되지 않음.

342 알베르틴의 여자 친구 중 한 명인 지젤은 학력 검정 프랑스 작문 시험에 대해 상술한다. 그 주제인 "소포클레스는 라신의 작품 「아탈리」의 실패를 위로하기 위해 그에게 『지옥』을 써 보냈다." 그리고 그 처녀의 논술은 '화자'에게 문학 교육에 대해 몇 가지 야유 섞인 논평을 할 기회를 준다. *À la recherche du temps perdu*, t. II, *À l'ombre des jeunes filles en fleurs* (2e partie), Paris, Gallimard, coll. "Bibliothèque de la Pléiade," 1988, 264쪽 이하를 볼 것.

343 미셸 푸코의 피에르 리비에르(1835년에 형을 언도받은 생부 살해자)의 심문 목록 자료 소개에서 발췌된 인용문들. 이 기록들을 소개하며 푸코는 "그것들의 실존

과 일관성의 법칙은 작품의 법칙도 텍스트의 법칙도 아니다."라는 것을 분명히 하고, 이런 명목에서 새로운 담론 도구들의 창조를 요구하고 있다. Michel Foucault, "Présentation," *Moi, Pierre Rivière*……. Paris, Gallimard, coll. "Archives," 1973, coll. "Folio," p, 18을 볼 것. 이와 같은 전개 방식은 1970년 12월 2일에 발표한 콜레주 드 프랑스의 개강 수업 텍스트 *L'Ordre du discours*(Paris, Gallimard, 1971) 내에서도 중요하다.

344 바르트가 여기에서 가리키는 것은 그가 이 년 연속으로 '사회과학고등연구원 (EHESS)'에서 주재했던 "수사학에 대한 연구들"이라 명명된 세미나(1964~1965, 1965~1966)이다. EHESS 연감의 세미나 소개, OC 2, p. 747-749와 p. 875를 볼 것.

345 바르트와 친한 학생들 중 한 명인 티에르 르귀예가 1979년에 바르트에게 알려 준 이 수기본은 몇 년 후에 *La Petite Fabrique de Littérature*(Paris, Magnard, 1984)라는 제목으로 출간되었다. 코르타사르의 인용의 번역은 티에리 르귀예의 것이다.

346 귀스타브 플로베르가 X씨에게 쓴 1858년 4월 자 편지. *Préface à la vie d'écrivain*, op. cit., p. 200-201.

347 스테판 말라르메는 잡지 《라 르뷔 블랑쉬(La Revue blanche)》의 쥘 위레와의 대담, "문학의 진보에 대한 설문 응답"을 다음과 같은 유명한 말로 끝을 맺고 있다. "아시죠, '선생은 내 손을 잡으며 말했습니다.' 실제로 세계는 하나의 책으로 종결되기 위해 만들어졌습니다."(*Œuvres complètes*, op. cit., p. 872.)

348 클라우스 바겐바흐가 인용, *Kafka*, op. cit., p. 100.

349 바르트는 Jean-François Lyotard, 《*La phénoménologie*, Paris, PUF, coll. "Que sais-je?" [1954], 1976, p. 4를 인용하고 있다.

350 Nietzsche, *Ecce Homo*, op. cit., p. 299.

351 Franz Kafka, *Journal*, 1911년 1월 19일, op. cit., p. 33.

352 요제프 하이든의 교향곡 45번 「고별」. 1772년에 그는 자신의 교향곡을 활기찬 운동감이 아니라 '아다지오'로 마치는 혁신을 가했다. 일설에 의하면 하이든은 너무나 오래 전부터 가족들과 떨어져 있느라 자유를 갈망하던 단원들의 마음을 에스테르하지 왕자가 듣게 하려고 이 곡을 썼다고 한다. 악기들이 하나씩 침묵하며 각 단원이 무대를

떠나기에 앞서 촛불을 입으로 불어서 껐다.

353 Chateaubriand, "Préface testamentaire," *Mémoires d'outre-tombe*, op. cit., p. 1045.

354 성 폴리카르프는 이즈미르의 주교로 167년에 순교했다. 플로베르는 그의 좌우명을 둔 치에서 발굴해 낸 오래된 석판의 아랫부분에서 발견했다. 플로베르는 그를 자신의 수 호성인으로 삼기로 결심하고, 자신의 서신에 그를 인용한다. 그는 특히 이렇게 쓰고 있다. "아주 적은 교제도 나를 찢는구나. 나는 더할 나위 없이 짜증을 내기 일쑤이고, 관대하지 못하고, 비사회적이고, '도가 지나치고', 성 폴리카르프 같아……. 내 나이 정 도에 행실이 고쳐질 리 없잖니!"(플로베르가 질녀 카롤린에게 쓴 1973년 12월 2일 자 편지, *Préface à la vie d'écrivain*, op. cit., p. 260.)

355 사실 나폴레옹 보나파르트는 1769년 8월에 태어났다.

356 Chateaubriand, "Préface testamentaire," *Mémoires d'outre-tombe*, op. cit., p. 1046.

357 특히 György Lukács, *La Théorie du roman*(1916), traduction de Jean Clairvoye, Paris, Denoël, 1968, 그리고 Lucien Goldman, *Pour une sociologie du roman*, Paris, Gallimard, 1964.

358 미셸 제라파가 작성한 항목인 "Roman," *Encyclopadia Universalis*(section "Roman et Société")를 볼 것.

359 게오르기 플레하노프(1856~1918)는 역사적 유물론의 뛰어난 이론가로서 1880년대 에 마르크스주의를 러시아에 도입했다.

360 '좌파연합(Union de la gauche)'의 힘든 구성, 그리고 특히 1977년 9월 공동 일정의 활성화에 대한 '사회당(PS)'과 '급진좌파운동(MRG)'의 '프랑스공산당(PCF)과의 결 별을 암시.

361 Franz Kafka, *Journal*, 1911. 12. 25, op. cit., p. 181.

362 Chateaubriand, "Préface testamentaire," *Mémoires d'outre-tombe*, op. cit., p. 1045.

363 Philippe Sollers, *Paradis*, Paris, Seuil, 1978. 바르트는 한 대담에서 이렇게 말하고 있 다. "…… 그것은 음악, 각운, 말로 된 언어의 깊은 리듬의 커다란 낭만적 화합을 되찾 는 글쓰기입니다." *Wunderblock*, 1977.(OC 5, 384.)

364 퀸틸리아누스(연대기에 의하면 30~100). 베스파시아누스와 도미티엥 하의 유명한 웅

변가이자 수사학 대가. 특히 『구술 교육』, 제1책, 제1장, "어린아이가 자신의 교육의 시작에서 필요로 하는 예방책들. 유모들과 선생들."

365 이 두 개의 인용문에 대해서는 Chateaubriand, *Mémoires d'outre-tombe*, op. cit., p. 250을 볼 것.

366 귀스타브 플로베르가 조르주 상드에게 쓴 1872년 12월 4일 자 편지. *Préface à la vie d'écrivain*, op. cit., p. 225. 바르트는《르 누벨 옵세르바퇴르》에 실린 그의 연재 시평 중 하나에 이런 제목을 붙였다. "Tant que la langue vivra."(1979)(OC 5, p. 643.)

367 역주 — 프랑스 남부의 도시.

368 역주 — 스페인 북부 바스트 자치 구역에 위치한 도시.

369 역주 — 바스크 자치 구역 중 하나.

370 역주 — 스페인 국경에 인접한 프랑스 마을.

371 Stephane Mallarmé, "Crise de vers," *Œuvres complètes*, op. cit., p. 368.

372 십중팔구 시간에 쫓겨 바르트는 여기에서 집필을 완료한 네 장의 원고를 없애고 마지막 강의인 "강의를 끝내며"를 시작한다.

373 "작가는 목사와, 지식서사는 수도사와 흡사한 성격을 갖는다. 전자의 말은 자동사적 행위이고(따라서 어떤 방식에서는 하나의 몸짓이다.), 후자의 말은 활동이다. (……) 지식서사의 기능, 그것은 생각하는 것을 어떤 기회에서나, 그리고 지체 없이 말하는 것이다. 또한 이 기능은, 그의 생각에 그를 정당화하기에 충분하다."("Écrivains et écrivants," Arguments, 1960; *Essais critiques*, Paris, Seuil, 1964에 재수록; OC 2, p. 403-410.)

374 스테판 말라르메가 잡지《라 르뷔 블랑쉬》에서 쥘 위레와 나눈 대담, "문학의 진보에 대한 설문 응답", *Œuvres complètes*, op. cit., p. 867.

375 단테는 『향연(Il Convivio) II』(1304~1307)에서 철학적 사변에 기초하고 정치적 구조들을 깊이 개선하려는 목적의 현대적 세속 문화를 세우기로 결심한다. 이 저서의 서막부터 단테는 통속어의 이론적 효과와 표현적 권능을 증명할 목적으로 자신의 개론을 통속어로 쓸 필요성을 정당화하고 있다.

376 로베르 불랭은 발레리 지스카르 데스탱 대통령 시절에 레이몽 바르 정부의 노동부 장

관이었는데, 1979년 10월 30일 랑부이예 숲의 한 연못에서 죽은 채 발견되었다. 자살이라는 공식 의견은 희생자의 가족에 의해 계속 반박되었다.

377 이 인용과 그 다음 인용은 텍스트 선집인 Nietzsche, *Vie et vérité*, op. cit., 76쪽에서 가져왔다. 그것들은 Nietzsche, *La Volonté de puissance*, t. I, traduction de Geneviève Bianquis, Paris, Gallimard, 1947, p. 218-219에서 발췌된 것들이다.

378 귀스타브 플로베르가 루이즈 콜레에게 쓴 1854년 4월 7일 자 편지, *Préface à la vie d'écrivain*, op. cit., p. 173.

379 예나의 낭만주의는 여전히 '초기 낭만주의'라 불리는데, 잡지 《아테나에움 (Athenaeum)》을 중심으로 슐레겔 형제, 노발리스, 티엑, 쉘링 등이 모여들었다. 필립 라쿠바르트와 장뤽 낭시는 이렇게 쓰고 있다. "결국 예나는 다음과 같이 말해지는 장소로 남을 것이다. 소설의 이론 그것 자체가 한 편의 소설이 되어야 한다고 말이다." L'Absolu littéraire, *Théorie de la littérature du romantisme allemand*, Paris, Seuil, coll. "Poétique," 1978.

380 바르트가 집필을 하지 않은 발췌 부분. 그는 여기에서 플로베르가 바트나즈 부인에 대해 그린 초상화, 즉 그가 표현한 대로 특히 1848년 2월과 6월에 페미니즘의 상징적 인물에 대한 초상화에 대한 독법을 주려고 고려했을 개연성이 아주 높다. *L'Éducation sentimentale*, 3ᵉ partie, chap. I, édition présentée et annotée par Pierre-Marc Biasi, Paris, LGF, "Le Livre de poche classique," 1999, p. 444-446.

381 바르트가 구술에서 뺀 긴 대목의 끝.

382 바르트가 단락의 끝까지 줄을 그어 삭제한 대목.

383 자신의 첫 번째 책의 제목, 『글쓰기의 영도』(1947년부터 《콩바》에 실렸고, 1953년에 쇠이유에서 모았던 일련의 평론들)에 대한 암시적 언급을 통해 바르트는 여기에서 은연중에 자신의 첫 행보로 돌아간다. "언어의 각인된 명령에 대한 모든 복종에서 자유로운 백지 글쓰기"를 내세웠고, 삼십 년 후 그 작품에 다른 소실점을 충당하면서 그것을 '불가능성의 시련' 같은 것으로 가리켰던 행보로 말이다.

384 대형 서점 프낙(FNAC)이 개설된 지 이 년 후인 1976년에, 미뉘 출판사의 사장인 제롬 랭동은 독립 서점망, 그리고 더 넓게는 바르트가 여기에서 가리키고 있는 문학 창

작('어려운 책들') 경제를 심각하게 위협하던 도서 할인 정책에 격렬하게 반대했다. 분쟁은 여러 해 동안 계속되다가, 1981년에 들어선 사회당 정부의 문화부 장관 자크 랑이 제안하고, 국회에서 만장일치로 가결된 '도서 정가제법'과 더불어 출구를 찾았다.

385 다음 글을 볼 것. Philippe Hamon, "Notes sur les notions de norme et de lisibilité," *Littérature*, nº 14, 1974.

386 "달아난 생각, 나는 그것을 쓰고 싶었다. 나는 썼지만 그것은 내게서 달아났다." (Pascal, *Pensées*, II, fragment 473, op. cit., p. 337.)

387 바르트는 여기에서 다음과 같은 제목의 3기 박사 논문을 참조하고 있다. Tatiana Lipschitz, *Style et symptôme: métanalyse du discours ironique contemporain*(1979).

388 '해체'의 사유는 자크 데리다의 작업에 의해 시작되었다. 그 어휘는 하이데거의 '데스트룩티옹(Destruktion)'에서 온 것인데, '서양 형이상학의 토대가 되는 개념들의 구조, 또는 전통적 건축을 대상으로 하는 수술'을 가리킨다. 그렇다고 해서 이런 구조에 대한 관심이 구조주의적으로 주어지지는 않는다. 언어활동의 맥락에서 기호의 논리 자체를 깨는 간격과 '차연'의 움직임들에 주의를 기울이면서 우선 '와해하고, 분해하고 침전물을 제거하는' 것이 문제이다. 이런 과정은 분명 『작품에서 텍스트로』(1971) 또는 『텍스트의 즐거움』(1973) 속에 표현된 바르트의 입장과 가깝다. 하지만 바르트가 여기에서 '해체'에 대립시키는 것으로 보이는 '미끄러지기'는 '전염'이나 또는 '산종'과 같은 자격으로 특권적인 조작자들 중 하나이다.

389 아마 엘리오 비토리니(1908~1966)와의 대화를 회상하고 있다. 그는 이탈리아 작가이자 수필가이고, 편집자, 유명 잡지 《메나보(Menabò)》의 사장(이탈로 칼비노와 함께)이다. 바르트는 그를 쇠이유 출판사와 자신이 조력했던 여러 잡지들을 통해 만났다.

390 이 인용과 입장 전체에 대해서는 Stéphane Mallarmé, "Hérésie artistique, L'art pour tous," *Proses de jeunesse*, in *Œuvres complètes*, op. cit., p. 257-260을 볼 것.

391 이런 식이다. "최고이고, 가장 맛있으며, 또한 더불어 가장 취하는 포도주 [……], 파손된 영혼이 마시지 않고도 취할 수 있는 그것, 자유롭고 취한 영혼! 잘 잊고, 잊히고, 자신이 마시지 않는 것과 결코 마시지 않을 것에 취한 영혼!" *Fragments d'un discours amoureux*(1977)(OC 5, p. 257)의 끝을 맺는 루이스브로엑의 인용.

392 Stéphane Mallarmé, "Grands faits divers — Magie," *Variations sur un sujet,* in *Œuvres complètes,* op. cit., p. 399.

393 카프카의 금언. "너 자신을 알라는 다음과 같은 것을 뜻하지 않는다. 너 자신을 살펴 보라가 그것이다. 너 자신을 살펴보라는 뱀의 말이다. 이것은 다음과 같은 것을 의미 한다. 네 행위의 주인으로 너 자신을 바꿔라. 따라서 그 말은 이것을 의미한다. 너 자 신을 무시하라! 너 자신을 파괴하라! 다시 말해 안 좋은 그 무엇인데, 단지 아주 낮 게 기울일 때에만 그것이 지닌 좋은 것, 그리고 또한 다음과 같은 식으로 표현하는 것 을 들을 뿐이다. 너 자신으로 너를 바꿀 목적으로."(마르트 로베르가 『서문』에서 번역. Franz Kafka, *Journal,* op. cit., p. V.)

프루스트와 사진

1 도서관 총관장인 안마리 베르나르 부인은 바르트가 만났던 당시 폴 나다르의 사진 전시회 주최자였고, 바르트가 세미나를 준비하는 데 있어서 특히 그를 고무시켰던 작품, 즉 1999년과 2003년에 파트리무안 출판사에서 재발행된 *Le Monde de Proust,* Paris, Direction des Musées de France, 1978의 저자였다.

2 유명한 사진 대행업소인 아르쿠르 사진관은 1950년대에 배우의 평판을 결정했다. 바 르트는 '아르쿠르의 배우'에 할애한 신화학 속에서 "프랑스에서 아르쿠르 사진관에서 사진을 찍지 않은 사람은 배우라고 할 수 없다."라고 쓰고 있다. *Mythologies,* OC 1, p. 688-690.

3 *Le Monde de Proust, photographies de Paul Nadar,* catalogue réalisée par Anne-Marie Bernard et Agnès Blondel(Direction des Musées de France, 1978). 그 저서는 요컨 대 조지 페인터의 마르셀 프루스트 전기에서 편집한 주석이 딸린 100여 편의 사진을 모아 두고 있다. 이 주석들은 사진 시사에 곁들여지게 되었던 전기적 색인의 집필을 위해 바르트가 사용한 출처들의 하나를 이룬다.

4 이 책 550쪽. 잔 푸케를 볼 것.

5 George D. Painter, *Marcel Proust,* tome I, *1871~1903* : *les années de jeunesse* et tome II *1904~1922* : *les années de maturité* [1959~1969], traduction et présentation de

Georges Cattaui, Paris, Mercure de France, 1966.

6   이 표현은 은연중에 바르트가 아마 이 세미나의 소개말을 쓸 때와 같은 시간에 집필
    한 「사랑하는 것에 대해 이야기하는 것은 실패로 끝난다」라는 텍스트를(1980년 봄에
    밀라노의 한 학술회에서 '스탕달'을 위해 예정된 발표.) 지시한다. 3월 26일 바르트를
    앗아 갔던 사고(1980년 2월 25일) 때문에 이 텍스트는 그의 생전에 발표되거나 출간
    되지 못했다. 잡지 *Tel Quel*, nᵒ 85, automne 1980(OC 5, p. 906~914)에 실렸다.

7   마르셀린 데보르드발모레(1786~1859)는 문인이자 시인이고 몇몇 모음집의 저자로서,
    그중에는 『가여운 꽃』(1839) 혹은 『화환과 기도』(1843)가 있다. 그녀는 라마르틴, 위
    고, 보들레르 그리고 베를렌의 찬사를 받았고 프랑스 낭만주의의 여성적 현신이었다.
    바르트는 아마 여기서 「말더듬는 아이」라는 제목의 우화, 그리고 은연중에 마르셀린
    데보르드발모레의 작품 속에서 되풀이되는 더듬대는 말이라는 명제를 암시하고 있
    다.

8   마자린 도서관의 '무보수 비서'라는 마르셀 프루스트의 직위에 대한 암시. 시험을 쳐
    서 1895년에 얻은 자리이다. 그는 그르넬 가의 법정 납본과 발령이 만족스럽지 않아
    서 건강을 이유로 두 달간의 휴가를 얻는다. 1900년에 그가 사직자로 간주될 때까지
    연장된 휴가였다.

9   아멜리 베일, 출생명 울망, 조르주 베일의 아내, 마르셀 프루스트의 의붓 외숙모, 이
    책 559쪽을 볼 것.

10 콩브레(일리에의 소설에 나오는 외르에루아르의 도시, 프루스트 가족의 요람)의 레오
    니 외숙모의 집은 엘리자벳 아미오 부인, 출생명 프루스트, 마르셀 프루스트의 고모
    의 집의 전이이다. 『잃어버린 시간을 찾아서』에서 부엌과 방이 묘사된 이 시골집의 방
    들은 사실 크기가 아담하다.

11 최근작인 Pierre Bourdieu, *La Distinction*, Paris, Éditions de minuit, 1979에 대한 암
    시.

12 이 책 563쪽을 볼 것.

13 '게스투스'에 대해서는 이 책 627쪽의 241번 주석을 볼 것.

14 이 책 536쪽을 볼 것.

15　바르트는 여기에서 1918년 4월 20일에 『스완』 한 부에 쓴 자크 드 라크르텔에게 바친 유명한 헌사를 가리킨다. 프루스트가 쓴 가장 중요한 헌사이다. *Correspondance*, établie par Philippe Kolb, Paris, Gallimard, 1970~1993, t. XVII, p. 189.

16　Octave Mannoni, "Le rêve et le transfert," *Clefs pour l'Imaginaire ou l'Autre scène*, Paris, Seuil, 1969을 볼 것.

17　오베르농 부인(베르뒤랭 부인의 전형)의 살롱의 단골 손님인 도아장(페인터) 혹은 도애장 남작(타디에)은 프루스트 자신이 몽테스키우에게 쓴 것처럼 샤를뤼스의 전형 중 하나이다.

18　Patric Chéreau(1944~). 프랑스의 연극 연출가이자 영화감독.

19　결핵에 걸린 바르트는 브리소 교수의 아들 브리소 의사에게 치료를 받았다. 브리소 의사의 아들 장과 앙리는 몽테뉴 고등학교에서 그의 급우였다.

20　우리 생각에 "칼로(Callot)"로 읽힌다. 바르트가 청소년 시절을 보냈던 자크칼로 가.

하이쿠

1　우리는 여기에서 바르트가 구성하고, 1979년 1월 13일 강의 시간에 청중들에게 나눠 준 자료집의 녹취록을 그대로 싣는다. 원래 자료에 있는 구두점을 그대로 사용한다.

찾아보기

변광배　한국외국어대학교 불어과를 졸업하고 동 대학원 불어불문학과 석사 과정을 마쳤으며, 프랑스 몽펠리에 3대학에서 「장폴 사르트르의 극작품과 소설에 나타난 폭력의 문제」로 문학 박사 학위를 받았다. 한국외국어대학교 불어과 대우교수를 역임했으며, 현재 같은 학교에서 학생들을 가르치고 있다. 프랑스 인문학 연구 모임 '시지프' 대표이기도 하다. 저서로 『장폴 사르트르: 시선과 타자』, 『존재와 무: 자유를 향한 실존적 탐색』, 『제2의 성: 여성학 백과사전』 등이 있고, 역서로 『행복론』, 『레비나스 평전』, 『사르트르 평전』, 『사르트르와 카뮈: 우정과 투쟁』 등이 있다.

롤랑 바르트, 마지막 강의

1판 1쇄 펴냄　2015년 2월 6일
1판 5쇄 펴냄　2022년 5월 20일

지은이　롤랑 바르트
옮긴이　변광배
발행인　박근섭, 박상준
펴낸곳　(주)민음사

출판등록　1966. 5. 19. (제16-490호)
주소　서울특별시 강남구 도산대로1길 62(신사동)
　　　강남출판문화센터 5층 (우편번호 06027)
대표전화　02-515-2000 ｜ 팩시밀리 02-515-2007
홈페이지　www.minumsa.com

ISBN　978-89-374-3153-1 (03800)

* 잘못 만들어진 책은 구입처에서 교환해 드립니다.